혼군昏君을 만난 세상의 필독서

한문 해석의 비밀, 맹자孟子 편

우승하 지음

신아사

우승하(禹承河)

· (학위) 동양학 박사

· (현직) 국립민속박물관 학예연구관
고려사이버대학교 외래교수
강원특별자치도 무형유산 위원
광주광역시 무형유산 전문위원
역사문화학회 부회장
동양문화사상연구회 연구부장

· (전직) 제주도립미술관·제주현대미술관·국립민속박물관·서울역사박물관 학예연구사

· (논문) KCI등재 9편
통신사의 수륙노정에 관한 연구(지방사와 지방문화 26권, 2023)
장희춘의 시대정신과 평전의 재해석(한국전통문화연구 28호, 2021)
조사연구를 기반으로 한 마을박물관 사례연구(박물관학보 41호, 2021)
달골 물당기기 의례구조를 통해 본 물의 관념(지방사와 지방문화 24권, 2021) 등

· (저서) ISBN등록 14권
공자와 그의 사람들- 한문 해석의 비밀, 논어편(디자인21, 2024)
하루 만에 문리나기- 한문 해석의 비밀, 대학편(디자인21, 2023)
학예연구사가 알려주는 한문해석의 비밀, 중용편(좋은땅, 2021)
장희춘의 해동기를 통해 1607년 사행길을 읽다. 역주 성재실기(민속원, 2020)
금강 수로와 식문화(국립민속박물관, 2019)
한강 수로와 어로문화(국립민속박물관, 2018) 등

· (전자우편) wseungha@korea.kr

혼군(昏君)을 만난 세상의 필독서 한문 해석의 비밀, 맹자(孟子)편

초판 1쇄 발행 _ 2025년 2월 3일

저　　자 • 우 승 하

발 행 인 • 정 현 걸

발　　행 • 신 아 사

인　　쇄 • 한승인쇄

출판등록 • 1956년 1월 5일 (제9-52호)

주　　소 • 서울시 은평구 통일로 59길 4(2F)

전　　화 • 02)382-6411 · 팩스 02)382-6401

홈페이지 • www.shinasa.co.kr

E-MAIL • shinasa@daum.net

979-11-7342-070-2 (93820)

정가 32,000원

머리말

사서(四書: 논어·맹자·대학·중용)를 펼칠 때마다 머릿속에 떠오르는 장면이 있습니다. 먼지 쌓인 고전의 세계에서 공자와 맹자가 현대의 독서실로 걸어 들어온다면, 그들은 주희의 주석서를 들여다보며 고개를 끄덕일까요, 아니면 미간을 찌푸릴까요? 자신들의 가르침이 오늘날 얼마나 다채롭게 해석되고 있는지를 알게 된다면 어떤 반응을 보일까요? 혹시 "우리의 말을 이렇게까지 복잡하게 만들 필요가 있었을까?"라며 쓴웃음을 지을지도 모릅니다. 이러한 상상은 저에게 사서를 읽는 재미를 넘어, 탐구하고 해석하며 본래의 뜻에 더 가까이 다가서려는 열망을 심어주었습니다. 그러나 이러한 여정은 의역에서 직역으로의 전환 없이는 가능하지 않았습니다.

삼십 대 어느 날, 맹자의 글을 읽으며 저는 번역의 방향을 의역에서 직역으로 바꾸기로 결심했습니다. 이는 단순한 번역 방식의 변화가 아니었습니다. 원문의 논리적 흐름과 구조를 그대로 따르며, 한 자 한 자의 의미를 소홀히 하지 않는 방식으로 접근했을 때야 비로소 고전의 깊이와 숨결이 살아남을 깨달았기 때문입니다. 중용, 대학, 논어를 거쳐 마침내 맹자에 이르기까지, 이 여정은 저에게 문리(文理)에 충실한 번역이야말로 고전의 본질을 이해하는 열쇠임을 확신하게 했습니다. 인문학에서 정답(正答)은 존재하지 않는다지만, 원문을 최대한 충실히 따르는 번역이 그 정답에 가장 가까운 길이라고 믿습니다.

맹자는 공자의 사상을 계승하고 발전시킨 위대한 사상가로, 인간 본성과 윤리에 대한 깊은 통찰을 남긴 인물입니다. 그는 인간 본성의 선함을 바탕으로 도덕적 실천과 이상적 사회의 구축을 강조하며, '여민동락(與民同樂)'이라는 이상적 정치 모델을 제시했습니다. 맹자의 글은 단순히 고전으로 머물지 않고, 현대를 살아가는 우리에게도 개인의 도덕적 성찰과 사회적 책임이라는 두 가지 귀중한 가르침을 선사합니다.

당초 이 책의 제목은 '문리의 정수'였습니다. 그러나 출간을 준비하면서 '혼군(昏君)을 만난 세상의 필독서'로 제목을 수정했습니다. 혼군이란 사리에 어둡고 어리석은 임금을 뜻합니다. 전국시대의 혼란한 상황과 오늘날의 상황이 너무도 닮아 있음을 느꼈기 때문입니다. 어리석은 전국시대의 임금이나 오늘날의 지도자 모두 민(民)이나 시민(市民)의 존재를 간과한다는 점에서, 이는 시대를 넘어 변하지 않는 문제입니다. 그래서 인(仁)과 의(義)를 추구했던 맹자의 철학은 오늘날 우리에게 더욱더 절실한 메시지를 전해줍니다.

이 책의 또 다른 목표는 독자들이 맹자의 사상을, 원문을 통해 직접 만나고, 그 핵심을 스스로 탐구할 수 있도록 돕는 데 있습니다. 이를 위해 한문의 구조와 논리를 최대한 보존하며, 글자마다 그 의미를 소홀히 하지 않는 직역 방식을 채택했습니다. 이 과정은 단순히 한문을 번역하는 것을 넘어, 고전의 맥락과 깊이를 온전히 전달하려는 저의 열망을 담고 있습니다.

이 책이 독자 여러분께 맹자의 철학을 재조명하는 계기를 제공하고, 현대적 관점에서 그 가치를 성찰하는 데 도움이 되기를 바랍니다. 다만, 이는 저의 정치 관점과는 관련이 없습니다. 부족한 글이지만 기다려주시고 응원해 주신 모든 분께 깊은 감사를 전합니다. 이 책이 독자 여러분의 학문적 여정에 작은 등불이 되기를 진심으로 소망합니다. 더 궁금한 점이 있다면 언제든 저자 소개에 기재된 전자우편으로 문의해 주십시오. 함께 성장하는 기쁨을 기다리겠습니다. 끝으로 도서출판 신아사 정현걸 대표님과 남궁연 편집장님께 부족한 원고임에도 출간되도록 힘써 주신 점에 깊이 감사드립니다. 그리고 필자에게 학문과 함께 삶의 참된 가르침을 베풀어 주시고 이끌어 주신 김일환 교수님께 깊은 감사의 마음을 전합니다. 지도교수님의 정년 퇴임을 앞둔 이 시점에, 그 가르침을 언제까지나 가슴 깊이 새기겠습니다."

2025년 2월 어느 날

목차

※ 일러두기

· 원문(한국고전번역원, 한국고전종합DB, 경서성독 참조)
- 현토를 적용하지 않고, 구두점(쉼표, 마침표 등)으로 표기했다.
  단, 구두점은 전통적인 현토가 아니라, 문장구조를 기준으로 했다.
- 각 구의 원문에 이어 한글 독음을 병기했다.
- 인명, 지명 등 고유명사는 구조를 파악하는 데 도움이 되도록 밑줄로 표기했다.
  단, 일반 명사라 하더라도 구조를 파악하는 데 필요한 경우 밑줄로 표기했다.

· 번역
- 원문과 한글의 일대일 직역을 원칙으로 했다. 이에 따라 일부는 번역 투로 제시했다.
- 높임말과 낮춤말은 맹자를 기준으로 했으나, 각 대화에서 상대와의 관계에 따라 달리했다.
- 한자가 지닌 대표적인 의미로 번역되지 않을 경우, 번역에 밑줄로 표기했다.
- 원문에 없는 글자의 의미를 추가할 때 괄호로 표기했으나, 원문에 의미를 온전히 전달하기 위해 이를 최소화했다.

· 기타
- 각 장에서 수준 이상의 내용 전달이 요구되는 한자는 별도로 설명했으나, 고유명사는 제외했다.
- 인물에 관한 설명은 문장에서 드러나지 않아 설명이 필요한 인물만으로 최소화했다.
- 각 장 하단에 문장을 번역하는 데 필요한 최소한의 문법을 제시하고, 필요한 경우 부록을 참조하도록 했다.

혼군(昏君)을 만난 세상의 필독서

한문 해석의 비밀, 맹자(孟子)편

양혜왕상(梁惠王上)

1장

孟子見梁惠王(맹자견양혜왕), 王曰(왕왈). 叟(수), 不遠千里而來(불원천리이래), 亦將有以利吾國乎(역장유이리오국호)?

맹자(孟子)께서 양혜왕(梁惠王)을 뵈었는데(見), 왕(王)이 말했다(曰). 어른(叟)께서 천리(千里)를 멀다고 여기지(遠) 않(不)고(而) 오셨는데(來), 또한(亦) 장차(將) 나(吾)의 나라(國)를 이롭게 할(利) 방법(以)이 있(有)겠습니까(乎)?

※ 見: '견(보다)'으로 읽을지, '현(뵙는다)'으로 읽을지 논쟁이 있다. 전통적으로는 '견'으로 읽는 예가 일반적인데 이는 맹자를 높인 측면이며, '현'으로 읽는 예는 문법적 역할을 강조하는 측면이다.

※ 梁惠王: 위(魏)나라 혜왕(惠王)이다. 위나라가 수도를 양(梁)으로 옮긴 후 '양'이라는 별칭으로 불리기도 했다. 다만, 양나라는 실제 존재한 나라가 아니어서 양혜왕이라 번역했다.

※ 遠: '멀다고 여기다'로 번역했다. 한문 번역에서는 의식적인 판단이나 태도, 즉 주관적 인식, 관념적 상태, 비유적인 표현 등에서 술어의 기본 의미에 '~여기다'는 의미가 덧붙여지는 예가 일반적이다.

孟子對曰(맹자대왈). 王(왕), 何必曰利(하필왈리)? 亦有仁義而已矣(역유인의이이의).

맹자(孟子)께서 대답하여(對) 말씀하셨다(曰). 왕(王)께서는 하필(何必) 이(利)를 말씀하십니까(曰)? 단지(亦) 인(仁)과 의(義)를 가지고 있을(有) 뿐입니다(而已矣).

※ 何必: '하필'을 한글로 직역하면, '어찌하여 꼭'이라는 의미이다.

※ 亦: '또한', '역시'로 번역하는 예가 있으나, 문맥에 따라 '단지' 혹은 '다만'으로 번역하는 것이 적절하다.

王曰(왕왈), 何以利吾國(하이리오국)? 大夫曰(대부왈), 何以利吾家(하이리오가)? 士庶人曰(사서인왈), 何以利吾身(하이리오신)? 上下交征利(상하교정리), 而國危矣(이국위의). 萬乘之國(만승지국), 弑其君者(시기군자), 必千乘之家(필천승지가), 千乘之國(천승지국), 弑其君者(시기군자), 必百乘之家(필백승지가). 萬取千焉(만취천언), 千取百焉(천취백언), 不爲不多矣(불위부다의), 苟爲後義而先利(구위후의이선리), 不奪不饜(불탈불염).

왕(王)께서 말하길(曰), '무엇(何)으로(以) 나(吾)의 나라(國)를 이롭게 할까(利)?'라 하시면, 대부(大夫)는 말하길(曰), '무엇(何)으로(以) 나(吾)의 집안(家)을 이롭게 할까(利)?'라 하며, 사(士)와 서인(庶人)은 말하길(曰), '무엇(何)으로(以) 나(吾)의 몸(身)을 이롭게 할까(利)?'라 하니, 윗사람(上)과 아랫사람(下)이 서로(交) 이(利)를 취한다(征)면(而) 나라(國)는 위태로울(危) 것입니다(矣). 만승(萬乘)의(之) 나라(國)에서 그(其) 임금(君)을 시해하는(弑) 자(者)는 반드시(必) 천승(千乘)의(之) 집안(家)이고, 천승(千乘)의(之) 나라(國)에서 그(其) 임금(君)을 시해하는(弑) 자(者)는 반드시(必) 백승(百乘)의(之) 집안(家)입니다. 만(萬), 거기에서(焉) 천(千)을 취하고(取), 천(千), 거기에서(焉) 백(百)을 취하는(取) 것이 많지(多) 않다(不)고 할(爲) 수 없(不)겠지만(矣), 진실로(苟) 의(義)를 뒤에(後) 하(爲)고(而) 이(利)를 먼저 하면(先), 빼앗지(奪) 않고는(不) 만족하지(饜) 못합니다(不).

※ 萬乘之國: 병거(兵車) 1만 대를 갖춘 천자가 다스리는 나라를 의미한다. '乘'은 네 마리가 끄는 수레이다. 千乘之國은 제후가 다스리는 나라, 百乘之家는 경대부(卿大夫)의 집안을 의미한다.

※不: 상황에 따라 '불' 또는 '부'로 독음한다. 특히, 뒤따르는 음절의 초성이 'ㄷ'이나 'ㅈ'이면 '부'로 독음한다. 이는 한국 한자음에서 발음이 매끄럽도록 하기 위해 생긴 변화이다. 다만, 문맥에 따라 고유명사나 관용적 표현에서는 이 규칙을 따르지 않을 수도 있다.

未有仁而遺其親者也(미유인이유기친자야), 未有義而後其君者也(미유의이후기군자야).

어질(仁)면서(而) 그(其) 어버이(親)를 버리는(遺) 자(者)는 아직 있지(有) 않(未)았으며(也), 의로(義)우면서(而) 그(其) 임금(君)을 뒤로하는(後) 자(者)는 아직 있지(有) 않(未)았습니다(也).

※ 未: 술어를 부정하는 역할이나, 일반적으로 '아직'의 의미가 더해져, 현재를 기준으로 부정하는 의미가 있다.

王亦曰仁義而已矣(왕역왈인의이이의), 何必曰利(하필왈리).

왕(王)께서는 다만(亦) 인의(仁義)를 말씀할(曰) 뿐이지(而已矣), 하필(何必) 이(利)를 말씀하십니까(曰)?

*叟(수): 늙은이, 어른 ‖ *有以(유이): ①~할 방법이 있다, ②~할 수가 있다, ③~한 것이 있다 ‖ *有+명사: ①~이(가) 있다(술어+보어), ②~을(를) 가지고 있다(술어+목적어) ‖ *何必(하필): 어찌하여 꼭(반드시) ‖ *而已矣(이이의): ~일 뿐이다 ‖ *征(정): 취하다 ‖ *弑(시): 윗사람을 죽이다 ‖ *饜(염): 만족하다 ‖ *有~者: ①~한 사람(경우)이 있다, ②~이 있는 사람(경우).

부록 최소한 문법: 而, 之, 焉, 不, 도치.

2장

孟子見梁惠王(맹자견양혜왕), 王立於沼上(왕입어소상), 顧鴻雁麋鹿(고홍안미록), 曰(왈). 賢者亦樂此乎(현자역락차호)?

맹자(孟子)께서 양혜왕(梁惠王)을 만나셨는데(見), 왕(王)이 못(沼) 가(上)에(於) 서 있다가(立) 홍안(鴻雁)과 미록(麋鹿)을 돌아보며(顧) 말했다(曰). 현자(賢者)도 또한(亦) 이러한 것(此)을 즐깁(樂)니까(乎)?

※ 上: '위'를 뜻한다. 그러나 장소, 특히 물가인 경우 '가' 혹은 '언저리' 등으로 쓰일 때가 많다.

※ 樂: (악) 노래, / (락/낙) 즐기다, / (요) 좋아하다.

孟子對曰(맹자대왈). 賢者而後樂此(현자이후낙차), 不賢者雖有此(불현자수유차), 不樂也(불락야).

맹자(孟子)께서 대답하여(對) 말씀하셨다(曰). 현자(賢者)가 된 이후에야(而後) 이러한 것(此)을 즐기니(樂), 어질지(賢) 못한(不) 자(者)는 비록(雖) 이러한 것(此)을 가지고 있어도(有) 즐기지(樂) 못합(不)니다(也).

※ 不賢者: 不은 동사나 형용사 앞에서 부정하는 역할을 하고, 者는 그 앞에 수식하는 말이 놓인다. 따라서 不賢者의 賢은 형용사(어질다)이며, 不賢은 者를 수식한다. 다만, 不賢者는 賢者의 반대말인 '불현자'로 번역할 수 있다.

※ 仁과 賢: 두 단어는 '어질다'라는 의미를 공유하지만, 仁은 마음에, 賢은 행위와 결과에 더 무게를 둔다. 즉 仁은 도덕적 사랑과 인간관계에 중점을 둔 내면의 덕목이며, 보편적이고 관계 지향적이다. 반면, 賢은 지혜와 능력을 겸비한 탁월한 인재를 의미하며, 구체적인 실천과 외적인 평가가 중요하다.

詩云(시운), 經始靈臺(경시영대), 經之營之(경지영지), 庶民攻之(서민공지), 不日成之(불일성지). 經始勿亟(경시물극), 庶民子來(서민자래). 王在靈囿(왕재영유), 麀鹿攸伏(우록유복), 麀鹿濯濯(우록탁탁), 白鳥鶴鶴(백조학학). 王在靈沼(왕재영소), 於牣魚躍(오인어약).

文王以民力爲臺爲沼(문왕이민력위대위소), 而民歡樂之(이민환락지), 謂其臺曰靈臺(위기대왈영대), 謂其沼曰靈沼(위기소왈영소), 樂其有麋鹿魚鼈(낙기유미록어별). 古之人與民偕樂(고지인여민해락), 故能樂也(고능락야). 湯誓曰(탕서왈), 時日害喪(시일갈상), 予及女偕亡(여급여해망). 民欲與之偕亡(민욕여지해망), 雖有臺池鳥獸(수유대지조수), 豈能獨樂哉(기능독락재)?

『시경(詩)』에 이르길(云), '영대(靈臺)를 짓기(經) 시작하여(始), 그것(之)을 경영하려(經) 그것(之)을 계획하니(營), 서민(庶民)이 그것(之)을 짓는데(攻) 하루가 되지(日) 않고도(不), 그것(之)을 완성했네(成). 짓기(經) 시작하고서(始) 빠르게 하지(亟) 말라(勿)고 했으나, 서민(庶民)이 자식처럼(子) 왔네(來). 왕(王)께서 영유(靈囿)에 계시니(在), 암사슴(麀鹿)이 태연하게(攸) 엎드리며(伏), 암사슴(麀鹿)이 살찌고(濯濯), 백조(白鳥)는 희고(鶴) 깨끗하네(鶴). 왕(王)께서 영소(靈沼)에 계시니(在), 오(於)! 가득히(牣) 물고기(魚)가 뛰어노네(躍).'라 했습니다. 문왕(文王)이 백성(民)의 힘(力)으로(以), 대(臺)를 만들고(爲) 못(沼)을 만들었(爲)으나(而), 백성(民)이 그것(之)을 기뻐하고(歡) 즐거워하여(樂), 그(其) 대(臺)를 영대(靈臺)라 말하고(謂), 그(其) 못(沼)을 영소(靈沼)라 말하면서(謂), 그(其)가 미록(麋鹿)과 어별(魚鼈)을 가진(有) 것을 즐거워했습니다(樂). 옛날(古)의(之) 사람(人)은 백성(民)과(與) 함께(偕) 즐겼기(樂) 때문에(故) 즐길(樂) 수(能) 있었습니다(也). (서경) 「탕서(湯誓)」편에 이르길(曰), '이(時) 해(日)가 어찌(害1) 없어지지(喪) 아니할까(害2)? 내(予)가 너(女)와(及) 함께(偕) 망하리라(亡).'고 했습니다. 백성(民)이 그(之)와(與) 함께(偕) 망하기(亡)를 바란다면(欲), 비록(雖) 대(臺)와 못(池), 새(鳥)와 짐승(獸)을 가지고 있더라도(有), 어찌(豈) 홀로(獨) 즐길(樂) 수(能) 있겠습니까(哉)?

※ 麀鹿: 한 단어로 보면 암사슴이고, 두 단어로 보면 암사슴과 수사슴이다.

※ 以民力爲臺爲沼: '以A爲B'는 관용어(A를 B로 삼다(여기다))로 번역하는 예가 많다. 그러나 실제 '以A爲B'는 'A로 B하다'로 번역할 때가 있다는 점을 유의해야 한다.

※ 女: 고대 문헌에서 女는 여성뿐 아니라 상대방을 지칭하는 대명사로도 사용되었다. 다만, 시간이 흐르면서 특정한 발음이나 의미의 혼란을 줄이기 위해서 단어가 분화되어 女는 여성을 지칭하는 단어로, 汝는 2인칭 대명사로 그

역할이 구분된다. 그래서 2인칭 대명사인 汝는 논어에서 확인되지 않고 맹자에서 확인된다. 맹자에서도 女는 2인칭 대명사와 여성을 뜻하지만, 女가 2인칭 대명사로 쓰인 경우는 서경이나 시경과 같은 이전 시기의 문헌을 인용하면서 쓰인 예가 대부분이다.

※ 亟: (극) 빠르다, / (기) 자주.

*麋(미): 큰 사슴 ‖ *經始(경시): 집을 짓기 시작함 / 經(경): 경영하다, 짓다 ‖ *攻(공): (건물을) 짓다 ‖ *亟(극): 빠르다 ‖ *囿(유): 동산 ‖ *麀鹿(우록): 암사슴 / 麀(우): 암사슴 ‖ *攸(유): =所, 이에, 태연한 모양 ‖ *濯濯(탁탁): 살찐 모양 ‖ *於(오): 감탄사, 탄식하다 ‖ *牣(인): 차다, 가득하다 ‖ *有+명사: ①~이(가) 있다(술어+보어), ②~을(를) 가지고 있다(술어+목적어) ‖ *鼈(별): 자라 ‖ *偕(해): 함께 ‖ *時(시): =是 ‖ *害(갈): 어찌 ~ 아니하다 ‖ *女(여): =汝.

부록 최소한 문법: 於, 者, 而, 不, 之, 以.

3장

梁惠王曰(양혜왕왈). 寡人之於國也(과인지어국야), 盡心焉耳矣(진심언이의). 河內凶(하내흉), 則移其民於河東(즉이기민어하동), 移其粟於河內(이기속어하내), 河東凶亦然(하동흉역연). 察隣國之政(찰인국지정), 無如寡人之用心者(무여과인지용심자), 隣國之民不加少(인국지민불가소), 寡人之民不加多(과인지민불가다), 何也(하야)?

양혜왕(梁惠王)이 말했다(曰). 과인(寡人)이(之) 나라(國)에(於) 대하여(也) 거기에(焉) 마음(心)을 다할(盡) 뿐입니다(耳矣). 하내(河內)가 흉년들(凶)면(則), 그(其) 백성(民)을 하동(河東)으로(於) 옮기고(移), 그(其) 곡식(粟)을 하내(河內)로(於) 옮겼으며(移), 하동(河東)이 흉년들면(凶), 또한(亦) 그렇게 했습니다(然). (그런데) 이웃(隣) 나라(國)의(之) 정사(政)를 살펴보면(察), 과인(寡人)이(之) 마음(心)을 쓰는(用) 것과 같은(如) 자(者)가 없는데(無), 이웃(隣) 나라(國)의(之) 백성(民)은 더(加) 줄지(少) 않고(不), 과인(寡人)의(之) 백성(民)은 더(加) 많아지지(多) 않으니(不), 어째서(何)입니까(也)?

※ 粟과 栗: 覀(덮을 아) 하단에, 米(쌀 미)가 오면 '조' 혹은 '양식'을 의미하고, 木(나무 목)이 오면 '밤' 혹은 '밤나무'를 의미한다.

※ 也: 문장 끝에서 종결사 혹은 어기사로 쓰이지만, 중간에서는 명사나 부사를 강조하는 적절한 표현이나 한글의 쉼표(,)와 같은 유사한 역할을 한다.

孟子對曰(맹자대왈). 王好戰(왕호전), 請以戰喩(청이전유). 塡然鼓之(전연고지), 兵刃旣接(병인기접), 棄甲曳兵而走(기갑예병이주). 或百步而後止(혹백보이후지), 或五十步而後止(혹오십보이후지), 以五十步(이오십보), 笑百步(소백보), 則何如(즉하여)? 曰(왈). 不可(불가). 直不百步耳(직불백보이), 是亦走也(시역주야). 曰(왈). 王如知此(왕여지차), 則無望民之多於隣國也(즉무망민지다어인국야).

맹자(孟子)께서 대답하여(對) 말씀하셨다(曰). 왕(王)께서 전투(戰)를 좋아하시니(好), 전투(戰)로(以) 비유하기(喩)를 청합니다(請). 둥둥(塡然) 그것(之)을 두드려(鼓) 병기(兵)와 칼날(刃)이 이미(旣) 접하고 있는데(接), 갑옷(甲)을 버리고(棄) 병기(兵)를 끌면(曳)서(而) 달아났습니다(走). 어떤 이(或)는 백 보(百步) 이후에(而後) 멈추고(止), 어떤 이(或)는 오십 보(五十步) 이후에(而後) 멈추었는데(止), 오십 보(五十步)로(以) 백 보(百步)를 비웃는다(笑)면(則), 어떠합니까(何如)? 말했다(曰). 불가합니다(不可). 다만(直), 백 보가 되지(百步) 않았을(不) 뿐이지(耳), 이(是) 또한(亦) 달아난(走) 것입니다(也). 말씀하셨다(曰). 왕(王)께서 만약(如) 이것(此)을 아신다(知)면(則), 백성(民)이(之) 이웃(隣) 나라(國)보다(於) 많아지는(多) 것을 바라지(望) 마(無)십시오(也).

※ 於/乎/于: 문장 중간에서 명사 앞에 놓이며, 보어(~보다, ~에, ~과) 혹은 목적어(을/를) 역할을 보조한다.

※ 然: 상태나 모양을 드러내는 역할을 한다. 따라서 塡然은 북소리가 웅장하고 울려 퍼지는 상태를 표현한다.

不違農時(불위농시), 穀不可勝食也(곡불가승식야), 數罟不入洿池(촉고불입오지), 魚鼈不可勝食也(어별불가승식야), 斧斤以時入山林(부근이시입산림), 材木不可勝用也(재목불가승용야), 穀與魚鼈不可勝食(곡여어별불가승식), 材木不可勝用(재목불가승용), 是使民養生喪死無憾也(시사민양생상사무감야), 養生喪死無憾(양생상사무감), 王道之始也(왕도지시야).

농사(農)의 시기(時)를 어기지(違) 않으면(不), 곡식(穀)을 모두(勝) 먹을(食) 수(可) 없(不)으며(也), 촘촘한(數) 그물(罟)을 웅덩이(洿)와 못(池)에 넣지(入) 않으면(不), 물고기(魚)와 자라(鼈)를 모두(勝) 먹을(食) 수(可) 없(不)으며(也), 큰 도끼(斧)와 작은 도끼(斤), (그것을) 때(時)로써(以) 산림(山林)에 들이면(入), 재목(材木)을 모두(勝) 쓸(用) 수(可) 없을(不) 것이니(也), 곡식(穀)과(與) 물고기(魚), 자라(鼈)를 모두(勝) 먹을(食) 수(可) 없고(不), 재목(材木)을 모두(勝) 쓸(用) 수(可) 없으면(不), 이(是)는 백성(民)으로 하여금(使) 산 자(生)를 봉양하고(養) 죽은 자(死)를 장사지내는(喪) 데 유감(憾)이 없는(無) 것이니(也), 산 자(生)를 봉양하고(養) 죽은 자(死)를 장사지내는(喪) 데 유감(憾)이 없게 하는(無) 것이 왕도(王道)의(之) 시작(始)입니다(也).

※ 數罟: 유년시절 냇가에서 '초크그물'로 불린 그물을 접한 적이 있는데, 이 그물이 '촉고'이다. '셈 수'로 알려진 '數'는 '자주'라는 의미일 때 '삭'으로, '빠르다'는 의미일 때 '속'으로, '촘촘하다'는 의미일 때 '촉'으로 독음한다. 그래서 촉고(數罟)는 '촘촘하게 엮은 그물'이다.

五畝之宅(오묘지택), 樹之以桑(수지이상), 五十者可以衣帛矣(오십자가이의백의). 鷄豚狗彘之畜(계돈구체지휵), 無失其時(무실기시), 七十者可以食肉矣(칠십자가이식육의). 百畝之田(백묘지전), 勿奪其時(물탈기시), 數口之家可以無飢矣(수구지가가이무기의). 謹庠序之教(근상서지교), 申之以孝悌之義(신지이효제지의), 頒白者不

負戴於道路矣(반백자불부대어도로의). 七十者衣帛食肉(칠십자의백식육), 黎民不飢不寒(여민불기불한). 然而不王者(연이불왕자), 未之有也(미지유야).

5묘(五畝)의(之) 집(宅), 거기(之)에 뽕나무(桑)를(以) 심으면(樹), 오십 된(五十) 자(者)가 비단옷(帛)을 입을(衣) 수(可以) 있습니다(矣). 닭(鷄), 돼지(豚), 개(狗), 큰 돼지(彘)를(之) 기르면서(畜) 그(其)때(時)를 잃지(失) 않으면(無), 칠십 된(七十) 자(者)가 고기(肉)를 먹을(食) 수(可以) 있습니다(矣). 백묘(百畝)의(之) 밭(田)에 그(其)때(時)를 빼앗지(奪) 않으면(勿), 몇 식구(數口)의(之) 집안(家)이 굶주리지(飢) 않을(無) 수(可以) 있습니다(矣). 학교(庠序)의(之) 가르침(敎)을 삼가서(謹) 그것(之)을 거듭하되(申) 효제(孝悌)의(之) 의(義)로(以) 하면, 반백자(頒白者)가 도로(道路)에서(於) (짐을) 지거나(負) 머리에 이지(戴) 않을(不) 것입니다(矣). 칠십 된 자(七十者)가 비단옷(帛)을 입고(衣) 고기(肉)를 먹으며(食), 백성(黎民)이 굶주리지(飢) 않고(不) 추위에 떨지(寒) 않으니(不), 그렇게 하(然)고도(而) 왕 노릇하지(王) 못하는(不) 자(者), 그런 자(之)는 아직 있지(有) 않(未)았습니다(也).

※ 豚과彘: 豚은 새끼 돼지나 일반적인 돼지를 뜻하며, 彘는 성숙한 돼지나 야생성을 강조하는 데 주로 쓰인다.

※ 畜: (축) 짐승, 쌓다, / (휵) 기르다, 양육하다.

※ 未之有也: '술어+보어' 구조에 따라 未有之也이나, 부정문에서 대명사 之가 도치되어 未之有也가 되었다.

狗彘食人食而不知檢(구체식인식이부지검), 塗有餓莩而不知發(도유아표이부지발), 人死(인사), 則曰(즉왈), 非我也(비아야), 歲也(세야). 是何異於刺人而殺之(시하이어척인이살지), 曰(왈), 非我也(비아야), 兵也(병야). 王無罪歲(왕무죄세), 斯天下之民至焉(사천하지민지언).

개(狗)나 큰 돼지(彘)가 사람(人)이 먹는(食) 것을 먹는(食)데도(而), 단속하는 것(檢)을 알지(知) 못하고(不), 길(塗)에서 굶어 죽는 송장(餓莩)이 있(有)어도(而), (창고를) 열 것

(發)을 알지(知) 못하고(不), 사람(人)이 죽(死)으면(則) 말하길(曰), '내(我)가 아(非)니다(也). 수확(歲) (때문)이다(也).'라 합니다. 이(是)는 사람(人)을 찔러(刺)서(而) 그(之)를 죽이고(殺) 말하길(曰), '내(我)가 아(非)니다(也). 병기(兵) (때문)이다(也).'라는 것과(於) 무엇(何)이 다르(異)겠습니까(也)? 왕(王)께서 수확(歲)을 탓하는(罪) 것이 없다면(無), 곧(斯) 천하(天下)의(之) 백성(民)이 여기에(焉) 이를 것입니다(至).

*耳矣(이이): ~일 뿐이다 ‖ *喩(유): 비유하다 ‖ *塡然(전연): 큰 북을 치거나 큰 북소리가 울리는 모양 ‖ *曳(예): 끌다 ‖ *何如(하여): 무엇과 같은가? 어찌하여, 어떠한가? ‖ *耳(이): ~일 뿐이다 ‖ *洿(오): 웅덩이 ‖ *五畝之宅(오묘지택): 다섯 이랑인 집이라는 뜻으로 보통의 한 가족이 사는 규모의 집, 서민의 집 ‖ *帛(백): 비단 ‖ *彘(체): 돼지 ‖ *百畝之田(백묘지전): 정전제(井田制)에서, 한 사람의 남자가 받던 전지(田地) ‖ *庠序(상서): 학교 / 庠(상): 학교 ‖ *頒白(반백): 흰색과 검은색이 반반 정도인 머리털 / 頒(반): 나누다 ‖ *黎民(여민): 백성 ‖ *有+명사: ①~이(가) 있다(술어+보어), ②~을(를) 가지고 있다(술어+목적어) ‖ *餓莩(아표): 굶어 죽은 송장 / 莩(표): 굶어 죽다 ‖ *歲(세): 수확, 결실.

부록 최소한 문법: 焉, 於, 之, 者, 不, 以, 之, 而, 可, 與, 使, 可以, 未, 도치, 非.

4장

梁惠王曰(양혜왕왈). 寡人願安承敎(과인원안승교).

양혜왕(梁惠王)이 말했다(曰). 과인(寡人)은 편안히(安) 가르침(敎)을 받들길(承) 원합니다(願).

孟子對曰(맹자대왈). 殺人以梃與刃(살인이정여인), 有以異乎(유이이호)? 曰(왈). 無以異也(무이이야).

맹자(孟子)께서 대답하여(對) 말씀하셨다(曰). 사람(人)을 죽이는(殺) 데 몽둥이(梃)와(與) 칼(刃)로(以) 하는 것에 다른(異) 것(以)이 있(有)습니까(乎)? 말했다(曰). 다른(異) 것(以)이 없(無)습니다(也).

以刃與政(이인여정), 有以異乎(유이이호)? 曰(왈). 無以異也(무이이야).

칼(刃)과(與) 정치(政)로(以) 하는 것에 다른(異) 것(以)이 있(有)습니까(乎)? 말했다(曰). 다른(異) 것(以)이 없(無)습니다(也).

曰(왈). 庖有肥肉(포유비육), 廐有肥馬(구유비마), 民有飢色(민유기색), 野有餓莩(아유아표), 此率獸而食人也(차솔수이식인야).

말씀하셨다(曰). 부엌(庖)에 살찐(肥) 고기(肉)가 있고(有), 마구간(廐)에 살찐(肥) 말(馬)이 있는데(有), 백성(民)에게는 굶주리는(飢) 기색(色)이 있고(有), 들(野)에는 굶어 죽은 송장(餓莩)이 있다면(有), 이것(此)은 짐승(獸)을 거느리(率)고(而) 사람(人)을 먹는(食) 것입니다(也).

獸相食(수상식), 且人惡之(차인오지), 爲民父母(위민부모), 行政不免於率獸而食人(행정불면어솔수이식인), 惡在其爲民父母也(오재기위민부모야)?

짐승(獸)이 서로(相) 먹는(食) 것도 또한(且) 사람(人)이 그것(之)을 싫어하는데(惡), 백성(民)의 부모(父母)가 되어(爲) 정사(政)를 행하면서(行), 짐승(獸)을 거느리(率)고(而) 사람(人)을 먹는(食) 것에(於) 면하지(免) 못한다면(不), 어디(惡)에 있겠습니까(在)? 그(其)가 백성(民)의 부모(父母)가 되는(爲) 것이(也).

※ 惡: (악) 악하다, / (오) 미워하다, 싫어하다, 어찌, 감탄사.

仲尼曰(중니왈), 始作俑者(시작용자), 其無後乎(기무후호), 爲其象人而用之也(위기상인이용지야). 如之何其使斯民飢而死也(여지하기사사민기이사야).

중니(仲尼, 공자)께서 말씀하시길(曰), '처음(始) 목우(俑)를 만든(作) 자(者)는 아마도(其) 후손(後)이 없을(無) 것이다(乎).'라 했는데, 그것(其)이 사람(人)을 본떠(象)서(而), 그것(之)을 (장례에) 사용했기(用) 때문(爲)입니다(也). 어찌하여(如之何) 그렇게(其) 이(斯) 백성(民)으로 하여금(使) 굶주리게 해(飢)서(而) 죽게 하(死)십니까(也)?

*梃(정): 막대기 ‖ *有以(유이): ①~할 방법이 있다, ②~할 수가 있다, ③~한 것이 있다 ‖ *無以(무이): ①~할 방법이 없다, ②~할 수가 없다, ③~한 것이 없다 ‖ *庖(포): 부엌 ‖ *有+명사: ①~이(가) 있다(술어+보어), ②~을(를) 가지고 있다(술어+목적어) ‖ *廐(구): 마구간 ‖ *餓莩(아표): 굶어 죽은 송장 ‖ *俑(용): 목우(木偶, 껴묻거리로 사용한 나무 인형) ‖ *象(상): 본뜬다 ‖ *如之何(여지하): 그것이 무엇과 같은가? 어떻게 하는가? 어찌할까? 어떻게 하여, 어떠한가?

부록 최소한 문법: 以, 與, 而, 之, 不, 於, 者.

5장

梁惠王曰(양혜왕왈). 晉國(진국), 天下莫强焉(천하막강언), 叟之所知也(수지소지야). 及寡人之身(급과인지신), 東敗於齊(동패어제), 長子死焉(장자사언), 西喪地於秦七百里(서상지어진칠백리), 南辱於楚(남욕어초). 寡人恥之(과인치지), 願比死者一洒之(원비사자일세지), 如之何則可(여지하즉가)?

양혜왕(梁惠王)이 말했다(曰). 진(晉)나라(國)가 천하(天下)에서 그것보다(焉) 강한(强)

것이 없다(莫)는 것은, 어른(叟)께서도(之) 아시는(知) 바(所)입니다(也). 과인(寡人)의(之) 몸(身)에 이르러(及), 동쪽(東)으로 제나라(齊)에(於) 패하여(敗), 장자(長子)가 거기에서(焉) 죽었고(死), 서쪽(西)으로 진나라(秦)에(於) 700리(七百里) 땅(地)을 잃었으며(喪), 남쪽(南)으로 초나라(楚)에(於) 모욕을 당했습니다(辱). 과인(寡人)이 그것(之)을 부끄러워하여(恥), 죽은(死) 자(者)를 위하여(比) 한 번(一) 그것(之)을 씻기(洒) 원하는데(願), 그것(之)을 어찌하(如-何)면(則) 가능하겠습니까(可)?

孟子對曰(맹자대왈). 地方百里而可以王(지방백리이가이왕).

맹자(孟子)께서 대답하여(對) 말씀하셨다(曰). 땅(地)이 사방(方) 백 리만 되어(百里)도(而) 왕 노릇할(王) 수 있습니다(可以).

王如施仁政於民(왕여시인정어민), 省刑罰(생형벌), 薄稅斂(박세렴), 深耕易耨(심경이누), 壯者以暇日(장자이가일), 修其孝悌忠信(수기효제충신), 入以事其父兄(입이사기부형), 出以事其長上(출이사기장상), 可使制梃以撻秦·楚之堅甲利兵矣(가사제정이달진초지견갑이병의).

왕(王)께서 만약(如) 백성(民)에게(於) 인정(仁政)을 베풀어(施), 형벌(刑罰)을 덜고(省) 세금으로(稅) 거두기(斂)를 적게 하면(薄), 깊이(深) 밭 갈고(耕) 쉽게(易) 김매며(耨), 장자(壯者)가 한가한(暇) 날(日)로(以) 그(其) 효제(孝悌)와 충신(忠信)을 닦아서(修), 들어가서는(入) 그것으로(以) 그(其) 부형(父兄)을 섬기고(事), 나가서는(出) 그것으로(以) 그(其) 어른(長)과 윗사람(上)을 섬기고(事), 몽둥이(梃)를 만들어서(制), 그것으로(以) 진나라(秦)와 초나라(楚)의(之) 견고한(堅) 갑옷(甲)과 예리한(利) 병기(兵)를 때리게(撻) 할(使) 수(可) 있을 것입니다(矣).

※ 省: (성) 살피다, / (생) 덜다, / (선) 가을 사냥, 가을 제사.

彼奪其民時(피탈기민시), 使不得耕耨以養其父母(사부득경누이양기부모), 父母凍餓(부모동아), 兄弟妻子離散(형제처자이산). 彼陷溺其民(피함닉기민), 王往而征之(왕왕이정지), 夫誰與王敵(부수여왕적)?

저들(彼)이 그(其) 백성(民)의 때(時)를 빼앗아(奪), 그들로 하여금(使) 밭 갈고(耕) 김매어(耨), 그것으로(以) 그(其) 부모(父母)를 봉양할(養) 수(得) 없게(不) 한다면, 부모(父母)는 추위에 떨고(凍) 굶주리며(餓), 형제(兄弟)와 처자(妻子)는 헤어져(離) 흩어지게 됩니다(散). 저들(彼)이 그(其) 백성(民)을 빠뜨릴 때(陷溺), 왕(王)께서 가(往)서(而) 그것(之)을 토벌한다면(征), 대체(夫) 누(誰)가 왕(王)과(與) 대적하겠습니까(敵)?

故曰(고왈), 仁者無敵(인자무적), 王請勿疑(왕청물의).

그러므로(故) 말하길(曰), '인자(仁者)는 대적할 자(敵)가 없다(無).'라 하니, 왕(王)께서는 청컨대(請) 의심하지(疑) 마십시오(勿).

*叟(수): 늙은이, 어른 ‖ *比(비): 위하여 ‖ *洒(세): 씻다 ‖ *如之何(여지하): 그것이 무엇과 같은가? 어떻게 하는가? 어찌할까? 어떻게 하여, 어떠한가? ‖ *省(생): 덜다 ‖ *稅斂(세렴): 세금을 거두어들이는 일 ‖ *耨(누): 김매다 ‖ *梃(정): 막대기 ‖ *撻(달): 때리다.

부록 최소한 문법: 莫, 焉, 之, 所, 於, 者, 而, 可以, 以, 使, 可, 不, 得, 與.

6장

孟子見梁襄王(맹자견양양왕). 出(출), 語人曰(어인왈). 望之不似人君(망지불사인군), 就之而不見所畏焉(취지이불견소외언), 卒然問曰(졸연문왈), 天下惡乎定(천하오호정), 吾對曰(오대왈), 定于一(정우일).

맹자(孟子)께서 양양왕(梁襄王)을 만나보셨다(見). 나와(出) 사람(人)에게 일러(語) 말씀하셨다(曰). 그(之)를 바라보아도(望) 임금(人君)과 같지(似) 않고(不), 그(之)에게 나아가(就)도(而) 그에게(焉) 두려워할(畏) 바(所)를 보지(見) 못했는데(不), 갑작스럽게(卒然) 물어(問) 말하길(曰), '천하(天下)가 어느 곳(惡)으로(乎) 정해지겠습니까(定)?'라 하기에, 나(吾)는 대답하여(對) 말하길(曰), '한 곳(一)으로(于) 정해집니다(定).'라 했다.

孰能一之(숙능일지), 對曰(대왈), 不嗜殺人者能一之(불기살인자능일지).

'누(孰)가 그것(之)을 하나로 할(一) 수 있겠습니까(能)?'라 하기에, 대답하여(對) 말하길(曰), '사람(人)을 죽이는(殺) 것을 즐기지(嗜) 않는(不) 자(者)가 그것(之)을 하나로 할(一) 수 있습니다(能).'라 했다.

孰能與之(숙능여지)? 對曰(대왈), 天下莫不與也(천하막불여야). 王知夫苗乎(왕지부묘호)? 七·八月之間旱(칠팔월지간한), 則苗槁矣(즉묘고의), 天油然作雲(천유연작운), 沛然下雨(패연하우), 則苗浡然興之矣(즉묘발연흥지의). 其如是(기여시), 孰能禦之(숙능어지)? 今夫天下之人牧(금부천하지인목), 未有不嗜殺人者也(미유불기살인자야), 如有不嗜殺人者(여유불기살인자), 則天下之民皆引領而望之矣(즉천하지민개인령이망지의), 誠如是也(성여시야), 民歸之(민귀지), 由水之就下(유수지취하), 沛然誰能禦之(패연수능어지)?

'누(孰)가 그(之)를 따를(與) 수 있겠습니까(能)?'라 해서, 대답하여(對) 말하길(曰), '천하(天下)에 따르지(與) 않는(不) 이가 없(莫)습니다(也). 왕(王)께서는 저(夫) 싹(苗)을 아(知)십니까(乎)? 7, 8월(七八月)의(之) 사이(間)에 가물(旱)면(則), 싹(苗)이 마르(槁)다가(矣), 하늘(天)이 유연하게(油然) 구름(雲)을 만들어(作), 패연하게(沛然) 비(雨)를 내리(下)면(則), 싹(苗)은 발연하게(浡然) 그것(之)을 일으(興)킵니다(矣). 그것(其)이 이

(是)와 같다면(如) 누(孰)가 그것(之)을 막을(禦) 수 있겠습니까(能)? 지금(今) 저(夫) 천하(天下)의(之) 임금(人牧)에서 사람(人)을 죽이는(殺) 것을 좋아하지(嗜) 않는(不) 자(者)가 있지(有) 않(未)은데(也), 만일(如) 사람(人)을 죽이는(殺) 것을 좋아하지(嗜) 않는(不) 자(者)가 있(有)으면(則), 천하(天下)의(之) 백성(民)이 모두(皆) 목(領)을 늘여(引)서(而) 그것(之)을 바라볼(望) 것이니(矣), 진실로(誠) 이(是)와 같다(如)면(也), 백성(民)이 그(之)에게 돌아가는(歸) 것은 물(水)이(之) 아래로(下) 나아가는(就) 것과 같으니(由), 패연한 것(沛然), 누(誰)가 그것(之)을 막을(禦) 수 있겠습니까(能)?'라고 했다.

※ 人牧: 牧이 기른다는 의미가 있기 때문에 '백성을 기르는 사람'에서 '임금'이 되었다. 그런데, 단어의 결합을 보면 牧人이 더 적절하다. 그러나 牧人은 '목동' 혹은 '목자'로, 보통명사가 되어서 관용적으로 人牧으로 썼다.

*卒然(졸연): 갑작스럽게 ‖ *嗜(기): 즐기다 ‖ *與(여): 따르다 ‖ *槁(고): 마르다 ‖ *油然(유연): 구름이 힘 있게 피어나는 모양 ‖ *沛然(패연): 쏟아지는 모양이 매우 세참 ‖ *浡(발): 일어나다 ‖ *禦(어): 막다 ‖ *人牧(인목): 임금 ‖ *有~者: ①~한 사람(경우)이 있다, ②~이 있는 사람(경우) ‖ *領(령): 목, 목덜미 ‖ *由(유): 같다.

부록 최소한 문법: 之, 不, 而, 所, 焉, 도치, 乎, 于, 者, 能, 莫, 未.

7장

齊宣王問曰(제선왕문왈). 齊桓·晉文之事(제환진문지사), 可得聞乎(가득문호)?

제나라(齊) 선왕(宣王)이 물어(問) 말했다(曰). 제나라(齊) 환공(桓)과 진나라(晉) 문공(文)의(之) 일(事), 얻어서(得) 들을(聞) 수(可) 있습니까(乎)?

※ 可得聞乎: 可/能/得/足은 술어 앞에서 술어의 의미를 보조한다. 그러나 본문에서 可와 得이 이어져, 문리에 따라 可는 得을 보조한다. 그러나 得 뒤에 다시

聞이라는 술어가 나왔기 때문에 可는 聞을 보조하고, 得은 부사 역할을 한다.

孟子對曰(맹자대왈). 仲尼之徒(중니지도), 無道桓·文之事者(무도환문지사자). 是以後世無傳焉(시이후세무전언), 臣未之聞也(신미지문야). 無以(무이), 則王乎(즉왕호)?

맹자(孟子)께서 대답하여(對) 말씀하셨다(曰). 중니(仲尼, 공자)의(之) 무리(徒)에서 환공(桓)과 문공(文)의(之) 일(事)을 말한(道) 자(者)가 없었습니다(無). 이(是) 때문에(以) 후세에(後世) 그것을(焉) 전한 것(傳)이 없어서(無), 신(臣)도 그것(之)을 아직 듣지(聞) 못했(未)습니다(也). 그만두라 하지(以) 않는다(無)면(則), 왕도(王)는 (어떤)가요(乎)?

※ 無以: '以'를 '已'와 같은 의미로 보고, '그만두라 함이 없다'로 번역하는 예가 일반적이다.

曰(왈). 德何如(덕하여), 則可以王矣(즉가이왕의)? 曰(왈). 保民而王(보민이왕), 莫之能禦也(막지능어야).

말했다(曰). 덕(德)이 무엇(何)과 같다(如)면(則), 왕 노릇할(王) 수(可以) 있습니까(矣)? 말씀하셨다(曰). 백성(民)을 보호하(保)면서(而) 왕 노릇하면(王), 그것(之)을 막을(禦) 수(能) 있는 자는 없을(莫) 것입니다(也).

曰(왈). 若寡人者(약과인자), 可以保民乎哉(가이보민호재)? 曰(왈). 可(가). 曰(왈). 何由知吾可也(하유지오가야)? 曰(왈). 臣聞之胡齕(신문지호흘). 曰(왈), 王坐於堂上(왕좌어당상), 有牽牛而過堂下者(유견우이과당하자). 王見之(왕견지), 曰(왈), 牛何之(우하지)? 對曰(대왈), 將以釁鐘(장이흔종). 王曰(왕왈), 舍之(사지). 吾不忍其

觳觫(오불인기곡속), 若無罪而就死地(약무죄이취사지), 對曰(대왈), 然則廢釁鍾與(연즉폐흔종여)? 曰(왈), 何可廢也(하가폐야)? 以羊易之(이양역지). 不識有諸(불식유저)?

말했다(曰). 과인(寡人)과 같은(若) 자(者)도 백성(民)을 보호할(保) 수(可以) 있습니까(乎哉)? 말씀하셨다(曰). 가능합니다(可). 말씀하셨다(曰). 무엇(何)으로(由) 내(吾)가 가능하다(可)는 것을 아(知)십니까(也)? 말씀하셨다(曰). 신(臣)이 호흘(胡齕)에게 그것(之)을 들었습니다(聞). 말하길(曰), '왕(王)께서 당상(堂上)에(於) 앉았는데(坐), 소(牛)를 끌(牽)고(而) 당(堂) 아래(下)를 지나가는(過) 자(者)가 있었습니다(有). 왕(王)께서 그것(之)을 보시고(見) 소(牛)가 어디(何)로 가느냐(之)?고 말했는데(曰), 장차(將) 그것으로(以) 종(鍾)에 피를 칠하려 합니다(釁)라고 대답하여(對) 말했습니다(曰). 왕(王)께서 그것(之)을 놓아주어라(舍). 나(吾)는 그것(其)이 벌벌 떨면서(觳觫) 죄(罪)가 없(無)이(而) 사지(死地)로 나아가는(就) 것과 같은(若) 것을 차마 하지(忍) 못한다(不)고 말씀하시자(曰), 그렇다(然)면(則) 흔종(釁鍾)을 폐지할(廢)까요(與)?라고 대답하여(對) 말하자(曰), 어찌(何) 폐할(廢) 수(可) 있겠느냐(也)? 양(羊)으로(以) 그것(之)을 바꾸라(易)고 말씀하셨다(曰).'고 합니다. 알지(識) 못 하겠습니다만(不), 그런 일(諸)이 있었습니까(有)?

※ 識: 안다는 의미일 때 '식'으로 독음하고, 기록하다 혹은 기억한다의 의미일 때 '지'로 독음한다. 그러나 '알다'는 의미임에도 '지'로 독음하는 예가 있다. 이는 중국어 음운 체계의 영향(zhì 또는 shì), 고대 문헌에서의 사용 관습, 심화된 의미와 분화에 따른 음운적 차이를 반영하려는 시도 등의 이유로 설명될 수 있다. 결국, 관습적으로 굳어진 사례가 현대 독음에 남아 있는 것으로 짐작된다.

曰(왈). 有之(유지). 曰(왈). 是心足以王矣(시심족이왕의). 百姓皆以王爲愛也(백성개이왕위애야), 臣固知王之不忍也(신고지왕지불인야).

말했다(曰). 그런 일(之)이 있었습니다(有). 말씀하셨다(曰). 이(是) 마음(心)이라면 왕노릇 할(王) 수(足以) 있습니다(矣). 백성(百姓)은 모두(皆) 왕(王)께서(以) 아낀다(愛)고 여기(爲)겠지만(也), 신(臣)은 진실로(固) 왕(王)께서(之) 차마 하지(忍) 못했다(不)는 것을 압(知)니다(也).

王曰(왕왈). 然(연). 誠有百姓者(성유백성자), 齊國雖褊小(제국수편소), 吾何愛一牛(오하애일우)? 卽不忍其觳觫(즉불인기곡속), 若無罪而就死地(약무죄이취사지), 故以羊易之也(고이양역지야).

왕(王)이 말했다(曰). 그렇습니다(然). 진실로(誠) (그렇게 생각하는) 백성(百姓)도(者) 있겠지만(有), 제(齊)나라(國)가 비록(雖) 좁고(褊) 작지만(小), 내(吾)가 어찌(何) 한 마리(一)의 소(牛)를 아끼겠습니까(愛)? 곧(卽) 그것(其)이 벌벌 떨면서(觳觫), 죄(罪)가 없(無)이(而) 사지(死地)로 나아가는(就) 것과 같은(若) 것을 차마 하지(忍) 못하기에(不), 그러므로(故) 양(羊)으로(以) 그것(之)을 바꾼(易) 것입니다(也).

曰(왈). 王無異於百姓之以王爲愛也(왕무이어백성지이왕위애야). 以小易大(이소역대), 彼惡知之(피오지지)? 王若隱其無罪而就死地(왕약은기무죄이취사지), 則牛羊何擇焉(즉우양하택언)? 王笑曰(왕소왈). 是誠何心哉(시성하심재)? 我非愛其財而易之以羊也(아비애기재이역지이양야), 宜乎百姓之謂我愛也(의호백성지위아애야).

말씀하셨다(曰). 왕(王)께서는 백성(百姓)이(之) 왕(王)께서(以) 아낀다(愛)고 여기는(爲) 것을(於) 이상하다(異)고 하지 마(無)십시오(也). 작은 것(小)으로(以) 큰 것(大)과 바꾸었으니(易), 저들(彼)이 어찌(惡) 그것(之)을 알겠습니까(知)? 왕(王)께서 만약(若) 그것(其)이 죄(罪)가 없(無)이(而), 사지(死地)에 나아가는(就) 것을 가엾어 했다(隱)면(則), 소(牛)와 양(羊), 어찌(何) 그것을(焉) 택했겠습니까(擇)? 왕(王)이 웃으며(笑) 말했다(曰). 이것(是)이 진실로(誠) 무슨(何) 마음(心)이었는가(哉)? 나(我)는 그(其) 재물(財)을 아껴(愛)서(而), 그것(之)을 양(羊)으로(以) 바꾼(易) 것이 아닌(非)데(也), 마땅하(宜)다(乎), 백성(百姓)이(之) 내(我)가 아낀다(愛)고 말하는(謂) 것이(也).

曰(왈). 無傷也(무상야). 是乃仁術也(시내인술야), 見牛未見羊也(견우미견양야). 君子之於禽獸也(군자지어금수야), 見其生(견기생), 不忍見其死(불인견기사), 聞其聲(문기성), 不忍食其肉(불인식기육). 是以君子遠庖廚也(시이군자원포주야).

말씀하셨다(曰). 근심할 것(傷)이 없(無)습니다(也). 이것(是)이 곧(乃) 인술(仁術)이니(也), 소(牛)를 보고(見) 양(羊)을 아직 보지(見) 못해서(未)입니다(也). 군자(君子)는(之) 금수(禽獸)에(於) 대하여(也), 그(其) 산 것(生)을 보고(見) 그(其) 죽음(死)을 차마(忍) 보지(見) 못하며(不), 그(其) 소리(聲)를 듣고(聞) 그(其) 고기(肉)를 차마(忍) 먹지(食) 못합니다(不). 이(是) 때문에(以) 군자(君子)는 푸줏간(庖廚)을 멀리하는(遠) 것입니다(也).

王說(왕열), 曰(왈). 詩云(시운), 他人有心(타인유심), 予忖度之(여촌탁지), 夫子之謂也(부자지위야). 夫我乃行之(부아내행지), 反以求之(반이구지), 不得吾心(부득오심), 夫子言之(부자언지), 於我心有戚戚焉(어아심유척척언). 此心之所以合於王者(차심지소이합어왕자), 何也(하야)?

왕(王)이 기뻐하며(說) 말했다(曰). 『시경(詩)』에 이르길(云), '다른(他) 사람(人)이 지닌(有) 마음(心), 내(予)가 그것(之)을 헤아려 안다(忖度).'고 했는데, 선생(夫子)을(之) 말하는(謂) 것이군요(也). 무릇(夫) 내(我)가 곧(乃) 그것(之)을 행하고도(行) 돌이켜(反), 그것으로(以) 그것(之)을 구했으나(求), 내(吾) 마음(心)을 얻지(得) 못했는데(不), 선생(夫子)께서 그것(之)을 말해주니(言), 나(我)의 마음(心)에(於), 거기에(焉) 척척함(戚戚)이 있습니다(有). (그런데) 이(此) 마음(心)이(之) 왕도(王者)에(於) 부합하는(合) 까닭(所以)은 무엇(何)입니까(也)?

曰(왈). 有復於王者(유복어왕자), 曰(왈), 吾力足以擧百鈞(오력족이거백균), 而不足以擧一羽(이부족이거일우). 明足以察秋毫之

末(명족이찰추호지말), 而不見輿薪(이불견여신), 則王許之乎(즉왕허지호)? 曰(왈). 否(부). 今恩足以及禽獸而功不至於百姓者(금은족이급금수이공부지어백성자), 獨何與(독하여)? 然則一羽之不擧(연즉일우지불거), 爲不用力焉(위불용력언), 輿薪之不見(여신지불견), 爲不用明焉(위불용명언), 百姓之不見保(백성지불견보), 爲不用恩焉(위불용은언). 故王之不王(고왕지불왕), 不爲也(불위야), 非不能也(비불능야).

말씀하셨다(曰). 왕(王)에게(於) 보고하는(復) 자(者)가 있어(有) 말하길(曰), '나(吾)의 힘(力)이 백(百) 균(鈞)을 들(擧) 수(足以) 있지만(而), 하나(一)의 깃털(羽)을 들(擧) 수(足以) 없습니다(不). 시력(明)이 추호(秋毫)의(之) 끝(末)을 살필(察) 수(足以) 있지만(而), 수레(輿)의 섶(薪)을 보지는(見) 못합니다(不).'라고 한다면(則), 왕(王)께서는 그것(之)을 인정하(許)시겠습니까(乎)? 말했다(曰). 아닙니다(否). 지금(今) 은혜(恩)가 금수(禽獸)에게 미칠(及) 수(足以) 있으나(而), 공(功)이 백성(百姓)에게(於) 이르지(至) 않는(不) 것은 유독(獨) 어째서(何)입니까(與)? 그렇다(然)면(則) 하나(一)의 깃(羽)을(之) 들지(擧) 못하는(不) 것은 거기에(焉) 힘(力)을 쓰지(用) 않기(不) 때문이며(爲), 수레(輿)의 섶(薪)을(之) 보지(見) 못하는(不) 것은 거기에(焉) 시력(明)을 쓰지(用) 않기(不) 때문이며(爲), 백성(百姓)이(之) 보호(保)받지(見) 못하는(不) 것은 거기에(焉) 은혜(恩)를 쓰지(用) 않기(不) 때문입니다(爲). 그러므로(故) 왕(王)께서(之) 왕 노릇하지(王) 못하시는(不) 것은 하지(爲) 않는(不) 것이지(也), 할 수(能) 없는(不) 것이 아닙(非)니다(也).

※ 秋毫: 가을철에 털갈이하여 새로 돋아난 짐승의 가는 털로, 매우 적은 것을 비유적으로 이르는 말이다.

※ 否: 否와 不은 '아니다'라는 부정의 의미지만, 不이 일반적인 부정이라면, 否는 肯의 반대 개념으로 거부, 부정, 반대의 의미이다.

曰(왈). 不爲者與不能者之形何以異(불위자여불능자지형하이이)? 曰(왈). 挾太山以超北海(협태산이초북해), 語人曰(어인왈), 我不能

(아불능), 是誠不能也(시성불능야), 爲長者折枝(위장자절지), 語人曰(어인왈), 我不能(아불능), 是不爲也(시불위야), 非不能也(비불능야). 故王之不王(고왕지불왕), 非挾太山以超北海之類也(비협태산이초북해지류야). 王之不王(왕지불왕), 是折枝之類也(시절지지류야).

말했다(曰). 하지(爲) 않는(不) 것(者)과(與) 할 수(能) 없는(不) 것(者)의(之) 모습(形)은 무엇(何)으로(以) 다른가요(異)? 말씀하셨다(曰). 태산(太山)을 끼고(挾), 그것으로(以) 북해(北海)를 뛰어넘는(超) 것, 사람(人)에게 일러(語) 말하길(曰), '나(我)는 할 수(能) 없다(不).'라고 하면, 이(是)는 진실로(誠) 할 수(能) 없는(不) 것이지만(也), 장자(長者)를 위하여(爲) 가지(枝)를 꺾는 것(折), 사람(人)에게 일러(語) 말하길(曰), '나(我)는 할 수(能) 없다(不).'고 하면, 이(是)는 하지(爲) 않는(不) 것이지(也), 할 수(能) 없는(不) 것이 아닙(非)니다(也). 그러므로(故) 왕(王)께서(之) 왕 노릇하지(王) 못하는(不) 것은 태산(太山)을 끼고(挾), 그것으로(以) 북해(北海)를 뛰어넘(超)는(之) 유형(類)이 아닙(非)니다(也). 왕(王)께서(之) 왕 노릇하지(王) 못하는(不) 것, 이(是)는 가지(枝)를 꺾(折)는(之) 유형(類)입니다(也).

老吾老(노오로), 以及人之老(이급인지로), 幼吾幼(유오유), 以及人之幼(이급인지유), 天下可運於掌(천하가운어장). 詩云(시운), 刑于寡妻(형우과처), 至于兄弟(지우형제), 以御于家邦(이어우가방). 言擧斯心加諸彼而已(언거사심가저피이이). 故推恩足以保四海(고추은족이보사해), 不推恩無以保妻子(불추은무이보처자). 古之人所以大過人者無他焉(고지인소이대과인자무타언), 善推其所爲而已矣(선추기소위이이의). 今恩足以及禽獸(금은족이급금수), 而功不至於百姓者(이공부지어백성자), 獨何與(독하여)?

나(吾)의 노인(老)을 노인으로 대하여(老), 그것으로(以) 남(人)의(之) 노인(老)에게 미치고(及), 나(吾)의 어린이(幼)를 어린이로 대하여(幼), 그것으로(以) 남(人)의(之) 어린이(幼)에게 미친다면(及), 천하(天下)를 손바닥(掌)에서(於) 움직일(運) 수 있습니다(可). 『시경(詩)』에 이르길(云), '내(寡) 처(妻)에게(于) 모범이 되어(刑), 형제(兄弟)에게(于) 이르고(至), 그것으로(以) 집(家)과 나라(邦)를(于) 다스리네(御).'라 했습니다. 이(斯) 마음(心)을 들어서(擧) 저기(彼)에 그것을(諸) 더할(加) 뿐이라는(而已) 말입니다(言). 그러므로(故) 은혜(恩)를 미루면(推) 사해(四海)를 보전할(保) 수 있고(足以), 은혜(恩)를 미루지(推) 못하면(不) 처자식(妻子)도 보호할(保) 수 없습니다(無以). 옛날(古)의(之) 사람(人)이 남(人)보다 크게(大) 넘어서는(過) 까닭(所以)은(者) 거기에(焉) 다른 것(他)이 아니라(無), 그(其)가 할 수 있는(爲) 것(所)을 잘(善) 미루어 갔을(推) 뿐입니다(而已矣). 지금(今) 은혜(恩)가 금수(禽獸)에게 미칠(及) 수(足以) 있으면서도(而), 공(功)이 백성(百姓)에게(於) 이르지(至) 않는(不) 것(者)은 유독(獨) 어째서(何)입니까(與)?

權(권), 然後知輕重(연후지경중), 度(도), 然後知長短(연후지장단). 物皆然(물개연), 心爲甚(심위심), 王請度之(왕청탁지).

저울질한(權) 연후에(然後) 경중(輕重)을 알고(知), 재어본(度) 연후에(然後) 장단(長短)을 압니다(知). 사물(物)이 모두(皆) 그러한데(然), 마음(心)은 심한 것(甚)이 되오니(爲), 왕(王)께서는 청컨대(請) 그것(之)을 헤아리십시오(度).

抑王興甲兵(억왕흥갑병), 危士臣(위사신), 構怨於諸侯(구원어제후), 然後快於心與(연후쾌어심여)?

아니면(抑) 왕(王)께서 병사(甲兵)를 일으켜(興) 군사(士)와 신하(臣)를 위태롭게 하고(危), 제후(諸侯)에게(於) 원한(怨)을 맺은(構) 연후에야(然後) 마음(心)을(於) 유쾌해하(快)시겠습니까(與)?

王曰(왕왈). 否(부). 吾何快於是(오하쾌어시)? 將以求吾所大欲也(장이구오소대욕야).

왕(王)이 말했다(曰). 아닙니다(否). 내(吾)가 어찌(何) 이것(是)을(於) 유쾌해하겠습니까(快)? 장차(將) 그것으로(以) 내(吾)가 크게(大) 바라는(欲) 바(所)를 구하려는(求) 것입니다(也).

曰(왈). 王之所大欲(왕지소대욕), 可得聞與(가득문여)? 王笑而不言(왕소이불언), 曰(왈). 爲肥甘不足於口與(위비감부족어구여), 輕煖不足於體與(경난부족어체여)? 抑爲采色不足視於目與(억위채색부족시어목여), 聲音不足聽於耳與(성음부족청어이여), 便嬖不足使令於前與(편폐부족사령어전여)? 王之諸臣(왕지제신), 皆足以供之(개족이공지), 而王豈爲是哉(이왕기위시재)? 曰(왈). 否(부). 吾不爲是也(오불위시야). 曰(왈). 然則王之所大欲可知已(연즉왕지소대욕가지이). 欲辟土地(욕벽토지), 朝秦·楚莅中國而撫四夷也(조진초이중국이무사이야). 以若所爲(이약소위), 求若所欲(구약소욕), 猶緣木而求魚也(유연목이구어야).

말씀하셨다(曰). 왕(王)께서(之) 크게(大) 바라는(欲) 바(所)를 얻어(得) 들을(聞) 수(可) 있겠습니까(與)? 왕(王)이 웃으(笑)면서(而) 말하지(言) 않자(不), 말씀하셨다(曰). 살찌고(肥) 단 것(甘)이 입(口)에(於) 충분하지(足) 않(不)거나(與), 가볍고(輕) 따뜻한 것(煖)이 몸(體)에(於) 충분하지(足) 않기(不) 때문입(爲)니까(與)? 아니면(抑) 채색(采色)이 눈(目)에(於) 보기에(視) 충분하지(足) 않(不)거나(與), 성음(聲音)이 귀(耳)에(於) 듣기에(聽) 충분하지(足) 않(不)거나(與), 말 잘하고(便) 총애하는 자(嬖)가 앞(前)에서(於) 영(令)으로 부리기에(使) 충분하지(足) 않기(不) 때문입(爲)니까(與)? 왕(王)의(之) 여러(諸) 신하(臣)가 모두(皆) 그것(之)을 이바지할(供) 수(足以) 있으니(而), 왕(王)께서 어찌(豈) 이(是) 때문이(爲)겠습니까(哉)? 말했다(曰). 아닙니다(否). 저(吾)는 이(是) 때문이지(爲) 않(不)습니다(也). 말씀하셨다(曰). 그렇다(然)면(則) 왕(王)께서(之) 크게(大) 바라는(欲) 바(所)를 알(知) 수(可) 있을 뿐입니다(已). 토지(土地)를 개척하고(辟), 진나라(秦)와 초나라(楚)에 조회 받으며(朝), 중국(中國)을 다스려(莅)서(而), 사방(四) 오랑캐(夷)를 누르(撫)시려는(欲) 것입니다(也). 하시려는(爲) 바(所)와 같은(若) 것으로(以), 바라는(欲) 바(所)와 같은(若) 것을 구하는(求) 것은 나무(木)에 올라가(緣)서(而) 물고기(魚)를 구하는(求) 것과 같(猶)습니다(也).

王曰(왕왈). 若是其甚與(약시기심여)? 曰(왈). 殆有甚焉(태유심언), 緣木求魚(연목구어), 雖不得魚(수부득어), 無後災(무후재), 以若所爲(이약소위), 求若所欲(구약소욕), 盡心力而爲之(진심력이위지), 後必有災(후필유재). 曰(왈). 可得聞與(가득문여)? 曰(왈). 鄒人與楚人戰(추인여초인전), 則王以爲孰勝(즉왕이위숙승)? 曰(왈). 楚人勝(초인승). 曰(왈). 然則小固不可以敵大(연즉소고불가이적대), 寡固不可以敵衆(과고불가이적중), 弱固不可以敵强(약고불가이적강). 海內之地(해내지지), 方千里者九(방천리자구), 齊集有其一(제집유기일). 以一服八(이일복팔), 何以異於鄒敵楚哉(하이이어추적초재)? 蓋亦反其本矣(개역반기본의).

왕(王)이 말했다(曰). 이(是)와 같이(若) 그렇게(其) 심합(甚)니까(與)? 말씀하셨다(曰). 거의(殆) 그것보다(焉) 심한 것(甚)이 있으니(有), 나무(木)에 올라가(緣) 물고기(魚)를 구하면(求), 비록(雖) 물고기(魚)를 얻지(得) 못해도(不) 뒤(後)에 재앙(災)은 없겠지만(無), 하려는(爲) 바(所)와 같은(若) 것으로(以) 바라는(欲) 바(所)와 같은(若) 것을 구하는(求) 것은 마음(心)과 힘(力)을 다하(盡)여(而) 그것(之)을 하더라도(爲), 뒤(後)에 반드시(必) 재앙(災)이 있습니다(有). 말했다(曰). 얻어(得) 들을(聞) 수(可) 있겠습니까(與)? 말씀하셨다(曰). 추나라(鄒) 사람(人)이 초나라(楚) 사람(人)과(與) 싸우(戰)면(則), 왕(王)께서는 누(孰)가 이길(勝) 것이라 여기십니까(以爲)? 말했다(曰). 초나라(楚) 사람(人)이 이깁니다(勝). 말씀하셨다(曰). 그렇다(然)면(則) 작은 것(小)은 진실로(固) 큰 것(大)을 대적할(敵) 수(可以) 없고(不), 적은 것(寡)은 진실로(固) 다수(衆)를 대적할(敵) 수(可以) 없으며(不), 약한 것(弱)은 진실로(固) 강한 것(强)을 대적할(敵) 수(可以) 없습니다(不). 해내(海內)의(之) 땅(地)에 사방(方) 천 리(千里)인 것(者)이 아홉(九)인데, 제나라(齊)가 모아(集) 그(其) 하나(一)를 소유했습니다(有). 하나(一)로(以) 여덟(八)을 복종시킨다면(服), 추나라(鄒)가 초나라(楚)를 대적하는(敵) 것과(於) 무엇(何)으로(以) 다르다(異)고 하겠습니까(哉)? 대개(蓋) 단지(亦) 그(其) 근본(本)을 돌이켜야(反) 합니다(矣).

今王發政施仁(금왕발정시인), 使天下仕者皆欲立於王之朝(사천하사자개욕립어왕지조), 耕者皆欲耕於王之野(경자개욕경어왕지야), 商賈皆欲藏於王之市(상고개욕장어왕지시), 行旅皆欲出於王之塗(행려개욕출어왕지도), 天下之欲疾其君者皆欲赴愬於王(천하지욕질기군자개욕부소어왕). 其如是(기여시), 孰能禦之(숙능어지)?

지금(今) 왕(王)께서 정사(政)를 펴고(發) 인(仁)을 베풀어서(施), 천하(天下)의 벼슬하는(仕) 자(者)로 하여금(使) 모두(皆) 왕(王)의(之) 조정(朝)에(於) 서고(立) 싶게 하고(欲), 밭 가는(耕) 자(者)가 모두(皆) 왕(王)의(之) 들(野)에서(於) 밭 갈고(耕) 싶게 하며(欲), 장사꾼(商賈)이 모두(皆) 왕(王)의(之) 시장(市)에서(於) 보관하고(藏) 싶게 하고(欲), 여행하는 자(行旅)가 모두(皆) 왕(王)의(之) 길(塗)에서(於) 나다니고(出) 싶게 하신다면(欲), 천하(天下)에서(之) 그(其) 임금(君)을 미워하(疾)려는(欲) 자(者)가 모두(皆) 왕(王)에게(於) 달려와(赴) 하소연하려(愬) 할 것입니다(欲). 그것(其)이 이(是)와 같다면(如) 누(孰)가 그것(之)을 막을(禦) 수 있겠습니까(能)?

王曰(왕왈). 吾惽(오혼), 不能進於是矣(불능진어시의), 願夫子輔吾志(원부자보오지), 明以教我(명이교아). 我雖不敏(아수불민), 請嘗試之(청상시지). 曰(왈). 無恒產而有恒心者(무항산이유항심자), 惟士爲能(유사위능), 若民則無恒產(약민즉무항산), 因無恒心(인무항심), 苟無恒心(구무항심), 放辟邪侈(방벽사치), 無不爲已(무불위이), 及陷於罪(급함어죄), 然後從而刑之(연후종이형지), 是罔民也(시망민야), 焉有仁人在位(언유인인재위), 罔民而可爲也(망민이가위야)?

왕(王)이 말했다(曰). 나(吾)는 혼모해서(惽) 이(是)에(於) 나아갈(進) 없(不)으니(矣), 바라건대(願) 선생(夫子)께서 나(吾)의 뜻(志)을 도와(輔) 분명하게(明) 그것을(以) 나(我)에게 가르쳐 주십시오(教). 내(我)가 비록(雖) 영민하지(敏) 못하지만(不), 청컨대(請) 그것(之)을 시험하여 보겠습니다(嘗試). 말씀하셨다(曰). 항산(恒產)이 없는(無)데(而), 항심(恒心)을 가진(有) 자(者)는 오직(惟) 사(士)가 할 수(能) 있고(爲), 만약(若) 백성(民)

이 항산(恒産)이 없으면(無), 그로 인해(因) 항심(恒心)이 없으니(無), 진실로(苟) 항심(恒心)이 없다면(無), 방탕하고(放) 편벽되고(辟) 사악하고(邪) 사치하여(侈), 하지(爲) 않는(不) 것이 없을(無) 뿐이니(已), 죄(罪)에(於) 빠지는(陷) 데에 이른(及) 연후에(然後) 쫓아가(從)서(而) 그들(之)을 벌하면(刑), 이것(是)은 백성(民)을 그물질하는(罔) 것이니(也), 어찌(焉) 어떤(有) 인자(仁人)가 자리(位)에 있으면서(在), 백성(民)을 그물질하는(罔)데(而) (그런 것을) 할(爲) 수(可) 있겠습니까(也)?

是故明君制民之產(시고명군제민지산), 必使仰足以事父母(필사앙족이사부모), 俯足以畜妻子(부족이휵처자), 樂歲終身飽(낙세종신포), 凶年免於死亡(흉년면어사망). 然後驅而之善(연후구이지선), 故民之從之也輕(고민지종지야경).

이(是) 때문에(故) 명군(明君)은 백성(民)의(之) 생산(産)을 제정하되(制), 반드시(必) 위로는(仰) 부모(父母)를 섬길(事) 수(足以) 있게 하고(使), 아래로는(俯) 처자식(妻子)을 기를(畜) 수(足以) 있어서, 풍년(樂歲)에는 종신토록(終身) 배부르고(飽), 흉년(凶年)에도 사망(死亡)에서(於) 면합니다(免). 그러한(然) 뒤(後)에 몰아(驅)서(而) 선(善)에 가게 하기(之) 때문에(故) 백성(民)이(之) 그(之, 군주)를 따르는(從) 것이(也) 쉽습니다(輕).

※ 亡: (망) 망하다, 죽다, / (무) 없다.

今也制民之產(금야제민지산), 仰不足以事父母(앙부족이사부모), 俯不足以畜妻子(부부족이휵처자), 樂歲終身苦(낙세종신고), 凶年不免於死亡(흉년불면어사망). 此惟救死而恐不贍(차유구사이공불섬), 奚暇治禮義哉(해가치례의재)?

지금(今)은(也) 백성(民)의(之) 생산(産)을 제정하되(制), 위로는(仰) 부모(父母)를 섬길(事) 수(足以) 없고(不), 아래로는(俯) 처자식(妻子)을 기를(畜) 수(足以) 없어서(不), 풍년(樂歲)에도 종신토록(終身) 고통스럽고(苦), 흉년(凶年)에도 사망(死亡)에서(於) 면하지(免) 못합니다(不). 이것(此)은 오직(惟) 죽음(死)을 구제하는(救) 데도(而) 넉넉하지(贍) 못할까(不)를 두려워하는데(恐), 어느(奚) 겨를(暇)에 예의(禮義)를 바로 잡(治)겠습니까(哉)?

王欲行之(왕욕행지), 則盍反其本矣(즉합반기본의)?

왕(王)께서 그것(之)을 행하(行)려(欲) 한다면(則), 어찌(盍1) 그(其) 근본(本)을 돌이키지(反) 않(盍2)습니까(矣)?

五畝之宅(오묘지택), 樹之以桑(수지이상), 五十者可以衣帛矣(오십자가이의백의). 鷄豚狗彘之畜(계돈구체지휵), 無失其時(무실기시), 七十者可以食肉矣(칠십자가이식육의). 百畝之田(백묘지전), 勿奪其時(물탈기시), 八口之家可以無飢矣(팔구지가가이무기의). 謹庠序之敎(근상서지교), 申之以孝悌之義(신지이효제지의), 頒白者不負戴於道路矣(반백자불부대어도로의). 老者衣帛食肉(노자의백식육), 黎民(여민), 不飢不寒(불기불한), 然而不王者(연이불왕자), 未之有也(미지유야).

5묘(五畝)의(之) 집(宅), 거기(之)에 뽕나무(桑)를(以) 심으면(樹), 오십 된(五十) 자(者)가 비단옷(帛)을 입을(衣) 수(可以) 있습니다(矣). 닭(鷄), 돼지(豚), 개(狗), 큰 돼지(彘)를(之) 기르면서(畜) 그(其)때(時)를 잃지(失) 않으면(無), 칠십 된(七十) 자(者)가 고기(肉)를 먹을(食) 수(可以) 있습니다(矣). 백 묘(百畝)의(之) 밭(田)에 그(其)때(時)를 빼앗지(奪) 않으면(勿), 여덟 식구(八口)의(之) 집안(家)에 굶주리지(飢) 않을(無) 수(可以) 있습니다(矣). 학교(庠序)의(之) 가르침(敎)을 삼가서(謹) 그것(之)을 거듭하되(申), 효제(孝悌)의(之) 의(義)로(以) 하면, 반백자(頒白者)가 도로(道路)에서(於) (짐을) 지거나(負) 머리에 이지(戴) 않을(不) 것입니다(矣). 노자(老者)는 비단옷(帛)을 입고(衣) 고기(肉)를 먹으며(食), 백성(黎民)이 굶주리지(飢) 않고(不) 추위에 떨지(寒) 않으니(不), 그렇게 하

(然)고서도(而) 왕 노릇하지(王) 못하는(不) 자(者), 그런 자(之)는 아직 있지(有) 않(未)았습니다(也).

*何如(하여): 무엇과 같은가? 어찌하여, 어떠한가? ‖ *有~者: ①~한 사람(경우)이 있다, ②~이 있는 사람(경우) ‖ *胡齕(호흘): 제(齊)나라 신하 ‖ *釁(흔): 피를 칠하다, 틈새 ‖ *觳觫(곡속): 두려워 벌벌 떠는 모양 ‖ *有諸(유저): =有之乎. 그러한 일(것)이 있는가? ‖ *以A爲B=A以爲B, A를 B로 여기다(삼다) ‖ *褊(편): 좁다 ‖ *庖廚(포주): 푸줏간 ‖ *忖度(촌탁): 남의 마음을 미루어 헤아림 / 忖(촌): 헤아리다 ‖ *有+명사: ①~이(가) 있다(술어+보어), ②~을(를) 가지고 있다(술어+목적어) ‖ *秋毫(추호): 가을철에 털갈이하여 새로 돋아난 짐승의 가는 털 ‖ *薪(신): 섶 ‖ *挾(협): 끼다 ‖ *而已矣(이이의): ~일 뿐이다 ‖ *寡妻(과처): 남에게 자기의 아내를 낮추어 이르는 말 ‖ *而已(이이): ~일 뿐이다 ‖ *無以(무이): ①~할 방법이 없다, ②~할 수가 없다, ③~한 것이 없다 ‖ *權(권): 저울질하다 ‖ *抑(억): ~이 아니면 ‖ *煖(난): 따뜻하다 ‖ *莅(이/리): 다스리다, 군림하다 ‖ *撫(무): 어루만지다, 누르다 ‖ *緣(연): 더위잡아 오르다 ‖ *商賈(상고): 장사하는 사람 ‖ *禦(어): 막다 ‖ *愬(소): 하소연하다 ‖ *惛(혼): 흐리다 ‖ *嘗試(상시): 시험하여 봄 ‖ *樂歲(낙세): 풍년이 들어 태평하고 즐거운 해 ‖ *贍(섬): 넉넉하다 ‖ *盍(합): 어찌 아니하다 ‖ *五畝之宅(오묘지택): 다섯 이랑인 집이라는 뜻으로 보통의 한 가족이 사는 규모의 집, 서민의 집 ‖ *帛(백): 비단 ‖ *彘(체): 돼지 ‖ *百畝之田(백묘지전): 정전제(井田制)에서, 한 사람의 남자가 받던 전지(田地) ‖ *庠序(상서): 학교 / 庠(상): 학교 ‖ *頒白(반백): 흰색과 검은색이 반반 정도인 머리털 / 頒(반): 나누다 ‖ *黎民(여민): 백성.

부록 최소한 문법: 之, 可, 者, 焉, 未, 도치, 可以, 而, 莫, 能, 於, 以, 不, 諸, 足以, 非, 之所, 與, 于, 所, 使.

양혜왕하(梁惠王下)

1장

莊暴見孟子曰(장포견맹자왈). 暴見於王(포현어왕), 王語暴以好樂(왕어포이호악), 暴未有以對也(포미유이대야). 曰(왈). 好樂何如(호악하여)? 孟子曰(맹자왈). 王之好樂甚(왕지호악심), 則齊國其庶幾乎(즉제국기서기호).

장포(莊暴)가 맹자(孟子)를 보고(見) 말했다(曰). 포(暴, 장포)가 왕(王)을(於) 뵈었는데(見), 왕(王)께서 포(暴)에게 음악(樂)을 좋아하는(好) 것을(以) 말씀했으나(語), 포(暴)는 아직 대답할(對) 수 있지(有以) 않(未)았습니다(也). 말했다(曰). 음악(樂)을 좋아하는(好) 것, 어떠합니까(何如)? 맹자(孟子)께서 말씀하셨다(曰). 왕(王)께서(之) 음악(樂)을 좋아하시는(好) 것이 심하(甚)면(則), 제(齊)나라(國)는 아마도(其) 거의(庶幾) 된 것입니다(乎).

※ 有以對也: 有 뒤에 명사가 따르는데, 동사나 형용사가 올 경우 以를 써서 명사화한다는 주장도 있다.

※ 其: 문장 끝에 乎 혹은 與 등과 연결되어 추측의 의미로 쓰이므로 번역에 유용한 단서이다.

他日見於王曰(타일현어왕왈). 王嘗語莊子以好樂(왕상어장자이호악), 有諸(유저)? 王變乎色曰(왕변호색왈). 寡人非能好先王之樂也(과인비능호선왕지악야), 直好世俗之樂耳(직호세속지악이).

(맹자께서) 다른(他) 날(日) 왕(王)을(於) 뵙고(見) 말씀하셨다(曰). 왕(王)께서 일찍이(嘗) 장자(莊子, 장포)에게 음악(樂)을 좋아하는(好) 것을(以) 말씀했다는데(語), 그런 일(諸)

이 있었습니까(有)? 왕(王)이 낯빛(色)을(乎) 변하며(變) 말했다(曰). 과인(寡人)은 선왕(先王)의(之) 음악(樂)을 좋아할(好) 수(能) 있다는 것이 아니(非)라(也), 다만(直) 세속(世俗)의(之) 음악(樂)을 좋아할(好) 뿐입니다(耳).

曰(왈). 王之好樂甚(왕지호악심), 則齊其庶幾乎(즉제기서기호). 今之樂(금지악), 由古之樂也(유고지악야).

말씀하셨다(曰). 왕(王)께서(之) 음악(樂)을 좋아하는(好) 것이 심하(甚)면(則), 제나라(齊)는 아마도(其) 거의(庶幾) 된 것입니다(乎). 지금(今)의(之) 음악(樂)은 옛날(古)의(之) 음악(樂)과 같습니(由)다(也).

曰(왈). 可得聞與(가득문여)? 曰(왈). 獨樂樂與人樂樂(독락악여인락악), 孰樂(숙락)? 曰(왈). 不若與人(불약여인). 曰(왈). 與少樂樂與衆樂樂(여소락악여중락악), 孰樂(숙락)? 曰(왈). 不若與衆(불약여중).

말했다(曰). 얻어서(得) 들을(聞) 수(可) 있겠습니까(與)? 말씀하셨다(曰). 혼자(獨) 음악(樂)을 즐기는(樂) 것과 다른 사람(人)과(與) 음악(樂)을 즐기는(樂) 것, 어느 것(孰)이 즐겁습니까(樂)? 말했다(曰). 다른 사람(人)과(與) (즐기는 것과) 같지(若) 못합니다(不). 말씀하셨다(曰). 적은 사람(少)과(與) 음악(樂)을 즐기는(樂) 것과 많은 사람(衆)과(與) 음악(樂)을 즐기는(樂) 것, 어느 것(孰)이 즐겁습니까(樂)? 말했다(曰). 많은 사람(衆)과(與) (즐기는 것과) 같지(若) 못합니다(不).

※ 樂: (악) 노래, / (락/낙) 즐기다.

臣請爲王言樂(신청위왕언악).

신(臣)이 청컨대(請), 왕(王)을 위하여(爲) 음악(樂)을 말씀드리겠습니다(言).

今王鼓樂於此(금왕고악어차), 百姓聞王鍾鼓之聲管籥之音(백성문왕종고지성관약지음), 擧疾首蹙頞而相告曰(거질수축알이상고왈), 吾王之好鼓樂(오왕지호고악), 夫何使我(부하사아), 至於此極也(지어차극야), 父子不相見(부자불상견), 兄弟妻子離散(형제처자이산)? 今王田獵於此(금왕전렵어차), 百姓聞王車馬之音見羽旄之美(백성문왕거마지음견우모지미), 擧疾首蹙頞而相告曰(거질수축알이상고왈), 吾王之好田獵(오왕지호전렵), 夫何使我(부하사아), 至於此極也(지어차극야), 父子不相見(부자불상견), 兄弟妻子離散(형제처자이산)? 此無他(차무타), 不與民同樂也(불여민동락야).

지금(今) 왕(王)께서(之) 여기(此)에서(於) 곡(樂)을 연주하는데(鼓), 백성(百姓)이 왕(王)의 종(鍾)과 북(鼓)의(之) 소리(聲)와 관(管, 피리)과 약(籥, 피리)의(之) 소리(音)를 듣고(聞), 모두(擧) 머리(首)를 아파하고(疾), 이마(頞)를 찡그리(蹙)며(而), 서로(相) 고하여(告) 말하길(曰), '우리(吾) 왕(王)께서(之) 곡(樂)을 연주하(鼓)길 좋아하시는데(好), 대저(夫) 어찌(何) 우리(我)로 하여금(使) 이러한(此) 극한(極)에(於) 이르게 하(至)여(也), 부자(父子)가 서로(相) 만나지(見) 못하고(不), 형제(兄弟), 처자(妻子)가 헤어져(離) 흩어지게 한단 말인가(散)?'라 합니다. 지금(今) 왕(王)께서 여기(此)에서(於) 사냥하는데(田獵), 백성(百姓)이 왕(王)의 수레(車)와 말(馬)의(之) 소리(音)를 듣고(聞), 깃털(羽)과 깃발(旄)의(之) 아름다움(美)을 보고(見), 모두(擧) 머리(首)를 아파하고(疾), 이마(頞)를 찡그리(蹙)며(而), 서로(相) 고하여(告) 말하길(曰), '우리(吾) 왕(王)께서(之) 사냥하기(田獵)를 좋아하시는데(好), 대저(夫) 어찌(何) 우리(我)로 하여금(使) 이러한(此) 극한(極)에(於) 이르게 하(至)여(也), 부자(父子)가 서로(相) 만나지(見) 못하고(不), 형제(兄弟), 처자(妻子)가 헤어져(離) 흩어지게 한단 말인가(散)?'라 합니다. 이것(此)은 다름(他)이 아니라(無), 백성(民)과(與) 즐거움(樂)을 함께하지(同) 않기(不) 때문입니다(也).

今王鼓樂於此(금왕고악어차), 百姓聞王鍾鼓之聲管籥之音(백성문왕종고지성관약지음), 擧欣欣然有喜色而相告曰(거흔흔연유희색이상고왈), 吾王庶幾無疾病與(오왕서기무질병여). 何以能鼓樂也(하이능고악야)? 今王田獵於此(금왕전렵어차), 百姓聞王車馬之音見羽旄之美(백성문왕거마지음견우모지미), 擧欣欣然有喜色而相告曰(거흔흔연유희색이상고왈), 吾王庶幾無疾病與(오왕서기무질병여). 何以能田獵也(하이능전렵야)? 此無他(차무타), 與民同樂也(여민동락야).

지금(今) 왕(王)께서 여기(此)에서(於) 곡(樂)을 연주하는데(鼓), 백성(百姓)이 왕(王)의 종(鍾)과 북(鼓)의(之) 소리(聲)와 관(管)과 약(籥)의(之) 소리(音)를 듣고(聞), 모두(擧) 매우 기뻐하는(欣欣) 모양(然)으로 기쁜(喜) 기색(色)이 있(有)으면서(而) 서로(相) 고하여(告) 말하길(曰), '우리(吾) 왕(王)께서(之) 거의(庶幾, 아마도) 병(疾病)이 없으실(無) 것이다(與). (그렇지 않다면) 어찌(何)하여(以) 곡(樂)을 연주할(鼓) 수(能) 있단 말인가(也)?'라 합니다. 지금(今) 왕(王)께서 여기(此)에서(於) 사냥하는데(田獵), 백성(百姓)이 왕(王)의 수레(車)와 말(馬)의(之) 소리(音)를 듣고(聞), 깃털(羽)과 깃발(旄)의(之) 아름다움(美)을 보고(見), 모두(擧) 매우 기뻐하는(欣欣) 모양(然)으로 기쁜(喜) 기색(色)이 있(有)으면서(而) 서로(相) 고하여(告) 말하길(曰), '우리(吾) 왕(王)께서(之) 거의(庶幾, 아마도) 병(疾病)이 없으실(無) 것이다(與). (그렇지 않다면) 어찌(何)하여(以) 사냥할(田獵) 수(能) 있단 말인가(也)?'라 합니다. 이것(此)은 다름(他)이 아니라(無), 백성(民)과(與) 즐거움(樂)을 함께하기(同) 때문입니다(也).

今王與百姓同樂(금왕여백성동락), 則王矣(즉왕의).

지금(今) 왕(王)께서 백성(百姓)과(與) 즐거움(樂)을 함께한다(同)면(則), 왕 노릇할(王) 것입니다(矣).

*莊暴(장포): 제(齊)나라 선왕(宣王)의 신하 ‖ *有以(유이): ①~할 방법이 있다, ②~할 수가 있다, ③~한 것이 있다 ‖ *何如(하여): 무엇과 같은가? 어찌하여, 어떠한가? ‖ *庶幾(서기): 거의 ‖

*有諸(유저): =有之乎. 그러한 일(것)이 있는가? ‖ *耳(이): ~일 뿐이다 ‖ *由(유): 같다 ‖ *籥(약): 피리 ‖ *蹙頞(축알): 눈살을 찌푸림 / 蹙(축): 찡그리다 / 頞(알): 이마 ‖ *田獵(전렵): 산이나 들의 짐승을 잡는 일 / 田(전): 사냥 / 獵(엽/렵): 사냥 ‖ *旄(모): 깃대 장식 ‖ *欣欣然(흔흔연): 대단히 기뻐하는 모양.

부록 최소한 문법: 於, 以, 未, 之, 諸, 非, 能, 可, 與, 不, 而, 使.

2장

齊宣王問曰(제선왕문왈). 文王之囿(문왕지유), 方七十里(방칠십리), 有諸(유저)? 孟子對曰(맹자대왈). 於傳(어전), 有之(유지).

제나라(齊) 선왕(宣王)이 물어(問) 말했다(曰). 문왕(文王)의(之) 동산(囿)이 사방(方) 칠십 리(七十里)라 하는데, 그런 일(諸)이 있었습니까(有)? 맹자(孟子)께서 대답하여(對) 말씀하셨다(曰). 전(傳)에(於) 그런 일(之)이 있었습니다(有).

曰(왈). 若是其大乎(약시기대호)? 曰(왈). 民猶以爲小也(민유이위소야). 曰(왈). 寡人之囿(과인지유), 方四十里(방사십리), 民猶以爲大(민유이위대), 何也(하야)? 曰(왈). 文王之囿方七十里(문왕지유방칠십리), 芻蕘者往焉(추요자왕언), 雉兎者往焉(치토자왕언), 與民同之(여민동지), 民以爲小不亦宜乎(민이위소불역의호)?

말했다(曰). 이(是)와 같이(若) 그렇게(其) 큰 것(大)입니까(乎)? 말씀하셨다(曰). 백성(民)은 오히려(猶) 그것을(以) 작다(小)고 여겼습니(爲)다(也). 말했다(曰). 과인(寡人)의(之) 동산(囿)은 사방(方) 사십 리(四十里)인데, 백성(民)은 오히려(猶) 그것을(以) 크다(大)고 여기니(爲), 어째서(何)입니까(也)? 말씀하셨다(曰). 문왕(文王)의(之) 동산(囿)은 사방(方) 칠십 리(七十里)인데, 꼴(芻)과 땔나무(蕘) 하는 자(者)가 거기에(焉) 가고(往), 꿩(雉)과 토끼(兎)를 잡는 자(者)가 거기에(焉) 가서(往), 백성(民)과(與) 그것(之)을 함께했으니(同), 백성(民)이 그것을(以) 작다(小)고 여긴(爲) 것이 또한(亦) 마땅하지(宜) 않(不)겠습니까(乎)?

臣始至於境(신시지어경), 問國之大禁然後敢入(문국지대금연후감입), 臣聞郊關之內(신문교관지내), 有囿方四十里(유유방사십리), 殺其麋鹿者(살기미록자), 如殺人之罪(여살인지죄), 則是方四十里(즉시방사십리), 爲阱於國中(위정어국중), 民以爲大不亦宜乎(민이위대불역의호)?

신(臣)이 처음(始) 국경(境)에(於) 이르러(至), 나라(國)에서(之) 크게(大) 금하는 것(禁)을 물은(問) 연후에(然後) 감히(敢) 들어왔는데(入), 신(臣)이 들으니(聞), 교외(郊) 관문(關)의(之) 안(內)에 동산(囿) 사방(方) 사십 리(四十里)가 있는데(有), 그(其) 미록(麋鹿)을 죽인(殺) 자(者)는 사람(人)을 죽이(殺)는(之) 죄(罪)와 같다(如)고 했으니, 그렇다면(則) 이는(是) 사방(方) 사십 리(四十里)로 국가(國) 안(中)에서(於) 함정(阱)을 만든 것이니(爲), 백성(民)이 그것을(以) 크다(大)고 여기는(爲) 것이 또한(亦) 마땅하지(宜) 않(不)겠습니까(乎)?

*囿(유): 동산 ‖ *有諸(유저): =有之乎. 그러한 일(것)이 있는가? ‖ *有+명사: ①~이(가) 있다(술어+보어), ②~을(를) 가지고 있다(술어+목적어) ‖ *以爲A= A라 여기다(삼다) ‖ *芻蕘(추요): 꼴과 땔나무 / 芻(추): 꼴 / 蕘(요): 땔나무 ‖ *麋鹿(미록): 고라니와 사슴 ‖ *阱(정): 함정.

부록 최소한 문법: 之, 諸, 於, 以爲, 者, 焉, 不.

3장

齊宣王問曰(제선왕문왈). 交隣國(교인국), 有道乎(유도호)? 孟子對曰(맹자대왈). 有(유). 惟仁者(유인자), 爲能以大事小(위능이대사소), 是故湯事葛(시고탕사갈), 文王事昆夷(문왕사곤이). 惟智者(유지자), 爲能以小事大(위능이소사대), 故大王事獯鬻(고태왕사훈육), 句踐事吳(구천사오).

제나라(齊) 선왕(宣王)이 물어(問) 말했다(曰). 이웃(隣) 나라(國)와 교제하는 데(交), 도(道)가 있(有)습니까(乎)? 맹자(孟子)께서 대답하여(對) 말씀하셨다(曰). 있습니다(有). 오직(惟) 인자(仁者)만이 큰 것(大)으로(以) 작은 것(小)을 섬길(事) 수(能) 있다고 하니(爲), 이(是) 때문에(故) 탕왕(湯)께서 갈나라(葛)를 섬겼고(事), 문왕(文王)께서 곤이(昆夷)를 섬겼습니다(事). 오직(惟) 지자(智者)만이 작은 것(小)으로(以) 큰 것(大)을 섬길(事) 수(能) 있다고 하니(爲), 그러므로(故) 태왕(大王)께서 훈육(獯鬻)을 섬겼고(事), 구천(句踐)이 오나라(吳)를 섬겼습니다(事).

以大事小者(이대사소자), 樂天者也(낙천자야), 以小事大者(이소사대자), 畏天者也(외천자야), 樂天者(낙천자), 保天下(보천하), 畏天者(외천자), 保其國(보기국).

큰 것(大)으로(以) 작은 것(小)을 섬기는(事) 자(者)는 하늘(天)을 즐기는(樂) 자(者)이고(也), 작은 것(小)으로(以) 큰 것(大)을 섬기는(事) 자(者)는 하늘(天)을 두려워하는(畏) 자(者)이니(也), 하늘(天)을 즐기는(樂) 자(者)는 천하(天下)를 보존하고(保), 하늘(天)을 두려워하는(畏) 자(者)는 그(其) 나라(國)를 보존합니다(保).

詩云(시운), 畏天之威(외천지위), 于時保之(우시보지).

『시경(詩)』에 이르길(云), "하늘(天)의(之) 위엄(威)을 두려워하여(畏), 이(時)에(于) 그것(之)을 보존한다(保)."고 했습니다.

王曰(왕왈). 大哉(대재), 言矣(언의). 寡人有疾(과인유질), 寡人好勇(과인호용).

왕(王)이 말했다(曰). 크(大)십니다(哉), 말씀(言)이시여(矣). 과인(寡人)은 병(疾)이 있으니(有), 과인(寡人)은 용기(勇)를 좋아합니다(好).

對曰(대왈). 王請無好小勇(왕청무호소용). 夫撫劍疾視曰(부무검질시왈), 彼惡敢當我哉(피오감당아재)? 此匹夫之勇(차필부지용), 敵一人者也(적일인자야), 王請大之(왕청대지).

대답하여(對) 말씀하셨다(曰). 왕(王)께서는 작은(小) 용기(勇)를 좋아하지(好) 말기(無)를 청합니다(請). 대저(夫) 칼(劍)을 만지며(撫) 밉게(疾) 보며(視) 말하길(曰), '저(彼)가 어찌(惡) 감히(敢) 나(我)를 당하(當)겠는가(哉)?'라고 한다면, 이것(此)은 필부(匹夫)의(之) 용기(勇)로 한(一) 사람(人)을 상대하는(敵) 것(者)이니(也), 왕(王)께서는 청컨대(請) 그것(之)을 크게 하십시요(大).

詩云(시운), 王赫斯怒(왕혁사노), 爰整其旅(원정기려), 以遏徂莒(이알조려), 以篤周祜(이독주호), 以對于天下(이대우천하). 此文王之勇也(차문왕지용야), 文王一怒而安天下之民(문왕일노이안천하지민).

『시경(詩)』에 이르길(云), '왕(王)은 화내어(赫) 이에(斯) 분노하고(怒), 이에(爰) 그(其) 군대(旅)를 정비해서(整), 그것으로(以) 나아가는(徂) 군대(莒)를 막고(遏), 그것으로(以) 주나라(周)의 복(祜)을 돈독하게 해서(篤), 그것으로(以) 천하(天下)에(于) 응답했다

(對).'고 했습니다. 이것(此)은 문왕(文王)의(之) 용기(勇)이니(也), 문왕(文王)께서 한 번(一) 분노하(怒)시어(而), 천하(天下)의(之) 백성(民)을 편안하게 했습니다(安).

書曰(서왈), 天降下民(천강하민), 作之君作之師(작지군작지사), 惟曰(유왈), 其助上帝(기조상제), 寵之四方(총지사방). 有罪無罪(유죄무죄), 惟我在(유아재), 天下曷敢有越厥志(천하갈감유월궐지)? 一人衡行於天下(일인횡행어천하), 武王恥之(무왕치지), 此武王之勇也(차무왕지용야). 而武王亦一怒而安天下之民(이무왕역일노이안천하지민).

『서경(書)』에 이르길(曰), '하늘(天)이 백성(下民)을 내릴 때(降), 그(之) 임금(君)을 지어주고(作), 그(之) 스승(師)을 지어주었으니(作), 오직(惟) 말하길(曰), 그(其)가 상제(上帝)를 돕기에(助), 그(之)를 사방(四方)에서 총애한 것입니다(寵). 죄(罪)가 있건(有) 죄(罪)가 없건(無), 오직(惟) 나(我)에게 있으니(在), 천하(天下)에서 어찌(曷) 감히(敢) 그(厥) 뜻(志)을 넘을(越) 자가 있겠는가(有)?'라 했으니, 한(一) 사람(人)이 천하(天下)에(於) 제멋대로(衡) 행동하여(行), 무왕(武王)이 그것(之)을 부끄러워했으니(恥), 이것(此)이 무왕(武王)의(之) 용기(勇)입니다(也). 이에(而) 무왕(武王)도 또한(亦) 한 번(一) 노하(怒)여(而) 천하(天下)의(之) 백성(民)을 편안하게 했습니다(安).

※ 下民: 하늘의 통치를 받는 존재로서 '백성'이다. 하늘과 땅의 구분에서 아래(下)라는 위치 및 사회적 개념을 포함한다.

今王亦一怒而安天下之民(금왕역일노이안천하지민), 民惟恐王之不好勇也(민유공왕지불호용야).

지금(今) 왕(王)께서 또한(亦) 한 번(一) 노하(怒)시어(而), 천하(天下)의(之) 백성(民)을 편안하게 하신다면(安), 백성(民)은 오직(惟) 왕(王)께서(之) 용기(勇)를 좋아하지(好) 않으실까(不)를 두려워합(恐)니다(也).

*有+명사: ①~이(가) 있다(술어+보어), ②~을(를) 가지고 있다(술어+목적어) ‖ *昆夷(곤이): 서융(西戎)의 나라 이름 ‖ *獯鬻(훈육): 하(夏)나라 때 북적(北狄)으로 진(秦)·한(漢) 때 흉노(匈奴) ‖ *句踐(구천): 춘추시대 월(越)나라 군주 ‖ *赫(혁): 성내다 ‖ *爰(원): 이에 ‖ *遏(알): 막다 ‖ *旅(려) / 莒(려): 군대 ‖ *徂(조): 가다 ‖ *祜(호): 복 ‖ *曷(갈): 어찌 ‖ *衡行(형행): 제멋대로 행동한다.

부록 최소한 문법: 者, 能, 以, 之, 于, 而, 於, 不.

4장

齊宣王見孟子於雪宮(제선왕견맹자어설궁), 王曰(왕왈). 賢者亦有此樂乎(현자역유차락호)? 孟子對曰(맹자대왈). 有(유). 人不得(인부득), 則非其上矣(즉비기상의).

제나라(齊) 선왕(宣王)이 설궁(雪宮)에서(於) 맹자(孟子)를 만났는데(見), 왕(王)이 말했다(曰). 현자(賢者)도 또한(亦) 이러한(此) 즐거움(樂)이 있(有)습니까(乎)? 맹자(孟子)께서 대답하여(對) 말씀하셨다(曰). 있습니다(有). 사람(人)은 (이러한 즐거움을) 얻지(得) 못한다(不)면(則), 그(其) 윗사람(上)을 비난합니(非)다(矣).

不得而非其上者(부득이비기상자), 非也(비야), 爲民上而不與民同樂者(위민상이불여민동락자), 亦非也(역비야).

얻지(得) 못하(不)고(而) 그(其) 윗사람(上)을 비난하는(非) 것(者)도 잘못(非)입니다만(也), 백성(民)의 윗사람(上)이 되어(爲)서(而) 백성(民)과(與) 즐거움(樂)을 함께하지(同) 못하는(不) 것(者)도 또한(亦) 잘못(非)입니다(也).

樂民之樂者(낙민지락자), 民亦樂其樂(민역락기락), 憂民之憂者(우민지우자), 民亦憂其憂(민역우기우). 樂以天下(낙이천하), 憂以天下(우이천하), 然而不王者(연이불왕자), 未之有也(미지유야).

백성(民)의(之) 즐거움(樂)을 즐기는(樂) 자(者)는 백성(民)도 또한(亦) 그(其) 즐거움(樂)을 즐거워하고(樂), 백성(民)의(之) 근심(憂)을 근심하는(憂) 자(者)는 백성(民)도 또한(亦) 그(其) 근심(憂)을 근심합니다(憂). 천하(天下)로써(以) 즐거워하며(樂), 천하(天下)로써(以) 근심하는데(憂), 그렇게 하(然)고도(而) 왕 노릇하지(王) 못하는(不) 자(者), 그런 자(之)는 아직 있지(有) 않(未)았습니다(也).

昔者齊景公問於晏子曰(석자제경공문어안자왈). 吾欲觀於轉附·朝儛(오욕관어전부조무), 遵海而南(준해이남), 放于琅邪(방우낭야), 吾何修而可以比於先王觀也(오하수이가이비어선왕관야).

옛날(昔)에(者) 제나라(齊) 경공(景公)이 안자(晏子)에게(於) 물어(問) 말했다(曰). 내(吾)가 전부산(轉附)과 조무산(朝儛)을(於) 유람하고(觀), 바다(海)를 따라(遵)서(而) 남으로 가(南) 낭야(琅邪)에(于) 이르려(放) 하는데(欲), 내(吾)가 어떻게(何) 닦아(修)야(而), 선왕(先王)의 유람(觀)과(於) 비교될(比) 수(可以) 있겠습니까(也)?

晏子對曰(안자대왈). 善哉(선재), 問也(문야). 天子適諸侯曰巡狩(천자적제후왈순수), 巡狩者(순수자), 巡所守也(순소수야). 諸侯朝於天子曰述職(제후조어천자왈술직), 述職者(술직자), 述所職也(술소직야). 無非事者(무비사자). 春省耕而補不足(춘성경이보부족), 秋省斂而助不給(추성렴이조불급). 夏諺曰(하언왈), 吾王不遊(오왕불유), 吾何以休(오하이휴)? 吾王不豫(오왕불예), 吾何以助(오하이조)? 一遊一豫(일유일예), 爲諸侯度(위제후도).

안자(晏子)가 대답하여(對) 말했다(曰). 좋(善)습니다(哉), 묻는(問) 것이(也). 천자(天子)가 제후(諸侯)에게 가는(適) 것은 순수(巡狩)라 말하는데(曰), 순수(巡狩)라는 것(者)은 지키는(守) 것(所)을 도는(巡) 것입니다(也). 제후(諸侯)가 천자(天子)에게(於) 조회하는(朝) 것은 술직(述職)이라 말하는데(曰), 술직(述職)이라는 것(者)은 맡은(職) 것(所)을 진술하는(述) 것입니다(也). (이것은) 일(事, 정사)이 아닌(非) 것(者)이 없습니다(無). 봄(春)에 밭 가는 것(耕)을 살펴(省)서(而), 부족한 것(不足)을 보충해 주고(補), 가을(秋)에 수확(斂)을 살펴(省)서(而), 넉넉하지(給) 않은(不) 것을 도와줍니다(助). 하나라(夏) 속담(諺)에 이르길(曰), '우리(吾) 왕(王)이 유람하지(遊) 않으면(不), 우리(吾)는 무엇(何)으로(以) 쉬겠는가(休)? 우리(吾) 왕(王)이 기뻐하지(豫) 않으면(不), 우리(吾)는 무엇(何)으로(以) 도움을 받겠는가(助)? 한 번(一) 유람하고(遊), 한 번(一) 기뻐하는(豫) 것이 제후(諸侯)의 법도(度)가 된다(爲).'라고 했습니다.

今也不然(금야불연), 師行而糧食(사행이양식), 飢者弗食(기자불식), 勞者弗息(노자불식), 睊睊胥讒(견견서참), 民乃作慝(민내작특). 方命虐民(방명학민), 飮食若流(음식약류), 流連荒亡(유련황망), 爲諸侯憂(위제후우).

지금(今)은(也) (순수가) 그러하지(然) 않아서(不), 군대(師)가 지나가(行)면서(而) 양식(糧)이 먹히어(食), 굶주린(飢) 자(者)는 먹지(食) 못하고(弗), 수고로운(勞) 자(者)는 쉬지(息) 못하여(弗), 흘겨보고(睊) 흘겨보며(睊) 서로(胥) 참소하여(讒) 백성(民)은 이에(乃) 사특한 짓(慝)을 합니다(作). (그런데도) 명(命)을 거슬러(方) 백성(民)을 학대하고(虐), 음식(飮食)이 물 흐르는(流) 것과 같아(若), 유련황망(流連荒亡)이 제후(諸侯)의 근심(憂)이 됩니다(爲).

從流下而忘反(종류하이망반), 謂之流(위지류), 從流上而忘反(종류상이망반), 謂之連(위지련), 從獸無厭(종수무염), 謂之荒(위지황), 樂酒無厭(낙주무염), 謂之亡(위지망).

물길(流)을 따라(從) 내려가(下)서(而) 돌아오는 것(反)을 잊는(忘) 것, 그것(之)을 유(流)라 말하고(謂), 물길(流)을 따라(從) 올라가(上)서(而) 돌아오는 것(反)을 잊는(忘) 것, 그것(之)을 연(連)이라 말하고(謂), 짐승(獸)을 따라다니면서(從) 싫어함(厭)이 없(無)는 것, 그것(之)을 황(荒)이라 말하고(謂), 술(酒)을 즐기면서(樂) 싫어함(厭)이 없는(無) 것, 그것(之)을 망(亡)이라 말합니다(謂).

先王(선왕), 無流連之樂(무유련지락), 荒亡之行(황망지행), 惟君所行也(유군소행야).

선왕(先王)은 유연(流連, 뱃놀이)의(之) 즐거움(樂)과 황망(荒亡, 사냥과 술)의(之) 행동(行)이 없었으니(無), 오직(惟) 임금(君)께서 행하는(行) 것(所)에 (달려) 있습니다(也).

景公說(경공열), 大戒於國(대계어국), 出舍於郊(출사어교), 於是(어시), 始興發(시흥발), 補不足(보부족), 召大師曰(소태사왈). 爲我(위아), 作君臣相說之樂(작군신상열지악). 蓋徵招·角招是也(개치소각소시야). 其詩曰(기시왈), 畜君何尤(축군하우), 畜君者(축군자), 好君也(호군야).

경공(景公)이 기뻐하여(說) 나라(國)에(於) 크게(大) 경계하고(戒), 교외(郊)에(於) 나가(出) 머물면서(舍), 이(是)에(於) 처음(始) 창고를 열어 베풀어(興發) 부족한 자(不足)를 보충해 주고(補), 태사(大師)를 불러(召) 말하길(曰), '나(我)를 위하여(爲) 임금(君)과 신하(臣)가 서로(相) 기뻐하(說)는(之) 음악(樂)을 지으라(作).'고 했으니, 대개(蓋) 치소(徵招)와 각소(角招)가 이것(是)입니다(也). 그(其) 시(詩, 가사)에 이르길(曰), '임금(君)을 만류하는(畜) 것이 무슨(何) 잘못이랴(尤).'고 했는데, 임금(君)을 만류하는(畜) 것(者)은 임금(君)을 좋아하는(好) 것입니다(也).

※ 독음 주의: 徵招(징초×, 치소), 角招(각초×, 각소)

※ 畜: 휵으로 독음하는 예가 있다. 다만, 제지하다 혹은 말리다의 의미일 때 '축'으로 독음한다.

*有+명사: ①~이(가) 있다(술어+보어), ②~을(를) 가지고 있다(술어+목적어) ‖ *非(비): 비방하다 ‖ *晏子(안자): 검소한 생활로 알려진 춘추시대 제(齊)나라 명신 안영(晏嬰) ‖ *諺(언): 속담 ‖ *睊(견): 흘겨보다 ‖ *胥(서): 서로 ‖ *讒(참): 참소하다 ‖ *慝(특): 사특하다 ‖ *方命(방명): 명령을 어김 ‖ *流連荒亡(유련황망): 유련(流連)은 노는 재미에 빠져서 집에 돌아가지 않는 것이고, 황망(荒亡)은 사냥이나 술을 마시는 데 빠진다는 의미 ‖ *興發(흥발): 창고를 열러 베풀다 ‖ *畜(축): 붙들다, 만류한다.

부록 최소한 문법: 於, 者, 不, 非, 而, 與, 之, 未, 도치, 欲, 于, 可以, 所.

5장

齊宣王問曰(제선왕문왈). 人皆謂我毀明堂(인개위아훼명당), 毀諸(훼저)? 已乎(이호)?

제나라(齊) 선왕(宣王)이 물어(問) 말했다(曰). 사람들(人)이 모두(皆) 나(我)에게 명당(明堂)을 헐라(毁)고 말하는데(謂), 그것을(諸) 헐까요(毀)? (허는 것을) 그만둘(已)까요(乎)?

※ 明堂: 천자가 제후들의 문안을 받거나 조회를 받는 정전이다.

孟子對曰(맹자대왈). 夫明堂者(부명당자), 王者之堂也(왕자지당야). 王欲行王政(왕욕행왕정), 則勿毀之矣(즉물훼지의).

맹자(孟子)께서 대답하여(對) 말했다(曰). 무릇(夫) 명당(明堂)이란 것(者)은 왕자(王者,

천자)의(之) 당(堂)입니다(也). 왕(王)께서 왕도(王)의 정치(政)를 행하(行)고자 한다(欲)면(則), 그것(之)을 헐지(毁) 마(勿)십시오(矣).

王曰(왕왈). 王政可得聞與(왕정가득문여)? 對曰(대왈). 昔者文王之治岐也(석자문왕지치기야), 耕者九一(경자구일), 仕者世祿(사자세록), 關市譏而不征(관시기이부정), 澤梁無禁(택량무금), 罪人不孥(죄인불노). 老而無妻曰鰥(노이무처왈환), 老而無夫曰寡(노이무부왈과), 老而無子曰獨(노이무자왈독), 幼而無父曰孤(유이무부왈고), 此四者(차사자), 天下之窮民而無告者(천하지궁민이무고자). 文王發政施仁(문왕발정시인), 必先斯四者(필선사사자). 詩云(시운), 哿矣富人(가의부인). 哀此煢獨(애차경독).

왕(王)이 말했다(曰). 왕도(王)의 정치(政)를 얻어서(得) 들을(聞) 수(可) 있습니까(與)? 대답하여(對) 말씀하셨다(曰). 옛날(昔)에(者) 문왕(文王)께서(之) 기주(岐)를 다스릴(治) 때에(也), 밭 가는(耕) 자(者)에겐 구 분(九)의 일(一)로 하고, 벼슬하는(仕) 자(者)에겐 대대로(世) 녹을 주었고(祿), 관문(關)과 시장(市)에서는 기찰하(譏)되(而) 구실 받지(征, 세금) 않았고(不), 어량을 놓은(梁) 못(澤)에서는 (고기잡이를) 금하지(禁) 않았으며(無), 사람(人)을 벌하되(罪) 처자에게는 미치지(孥) 않았습니다(不). 늙어(老)서(而) 처(妻)가 없으면(無) '환(鰥)'이라 말하고(曰), 늙어(老)서(而) 지아비(夫)가 없으면(無) '과(寡)'라 말하고(曰), 늙어(老)서(而) 자식(子)이 없으면(無) '독(獨)'이라 말하고(曰), 어려(幼)서(而) 아비(父)가 없으면(無) '고(孤)'라 말하니(曰), 이(此) 네(四) 사람(者)은 천하(天下)의(之) 곤궁한(窮) 백성(民)으로(而), 고할 곳(告)이 없는(無) 자(者)입니다. 문왕(文王)께서 정사(政)를 펴고(發) 인(仁)을 베푸는데(施), 반드시(必) 이(斯) 네(四) 사람(者)을 먼저 했습니다(先). 『시경(詩)』에 이르길(云), '괜찮(哿)다(矣), 부유한(富) 사람(人)은. 슬프다(哀), 이(此) 외롭고(煢) 고독한 이(獨)는.'이라 했습니다.

王曰(왕왈). 善哉(선재), 言乎(언호). 曰(왈). 王如善之(왕여선지), 則何爲不行(즉하위불행)? 王曰(왕왈). 寡人有疾(과인유질), 寡人好貨(과인호화). 對曰(대왈). 昔者公劉好貨(석자공유호화). 詩云(시운), 乃積乃倉(내적내창). 乃裹餱糧(내과후량), 于橐于囊(우탁우낭). 思戢用光(사집용광), 弓矢斯張(궁시사장). 干戈戚揚(간과척양), 爰方啓行(원방계행). 故居者有積倉(고거자유적창), 行者有裹糧也然後可以爰方啓行(행자유과량야연후가이원방계행). 王如好貨(왕여호화), 與百姓同之(여백성동지), 於王(어왕), 何有(하유)?

왕(王)이 말했다(曰). 좋(善)습니다(哉), 말씀(言)이(乎). 말씀하셨다(曰). 왕(王)께서 만약(如) 그것(之)을 좋게 여기신다(善)면(則), 무엇(何) 때문에(爲) 행하지(行) 않으십니까(不)? 왕(王)이 말했다(曰). 과인(寡人)은 병(疾)이 있는데(有), 과인(寡人)은 재물(貨)을 좋아합니다(好). 대답하여(對) 말씀하셨다(曰). 옛날(昔)에(者) 공유(公劉)가 재물(貨)을 좋아했습니다(好). 『시경(詩)』에 이르길(云), '이에(乃) 노적하고(積) 이에(乃) 창고에 쌓네(倉). 이에(乃) 마른(餱) 양식(糧)을 싸는데(裹), 전대(橐)에(于) (넣고) 자루(囊)에(于) (넣었네). 모아서(戢) 빛낼 것(光)을(用) 생각하여(思), 활(弓)과 화살(矢)을 이에(斯) 크게 했네(張). 방패(干), 창(戈), 도끼(戚), 부월(揚)로 이에(爰) 비로소(方) 계행하네(啓行).'라 했습니다. 그러므로(故) 거하는(居) 자(者)에겐 노적(積)과 창고(倉)가 있고(有), 가는(行) 자(者)에겐 싸가는(裹) 양식(糧)이 있(有)은(也) 연후에야(然後) 이에(爰) 비로소(方) 계행할(啓行) 수 있었습니다(可以). 왕(王)께서 만약(如) 재물(貨)을 좋아하시면(好), 백성(百姓)과(與) 그것(之)을 함께 하면(同), 왕이 되는 데(王)에(於) 무슨(何) (어려움이) 있겠습니까(有)?

王曰(왕왈). 寡人有疾(과인유질), 寡人好色(과인호색). 對曰(대왈). 昔者大王好色(석자태왕호색), 愛厥妃(애궐비). 詩云(시운), 古公亶父(고공단보), 來朝走馬(내조주마), 率西水滸(솔서수호), 至于岐下(지우기하), 爰及姜女(원급강녀), 聿來胥宇(율래서우). 當是時也

(당시시야), **內無怨女**(내무원녀), **外無曠夫**(외무광부). **王如好色**(왕여호색), **與百姓同之**(여백성동지), **於王**(어왕), **何有**(하유)?

왕(王)이 말했다(曰). 과인(寡人)은 병(疾)이 있는데(有), 과인(寡人)은 색(色)을 좋아합니다(好). 대답하여(對) 말씀하셨다(曰). 옛날(昔)에(者) 태왕(大王)이 색(色)을 좋아하시어(好), 그(厥) 왕비(妃)를 사랑했습니다(愛). 『시경(詩)』에 이르길(云), '고공단보(古公亶父, 태왕)는 다음 날(來) 아침(朝)에 말(馬)을 달려(走) 서쪽(西) 물가(水滸)를 따라(率) 기주(岐) 아래(下)에(于) 이르러(至), 이에(爰) 강녀(姜女)와(及) 몸소(聿) 와서(來) 집터(宇)를 보았네(胥).'라 했는데, 이(是)때(時)를 만나(當)서(也) 안(內)으로 원망하는(怨) 여자(女)가 없었고(無), 밖(外)으로 광부(曠夫)가 없었습니다(無). 왕(王)께서 만약(如) 색(色)을 좋아하신다면(好), 백성(百姓)과(與) 그것(之)을 함께 하면(同), 왕이 되는 데(王)에(於) 무슨(何) (어려움이) 있겠습니까(有)?

※ 來朝: ① 다음 날 아침, ② 와서 아침에.

*譏(기): 기찰하다 ‖ *征(정): 구실(세금) 받다 ‖ *澤梁(택량): 어량(魚梁)을 쳐 놓은 못 ‖ *孥(노): 자식, 처자 ‖ *鰥(환): 홀아비 ‖ *煢(경): 외롭다 ‖ *哿(가): 옳다, 좋다, 아름답다 ‖ *有+명사: ①~이(가) 있다(술어+보어), ②~을(를) 가지고 있다(술어+목적어) ‖ *公劉(공류): 후직(后稷)의 후손으로 알려진 주(周)나라 건설자 ‖ *裹(과): 싸다 ‖ *餱(후): 건량(가지고 다니기 쉽게 만든 음식) ‖ *橐(탁): 전대 ‖ *囊(낭): 주머니 ‖ *戢(집): 거두다, 보관하다 ‖ *戚(척): 도끼 ‖ *揚(양): 도끼, 부월 ‖ *爰(원): 이에 ‖ *何有(하유): 무엇이 있는가? 무슨 어려움이 있는가? 어렵지 않다 ‖ *大王(태왕): =古公亶父, 주(周)나라 문왕의 조부 ‖ *滸(호): 물가 ‖ *聿(율): 몸소, 마침내, 드디어 ‖ *胥宇(서우): 집터를 보아 잡다 ‖ *曠夫(광부): 아내를 잃고 혼자 사는 사내 / 曠(광): 비다.

부록 최소한 문법: 諸, 者, 之, 欲, 可, 而, 不, 于, 可以, 與, 於, 及.

6장

孟子謂齊宣王曰(맹자위제선왕왈). 王之臣(왕지신), 有託其妻子於其友而之楚遊者(유탁기처자어기우이지초유자), 比其反也(비기반야), 則凍餒其妻子(즉동뇌기처자), 則如之何(즉여지하)? 王曰(왕왈). 棄之(기지).

맹자(孟子)께서 제나라(齊) 선왕(宣王)에게 일러(謂) 말씀하셨다(曰). 왕(王)의(之) 신하(臣)에 그(其) 처자식(妻子)을 그(其) 벗(友)에게(於) 맡기(託)고(而), 초나라(楚)에 가서(之) 유람한(遊) 사람(者)이 있는데(有), 그(其)가 돌아와(反) 견주어 보(比)니(也), 곧(則) 그(其) 처자식(妻子)을 춥게 하고(凍) 굶주리게 했다(餒)면(則), 그(之)를 어찌하겠습니까(如-何)? 왕(王)이 말했다(曰). 그(之)를 버리겠습니다(棄).

曰(왈). 士師不能治士(사사불능치사), 則如之何(즉여지하)? 王曰(왕왈). 已之(이지).

말씀하셨다(曰). 사사(士師, 옥관)가 사(士)를 다스릴(治) 수(能) 없다(不)면(則), 그(之)를 어찌하겠습니까(如-何)? 왕(王)이 말했다(曰). 그(之)를 그만두게 하겠습니다(已).

曰(왈). 四境之內不治(사경지내불치), 則如之何(즉여지하)? 王顧左右而言他(왕고좌우이언타).

말씀하셨다(曰). 사방(四) 경계(境)의(之) 안(內)이 다스려지지(治) 않는다(不)면(則), 그(之)를 어찌하겠습니까(如-何)? 왕(王)이 좌우(左右)를 돌아보(顧)며(而) 다른 것(他)을 말했다(言).

*有~者: ①~한 사람(경우)이 있다, ②~이 있는 사람(경우) ‖ *餒(뇌): 주리다 ‖ *如之何(여지하): 그것이 무엇과 같은가? 어떻게 하는가? 어찌할까? 어떻게 하여, 어떠한가? ‖ *士師(사사): 법령과 형벌에 관한 일을 담당하는 재판관.

부록 최소한 문법: 之, 於, 而, 者, 不, 能.

7장

孟子見齊宣王曰(맹자견제선왕왈). 所謂故國者(소위고국자), 非謂有喬木之謂也(비위유교목지위야), 有世臣之謂也(유세신지위야), 王無親臣矣(왕무친신의). 昔者所進(석자소진), 今日不知其亡也(금일부지기망야).

맹자(孟子)께서 제나라(齊) 선왕(宣王)을 뵙고(見) 말씀하셨다(曰). 이른바(所謂) 고국(故國)이라는 것(者)은 교목(喬木)을 가지고 있음(有)을(之) 말하는(謂) 말(謂)이 아니(非)며(也), 세신(世臣)을 가지고 있음(有)을(之) 말하는(謂) 것인데(也), 왕(王)께서는 가까운(親) 신하(臣)도 없(無)습니다(矣). 옛날(昔)에(者) 나온(進) 자(所)가 금일에(今日) 그(其)가 도망가도(亡) 알지(知) 못하(不)십니다(也).

※ 故國: 역사가 오래된 나라를 의미한다.

王曰(왕왈). 吾何以識其不才而舍之(오하이식기부재이사지)?

왕(王)이 말했다(曰). 내(吾)가 무엇(何)으로(以) 그(其)가 재주가 있지(才) 않다(不)는 것을 알(識)고(而), 그(之)를 버리겠습니까(舍)?

曰(왈). 國君進賢(국군진현), 如不得已(여부득이). 將使卑踰尊(장사비유존), 疏踰戚(소유척), 可不愼與(가불신여)?

말씀하셨다(曰). 나라(國)의 임금(君)이 현자(賢)를 나오게 하는(進) 것은 그만둘(已) 수(得) 없어서인(不) 듯해야 합니다(如). 장차(將) 낮은 자(卑)로 하여금(使) 높은 자(尊)를 넘게 하고(踰), 소원한 자(疏)로 친한 자(戚)를 넘게 해야 하니(踰), 삼가지(愼) 않을(不) 수(可) 있겠습니까(與)?

※ 不得已: '부득이', '부득이하다', '마지못하여서 하는 수 없이'라는 뜻인데, 원뜻은 '그만둘 수 없다'이다.

左右皆曰賢(좌우개왈현), 未可也(미가야), 諸大夫皆曰賢(제대부개왈현), 未可也(미가야), 國人皆曰賢(국인개왈현), 然後察之(연후찰지), 見賢焉(견현언), 然後用之(연후용지), 左右皆曰不可(좌우개왈불가), 勿聽(물청), 諸大夫皆曰不可(제대부개왈불가), 勿聽(물청), 國人皆曰不可(국인개왈불가), 然後察之(연후찰지), 見不可焉然後去之(견불가언연후거지).

좌우(左右)가 모두(皆) 어질다(賢)고 말해도(曰) 아직 괜찮지(可) 않(未)고(也), 여러(諸) 대부(大夫)가 모두(皆) 어질다(賢)고 말해도(曰) 아직 괜찮지(可) 않(未)으며(也), 국인(國人)이 모두(皆) 어질다(賢)고 말한(曰) 연후에(然後) 그(之)를 살펴서(察), 그에게(焉) 어짊(賢)을 본(見) 연후에(然後) 그(之)를 등용하십시오(用). 좌우(左右)가 모두(皆) 불가하다(不可)고 말해도(曰) 듣지(聽) 마시고(勿), 여러(諸) 대부(大夫)가 모두(皆) 불가하다(不可)고 말해도(曰) 듣지(聽) 마시고(勿), 국인(國人)이 모두(皆) 불가하다(不可)고 말한(曰) 연후에(然後) 그(之)를 살펴서(察), 그에게(焉) 불가함(不可)을 본(見) 연후에(然後) 그(之)를 버리십시오(去).

左右皆曰可殺(좌우개왈가살), 勿聽(물청), 諸大夫皆曰可殺(제대부개왈가살), 勿聽(물청), 國人皆曰可殺(국인개왈가살), 然後察之(연후찰지), 見可殺焉然後殺之(견가살언연후살지). 故曰(고왈), 國人殺之也(국인살지야).

좌우(左右)가 모두(皆) 죽일(殺) 만하다(可)고 말해도(曰) 듣지(聽) 마시고(勿), 여러(諸) 대부(大夫)가 모두(皆) 죽일(殺) 만하다(可)고 말해도(曰) 듣지(聽) 마시고(勿), 국인(國人)이 모두(皆) 죽일(殺) 만하다(可)고 말한(曰) 연후에(然後) 그(之)를 살펴서(察), 그에게(焉) 죽일(殺) 만함(可)을 본(見) 연후에(然後) 그(之)를 죽여야 합니다(殺). 그러므로(故) 국인(國人)이 그(之)를 죽였다(殺)고 말하는(曰) 것입니다(也).

如此然後可以爲民父母(여차연후가이위민부모).

이(此)와 같은(如) 연후에야(然後) 백성(民)의 부모(父母)가 될(爲) 수 있습니다(可以).

*有+명사: ①~이(가) 있다(술어+보어), ②~을(를) 가지고 있다(술어+목적어) ‖ *喬木(교목): 줄기가 곧고 굵으며, 높이 자라는 나무 ‖ *世臣(세신): 대대로 내려오면서 한 가문이나 왕가를 섬기는 신하.

부록 최소한 문법: 所, 者, 非, 之, 不, 以, 而, 得, 使, 可, 未, 焉, 可以.

8장

齊宣王問曰(제선왕문왈). 湯放桀(탕방걸), 武王伐紂(무왕벌주), 有諸(유저)? 孟子對曰(맹자대왈). 於傳(어전), 有之(유지).

제나라(齊) 선왕(宣王)이 물어(問) 말했다(曰). 탕왕(湯)이 걸(桀)을 추방하고(放), 무왕(武王)이 주(紂)를 정벌했다(伐)고 하는데, 그런 일(諸)이 있었습니까(有)? 맹자(孟子)께서 대답하여(對) 말씀하셨다(曰). 전(傳)에(於) 그것(之)이 있었습니다(有).

曰(왈). 臣弑其君(신시기군), 可乎(가호)?

말했다(曰). 신하(臣)가 그(其) 임금(君)을 시해하더라도(弑) 괜찮(可)습니까(乎)?

曰(왈). 賊仁者(적인자), 謂之賊(위지적), 賊義者(적의자), 謂之殘(위지잔), 殘賊之人(잔적지인), 謂之一夫(위지일부). 聞誅一夫紂矣(문주일부주의), 未聞弑君也(미문시군야).

말씀하셨다(曰). 인(仁)을 해치는(賊) 자(者), 그(之)를 적(賊)이라 말하고(謂), 의(義)를 해치는(賊) 자(者), 그(之)를 잔(殘)이라 말하는데(謂), 잔(殘)이나 적(賊)의(之) 사람(人), 그(之)를 한 사내(一夫)라 말합니다(謂). 한 사내(一夫)인 주(紂)를 베었다(誅)는 것을 들었(聞)어도(矣), 임금(君)을 시해했다(弑)는 것을 아직 듣지는(聞) 못했(未)습니다(也).

※ 은(殷)나라는 商(상)으로도 불리는데 둘은 같은 나라이다. 商과 殷으로 지칭하는 이유는 초기와 중후기의 도읍지와 관련이 있다. 초기에는 '商'이 주로 사용되었고, 후기와 주나라 기록에서는 '殷'이 더 자주 쓰였다.

*湯(탕): 상(商)나라 초대 왕 ‖ *桀(걸): 하(夏)나라 마지막 왕 ‖ *紂(주): 상(商)나라 마지막 왕 ‖ *有諸(유저): =有之乎. 그러한 일(것)이 있는가? ‖ *有+명사: ①~이(가) 있다(술어+보어), ②~을(를) 가지고 있다(술어+목적어) ‖ *誅(주): 베다.

부록 최소한 문법: 諸, 於, 之, 未.

9장

孟子見齊宣王曰(맹자견제선왕왈). 爲巨室(위거실), 則必使工師求大木(즉필사공사구대목). 工師得大木(공사득대목), 則王喜(즉왕희), 以爲能勝其任也(이위능승기임야), 匠人斲而小之(장인착이소지), 則王怒(즉왕노), 以爲不勝其任矣(이위불승기임의). 夫人幼而學之(부인유이학지), 壯而欲行之(장이욕행지), 王曰(왕왈), 姑舍女所學(고사여소학), 而從我(이종아), 則何如(즉하여)?

맹자(孟子)께서 제나라(齊) 선왕(宣王)을 뵙고(見) 말씀하셨다(曰). 큰(巨) 집(室)을 짓는다(爲)면(則), 반드시(必) 공사(工師, 도목수)로 하여금(使) 큰(大) 나무(木)를 구하게 하실 것입니다(求). 공사(工師)가 큰(大) 나무(木)를 얻(得)으면(則), 왕(王)께서는 기뻐하시어(喜), 그(其) 일(任)을 감당할(勝) 수(能) 있다고 여기(以爲)시고(也), 장인(匠人, 목수)이 그것(之)을 깎(斲)아서(而), 작게 하(小)면(則), 왕(王)께서는 노하여(怒) 그(其) 일(任)을 감당하지(勝) 못한다(不)고 여기실(以爲) 것입니다(矣). 무릇(夫) 사람(人)이 그것(之)을 어려(幼)서(而) 배우는(學) 것은 장성해(壯)서(而) 그것(之)을 행하(行)려는(欲) 것인데, 왕(王)께서 우선(姑) 네(女)가 배운(學) 것(所)을 버리(舍)고(而), 나(我)를 따르라(從)고 말하(曰)면(則) 어떠하겠습니까(何如)?

今有璞玉於此(금유박옥어차), 雖萬鎰(수만일), 必使玉人彫琢之(필사옥인조탁지). 至於治國家(지어치국가), 則曰姑舍女所學(즉왈고사여소학), 而從我(이종아), 則何以異於教玉人彫琢玉哉(즉하이이어교옥인조탁옥재).

지금(今) 여기(此)에(於) 박옥(璞玉)이 있다면(有), 비록(雖) 만 일(萬鎰)이라도 반드시(必) 옥인(玉人)으로 하여금(使) 그것(之)을 조탁하게 하실 것입니다(彫琢). 국가(國家)를 다스리는(治) 데에(於) 이르러(至), 곧(則) 우선(姑) 네(女)가 배운(學) 것(所)을 버리(舍)고(而), 나(我)를 따르라(從)고 말하(曰)면(則), 옥인(玉人)에게 옥(玉)을 조탁하는(彫

琢) 것을 가르치는(敎) 것과(於) 무엇(何)으로(以) 다르다(異) 하겠습니까(哉)?

*工師(공사): 공장(工匠)의 우두머리가 되는 사람 ‖ *斲(착): 깎다 ‖ *女(여): =汝 ‖ *何如(하여): 무엇과 같은가? 어찌하여, 어떠한가? ‖ *有+명사: ①~이(가) 있다(술어+보어), ②~을(를) 가지고 있다(술어+목적어) ‖ *璞(박): (가공하지 않은) 옥돌 ‖ *鎰(일): 무게의 단위 ‖ *彫琢(조탁): 보석 따위를 새기거나 쪼는 일.

부록 최소한 문법: 使, 以爲, 能, 而, 之, 不, 欲, 所, 於, 以.

10장

齊人伐燕勝之(제인벌연승지).

제나라(齊) 사람(人)이 연나라(燕)를 쳐서(伐) 그들(之)을 이겼다(勝).

宣王問曰(선왕문왈). 或謂寡人勿取(혹위과인물취), 或謂寡人取之(혹위과인취지). 以萬乘之國(이만승지국), 伐萬乘之國(벌만승지국), 五旬而擧之(오순이거지), 人力不至於此(인력부지어차). 不取必有天殃(불취필유천앙), 取之何如(취지하여)?

선왕(宣王)이 물어(問) 말했다(曰). 어떤 이(或)는 과인(寡人)에게 취하지(取) 말라(勿)고 말하고(謂), 어떤 이(或)는 과인(寡人)에게 그것(之)을 취하라(取)고 말합니다(謂). 만승(萬乘)의(之) 나라(國)로(以) 만승(萬乘)의(之) 나라(國)를 쳐서(伐), 50일이 되(五旬)어(而) 그것(之)을 행하였으니(擧), 사람(人)의 힘(力)으로는 여기(此)에 이르지(於) 못합니다(不). 취하지(取) 않으면(不) 반드시(必) 하늘(天)의 재앙(殃)이 있으리니(有), 그것(之)을 취하는(取) 것이 어떻습니까(何如)?

孟子對曰(맹자대왈). 取之而燕民悅(취지이연민열), 則取之(즉취지). 古之人有行之者(고지인유행지자), 武王是也(무왕시야). 取之而燕民不悅(취지이연민불열), 則勿取(즉물취). 古之人有行之者(고지인유행지자), 文王是也(문왕시야).

맹자(孟子)께서 대답하여(對) 말씀하셨다(曰). 그것(之)을 취해(取)서(而), 연나라(燕) 백성(民)이 기뻐하(悅)면(則), 그것(之)을 취하십시오(取). 옛날(古)의(之) 사람(人) 중에 그것(之)을 행한(行) 이(者)가 있었는데(有), 무왕(武王)이 이러한 분(是)입니다(也). 그것(之)을 취해(取)서(而), 연나라(燕) 백성(民)이 기뻐하지(悅) 않(不)으면(則), 취하지(取) 마십시오(勿). 옛날(古)의(之) 사람(人) 중에 그것(之)을 행한(行) 이(者)가 있었는데(有), 문왕(文王)이 이러한 분(是)입니다(也).

以萬乘之國(이만승지국), 伐萬乘之國(벌만승지국), 簞食壺漿(단사호장), 以迎王師(이영왕사), 豈有他哉(기유타재)? 避水火也(피수화야). 如水益深(여수익심), 如火益熱(여화익열), 亦運而已矣(역운이이의).

만승(萬乘)의(之) 나라(國)로(以) 만승(萬乘)의(之) 나라(國)를 치는데(伐), 소쿠리(簞)에 밥(食)과 병(壺)에 마실 것(漿), 그것으로(以) 왕(王)의 군대(師)를 맞이하는(迎) 것은 어찌(豈) 다른 것(他)이 있(有)겠습니까(哉)? 물(水)과 불(火)을 피한(避) 것입니다(也). 만약(如) 물(水)이 더(益) 깊어지고(深), 만약(如) 불(火)이 더(益) 뜨거워지면(熱) 또한(亦) 옮겨갈(運) 뿐입니다(而已矣).

※ 食: '밥' 혹은 '먹이다'의 의미일 때, '사'로 읽는다.

*萬乘之國(만승지국): 병거(兵車) 일만 채를 갖춘 나라, 즉 천자가 다스리는 나라 ‖ *有+명사: ①~이(가) 있다(술어+보어), ②~을(를) 가지고 있다(술어+목적어) ‖ *何如(하여): 무엇과 같은가? 어찌하여, 어떠한가? ‖ *有~者: ①~한 사람(경우)이 있다, ②~이 있는 사람(경우) ‖

*簞食壺漿(단사호장): 대나무로 만든 밥그릇에 담은 밥과 병(甁)에 넣은 마실 것 / 簞(단): 소쿠리 / 壺(호): 병 / 漿(장): 즙, 음료 ‖ *而已矣(이이의): ~일 뿐이다.

부록 최소한 문법: 之, 以, 而, 不, 於, 者.

11장

齊人伐燕取之(제인벌연취지), 諸侯將謀救燕(제후장모구연). 宣王曰(선왕왈). 諸侯多謀伐寡人者(제후다모벌과인자), 何以待之(하이대지)? 孟子對曰(맹자대왈). 臣聞七十里(신문칠십리), 爲政於天下者(위정어천하자), 湯是也(탕시야). 未聞以千里(미문이천리), 畏人者也(외인자야).

제나라(齊) 사람(人)이 연나라(燕)를 쳐서(伐) 그것(之)을 취하자(取), 제후들(諸侯)이 장차(將) 연나라(燕)를 구원할(救) 것을 도모하려 했다(謀). 선왕(宣王)이 말했다(曰). 제후들(諸侯)이 과인(寡人)을 치려고(伐) 도모하는(謀) 자(者)가 많은데(多), 무엇(何)으로(以) 그것(之)을 대비해야 합니까(待)? 맹자(孟子)께서 대답하여(對) 말씀하셨다(曰). 신(臣)은 칠십 리(七十里)로 천하(天下)에서(於) 정사(政)를 한(爲) 것(者)을 들었는데(聞), 탕왕(湯)이 이러한 분(是)입니다(也). 천 리(千里)로(以) 남(人)을 두려워했다(畏)는 것(者)을 아직 듣지는(聞) 못했(未)습니다(也).

書曰(서왈), 湯一征自葛始(탕일정자갈시), 天下信之(천하신지), 東面而征(동면이정), 西夷怨(서이원), 南面而征(남면이정), 北狄怨(북적원), 曰奚爲後我(왈해위후아). 民望之(민망지), 若大旱之望雲霓也(약대한지망운예야), 歸市者不止(귀시자부지), 耕者不變(경자불변). 誅其君而弔其民(주기군이조기민), 若時雨降(약시우강), 民大悅(민대열). 書曰(서왈), 徯我后(혜아후), 后來(후래), 其蘇(기소).

『서경(書)』에 이르길(曰), '탕왕(湯)이 첫 번째(一) 정벌(征)을 갈나라(葛)로부터(自) 시작했는데(始), 천하(天下)가 그(之)를 믿어서(信) 동쪽(東)으로 향하(面)여(而) 정벌하면(征), 서이(西夷)가 원망하고(怨), 남쪽(南)으로 향하(面)여(而) 정벌하면(征), 북적(北狄)이 원망하면서(怨), 어찌하여(奚) 우리(我)를 뒤(後)에 하는가(爲)?'라고 말했습니다(曰). 백성(民)이 그(之)를 바라보기(望)를, 큰(大) 가뭄(旱)에(之) 구름(雲)과 무지개(霓)를 바라보는(望) 듯하(若)였습니다(也). 시장(市)에 돌아가는(歸) 자(者)가 그치지(止) 않고(不), 밭 가는(耕) 자(者)가 변치(變) 않았습니다(不). 그(其) 임금(君)을 베어(誅)서(而), 그(其) 백성(民)을 위로하면(弔), 때에 맞게(時) 비(雨)가 내리는(降) 것과 같아(若) 백성(民)이 크게(大) 기뻐했습니다(悅). 『서경(書)』에 이르길(曰), '우리(我) 임금(后)을 기다려(徯) 임금(后)이 오셨으니(來), 아마도(其) 소생하겠구나(蘇).'라고 했습니다.

今燕虐其民(금연학기민), 王往而征之(왕왕이정지), 民以爲將拯己於水火之中也(민이위장증기어수화지중야), 簞食壺漿(단사호장), 以迎王師(이영왕사). 若殺其父兄(약살기부형), 係累其子弟(계루기자제), 毁其宗廟(훼기종묘), 遷其重器(천기중기), 如之何其可也(여지하기가야)? 天下固畏齊之彊也(천하고외제지강야), 今又倍地而不行仁政(금우배지이불행인정), 是動天下之兵也(시동천하지병야).

지금(今) 연나라(燕)가 그(其) 백성(民)을 학대하여(虐), 왕(王)께서 거기(之)에 가(往)서(而) 정벌하니(征), 백성(民)이 장차(將) 자기(己)를 물(水)과 불(火)의(之) 안(中)에서(於) 건져줄(拯) 것이라 여기고(以爲)서(也), 소쿠리(簞)에 밥(食)과 병(壺)에 마실 것(漿), 그것으로(以) 왕(王)의 군대(師)를 맞이했습니다(迎). 만약(若) 그(其) 부형(父兄)을 죽이고(殺), 그(其) 자제(子弟)를 얽매며(係累), 그(其) 종묘(宗廟)를 헐고(毁), 그(其) 중요한(重) 기물(器)을 옮겨간다면(遷), 어찌하여(如之何) 그것(其)이 괜찮(可)겠습니까(也)? 천하(天下)가 진실로(固) 제나라(齊)의(之) 강함(彊)을 두려워하는(畏)데(也), 지금(今)

또(又) 땅(地)을 배로 하(倍)고도(而) 인정(仁政)을 행하지(行) 않는다면(不), 이(是)는 천하(天下)의(之) 군대(兵)를 움직이게 하는(動) 것입니다(也).

王速出令(왕속출령), 反其旄倪(반기모예), 止其重器(지기중기), 謀於燕衆(모어연중), 置君而後去之(치군이후거지), 則猶可及止也(즉유가급지야).

왕(王)께서 속히(速) 영(令)을 내리시어(出), 그(其) 늙은이(旄)와 어린이(倪)를 돌려보내고(反), 그(其) 중요한(重) 기물(器)을 (옮기는 것을) 중지하고(止), 연나라(燕) 대중(衆)과(於) 의논하여(謀) 임금(君)을 둔(置) 이후에(而後) 거기(之)에서 떠난다(去)면(則), 오히려(猶) (천하의 군대가) 멈추는 데(止) 이를(及) 수(可) 있습니다(也).

*待(대): 대비하다 ‖ *湯(탕): 상(商)나라 초대 왕 ‖ *徯(혜): 기다리다 ‖ *霓(예): 무지개 ‖ *蘇(소): 소생하다 ‖ *拯(증): 건지다 ‖ *簞食壺漿(단사호장): 대나무로 만든 밥그릇에 담은 밥과 병(甁)에 넣은 마실 것 / 簞(단): 소쿠리 / 壺(호): 병 / 漿(장): 즙, 음료 ‖ *係累(계루): 얽매어 당하는 괴로움 ‖ *如之何(여지하): 그것이 무엇과 같은가? 어떻게 하는가? 어찌할까? 어떻게 하여, 어떠한가? ‖ *旄倪(모예): 늙은이와 어린아이 / 旄(모): 늙은이 / 倪(예): 어린이.

부록 최소한 문법: 之, 者, 以, 於, 未, 而, 不, 以爲, 可.

12장

鄒與魯鬨(추여노홍), 穆公問曰(목공문왈). 吾有司死者三十三人(오유사사자삼십삼인), 而民莫之死也(이민막지사야). 誅之(주지), 則不可勝誅(즉불가승주), 不誅(부주), 則疾視其長上之死而不救

(즉질시기장상지사이불구), 如之何(여지하), 則可也(즉가야)?

추나라(鄒)와(與) 노나라(魯)가 싸우자(鬨), 목공(穆公)이 물어(問) 말했다(曰). 나(吾)의 유사(有司)로 죽은(死) 자(者)가 33인(三十三人)인데(而), 백성(民)은 거기(之)에서 죽은(死) 이가 없(莫)습니다(也). 그들(之)을 벤다(誅)면(則), 모두(勝) 벨(誅) 수(可) 없고(不), 베지(誅) 않는다(不)면(則), 시기하여(疾) 그(其) 어른(長)이나 윗사람(上)의(之) 죽음(死)을 보(視)고도(而) 구하지(救) 않았으니(不), 그것(之)을 어떻게 하(如-何)면(則) 좋(可)겠습니까(也)?

※ 民莫之死也: '백성에서 그들을 위해 죽은 이가 없다.'로 번역하는 예도 있다.

孟子對曰(맹자대왈). 凶年饑歲(흉년기세), 君之民(군지민), 老弱轉乎溝壑(노약전호구학), 壯者散而之四方者(장자산이지사방자), 幾千人矣(기천인의). 而君之倉廩實(이군지창름실), 府庫充(부고충), 有司莫以告(유사막이고), 是上慢而殘下也(시상만이잔하야). 曾子曰(증자왈), 戒之戒之(계지계지). 出乎爾者反乎爾者也(출호이자반호이자야). 夫民(부민), 今而後得反之也(금이후득반지야), 君無尤焉(군무우언).

맹자(孟子)께서 대답하여(對) 말씀하셨다(曰). 흉년(凶年)으로 주린(饑) 해(歲)에 임금(君)의(之) 백성(民)으로 노약자(老弱)가 구렁(溝壑)에서(乎) 구르고(轉), 장자(壯者)는 흩어져(散)서(而) 사방(四方)에 간(之) 자(者)가 몇천 인(幾千人)입니다(矣). 그런데(而) 임금(君)의(之) 창름(倉廩)은 가득하고(實) 부고(府庫)도 가득한데(充), 유사(有司)로서 그것을(以) 아뢴(告) 이가 없으니(莫), 이(是)는 윗사람(上)이 태만하(慢)여(而) 아래 사람(下)을 해친(殘) 것입니다(也). 증자(曾子)께서 말씀하시길(曰), '그것(之)을 경계하고(戒), 그것(之)을 경계하라(戒). 너(爾)에게(乎) 나온(出) 것(者)은 너(爾)에게(乎) 돌아갈(反) 것(者)이다(也).'라 했습니다. 무릇(夫) 백성(民)은 지금(今) 이후에서야(而後) 그것(之)을 되갚을(反) 수(得) 있었으니(也), 임금(君)께서 그들을(焉) 탓하지(尤) 마십시오(無).

君行仁政(군행인정), 斯民親其上(사민친기상), 死其長矣(사기장의).

임금(君)께서 인정(仁政)을 행한다(行)면(斯), 백성(民)은 그(其) 윗사람(上)을 친애하여(親), 그(其) 어른(長)을 위해 죽을(死) 것입니다(矣).

*如之何(여지하): 그것이 무엇과 같은가? 어떻게 하는가? 어찌할까? 어떻게 하여, 어떠한가? ‖ *鬨(홍): 싸우다 ‖ *餓(기): 주리다 ‖ *溝壑(구학): 구렁 ‖ *倉廩(창름): 곳간 / 廩(름/늠): 곳집.

부록 최소한 문법: 與, 者, 而, 莫, 之, 도치, 不, 可, 乎, 以, 得, 焉.

13장

滕文公問曰(등문공문왈). 滕小國也(등소국야), 間於齊·楚(간어제초), 事齊乎(사제호)? 事楚乎(사초호)?

등문공(滕文公)이 물어(問) 말했다(曰). 등나라(滕)는 소국(小國)이니(也), 제나라(齊)와 초나라(楚)에(於) 사이에 있는데(間), 제나라(齊)를 섬길(事)까요(乎)? 초나라(楚)를 섬길(事)까요(乎)?

孟子對曰(맹자대왈). 是謀(시모), 非吾所能及也(비오소능급야). 無已(무이), 則有一焉(즉유일언), 鑿斯池也(착사지야), 築斯城也(축사성야), 與民守之(여민수지), 效死而民弗去(효사이민불거), 則是可爲也(즉시가위야).

맹자(孟子)께서 대답하여(對) 말씀하셨다(曰). 이(是) 지략(謀)은 제(吾)가 미칠(及) 수(能) 있는 것(所)이 아닙(非)니다(也). 그만두지(已) 말라하신다(無)면(則), 거기에(焉) 하나(一)가 있습니다(有). 이(斯) 못(池)을 파(鑿)고(也), 이(斯) 성(城)을 쌓(築)아(也), 백성(民)과(與) 그것(之)을 지키되(守), 죽음(死)을 바치(效)면서(而) 백성(民)이 떠나지(去) 않는다(弗)면(則), 이(是)는 할(爲) 만(可)합니다(也).

*有+명사: ①~이(가) 있다(술어+보어), ②~을(를) 가지고 있다(술어+목적어) ‖ *鑿(착): 뚫다, 파다.

부록 최소한 문법: 於, 非, 所, 能, 焉, 與, 之, 而, 可.

14장

滕文公問曰(등문공문왈). 齊人(제인), 將築薛(장축설), 吾甚恐(오심공). 如之何(여지하), 則可(즉가)?

등문공(滕文公)이 물어(問) 말했다(曰). 제나라(齊) 사람(人)이 장차(將) 설 땅(薛)에 (성을) 쌓으려는데(築), 나(吾)는 매우(甚) 두렵습니다(恐). 그것(之)을 어찌하(如-何)면(則) 좋겠습니까(可)?

孟子對曰(맹자대왈). 昔者大王居邠(석자태왕거빈), 狄人侵之(적인침지), 去(거), 之岐山之下(지기산지하), 居焉(거언), 非擇而取之(비택이취지), 不得已也(부득이야).

맹자(孟子)께서 대답하여(對) 말씀하셨다(曰). 옛날(昔)에(者) 태왕(大王)이 빈 땅(邠)에 거할 때(居), 적인(狄人)이 거기(之)에 침범하자(侵) 떠나(去) 기산(岐山)의(之) 아래(下)

에 가서(之), 거기에서(焉) 거했는데(居), 거기(之)를 택하(擇)여(而) 취한(取) 것이 아니라(非), 부득이해서(不得已)입니다(也).

苟爲善(구위선), 後世子孫(후세자손), 必有王者矣(필유왕자의). 君子創業垂統(군자창업수통), 爲可繼也(위가계야). 若夫成功(약부성공), 則天也(즉천야), 君如彼何哉(군여피하재)? 彊爲善而已矣(강위선이이의).

진실로(苟) 선(善)을 행하면(爲), 후세(後世)의 자손(子孫)에서 반드시(必) 왕자(王者)가 있을(有) 것입니다(矣). 군자(君子)가 창업하여(創業) 전통(統)을 드리우는(垂) 것은 (후세를) 이을(繼) 수(可) 있게 하는(爲) 것입니다(也). 성공(成功)에 대해서(若夫)는 곧(則) 하늘(天)에 있으니(也), 임금(君)께서 저들(彼)을 어찌하(如-何)겠습니까(哉)? 힘써(彊) 선(善)을 할(爲) 뿐입니다(而已矣).

*如之何(여지하): 그것이 무엇과 같은가? 어떻게 하는가? 어찌할까? 어떻게 하여, 어떠한가? ‖ *有+명사: ①~이(가) 있다(술어+보어), ②~을(를) 가지고 있다(술어+목적어) ‖ *創業垂統(창업수통): 나라를 일으켜 자손이 이어받을 수 있도록 그 통서(統緖)를 전해 줌 ‖ *若夫(약부): ~과 같은, ~에 대해서는, 그런데 ‖ *而已矣(이이의): ~일 뿐이다.

부록 최소한 문법: 之, 焉, 非, 而, 不, 得, 可.

15장

滕文公問曰(등문공문왈). 滕小國也(등소국야), 竭力(갈력), 以事大國(이사대국), 則不得免焉(즉부득면언), 如之何(여지하), 則可(즉가)? 孟子對曰(맹자대왈). 昔者大王居邠(석자태왕거빈), 狄人侵之(적인침지), 事之以皮幣(사지이피폐), 不得免焉(부득면언), 事之以犬馬(사지이견마), 不得免焉(부득면언), 事之以珠玉(사지이주옥), 不得免焉(부득면언). 乃屬其耆老而告之曰(내촉기기로이고지왈), 狄人之所欲者(적인지소욕자), 吾土地也(오토지야). 吾聞之也(오문지야), 君子(군자), 不以其所以養人者(불이기소이양인자), 害人(해인). 二三子(이삼자), 何患乎無君(하환호무군)? 我將去之(아장거지). 去邠(거빈), 踰梁山(유양산), 邑于岐山之下(읍우기산지하), 居焉(거언), 邠人(빈인), 曰(왈), 仁人也(인인야). 不可失也(불가실야), 從之者如歸市(종지자여귀시).

등문공(滕文公)이 물어(問) 말했다(曰). 등나라(滕)는 소국(小國)이라(也) 힘(力)을 다해(竭), 그것으로(以) 대국(大國)을 섬겨도(事) 곧(則) 거기에서(焉) 면할(免) 수(得) 없으니(不), 그것(之)을 어찌하(如-何)면(則) 좋겠습니까(可)? 맹자(孟子)께서 대답하여(對) 말씀하셨다(曰). 옛날(昔)에(者) 태왕(大王)이 빈 땅(邠)에 거할 때(居), 적인(狄人)이 거기(之)에 침범하니(侵), 그들(之)을 섬기길(事) 가죽(皮)과 폐백(幣)으로 해도(以), 거기에서(焉) 면할(免) 수(得) 없었고(不), 그들(之)을 섬기길(事) 개(犬)와 말(馬)로 해도(以), 거기에서(焉) 면할(免) 수(得) 없었고(不), 그들(之)을 섬기길(事) 주옥(珠玉)으로 해도(以), 거기에서(焉) 면할(免) 수(得) 없었습니다(不). 이에(乃) 그(其) 원로(耆老)를 불러 모아(屬)서(而), 그들(之)에게 고하여(告) 말하길(曰), '적인(狄人)이(之) 원하는(欲) 것(所)은(者) 나(吾)의 토지(土地)이다(也). 나(吾)는 그것(之)을 들었는(聞)데(也), 군자(君子)는 그(其)가 사람(人)을 기르는(養) 것(者) 때문(所以)으로(以) 사람(人)을 해치지(害) 않는다(不)고 했다. 그대들(二三子)은 무엇(何)을 근심하(患)는가(乎)? 임금(君)이 없다고(無). 나(我)는 장차(將) 그 곳(之)에서 떠날 것이다(去).'라 했다. 빈 땅(邠)에서 떠나(去) 양산(梁山)을 넘어(踰) 기산(岐山)의(之) 아래(下)에(于) 도읍하여(邑), 거기에서(焉) 거하니(居), 빈 땅(邠) 사람(人)이 말하길(曰), '인자(仁人)이다(也). 잃을(失) 수(可) 없(不)다(也).'라 하고, 그(之)를 따르는(從) 자(者)가 시장(市)으로 돌아가는(歸) 것과 같았다(如).

或曰(혹왈), **世守也**(세수야), **非身之所能爲也**(비신지소능위야), **效死勿去**(효사물거), **君請擇於斯二者**(군청택어사이자).

어떤 이(或)가 말하길(曰), '대대로(世) 지켜온(守) 것이어서(也), 자신(身)이(之) 할(爲) 수(能) 있는 것(所)이 아니(非)니(也), 목숨(死)을 바치고(效) 떠나지(去) 말라(勿).'고도 하는데, 임금(君)께는 청컨대(請) 이(斯) 두(二) 가지(者)에서(於) 택하십시요(擇).

*如之何(여지하): 그것이 무엇과 같은가? 어떻게 하는가? 어찌할까? 어떻게 하여, 어떠한가? ‖ *屬(촉): 불러 모은다.

부록 최소한 문법: 以, 不, 得, 焉, 之, 而, 所, 者, 于, 可, 非, 能, 於.

16장

魯平公將出(노평공장출), **嬖人臧倉者請曰**(폐인장창자청왈). **他日君出**(타일군출), **則必命有司所之**(즉필명유사소지), **今乘輿已駕矣**(금승여이가의), **有司未知所之**(유사미지소지), **敢請**(감청). **公曰**(공왈). **將見孟子**(장견맹자). **曰**(왈). **何哉**(하재)? **君所爲輕身**(군소위경신), **以先於匹夫者**(이선어필부자). **以爲賢乎**(이위현호)? **禮義**(예의), **由賢者出**(유현자출), **而孟子之後喪**(이맹자지후상), **踰前喪**(유전상), **君無見焉**(군무견언). **公曰**(공왈). **諾**(낙).

노나라(魯) 평공(平公)이 장차(將) 나가려는데(出), 폐인(嬖人) 장창(臧倉)이란 자(者)가 청하여(請) 말했다(曰). 다른 날(他日)에 임금(君)께서 나가시려(出)면(則), 반드시(必) 유사(有司)에게 가는(之) 곳(所)을 명했는데(命), 지금은(今) 승여(乘輿)에 이미(已) 멍에를 매었는(駕)데도(矣), 유사(有司)가 가는(之) 곳(所)을 아직 알지(知) 못하여(未), 감히(敢) 청하옵니다(請). 공(公, 평공)이 말했다(曰). 장차(將) 맹자(孟子)를 보려 한다(見). 말했다(曰). 어째서(何)입니까(哉)? 임금(君)께서 몸(身)을 가볍게(輕) 하시는(爲) 것(所), 그것으로(以) 필부(匹夫)에게(於) 먼저 하시는(先) 것(者)이요. 그를(以) 어질다(賢)고 여겨시는(爲) 것입니까(乎)? 예의(禮義)는 현자(賢者)로부터(由) 나오는(出)데(而), 맹자(孟子)의(之) 후상(後喪)은 전상(前喪)을 넘어섰으니(踰), 임금(君)께서 그를(焉) 보지(見) 마십시오(無). 공(公)이 말했다(曰). 알았다(諾).

※ 장창이 말한 전상은 부친상이고, 후상은 모친상이다. 한편, 이 구절에서 '臧倉小人'이라는 고사가 유래했는데, 남을 헐뜯기를 좋아하는 소인배를 비유하는 고사성어이다.

樂正子入見曰(악정자입현왈). 君奚爲不見孟軻也(군해위불견맹가야)? 曰(왈). 或告寡人曰(혹고과인왈), 孟子之後喪(맹자지후상), 踰前喪(유전상), 是以不往見也(시이불왕견야). 曰(왈). 何哉(하재)? 君所謂踰者(군소위유자). 前以士(전이사), 後以大夫(후이대부), 前以三鼎而後以五鼎與(전이삼정이후이오정여)? 曰(왈). 否(부). 謂棺槨衣衾之美也(위관곽의금지미야). 曰(왈). 非所謂踰也(비소위유야). 貧富不同也(빈부부동야).

악정자(樂正子)가 들어가(入) 뵙고(見) 말했다(曰). 임금(君)께서 무엇(奚) 때문에(爲) 맹가(孟軻, 맹자)를 보지(見) 않(不)으셨습니까(也)? 말했다(曰). 어떤 이(或)가 과인(寡人)에게 고하여(告) 말하길(曰), '맹자(孟子)의(之) 후상(後喪)이 전상(前喪)을 넘었다(踰).' 고 하니, 이(是) 때문에(以) 가서(往) 보지(見) 않(不)았다(也). 말했다(曰). 무엇(何)입니까(哉)? 임금(君)께서 넘은(踰) 것(者)이라고 말씀하신(謂) 바(所)는요. 전(前)에는 사(士)로 하고(以), 뒤(後)에는 대부(大夫)로 하고(以), 전(前)에는 삼정(三鼎)을 쓰(以)고

(而), 뒤(後)에는 오정(五鼎)을 쓴(以) 것인가요(與)? 말했다(曰). 아니다(否). 관(棺)과 곽(槨), 수의(衣)와 이불(衾)의(之) 아름다움(美)을 말하는(謂) 것이다(也). 말했다(曰). 넘었다(踰)고 말할(謂) 것(所)이 아닙(非)니다(也). 빈부(貧富)가 같지(同) 않았기(不) 때문입니다(也).

樂正子見孟子曰(악정자견맹자왈). 克告於君(극고어군), 君爲來見也(군위래견야), 嬖人有臧倉者沮君(폐인유장창자저군), 君是以不果來也(군시이불과래야). 曰(왈). 行或使之(행혹사지), 止或尼之(지혹닐지), 行止非人所能也(행지비인소능야). 吾之不遇魯侯(오지불우노후), 天也(천야), 臧氏之子(장씨지자), 焉能使予(언능사여), 不遇哉(불우재)?

악정자(樂正子)가 맹자(孟子)를 뵙고(見) 말했다(曰). 극(克, 악정자의 이름)이 임금(君)께(於) 고하여(告), 임금(君)께서 와서(來) 뵈려(見) 했는(爲)데(也), 폐인(嬖人)으로 장창(臧倉)이라는 자(者)가 있어(有) 임금(君)을 막아서(沮), 임금(君)께서 이(是) 때문에(以) 결국(果) 오지(來) 않(不)았습니다(也). 말씀하셨다(曰). 가려는 것(行)도 어떤 이(或)가 그것(之)을 시키기도 하고(使), 그만둔 것(止)도 어떤 이(或)가 그것(之)을 말리기도 하나(尼), 가는 것(行)이나 그만둔 것(止)이나, 사람(人)이 할 수(能) 있는 바(所)가 아니(非)다(也). 내(吾)가(之) 노나라(魯) 제후(侯)를 만나지(遇) 못한 것(不)은 하늘(天)이니(也), 장씨(臧氏)의(之) 아들(子)이 어찌(焉) 나(予)로 하여금(使) 만나지(遇) 못하게(不) 할 수(能) 있겠느냐(哉)?

*嬖人(폐인): 남의 비위를 잘 맞추어 귀염을 받는 사람 / 嬖(폐): 사랑하다, 총애하다 ‖ *乘輿(승여): 임금이 타던 수레 ‖ *駕(가): 멍에 ‖ *樂正子(악정자): 노(魯)나라에서 벼슬한 맹자의 제자 ‖ *有~者: ①~한 사람(경우)이 있다, ②~이 있는 사람(경우) ‖ *沮(저): 막다 ‖ *尼(닐/일): 말리다, 저지한다.

부록 최소한 문법: 者, 所, 未, 以, 於, 以爲, 而, 之, 焉, 不, 非, 使, 能.

공손추상(公孫丑上)

1장

公孫丑問曰(공손추문왈). 夫子當路於齊(부자당로어제), 管仲·晏子之功(관중안자지공), 可復許乎(가부허호)?

공손추(公孫丑)가 물어(問) 말했다(曰). 선생님(夫子)께서 제나라(齊)에서(於) 중요한 자리(路)를 맡으시면(當), 관중(管仲)과 안자(晏子)의(之) 공(功)을 다시(復) 기대할(許) 수(可) 있겠습니까(乎)?

※ 管仲晏子之功: 목적어로 번역하면 문장구조(술어+목적어)에 어긋나 보인다. 그러나 뒤에 可가 있어서 이 구를 목적어로 추정할 수 있다.

孟子曰(맹자왈). 子誠齊人也(자성제인야). 知管仲·晏子而已矣(지관중안자이이의).

맹자(孟子)께서 말씀하셨다(曰). 그대(子)는 진실로(誠) 제나라(齊) 사람(人)이다(也). 관중(管仲)과 안자(晏子)를 알(知) 뿐이니(而已矣).

或問乎曾西曰(혹문호증서왈), 吾子與子路孰賢(오자여자로숙현), 曾西蹴然曰(증서축연왈), 吾先子之所畏也(오선자지소외야). 曰(왈), 然則吾子與管仲孰賢(연즉오자여관중숙현), 曾西艴然不悅曰(증서발연불열왈), 爾何曾比予於管仲(이하증비여어관중)? 管仲得君(관중득군), 如彼其專也(여피기전야), 行乎國政(행호국정), 如彼其久

也(여피기구야), 功烈(공렬), 如彼其卑也(여피기비야). 爾何曾比予於是(이하증비여어시).

어떤 이(或)가 증서(曾西)에게(乎) 물어(問) 말하길(曰), '그대(吾子)와(與) 자로(子路), 누(孰)가 나은가(賢)?'라 하니, 증서(曾西)가 불안해하는(蹴) 모습으로(然) 말하길(曰), '(자로는) 나(吾)의 선친(先子)께서도(之) 두려워하신(畏) 분(所)이다(也).'라고 했다. 말하길(曰), '그렇다(然)면(則) 그대(吾子)와(與) 관중(管仲), 누(孰)가 나은가(賢)?'라 하니, 증서(曾西)가 발끈하는(艴) 모습으로(然), 기뻐하지(悅) 않으며(不) 말하길(曰), '너(爾)는 어찌하여(何曾) 나(予)를 관중(管仲)과(於) 비교하는가(比)? 관중(管仲)은 임금(君)을 얻어(得) 저(彼)와 같이(如) 그렇게(其) 오로지 하(專)여(也), 국정(國政)을(乎) 행하는데(行), 저(彼)와 같이(如) 그렇게(其) 오래 하(久)고도(也), 공렬(功烈)이 저(彼)와 같이(如) 그렇게(其) 낮았(卑)다(也). 너(爾)는 어찌하여(何曾) 나(予)를 이런 이(是)와(於) 비교하는가(比)?'라 했다.

曰(왈). 管仲(관중), 曾西之所不爲也(증서지소불위야), 而子爲我願之乎(이자위아원지호)?

말씀하셨다(曰). 관중(管仲)은 증서(曾西)도(之) 되지(爲) 않으려던(不) 사람(所)인(也)데(而), 그대(子)는 내(我)가 그것(之)을 원한다(願)고 하는(爲) 것인가(乎)?

※ 子爲我願之乎: '그대는 내가 나를 위해 그런 사람이 되기를 원하는가?'로 번역하는 예가 있다.

曰(왈). 管仲以其君霸(관중이기군패), 晏子以其君顯(안자이기군현), 管仲·晏子(관중안자), 猶不足爲與(유부족위여)?

말했다(曰). 관중(管仲)은 그(其) 임금(君)을(以) 패자로 했으며(霸), 안자(晏子)는 그(其) 임금(君)을(以) 드러나게 했으니(顯), 관중(管仲)과 안자(晏子)도 오히려(猶) 될(爲) 만하지(足) 않(不)습니까(與)?

曰(왈). 以齊(이제), 王(왕), 由反手也(유반수야).

말씀하셨다(曰). 제나라(齊)로(以) 왕 노릇하는 것(王)은 손(手)을 뒤집는(反) 것과 같은(由) 것이다(也).

曰(왈). 若是(약시), 則弟子之惑(즉제자지혹), 滋甚(자심). 且以文王之德(차이문왕지덕), 百年而後崩(백년이후붕), 猶未洽於天下(유미흡어천하), 武王·周公(무왕주공), 繼之然後大行(계지연후대행). 今言王若易然(금언왕약이연), 則文王不足法與(즉문왕부족법여)?

말했다(曰). 이(是)와 같다(若)면(則), 제자(弟子)의(之) 의혹(惑)이 더욱(滋) 심해집니다(甚). 또(且) 문왕(文王)의(之) 덕(德)으로도(以) 백 년(百年) 이후에(而後) 무너져(崩) 아직(猶) 천하(天下)에(於) 넉넉하게 하지(洽) 못했고(未), 무왕(武王)과 주공(周公)이 그것(之)을 이은(繼) 연후에야(然後) 크게(大) 행해졌습니다(行). 지금(今) 왕 노릇하는 것(王)이 쉬운 것(易)과 같은(若) 듯(然) 말씀하시니(言), 곧(則) 문왕(文王)은 본받을(法) 만하지(足) 않(不)습니까(與)?

曰(왈). 文王(문왕), 何可當也(하가당야)? 由湯(유탕), 至於武丁(지어무정), 賢聖之君(현성지군), 六七作(육칠작), 天下歸殷久矣(천하귀은구의), 久(구), 則難變也(즉난변야). 武丁(무정), 朝諸侯有天下(조제후유천하), 猶運之掌也(유운지장야), 紂之去武丁未久也(주지거무정미구야), 其故家遺俗流風善政(기고가유속유풍선정), 猶有存者(유유존자). 又有微子·微仲·王子比干·箕子·膠鬲(우유미자미중왕자비간기자교격), 皆賢人也(개현인야), 相與輔相之故(상여보상지고), 久而後失之也(구이후실지야). 尺地莫非其有也(척지막비기유야), 一民莫非其臣也(일민막비기신야). 然而文王猶方百里起(연이문왕유방백리기), **是以難也**(시이난야).

말씀하셨다(曰). 문왕(文王)을 어찌(何) 비교할(當) 수(可) 있겠는가(也)? 탕왕(湯)으로부터(由) 무정(武丁, 고종(高宗))에(於) 이르기까지(至), 현성(賢聖)의(之) 임금(君) 예닐곱(六七) 일어나(作) 천하(天下)가 은나라(殷)에 귀의한 지(歸) 오래되었(久)는데(矣), 오래되(久)면(則) 변하기(變) 어려운(難) 것이다(也). 무정(武丁)이 제후(諸侯)에게 조회 받고(朝) 천하(天下)를 소유하시어(有), 그것(之)을 손바닥(掌)에 움직이는(運) 것과 같았는(猶)데(也), 주왕(紂)은(之) 무정(武丁)과 거리(去)가 아직 오래되지(久) 않(未)아(也), 그(其) 고가(故家)의 유속(遺俗), 유풍(流風), 선정(善政)이 아직(猶) 존재한(存) 것(者)이 있었다(有). 또(又) 미자(微子), 미중(微仲), 왕자(王子) 비간(比干), 기자(箕子), 교격(膠鬲)이 있었으니(有), 모두(皆) 현자(賢人)였는데(也), 서로(相) 함께(與) 그(之)를 도와주었기(輔相) 때문에(故) 오래된(久) 이후에야(而後) 그것(之)을 잃었던(失) 것이다(也). 한 자(尺)의 땅(地)도 그(其)의 소유(有)가 아닌(非) 것이 없(莫)었고(也), 한(一) 사람(民)도 그(其)의 신하(臣)가 아닌(非) 자가 없(莫)었다(也). 그러했으(然)나(而) 문왕(文王)이 겨우(猶) 사방(方) 백 리(百里)로 일어났으니(起), 이(是) 때문에(以) 어려웠던(難) 것이다(也).

齊人有言曰(제인유언왈), **雖有智慧**(수유지혜), **不如乘勢**(불여승세), **雖有鎡基**(수유자기), **不如待時**(불여대시). **今時則易然也**(금시즉이연야).

제나라(齊) 사람(人)의 말(言)이 있어서(有) 말해보면(曰), '비록(雖) 지혜(智慧)를 가지고 있더라도(有) 형세(勢)를 타는(乘) 것과 같지(如) 못하고(不), 비록(雖) 큰 호미(鎡基)를 가지고 있더라도(有) 때(時)를 기다리는(待) 것과 같지(如) 못하다(不).'라 했다. 지금(今)의 때(時)는 곧(則) 쉬운(易) 듯하(然)다(也).

夏后·殷·周之盛(하후은주지성), **地未有過千里者也**(지미유과천리자야), **而齊有其地矣**(이제유기지의), **鷄鳴狗吠**(계명구폐), **相聞而達乎四境**(상문이달호사경), **而齊有其民矣**(이제유기민의). **地不改**

辟矣(지불개벽의), 民不改聚矣(민불개취의), 行仁政而王(행인정이왕), 莫之能禦也(막지능어야).

하후(夏后), 은(殷), 주(周)의(之) 성함(盛)에도, 땅(地)이 천 리(千里)를 넘는(過) 경우(者)가 있지(有) 않(未)았는(也)데(而), 제나라(齊)는 그만한(其) 땅(地)을 가지고 있(有)고(矣), 닭(鷄) 우는 소리(鳴)와 개(狗) 짖는 소리(吠)가 서로(相) 들려(聞)서(而), 사방(四) 국경(境)에(乎) 이르게 하(達)여(而), 제나라(齊)는 그만한(其) 백성(民)을 가지고 있(有)다(矣). 땅(地)이 다시(改) 개간되지(辟) 않(不)고(矣), 백성(民)이 다시(改) 모이지(聚) 않(不)아도(矣), 인정(仁政)을 행하(行)여(而) 왕 노릇하면(王), 그것(之)을 막을(禦) 수(能) 있는 이가 없을(莫) 것이다(也).

且王者之不作(차왕자지부작), 未有疏於此時者也(미유소어차시자야), 民之憔悴於虐政(민지초췌어학정), 未有甚於此時者也(미유심어차시자야), 飢者(기자), 易爲食(이위식), 渴者(갈자), 易爲飮(이위음).

또(且) 왕자(王者)가(之) 나오지(作) 않은(不) 것이 이(此)때(時)보다(於) 드문(疏) 경우(者)가 아직 있지(有) 않(未)았으며(也), 백성(民)이(之) 학정(虐政)에(於) 초췌한(憔悴) 것이 이(此)때(時)보다(於) 심한(甚) 경우(者)가 아직 있지(有) 않(未)았으니(也), 굶주린(飢) 자(者)에겐 먹을 것(食)이 되기(爲) 쉽고(易), 목마른(渴) 자(者)에겐 마실 것(飮)이 되기(爲) 쉽다(易).

孔子曰(공자왈), 德之流行(덕지유행), 速於置郵而傳命(속어치우이전명), 當今之時(당금지시), 萬乘之國(만승지국), 行仁政(행인정), 民之悅之(민지열지), 猶解倒懸也(유해도현야). 故事半古之人(고사반고지인), 功必倍之(공필배지), 惟此時爲然(유차시위연).

공자(孔子)께서 말씀하시길(曰), '덕(德)이(之) 유행하는(流行) 것이 역참(郵)을 두(置)고

(而), 명(命)을 전하는(傳) 것보다(於) 빠르다(速).'고 하시니, 지금(當今)의(之) 때(時)에 만승(萬乘)의(之) 나라(國)가 인정(仁政)을 행한다면(行), 백성(民)이(之) 그것(之)을 기뻐하는(悅) 것이 거꾸로(倒) 매달린 것(懸)을 풀어준(解) 것과 같을(猶) 것이다(也). 그러므로(故) 일(事)은 옛날(古)의(之) 사람(人)보다 반만큼 하더라도(半), 공(功)은 반드시(必) 그것(之)보다 배가 되는(倍) 것은, 오직(惟) 이(此)때(時)만이 그렇게(然) 될 것이다(爲).

*公孫丑(공손추): 만장(萬章)과 더불어 맹자의 뛰어난 제자로 제(齊)나라 사람 ‖ *當路(당로): 정권을 잡음 또는 중요한 지위나 직분에 있음 ‖ *管仲(관중): 춘추시대 제(齊)나라 정치가 ‖ *晏子(안자): 검소한 생활로 알려진 춘추시대 제(齊)나라 명신 안영(晏嬰) ‖ *許(허): 바라다, 기대하다 ‖ *而已矣(이이의): ~일 뿐이다 ‖ *曾西(증서): 증자의 아들로 보기도 하고 손자로 보기도 함 ‖ *吾子(오자): 친구(아주 친한 사이에서 부르는 호칭) ‖ *子路(자로): 공자의 제자로 노(魯)나라 유학자 ‖ *蹴然(축연): 근신하는 모양, 공경하는 모양, 불안한 모양 / 蹴(축): 차다, 불안해하다 ‖ *先子(선자): 돌아가신 아버지나 스승 ‖ *艴然(발연): 왈칵 성을 내는 태도나 일어나는 모양이 세차고 갑작스러움 / 艴(발/불): 발끈하다 ‖ *爾(이): 너, 당신 ‖ *何曾(하증): 어찌하여, 어째서 ‖ *由(유): 같다 ‖ *滋(자): 더욱 ‖ *洽(흡): 젖다, 넉넉하게 하다 ‖ *有+명사: ①~이(가) 있다(술어+보어), ②~을(를) 가지고 있다(술어+목적어) ‖ *有~者: ①~한 사람(경우)이 있다, ②~이 있는 사람(경우) ‖ *湯(탕): 상(商)나라 초대 왕 ‖ *紂(주): 상(商)나라 마지막 왕 ‖ *鎡基(자기): 큰 호미나 괭이 / 鎡(자): 호미 ‖ *辟(벽): 개간하다 ‖ *憔悴(초췌): 얼굴이나 몸이 여위고 파리함 / 憔(초): 파리하다 / 悴(췌): 파리하다 ‖ *當今(당금): 지금 ‖ *萬乘之國(만승지국): 병거(兵車) 일만 채를 갖춘 나라, 즉 천자가 다스리는 나라.

부록 최소한 문법: 於, 之, 可, 乎, 與, 所, 不, 所, 而, 以, 足, 未, 者, 莫, 非, 도치.

2장

公孫丑問曰(공손추문왈). 夫子加齊之卿相(부자가제지경상), 得行道焉(득행도언), 雖由此霸王(수유차패왕), 不異矣(불이의). 如此(여차), 則動心(즉동심)? 否乎(부호)? 孟子曰(맹자왈). 否(부). 我四十不動心(아사십부동심).

공손추(公孫丑)가 물어(問) 말했다(曰). 선생님(夫子)께서 제나라(齊)의(之) 경상(卿相)을 맡으시어(加), 거기에서(焉) 도(道)를 행할(行) 수 있으면(得), 비록(雖) 이(此)로 말미암아(由) 패업(霸)이나 왕업(王)도 이상하지(異) 않을(不) 것입니다(矣). 이(此)와 같다(如)면(則), 마음(心)을 움직일까요(動)? 아닐(否)까요(乎)? 맹자(孟子)께서 말씀하셨다(曰). 아닐 것이다(否). 나(我)는 마흔(四十)부터 마음(心)을 움직이지(動) 않았다(不).

曰(왈). 若是(약시), 則夫子過孟賁(즉부자과맹분), 遠矣(원의). 曰(왈). 是不難(시불난), 告子先我不動心(고자선아부동심).

말했다(曰). 이(是)와 같다(若)면(則), 선생님(夫子)께서 맹분(孟賁)을 넘어선(過) 것이 원대하(遠)십니다(矣). 말씀하셨다(曰). 이(是)는 어렵지(難) 않으니(不), 고자(告子)도 나(我)보다 먼저(先) 마음(心)을 움직이지(動) 않았다(不).

曰(왈). 不動心(부동심), 有道乎(유도호)? 曰(왈). 有(유).

말했다(曰). 마음(心)을 움직이지(動) 않는(不) 데 방법(道)이 있(有)습니까(乎)? 말씀하셨다(曰). 있다(有).

北宮黝之養勇也(북궁유지양용야), 不膚撓(불부요), 不目逃(불목도), 思以一毫(사이일호), 挫於人(좌어인), 若撻之於市朝(약달지어시조), 不受於褐寬博(불수어갈관박), 亦不受於萬乘之君(역불수어 만승지군). 視刺萬乘之君(시자만승지군), 若刺褐夫(약자갈부), 無嚴諸侯(무엄제후), 惡聲至(악성지), 必反之(필반지).

북궁유(北宮黝)가(之) 용기(勇)를 기르는(養) 데(也), 피부(膚)도 움찔거리지(撓) 않고(不), 눈(目)도 피하지(逃) 않았으며(不), 하나(一)의 터럭(毫)이라도(以) 남(人)에게(於) 욕보이면(挫), 그것(之)을 시조(市朝)에서(於) 매질당한(撻) 것과 같다(若)고 생각하여(思), 갈관박(褐寬博)에게도(於) (욕을) 받으려 하지(受) 않고(不), 또한(亦) 만승(萬乘)의(之) 임금(君)에게도(於) 받으려 하지(受) 않았다(不). 만승(萬乘)의(之) 임금(君)을 찌르는(刺) 것도 갈부(褐夫)를 찌르는(刺) 것과 같다(若)고 보았기에(視), 엄한(嚴) 제후(諸侯)가 없었으며(無), 험담하는(惡) 소리(聲)가 이르면(至) 반드시(必) 그것(之)을 되돌려 주었다(反).

※ 不膚撓, 不目逃: 膚와 目을 강조하기 위해서 도치하였다.

孟施舍之所養勇也(맹시사지소양용야), 曰(왈), 視不勝(시불승), 猶勝也(유승야). 量敵而後進(양적이후진), 慮勝而後會(여승이후회), 是畏三軍者也(시외삼군자야). 舍豈能爲必勝哉(사기능위필승재)? 能無懼而已矣(능무구이이의).

맹시사(孟施舍)가(之) 용기(勇)를 기르는(養) 방법(所)은(也) 말하길(曰), '이기지(勝) 못할(不) 것을 보고도(視), 이길(勝) 것과 같이(猶) 한다(也). 적(敵)을 헤아린(量) 이후에(而後) 나아가고(進), 이길 것(勝)을 생각한(慮) 이후에(而後) 맞붙는다면(會), 이(是)는 삼군(三軍)을 두려워하는(畏) 자(者)인 것이다(也).'라 했다. 사(舍, 맹시사)가 어찌(豈) 반드시(必) 이긴다(勝) 할(爲) 수(能) 있겠는가(哉)? 두려움(懼)이 없을(無) 수(能) 있을 뿐이었다(而已矣).

孟施舍(맹시사), 似曾子(사증자), 北宮黝(북궁유), 似子夏(사자하). 夫二子之勇(부이자지용), 未知其孰賢(미지기숙현). 然而孟施舍(연이맹시사), 守約也(수약야).

맹시사(孟施舍)는 증자(曾子)와 비슷하고(似), 북궁유(北宮黝)는 자하(子夏)와 비슷하다(似). 저(夫) 두 사람(二子)의(之) 용기(勇), 그(其) 누(孰)가 나은지(賢) 아직 알지(知) 못한다(未). 그러하나(然而) 맹시사(孟施舍)가 요점(約)을 지킨(守) 것이다(也).

昔者曾子謂子襄曰(석자증자위자양왈), 子好勇乎(자호용호)? 吾嘗聞大勇於夫子矣(오상문대용어부자의), 自反而不縮(자반이불축), 雖褐寬博(수갈관박), 吾不惴焉(오불췌언), 自反而縮(자반이축), 雖千萬人(수천만인), 吾往矣(오왕의).

옛날(昔)에(者) 증자(曾子)께서 자양(子襄)에게 일러(謂) 말하길(曰), '그대(子)는 용기(勇)를 좋아하(好)는가(乎)? 나(吾)는 일찍이(嘗) 선생님(夫子, 공자)께(於) 큰(大) 용기(勇)를 들었는(聞)데(矣), 스스로(自) 돌이켜(反)서(而) 바르지(縮) 않다면(不), 비록(雖) 갈관박(褐寬博)이라도 내(吾)가 그를(焉) 두렵게 하지(惴) 못하지만(不), 스스로(自) 돌이켜(反)서(而) 바르다면(縮), 비록(雖) 천만 명(千萬人)이라도 나(吾)는 가서(往) (대적할) 것이다(矣).'라 했다.

孟施舍之守氣(맹시사지수기), 又不如曾子之守約也(우불여증자지수약야).

맹시사(孟施舍)가(之) 기(氣)를 지킨(守) 것은 또(又) 증자(曾子)가(之) 요점(約)을 지킨(守) 것과 같지(如) 못(不)하다(也).

曰(왈). 敢問夫子之不動心(감문부자지부동심), 與告子之不動心(여고자지부동심), 可得聞與(가득문여)? 告子曰(고자왈), 不得於言(부득어언), 勿求於心(물구어심), 不得於心(부득어심), 勿求於氣(물구어기). 不得於心(부득어심), 勿求於氣(물구어기), 可(가), 不得於言(부득어언), 勿求於心(물구어심), 不可(불가). 夫志(부지), 氣之帥也(기지수야), 氣(기), 體之充也(체지충야), 夫志至焉(부지지언), 氣次焉(기차언). 故曰(고왈), 持其志(지기지), 無暴其氣(무포기기).

말했다(曰). 감히(敢) 묻습니다(問), 선생님(夫子)의(之) 부동심(不動心)과(與) 고자(告子)의(之) 부동심(不動心)을 얻어서(得) 들을(聞) 수(可) 있습니까(與)? 고자(告子)가 말하길(曰), '말(言)에서(於) 얻지(得) 못하면(不), 마음(心)에서(於) 찾지(求) 말며(勿), 마음(心)에서(於) 얻지(得) 못하면(不), 기(氣)에서(於) 찾지(求) 말라(勿).'고 했다. 마음(心)에서(於) 얻지(得) 못하면(不), 기(氣)에서(於) 찾지(求) 말라(勿)는 것은 괜찮으나(可), 말(言)에서(於) 얻지(得) 못하면(不), 마음(心)에서(於) 찾지(求) 말라(勿)는 것은 옳지(可) 않다(不). 무릇(夫) 의지(志)는 기(氣)를(之) 거느리(帥)며(也), 기(氣)는 몸(體)을(之) 가득하게 하(充)니(也), 무릇(夫) 의지(志)가 거기에서(焉) 지극하고(至), 기(氣)는 거기에서(焉) 다음이다(次). 그러므로(故) 말하길(曰), '그(其) 의지(志)를 잡고(持), 그(其) 기운(氣)을 해치지(暴, 함부로 하지) 말라(無).'고 했다.

旣曰(기왈). 志至焉(지지언), 氣次焉(기차언), 又曰(우왈), 持其志(지기지), 無暴其氣者(무포기기자), 何也(하야)? 曰(왈). 志壹(지일), 則動氣(즉동기), 氣壹(기일), 則動志也(즉동지야). 今夫蹶者趨者是氣也(금부궤자추자시기야), 而反動其心(이반동기심).

이미(旣) 말씀하시길(曰), '의지(志)가 거기에서(焉) 지극하고(至), 기(氣)는 거기에서(焉) 다음이다(次).'라 하시고, 또(又) 말씀하시길(曰), '그(其) 의지(志)를 잡고(持), 그(其) 기운(氣)을 해치지(暴) 말라(無).'는 것(者)은 어째서(何)입니까(也)? 말씀하셨다(曰). 의지(志)가 한결같다(壹)면(則) 기(氣)를 움직이고(動), 기(氣)가 한결같다(壹)면(則) 의지(志)

를 움직이는(動) 것이다(也). 지금(今) 저(夫) 넘어지는(蹶) 것(者)과 달리는(趨) 것(者)이 이(是) 기(氣)인(也)데(而), 도리어(反) 그(其) 마음(心)을 움직이게도 한다(動).

敢問(감문). 夫子(부자), 惡乎長(오호장)? 曰(왈). 我知言(아지언), 我善養吾浩然之氣(아선양오호연지기).

감히(敢) 묻습니다(問). 선생님(夫子)께서는 무엇(惡)입니까(乎)? 장점(長)이. 말씀하셨다(曰). 나(我)는 말(言)을 알며(知), 나(我)는 나(吾)의 호연지기(浩然之氣)를 잘(善) 기른다(養).

敢問(감문). 何謂浩然之氣(하위호연지기)? 曰(왈). 難言也(난언야).

감히(敢) 묻습니다(問). 무엇(何)을 호연지기(浩然之氣)라 말합니까(謂)? 말씀하셨다(曰). 말하기(言) 어렵(難)다(也).

其爲氣也(기위기야), 至大至剛(지대지강), 以直養而無害(이직양이무해), 則塞于天地之間(즉색우천지지간).

그것(其)이 기(氣)가 되는(爲) 것이(也) 지극히(至) 크고(大) 지극히(至) 강하니(剛), 곧음(直)으로(以) 기르(養)고(而) 해침(害)이 없으(無)면(則), 천지(天地)의(之) 사이(間)에(于) 가득하다(塞).

※ 塞: (새) 변방, / (색) 막다, 채우다.

其爲氣也(기위기야), 配義與道(배의여도), 無是(무시), 餒也(뇌야).

그것(其)이 기(氣)가 되는(爲) 것이(也) 의(義)와(與) 도(道)를 짝하니(配), 이것(是)이 없으면(無) 줄어든(餒)다(也).

是集義所生者(시집의소생자), 非義襲而取之也(비의습이취지야). 行有不慊於心(행유불겹어심), 則餒矣(즉뇌의). 我故曰(아고왈), 告子未嘗知義(고자미상지의), 以其外之也(이기외지야).

이것(是)은 의(義)을 모아(集) 생겨나는(生) 것(所)이지(者), 의(義)가 업습하(襲)여(而) 그것(之)을 취한(取) 것이 아니(非)다(也). 행동(行)이 마음(心)에(於) 흡족하지(慊) 않은(不) 것이 있으(有)면(則), 줄어든(餒)다(矣). 내(我)가 그러므로(故) '고자(告子)가 일찍이(嘗) 의(義)를 아직 알지(知) 못했다(未).'고 말한 것이니(曰), 그(其)가 그것(之)을 밖에 있다(外)고 여겼기 때문(以)이다(也).

※ 者: 所와 연동될 때, '것, 경우, 사람' 등으로 번역하면 어색할 때가 많다. 뜻이 명확하지 않을 때, 우리말 조사와 같이 '~은/는' 혹은 뒷말과 연결하여 적절한 표현을 쓸 수 있다.

※ 慊: '겸'으로 읽으면 '만족스럽지 않다'는 의미이므로, '흡족하다'는 의미이므로 '협/겹'으로 읽을 것을 권한다.

必有事焉而勿正(필유사언이물정), 心勿忘(심물망), 勿助長也(물조장야), 無若宋人然(무약송인연). 宋人(송인), 有閔其苗之不長而揠之者(유민기묘지부장이알지자). 芒芒然歸(망망연귀), 謂其人曰(위기인왈), 今日(금일), 病矣(병의). 予助苗長矣(여조묘장의). 其子趨而往視之(기자추이왕시지), 苗則槁矣(묘즉고의). 天下之不助苗長者寡矣(천하지부조묘장자과의). 以爲無益而舍之者(이위무익이사지자), 不耘苗者也(불운묘자야), 助之長者(조지장자), 揠苗者也(알묘자야). 非徒無益(비도무익), 而又害之(이우해지).

반드시(必) 그것을(焉) 일삼는 것(事)이 있(有)더라도(而), 바로잡으려 하지(正) 말며(勿), 마음(心)에 잊지(忘) 말고(勿), 조장하지도(助長) 말아(勿)서(也), 송나라(宋) 사람(人)과 같은(若) 듯하지(然) 말아야 한다(無). 송나라(宋) 사람(人)에, 그(其) 싹(苗)이

(之) 자라지(長) 않는(不) 것을 근심하(閔)여(而), 그것(之)을 뽑아 올린(揠) 자(者)가 있었다(有). 피곤한(芒芒) 모양으로(然) 돌아와서(歸), 그(其) 사람(人)에게 일러(謂) 말하길(曰), '오늘(今日) 피곤하(病)다(矣). 내(予)가 싹(苗)이 자라는(長) 것을 도와주(助)었다(矣).'고 했다. 그(其) 아들(子)이 달려(趨)서(而) 가(往) 그것(之)을 보았더니(視), 싹(苗)이 곧(則) 말라(槁) 있었다(矣). 천하(天下)에(之) 싹(苗)이 자라는(長) 것을 도와주는(助) 자(者)가 적(寡)다(矣). 그것을(以) 무익(無益)하다 여겨(爲)서(而) 그것(之)을 버려두는(舍) 자(者)는 싹(苗)을 김매지(耘) 않는(不) 자(者)이고(也), 그것(之)이 자라도록(長) 돕는(助) 자(者)는 싹(苗)을 뽑아 올리는(揠) 자(者)이다(也). 다만(徒) 무익(無益)뿐만 아니(非)라(而) 또(又) 그것(之)을 해친다(害).

何謂知言(하위지언)? 曰(왈). 詖辭(피사), 知其所蔽(지기소폐), 淫辭(음사), 知其所陷(지기소함), 邪辭(사사), 知其所離(지기소리), 遁辭(둔사), 知其所窮(지기소궁), 生於其心(생어기심), 害於其政(해어기정), 發於其政(발어기정), 害於其事(해어기사). 聖人復起(성인부기), 必從吾言矣(필종오언의).

무엇(何)을 일러(謂) 말(言)을 안다(知)고 합니까? 말씀하셨다(曰). 치우친(詖) 말(辭)에서 그(其) 가려진(蔽) 바(所)를 알고(知), 지나친(淫) 말(辭)에서 그(其) 빠진(陷) 바(所)를 알고(知), 사악한(邪) 말(辭)에서 그(其) 괴리된(離) 바(所)를 알고(知), 피하는(遁) 말(辭)에서 그(其) 궁한(窮) 바(所)를 알아서(知), 그(其) 마음(心)에서(於) 나와서(生) 그(其) 정사(政)에(於) 해가 되고(害), 그(其) 정사(政)에서(於) 발하여(發) 그(其) 일(事)에(於) 해가 된다(害). 성인(聖人)이 다시(復) 일어나더라도(起), 반드시(必) 나(吾)의 말(言)을 따르(從) 것이다(矣).

宰我·子貢(재아자공), 善爲說辭(선위설사), 冉牛·閔子·顔淵(염우민자안연), 善言德行(선언덕행). 孔子兼之(공자겸지), 曰(왈), 我於辭命(아어사명), 則不能也(즉불능야), 然則夫子旣聖矣乎(연즉부자기성의호).

재아(宰我)와 자공(子貢)은 설사(說辭, 말)를 잘(善) 했고(爲), 염우(冉牛), 민자(閔子), 안연(顔淵)은 덕행(德行)을 잘(善) 말했는데(言), 공자(孔子)께서는 그것(之)을 겸하고도(兼) 말씀하시길(曰), '나(我)는 사명(辭命)에(於) 곧(則) 능하지(能) 못하(不)다(也).'고 했으니, 그렇다(然)면(則) 선생님(夫子, 맹자)께서는 이미(旣) 성인(聖)이라 하겠습니다(矣乎).

曰(왈). 惡(오), 是何言也(시하언야). 昔者子貢問於孔子曰(석자자공문어공자왈), 夫子(부자), 聖矣乎(성의호)? 孔子曰(공자왈), 聖則吾不能(성즉오불능), 我(아), 學不厭而敎不倦也(학불염이교불권야). 子貢曰(자공왈), 學不厭(학불염), 智也(지야), 敎不倦(교불권), 仁也(인야), 仁且智(인차지), 夫子旣聖矣(부자기성의). 夫聖(부성), 孔子(공자), 不居(불거), 是何言也(시하언야)?

말씀하셨다(曰). 오(惡), 이(是) 무슨(何) 말(言)인가(也)! 옛날(昔)에(者) 자공(子貢)이 공자(孔子)에게(於) 물어(問) 말하길(曰), '선생님(夫子)은 성인(聖)이십니까(矣乎)?'라 하니, 공자(孔子)께서 말씀하시길(曰), '성인(聖)은 곧(則) 내(吾)가 능하지(能) 못하지만(不), 나(我)는 배움(學)에 싫어하지(厭) 않(不)고(而), 가르침(敎)에 게으르지(倦) 않(不)다(也).'고 했다. 자공(子貢)이 말하길(曰), '배움(學)에 싫어하지(厭) 않는(不) 것은 지혜(智)이고(也), 가르침(敎)에 게으르지(倦) 않는(不) 것은 인(仁)인데(也), 인하고(仁) 또(且) 지혜로우니(智), 선생님(夫子)은 이미(旣) 성인(聖)이십니다(矣).'라 했다. 무릇(夫) 성인(聖)은, 공자(孔子)께서도 처하지(居) 않으셨는데(不), 이(是) 무슨(何) 말(言)인가(也)?

昔者竊聞之(석자절문지), 子夏·子游·子張(자하자유자장), 皆有聖人之一體(개유성인지일체), 冉牛·閔子·顔淵(염우민자안연), 則具體而微(즉구체이미), 敢問所安(감문소안).

옛날(昔)에(者) 남몰래(竊) 그것(之)을 들었는데(聞), '자하(子夏), 자유(子游), 자장(子張)은 모두(皆) 성인(聖人)의(之) 한(一) 형상(體)을 가지고 있고(有), 염우(冉牛), 민자

(閔子), 안연(顔淵)은 곧(則) 형상(體)을 갖추(具)었으나(而) 미약하다(微).'고 했으니, 감히(敢) (괜찮다고 생각하여) 편안히 여기는(安) 바(所)를 묻습니다(問).

曰(왈). 姑舍是(고사시).

말씀하셨다(曰). 우선(姑) 이것(是)을 놓아두자(舍).

曰(왈). 伯夷·伊尹(백이이윤), 何如(하여)? 曰(왈). 不同道(부동도). 非其君不事(비기군불사), 非其民不使(비기민불사), 治則進(치즉진), 亂則退(난즉퇴), 伯夷也(백이야), 何事非君(하사비군), 何使非民(하사비민), 治亦進(치역진), 亂亦進(난역진), 伊尹也(이윤야), 可以仕則仕(가이사즉사), 可以止則止(가이지즉지), 可以久則久(가이구즉구), 可以速則速(가이속즉속), 孔子也(공자야), 皆古聖人也(개고성인야). 吾未能有行焉(오미능유행언), 乃所願則學孔子也(내소원즉학공자야).

말했다(曰). 백이(伯夷)와 이윤(伊尹)은 어떠합니까(何如)? 말씀하셨다(曰). 도(道)가 같지(同) 않았다(不). 그(其) 임금(君)이 아니면(非) 섬기지(事) 않고(不), 그(其) 백성(民)이 아니면(非) 부리지(使) 않았으며(不), 다스려지(治)면(則) 나아가고(進), 어지러우(亂)면(則) 물러난(退) 이가 백이(伯夷)였고(也), '누구(何)를 섬긴들(事) 임금(君)이 아니며(非), 누구(何)를 부린들(使) 백성(民)이 아닌가(非)?'라 하여, 다스려져도(治) 또한(亦) 나아가고(進), 어지러워도(亂) 또한(亦) 나아간(進) 이가 이윤(伊尹)이었고(也), 벼슬할(仕) 수(可以) 있으면(則) 벼슬하고(仕), 그만둘(止) 수(可以) 있으면(則) 그만두며(止), 오래 할(久) 수(可以) 있으면(則) 오래하고(久), 빨리(速) (떠나야) 할 수(可以) 있으면(則) 빨리(速) (떠나신) 이가 공자(孔子)셨으니(也), 모두(皆) 옛(古) 성인(聖人)이시다(也). 나(吾)는 그분들처럼(焉) 행함(行)이 있을(有) 수(能) 없으나(未), 바로(乃) 원하는(願) 것(所)은 곧(則) 공자(孔子)를 배우는(學) 것이다(也).

伯夷·伊尹(백이이윤), 於孔子(어공자), 若是班乎(약시반호)? 曰(왈). 否(부). 自有生民而來(자유생민이래), 未有孔子也(미유공자야).

백이(伯夷)와 이윤(伊尹)이 공자(孔子)와(於) 이(是)와 같이(若) 대등합(班)니까(乎)? 말씀하셨다(曰). 아니다(否). 생민(生民)이 있은(有) 것으로부터(自) 이래로(而來) 공자(孔子)와 (같은 분은) 아직 있지(有) 않(未)았다(也).

曰(왈). 然則有同與(연즉유동여)? 曰(왈). 有(유), 得百里之地而君之(득백리지지이군지), 皆能以朝諸侯有天下(개능이조제후유천하), 行一不義(행일불의), 殺一不辜而得天下(살일불고이득천하), 皆不爲也(개불위야), 是則同(시즉동).

말했다(曰). 그렇다(然)면(則) 같은 것(同)이 있(有)습니까(與)? 말씀하셨다(曰). 있다(有). 백 리(百里)의(之) 땅(地)을 얻(得)어서(而), 거기(之)에서 임금이 되면(君), 모두(皆) 제후(朝諸)에 조회를 받고(朝), 천하(天下)를 소유할(有) 수 있고(能以), 하나라도(一) 의롭지(義) 못한(不) 것을 행하거나(行), 하나라도(一) 죄가 되지(辜) 않는(不) 사람을 죽이(殺)면서(而), 천하(天下)를 얻는(得) 것은 모두(皆) 하지(爲) 않을(不) 것이니(也), 이것(是)이 곧(則) 같다(同).

曰(왈). 敢問其所以異(감문기소이이). 曰(왈). 宰我·子貢·有若(재아자공유약), 智足以知聖人(지족이지성인). 汙不至阿其所好(와부지아기소호).

말했다(曰). 감히(敢) 그(其) 다른(異) 점(所以)을 묻습니다(問). 말씀하셨다(曰). 재아(宰我), 자공(子貢), 유약(有若)은 지혜(智)로 성인(聖人)을 알(知) 수 있었다(足以). 낮더라도(汙) 그(其)가 좋아하는(好) 사람(所)에게 알랑거리는 데(阿)에 이르지는(至) 않는다(不).

宰我曰(재아왈), 以予觀於夫子(이여관어부자), 賢於堯·舜(현어요순), 遠矣(원의).

재아(宰我)가 말하길(曰), '제(予)가 선생님(夫子, 공자)을(於) 본(觀) 것으로(以), 요순(堯舜)보다(於) 현명하신(賢) 것이 원대하(遠)십니다(矣).'라 했다.

子貢曰(자공왈), 見其禮而知其政(견기례이지기정), 聞其樂而知其德(문기악이지기덕). 由百世之後(유백세지후), 等百世之王(등백세지왕), 莫之能違也(막지능위야). 自生民以來(자생민이래), 未有夫子也(미유부자야).

자공(子貢)이 말하길(曰), '그(其) 예(禮)를 보(見)면(而) 그(其) 정사(政)를 알고(知), 그(其) 음악(樂)을 들(聞)으면(而) 그(其) 덕(德)을 안다(知). 백 세(百世)의(之) 뒤(後)로 말미암아(由) 백 세(百世)의(之) 왕(王)을 비교해 보니(等), 이것(之)을 어긋날(違) 수(能) 있는 것이 없(莫)으니(也), 생민(生民)으로부터(自) 이래로(以來) 부자(夫子, 공자)와 (같은 분은) 아직 있지(有) 않(未)았다(也).'고 했다.

有若曰(유약왈), 豈惟民哉(기유민재)? 麒麟之於走獸(기린지어주수), 鳳凰之於飛鳥(봉황지어비조), 泰山之於丘垤(태산지어구질), 河海之於行潦(하해지어행료), 類也(유야), 聖人之於民(성인지어민), 亦類也(역유야). 出於其類(출어기류), 拔乎其萃(발호기췌), 自生民以來(자생민이래), 未有盛於孔子也(미유성어공자야).

유약(有若, 유자)이 말하길(曰), '어찌(豈) 오직(惟) 사람(民) 뿐이겠는가(哉)? 기린(麒麟)이(之) 달리는(走) 짐승(獸)에서(於), 봉황(鳳凰)이(之) 나는(飛) 새(鳥)에서(於), 태산(泰山)이(之) 작은 언덕(丘垤)에서(於), 하해(河海)가(之) 길바닥에 괸 물(行潦)에서(於), (같은) 부류(類)이며(也), 성인(聖人)이(之) 백성(民)에서(於) 또한(亦) (같은) 부류(類)이다

(也). 그(其) 부류(類)에서(於) 나와(出) 그(其) 모인 것(萃)에서(乎) 빼어났지만(拔), 생민(生民)으로부터(自) 이래로(以來) 공자(孔子)보다(於) 성대한 이(盛)는 아직 있지(有) 않(未)았다(也).'고 했다.

*公孫丑(공손추): 만장(萬章)과 더불어 맹자의 뛰어난 제자로 제(齊)나라 사람 ‖ *加(가): 맡다, 관장하다 ‖ *孟賁(맹분): 전국시대 제(齊)나라 역사(力士)의 이름이나 위(衛)나라 사람이라는 설도 있음 ‖ *告子(고자): 제(齊)나라 고불해(告不害)로 맹자와 인간 본성을 논한 사상가 ‖ *有+명사: ①~이(가) 있다(술어+보어), ②~을(를) 가지고 있다(술어+목적어) ‖ *撓(요): 흔들리다, 휘젓다 ‖ *挫(좌): 욕보이다 ‖ *撻(달): 매질하다 ‖ *市朝(시조): 시정과 조정 ‖ *褐寬博(갈관박): 거친 천으로 통을 넓게 지어 입은 추레한 옷 또는 그런 옷을 입은 가난하고 천한 사람 / 갈(褐)은 털로 짠 천, 관박(寬博)은 넓은 옷 ‖ *褐夫(갈부): 거친 베옷을 입은 남자로, 미천한 사람 ‖ *而已矣(이이의): ~일 뿐이다 ‖ *惡聲(악성): 나쁘게 평하거나 그런 평판이나 평가 ‖ *曾子(증자): 공자의 제자 증삼(曾參)으로, 공자 사상을 계승하는 데 역할을 한 인물 ‖ *子夏(자하): 공자의 제자로 문학에 뛰어난 인물 ‖ *子襄(자양): 증자의 제자 ‖ *縮(축): 바루다, 곧게 하다 ‖ *惴(췌): 두려워하다 ‖ *蹶(궐): 넘어지다 ‖ *趨(추): 달아나다 ‖ *餒(뇌): 주리다 ‖ *襲(습): 엄습하다 ‖ *慊(겸): 마음에 차지 않다 ‖ *有~者: ①~한 사람(경우)이 있다, ②~이 있는 사람(경우) ‖ *閔(민): 근심하다 ‖ *揠(알): 뽑다 ‖ *芒芒然(망망연): 피곤한 듯한 모양 ‖ *槁(고): 마르다 ‖ *耘(운): 김매다 ‖ *詖(피): 치우치다 ‖ *遁(둔): 달아나다 ‖ *說辭(설사): 구실, 변명 ‖ *何如(하여): 무엇과 같은가? 어찌하여, 어떠한가? ‖ *班(반): 같다, 대등하다 ‖ *辜(고): 허물, 죄 ‖ *汙(오): 낮다 ‖ *阿(아): 알랑거리다 ‖ *丘垤(구질): 작은 언덕 / 垤(질): 개밋둑, 작은 산 ‖ *行潦(행료): 길바닥에 괸 물 / 潦(료): 큰비 ‖ *萃(췌): 모이다

부록 최소한 문법: 之, 焉, 得, 不, 以, 於, 必, 所, 者, 能, 未, 敢, 與, 可, 而, 非, 以爲, 使, 可以, 能以, 足以, 莫, 도치.

3장

孟子曰(맹자왈). 以力假仁者(이력가인자), 霸(패), 霸必有大國(패필유대국). 以德行仁者(이덕행인자), 王(왕), 王不待大(왕부대대). 湯(탕), 以七十里(이칠십리), 文王(문왕), 以百里(이백리).

맹자(孟子)께서 말씀하셨다(曰). 힘(力)으로(以) 인(仁)을 거짓하는(假) 것(者)이 패도(霸)인데, 패도(霸)는 반드시(必) 큰(大) 나라(國)를 가지고 있다(有). 덕(德)으로(以) 인(仁)을 행하는(行) 것(者)이 왕도(王)인데, 왕도(王)는 큰 것(大)을 기대하지(待) 않는다(不). 탕왕(湯)은 칠십 리(七十里)로(以), 문왕(文王)은 백 리(百里)로(以) (왕도를 행했다).

以力服人者(이력복인자), 非心服也(비심복야), 力不贍也(역불섬야). 以德服人者(이덕복인자), 中心(중심), 悅而誠服也(열이성복야), 如七十子之服孔子也(여칠십자지복공자야). 詩云(시운), 自西自東(자서자동), 自南自北(자남자북), 無思不服(무사불복), 此之謂也(차지위야).

힘(力)으로(以) 남(人)을 복종시키는(服) 것(者)은 마음으로(心) 복종하는(服) 것이 아니(非)며(也), 힘(力)이 넉넉하지(贍) 못해서(不)이다(也). 덕(德)으로(以) 남(人)을 복종시키는(服) 것(者)은 속(中) 마음(心)으로 기뻐하(悅)며(而), 진실로(誠) 복종하는(服) 것이니(也), 칠십(七十)의 제자(子)가(之) 공자(孔子)를 복종한(服) 것과 같(如)다(也). 『시경(詩)』에 이르길(云), '서쪽(西)으로부터(自), 동쪽(東)으로부터(自), 남쪽(南)으로부터(自), 북쪽(北)으로부터(自) 헤아려보면(思) 복종하지(服) 않는(不) 이가 없다(無).'고 했는데, 이것(此)을(之) 말하는(謂) 것이다(也).

※ 思: 사색의 의미를 담은 느낌의 어조사로, 일반적으로 번역하지 않는다.

*有+명사: ①~이(가) 있다(술어+보어), ②~을(를) 가지고 있다(술어+목적어) ‖ *湯(탕): 상(商)나라 초대 왕 ‖ *贍(섬): 넉넉하다 ‖ *思(사): 사색의 의미를 담은 어조사.

부록 최소한 문법: 以, 者, 必, 不, 非, 而, 之.

4장

孟子曰(맹자왈). 仁則榮(인즉영), 不仁則辱(불인즉욕), 今惡辱而居不仁(금오욕이거불인), 是猶惡濕而居下也(시유오습이거하야).

맹자(孟子)께서 말씀하셨다(曰). 어질(仁)면(則) 영화롭고(榮), 어질지(仁) 못하(不)면(則) 치욕을 당하니(辱), 지금은(今) 치욕(辱)을 싫어하(惡)면서도(而) 불인(不仁)에 머무니(居), 이(是)는 습한 것(濕)을 싫어하(惡)면서도(而) 낮은 곳(下)에 머무는(居) 것과 같(猶)다(也).

如惡之(여오지), 莫如貴德而尊士(막여귀덕이존사). 賢者在位(현자재위), 能者在職(능자재직), 國家閒暇(국가한가), 及是時(급시시), 明其政刑(명기정형), 雖大國(수대국), 必畏之矣(필외지의).

만일(如) 그것(之)을 싫어한다면(惡), 덕(德)을 귀하게 여기(貴)고(而) 선비(士)를 높이는(尊) 것과 같은(如) 것이 없다(莫). 어진(賢) 자(者)가 지위(位)에 있고(在), 능력있는(能) 자(者)가 직책(職)에 있어서(在), 국가(國家)가 한가한데(閒暇), 이(是)때(時) 이르러(及) 그(其) 정사(政)와 형벌(刑)을 분명히 한다면(明), 비록(雖) 큰(大) 나라(國)라도 반드시(必) 그것(之)을 두려워할(畏) 것이다(矣).

詩云(시운), 迨天之未陰雨(태천지미음우), 徹彼桑土(철피상두), 綢繆牖戶(주무유호), 今此下民(금차하민), 或敢侮予(혹감모여)? 孔子曰(공자왈), 爲此詩者(위차시자), 其知道乎(기지도호). 能治其國家(능치기국가), 誰敢侮之(수감모지)?

『시경(詩)』에 이르길(云), '하늘(天)에(之) 음우가 아직 내리지(陰雨) 않는(未) 때에 이르러(迨) 저(彼) 뽕나무(桑) 뿌리(土)를 벗겨(徹), 들창(牖)과 문(戶)을 얽어매면(綢繆), 무릇(今) 이(此) 아래(下)의 사람(民) 중 어떤 이(或)가 감히(敢) 나(予)를 업신여기겠는가(侮)?'라 했다. 공자(孔子)께서 말씀하시길(曰), '이(此) 시(詩)를 지은(爲) 이(者)는 아마도(其) 도(道)를 알았을(知) 것이다(乎). 그(其) 국가(國家)를 다스릴(治) 수 있다면(能), 누(誰)가 감히(敢) 그(之)를 업신여기겠는가(侮)?'라 하셨다.

※ 桑土: 뽕나무 뿌리 혹은 뽕나무 뿌리껍질이다. 土가 뿌리를 의미할 때 '두'로 독음한다.

今國家閒暇(금국가한가), 及是時(급시시), 般樂怠敖(반락태오), 是自求禍也(시자구화야).

지금(今) 국가(國家)가 한가한데(閒暇), 이(是)때(時) 이르러(及) 마음껏 즐기고(般樂) 게으르고(怠) 거만하니(敖), 이(是)는 스스로(自) 화(禍)를 구하는(求) 것이다(也).

禍福(화복), 無不自己求之者(무부자기구지자).

화(禍)와 복(福)은 스스로(自) 자기(己)가 그것(之)을 구하지(求) 않은(不) 것(者)이 없다(無).

詩云(시운), 永言配命(영언배명), 自求多福(자구다복), 太甲曰(태갑왈), 天作孼(천작얼), 猶可違(유가위), 自作孼(자작얼), 不可活(불가

활), **此之謂也**(차지위야).

『시경(詩)』에 이르길(云), '길이(永) 헤아려(言) 천명(命)에 짝하면(配), 스스로(自) 많은(多) 복(福)을 구한다(求).'고 했고, (서경) 「태갑(太甲)」편에 이르길(曰), '하늘(天)이 지은(作) 재앙(孽)은 오히려(猶) 피할(違) 수(可) 있지만, 스스로(自) 지은(作) 재앙(孽)은 살아날(活) 수(可) 없다(不).'고 했으니, 이것(此)을(之) 말하는(謂) 것이다(也).

※ 言: 발어사로 번역하지 않을 수도 있다.

*迨(태): 미치다, 이르다 ‖ *陰雨(음우): 오래 내리는 궂은비 ‖ *徹(철): 벗기다 ‖ *桑土(상두): 뽕나무 뿌리의 껍질 / 土(두): 나무뿌리 ‖ *綢(주): 얽다 ‖ *繆(무): 얽다 ‖ *牖(유): 들창 ‖ *今(금): 저(발어사) ‖ *般樂(반락): 놀면서 마음껏 즐김 / 般(반): 즐기다 ‖ *敖(오): 거만하다 ‖ *言(언): 예측하다, 헤아리다 ‖ *孽(얼): 재앙, 근심.

부록 최소한 문법: 不, 而, 之, 莫, 者, 必, 未, 敢, 能, 可.

5장

孟子曰(맹자왈). **尊賢使能**(존현사능), **俊傑在位**(준걸재위), **則天下之士**(즉천하지사), **皆悅而願立於其朝矣**(개열이원립어기조의).

맹자(孟子)께서 말씀하셨다(曰). 현자(賢)를 높이고(尊) 능력 있는 자(能)를 부려서(使), 준걸(俊傑)이 지위(位)에 있(在)으면(則), 천하(天下)의(之) 선비(士)가 모두(皆) 기뻐하(悅)며(而), 그(其) 조정(朝)에서(於) 서기(立)를 원할(願) 것이다(矣).

市(시), **廛而不征**(전이부정), **法而不廛**(법이부전), **則天下之商**(즉천하지상), **皆悅而願藏於其市矣**(개열이원장어기시의).

시장(市)에서 점포세만 받(廛)고(而) (물건에) 세금을 받지(征) 않거나(不), 법을 집행하(法)면서(而) 점포세도 받지(廛) 않(不)으면(則), 천하(天下)의(之) 상인(商)은 모두(皆) 기뻐하(悅)며(而), 그(其) 시장(市)에서(於) 보관하기(藏)를 원할(願) 것이다(矣).

※ 廛: '점포'이나 '不廛'에서 '不'의 의미로 볼 때, '점포세를 받는다'는 의미이다.

關譏而不征(관기이부정), 則天下之旅(즉천하지려), 皆悅而願出於其路矣(개열이원출어기로의).

관문(關)에서 기찰만하(譏察)고(而) 세금을 받지(征) 않(不)으면(則), 천하(天下)의(之) 여행객(旅)이 모두(皆) 기뻐하(悅)며(而), 그(其) 길(路)에서(於) 나다니기(出)를 원할(願) 것이다(矣).

耕者助而不稅(경자조이불세), 則天下之農(즉천하지농), 皆悅而願耕於其野矣(개열이원경어기야의).

밭 가는(耕) 자(者)에게 (공전의 경작을) 돕게 하(助)고(而), (사전에) 세금 받지(稅) 않(不)으면(則), 천하(天下)의(之) 농부(農)가 모두(皆) 기뻐하(悅)며(而), 그(其) 들(野)에서(於) 밭 갈기(耕)를 원할(願) 것이다(矣).

廛無夫里之布(전무부리지포), 則天下之民(즉천하지민), 皆悅而願爲之氓矣(개열이원위지맹의).

전포(廛)에 부(夫)와 리(里)의(之) 포(布)를 없애(無)면(則), 천하(天下)의(之) 백성(民)이 모두(皆) 기뻐하(悅)며(而), 그(之)의 백성(氓)이 되기(爲)를 원할(願) 것이다(矣).

※ 夫里之布: 夫布와 里布로 일반적으로 부포는 부역 또는 인구세, 이포는 토지세를 의미한다.

※ 民과 氓: 둘 다 백성 혹은 사람을 의미하나 民은 백성, 국민 등 집단적인 사람들에 의미가 있고, 氓은 특정 지역이나 마을의 사람들 혹은 농민에 의미가 있다.

信能行此五者(신능행차오자), 則隣國之民(즉인국지민), 仰之若父母矣(앙지약부모의). 率其子弟(솔기자제), 攻其父母(공기부모), 自生民以來(자생민이래), 未有能濟者也(미유능제자야). 如此則無敵於天下(여차즉무적어천하), 無敵於天下者(무적어천하자), 天吏也(천리야), 然而不王者(연이불왕자), 未之有也(미지유야).

진실로(信) 이(此) 다섯(五) 가지(者)를 행할(行) 수(能) 있다면(則), 이웃(隣) 나라(國)의(之) 백성(民)이 그(之)를 우러러보기(仰)가 부모(父母)와 같이한(若)다(矣). 그(其) 자제(子弟)를 거느리고(率) 그(其) 부모(父母)를 공격하는(攻) 것은 생민(生民)으로부터(自) 이래로(以來) <u>이룰(濟)</u> 수(能) 있는 경우(者)가 아직 있지(有) 않(未)았다(也). 이(此)와 같다(如)면(則) 천하(天下)에(於) 적(敵)이 없고(無), 천하(天下)에(於) 적(敵)이 없는(無) 자(者)는 천리(天吏)이니(也), 그렇게 하(然)고도(而) 왕 노릇하지(王) 못하는(不) 자(者), 그런 자(之)는 아직 있지(有) 않(未)았다(也).

*廛(전): 가게, 점포, 집터 ‖ *征(정): 구실받다, 구실(온갖 세납) ‖ *譏(기): 기찰하다 ‖ *氓(맹): 백성 ‖ *濟(제): 이루다, 성취하다 ‖ *天吏(천리): 천명을 받들어 백성을 다스리는 사람.

부록 최소한 문법: 使, 之, 而, 於, 不, 者, 能, 未, 도치.

6장

孟子曰(맹자왈). 人皆有不忍人之心(인개유불인인지심).

맹자(孟子)께서 말씀하셨다(曰). 사람(人)은 모두(皆) 남(人)에게 차마 하지(忍) 못하(不)는(之) 마음(心)을 가지고 있다(有).

先王(선왕), 有不忍人之心(유불인인지심), 斯有不忍人之政矣(사유불인인지정의). 以不忍人之心(이불인인지심), 行不忍人之政(행불인인지정), 治天下(치천하), 可運之掌上(가운지장상).

선왕(先王)은 남(人)에게 차마 하지(忍) 못하(不)는(之) 마음(心)을 가지고 있어(有), 이에(斯) 남(人)에게 차마 하지(忍) 못하(不)는(之) 정사(政)가 있었(有)다(矣). 남(人)에게 차마 하지(忍) 못하(不)는(之) 마음(心)으로(以), 남(人)에게 차마 하지(忍) 못하(不)는(之) 정사(政)를 행한다면(行), 천하(天下)를 다스리는(治) 것, 그것(之)을 손바닥(掌) 위(上)에서 움직일(運) 수 있다(可).

所以謂人皆有不忍人之心者(소이위인개유불인인지심자), 今人(금인), 乍見孺子將入於井(사견유자장입어정), 皆有怵惕惻隱之心(개유출척측은지심). 非所以內交於孺子之父母也(비소이납교어유자지부모야), 非所以要譽於鄉黨朋友也(비소이요예어향당붕우야), 非惡其聲而然也(비오기성이연야).

사람(人)은 모두(皆) 남(人)에게 차마 하지(忍) 못하(不)는(之) 마음(心)을 가지고 있다(有)고 말하는(謂) 것(所以)은(者), 지금(今) 사람(人)이 별안간(乍) 어린아이(孺子)가 장차(將) 우물(井)에(於) 들어가려는(入) 것을 보면(見), 모두(皆) 두려워하고(怵惕) 측은해하(惻隱)는(之) 마음(心)을 가지고 있다(有). 어린아이(孺子)의(之) 부모(父母)와(於)

교분(交)을 들이려는(內) 것(所以)이 아니(非)고(也), 향당(鄕黨)과 벗(朋友)에게(於) 명예(譽)를 구하려는(要) 것(所以)도 아니(非)며(也), 그(其) (비난하는) 소리(聲)를 싫어해(惡)서(而), 그렇게 한(然) 것도 아니(非)다(也).

※ 內: (내) 안, / (납) 들이다(納).

由是觀之(유시관지), 無惻隱之心(무측은지심), 非人也(비인야), 無羞惡之心(무수오지심), 非人也(비인야), 無辭讓之心(무사양지심), 非人也(비인야), 無是非之心(무시비지심), 非人也(비인야).

이(是)로 말미암아(由) 그것(之)을 보면(觀), 측은해하(惻隱)는(之) 마음(心)이 없으면(無) 사람(人)이 아니(非)며(也), 부끄러워하고 미워하(羞惡)는(之) 마음(心)이 없으면(無) 사람(人)이 아니(非)며(也), 사양하(辭讓)는(之) 마음(心)이 없으면(無) 사람(人)이 아니(非)며(也), 시비하(是非)는(之) 마음(心)이 없으면(無) 사람(人)이 아니(非)다(也).

惻隱之心(측은지심), 仁之端也(인지단야), 羞惡之心(수오지심), 義之端也(의지단야), 辭讓之心(사양지심), 禮之端也(예지단야), 是非之心(시비지심), 知之端也(지지단야).

측은지심(惻隱之心)은 인(仁)의(之) 실마리(端)이고(也), 수오지심(羞惡之心)은 의(義)의(之) 실마리(端)이고(也), 사양지심(辭讓之心)은 예(禮)의(之) 실마리(端)이고(也), 시비지심(是非之心)은 지(知)의(之) 실마리(端)이다(也).

人之有是四端也(인지유시사단야), 猶其有四體也(유기유사체야). 有是四端而自謂不能者(유시사단이자위불능자), 自賊者也(자적자야), 謂其君不能者(위기군불능자), 賊其君者也(적기군자야).

사람(人)이(之) 이(是) 사단(四端)을 가지고 있는(有) 것은(也) 그(其)가 사지(四體)를 가지고 있는(有) 것과 같(猶)다(也). 이(是) 사단(四端)을 가지고 있(有)으면서(而) 스스로(自) 하지(能) 못한다(不)고 말하는(謂) 자(者)는 스스로(自) 해치는(賊) 자(者)이고(也), 그(其) 임금(君)이 하지(能) 못한다(不)고 말하는(謂) 자(者)는 그(其) 임금(君)을 해치는(賊) 자(者)이다(也).

凡有四端於我者(범유사단어아자), **知皆擴而充之矣**(지개확이충지의), **若火之始然**(약화지시연), **泉之始達**(천지시달), **苟能充之**(구능충지), **足以保四海**(족이보사해), **苟不充之**(구불충지), **不足以事父母**(부족이사부모).

무릇(凡) 나(我)에게(於) 사단(四端)을 가지고 있는(有) 것(者)으로 모두(皆) 넓혀(擴)서(而), 그것(之)을 채우는(充) 것을 안(知)다면(矣), 불(火)이(之) 처음(始) 타오르고(然) 샘(泉)이(之) 처음(始) 통하는(達) 것과 같아서(若), 진실로(苟) 그것(之)을 채울(充) 수(能) 있다면, 사해(四海)를 보존할(保) 수 있고(足以), 진실로(苟) 그것(之)을 채우지(充) 못하면(不), 부모(父母)도 섬길(事) 수(足以) 없다(不).

*有+명사: ①~이(가) 있다(술어+보어), ②~을(를) 가지고 있다(술어+목적어) ‖ *乍(사): 잠깐, 별안간 ‖ *孺子(유자): 나이 어린 남자아이 / 孺(유): 젖먹이 ‖ *怵惕(출척): 두려워서 조심함 / 怵(출): 두려워하다 / 惕(척): 두려워하다 ‖ *羞惡(수오): 부끄러워하고 미워함 ‖ *然(연): 불타다.

부록 최소한 문법: 不, 之, 以, 可, 所, 者, 於, 非, 能, 足以.

7장

孟子曰(맹자왈). 矢人(시인), 豈不仁於函人哉(기불인어함인재)? 矢人(시인), 惟恐不傷人(유공불상인), 函人(함인), 惟恐傷人(유공상인). 巫匠(무장), 亦然(역연), 故術不可不愼也(고술불가불신야).

맹자(孟子)께서 말씀하셨다(曰). 화살 만드는(矢) 사람(人)이 어찌(豈) 갑옷 만드는(函) 사람(人)보다(於) 어질지(仁) 않(不)겠는가(哉)? 화살 만드는(矢) 사람(人)은 오직(惟) 사람(人)을 상하게 하지(傷) 않을까(不)를 두려워하고(恐), 갑옷 만드는(函) 사람(人)은 오직(惟) 사람(人)을 상하게 될까(傷)를 두려워한다(恐). 무당(巫)과 목수(匠)도 또한(亦) 그러하니(然), 그러므로(故) 기술(術)은 삼가지(愼) 않을(不) 수(可) 없는(不) 것이다(也).

孔子曰(공자왈), 里仁(이인), 爲美(위미), 擇不處仁(택불처인), 焉得智(언득지). 夫仁(부인), 天之尊爵也(천지존작야), 人之安宅也(인지안택야). 莫之禦而不仁(막지어이불인), 是不智也(시부지야).

공자(孔子)께서 말씀하시길(曰), '마을(里)에서는 인(仁)이 아름다운 것(美)이 되니(爲), 가려서(擇) 인(仁)에 처하지(處) 않으면(不), 어찌(焉) 지혜롭다 할(智) 수 있겠는가(得)?'라 했으니, 무릇(夫) 인(仁)은 하늘(天)의(之) 존귀한(尊) 벼슬(爵)이고(也), 사람(人)의(之) 편안한(安) 집(宅)이다(也). 그것(之)을 막는(禦) 이가 없(莫)는데도(而) 어질지(仁) 못하면(不), 이(是)는 지혜롭지(智) 못한(不) 것이다(也).

※ 不仁: 동사나 형용사를 부정하는 不의 의미로 번역했으나, 인의 마을을 고르지 못한다는 의미이다.

不仁不智(불인부지), 無禮無義(무례무의), 人役也(인역야), 人役而恥爲役(인역이치위역), 由弓人而恥爲弓(유궁인이치위궁), 矢人而

恥爲矢也(시인이치위시야).

어질지(仁) 못하고(不) 지혜롭지(智) 못하여(不), 예(禮)도 없고(無) 의(義)도 없으면(無), 남(人)에게 부림을 받(役)으니(也), 남(人)에게 부림을 받(役)으면서도(而), 부림(役)을 받는(爲) 것을 부끄러워하는(恥) 것은 궁인(弓人)이면서(而) 활(弓)을 만드는(爲) 것을 부끄러워하고(恥), 시인(矢人)이면서(而) 화살(矢)을 만드는(爲) 것을 부끄러워하는(恥) 것과 <u>같은(由)</u> 것이다(也).

如恥之(여치지), 莫如爲仁(막여위인).

<u>만약(如)</u> 그것(之)을 부끄러워한다면(恥), 인(仁)을 행하는(爲) 것과 같은(如) 것이 없다(莫).

仁者如射(인자여사), 射者(사자), 正己而後發(정기이후발), 發而不中(발이부중), 不怨勝己者(불원승기자), 反求諸己而已矣(반구저기이이의).

인(仁)이라는 것(者)은 활쏘기(射)와 같다(如). 활 쏘는(射) 자(者)는 자기(己)를 바르게 한(正) 이후에(而後) 쏘며(發), 쏘(發)고도(而) 맞지(中) 않더라도(不) 자기(己)를 이긴(勝) 자(者)를 원망하지(怨) 않고(不), 그것을(諸) 자기(己)에게 돌이켜(反) 구할(求) 뿐이다(而已矣).

*由(유): 같다 ‖ *而已矣(이이의): ~일 뿐이다.

부록 최소한 문법: 不, 於, 可, 得, 之, 莫, 도치, 而, 者, 諸.

8장

孟子曰(맹자왈). 子路(자로), 人(인), 告之以有過(고지이유과), 則喜(즉희).

맹자(孟子)께서 말씀하셨다(曰). 자로(子路)는 남(人)이 그(之)에게 허물(過)이 있음(有)을(以) 고하(告)면(則), 기뻐했다(喜).

禹(우), 聞善言(문선언), 則拜(즉배).

우왕(禹)은 좋은(善) 말(言)을 들(聞)으면(則), 절하였다(拜).

大舜(대순), 有大焉(유대언), 善與人同(선여인동), 舍己從人(사기종인), 樂取於人以爲善(낙취어인이위선).

위대한(大) 순임금(舜)은 그들보다(焉) 위대한 것(大)이 있었으니(有), 선(善) (그것을) 남(人)과(與) 함께하여(同) 자신(己)을 버리고(舍) 남(人)을 따르셨으며(從), 남(人)에게(於) 취하여(取) 그것을(以) 선(善)으로 삼는(爲) 것을 즐기셨다(樂).

※ 君과 王: 모두 통치자나 지도자를 지칭할 때 쓰이지만, 맥락에 따라 의미와 뉘앙스가 다르다. 君은 덕과 인격에 초점을 두고, 王은 직위와 권력에 초점을 둔다. 舜을 '순왕'이라 부르지 않고 '순임금'이라 부르는 것은 유교적 성군으로 인식된 결과이고, 禹를 '우임금'보다는 '우왕'이라 부르는 것은 하(夏)왕조의 제도적 통치자로 인식된 결과이다.

自耕稼陶漁(자경가도어), 以至爲帝(이지위제), 無非取於人者(무비취어인자).

밭을 갈고(耕) 곡식을 심으며(稼) 질그릇을 굽고(陶) 물고기를 잡을(漁) 때부터(自) 황제(帝)가 되는(爲) 것에 이르기까지(以至), 남(人)에게(於) 취한(取) 것(者)이 아닌(非) 것이 없었다(無).

※ 無非取於人者: '남에게 취하지 않은 것이 없었다.'고 번역하는 예가 있다. 그러나 非는 명사를 부정하므로 어색하더라도 者를 부정하는 번역을 권한다.

取諸人以爲善(취저인이위선), **是與人爲善者也**(시여인위선자야), **故君子**(고군자), **莫大乎與人爲善**(막대호여인위선).

그것을(諸) 남(人)에게 취하여(取) 선(善)으로 삼는(以爲) 것, 이(是)는 남(人)이 선(善)을 하는(爲) 것을 돕는(與) 것(者)이다(也). 그러므로(故) 군자(君子)는 남(人)이 선(善)을 하는(爲) 것을 돕는(與) 것보다(乎) 큰(大) 것은 없다(莫).

※ 是與人爲善者也: '이는 남과 선을 하는 것이다.'로 번역하는 예도 있다.

*子路(자로): 공자의 제자로 노(魯)나라 유학자 ‖ *有+명사: ①~이(가) 있다(술어+보어), ② ~을(를) 가지고 있다(술어+목적어) ‖ *自A以至B: A로부터 B에 이르기까지 ‖ *稼(가): 심다 / 耕稼(경가): 밭을 갈아 농사짓다 ‖ *與(여): 돕다.

부록 최소한 문법: 以, 與, 於, 以爲, 非, 者, 諸, 莫, 乎.

9장

孟子曰(맹자왈). **伯夷**(백이), **非其君不事**(비기군불사), **非其友不友**(비기우불우), **不立於惡人之朝**(불립어악인지조), **不與惡人言**(불

여악인언). 立於惡人之朝(입어악인지조), 與惡人言(여악인언), 如以朝衣朝冠(여이조의조관), 坐於塗炭(좌어도탄), 推惡惡之心(추오악지심), 思與鄕人立(사여향인립), 其冠不正(기관부정), 望望然去之(망망연거지), 若將浼焉(약장매언). 是故諸侯雖有善其辭命而至者(시고제후수유선기사명이지자), 不受也(불수야), 不受也者(불수야자), 是亦不屑就已(시역불설취이).

맹자(孟子)께서 말씀하셨다(曰). 백이(伯夷)는 그(其) 임금(君)이 아니면(非) 섬기지(事) 않고(不), 그(其) 벗(友)이 아니면(非) 벗하지(友) 않으며(不), 악한(惡) 사람(人)의(之) 조정(朝)에(於) 서지(立) 않으며(不), 악한(惡) 사람(人)과(與) 말하지(言) 않았다(不). 악한(惡) 사람(人)의(之) 조정(朝)에(於) 서거나(立) 악한(惡) 사람(人)과(與) 말하는 것(言), (이것은) 조의(朝衣)와 조관(朝冠)을 쓰고(以) 도탄(塗炭)에(於) 앉은(坐) 것과 같다고 여겼으며(如), 악(惡)을 싫어하(惡)는(之) 마음(心)을 미뤄서(推) 생각하길(思), 향인(鄕人)과(與) 서서(立) 그(其) 관(冠)이 바르지(正) 않으면(不) 망망연하게(望望然) 거기(之)를 떠났으니(去), 장차(將) 거기에서(焉) 더럽혀질(浼) 것 같다고 여겼다(若). 이(是) 때문에(故) 제후(諸侯)는 비록(雖) 그(其) 사명(辭命)을 잘하(善)여(而) 이르는(至) 자(者)가 있더라도(有) 받지(受) 않은(不) 것이니(也), 받지(受) 않은(不) 것은(也者) 이(是) 또한(亦) 나아가기(就)를 달갑게 여기지(屑) 않았을(不) 뿐이다(已).

柳下惠(유하혜), 不羞汚君(불수오군), 不卑小官(불비소관). 進不隱賢(진불은현), 必以其道(필이기도), 遺佚而不怨(유일이불원), 阨窮而不憫(액궁이불민). 故曰(고왈), 爾爲爾(이위이), 我爲我(아위아). 雖袒裼裸裎於我側(수단석나정어아측), 爾焉能浼我哉(이언능매아재). 故由由然與之偕而不自失焉(고유유연여지해이부자실언). 援而止之而止(원이지지이지), 援而止之而止者(원이지지이지자), 是亦不屑去已(시역불설거이).

유하혜(柳下惠)는 더러운(汚) 임금(君)을 부끄러워하지(羞) 않았고(不), 작은(小) 벼슬(官)도 하찮게 여기지(卑) 않았다(不). 나아가면(進) 현명함(賢)을 숨기지(隱) 않았고(不), 반드시(必) 그(其) 도(道)로(以) 했으며, 남겨져(遺) 잃(佚)더라도(而) 원망하지(怨) 않았고(不), 곤궁(窮)에 막혀(阨)서도(而) 근심하지(憫) 않았다(不). 그러므로(故) 말하길(曰), '너(爾)는 너(爾)고(爲), 나(我)는 나(我)다(爲). 비록(雖) 내(我) 곁(側)에서(於) 웃통을 벗거나(袒裼) 벗어서(裸) 벌거숭이가 되도(裎), 네(爾)가 어찌(焉) 나(我)를 더럽힐(浼) 수(能) 있겠느냐(哉)?'고 하였다. 그러므로(故) 유유자적하게(由由然) 그(之)와(與) 함께하(偕)더라도(而) 거기에서(焉) 스스로(自) 잃지(失) 않았다(不). 매달려(援)서(而) 그(之)를 머물게 하(止)면(而) 머물렀으니(止), 매달려(援)서(而) 그(之)를 머물게 하(止)면(而) 머물렀던(止) 것(者), 이(是)는 또한(亦) 떠나는 것(去)을 달갑게 여기지(屑) 않았을(不) 뿐이다(已).

孟子曰(맹자왈). 伯夷隘(백이애), 柳下惠不恭(유하혜불공), 隘與不恭(애여불공), 君子不由也(군자불유야).

맹자(孟子)께서 말씀하셨다(曰). 백이(伯夷)는 좁고(隘) 유하혜(柳下惠)는 공손치(恭) 못했는데(不), 좁은 것(隘)과(與) 공손치(恭) 못한(不) 것, 군자(君子)는 따르지(由) 않(不)는다(也).

*塗炭(도탄): 진구렁에 빠지고 숯불에 탄다 ‖ *望望然(망망연): 망망연하다 ‖ *浼(매): 더럽히다 ‖ *屑(설): 달갑게 여기다 ‖ *已(이): ~일 뿐이다 ‖ *有~者: ①~한 사람(경우)이 있다, ②~이 있는 사람(경우) ‖ *也者(야자): ~라고 하는 것, ~이란 ‖ *遺佚(유일): 유능한 사람이 잊히거나 발견되지 아니하여서 등용되지 아니함 ‖ *阨窮(액궁): 운이 나빠 괴로워함 ‖ *袒(단): 웃통을 벗다 ‖ *裼(석): 웃통을 벗다 ‖ *裸(나/라): 벗다 ‖ *裎(정): 벌거숭이 ‖ *由由然(유유연): 여유로운 모양 ‖ *偕(해): 함께 ‖ *隘(애): 좁다.

부록 최소한 문법: 非, 不, 於, 之, 與, 焉, 而, 以, 能.

공손추하(公孫丑下)

1장

孟子曰(맹자왈). 天時不如地利(천시불여지리), 地利不如人和(지리불여인화).

맹자(孟子)께서 말씀하셨다(曰). 천시(天時)는 지리(地利)와 같지(如) 못하고(不), 지리(地利)는 인화(人和)와 같지(如) 못하다(不).

三里之城(삼리지성), 七里之郭(칠리지곽), 環而攻之而不勝(환이공지이불승), 夫環而攻之(부환이공지), 必有得天時者矣(필유득천시자의). 然而不勝者(연이불승자), 是天時不如地利也(시천시불여지리야).

삼 리(三里)의(之) 성(城)과 칠 리(七里)의(之) 곽(郭), 그것(之)을 포위하(環)여(而) 공격해(攻)도(而) 이기지(勝) 못하는데(不), 무릇(夫) 그것(之)을 포위하(環)여(而) 공격하면(攻), 반드시(必) 천시(天時)를 얻는(得) 경우(者)가 있(有)다(矣). 그런데도(然而) 이기지(勝) 못하(不)는 것(者), 이(是)는 천시(天時)가 지리(地利)와 같지(如) 못하기(不) 때문이다(也).

※ 城郭: 내성의 성(城)과 이를 보호하는 외성의 곽(郭)을 포함한 구조이다.

城非不高也(성비불고야), 池非不深也(지비불심야), 兵革非不堅利也(병혁비불견리야), 米粟非不多也(미속비부다야), 委而去之(위이거지), 是地利不如人和也(시지리불여인화야).

성(城)이 높지(高) 않은(不) 것도 아니(非)고(也), 못(池, 해자)이 깊지(深) 않은(不) 것도 아니(非)며(也), 병기(兵)와 갑옷(革)이 견고하거나(堅) 날카롭지(利) 않은(不) 것도 아니(非)며(也), 양식(米粟)이 많지(多) 않은(不) 것도 아닌(非)데(也), 버리(委)고서(而) 그곳(之)에서 떠나는(去) 것, 이(是)는 지리(地利)가 인화(人和)와 같지(如) 못하기(不) 때문이다(也).

故曰(고왈), 域民(역민), 不以封疆之界(불이봉강지계), 固國(고국), 不以山谿之險(불이산계지험), 威天下(위천하), 不以兵革之利(불이병혁지리). 得道者多助(득도자다조), 失道者寡助(실도자과조). 寡助之至(과조지지), 親戚畔之(친척반지), 多助之至(다조지지), 天下順之(천하순지).

그러므로(故) 말하길(曰), '백성(民)을 경계 짓는(域) 것은 봉강(封疆)의(之) 경계(界)로 하지(以) 않으며(不), 나라(國)를 견고하게 하는(固) 것은 산(山)과 시내(谿)의(之) 험준함(險)으로 하지(以) 않으며(不), 천하(天下)에 위엄을 떨치는(威) 것은 병기(兵)와 갑옷(革)의(之) 날카로움(利)으로 하지(以) 않는다(不).'고 했다. 도(道)를 얻은(得) 자(者)는 도움(助)이 많고(多), 도(道)를 잃은(失) 자(者)는 도움(助)이 적다(寡). 도움(助)이 적은(寡) 것이(之) 지극하면(至) 친척(親戚)도 그(之)를 배반하고(畔), 도움(助)이 많은(多) 것이(之) 지극하면(至) 천하(天下)가 그(之)를 따른다(順).

※ 畔: '밭두둑' 혹은 '배반하다'는 의미이다. 맹자에서 총 6번 확인되며, 모두 '배반하다'는 의미로 쓰였다.

以天下之所順(이천하지소순), 攻親戚之所畔(공친척지소반), 故君子有不戰(고군자유부전), 戰必勝矣(전필승의).

천하(天下)가(之) 따르는(順) 자(所)로(以) 친척(親戚)도(之) 배반하는(畔) 자(所)를 공격하니(攻), 그러므로(故) 군자(君子)는 싸우지(戰) 않는(不) 것은 있어도(有), 싸우면(戰) 반드시(必) 이기는(勝) 것이다(矣).

*有+명사: ①~이(가) 있다(술어+보어), ②~을(를) 가지고 있다(술어+목적어) ‖ *兵革(병혁): 병기(兵)와 갑옷(革) ‖ *委(위): 버리다 ‖ *封疆(봉강): 봉토의 경계, 국경 ‖ *谿(계): 시내.

부록 최소한 문법: 不, 之, 而, 必, 者, 非, 以, 所.

2장

孟子將朝王(맹자장조왕), 王(왕), 使人來曰(사인내왈). 寡人(과인), 如就見者也(여취현자야), 有寒疾(유한질), 不可以風(불가이풍), 朝將視朝(조장시조), 不識可使寡人得見乎(불식가사과인득견호)? 對曰(대왈). 不幸而有疾(불행이유질), 不能造朝(불능조조).

맹자(孟子)께서 장차(將) (제나라) 왕(王)에게 조회하려는데(朝), 왕(王)이 사람(人)을 시켜(使) 와서(來) 말했다(曰). 과인(寡人)이 마땅히(如) 나아가(就) 뵈어야 할(見) 것(者)인데(也) 한질(寒疾)이 있어(有), 바람을 쐴(風) 수(可以) 없습니다(不). 아침(朝)에 장차(將) 조회(朝)에서 보려는데(視), 알지(識) 못 하겠습니다만(不), 과인(寡人)으로 하여금(使) 보는 것(見)을 얻을(得) 수(可) 있을까요(乎)? 대답하여(對) 말씀하셨다(曰). 불행히(不幸)도(而) 병(疾)이 있어(有), 조회(朝)에 나갈(造) 수(能) 없습니다(不).

※ 使人: 사람을 보내다는 의미로 번역할 수도 있는데, 이 때 독음은 '사인'이 아니라 '시인'이다.

明日(명일), 出弔於東郭氏(출조어동곽씨), 公孫丑曰(공손추왈). 昔者辭以病(석자사이병), 今日弔(금일조), 或者不可乎(혹자불가호). 曰(왈). 昔者疾(석자질), 今日愈(금일유), 如之何不弔(여지하부조)?

다음날(明日) (맹자께서) 동곽씨(東郭氏)에(於) 나가(出) 조문하려 하자(弔), 공손추(公孫丑)가 말했다(曰). 어제(昔)는(者) 병(病)으로(以) 사양하시고(辭) 오늘(今日) 조문하시니(弔), 아마도(或者) 옳지(可) 않은(不) 듯합니다(乎). 말씀하셨다(曰). 어제(昔)에(者) 병(疾)이 오늘(今日) 나았으니(愈), 어찌하여(如之何) 조문하지(弔) 않겠는가(不)?

王(왕), 使人問疾(사인문질), 醫來(의래), 孟仲子對曰(맹중자대왈). 昔者有王命(석자유왕명), 有采薪之憂(유채신지우), 不能造朝(불능조조), 今病少愈(금병소유), 趨造於朝(추조어조). 我(아), 不識能至否乎(불식능지부호)? 使數人(사수인), 要於路曰(요어로왈). 請必無歸而造於朝(청필무귀이조어조).

왕(王)이 사람(人)을 시켜(使) 병(疾)을 문안하고(問) 의원(醫)도 오게 하자(來), 맹중자(孟仲子)가 대답하여(對) 말했다(曰). 어제(昔)는(者) 왕명(王命)이 있었으나(有) 병환(采薪之憂)이 있어(有), 조회(朝)에 나갈(造) 수(能) 없었는데(不), 오늘(今) 병(病)이 조금(少) 나아(愈) 조정(朝)에(於) 달려(趨) 나가셨습니다(造). 저(我)는 알지(識) 못 하겠습니다(不), 도착할(至) 수(能) 있을지, 아닐지(否)요(乎)? 몇 사람(數人)을 시켜(使) 길(路)에서(於) 막고(要) 말씀드리게 했다(曰). 청컨대(請) 반드시(必) 돌아오지(歸) 마(無)시고(而), 조정(朝)에(於) 나가십시오(造).

不得已而之景丑氏宿焉(부득이이지경추씨숙언), 景子曰(경자왈). 內則父子(내즉부자), 外則君臣(외즉군신), 人之大倫也(인지대륜야). 父子主恩(부자주은), 君臣主敬(군신주경), 丑見王之敬子也(추견왕지경자야), 未見所以敬王也(미견소이경왕야). 曰(왈). 惡是何言也(오시하언야)? 齊人(제인), 無以仁義與王言者(무이인의여왕언자), 豈以仁義爲不美也(기이인의위불미야)? 其心曰(기심왈), 是何足與言仁義也云爾(시하족여언인의야운이), 則不敬(즉불경), 莫大乎

是(막대호시). 我(아), 非堯·舜之道(비요순지도), 不敢以陳於王前(불감이진어왕전), 故齊人(고제인), 莫如我敬王也(막여아경왕야).

부득이하게(不得已)도(而) 경추씨(景丑氏)에게 가서(之) 거기에서(焉) 묵으셨는데(宿), 경자(景子)가 말했다(曰). 안(內)에서는(則) 아비(父)와 지식(子), 밖(外)에서는(則) 임금(君)과 신하(臣)가 사람(人)의(之) 큰(大) 윤리(倫)입니다(也). 부자(父子)에서는 은혜(恩)를 주로 하고(主), 군신(君臣)에서는 공경(敬)을 주로 하는데(主), 추(丑, 경추)는 왕(王)이(之) 선생(子)을 공경하는(敬) 것을 보았(見)으나(也), (선생께서) 왕(王)을 공경하는(敬) 것(所以)을 아직 보지(見) 못했(未)습니다(也). 말씀하셨다(曰). 오(惡)! 이(是) 무슨(何) 말(言)입니까(也)? 제나라(齊) 사람(人)에서 인의(仁義)로(以) 왕(王)과(與) 말하는(言) 자(者)가 없는데(無), 어찌(豈) 인의(仁義)를(以) 좋지(美) 않다고(不) 여긴(爲) 것이겠습니까(也)? 그(其) 마음(心)에 말하길(曰), '이(是) 어찌(何) 함께(與) 인의(仁義)를 말할(言) 수(足) 있겠는가(也)?'라고 이를 뿐이니(云爾), 그렇다면(則) 공경하지(敬) 않는(不) 것이 이(是)보다(乎) 큰(大) 것은 없습니다(莫). 저(我)는 요순(堯舜)의(之) 도(道)가 아니면(非), 감히(敢) 그것을(以) 왕(王) 앞(前)에서(於) 말씀드리지(陳) 않았으니(不), 그러므로(故) 제나라(齊) 사람(人) 중 제(我)가 왕(王)을 공경하는(敬) 것과 같은(如) 이는 없(莫)습니다(也).

景子曰(경자왈). 否(부). 非此之謂也(비차지위야). 禮曰(예왈), 父召無諾(부소무락), 君命召(군명소), 不俟駕(불사가), 固將朝也(고장조야), 聞王命而遂不果(문왕명이수불과), 宜與夫禮(의여부례), 若不相似然(약불상사연).

경자(景子)가 말했다(曰). 아닙니다(否). 이것(此)을(之) 말한(謂) 것이 아닙(非)니다(也). 예(禮)에 이르길(曰), '아비(父)가 부르면(召) 느리게 대답하지(諾) 않고(無), 임금(君)이 명(命)으로 부르면(召) 멍에 매기(駕)를 기다리지(俟) 않는다(不).'고 했는데, 본디(固) 장차(將) 조회하려다(朝)가(也) 왕명(王命)을 듣(聞)고(而), 마침내(遂) 실현하지(果) 않으셨으니(不), 마땅히(宜) 저(夫) 예(禮)와(與)는 서로(相) 비슷하지(似) 않는(不) 것과 같은(若) 듯합니다(然).

※ 대답의 諾과 唯: 諾은 긍정의 뜻인 동의를 포함하고, 唯는 동의 여부와 상관없는 공손한 응답이다.

曰(왈). 豈謂是與(기위시여)? 曾子曰(증자왈), 晉·楚之富(진초지부), 不可及也(불가급야), 彼以其富(피이기부), 我以吾仁(아이오인), 彼以其爵(피이기작), 我以吾義(아이오의), 吾何慊乎哉(오하겸호재)? 夫豈不義(부기불의), 而曾子言之(이증자언지). 是或一道也(시혹일도야). 天下有達尊三(천하유달존삼), 爵一齒一德一(작일치일덕일), 朝廷莫如爵(조정막여작), 鄕黨莫如齒(향당막여치), 輔世長民莫如德(보세장민막여덕), 惡得有其一(오득유기일), 以慢其二哉(이만기이재)?

말씀하셨다(曰). 어찌(豈) 이것(是)을 말한(謂) 것이겠습니까(與)? 증자(曾子)께서 말씀하시길(曰), '진나라(晉)와 초나라(楚)의(之) 부유함(富)을 미칠(及) 수(可) 없(不)지만(也), 저들(彼)이 그(其) 부(富)로(以) 하면, 나(我)는 나(吾)의 인(仁)으로(以) 하고, 저들(彼)이 그(其) 관작(爵)으로(以) 하면, 나(我)는 나(吾)의 의(義)로(以) 하니, 내(吾)게 무엇(何)이 부족한(慊)가(乎哉)?'라 했는데, 무릇(夫) 어찌(豈) 의롭지(義) 않(不)은데(而), 증자(曾子)께서 그것(之)을 말씀했겠습니까(言)? 이것(是)도 또(或) 하나(一)의 도(道)입니다(也). 천하(天下)에 공통으로(達) 존중하는 것(尊)으로 셋(三)이 있는데(有), 관작(爵)이 하나요(一), 나이(齒)가 하나요(一), 덕(德)이 하나이니(一), 조정(朝廷)에서는 관작(爵)과 같은(如) 것이 없고(莫), 향당(鄕黨)에서는 나이(齒)와 같은(如) 것이 없으며(莫), 세상(世)을 돕고(輔) 백성(民)을 기르는(長) 데 덕(德)과 같은(如) 것이 없으니(莫), 어찌(惡) 그(其) 하나(一, 관작)를 가지고서(有), 그것으로(以) 그(其) 둘(二, 나이와 덕)을 업신여길(慢) 수(得) 있겠습니까(哉)?

故將大有爲之君(고장대유위지군), 必有所不召之臣(필유소불소지신), 欲有謀焉(욕유모언), 則就之(즉취지). 其尊德樂道不如是(기존덕낙도불여시), 不足與有爲也(부족여유위야).

그러므로(故) 장차(將) 크게(大) 행할 것(爲)이 있(有)는(之) 임금(君)은 반드시(必) 부르지(召) 못하는(不) 바(所)의(之) 신하(臣)가 있으니(有), 그와(焉) 상의할 것(謀)이 있고(有)자 하(欲)면(則), 그(之)에게 나아갔습니다(就). 그(其)가 덕(德)을 높이고(尊) 도(道)를 즐기는(樂) 것이 이(是)와 같지(如) 않다면(不), 함께(與) 행할 것(爲)이 있을(有) 수(足) 없(不)습니다(也).

※ 其: '아마도' 혹은 '만약'으로 번역하는 예가 있다.

故湯之於伊尹(고탕지어이윤), 學焉而後臣之(학언이후신지), 故不勞而王(고불로이왕), 桓公之於管仲(환공지어관중), 學焉而後臣之(학언이후신지), 故不勞而霸(고불로이패).

그러므로(故) 탕왕(湯)이(之) 이윤(伊尹)에게(於) 그것을(焉) 배운(學) 이후에야(而後) 그(之)를 신하로 삼았기(臣) 때문에(故), 수고롭지(勞) 않(不)고도(而) 왕이 되었고(王), 환공(桓公)은(之) 관중(管仲)에게(於) 그것을(焉) 배운(學) 이후에야(而後) 그(之)를 신하로 삼았기(臣) 때문에(故), 수고롭지(勞) 않(不)고도(而) 패자가 되었습니다(霸).

今天下地醜德齊(금천하지추덕제), 莫能相尚(막능상상), 無他(무타), 好臣其所教而不好臣其所受教(호신기소교이불호신기소수교).

지금(今) 천하(天下)에 땅(地)이 비슷하고(醜), 덕(德)도 동등해서(齊) 서로(相) 뛰어날(尚) 수(能) 있는 것이 없는(莫) 것은 다름(他)이 아니라(無), 그(其)가 가르칠(教) 자(所)를 신하로 삼는(臣) 것을 좋아하(好)고(而), 그(其)가 가르침(教)을 받을(受) 자(所)를 신하로 삼는(臣) 것을 좋아하지(好) 않아서입니다(不).

湯之於伊尹(탕지어이윤), 桓公之於管仲(환공지어관중), 則不敢召(즉불감소), 管仲(관중), 且猶不可召(차유불가소), 而況不爲管

仲者乎(이황불위관중자호)?

탕왕(湯)이(之) 이윤(伊尹)에(於), 환공(桓公)이(之) 관중(管仲)에(於), 곧(則) 감히(敢) 부르지(召) 못했으니(不), 관중(管仲)도 또한(且) 오히려(猶) 부를(召) 수(可) 없(不)었는데(而), 하물며(况) 관중(管仲)이 되지(爲, 본받지) 않으려는(不) 자(者)를 (부른다는) 것입니까(乎)?

*有+명사: ①~이(가) 있다(술어+보어), ②~을(를) 가지고 있다(술어+목적어) ‖ *公孫丑(공손추): 만장(萬章)과 더불어 맹자의 뛰어난 제자로 제(齊)나라 사람 ‖ *或者(혹자): =혹시(或是) ‖ *如之何(여지하): 그것이 무엇과 같은가? 어떻게 하는가? 어찌할까? 어떻게 하여, 어떠한가? ‖ *采薪之憂(채신지우): 병이 들어 땔나무를 할 수 없다는 뜻으로, 자신의 병을 겸손하게 이르는 말 / 采(채): 캐다 / 薪(신): 섶 ‖ *趨(추): 달려가다 ‖ *云爾(운이): 이와 같이, ~라고 한다, 이와 같을 뿐이다 ‖ *曾子(증자): 공자의 제자 증삼(曾參)으로, 공자 사상을 계승하는 데 역할을 한 인물 ‖ *慊(겸): 마음에 차지 않다, 불만스럽다 ‖ *或(혹): 또 ‖ *醜(추): 같다, 비슷하다 ‖ *湯(탕): 상(商)나라 초대 왕 ‖ *管仲(관중): 춘추시대 제(齊)나라 정치가.

부록 최소한 문법: 使, 者, 不, 可以, 可, 而, 能, 於, 以, 必, 焉, 之, 未, 所, 與, 以爲, 足, 莫, 非, 欲, 敢.

3장

陳臻問曰(진진문왈). 前日於齊(전일어제), 王(왕), 餽兼金一百而不受(궤겸금일백이불수), 於宋(어송), 餽七十鎰而受(궤칠십일이수), 於薛(어설), 餽五十鎰而受(궤오십일이수). 前日之不受是(전일지불수시), 則今日之受非也(즉금일지수비야), 今日之受是(금일지수시), 則前日之不受非也(즉전일지불수비야), 夫子必居一於此矣(부자필거일어차의).

진진(陳臻)이 물어(問) 말했다(曰). 전일(前日)에 제나라(齊)에서는(於) 왕(王)이 겸금(兼金) 일백(一百)을 보냈(餽)는데(而) 받지(受) 않으시고(不), 송나라(宋)에서는(於) 칠십(七十) 일(鎰)을 보내(餽)자(而) 받으셨고(受), 설나라(薛)에서는(於) 오십(五十) 일(鎰)을 보내(餽)자(而) 받으셨습니다(受). 전일(前日)에(之) 받지(受) 않은(不) 것이 옳다(是)면(則), 금일(今日)에(之) 받은(受) 것은 잘못(非)이며(也), 금일(今日)에(之) 받은(受) 것이 옳다(是)면(則), 전일(前日)에(之) 받지(受) 않은(不) 것은 잘못(非)입니다(也). 선생님(夫子)께서는 반드시(必) 이것(此)에(於) 하나(一)에 있을(居) 것입니다(矣).

孟子曰(맹자왈). 皆是也(개시야). 當在宋也(당재송야), 予將有遠行(여장유원행). 行者(행자), 必以贐(필이신), 辭曰餽贐(사왈궤신), 予何爲不受(여하위불수)?

맹자(孟子)께서 말씀하셨다(曰). 모두(皆) 옳은(是) 것이다(也). 송나라(宋)에 있을(在) 당시(當)에(也) 내(予)가 장차(將) 원행(遠行)이 있었다(有). 행자(行者)에게는 반드시(必) 노자(贐)로(以) 하는데, 구실(辭)로 말하길(曰), '노자(贐)를 보냅니다(餽).'고 하니, 내(予)가 어찌(何)하여(爲) 받지(受) 않겠는가(不)?

當在薛也(당재설야), 予有戒心(여유계심), 辭曰聞戒(사왈문계), 故爲兵餽之(고위병궤지), 予何爲不受(여하위불수)?

설나라(薛)에 있을(在) 당시(當)에(也) 내(予)가 경계하는(戒) 마음(心)이 있었는데(有), 구실(辭)로 말하길(曰), '경계하신다(戒)고 들었기(聞) 때문에(故) 병기(兵)를 위하여(爲) 그것(之)을 보냅니다(餽).'고 하니, 내(予)가 어찌(何)하여(爲) 받지(受) 않겠는가(不)?

若於齊(약어제), 則未有處也(즉미유처야), 無處而餽之(무처이궤지), 是貨之也(시화지야). 焉有君子而可以貨取乎(언유군자이가이화취호)?

제나라(齊)에서(於)와 같은(若) 경우는 곧(則) 처할 것(處)이 아직 있지(有) 않(未)았으니(也), 처할 것(處)이 없(無)는데도(而) 그것(之)을 보내준다면(餽), 이(是)는 그것(之)을 뇌물로 한(貨) 것이다(也). 어찌(焉) 군자가 되(君子)어서(而), 뇌물(貨)을(以) 취할(取) 수(可) 있(有)겠는가(乎)?

*陳臻(진진): 맹자의 제자 ‖ *餽(궤): 보내다 ‖ *兼金(겸금): 값이 보통의 갑절이 되는 좋은 금 ‖ *鎰(일): 중량의 단위 ‖ *有+명사: ①~이(가) 있다(술어+보어), ②~을(를) 가지고 있다(술어+목적어) ‖ *賮(신): 전별하다, 노자 ‖ *貨(화): 뇌물.

부록 최소한 문법: 於, 而, 不, 必, 以, 者, 之, 可, 以.

4장

孟子之平陸(맹자지평륙), 謂其大夫曰(위기대부왈). 子之持戟之士(자지지극지사), 一日而三失伍(일일이삼실오), 則去之(즉거지)? 否乎(부호)? 曰(왈). 不待三(부대삼).

맹자(孟子)께서 평륙(平陸)에 가서(之) 그(其) 대부(大夫, 공거심)에게 일러(謂) 말씀하셨다(曰). 그대(子)의(之) 창(戟)을 잡(持)은(之) 병사(士)가 하루(一日)에(而) 세 번(三) 대오(伍)를 잃었다(失)면(則), 그(之)를 버리겠습니까(去)? 아닙(否)니까(乎)? 말했다(曰). 세 번(三)을 기다리지(待) 않겠습니다(不).

然則子之失伍也亦多矣(연즉자지실오야역다의). 凶年饑歲(흉년기세), 子之民(자지민), 老羸(노리), 轉於溝壑(전어구학), 壯者(장자), 散而之四方者幾千人矣(산이지사방자기천인의). 曰(왈). 此非距

心之所得爲也(차비거심지소득위야).

그렇다(然)면(則) 그대(子)가(之) 대오(伍)를 잃은(失) 것이(也) 또한(亦) 많(多)습니다(矣). 흉년(凶年)으로 굶주린(饑) 해(歲)에 그대(子)의(之) 백성(民)에서 늙어(老) 약해진(羸) 자가 구렁(溝壑)에서(於) 나뒹굴고(轉), 젊은이(壯者)는 흩어(散)져(而) 사방(四方)으로 간(之) 자(者)가 몇천(幾千) 명(人)입니다(矣). 말했다(曰). 이것(此)은 거심(距心)이(之) 할(爲) 수(得) 있는 바(所)가 아닙(非)니다(也).

曰(왈). 今有受人之牛羊而爲之牧之者(금유수인지우양이위지목지자), 則必爲之求牧與芻矣(즉필위지구목여추의), 求牧與芻而不得(구목여추이부득), 則反諸其人乎(즉반저기인호)? 抑亦立而視其死與(억역입이시기사여)? 曰(왈). 此則距心之罪也(차즉거심지죄야).

말씀하셨다(曰). 지금(今) 남(人)의(之) 소(牛)와 양(羊)을 받(受)아서(而), 그(之)를 위해(爲) 그것(之)을 기르는(牧) 자(者)가 있다(有)면(則), 반드시(必) 그것(之)을 위해(爲) 목장(牧)과(與) 꼴(芻)을 구할(求) 것입니다(矣). 목장(牧)과(與) 꼴(芻)을 구하(求)는데(而), 얻지(得) 못하(不)면(則), 그것을(諸) 그(其) 사람(人)에게 돌려주(反)겠습니까(乎)? 아니면(抑) 또한(亦) 서(立)서(而), 그것(其)이 죽어가는(死) 것을 보고(視) 있겠습니까(與)? 말했다(曰). 이것(此)은 곧(則) 거심(距心)의(之) 죄(罪)입니다(也).

他日(타일), 見於王曰(현어왕왈). 王之爲都者(왕지위도자), 臣知五人焉(신지오인언), 知其罪者(지기죄자), 惟孔距心(유공거심). 爲王誦之(위왕송지), 王曰(왕왈). 此則寡人之罪也(차즉과인지죄야).

다른(他) 날(日)에 왕(王)을(於) 뵙고(見) 말씀하셨다(曰). 왕(王)의(之) 도읍(都)을 다스리는(爲) 자(者), 신(臣)이 거기에서(焉) 다섯 사람(五人)을 아는데(知), 그(其) 죄(罪)를 아는(知) 자(者)는 오직(惟) 공거심(孔距心)입니다. 왕(王)을 위해(爲) 그것(之)을 말씀드리니(誦), 왕(王)이 말했다(曰). 이것(此)은 곧(則) 과인(寡人)의(之) 죄(罪)입니다(也).

*戟(극): 창 ‖ *伍(오): 대오, 대열 ‖ *老羸(노리): 늙어서 쇠약지거나 그런 사람 / 羸(리): 파리하다 ‖ *溝(구): 도랑 ‖ *壑(학): 골 ‖ *有~者: ①~한 사람(경우)이 있다, ②~이 있는 사람(경우) ‖ *芻(추): 꼴(말이나 소에게 먹이는 풀) ‖ *抑(억): ~이 아니면 ‖ *誦(송): 말하다, 여쭌다.

부록 최소한 문법: 之, 而, 於, 者, 所, 非, 得, 必, 與, 不, 諸, 焉.

5장

孟子謂蚳鼃曰(맹자위지와왈). 子之辭靈丘而請士師似也(자지사영구이청사사사야), 爲其可以言也(위기가이언야), 今旣數月矣(금기수월의), 未可以言與(미가이언여)?

맹자(孟子)께서 지와(蚳鼃)에게 일러(謂) 말씀하셨다(曰). 그대(子)가(之) 영구(靈丘)를 사양하(辭)고(而), 사사(士師)를 청한(請) 것이 그럴 듯(似)했으니(也), 그것(其)으로 말할(言) 수(可以) 있기 때문(爲)이었습니다(也). 지금(今) 이미(旣) 수개월(數月)인데(矣), 아직 말할(言) 수(可以) 없(未)었습니까(與)?

蚳鼃諫於王而不用(지와간어왕이불용), 致爲臣而去(치위신이거), 齊人曰(제인왈). 所以爲蚳鼃(소이위지와), 則善矣(즉선의), 所以自爲(소이자위), 則吾不知也(즉오부지야).

지와(蚳鼃)가 왕(王)에게(於) 간했(諫)으나(而) 쓰이지(用) 않자(不), 신하(臣) 되는(爲) 것을 그만두(致)고(而) 떠나자(去), 제나라(齊) 사람(人)이 말했다(曰). 지와(蚳鼃)를 위한(爲) 것(所以)은 곧(則) 옳(善)으나(矣), (맹자) 스스로(自) 행한(爲) 것(所以)은 곧(則) 내(吾)가 (옳은지) 알지(知) 못 하(不)겠다(也).

公都子以告(공도자이고), 曰(왈). 吾聞之也(오문지야), 有官守者(유관수자), 不得其職(부득기직), 則去(즉거), 有言責者(유언책자), 不得其言(부득기언), 則去(즉거). 我無官守(아무관수), 我無言責也(아무언책야), 則吾進退(즉오진퇴), 豈不綽綽然有餘裕哉(기부작작연유여유재)?

공도자(公都子)가 그것을(以) 아뢰자(告), 말씀하셨다(曰). 내(吾)가 그것(之)을 듣(聞)기에(也), '관리(官)로서 직책(守)이 있는(有) 자(者)는 그(其) 직(職)을 이루지(得) 못하(不)면(則) 떠나고(去), 말하는(言) 책임(責)이 있는(有) 자(者)는 그(其) 말(言)을 이루지(得) 못하(不)면(則) 떠난다(去).'고 했다. 나(我)는 관리(官)로서 직책(守)이 없고(無), 나(我)는 말하는(言) 책임(責)도 없(無)으니(也), 곧(則) 내(吾)가 나아가고(進) 물러나는(退)데, 어찌(豈) 느긋하게(綽綽然) 여유(餘裕)가 있지(有) 않(不)겠는가(哉)?

*蚳鼃(지와): 제(齊)나라 대부 ‖ *致(치): 그만두다 ‖ *公都子(공도자): 맹자의 제자 ‖ *有~者: ①~한 사람(경우)이 있다, ②~이 있는 사람(경우) ‖ *官守(관수): 관리로서 직책 ‖ *綽綽然(작작연): 느긋한 모양 / 綽(작): 느슨하다 ‖ *有+명사: ①~이(가) 있다(술어+보어), ②~을(를) 가지고 있다(술어+목적어).

부록 최소한 문법: 之, 而, 可以, 未, 於, 不, 所, 以.

6장

孟子爲卿於齊(맹자위경어제), 出弔於滕(출조어등), 王(왕), 使蓋大夫王驩(사합대부왕환), 爲輔行(위보행). 王驩(왕환), 朝暮見(조모현), 反齊·滕之路(반제등지로), 未嘗與之言行事也(미상여지언행사야).

맹자(孟子)께서 제나라(齊)에서(於) 경(卿)이 되어(爲), 등나라(滕)에(於) 조문(弔) 가실(出) 때, 왕(王)이 합 땅(蓋)의 대부(大夫)인 왕환(王驩)으로 하여금(使) 보행(輔行)으로 삼았다(爲). 왕환(王驩)이 아침(朝)저녁(暮)으로 뵙는데도(見), 제나라(齊)와 등나라(滕)의(之) 길(路)을 돌아오도록(反) 일찍이(嘗) 그(之)와(與) 사행(行)의 일(事)을 말하지(言) 않(未)으셨다(也).

※ 輔行: 사행을 도왔다는 의미로 풀이할 수 있으나, 사행의 직책인 부사를 의미하는 것으로 짐작된다.

公孫丑曰(공손추왈). 齊卿之位(제경지위), 不爲小矣(불위소의), 齊·滕之路(제등지로), 不爲近矣(불위근의), 反之而未嘗與言行事(반지이미상여언행사), 何也(하야)? 曰(왈). 夫旣或治之(부기혹치지), 予何言哉(여하언재)?

공손추(公孫丑)가 말했다(曰). 제나라(齊) 경(卿)의(之) 지위(位)가 작은 것(小)이 되지(爲) 않(不)고(矣), 제나라(齊)와 등나라(滕)의(之) 길(路)이 가까운 것(近)도 되지(爲) 않(不)는데(矣), 거기(之)서 돌아오도(反)록(而) 일찍이(嘗) 더불어(與) 사행(行)의 일(事)을 말씀하지(言) 않으시니(未), 어째서(何)입니까(也)? 말씀하셨다(曰). 무릇(夫) 이미(旣) 어떤 이(或)가 그것(之)을 다스렸는데(治), 내(予)가 무엇(何)을 말하(言)겠는가(哉)?

*公孫丑(공손추): 만장(萬章)과 더불어 맹자의 뛰어난 제자로 제(齊)나라 사람.

부록 최소한 문법: 於, 使, 之, 未, 與, 不, 而.

7장

孟子自齊葬於魯(맹자자제장어로), 反於齊(반어제), 止於嬴(지어영), 充虞請曰(충우청왈). 前日不知虞之不肖(전일부지우지불초), 使虞敦匠事(사우돈장사), 嚴虞不敢請(엄우불감청). 今願竊有請也(금원절유청야). 木若以美然(목약이미연).

맹자(孟子)께서 제나라(齊)로부터(自) 노나라(魯)에(於) (가) 장례하고(葬), 제나라(齊)에(於) 돌아오며(反) 영 땅(嬴)에(於) 머무셨는데(止), 충우(充虞)가 청하여(請) 말했다(曰). 전일(前日)에 우(虞, 충우)의(之) 불초함(不肖)을 알지(知) 못하시고(不), 우(虞)로 하여금(使) 관곽(匠)의 일(事)을 감독하게 했는데(敦), 엄중하여(嚴) 우(虞)가 감히(敢) 청하지(請) 못했습니다(不). 이제(今) 바라건대(願), 남몰래(竊) 청할 것(請)이 있(有)습니다(也). (관에 쓰인) 나무(木)가 너무(以) 아름다운 것(美)과 같은(若) 듯합니다(然).

※ 맹자의 모친상과 관련한 글이다.

曰(왈). 古者(고자), 棺槨無度(관곽무도), 中古(중고), 棺七寸(관칠촌), 槨稱之(곽칭지), 自天子達於庶人(자천자달어서인). 非直爲觀美也(비직위관미야), 然後盡於人心(연후진어인심).

말씀하셨다(曰). 옛날(古)에(者) 관(棺)과 곽(槨)에 법도(度)가 없었으나(無), 중고(中古)에 관(棺)은 일곱 치(七寸)이고 곽(槨)은 그것(之)에 걸맞게 하여(稱), 천자(天子)부터(自) 서인(庶人)에(於) 통용되었다(達). 다만(直) 보이는(觀) 아름다움(美)을 위한(爲) 것이 아니(非)라(也), 그런 연후에야(然後) 사람(人)의 마음(心)을(於) 다하기(盡) (때문이다).

※ 棺槨: 棺은 시신을 직접 담는 나무 상자이며, 槨은 관을 외부 환경에서 보호하는 외곽 구조물이다.

不得(부득), 不可以爲悅(불가이위열), 無財(무재), 不可以爲悅(불가이위열). 得之爲有財(득지위유재), 古之人皆用之(고지인개용지), 吾何爲獨不然(오하위독불연)?

(법도에서) 얻지(得) 못하면(不) 기쁨(悅)이 될(爲) 수(可以) 없고(不), 재력(財)이 없어도(無) 기쁨(悅)이 될(爲) 수(可以) 없다(不). (법도에서) 그것(之)을 얻고(得) 재력(財)도 있다(有) 한다면(爲), 옛날(古)의(之) 사람(人)은 모두(皆) 그것(之)을 썼으니(用), 내(吾)가 무엇(何) 때문에(爲) 홀로(獨) 그렇게 하지(然) 않겠는가(不)?

※ 得之爲有財: '그것을 할 수 있고 재력도 있다.'로 번역하는 예도 있다.

且比化者(차비화자), 無使土親膚(무사토친부), 於人心(어인심), 獨無恔乎(독무교호)?

또(且) 죽은(化) 자(者)를 위해서(比) 흙(土)으로 하여금(使) 살갗(膚)에 닿지(親) 않게 하면(無), 사람(人)의 마음(心)에(於) 어찌(獨) 흡족하지(恔) 않겠(無)는가(乎)?

吾聞之也(오문지야), 君子(군자), 不以天下儉其親(불이천하검기친).

내(吾)가 그것(之)을 들었는(聞)데(也), '군자(君子)는 천하(天下)로(以) 그(其) 어버이(親)를 검소하게 하지(儉) 않는다(不).'고 했다.

*充虞(충우): 맹자의 제자 ‖ *匠事(장사): 관곽(棺槨)을 만드는 공인 또는 그 일 ‖ *有+명사: ①~이(가) 있다(술어+보어), ②~을(를) 가지고 있다(술어+목적어) ‖ *化者(화자): 죽은 사람 / 化(화): 죽다 ‖ *恔(효): 쾌하다.

부록 최소한 문법: 於, 之, 不, 使, 非, 敢, 可以, 以.

8장

沈同(심동), 以其私問曰(이기사문왈). 燕可伐與(연가벌여)? 孟子曰(맹자왈). 可(가). 子噲(자쾌), 不得與人燕(부득여인연), 子之(자지), 不得受燕於子噲(부득수연어자쾌). 有仕於此(유사어차), 而子悅之(이자열지), 不告於王而私與之(불고어왕이사여지), 吾子之祿爵(오자지녹작), 夫士也亦無王命而私受之於子(부사야역무왕명이사수지어자), 則可乎(즉가호)? 何以異於是(하이이어시)?

심동(沈同)이 그(其) 사사로움(私)으로(以) 물어(問) 말했다(曰). 연나라(燕)를 정벌할(伐) 수(可) 있습니까(與)? 맹자(孟子)께서 말씀하셨다(曰). 가능합니다(可). 자쾌(子噲)도 남(人)에게 연나라(燕)를 줄(與) 수(得) 없고(不), 자지(子之)도 연나라(燕)를 자쾌(子噲)에게(於) 받을(受) 수(得) 없습니다(不). 여기(此)에(於) 벼슬하는 자(仕)가 있는(有)데(而), 그대(子)가 그(之)를 좋아하여(悅) 왕(王)에게(於) 아뢰지(告) 않(不)고(而), 사사로이(私) 그(之)에게 그대(吾子)의(之) 녹봉(祿)과 작위(爵)를 주고(與), 저(夫) 선비(士)도(也) 또한(亦) 왕명(王命)이 없이(無)도(而), 사사로이(私) 그것(之)을 그대(子)에게(於) 받는다(受)면(則), 괜찮겠(可)습니까(乎)? 무엇(何)으로(以) 이것(是)과(於) 다르다고 하겠습니까(異)?

齊人(제인), 伐燕(벌연), 或問曰(혹문왈). 勸齊伐燕(권제벌연), 有諸(유제)? 曰(왈). 未也(미야). 沈同問(심동문), 燕可伐與(연가벌여)? 吾應之曰(오응지왈), 可(가). 彼然而伐之也(피연이벌지야). 彼如曰(피여왈), 孰可以伐之(숙가이벌지), 則將應之曰(즉장응지왈), 爲天吏(위천리), 則可以伐之(즉가이벌지).

제나라(齊) 사람(人)이 연나라(燕)를 정벌하자(伐), 어떤 이(或)가 물어(問) 말했다(曰). 제나라(齊)에 연나라(燕)를 정벌하도록(伐) 권했다는데(勸), 그런 일(諸)이 있었습니까

(有)? 말씀하셨다(曰). 아니(未)다(也). 심동(沈同)이 묻기를(問), '연나라(燕)를 정벌할(伐) 수(可) 있습니까(與)?'고 하니, 내(吾)가 그것(之)에 응하여(應) 말하길(曰), '가능합니다(可).'라 했다. 그(彼)가 그렇다고 여기(然)고(而), 그것(之)을 정벌한(伐) 것이다(也). 그(彼)가 만약(如) 말하길(曰), '누(孰)가 그것(之)을 정벌할(伐) 수 있습니까(可以)?'라 했다면(則), 장차(將) 그것(之)에 응하여(應) 말하길(曰), '천리(天吏)가 된다(爲)면(則), 그것(之)을 정벌할(伐) 수 있다(可以).'고 했을 것이다.

今有殺人者(금유살인자), **或問之曰**(혹문지왈), **人可殺與**(인가살여), **則將應之曰**(즉장응지왈), **可**(가). **彼如曰**(피여왈), **孰可以殺之**(숙가이살지), **則將應之曰**(즉장응지왈), **爲士師**(위사사), **則可以殺之**(즉가이살지). **今以燕伐燕**(금이연벌연), **何爲勸之哉**(하위권지재)?

지금(今) 사람(人)을 죽인(殺) 자(者)가 있는데(有), 어떤 이(或)가 그(之)를 물어(問) 말하길(曰), '사람(人)을 죽일(殺) 수(可) 있습니까(與)?'라 한다면(則), 장차(將) 그것(之)에 응하여(應) 말하길(曰), '가능하다(可).'고 했을 것이다. 그(彼)가 만약(如) 말하길(曰), '누(孰)가 그(之)를 죽일(殺) 수 있습니까(可以)?'라 했다면(則), 장차(將) 그것(之)에 응하여(應) 말하길(曰), '사사(士師)가 된다(爲)면(則), 그(之)를 죽일(殺) 수 있다(可以).'고 했을 것이다. 지금(今) 연나라(燕)로(以) 연나라(燕)를 정벌했으니(伐), 무엇(何) 때문에(爲) 그것(之)을 권했겠(勸)는가(哉)?

*沈同(심동): 제(齊)나라 신하 ‖ *子噲(자쾌): 연(燕)나라 군주 ‖ *子之(자지): 연(燕)나라 대부 ‖ *有+명사: ①~이(가) 있다(술어+보어), ②~을(를) 가지고 있다(술어+목적어) ‖ *吾子(오자): 친구(아주 친한 사이에서 부르는 호칭) ‖ *有諸(유저): =有之乎. 그러한 일(것)이 있는가? ‖ *天吏(천리): 천명을 받들어 백성을 다스리는 사람 ‖ *有~者: ①~한 사람(경우)이 있다, ②~이 있는 사람(경우) ‖ *士師(사사): 법령과 형벌에 관한 일을 맡아보던 재판관.

부록 최소한 문법: 以, 可, 不, 得, 於, 之, 而, 諸, 可以.

9장

燕人畔(연인반), 王曰(왕왈). 吾甚慙於孟子(오심참어맹자).

연나라(燕) 사람(人)이 배반하자(畔), 왕(王)이 말했다(曰). 내(吾)가 맹자(孟子)께(於) 매우(甚) 부끄럽다(慙).

陳賈曰(진가왈). 王無患焉(왕무환언). 王(왕), 自以爲與周公孰仁且智(자이위여주공숙인차지)? 王曰(왕왈). 惡(오), 是何言也(시하언야)? 曰(왈). 周公(주공), 使管叔監殷(사관숙감은), 管叔以殷畔(관숙이은반), 知而使之(지이사지), 是不仁也(시불인야), 不知而使之(부지이사지), 是不智也(시부지야). 仁智(인지), 周公(주공), 未之盡也(미지진야), 而況於王乎(이황어왕호)? 賈請見而解之(가청견이해지).

진가(陳賈)가 말했다(曰). 왕(王)께서는 그것을(焉) 근심하지(患) 마십시오(無). 왕(王)께서는 스스로(自) 주공(周公)과(與) (비교할 때) 누(孰)가 어질고(仁), 또(且) 지혜롭다(智)고 여기십니까(以爲)? 왕(王)이 말했다(曰). 오(惡)! 이(是) 무슨(何) 말(言)인가(也)? 말했다(曰). 주공(周公)이 관숙(管叔)으로 하여금(使) 은나라(殷)를 감독하게 했는데(監), 관숙(管叔)이 은나라(殷)로(以) 배반했으니(畔), 알(知)고서(而) 그(之)에게 시켰다면(使), 이(是)는 어질지(仁) 못한(不) 것이며(也), 알지(知) 못하(不)고서(而) 그(之)에게 시켰다면(使), 이(是)는 지혜롭지(智) 못한(不) 것입니다(也). 인(仁)과 지혜(智)는 주공(周公)도 그것(之)을 아직 다하지(盡) 못했(未)는(也)데(而), 하물며(況) 왕(王)에게(於) 있어서야(乎)? 가(賈, 진가)가 청하여(請) 보(見)고서(而) 그것(之)을 설명하겠습니다(解).

見孟子問曰(견맹자문왈). 周公(주공), 何人也(하인야)? 曰(왈). 古聖人也(고성인야). 曰(왈). 使管叔監殷(사관숙감은), 管叔以殷畔也(관숙이은반야), 有諸(유제)? 曰(왈). 然(연). 曰(왈). 周公(주공), 知

其將畔而使之與(지기장반이사지여)? 曰(왈). 不知也(부지야). 然則聖人且有過與(연즉성인차유과여)? 曰(왈). 周公弟也(주공제야), 管叔兄也(관숙형야), 周公之過(주공지과), 不亦宜乎(불역의호)?

맹자(孟子)를 뵙고(見) 물어(問) 말했다(曰). 주공(周公)은 어떤(何) 사람(人)입니까(也)? 말씀하셨다(曰). 옛(古) 성인(聖人)입니다(也). 말했다(曰). 관숙(管叔)으로 하여금(使) 은나라(殷)를 감독하게 했는데(監), 관숙(管叔)이 은나라(殷)로(以) 배반했(畔)다(也)고 하니, 그런 일(諸)이 있었습니까(有)? 말씀하셨다(曰). 그렇습니다(然). 말했다(曰). 주공(周公)은 그(其)가 장차(將) 배반할(畔) 것을 알(知)고도(而) 그(之)에게 시켰(使)습니까(與)? 말씀하셨다(曰). 알지(知) 못하(不)셨습니다(也). 그렇다(然)면(則) 성인(聖人)도 또한(且) 허물(過)이 있(有)습니까(與)? 말씀하셨다(曰). 주공(周公)은 아우(弟)이고(也) 관숙(管叔)은 형(兄)이니(也), 주공(周公)의(之) 허물(過)이 또한(亦) 마땅하지(宜) 않(不)겠습니까(乎)?

且古之君子過(차고지군자과), 則改之(즉개지), 今之君子過(금지군자과), 則順之(즉순지). 古之君子(고지군자), 其過也如日月之食(기과야여일월지식), 民皆見之(민개견지), 及其更也(급기경야), 民皆仰之(민개앙지), 今之君子(금지군자), 豈徒順之(기도순지), 又從而爲之辭(우종이위지사).

또(且) 옛날(古)의(之) 군자(君子)는 잘못하(過)면(則) 그것(之)을 고쳤는데(改), 지금(今)의(之) 군자(君子)는 잘못하(過)면(則) 그것(之)을 따라갑니다(順). 옛날(古)의(之) 군자(君子)는 그(其) 허물(過)이(也) 해(日)와 달(月)이(之) 먹는(食) 것과 같아서(如), 백성(民)이 모두(皆) 그것(之)을 보았고(見), 그것(其)이 고쳐지는(更) 것에 이르러서(及)는(也) 백성(民)이 모두(皆) 그(之)를 우러러보았는데(仰), 지금(今)의(之) 군자(君子)는 어찌(豈) 다만(徒) 그것(之)을 따르기만 하고(順), 또(又) 계속해서(從而) 그것(之)에 변명(辭)만 합니다(爲).

※ 日月之食: 논어와 맹자에 한 번씩 나타나는 일식과 월식을 의미한다.

*畔(반): 배반하다 ‖ *陳賈(진가): 제(齊)나라 대부 ‖ *有諸(유저): =有之乎. 그러한 일(것)이 있는가? ‖ *有+명사: ①~이(가) 있다(술어+보어), ②~을(를) 가지고 있다(술어+목적어) ‖ *從而(종이): 계속해서.

부록 최소한 문법: 於, 焉, 與, 以爲, 使, 以, 而, 不, 未, 도치, 之, 諸.

10장

孟子致爲臣而歸(맹자치위신이귀), 王(왕), 就見孟子曰(취견맹자왈). 前日(전일), 願見而不可得(원견이불가득), 得侍(득시), 同朝甚喜(동조심희). 今又棄寡人而歸(금우기과인이귀), 不識可以繼此而得見乎(불식가이계차이득견호)? 對曰(대왈). 不敢請耳(불감청이), 固所願也(고소원야).

맹자(孟子)께서 신하(臣)가 되는(爲) 것을 그만두(致)고(而) 돌아가려 하자(歸), 왕(王)이 나아가(就) 맹자(孟子)를 뵙고(見) 말했다(曰). 전일(前日)에 뵙기(見)를 원해(願)도(而) 이룰(得) 수(可) 없었는데(不), 모실(侍) 수(得) 있어 조정(朝)에서 함께 하니(同) 매우(甚) 기뻤습니다(喜). 지금(今) 또(又) 과인(寡人)을 버리(棄)고(而) 돌아가시니(歸), 알지(識) 못 하겠습니다만(不), 이것(此)을 이을(繼) 수(可以) 있어(而) 뵐(見) 수(得) 있을까요(乎)? 대답하여(對) 말씀하셨다(曰). 감히(敢) 청하지(請) 못할(不) 뿐(耳), 진실로(固) 원하는(願) 바(所)입니다(也).

※ 同朝甚喜: '조정에서 함께하는 이들이 매우 기뻐했다'고 번역하는 예가 있다.

他日(타일), 王(왕), 謂時子曰(위시자왈). 我欲中國而授孟子室(아욕중국이수맹자실), 養弟子以萬鍾(양제자이만종), 使諸大夫國人(사제대부국인), 皆有所矜式(개유소긍식), 子盍爲我言之(자합위아언지)?

다른(他) 날(日)에 왕(王)이 시자(時子)에게 일러(謂) 말했다(曰). 내(我)가 중국에다(中國, 도성)가(而) 맹자(孟子)에게 집(室)을 주고서(授), 만종(萬鍾)으로(以) 제자(弟子)를 길러(養), 여러(諸) 대부(大夫)와 국인(國人)들로 하여금(使) 모두(皆) 긍식하는(矜式) 바(所)가 있게(有) 하려는데(欲), 그대(子)는 어찌(盍1) 나(我)를 위하여(爲) 그것(之)을 말하지(言) 않는가(盍2)?

時子因陳子而以告孟子(시자인진자이이고맹자), 陳子以時子之言(진자이시자지언), 告孟子(고맹자).

시자(時子)가 진자(陳子, 진진(陳臻))로 인하여(因)서(而), 그것을(以) 맹자(孟子)께 아뢰게 하자(告), 진자(陳子)가 시자(時子)의(之) 말(言)로(以) 맹자(孟子)께 아뢰었다(告).

孟子曰(맹자왈). 然(연). 夫時子惡知其不可也(부시자오지기불가야)? 如使予欲富(여사여욕부), 辭十萬而受萬(사십만이수만), 是爲欲富乎(시위욕부호)?

맹자(孟子)께서 말씀하셨다(曰). 그렇다(然). 저(夫) 시자(時子)가 어찌(惡) 그것(其)이 불가한(不可) 것을 알(知)겠는가(也)? 만약(如使) 내(予)가 부유하(富)고자 했다면(欲), 십만(十萬)을 사양하(辭)고(而) 만(萬)을 받은(受) 것, 이것(是)이 부유하(富)고자(欲) 하는(爲) 것이겠는가(乎)?

季孫曰(계손왈), 異哉(이재), 子叔疑(자숙의). 使己爲政(사기위정), 不用(불용), 則亦已矣(즉역이의), 又使其子弟爲卿(우사기자제위경). 人亦孰不欲富貴(인역숙불욕부귀)? 而獨於富貴之中(이독어부귀지중), 有私龍斷焉(유사농단언).

계손씨(季孫)가 말하길(曰), '이상하(異)구나(哉), 자숙의(子叔疑)는. 자기(己)로 하여금(使) 정사(政)를 하게 했다가(爲), 쓰이지(用) 않(不)으면(則) 또한(亦) 그만두는(已)데(矣), 또(又) 그(其) 자제(子弟)로 하여금(使) 경(卿)이 되게 했다(爲). 사람(人)이 또한(亦) 누군(孰)들 부유하고(富) 귀해지려(貴) 하지(欲) 않겠는가(不)? 그러나(而) 홀로(獨) 부귀(富貴)의(之) 가운데(中)에서(於) 사사로이(私) 거기에서(焉) 농단(龍斷)함이 있었다(有).'고 했다.

古之爲市者(고지위시자), 以其所有(이기소유), 易其所無者(역기소무자), 有司者治之耳(유사자치지이). 有賤丈夫焉(유천장부언), 必求龍斷而登之(필구농단이등지), 以左右望而罔市利(이좌우망이망시리), 人皆以爲賤(인개이위천), 故從而征之(고종이정지), 征商(정상), 自此賤丈夫始矣(자차천장부시의).

옛날(古)에(之) 시장(市)이라 하는(爲) 것(者)은 그(其)가 소유한 것(所有)으로(以), 그(其)가 없는(無) 것(所)과 바꾸는(易) 것(者)으로, 유사(有司)는(者) 그것(之)을 다스릴(治) 뿐이었다(耳). 거기에(焉) 어떤(有) 천한(賤) 장부(丈夫)가 반드시(必) 농단(龍斷)을 찾(求)아서(而) 거기(之)에 올라가(登), 그것으로(以) 좌우(左右)로 바라보(望)며(而) 시장(市)의 이익(利)을 그물질하자(罔), 사람(人)이 모두(皆) 그를(以) 천하게(賤) 여겼다(爲). 그러므로(故) 쫓아(從)서(而) 그(之)에게 세금을 받았으니(征), 상인(商)에게 세금 부과하는(征) 것이 이(此) 천한(賤) 장부(丈夫)로부터(自) 시작된(始) 것이다(矣).

*致(치): 그만두다 ‖ *耳(이): ~일 뿐이다 ‖ *萬鍾(만종): 후한 봉록 ‖ *有+명사: ①~이(가) 있다(술어+보어), ②~을(를) 가지고 있다(술어+목적어) ‖ *矜式(긍식): 조심해서 법을 지킴 ‖ *盍(합): 어찌 ~아니하다 ‖ *陳臻(진진): 맹자의 제자 ‖ *如使(여사): 만일, 만약, 가령 ‖ *龍斷(농단): =壟斷, 높은 구릉, 이익이나 권리를 독차지함 ‖ *耳(이): ~일 뿐이다 ‖ *有(유): 어떤 ‖ *征(정): 구실(온갖 세금), 구실받다.

부록 최소한 문법: 而, 不, 可, 得, 可以, 所, 以, 使, 之, 欲, 焉, 者, 必, 以爲.

11장

孟子去齊(맹자거제), 宿於晝(숙어주), 有欲爲王留行者(유욕위왕유행자), 坐而言(좌이언), 不應(불응), 隱几而臥(은궤이와).

맹자(孟子)께서 제나라(齊)를 떠나(去) 주 땅(晝)에(於) 묵으셨는데(宿), 왕(王)을 위해(爲) 행차(行)를 만류하(留)려는(欲) 자(者)가 있어(有) 앉(坐)아서(而) 말하는데(言), (맹자께서) 응하지(應) 않고(不) 안석(几)에 기대어(隱)서(而) 누워 계셨다(臥).

客不悅曰(객불열왈). 弟子齊宿而後敢言(제자재숙이후감언), 夫子臥而不聽(부자와이불청), 請勿復敢見矣(청물부감견의). 曰(왈). 坐(좌). 我明語子(아명어자). 昔者魯繆公無人乎子思之側(석자노목공무인호자사지측), 則不能安子思(즉불능안자사), 泄柳·申詳(설류신상), 無人乎繆公之側(무인호목공지측), 則不能安其身(즉불능안기신).

객(客)이 기뻐하지(悅) 않으며(不) 말했다(曰). 제자(弟子)가 재계하고(齊) 묵은(宿) 이후에(而後) 감히(敢) 말씀드렸는데(言), 선생님(夫子)께서는 누워(臥)서(而) 듣지도(聽) 않으시니(不), 청컨대(請) 다시(復) 감히(敢) 뵙지(見) 않(勿)겠습니다(矣). 말씀하셨다(曰).

앉으시오(坐). 내(我)가 분명히(明) 자네(子)에게 말하겠네(語). 옛날(昔)에(者) 노나라(魯) 목공(繆公)은 자사(子思)의(之) 곁(側)에(乎) (자기 뜻을 전할) 사람(人)이 없(無)으면(則), 자사(子思)를 편안하게 할(安) 수(能) 없었고(不), 설류(泄柳)와 신상(申詳)은 목공(繆公)의(之) 곁(側)에(乎) 사람(人)이 없(無)으면(則), 그(其) 몸(身)을 편안하게 할(安) 수(能) 없었네(不).

子爲長者慮而不及子思(자위장자려이불급자사), 子絶長者乎(자절장자호)? 長者絶子乎(장자절자호)?

그대(子)는 장자(長者)를 위해(爲) 생각한다(慮)면서(而), 자사(子思)에 (대한 것에) 미치지(及) 못하니(不), 그대(子)가 장자(長者)를 끊은(絶) 것인가(乎)? 장자(長者)가 그대(子)를 끊은(絶) 것인가(乎)?

*有~者: ①~한 사람(경우)이 있다, ②~이 있는 사람(경우) ‖ *隱(은): 기대다 ‖ *几(궤): 안석(案席) ‖ *子思(자사): 공자의 손자.

부록 최소한 문법: 於, 欲, 而, 不, 敢, 之, 乎, 能.

12장

孟子去齊(맹자거제), 尹士語人曰(윤사어인왈), 不識王之不可以爲湯·武(불식왕지불가이위탕무), 則是不明也(즉시불명야), 識其不可(식기불가), 然且至(연차지), 則是干澤也(즉시간택야). 千里而見王(천리이견왕), 不遇(불우), 故去(고거), 三宿而後出晝(삼숙이후출주),

是何濡滯也(시하유체야)? 士則玆不悅(사즉자불열).

맹자(孟子)께서 제나라(齊)를 떠나자(去), 윤사(尹士)가 사람(人)에게 말하여(語) 이르길(曰), '왕(王)이(之) 탕왕(湯)이나 무왕(武)이 될(爲) 수(可以) 없는(不) 것을 알지(識) 못했다(不)면(則), 이(是)는 현명하지(明) 못한(不) 것이며(也), 그(其)가 될 수(可) 없는(不) 것을 알았으(識)나(然) 또한(且) 이르렀다(至)면(則), 이(是)는 은택(澤)을 구한(干) 것이다(也). 천 리나 되는(千里) 곳에서(而) 왕(王)을 만나고 와서(見) 맞지(遇) 않은(不) 까닭에(故) 떠나면서도(去) 사흘(三宿)이나 (유숙한) 이후에야(而後) 주 땅(晝)에서 나갔으니(出), 이리도(是) 어찌(何) 지체하고(濡) 걸리는(滯)가(也)? 사(士, 윤사)는 곧(則) 이것(玆)이 기쁘지(悅) 않다(不).'고 했다.

高子以告(고자이고), 曰(왈). 夫尹士(부윤사), 惡知予哉(오지여재)? 千里而見王(천리이견왕), 是予所欲也(시여소욕야), 不遇(불우), 故去(고거), 豈予所欲哉(기여소욕재)? 予不得已也(여부득이야).

고자(高子)가 이것을(以) 아뢰자(告), 말씀하셨다(曰). 저(夫) 윤사(尹士)가 어찌(惡) 나(予)를 알(知)겠느냐(哉)? 천 리(千里)에서(而) 왕(王)을 보러 왔으니(見), 이(是)는 내(予)가 원한(欲) 것(所)이나(也), 맞지(遇) 않은(不) 까닭에(故) 떠나는 것(去)이 어찌(豈) 내(予)가 원하는(欲) 것(所)이겠느냐(哉)? 내(予)가 부득이해서(不得已)이다(也).

予三宿而出晝(여삼숙이출주), 於予心(어여심), 猶以爲速(유이위속). 王庶幾改之(왕서기개지), 王如改諸(왕여개저), 則必反予(즉필반여).

내(予)가 사흘(三)을 유숙하(宿)고(而) 주 땅(晝)에서 나왔으나(出), 내(予) 마음(心)에(於) 오히려(猶) 이것을(以) 빠르다(速)고 여겼다(爲). 왕(王)께서 그것(之)을 고치시기(改)를 바랐으니(庶幾), 왕(王)께서 만일(如) 그것을(諸) 고쳤다(改)면(則), 반드시(必) 나(予)를 돌아오게 했을 것이다(反).

夫出晝而王不予追也(부출주이왕불여추야), 予然後浩然有歸志(여연후호연유귀지). 予雖然(여수연), 豈舍王哉(기사왕재)? 王由足用爲善(왕유족용위선), 王如用予(왕여용여), 則豈徒齊民安(즉기도제민안)? 天下之民(천하지민), 擧安(거안), 王庶幾改之(왕서기개지), 予日望之(여일망지).

무릇(夫) 주 땅(晝)을 나왔(出)는데도(而) 왕(王)께서 나(予)를 뒤쫓지(追) 않(不)았으니(也), 내(予)가 그런 뒤에야(然後) 호연하게(浩然) 돌아갈(歸) 뜻(志)을 가지고 있었다(有). 내(予)가 비록(雖) 그러하나(然) 어찌(豈) 왕(王)을 버리(舍)겠느냐(哉)? 왕(王)께서는 오히려(由) 선(善)을 할(爲) 수(足用) 있으니, 왕(王)께서 만일(如) 나(予)를 쓴다(用)면(則), 어찌(豈) 다만(徒) 제나라(齊) 백성(民)만 편안하겠느냐(安)? 천하(天下)의(之) 백성(民)이 모두(擧) 편안하리니(安), 왕(王)께서 그것(之)을 고치시기(改)를 바라고(庶幾), 나(予)는 날마다(日) 그것(之)을 바란다(望).

予豈若是小丈夫然哉(여기약시소장부연재)? 諫於其君而不受(간어기군이불수), 則怒(즉노), 悻悻然見於其面(행행연현어기면), 去(거), 則窮日之力而後宿哉(즉궁일지력이후숙재)?

내(予) 어찌(豈) 이(是)와 같이(若) 소장부(小丈夫)처럼(然) 하겠는가(哉)? 그(其) 임금(君)께(於) 간하다(諫)가(而) 받아주지(受) 않(不)으면(則), 노하여(怒) 행행연하게(悻悻然) 그(其) 얼굴(面)에(於) 드러내고(見) 떠나(去)면서(則), 하루(日)의(之) 힘(力)을 다한(窮) 이후에(而後) 머무르(宿)겠는가(哉)?

尹士聞之曰(윤사문지왈). 士(사), 誠小人也(성소인야).

윤사(尹士)가 그것(之)을 듣고(聞) 말했다(曰). 사(士)가 참으로(誠) 소인(小人)이다(也).

*濡滯(유체): 막히고 걸림 ‖ *高子(고자): 맹자와 인간의 본성을 논한 고자(告子)가 아니라 맹자의 제자였던 제(齊)나라 사람 ‖ *庶幾(서기): 바람, 바라건대, 거의 ‖ *有+명사: ①~이(가) 있다(술어+보어), ②~을(를) 가지고 있다(술어+목적어) ‖ *足用:= 足以 ‖ *悻悻然(행행연): 성이 발끈 나서 자리를 박차고 떠나는 태도가 쌀쌀하다.

부록 최소한 문법: 之, 不, 可以, 可, 而, 以, 所, 於, 諸, 以爲, 足以.

13장

孟子去齊(맹자거제), 充虞路問曰(충우노문왈). 夫子若有不豫色然(부자약유불예색연). 前日(전일), 虞聞諸夫子曰(우문저부자왈), 君子不怨天不尤人(군자불원천불우인).

맹자(孟子)께서 제나라(齊)를 떠나실 때(去) 충우(充虞)가 길(路)에서 물어(問) 말했다(曰). 선생님(夫子)께서는 기뻐하지(豫) 않는(不) 기색(色)인 듯한(然) 것이 있는(有) 것 같습니다(若). 전일(前日)에 우(虞, 충우)가 그것을(諸) 선생님(夫子)께 들었는데(聞) 말씀하시길(曰), '군자(君子)는 하늘(天)을 원망하지(怨) 않고(不), 사람(人)을 탓하지(尤) 않는다(不).'고 했습니다.

曰(왈). 彼一時(피일시), 此一時也(차일시야).

말씀하셨다(曰). 저(彼)도 한 때(一時)이고, 이(此)도 한 때(一時)이다(也).

五百年(오백년), 必有王者興(필유왕자흥), 其間(기간), 必有名世者(필유명세자).

오백 년(五百年)에 반드시(必) 왕자(王者)가 일어나는(興) 것이 있으니(有), 그(其) 사이(間)에 반드시(必) 세상(世)에 이름난(名) 자(者)가 있다(有).

由周而來(유주이래), 七百有餘歲矣(칠백유여세의), 以其數(이기수), 則過矣(즉과의), 以其時考之(이기시고지), 則可矣(즉가의).

주나라(周)로부터(由) 이래로(而來) 칠백(七百)하고 남은(餘) 해(歲)가 있(有)으니(矣), 그(其) 수(數)로(以) 하면(則) 지났(過)고(矣), 그(其) 시기(時)로(以) 그것(之)을 살펴보(考)면(則) 가능한(可) (시기)이다(矣).

※ 七百有餘歲: 有를 연결의 의미인 '그리고' 혹은 '또'로 번역할 수 있다.

夫天(부천), 未欲平治天下也(미욕평치천하야), 如欲平治天下(여욕평치천하), 當今之世(당금지세), 舍我(사아), 其誰也(기수야)? 吾何爲不豫哉(오하위불예재)?

무릇(夫) 하늘(天)이 아직 천하(天下)를 고르게(平) 다스리(治)려고 하지(欲) 않(未)으니(也), 만약(如) 천하(天下)를 고르게(平) 다스리(治)려고 한다면(欲), 지금(當今)의(之) 세상(世)에 나(我)를 버려두고(舍) 그(其) 누구(誰)이겠는가(也)? 내(吾)가 무엇(何) 때문에(爲) 기뻐하지(豫) 않(不)겠느냐(哉)?

*充虞(충우): 맹자의 제자 ‖ *有+명사: ①~이(가) 있다(술어+보어), ②~을(를) 가지고 있다(술어+목적어) ‖ *有~者: ①~한 사람(경우)이 있다, ②~이 있는 사람(경우).

부록 최소한 문법: 不, 諸, 必, 以, 之, 未, 欲.

14장

孟子去齊居休(맹자거제거휴), **公孫丑問曰**(공손추문왈). **仕而不受祿**(사이불수록), **古之道乎**(고지도호)?

맹자(孟子)께서 제나라(齊)를 떠나(去) 휴 땅(休)에 머무셨는데(居), 공손추(公孫丑)가 물어(問) 말했다(曰). 벼슬하(仕)면서(而) 녹(祿)을 받지(受) 않는(不) 것이 옛날(古)의(之) 도(道)입니까(乎)?

曰(왈). **非也**(비야). **於崇**(어숭), **吾得見王**(오득견왕), **退而有去志**(퇴이유거지), **不欲變**(불욕변), **故不受也**(고불수야).

말씀하셨다(曰). 아니(非)다(也). 숭 땅(崇)에서(於) 내(吾)가 왕(王)을 볼(見) 수 있었고(得), 물러나(退)서(而) 떠날(去) 뜻(志)이 있었는데(有), 바꾸(變)려 하지(欲) 않았기(不) 때문에(故) 받지(受) 않은(不) 것이다(也).

繼而有師命(계이유사명), **不可以請**(불가이청), **久於齊**(구어제), **非我志也**(비아지야).

계속해(繼)서(而) 군대(師)의 명(命)이 있어서(有) 청할(請) 수(可以) 없었지(不), 제나라(齊)에(於) 오래 머문(久) 것은 나(我)의 뜻(志)이 아니(非)었다(也).

*公孫丑(공손추): 만장(萬章)과 더불어 맹자의 뛰어난 제자로 제(齊)나라 사람 ‖ *有+명사: ①~이(가) 있다(술어+보어), ②~을(를) 가지고 있다(술어+목적어).

부록 최소한 문법: 而, 不, 之, 於, 得, 可以, 非.

등문공상(滕文公上)

1장

滕文公(등문공), 爲世子(위세자), 將之楚(장지초), 過宋而見孟子(과송이견맹자).

등문공(滕文公)이 세자(世子)가 되어(爲) 장차(將) 초나라(楚)에 가는데(之), 송나라(宋)를 지나(過)다가(而) 맹자(孟子)를 뵈었다(見).

孟子道性善(맹자도성선), 言必稱堯·舜(언필칭요순).

맹자(孟子)께서 성선(性善)을 말씀하시면서(道), 말할 때(言) 반드시(必) 요순(堯舜)을 일컬으셨다(稱).

※ 道와 言: 道는 추상적이고 철학적인 논의를 전개하는 의미이며, 言은 구체적인 발언 행위를 나타낸다. 더불어 말하다는 의미에서 言과 語의 차이를 보면, 言은 말의 '행위' 자체를, 語는 말의 '내용'과 '구체성'을 강조한다.

世子自楚反(세자자초반), 復見孟子(부견맹자), 孟子曰(맹자왈). 世子(세자), 疑吾言乎(의오언호)? 夫道(부도), 一而已矣(일이이의).

세자(世子)가 초나라(楚)에서(自) 돌아오며(反) 다시(復) 맹자(孟子)를 뵙자(見), 맹자(孟子)께서 말씀하셨다(曰). 세자(世子)께서는 제(吾) 말(言)을 의심하(疑)십니까(乎)? 무릇(夫) 도(道)는 하나(一)일 뿐입니다(而已矣).

成覵謂齊景公曰(성간위제경공왈), 彼丈夫也(피장부야), 我丈夫也(아장부야), 吾何畏彼哉(오하외피재)? 顔淵曰(안연왈), 舜何人也(순하인야), 予何人也(여하인야)? 有爲者亦若是(유위자역약시), 公明儀曰(공명의왈), 文王(문왕), 我師也(아사야), 周公(주공), 豈欺我哉(기기아재).

성간(成覵)이 제나라(齊) 경공(景公)을 평하여(謂) 말하길(曰), '저(彼)도 장부(丈夫)이고(也), 나(我)도 장부(丈夫)인데(也), 내(吾) 어찌(何) 저들(彼)을 두려워하(畏)겠습니까(哉)?'라 했으며, 안연(顔淵)은 말하길(曰), '순임금(舜)은 어떤(何) 사람(人)이고(也), 나(予)는 어떤(何) 사람(人)인가(也)? 행하는 것(爲)이 있(有)는 사람(者)은 또한(亦) 이(是)와 같다(若).'고 했으며, 공명의(公明儀)는 말하길(曰), '문왕(文王)은 내(我) 스승(師)이라(也) 했으니, 주공(周公)께서 어찌(豈) 나(我)를 속이(欺)셨겠는가(哉)?'라 했습니다.

今滕(금등), 絶長補短(절장보단), 將五十里也(장오십리야), 猶可以爲善國(유가이위선국). 書曰(서왈), 若藥(약약), 不瞑眩(불명현), 厥疾(궐질), 不瘳(불추).

지금(今) 등나라(滕)는 긴 곳(長)을 잘라(絶) 짧은 곳(短)에 보충하면(補), 거의(將) 오십리(五十里)이지만(也), 오히려(猶) 좋은(善) 나라(國)가 될(爲) 수 있습니다(可以). 『서경(書)』에 이르길(曰), '만약(若) 약(藥)이 어지럽지(瞑眩) 않다면(不), 그(厥) 병(疾)이 낫지(瘳) 않는다(不).'고 했습니다.

*而已矣(이이의): ~일 뿐이다 ‖ *公明儀(공명의): 노(魯)나라 거문고 명수 ‖ *有~者: ①~한 사람(경우)이 있다, ②~이 있는 사람(경우) ‖ *將(장): 거의, 대부분 ‖ *瞑眩(명현): 어지럽고 캄캄하다 / 瞑(명): 저물다 / 眩(현): 어지럽다 ‖ *瘳(추): 낫다.

부록 최소한 문법: 而, 必, 者, 可以, 不.

2장

滕定公(등정공), 薨(훙), 世子謂然友曰(세자위연우왈). 昔者孟子嘗與我言於宋(석자맹자상여아언어송), 於心終不忘(어심종불망). 今也不幸(금야불행), 至於大故(지어대고), 吾欲使子(오욕시자), 問於孟子然後行事(문어맹자연후행사).

등나라(滕) 정공(定公)이 죽자(薨), 세자(世子)가 연우(然友)에게 일러(謂) 말했다(曰). 옛날(昔)에(者) 맹자(孟子)께서 일찍이(嘗) 나(我)와(與) 송나라(宋)에서(於) 말했는데(言), 마음(心)에(於) 끝내(終) 잊히지(忘) 않습니다(不). 지금(今)은(也) 불행하게도(不幸) 부모의 상(大故)에(於) 이르러(至), 나(吾)는 선생님(子)을 보내어(使) 맹자(孟子)께(於) 물은(問) 연후에(然後) 일(事)을 행하(行)고자 합니다(欲).

※ 죽음: 崩(붕)- 부모 또는 황제의 죽음 / 薨(훙)- 왕 또는 제후의 죽음 / 卒(졸)- 대부의 죽음 / 死(사)- 서인의 죽음 / 弑(시): 부모나 임금을 죽일 때 / 戕(장)- 남의 부모나 임금을 죽일 때 / 斃(폐): 주로 반역자나 적군이 전장에서 죽었을 때로 역적이나 군사적 실패로 인해 죽은 경우.

然友之鄒問於孟子(연우지추문어맹자), 孟子曰(맹자왈). 不亦善乎(불역선호). 親喪(친상), 固所自盡也(고소자진야). 曾子曰(증자왈), 生事之以禮(생사지이례), 死葬之以禮(사장지이례), 祭之以禮(제지이례), 可謂孝矣(가위효의). 諸侯之禮(제후지례), 吾未之學也(오미지학야). 雖然(수연), 吾嘗聞之矣(오상문지의), 三年之喪(삼년지상), 齊疏之服(자소지복), 飦粥之食(전죽지식), 自天子達於庶人(자천자달어서인), 三代共之(삼대공지).

연우(然友)가 추 땅(鄒)에 가서(之) 맹자(孟子)께(於) 물으니(問), 맹자(孟子)께서 말씀하셨다(曰). 또한(亦) 선하지(善) 않(不)습니까(乎)? 어버이(親)의 상(喪)은 진실로(固)

스스로(自) 다하는(盡) 것(所)입니다(也). 증자(曾子)께서 말씀하시길(曰), '살아 계시면(生) 그(之)를 섬기되(事) 예(禮)로(以) 하고, 돌아가시면(死) 그(之)를 장사지내되(葬) 예(禮)로(以) 하며, 그(之)를 제사하되(祭) 예(禮)로(以) 한다면, 효(孝)라고 말할(謂) 수(可) 있다(矣).'고 했습니다. 제후(諸侯)의(之) 예(禮)는 제(吾)가 아직 그것(之)을 배우지(學) 못했(未)습니다(也). 비록(雖) 그러하나(然) 제(吾)가 일찍이(嘗) 그것(之)을 들었(聞)으니(矣), 삼 년(三年)의(之) 상(喪)에 거친 베로 만든 상복(齊疏)을(之) 입고(服), 죽(飦粥)을(之) 먹는(食) 것은 천자(天子)로부터(自) 서인(庶人)에(於) 통용되어(達), 삼대(三代)가 그것(之)을 공유했습니다(共).

※ 齊: (제) 가지런하다, / (재) 재계하다, / (자) 옷자락, 상복, / (전) 자르다, 초례(醮禮).

※ 三代: 고대 중국의 세 왕조인 하(夏), 은(殷), 주(周)를 이른다.

然友反命(연우반명), 定爲三年之喪(정위삼년지상), 父兄百官(부형백관), 皆不欲曰(개불욕왈). 吾宗國魯先君(오종국노선군), 莫之行(막지행), 吾先君(오선군), 亦莫之行也(역막지행야), 至於子之身而反之不可(지어자지신이반지불가). 且志曰(차지왈), 喪祭從先祖(상제종선조), 曰(왈), 吾有所受之也(오유소수지야).

연우(然友)가 반명하여(反命), 삼 년(三年)의(之) 상(喪)을 하기로(爲) 정하자(定), 부형(父兄, 종친)과 백관(百官) 모두(皆) 원하지(欲) 않으며(不) 말했다(曰). 우리(吾) 종주국(宗國)인 노나라(魯) 선군(先君)도 그것(之)을 행하는(行) 이가 없(莫)었고(也), 우리(吾) 선군(先君)도 또한(亦) 그것(之)을 행하는(行) 이가 없었는데(莫), 그대(子)의(之) 몸(身)에(於) 이르(至)러(而), 그것(之)을 뒤집는(反) 것은 옳지(可) 않습니다(不). 또(且) 기록(志)에 이르길(曰), '상례(喪)와 제례(祭)는 선조(先祖)를 따른다(從).'고 하니, '우리(吾)도 그것(之)을 받은(受) 바(所)가 있다(有).'는 것을 말하는(曰) 것입니다(也).

謂然友曰(위연우왈). 吾他日未嘗學問(오타일미상학문). 好馳馬試劍(호치마시검), 今也父兄百官不我足也(금야부형백관불아족야), 恐其不能盡於大事(공기불능진어대사). 子爲我問孟子(자위아문맹자). 然友復之鄒問孟子(연우부지추문맹자), 孟子曰(맹자왈). 然(연). 不可以他求者也(불가이타구자야). 孔子曰(공자왈), 君薨(군훙), 聽於冢宰(청어총재). 歠粥(철죽), 面深墨(면심묵), 卽位而哭(즉위이곡), 百官有司(백관유사), 莫敢不哀(막감불애), 先之也(선지야). 上有好者(상유호자), 下必有甚焉者矣(하필유심언자의). 君子之德(군자지덕), 風也(풍야), 小人之德(소인지덕), 草也(초야), 草尙之風(초상지풍), 必偃(필언), 是在世子(시재세자).

연우(謂然)에게 일러(謂) 말했다(曰). 내(吾)가 타일(他日)에 일찍이(嘗) 학문하지(學問) 않고(未), 말(馬) 달리고(馳) 검(劍) 익히기(試)를 좋아했는데(好), 지금(今)은(也) 부형(父兄)과 백관(百官)이 나(我)를 만족스럽게 여기지(足) 않(不)으니(也), 혹시라도(其) 대사(大事)에(於) 다할(盡) 수(能) 없을까(不) 염려스럽습니다(恐). 선생(子)께서는 나(我)를 위해(爲) 맹자(孟子)께 물어주십시오(問). 연우(然友)가 다시(復) 추 땅(鄒)에 가서(之) 맹자(孟子)께 묻자(問), 맹자(孟子)께서 말씀하셨다(曰). 그렇습니다(然). 다른 것(他)으로(以) 구할(求) 수(可) 없는(不) 것(者)입니다(也). 공자(孔子)께서도 말씀하시길(曰), '임금(君)이 돌아가시면(薨) (백관은) 총재(冢宰)에게(於) 듣는다(聽).'고 했습니다. 죽(粥)을 먹고(歠) 얼굴(面)이 심하게(深) 검어져(墨) 자리(位)에 나아가(卽)서(而) 곡하면(哭), 백관(百官)과 유사(有司)가 감히(敢) 슬퍼하지(哀) 않는(不) 이가 없으니(莫), 그것(之)을 먼저 해서(先) 입니다(也). 위(上)에서 좋아하는(好) 것(者)이 있으면(有), 아래(下)에서는 반드시(必) 그것보다(焉) 심한(甚) 것(者)이 있습니(有)다(矣). 군자(君子)의(之) 덕(德)은 바람(風)이고(也), 소인(小人)의(之) 덕(德)은 풀(草)이니(也), 풀(草) 위(尙)에(之) 바람 불면(風) (풀은) 반드시(必) 눕게 되니(偃), 이것(是)은 세자(世子)에게 달려 있습니다(在).

※ 不可以他求者也: '다른 것으로 구할 수 있는 것이 아닙니다.'로 번역하면 뜻은 통하지만, 문리에 맞지 않다. 왜냐하면 不이 者를 부정했기 때문이다. 不은 求를 부정해야 한다.

然友反命(연우반명), 世子曰(세자왈). 然(연). 是誠在我(시성재아), 五月居廬(오월거려), 未有命戒(미유명계). 百官族人(백관족인), 可謂曰知(가위왈지), 及至葬(급지장), 四方來觀之(사방내관지), 顔色之戚(안색지척), 哭泣之哀(곡읍지애), 弔者大悅(조자대열).

연우(然友)가 반명하자(反命), 세자(世子)가 말했다(曰). 그렇다(然). 이것(是)은 진실로(誠) 나(我)에게 달려 있다(在). 5개월간(五月) 여막(廬)에 거처하며(居) 명령(命)과 경계(戒)가 있지(有) 않았다(未). 백관(百官)과 종친(族人)이 (세자를) 가히(可) 일러(謂) (예를) 안다(知)고 말했으며(曰), 장례(葬)에 이르러(及至) 사방(四方)에서 와서(來) 그(之)를 보았는데(觀), 안색(顔色)의(之) 근심(戚)과 곡하며(哭) 우(泣)는(之) 슬픔(哀)에 조문하는(弔) 자(者)가 크게(大) 기뻐했다(悅).

※ 可: '皆'와 같은 의미로 보는 예가 있다.

*薨(훙): 훙서하다, 죽다 ‖ *然友(연우): 등문공(滕文公)이 태자일 때 스승 ‖ *大故(대고): 부모의 상사 ‖ *使(시): 보내다 ‖ *曾子(증자): 공자의 제자 증삼(曾參)으로, 공자 사상을 계승하는 데 역할을 한 인물 ‖ *齊疏(자소): 거친 베의 상복 / 齊(자): 상복, 옷자락 / 疏(소): 거칠다 ‖ *飦粥(전죽): 죽 / 粥(죽): 죽 ‖ *反命(반명): 명을 받고 일을 처리한 사람이 그 결과를 보고함 ‖ *有+명사: ①~이(가) 있다(술어+보어), ②~을(를) 가지고 있다(술어+목적어) ‖ *馳(치): 달리다 ‖ *歠(철): 들이마시다 ‖ *卽(즉): 나아가다 ‖ *有~者: ①~한 사람(경우)이 있다, ②~이 있는 사람(경우) ‖ *偃(언): 나부끼다, 쓰러지다, 눕다 ‖ *居廬(거려): 상제(喪制) 된 사람이 여막(廬幕)에서 거처함 / 廬(려): 농막집, 여막 ‖ *及至(급지): ~에 이르러, ~의 때가 되어 ‖ *哭泣(곡읍): 소리 내 슬프게 욺.

3장

滕文公問爲國(등문공문위국), 孟子曰(맹자왈). 民事不可緩也(민사불가완야). 詩云(시운), 晝爾于茅(주이우모), 宵爾索綯(소이삭도), 亟其乘屋(극기승옥), 其始播百穀(기시파백곡).

등문공(滕文公)이 나라(國)를 다스리는(爲) 것을 물으니(問), 맹자(孟子)께서 말씀하셨다(曰). 농사(民事)는 늦출(緩) 수(可) 없습니(不)다(也). 『시경(詩)』에 이르길(云), '낮(晝)에 너(爾)는 띠풀(茅)을(于) 하고, 밤(宵)에 너(爾)는 새끼(索) 꼬아(綯), 빨리(亟) 그것(其)으로 지붕(屋)을 올려야(乘) 이에(其) 비로소(始) 백곡(百穀)을 파종한다(播).'고 했습니다.

※ 其: 어기사로 번역하지 않은 예가 있고, 추측으로 번역하는 예가 있다.

民之爲道也(민지위도야), 有恒產者有恒心(유항산자유항심), 無恒產者無恒心(무항산자무항심), 苟無恒心(구무항심), 放辟邪侈(방벽사치), 無不爲已(무불위이). 及陷乎罪然後從而刑之(급함호죄연후종이형지), 是罔民也(시망민야). 焉有仁人在位罔民(언유인인재위망민), 而可爲也(이가위야)? 是故賢君(시고현군), 必恭儉禮下(필공검예하), 取於民(취어민), 有制(유제).

백성(民)이(之) 하는(爲, 살아가는) 도(道)에는(也) 항산(恒產)이 있는(有) 자(者)는 항심(恒心)이 있고(有), 항산(恒產)이 없는(無) 자(者)는 항심(恒心)이 없는데(無), 진실로(苟) 항심(恒心)이 없으면(無), 방탕하고(放) 편벽되고(辟) 간사하고(邪) 사치하여(侈) 하지(爲) 않는(不) 것이 없을(無) 뿐입니다(已). 죄(罪)에(乎) 빠지는 데(陷) 이른(及) 연후에(然後) 쫓아(從)서(而) 그들(之)을 처벌한다면(刑), 이(是)는 백성(民)을 그물질하는(罔) 것입니다(也). 어찌(焉) 어진 사람(仁人)이 자리(位)에 있으면서(在), 백성(民)을 그물질하(罔)고서(而) 할(爲) 수(可) 있는 것이 있겠습(有)까(也)? 이(是) 때문에(故) 현명한(賢) 임금(君)은 반드시(必) 공손하고(恭) 검소하며(儉) 아랫사람(下)을 예우하며(禮), 백성(民)에게(於) 취하는(取) 데 제도(制)가 있었습니다(有).

陽虎曰(양호왈), 爲富(위부), 不仁矣(불인의), 爲仁(위인), 不富矣(불부의).

양호(陽虎)가 말하길(曰), '부(富)를 하면(爲) 어질지(仁) 못하(不)고(矣), 인(仁)을 하면(爲) 부유하지(富) 못한(不)다(矣).'고 했습니다.

夏后氏(하후씨), 五十而貢(오십이공), 殷人(은인), 七十而助(칠십이조), 周人(주인), 百畝而徹(백묘이철), 其實皆什一也(기실개십일야). 徹者徹也(철자철야), 助者藉也(조자자야).

하왕조(夏后氏)는 50묘(五十)로(而) 공법을 했고(貢), 은나라(殷) 사람(人)은 70묘(七十)로(而) 조법을 했으며(助), 주나라(周) 사람(人)은 100묘(百畝)로(而) 철법을 했는데(徹), 그(其) 실제(實)는 모두(皆) 10분(什)의 1(一)입니다(也). 철(徹)이라는 것(者)은 배열한다(徹)는 것이고(也), 조(助)라는 것(者)은 빌린다(藉)는 것입니다(也).

※ 藉: (자) 깔개, 돕다, 빌리다, / (적) 짓밟다, 이바지하다.

龍子曰(용자왈), 治地(치지), 莫善於助(막선어조), 莫不善於貢(막불선어공). 貢者(공자), 校數歲之中(교수세지중), 以爲常(이위상), 樂歲(낙세), 粒米狼戾(입미낭려), 多取之而不爲虐(다취지이불위학), 則寡取之(즉과취지), 凶年(흉년), 糞其田而不足(분기전이부족), 則必取盈焉(즉필취영언). 爲民父母(위민부모), 使民(사민), 盻盻然將終歲勤動(혜혜연장종세근동), 不得以養其父母(부득이양기부모),

又稱貸而益之(우칭대이익지), 使老稚(사노치), 轉乎溝壑(전호구학), 惡在其爲民父母也(오재기위민부모야)?

용자(龍子)가 말하길(曰), '토지(地)를 다스리는(治) 데 조법(助)보다(於) 좋은(善) 것이 없고(莫), 공법(貢)보다(於) 좋지(善) 않은(不) 것이 없다(莫). 공(貢)이란(者) 몇 해(數歲)의(之) 가운데(中)를 비교해서(校) 그것을(以) 일정함(常)으로 삼는(爲) 것인데, 풍년(樂歲)에 낟알(粒米)이 어지럽게 흩어져(狼戾), 많이(多) 그것(之)을 취해(取)도(而) 학정(虐)이 되지(爲) 않는데(不), 곧(則) 적게(寡) 그것(之)을 취하고(取), 흉년(凶年)에 그(其) 밭(田)에, 거름주기에(糞)도(而) 충분하지(足) 않은데(不), 곧(則) 반드시(必) 취하여(取) 그것을(焉) 채운다(盈). 백성(民)의 부모(父母)가 되어서(爲), 백성(民)으로 하여금(使) 원한의 눈길로 보는(盻盻) 듯하게(然) 해서, 장차(將) 해(歲)를 마치도록(終) 부지런히(勤) 움직여도(動), 그(其) 부모(父母)를 봉양할(養) 수(得以) 없게(不) 하고, 또(又) 이자를 받고 돈을 꿔 주(稱貸)고(而), 그것(之)을 더하여(益) 늙은이(老)와 어린이(稚)로 하여금(使) 구렁(溝壑)에서(乎) 구르게 한다면(轉), 어디(惡)에 그것(其)이 있겠는가(在)? 백성(民)의 부모(父母)가 된(爲) 것이요(也).'라 했습니다.

※ 龍子: 고자(告子) 상편과 더불어 맹자에서 두 번 등장하는 인물이다. 명확히 역사적 실존 인물로 규정하기는 어렵지만, 맹자가 자신의 철학적 사상을 전개하는 과정에서 중요한 상대역이다. 그는 주로 맹자의 이상적 도덕정치와 대비되는 현실적 관점을 제시함으로써, 맹자의 주장을 더 강하게 부각시키는 역할을 한다.

夫世祿(부세록), 滕(등), 固行之矣(고행지의).

무릇(夫) 대대로(世)의 녹(祿)은 등나라(滕)에서 본래(固) 그것(之)을 행하고(行) 있었습니다(矣).

詩云(시운), 雨我公田(우아공전), 遂及我私(수급아사). 惟助(유조), 爲有公田(위유공전), 由此觀之(유차관지), 雖周(수주), 亦助也(역조야).

『시경(詩)』에 이르길(云), '우리(我) 공전(公田)에 비를 내려(雨), 마침내(遂) 우리(我) 사전(私)에도 이른다(及).'고 했습니다. 오직(惟) 조법(助)에만 공전(公田)이 있다(有) 하니(爲), 이것(此)으로 말미암아(由) 그것(之)을 살펴보면(觀), 비록(雖) 주나라(周)도 또한(亦) 조법(助)인 것입니다(也).

設爲庠·序·學·校(설위상서학교), 以敎之(이교지), 庠者養也(상자양야), 校者敎也(교자교야), 序者射也(서자사야). 夏曰校(하왈교), 殷曰序(은왈서), 周曰庠(주왈상). 學則三代共之(학즉삼대공지), 皆所以明人倫也(개소이명인륜야). 人倫明於上(인륜명어상), 小民親於下(소민친어하).

상(庠), 서(序), 학(學), 교(校)를 설치하여(設爲), 그것으로(以) 그들(之)을 가르쳤는데(敎), 상(庠)은(者) 봉양하는(養) 것이고(也), 교(校)는(者) 가르치는(敎) 것이며(也), 서(序)는(者) 활쏘기(射)입니다(也). 하나라(夏)에서는 교(校)라 말했고(曰), 은나라(殷)에서는 서(序)라 말했고(曰), 주나라(周)에서는 상(庠)이라 말했습니다(曰). 학(學)은 곧(則) 삼대(三代)가 그것(之)을 공유했으니(共), 모두(皆) 인륜(人倫)을 밝히려는(明) 것(所以)입니다(也). 인륜(人倫)이 위(上)에서(於) 밝으면(明), 소민(小民)은 아래(下)에서(於) 친하게 됩니다(親).

有王者起(유왕자기), 必來取法(필래취법), 是爲王者師也(시위왕자사야).

왕자(王者)가 흥기한(起) 것이 있다면(有) 반드시(必) 와서(來) 법(法)으로 취할 것이니(取), 이(是)는 왕자(王者)의 스승(師)이 되는(爲) 것입니다(也).

詩云(시운), 周雖舊邦(주수구방), 其命維新(기명유신), 文王之謂也(문왕지위야). 子力行之(자역행지), 亦以新子之國(역이신자지국).

『시경(詩)』에 이르길(云), '주나라(周)가 비록(雖) 옛(舊) 나라지만(邦), 그(其) 천명(命)은 오직(維) 새롭다(新).'고 했는데, 문왕(文王)을(之) 말한(謂) 것입니다(也). 그대(子)가 힘써(力) 그것(之)을 행한다면(行), 또한(亦) 그것으로(以) 그대(子)의(之) 나라(國)를 새롭게 할 것입니다(新).

使畢戰問井地(사필전문정지), 孟子曰(맹자왈). 子之君(자지군), 將行仁政(장행인정), 選擇而使子(선택이사자), 子必勉之(자필면지). 夫仁政(부인정), 必自經界始(필자경계시), 經界不正(경계부정), 井地不均(정지불균), 穀祿不平(곡록불평). 是故暴君汚吏(시고포군오리), 必慢其經界(필만기경계). 經界旣正(경계기정), 分田制祿(분전제록), 可坐而定也(가좌이정야).

(등문공이) 필전(畢戰)으로 하여금(使) 정지(井地, 정전제)를 묻게 하자(問), 맹자(孟子)께서 말씀하셨다(曰). 그대(子)의(之) 임금(君)께서 장차(將) 인정(仁政)을 행하고자(行), 그대(子)를 선택하(選擇)여(而) 시켰으니(使), 그대(子)는 반드시(必) 그것(之)에 힘써야 할 것입니다(勉). 무릇(夫) 인정(仁政)은 반드시(必) 경계(經界)로부터(自) 시작하는데(始), 경계(經界)가 바르지(正) 않으면(不), 정지(井地)가 균등하지(均) 않고(不), 녹봉(穀祿)이 공평하지(平) 않습니다(不). 이(是) 때문에(故) 폭군(暴君)과 탐관오리(汚吏)는 반드시(必) 그(其) 경계(經界)를 게을리합니다(慢). 경계(經界)가 이미(旣) 바르면(正), 토지(田)를 나누고(分) 녹(祿)을 제정하는(制) 것은 앉(坐)아서도(而) 정할(定) 수(可) 있는 것입니다(也).

※ 暴君: 원문에서 '포군'이라 독음했고, 번역에서 '폭군'으로 독음했다. '暴'는 '포'와 '폭'으로 독음된다. 이처럼 특정 한자가 문맥에 따라 다르게 읽히는 이유는, 한자의 역사적 사용과 관습에 따른다. 현대 한국어에서는 '폭'이 널리 쓰이지만, 고유의 한문 독음에서는 전통적인 관습에 따라 '포'로 읽어왔다.

夫滕(부등), 壤地褊小(양지편소), 將爲君子焉(장위군자언), 將爲野人焉(장위야인언), 無君子(무군자), 莫治野人(막치야인), 無野人(무야인), 莫養君子(막양군자).

무릇(夫) 등나라(滕)는 땅(壤地)이 좁고(褊) 작지만(小), 장차(將) 거기에서(焉) 군자(君子)도 되고(爲), 장차(將) 거기에서(焉) 야인(野人, 농부)도 되니(爲), 군자(君子)가 없다면(無) 야인(野人)을 다스릴(治) 자가 없고(莫), 야인(野人)이 없다면(無) 군자(君子)를 기를(養) 자가 없습니다(莫).

請野九一而助(청야구일이조), 國中什一(국중십일), 使自賦(사자부).

청컨대(請), 시골(野)에서는 9분(九)의 1(一)로(而) 조법을 하고(助), 국중(國中, 서울)에서는 10분(什)의 1(一)로 하되 스스로(自) 납부하게(賦) 하십시오(使).

卿以下(경이하), 必有圭田(필유규전), 圭田(규전), 五十畝(오십묘), 餘夫(여부), 二十五畝(이십오묘).

경(卿) 이하(以下)에게는 반드시(必) 규전(圭田)이 있게 하니(有), 규전(圭田)은 50묘(五十畝)이며, 여부(餘夫)에게는 25묘(二十五畝)를 주십시오.

死徙無出鄕(사사무출향), 鄕田同井(향전동정), 出入相友(출입상우), 守望相助(수망상조), 疾病相扶持(질병상부지), 則百姓親睦(즉백성친목).

죽거나(死) 이사(徙)로 마을(鄕)을 떠나는(出) 일이 없으니(無), 향전(鄕田)에서 정전(井)을 같이하여(同), 나가고(出) 들어올 때(入) 서로(相) 벗하며(友), 지키고(守) 망을 볼 때(望) 서로(相) 도우며(助), 질병(疾病)에 서로(相) 돕고(扶) 붙잡아 준다(持)면(則), 백성(百姓)이 친목할 것입니다(親睦).

方里而井(방리이정), 井九百畝(정구백묘). 其中爲公田(기중위공전), 八家皆私百畝(팔가개사백묘), 同養公田(동양공전), 公事畢然後敢治私事(공사필연후감치사사), 所以別野人也(소이별야인야).

사방(方) 1리(里)로(而) 1정이 되니(井), 1정(井)은 900묘(九百畝)입니다. 그(其) 가운데(中)가 공전(公田)이 되고(爲), 여덟 집(八家)은 모두(皆) 100묘(百畝)를 사유하는데(私). 함께(同) 공전(公田)을 기르고(養), 공전(公)의 일(事)이 끝난(畢) 연후에(然後) 감히(敢) 사전(私)의 일(事)을 다스리니(治), (이것이) 야인(野人)을 구별하는(別) 방법(所以)인 것입니다(也).

此其大略也(차기대략야), 若夫潤澤之(약부윤택지), 則在君與子矣(즉재군여자의).

이것(此)이 그(其) 대략(大略)이니(也), 그것(之)을 윤택하게 하는(潤澤) 것과 같은(若夫) 것은 곧(則) 임금(君)과(與) 그대(子)에게 달려 있습니(在)다(矣).

*宵(소): 밤 ‖ *索綯(삭도): 새끼를 꼬는 일 / 綯(도): 새끼 꼬다 ‖ *有~者: ①~한 사람(경우)이 있다, ②~이 있는 사람(경우) ‖ *有+명사: ①~이(가) 있다(술어+보어), ②~을(를) 가지고 있다(술어+목적어) ‖ *已(이): ~일 뿐이다 ‖ *陽虎(양호): 춘추시대 노(魯)나라 계손씨(季孫氏)의 가신 ‖ *藉(자): 빌리다 ‖ *校(교): 헤아리다, 비교하다 ‖ *樂歲(낙세): 풍년이 들어 태평하고 즐거운 해 ‖ *粒米(입미): 낟알 / 粒(입/립): 낟알 ‖ *狼戾(낭려): 어지럽게 여기저기 흩어져 있음 ‖ *盻盻然(혜혜연): 원한의 눈길로 보는 듯 / 盻(혜): 흘겨보다 ‖ *稱貸(칭대): 이자를 받고 돈을 꿔 줌 ‖ *溝壑(구학): 구렁 ‖ *設爲(설위): 설치하다 ‖ *庠(상): 학교 ‖ *壤地(양지): 나라의 경계 안에 있는 땅 ‖ *褊(편): 좁다 ‖ *餘夫(여부): 16세 이상 20세 미만의 미성년으로 한 가정을 이루지 못한 사람 ‖ *若夫: ~과 같은 것은.

부록 최소한 문법: 可, 于, 之, 者, 不, 乎, 而, 必, 於, 莫, 以爲, 焉, 使, 得以, 以, 所, 敢, 與.

4장

有爲神農之言者許行(유위신농지언자허행), 自楚之滕(자초지등), 踵門而告文公曰(종문이고문공왈). 遠方之人(원방지인), 聞君行仁政(문군행인정), 願受一廛而爲氓(원수일전이위맹). 文公(문공), 與之處(여지처), 其徒數十人(기도수십인), 皆衣褐(개의갈), 捆屨織席(곤구직석), 以爲食(이위식).

신농(神農)의(之) 말(言)을 하는(爲) 자(者)인 허행(許行)이 있는데(有), 초나라(楚)에서(自) 등나라(滕)로 가서(之) 궐문(門)에 이르러(踵)서(而) 문공(文公)에게 고하여(告) 말했다(曰). 먼(遠) 곳(方)의(之) 사람(人)이 임금(君)께서 인정(仁政)을 행하신다는(行) 것을 듣고(聞), 하나(一)의 전(廛)을 받(受)아서(而) 백성(氓)이 되기(爲)를 원합니다(願). 문공(文公)이 그(之)에게 거처할 곳(處)을 주니(與), 그(其) 무리(徒) 수십 명(數十人)이 모두(皆) 갈옷(褐)을 입고(衣), 신(屨)을 두드리거나(捆, 삼거나) 자리(席)를 짜서(織) 그것으로(以) 먹을 것(食)으로 삼았다(爲).

陳良之徒陳相(진량지도진상), 與其弟辛(여기제신), 負耒耜而自宋之滕曰(부뇌사이자송지등왈), 聞君行聖人之政(문군행성인지정). 是亦聖人也(시역성인야), 願爲聖人氓(원위성인맹).

진량(陳良)의(之) 무리(徒)인 진상(陳相)이 그(其) 아우(弟) 신(辛)과(與) 쟁기(耒耜)를 지(負)고(而), 송나라(宋)에서(自) 등나라(滕)로 가서(之) 말했다(曰). 임금(君)께서 성인(聖人)의(之) 정사(政)를 행한다(行)는 것을 들었습니다(聞). 이(是) 또한(亦) 성인(聖人)이시니(也), 원컨대(願), 성인(聖人)의 백성(氓)이 되고자 합니다(爲).

陳相見許行而大悅(진상견허행이대열), 盡棄其學而學焉(진기기학이학언). 陳相見孟子(진상견맹자), 道許行之言曰(도허행지언왈). 滕

君則誠賢君也(등군즉성현군야). 雖然未聞道也(수연미문도야). 賢者與民並耕而食(현자여민병경이식), 饔飧而治(옹손이치), 今也滕有倉廩府庫(금야등유창름부고), 則是厲民而以自養也(즉시여민이이자양야), 惡得賢(오득현)?

진상(陳相)이 허행(許行)을 보(見)고(而) 크게(大) 기뻐하여(悅), 그(其) 학문(學)을 다(盡) 버리(棄)고(而) 그에게(焉) 배웠다(學). 진상(陳相)이 맹자(孟子)를 뵙고(見), 허행(許行)의(之) 말(言)을 말하며(道) 말했다(曰). 등나라(滕) 임금(君)은(則) 진실로(誠) 어진(賢) 임금(君)입니다(也). 비록(雖) 그러하나(然) 아직 도(道)를 듣지는(聞) 못했(未)습니다(也). 현자(賢者)는 백성(民)과(與) 나란히(並) 밭을 갈(耕)면서(而) 먹고(食), 아침밥(饔)과 저녁밥(飧)을 하면서(而) 다스리는데(治), 지금(今)에(也) 등나라(滕)에 곡식 창고(倉廩)와 재물 창고(府庫)가 있으니(有), 곧(則) 이(是)는 백성(民)을 괴롭혀(厲)서(而), 그것으로(以) 스스로(自) 봉양한(養) 것이니(也), 어찌(惡) 어질(賢) 수 있겠습니까(得)?

孟子曰(맹자왈). 許子(허자), 必種粟而後食乎(필종속이후식호)? 曰(왈). 然(연). 許子(허자), 必織布而後衣乎(필직포이후의호)? 曰(왈). 否(부). 許子衣褐(허자의갈). 許子冠乎(허자관호)? 曰(왈). 冠(관). 曰(왈). 奚冠(해관)? 曰(왈). 冠素(관소). 曰(왈). 自織之與(자직지여)? 曰(왈). 否(부). 以粟易之(이속역지). 曰(왈). 許子奚爲不自織(허자해위부자직)? 曰(왈). 害於耕(해어경). 曰(왈). 許子(허자), 以釜甑爨(이부증찬), 以鐵耕乎(이철경호)? 曰(왈). 然(연). 自爲之與(자위지여)? 曰(왈). 否(부). 以粟易之(이속역지).

맹자(孟子)께서 말씀하셨다(曰). 허자(許子)는 반드시(必) 곡식(粟)을 파종한(種) 이후에(而後) 먹(食)는가(乎)? 말했다(曰). 그렇습니다(然). 허자(許子)는 반드시(必) 베(布)를 짠(織) 이후에(而後) 입(衣)는가(乎)? 말했다(曰). 아닙니다(否). 허자(許子)는 갈옷(褐)을 입습니다(衣). 허자(許子)는 관(冠)이 있는가(乎)? 말했다(曰). 관(冠)이 있습니다. 말씀하셨다(曰). 무슨(奚) 관(冠)인가? 말했다(曰). 관(冠)은 흰 것(素)입니다. 말씀하셨다(曰). 스스로(自) 그것(之)을 짠(織) 것인가(與)? 말했다(曰). 아닙니다(否). 곡식(粟)으로(以) 그것(之)을 바꾸었습니다(易). 말씀하셨다(曰). 허자(許子)는 무엇(奚) 때문에(爲) 스스로(自) 짜지(織) 않는가(不)? 말했다(曰). 밭 가는(耕)데(於) 해롭습니다(害). 말씀하셨다(曰). 허자(許子)는 가마솥(釜)과 시루(甑)로(以) 밥을 짓고(爨), 쇠(鐵)로(以) 밭을 가(耕)는가(乎)? 말했다(曰). 그렇습니다(然). 스스로(自) 그것(之)을 만든(爲) 것인가(與)? 말했다(曰). 아닙니다(否). 곡식(粟)으로(以) 그것(之)을 바꾸었습니다(易).

以粟易械器者(이속역계기자), 不爲厲陶冶(불위려도야), 陶冶亦以其械器易粟者(도야역이기계기역속자), 豈爲厲農夫哉(기위려농부재)? 且許子(차허자), 何不爲陶冶(하불위도야), 舍皆取諸其宮中而用之(사개취저기궁중이용지)? 何爲紛紛然與百工交易(하위분분연여백공교역)? 何許子之不憚煩(하허자지불탄번)? 曰(왈). 百工之事(백공지사), 固不可耕且爲也(고불가경차위야).

곡식(粟)으로(以) 기구(械器)를 바꾸는(易) 것(者)이 도공(陶)이나 대장장이(冶)를 괴롭히는(厲) 것이 되지(爲) 않고(不), 도공(陶)이나 대장장이(冶) 또한(亦) 그(其) 기구(械器)로(以) 곡식(粟)을 바꾸는(易) 것(者)이 어찌(豈) 농부(農夫)를 괴롭히는(厲) 것이 되(爲)겠는가(哉)? 또(且) 허자(許子)는 어째서(何) 도공(陶)과 대장장이(冶)가 되어(爲), 무엇(舍)이든 모두(皆) 그(其) 집(宮) 안에서(中) 그것을(諸) 취하(取)여서(而), 그것(之)을 쓰지(用) 않는가(不)? 무엇(何) 때문에(爲) 번거롭게(紛紛然) 백공(百工)과(與) 교역하는가(交易)? 어째서(何) 허자(許子)는(之) 번거로운 것(煩)을 꺼리지(憚) 않는가(不)? 말했다(曰). 백공(百工)의(之) 일(事)은 진실로(固) 밭 갈면서(耕), 또한(且) 할(爲) 수(可) 없는(不) 것입니다(也).

※ 舍: '집'으로 보고, 何不爲陶冶와 붙여서 번역하는 예도 있다.

然則治天下(연즉치천하), 獨可耕且爲與(독가경차위여)? 有大人之事(유대인지사), 有小人之事(유소인지사). 且一人之身而百工

之所爲備(차일인지신이백공지소위비), 如必自爲而後用之(여필자위이후용지), 是率天下而路也(시솔천하이로야). 故曰(고왈), 或勞心(혹노심), 或勞力(혹노력), 勞心者(노심자), 治人(치인), 勞力者(노력자), 治於人(치어인). 治於人者(치어인자), 食人(사인), 治人者(치인자), 食於人(사어인), 天下之通義也(천하지통의야).

그렇다(然)면(則) 천하(天下)를 다스리는(治) 것이 유독(獨) 밭 갈면서(耕), 또한(且) 할(爲) 수(可) 있는가(與)? 대인(大人)의(之) 일(事)이 있고(有), 소인(小人)의(之) 일(事)이 있다(有). 또(且) 한 사람(一人)의(之) 몸(身)에(而) 백공(百工)이(之) 하는(爲) 것(所)이 갖추어져(備), 만일(如) 반드시(必) 스스로(自) 한(爲) 이후에(而後) 그것(之)을 쓴다면(用), 이(是)는 천하(天下)를 몰(率)아서(而) 길에다 놓는(路) 것이다(也). 그러므로(故) 말하길(曰), '어떤 이(或)는 마음(心)을 수고롭게 하고(勞), 어떤 이(或)는 힘(力)을 수고롭게 하니(勞), 마음(心)을 수고롭게 하는(勞) 자(者)는 남(人)을 다스리고(治), 힘(力)을 수고롭게 하는(勞) 자(者)는 남(人)에게(於) 다스려진다(治).'고 했다. 남(人)에게(於) 다스려지는(治) 자(者)는 남(人)을 먹이고(食), 남(人)을 다스리는(治) 자(者)는 남(人)에게(於) 먹이게 되는 것(食)이 천하(天下)의(之) 통용된(通) 의(義)인 것이다(也).

當堯之時(당요지시), 天下猶未平(천하유미평). 洪水橫流(홍수횡류), 氾濫於天下(범람어천하), 草木暢茂(초목창무), 禽獸繁殖(금수번식), 五穀不登(오곡부등), 禽獸偪人(금수핍인), 獸蹄鳥跡之道(수제조적지도), 交於中國(교어중국). 堯獨憂之(요독우지), 擧舜而敷治焉(거순이부치언). 舜(순), 使益掌火(사익장화), 益(익), 烈山澤而焚之(열산택이분지), 禽獸逃匿(금수도닉). 禹疏九河(우소구하), 瀹濟·漯而注諸海(약제탑이주저해), 決汝·漢(결여한), 排淮·泗而注之江(배회사이주지강), 然後中國可得而食也(연후중국가득이식야). 當是時也(당시시야), 禹八年於外(우팔년어외), 三過其門而不入(삼과기문이불입), 雖欲耕(수욕경), 得乎(득호)?

요임금(堯)의(之) 시대(時)에 만나(當) 천하(天下)가 아직도(猶) 평정되지(平) 않았다(未). 홍수(洪水)가 횡류하여(橫流) 천하(天下)에(於) 범람하고(氾濫), 초목(草木)이 무성하게 자라고(暢茂) 금수(禽獸)가 번식하여(繁殖), 오곡(五穀)이 여물지(登) 못하고(不), 금수(禽獸)가 사람(人)을 핍박하여(偪), 짐승(獸) 발자국(蹄)과 새(鳥) 발자국(跡)의(之) 길(道)이 중국(中國)에(於) 섞였다(交). 요임금(堯)께서 홀로(獨) 그것(之)을 근심하여(憂) 순(舜)을 등용하(擧)여(而) 거기에서(焉) 다스림(治)을 펼쳤다(敷). 순(舜)께서는 익(益)으로 하여금(使) 불(火)을 관장하게 하니(掌), 익(益)은 산(山)과 못(澤)에 불을 질러(烈)서(而) 그것(之)을 태워버리자(焚), 금수(禽獸)가 도망하여(逃) 숨었다(匿). 우왕(禹)께서는 구하(九河)를 소통케 하고(疏), 제수(濟)와 탑수(漯)를 틔워(瀹)서(而), 그것을(諸) 바다(海)에 흐르게 했으며(注), 여수(汝)와 한수(漢)를 틔우고(決) 회수(淮)와 사수(泗)를 소통시켜(排)서(而), 그것(之)을 장강(江)으로 흐르게 했으니(注), 그런 뒤에야(然後) 중국(中國)에서 얻(得)어서(而) 먹을(食) 수(可) 있었다(也). 이(是)때(時) 만나(當)서(也) 우왕(禹)께서는 밖(外)에서(於) 8년(八年) 지내며, 세 번(三) 그(其) 문(門)을 지나(過)면서도(而) 들어가지(入) 못했는데(不), 비록(雖) 밭 갈(耕)려고 하더라도(欲) 할 수(得) 있었겠는가(乎)?

后稷(후직), 敎民稼穡(교민가색), 樹藝五穀(수예오곡), 五穀熟而民人育(오곡숙이민인육). 人之有道也(인지유도야), 飽食煖衣(포식난의), 逸居而無敎(일거이무교), 則近於禽獸(즉근어금수), 聖人(성인), 有憂之(유우지), 使契爲司徒(사설위사도), 敎以人倫(교이인륜), 父子有親(부자유친), 君臣有義(군신유의), 夫婦有別(부부유별), 長幼有序(장유유서), 朋友有信(붕우유신). 放勳曰(방훈왈), 勞之來之(노지내지), 匡之直之(광지직지), 輔之翼之(보지익지), 使自得之(사자득지), 又從而振德之(우종이진덕지). 聖人之憂民(성인지우민), 如此(여차), 而暇耕乎(이가경호)?

후직(后稷)이 백성(民)에게 농사짓는 것(稼穡)을 가르쳐(敎) 오곡(五穀)을 심어 가꾸니(樹藝), 오곡(五穀)이 익(熟)어서(而) 백성(民人)이 기르게 되었다(育). 사람(人)에게는(之) 도(道)가 있(有)으니(也), 배불리(飽) 먹고(食) 따뜻하게(煖) 옷 입으며(衣), 편안하게(逸) 살기만 하(居)고(而) 가르침(教)이 없다(無)면(則), 금수(禽獸)와(於) 가까우니(近), 성인(聖人)께서 또(有) 그것(之)을 걱정하여(憂), 설(契)로 하여금(使) 사도(司徒)로 삼아(爲) 인륜(人倫)을(以) 가르쳤으니(教), 아비(父)와 자식(子)에게 친함(親)이 있고(有), 임금(君)과 신하(臣)에게 의(義)가 있으며(有), 남편(夫)과 아내(婦)에게 구별(別)이 있고(有), 어른(長)과 아이(幼)에게 차례(序)가 있고(有), 벗(朋友)에게 믿음(信)이 있는(有) 것이다. 방훈(放勳, 요임금)께서 말씀하시길(曰), '그(之)를 위로하여(勞) 그(之)를 오게 하고(來), 그(之)를 바로잡아(匡) 그(之)를 바르게 하고(直), 그(之)를 도와(輔) 그(之)에게 도움 되어(翼), 그들로 하여금(使) 스스로(自) 그것(之)을 터득하게 하고(得), 또(又) 계속해서(從而) 그들(之)에게 덕(德)을 떨쳐야 한다(振).'고 했다. 성인(聖人)께서(之) 백성(民)을 근심하는(憂) 것이 이(此)와 같(如)은데(而), 밭을 갈(耕) 겨를(暇)이 있겠는가(乎)?

堯以不得舜(요이부득순), 爲己憂(위기우), 舜(순), 以不得禹·皐陶(이부득우고요), 爲己憂(위기우). 夫以百畝之不易(부이백묘지불이), 爲己憂者(위기우자), 農夫也(농부야).

요임금(堯)께서는 순(舜)을 얻지(得) 못하는(不) 것을(以) 자기(己)의 근심(憂)으로 삼으셨고(爲), 순임금(舜)께서는 우(禹)와 고요(皐陶)를 얻지(得) 못하는(不) 것을(以) 자기(己)의 근심(憂)으로 삼았다(爲). 무릇(夫) 100묘(百畝)가(之) 다스려지지(易) 않는(不) 것을(以) 자기(己)의 근심(憂)으로 삼는(爲) 자(者)는 농부(農夫)인 것이다(也).

分人以財(분인이재), 謂之惠(위지혜), 教人以善(교인이선), 謂之忠(위지충), 爲天下得人者(위천하득인자), 謂之仁(위지인). 是故以天下與人(시고이천하여인), 易(이), 爲天下得人(위천하득인), 難(난).

남(人)에게 재물(財)을(以) 나누어 주는(分) 것, 그것(之)을 혜(惠)라 말하고(謂), 남(人)에게 선(善)을(以) 가르쳐 주는(教) 것, 그것(之)을 충(忠)이라 말하고(謂), 천하(天下)를 위해(爲) 사람(人)을 얻는(得) 것(者), 그것(之)을 인(仁)이라 말한다(謂). 이(是) 때문에(故) 천하(天下)를(以) 남(人)에게 주는(與) 것은 쉬우나(易), 천하(天下)를 위해(爲) 사람(人)을 얻는(得) 것은 어렵다(難).

孔子曰(공자왈), 大哉(대재), 堯之爲君(요지위군). 惟天爲大(유천위대), 惟堯則之(유요칙지). 蕩蕩乎民無能名焉(탕탕호민무능명언). 君哉(군재), 舜也(순야). 巍巍乎有天下而不與焉(외외호유천하이불여언). 堯·舜之治天下(요순지치천하), 豈無所用其心哉(기무소용기심재), 亦不用於耕耳(역불용어경이).

공자(孔子)께서 말씀하시길(曰), '위대하(大)도다(哉), 요임금(堯)의(之) 임금(君)됨(爲)이여. 오직(惟) 하늘(天)만이 큰 것(大)이 되는데(爲), 오직(惟) 요임금(堯)만이 그것(之)을 본받으셨다(則). 탕탕하(蕩蕩)도다(乎), 백성(民)이 그것을(焉) 이름할(名) 수(能) 없다(無). 임금답(君)도다(哉), 순임금(舜)이여(也). 외외하(巍巍)도다(乎), 천하(天下)를 가지고 있었(有)어도(而) 거기에(焉) 관여하지(與) 않으셨으니(不).'라 했는데, 요임금(堯)과 순임금(舜)께서(之) 천하(天下)를 다스리는(治) 데, 어찌(豈) 그(其) 마음(心)을 쓰는(用) 바(所)가 없(無)었겠는가(哉)? 단지(亦) 밭 가는 데(耕)에(於) 쓰지(用) 않았을(不) 뿐이다(耳).

※ 與: '예'로 독음하는 예도 있다.

吾聞用夏變夷者(오문용하변이자), 未聞變於夷者也(미문변어이자야). 陳良(진량), 楚産也(초산야), 悅周公·仲尼之道(열주공중니지도), 北學於中國(북학어중국), 北方之學者(북방지학자), 未能或之先也(미능혹지선야), 彼所謂豪傑之士也(피소위호걸지사야). 子之兄弟事之數十年(자지형제사지수십년), 師死而遂倍之(사사이수배지).

나(吾)는 하나라(用, 중국)를 써서(用) 오랑캐(夷)를 변화시켰다는(變) 것(者)을 들었지만(聞), 오랑캐(夷)에게(於) 변화되었다는(變) 것(者)은 아직 듣지(聞) 못했(未)다(也). 진량(陳良)은 초나라(楚) 출신(産)인데(也), 주공(周公)과 중니(仲尼, 공자)의(之) 도(道)를 좋아하여(悅), 북쪽으로 와(北) 중국(中國)에서(於) 배웠는데(學), 북방(北方)의(之) 학자(學者) 중 어떤 이(或)도 그(之)보다 앞설(先) 수(能) 없(未)었으니(也), 그(彼)는 이른바(所謂) 호걸(豪傑)의(之) 선비(士)였다(也). 그대(子)의(之) 형제(兄弟)가 그(之)를 섬기기(事)를 수십 년(數十年) 하다가, 스승(師)이 죽(死)자(而) 마침내(遂) 그(之)를 배신하였다(倍).

昔者孔子沒(석자공자몰), 三年之外(삼년지외), 門人(문인), 治任將歸(치임장귀), 入揖於子貢(입읍어자공), 相嚮而哭(상향이곡), 皆失聲然後歸(개실성연후귀), 子貢(자공), 反築室於場(반축실어장), 獨居三年然後歸(독거삼년연후귀). 他日(타일), 子夏·子張·子游(자하자장자유), 以有若似聖人(이유약사성인), 欲以所事孔子(욕이소사공자), 事之(사지), 彊曾子(강증자), 曾子曰(증자왈), 不可(불가). 江·漢以濯之(강한이탁지), 秋陽以暴之(추양이폭지), 皜皜乎不可尚已(호호호불가상이).

옛날(昔)에(者) 공자(孔子)께서 돌아가시자(沒) 3년(三年)의(之) 뒤(外) (까지 치르고) 문인(門人)이 짐(任)을 꾸려(治) 장차(將) 돌아갈 때(歸), 들어가(入) 자공(子貢)에게(於) 읍하고(揖) 서로(相) 향하(嚮)여서(而) 곡하여(哭), 모두(皆) 목이 쉰(失聲) 연후에(然後) 돌아갔는데(歸), 자공(子貢)은 돌아와(反) 무덤가(場)에(於) 집(室)을 짓고서(築), 홀로(獨) 3년(三年)을 거한(居) 연후에(然後) 돌아갔다(歸). 타일(他日)에 자하(子夏), 자장(子張), 자유(子游)는 유약(有若)을(以) 성인과(聖人)과 비슷하다 하여(似), 공자(孔子)를 섬기던(事) 것(所)으로(以) 그(之)를 섬기(事)려고(欲) 증자(曾子)에게 강요하자(彊), 증자(曾子)께서 말씀하시길(曰), '불가합니다(不可). (공자의 덕은) 장강(江)과 한수(漢), 그것으로(以) 그것(之)을 씻고(濯), 가을(秋) 햇볕(陽), 그것으로(以) 그것(之)을 말려서(暴), 희고도(皜) 깨끗하(皜)도다(乎), 더할(尚) 수(可) 없을(不) 뿐이다(已).'라고 했다.

※ 孔子沒三年之外: 상(喪)을 마음으로 치르는 심상(心喪)의 기간이 3년의 밖이라는 뜻이다.

今也南蠻鴃舌之人(금야남만격설지인), 非先王之道(비선왕지도), 子倍子之師而學之(자배자지사이학지), 亦異於曾子矣(역이어증자의).

지금(今)은(也) 남만(南蠻)의 때까치(鴃) 혀 놀림(舌)의(之) 사람(人, 허행)이 선왕(先王)의(之) 도(道)를 비방하는데(非), 그대(子)는 그대(子)의(之) 스승(師)을 배반하(倍)고서(而) 그(之)를 배우니(學), 또한(亦) 증자(曾子)와(於) 다른(異) 것이다(矣).

吾聞出於幽谷(오문출어유곡), 遷于喬木者(천우교목자), 未聞下喬木而入於幽谷者(미문하교목이입어유곡자).

나(吾)는 깊은(幽) 골짜기(谷)에서(於) 나와(出) 높은(喬) 나무(木)에(于) 옮겨간다(遷)는 것(者)을 들었어도(聞), 높은(喬) 나무(木)에서 내려(下)와서(而) 깊은(幽) 골짜기(谷)에 들어간다는(入) 것(者)을 아직 듣지(聞) 못했다(未).

魯頌曰(노송왈), 戎狄是膺(융적시응), 荊舒是懲(형서시징). 周公方且膺之(주공방차응지), 子是之學(자시지학), 亦爲不善變矣(역위불선변의).

(시경) 「노송(魯頌)」장에 이르길(曰), '융(戎)과 적(狄)을(是) 응징하고(膺), 형(荊)과 서(舒)를(是) 징계한다(懲).'고 했다. 주공(周公)께서도 바야흐로(方) 또(且) 그들(之)을 응징했는데(膺), 그대(子)는 이것(是)을(之) 배웠으니(學), 또한(亦) 좋지(善) 않게(不) 변했다(變)고 할(爲) 것이다(矣).

*是膺와 是懲의 是: 도치의 之와 같으나 '이에'로 번역하는 예도 있다.

從許子之道(종허자지도), 則市賈不貳(즉시가불이), 國中無僞(국중무위), 雖使五尺之童(수사오척지동), 適市(적시), 莫之或欺(막지혹기). 布帛長短同(포백장단동), 則賈相若(즉가상약), 麻縷絲絮輕

重同(마루사서경중동), 則賈相若(즉가상약), 五穀多寡同(오곡다과동), 則賈相若(즉가상약), 屨大小同(구대소동), 則賈相若(즉가상약).

(진상이 말했다). 허자(許子)의(之) 도(道)를 따르(從)면(則), 시장(市) 가격(賈)이 변하지(貳) 않아(不) 나라(國) 안(中)에 거짓(僞)이 없으니(無), 비록(雖) 5척(五尺)의(之) 아이(童)로 하여금(使) 시장(市)에 가게 하더라도(適), 혹(或) 그(之)를 속이는(欺) 이가 없을 것입니다(莫). 베(布)와 비단(帛)의 길고(長) 짧은(短) 것이 같(同)으면(則), 가격(賈)이 서로(相) 같고(若), 삼실(麻縷)과 실솜(絲絮)의 가볍고(輕) 무거운(重) 것이 같(同)으면(則), 가격(賈)이 서로(相) 같으며(若), 오곡(五穀)의 많고(多) 적은(寡) 것이 같(同)으면(則), 가격(賈)이 서로(相) 같고(若), 신발(屨)의 크고(大) 작은(小) 것이 같(同)으면(則), 가격(賈)이 서로(相) 같을 것입니다(若).

※ 不貳: '둘이 아니다'로 번역하지 않고, '둘이 되지 않는다' 혹은 '변하지 않는다'로 번역하기를 권한다. 이는 不이 동사나 형용사를 부정하기 때문이다.

曰(왈). 夫物之不齊(부물지부제), 物之情也(물지정야). 或相倍蓰(혹상배사), 或相什伯(혹상십백), 或相千萬(혹상천만), 子比而同之(자비이동지), 是亂天下也(시난천하야). 巨屨小屨同賈(거구소구동가), 人豈爲之哉(인기위지재)? 從許子之道(종허자지도), 相率而爲僞者也(상솔이위위자야), 惡能治國家(오능치국가)?

말씀하셨다(曰). 무릇(夫) 물건(物)이(之) 가지런하지(齊) 않은(不) 것이 물건(物)의(之) 실정(情)이다(也). 혹(或) 서로(相) 두 배(倍)가 되고 다섯 배(蓰)가 되기도 하며, 혹(或) 서로(相) 열 배(什)가 되고 백 배(伯)가 되기도 하며, 혹(或) 서로(相) 천 배(千)가 되고 만 배(萬)가 되기도 하는데, 그대(子)가 나란히 하(比)여(而) 그것(之)을 같게 하니(同), 이(是)는 천하(天下)를 어지럽히는(亂) 것이다(也). 큰(巨) 신(屨)과 작은(小) 신(屨)이 같은(同) 값이라면(賈), 사람(人)이 어찌(豈) 그것(之)을 만들(爲)겠는가(哉)? 허자(許子)의(之) 도(道)를 따른다면(從), 서로(相) 이끌(率)어서(而) 거짓(僞)을 행하게 하는(爲) 것(者)이니(也), 어찌(惡) 국가(國家)를 다스릴(治) 수 있겠는가(能)?

*有~者: ①~한 사람(경우)이 있다, ②~이 있는 사람(경우) ‖ *踵(종): 발꿈치, 이르다 ‖ *廛(전): 가게, 집터 ‖ *氓(맹): 백성 ‖ *褐(갈): 미투리, 베옷 ‖ *捆(곤): 두드리다 ‖ *屨(구): 신 ‖ *耒耜(뇌사): 쟁기 ‖ *饔(옹): 아침밥 ‖ *飧(손): 저녁밥 ‖ *有+명사: ①~이(가) 있다(술어+보어), ②~을(를) 가지고 있다(술어+목적어) ‖ *倉廩(창름): 곡식 창고 / 廩(늠/름): 곳집 ‖ *府庫(부고): 곳간으로 지은 집 ‖ *厲(려): 괴롭히다 ‖ *釜(부): 가마 ‖ *甑(증): 시루 ‖ *爨(찬): 부뚜막, 밥을 짓다 ‖ *冶(야): 풀무, 대장장이 ‖ *舍(사): 무엇 ‖ *紛紛然(분분연): 어지러운 모양 ‖ *憚(탄): 꺼리다 ‖ *暢茂(창무): 무성하게 자람 ‖ *登(등): (곡식이) 익다, 여물다 ‖ *偪(핍): 핍박하다 ‖ *蹄(제): 굽, 발 ‖ *敷(부): 펴다, 베풀다 ‖ *匿(익/닉): 숨기다 ‖ *瀹(약): (물길을) 트다 ‖ *稼穡(가색): 농사짓는 것 / 稼(가): 심다 / 穡(색): 거두다 ‖ *樹藝(수예): 곡식이나 초목을 심어서 가꿈 / 藝(예): (땅에) 심다 ‖ *勞(노/로): 위로하다 ‖ *治任(치임): 짐을 꾸리다 / 任(임): 짐 ‖ *子貢(자공): 정치에 뛰어난 공자의 제자 ‖ *失聲(실성): 너무 애끓게 울어 울음소리가 나오지 않음 ‖ *曾子(증자): 공자의 제자 증삼(曾參)으로, 공자 사상을 계승하는 데 역할을 한 인물 ‖ *皜(호): 희다 ‖ *已(이): ~일 뿐이다 ‖ *南蠻鴃舌(남만격설): 남방의 미개한 민족의 말은 때까치의 소리와 같다. → 외국인의 뜻이 통하지 않는 말에 대한 멸칭 / 蠻(만): 종족 이름, 오랑캐 / 鴃(격): 때까치 ‖ *喬(교): 높다 ‖ *貳(이): 변하다, 다르다 ‖ *縷(누): 실 ‖ *絮(서): 솜 ‖ *蓰(사): 다섯 곱절.

부록 최소한 문법: 之, 者, 而, 以, 與, 焉, 未, 必, 不, 於, 諸, 可, 所, 使, 欲, 能, 도치, 非, 莫.

5장

墨者夷之(묵자이지), 因徐辟而求見孟子(인서벽이구견맹자), 孟子曰(맹자왈). 吾固願見(오고원견), 今吾尚病(금오상병), 病愈(병유), 我且往見(아차왕견), 夷子不來(이자불래).

묵자(墨者)인 이지(夷之)가 서벽(徐辟)을 통해(因)서(而), 맹자(孟子) 뵙기(見)를 구하자(求), 맹자(孟子)께서 말씀하셨다(曰). 내(吾) 본래(固) 보기(見)를 원했으나(願), 지금(今) 내(吾)가 아직도(尙) 병중이니(病), 병(病)이 낫거든(愈) 내(我)가 장차(且) 가서(往)

볼(見) 것이니, 이자(夷子)는 오지(來) 말라(不).

※ 墨者: 孔子, 孟子처럼 자(子)를 쓰지 않고 자(者)를 썼다. '子(자)'는 지혜와 덕을 갖춘 학자나 철학자에게 경의를 표하기 위해 붙이고, 者(자)는 특정 사상가 개인보다는 그 사상을 따르는 학파 또는 집단을 포괄적으로 일컫는 용어로 주로 쓰인다. 예를 들어, 유자(儒者)는 유가 사상을 따르는 사람들을, 도자(道者)는 도가 사상을 따르는 사람들을 의미한다. 이는 특정 학파를 형성한 사람을 존칭하기보다는 해당 사상을 실천하고 추종하는 집단을 포괄한다. 원문에서 '墨者夷之'는 墨翟을 높이는 표현이 아니라, 묵가 사상이나 철학을 따르는 이지(夷之)라는 의미이다.

他日(타일), 又求見孟子(우구견맹자), 孟子曰(맹자왈). 吾今則可以見矣(오금즉가이견의). 不直(부직), 則道不見(즉도불현), 我且直之(아차직지). 吾聞夷子(오문이자), 墨者(묵자), 墨之治喪也(묵지치상야), 以薄爲其道也(이박위기도야). 夷子思以易天下(이자사이역천하), 豈以爲非是而不貴也(기이위비시이부귀야)? 然而夷子葬其親(연이이자장기친), 厚(후), 則是以所賤事親也(즉시이소천사친야).

타일(他日)에 또(又) 맹자(孟子) 뵙기(見)를 구하자(求), 맹자(孟子)께서 말씀하셨다(曰). 내(吾) 지금은(今) 곧(則) 볼(見) 수(可以) 있다(矣). 바르지(直) 않(不)으면(則) 도(道)가 드러나지(見) 않으니(不), 내(我)가 장차(且) 그것(之)을 바로잡겠다(直). 내(吾)가 듣기에(聞), 이자(夷子)는 묵자(墨者)라 하던데, 묵자(墨)는(之) 상(喪)을 치르는(治) 데(也) 검소함(薄)을(以) 그(其) 도(道)라고 여긴(爲)다(也)고 했다. 이자(夷子)는 그것으로(以) 천하(天下)를 바꾸려고(易) 생각할 것이니(思), 어찌(豈) 이것을(以) 옳은 것(是)이 아니라(非) 여겨(爲)서(而) 중요하게 여기지(貴) 않(不)겠는가(也)? 그러하나(然而) 이자(夷子)는 그(其) 어버이(親)를 장례하는(葬) 데 후하게 했으니(厚), 곧(則) 이(是)는 천하게 여긴(賤) 것(所)으로(以) 어버이(親)를 섬긴(事) 것이다(也).

徐子以告夷子(서자이고이자), 夷子曰(이자왈). 儒者之道(유자지도), 古之人若保赤子(고지인약보적자), 此言(차언), 何謂也(하위야)? 之則以爲愛無差等(지즉이위애무차등), 施由親始(시유친시). 徐子以告孟子(서자이고맹자), 孟子曰(맹자왈). 夫夷子(부이자), 信以爲人之親其兄之子(신이위인지친기형지자), 爲若親其隣之赤子乎(위약친기인지적자호)? 彼有取爾也(피유취이야), 赤子匍匐將入井(적자포복장입정), 非赤子之罪也(비적자지죄야). 且天之生物也(차천지생물야), 使之一本(사지일본), 而夷子(이이자), 二本故也(이본고야).

서자(徐子)가 이것을(以) 이자(夷子)에게 고하자(告), 이자(夷子)가 말했다(曰). 유자(儒者)의(之) 말(道)에, '옛날(古)의(之) 사람(人)은 갓난아이(赤子)를 보호하(保)듯이 했다(若).'고 했는데, 이(此) 말(言)은 무엇(何)을 말하는(謂) 것인가(也)? 지(之, 이자)는 곧(則) 이것을(以) '사랑(愛)에는 차등(差等)이 없으며(無), 베푸는 것(施)은 어버이(親)에서부터(由) 시작해야 한다(始).'는 것으로 여긴다(爲). 서자(徐子)가 그것을(以) 맹자(孟子)께 아뢰자(告), 맹자(孟子)께서 말씀하셨다(曰). 무릇(夫) 이자(夷子)는 진실로(信) 이것을(以) 사람(人)이(之) 그(其) 형(兄)의(之) 자식(子)을 친애하는(親) 것으로 여기는(爲) 것과 그(其) 이웃(隣)의(之) 갓난아이(赤子)를 친애하는(隣) 것과 같다(若)고 여기는가(爲)? 그것(彼)에서 취한 것(取)이 있을(有) 뿐(爾)이니(也), 갓난아이(赤子)가 배를 땅에 대고 기어서(匍匐) 장차(將) 우물(井)에 들어가려는(入) 것은 갓난아이(赤子)의(之) 잘못(罪)이 아닌(非) 것이다(也). 또(且) 하늘(天)이(之) 만물(物)을 낼 때(生)에(也) 그것(之)으로 하여금(使) 하나(一)의 본(本)이 되게 했는데(而), 이자(夷子)는 두 개(二)의 본(本)으로 했기 때문(故)이다(也).

蓋上世(개상세), 嘗有不葬其親者(상유부장기친자). 其親死(기친사), 則擧而委之於壑(즉거이위지어학). 他日過之(타일과지), 狐狸食之(호리식지), 蠅蚋姑嘬之(승예고최지). 其顙有泚(기상유자), 睨而不視(예이불시). 夫泚也(부자야), 非爲人泚(비위인자), 中心(중심),

達於面目(달어면목). 蓋歸(개귀), 反虆梩而掩之(반라리이엄지), 掩之誠是也(엄지성시야), 則孝子仁人之掩其親(즉효자인인지엄기친), 亦必有道矣(역필유도의).

대개(蓋) 상대(上世)에 일찍이(嘗) 그(其) 어버이(親)를 장사지내지(葬) 않는(不) 자(者)가 있었다(有). 그(其) 어버이(親)가 죽자(死) 곧(則) 들(擧)어서(而), 그것(之)을 골짜기(壑)에(於) 버렸다(委). 타일(他日)에 그곳(之)을 지나는데(過), 여우(狐)와 삵(狸)이 그것(之)을 먹고(食) 파리(蠅)와 모기(蚋)가 그것(之)을 빨아먹고(姑) 물었다(嘬). (이에) 그(其) 이마(顙)에 땀이 나는 것(泚)이 있어서(有), 곁눈질하(睨)면서(而) 보지(視) 못하였다(不). 무릇(夫) 땀이 나는 것(泚)은(也) 남(人) 때문에(爲) 땀이 난 것(泚)이 아니라(非), 속(中) 마음(心)이 얼굴(面)과 눈(目)에(於) 이른 것이다(達). 그래서(蓋) 돌아와(歸) 삼태기(虆)와 가래(梩)를 (들고) 돌아가(反)서(而) 그것(之)을 가렸는데(掩), 그것(之)을 가린(掩) 것이 진실로(誠) 옳(是)다(也)면(則), 효자(孝子)와 어진 사람(仁人)이(之) 그(其) 어버이(親)를 가리는(掩) 데, 또한(亦) 반드시(必) 도(道)가 있을(有) 것이다(矣).

徐子以告夷子(서자이고이자), 夷子憮然爲間曰(이자무연위간왈). 命之矣(명지의).

서자(徐子)가 이것을(以) 이자(夷子)에게 고하니(告), 이자(夷子)가 무연히(憮然) 사이(間)를 두다가(爲) 말했다(曰). 지(之, 이자)를 가르쳤(命)구나(矣).

*徐子(서자): 맹자의 제자 ‖ *有+명사: ①~이(가) 있다(술어+보어), ②~을(를) 가지고 있다(술어+목적어) ‖ *匍匐(포복): 배를 땅에 대고 김 / 匍(포): 기다 / 匐(복) 기다 ‖ *狸(리/이): 삵 ‖ *蠅(승): 파리 ‖ *蚋(예): 모기 ‖ *姑(고): 빨아먹다 ‖ *嘬(최): 물다 ‖ *泚(체): 땀이 나는 모양 ‖ *睨(예): 곁눈질하다 ‖ *虆(나/라): 삼태기 ‖ *梩(이/리): 가래 ‖ *憮然(무연): 무연히(한참 멍하니 있다가) ‖ *命(명): 가르침.

부록 최소한 문법: 而, 不, 可以, 之, 以爲, 以, 非, 所, 使, 於, 必.

등문공하(滕文公下)

1장

陳代曰(진대왈). 不見諸侯(불견제후), 宜若小然(의약소연). 今一見之(금일견지), 大則以王(대즉이왕), 小則以霸(소즉이패). 且志曰(차지왈), 枉尺而直尋(왕척이직심), 宜若可爲也(의약가위야).

진대(陳代)가 말했다(曰). 제후(諸侯)를 만나지(見) 않는(不) 것은 마땅히(宜) 작은 것(小, 절개)과 같은(若) 듯합니다(然). 지금(今) 그들(之)을 한 번(一) 만나시면(見), 크게(大)는(則) 그것으로(以) 왕업을 이루고(王), 작게(小)는(則) 그것으로(以) 패업을 이룰 것입니다(霸). 또(且) 기록(志)에 이르길(曰), '한 자(尺)를 굽혀(枉)서(而), 한 길(尋)을 곧게 한다(直).'고 했으니, 마땅히(宜) 할(爲) 수 있는(可) 것 같습니(若)다(也).

※ 若-然: 일반적으로 '~과 같다' 혹은 '~인 듯하다'로 번역된다.

孟子曰(맹자왈). 昔(석), 齊景公(제경공), 田(전), 招虞人以旌(초우인이정), 不至(부지), 將殺之(장살지). 志士(지사), 不忘在溝壑(불망재구학), 勇士(용사), 不忘喪其元(불망상기원), 孔子(공자), 奚取焉(해취언)? 取非其招不往也(취비기초불왕야). 如不待其招而往(여부대기초이왕), 何哉(하재)?

맹자(孟子)께서 말씀하셨다(曰). 옛날(昔) 제나라(齊) 경공(景公)이 사냥할 때(田) 우인(虞人)을 부르는데(招) 정(旌)으로(以) 했는데, 이르지(至) 않자(不) 장차(將) 그(之)를 죽이려 했다(殺). (공자께서 말씀하시길) '지사(志士)는 (죽어) 구렁(溝壑)에 있을(在) 것을 잊지(忘) 않고(不), 용사(勇士)는 그(其) 목(元)을 잃을(喪) 것을 잊지(忘) 않는다(不).'고 했으니, 공자(孔子)께서는 거기에서(焉) 무엇(奚)을 취했겠는가(取)? 그(其) 부름(招)이 아니라면(非), 가지(往) 않는다(不)는 것을 취한(取) 것이다(也). 만일(如) 그(其) 부름(招)을 기다리지(待) 않(不)고(而) 간다면(往), 어떠(何)하겠는가(哉)?

※ 旌: 대부를 부를 때 사용하던 기이다.

且夫枉尺而直尋者(차부왕척이직심자), 以利言也(이리언야). 如以利(여이리), 則枉尋直尺而利(즉왕심직척이리), 亦可爲與(역가위여)?

또(且) 무릇(夫) 한 자(尺)를 굽혀(枉)서(而), 한 길(尋)을 곧게 한다(直)는 것(者)은 이익(利)으로(以) 말한(言) 것이다(也). 만약(如) 이익(利)으로(以) 한다면(則), 한 길(尋)을 굽혀(枉) 한 자(尺)를 곧게 하(直)더라도(而), 이익이 된다면(利), 또한(亦) 할(爲) 수(可) 있겠는가(與)?

昔者趙簡子使王良(석자조간자사왕량), 與嬖奚乘(여폐해승), 終日而不獲一禽(종일이불획일금). 嬖奚反命曰(폐해반명왈), 天下之賤工也(천하지천공야). 或以告王良(혹이고왕량), 良曰請復之(양왈청부지). 彊而後可(강이후가), 一朝而獲十禽(일조이획십금). 嬖奚反命曰(폐해반명왈), 天下之良工也(천하지양공야). 簡子曰(간자왈), 我使掌與女乘(아사장여여승), 謂王良(위왕량), 良不可曰(양불가왈), 吾爲之範我馳驅(오위지범아치구), 終日不獲一(종일불획일), 爲之詭遇(위지궤우), 一朝而獲十(일조이획십). 詩云(시운), 不失其馳(불실기치), 舍矢如破(사시여파), 我不貫與小人乘(아불관여소인승). 請辭(청사).

옛날(昔)에(者) 조간자(趙簡子)가 왕량(王良)으로 하여금(使) 총애하는(嬖) 해(奚)와(與) 수레에 타게 했는데(乘), 종일이 지나도(終日)록(而) 한 마리(一)의 새(禽)도 잡지(獲) 못했다(不). 총애하는(嬖) 해(奚)가 반명하며(反命) 말하길(曰), '천하(天下)의(之) 형편 없는(賤) 솜씨(工)입니다(也).'라 했다. 어떤 이(或)가 이것을(以) 왕량(王良)에게 고하자(告), 량(良)이 말하여(曰), 그것(之)을 다시 하기(復)를 청했다(請). 억지로 한(彊) 이후에(而後) 허락했는데(可), 하루아침(一朝)에(而) 열 마리(十)의 새(禽)를 잡았다(獲). 총애하는(嬖) 해(奚)가 반명하여(反命) 말하길(曰), '천하(天下)의(之) 훌륭한(良) 솜씨(工)입니다(也).'라 했다. 조간자(簡子)가 말하길(曰), '내(我)가 그로 하여금(使) 너(女)와(與) 수레에 타는(乘) 것을 맡게 하겠다(掌).'고 하고, 왕량(王良)에게 말했는데(謂), 량(良)이 불가하다며(不可) 말하길(曰), '제(吾)가 그(之)를 위해(爲) 나(我)의 말 몰기(馳驅)를 법도대로 했더니(範), 종일토록(終日) 한 마리(一)도 잡지(獲) 못하다가(不), 그(之)를 위해(爲) 속임으로(詭) 만나게 해주니(遇), 하루아침(一朝)에도(而) 열 마리(十)를 잡았습니다(獲). 『시경(詩)』에 이르길(云), (마부는) 그(其) 말 모는(馳) 것을 잃지(失) 않고(不), (사수는) 화살(矢)을 쏘면(舍) 깨트리는(破) 듯하네(如)라 했으니, 저(我)는 소인(小人)과(與) 수레 모는(乘) 것이 익숙하지(貫) 않습니다(不). 청컨대(請) 사양하겠습니다(辭).'고 했다.

御者且羞與射者比(어자차수여사자비), 比而得禽獸(비이득금수), 雖若丘陵(수약구릉), 弗爲也(불위야). 如枉道而從彼(여왕도이종피), 何也(하야)? 且子過矣(차자과의). 枉己者(왕기자), 未有能直人者也(미유능직인자야).

마부(御者)도 또한(且) 사수(射者)와(與) 나란히 하는(比) 것을 부끄러워해서(羞), 나란히 하(比)여(而) 짐승(禽獸) 얻기(得)를 비록(雖) 구릉(丘陵)과 같더라도(若), 하지(爲) 않는(弗) 것이다(也). 만약(如) 도(道)를 굽혀(枉)서(而) 저들(彼)을 따른다면(從), 어떠하(何)겠는가(也)? 또(且) 그대(子)의 잘못(過)이다(矣). 자기(己)를 굽힌(枉) 자(者)가 남(人)을 곧게 할(直) 수 있는(能) 자(者)는 아직 있지(有) 않(未)았다(也).

*陳代(진대): 맹자의 제자 ‖ *枉(왕): 굽다 ‖ *尋(심): 한 길, 여덟 자 ‖ *田(전): 사냥, 사냥하다 ‖ *虞人(우인): 경험이 많아 숙달한 사냥꾼 ‖ *旌(정): 기 ‖ *溝壑(구학): 도랑과 골짜기 ‖ *元(원): 목, 머리 ‖ *嬖(폐): 사랑하다, 총애하다 ‖ *馳驅(치구): 말이나 수레를 타고 달림 /

馳(치): 달리다 / 驅(구): 몰다 ‖ *詭遇(궤우): 정당하지 못한 방법으로 부귀를 얻어 누림 / 詭(궤): 속이다 ‖ *有+명사: ①~이(가) 있다(술어+보어), ②~을(를) 가지고 있다(술어+목적어) ‖ *舍(사): (화살을) 쏘다.

부록 최소한 문법: 不, 之, 以, 而, 可, 焉, 非, 以, 者, 使, 與, 未, 能.

2장

景春曰(경춘왈). 公孫衍·張儀(공손연장의), 豈不誠大丈夫哉(기불성대장부재)? 一怒而諸侯懼(일노이제후구), 安居而天下熄(안거이천하식).

경춘(景春)이 말했다(曰). 공손연(公孫衍)과 장의(張儀)는 어찌(豈) 진실로(誠) 대장부라 하지(大丈夫) 아니(不)겠습니까(哉)? 한 번(一) 노하(怒)면(而) 제후(諸侯)가 두려워하고(懼), 편안히(安) 거하(居)면(而) 천하(天下)에 (전쟁이) 없어졌습니다(熄).

孟子曰(맹자왈). 是焉得爲大丈夫乎(시언득위대장부호)? 子未學禮乎(자미학례호)? 丈夫之冠也(장부지관야), 父命之(부명지), 女子之嫁也(여자지가야), 母命之(모명지), 往(왕), 送之門(송지문), 戒之曰(계지왈), 往之女家(왕지여가), 必敬必戒(필경필계), 無違夫子(무위부자). 以順爲正者(이순위정자), 妾婦之道也(첩부지도야).

맹자(孟子)께서 말씀하셨다(曰). 이들(是)이 어찌(焉) 대장부(大丈夫)라 할(爲) 수(得) 있겠는가(乎)? 그대(子)는 예(禮)를 아직 배우지(學) 않(未)았는가(乎)? 장부(丈夫)의(之) 관례(冠)에서(也) 아비(父)가 그(之)를 가르치고(命), 여자(女子)의(之) 시집(嫁)에서(也) 어미(母)가 그녀(之)를 가르치는데(命), 갈 때(往) 그녀(之)를 문(門)에서 전송하면서(送), 그녀(之)에게 경계하여(戒) 말하길(曰), '거기(之) 너(女)의 집(家)에 가서(往), 반드시(必) 공경하고(敬) 반드시(必) 경계하면서(戒), 남편(夫子)을 어기지(違) 말라(無).'고 했다. 순종(順)을(以) 바름(正)으로 여기는(爲) 것(者)은 아녀자(妾婦)의(之) 도(道)인 것이다(也).

※ 아녀자의 도리를 행한 공손연과 장의를 비판하는 대목이다.

※ 往之女家: '之'를 '往'과 같은 뜻으로 번역할 수도 있다. 그리고 女家의 女는 2인칭 汝의 의미이다.

居天下之廣居(거천하지광거), 立天下之正位(입천하지정위), 行天下之大道(행천하지대도), 得志(득지), 與民由之(여민유지), 不得志(부득지), 獨行其道(독행기도), 富貴不能淫(부귀불능음), 貧賤不能移(빈천불능이), 威武不能屈(위무불능굴), 此之謂大丈夫(차지위대장부).

천하(天下)의(之) 넓은(廣) 집(居)에 거처하고(居), 천하(天下)의(之) 바른(正) 자리(位)에 서며(立), 천하(天下)의(之) 대도(大道)를 행하여(行), 뜻(志)을 얻으면(得) 백성(民)과(與) 그것(之)을 따르고(由), 뜻(志)을 얻지(得) 못하면(不) 홀로(獨) 그(其) 도(道)를 행하여(行), 부귀(富貴)가 (마음을) 어지럽게 할(淫) 수(能) 없으며(不), 빈천(貧賤)이 (절개를) 옮길(移) 수(能) 없으며(不), 위세(威)나 무력(武)이 (뜻을) 굽힐(屈) 수(能) 없으니(不), 이것(此)을(之) 대장부(大丈夫)라 말한다(謂).

*熄(식): 소멸하다, 없어지다 ‖ *命(명): 가르침 ‖ *女(여): =汝 ‖ *嫁(가): 시집가다.

부록 최소한 문법: 不, 而, 得, 未, 之, 必, 以爲, 者, 與, 能.

3장

周霄問曰(주소문왈). 古之君子仕乎(고지군자사호)? 孟子曰(맹자왈). 仕(사). 傳曰(전왈), 孔子三月無君(공자삼월무군), 則皇皇如也(즉황황여야), 出疆(출강), 必載質(필재지), 公明儀曰(공명의왈), 古之人三月無君(고지인삼월무군), 則弔(즉조).

주소(周霄)가 물어(問) 말했다(曰). 옛날(古)의(之) 군자(君子)는 벼슬했(仕)습니까(乎)? 맹자(孟子)께서 말씀하셨다(曰). 벼슬했다(仕). 전(傳)에 이르길(曰), '공자(孔子)께서는 삼 개월간(三月) (섬기는) 임금(君)이 없(無)으면(則) 조급해하는(皇皇) 듯(如)하며(也), 국경(疆)을 나갈 때(出) 반드시(必) 폐백(質)을 싣고 갔다(載).'고 했고, 공명의(公明儀)는 말하길(曰), '옛날(古)의(之) 사람(人)은 삼 개월간(三月) (섬기는) 임금(君)이 없(無)으면(則) 위문했다(弔).'고 했다.

三月無君(삼월무군), 則弔(즉조), 不以急乎(불이급호)?

삼 개월간(三月) 임금(君)이 없어(無) 곧(則) 위문하는 것(弔)은 너무(以) 급하지(急) 않(不)습니까(乎)?

曰(왈). 士之失位也(사지실위야), 猶諸侯之失國家也(유제후지실국가야). 禮曰(예왈), 諸侯耕助(제후경조), 以供粢盛(이공자성), 夫人蠶繅(부인잠소), 以爲衣服(이위의복), 犧牲不成(희생불성), 粢盛不潔(자성불결), 衣服不備(의복불비), 不敢以祭(불감이제), 惟士無田(유사무전), 則亦不祭(즉역부제). 牲殺器皿衣服不備(생살기명의복불비), 不敢以祭(불감이제), 則不敢以宴(즉불감이연), 亦不足弔乎(역부족조호)?

말씀하셨다(曰). 사(士)가(之) 자리(位)를 잃는(失) 것은(也) 제후(諸侯)가(之) 국가(國家)를 잃는(失) 것과 같(猶)다(也). 예(禮)에 이르길(曰), '제후(諸侯)가 밭을 갈면(耕) (백성이) 도와서(助), 그것으로(以) 자성(粢盛)을 바치고(供), 부인(夫人)은 누에 치고(蠶) 고치실을 켜서(繅), 그것으로(以) 의복(衣服)을 만드는데(爲), 희생(犧牲)이 자라지(成) 않고(不), 자성(粢盛)이 깨끗하지(潔) 못하며(不), 의복(衣服)이 갖춰지지(備) 않으면(不), 감히(敢) 그것으로(以) 제사 지내지(祭) 못하며(不), 오직(惟) 사(士)도 제전(田)이 없(無)으면(則), 또한(亦) 제사 지내지(祭) 못한다(不).'고 했다. 희생(牲殺)과 제기(器皿)와 의복(衣服)이 갖춰지지(備) 않아서(不), 감히(敢) 그것으로(以) 제사 지내지(祭) 못하(不)면(則), 감히(敢) 그것으로(以) 잔치하지(宴) 못하니(不), 또한(亦) 위문할(弔) 만하지(足) 않(不)겠는가(乎)?

※ 不敢以祭: 以를 '때문'으로 번역하는 예도 있고, '하다'로 번역하는 예도 있다.

出疆(출강), 必載質(필재지), 何也(하야)?

국경(疆)을 나갈 때(出) 반드시(必) 폐백(質)을 싣고 가는(載) 것은 어째서(何)입니까(也?)

曰(왈). 士之仕也(사지사야), 猶農夫之耕也(유농부지경야), 農夫豈爲出疆(농부기위출강), 舍其耒耜哉(사기뇌사재)? 曰(왈). 晉國(진국), 亦仕國也(역사국야), 未嘗聞仕如此其急(미상문사여차기급). 仕如此其急也(사여차기급야), 君子之難仕(군자지난사), 何也(하야)? 曰(왈). 丈夫生而願爲之有室(장부생이원위지유실), 女子生而願爲之有家(여자생이원위지유가), 父母之心(부모지심). 人皆有之(인개유지), 不待父母之命(부대부모지명), 媒妁之言(매작지언), 鑽穴隙相窺(찬혈극상규), 踰墻相從(유장상종), 則父母國人(즉부모국인), 皆賤之(개천지). 古之人未嘗不欲仕也(고지인미상불욕사야), 又惡不由其道(우오불유기도). 不由其道而往者(불유기도이왕자),

與鑽穴隙之類也(여찬혈극지류야).

말씀하셨다(曰). 사(士)가(之) 벼슬하는(仕) 것은(也) 농부(農夫)가(之) 밭을 가는(耕) 것과 같(猶)으니(也), 농부(農夫)가 어찌(豈) 국경(疆)을 나간다(出) 하여(爲) 그(其) 쟁기(耒耜)를 버리(舍)겠는가(哉)? 말했다(曰). 진(晉)나라(國) 또한(亦) 벼슬할 만한(仕) 나라(國)이지만(也), 일찍이(嘗) 벼슬하는 것(仕)이 이(此)와 같이(如) 그렇게(其) 급했다는(急) 것을 아직 듣지(聞) 못했습니다(未). 벼슬하는 것(仕)이 이(此)와 같이(如) 그렇게(其) 급하다(急)면서(也), 군자(君子)가(之) 벼슬하는 것(仕)을 어렵게 여기는(難) 것은 어째서(何)입니까(也)? 말씀하셨다(曰). 장부(丈夫)가 태어나(生)면(而) 그(之)에게 아내(室)가 있게(有) 되기(爲)를 원하고(願), 여자(女子)가 태어나(生)면(而) 그녀(之)에게 남편(家)이 있게(有) 되기(爲)를 원하는(願) 것은 부모(父母)의(之) 마음(心)이다. 사람(人)이란 모두(皆) 그것(之)을 가지고 있지만(有), 부모(父母)의(之) 명(命)과 중매쟁이(媒妁)의(之) 말(言)을 기다리지(待) 않고(不), 구멍(穴)이나 틈(隙)을 뚫고(鑽) 서로(相) 엿보거나(窺) 담(墻)을 넘어(踰) 서로(相) 따른다(從)면(則), 부모(父母)와 국인(國人)이 모두(皆) 그것(之)을 천하게 여길 것이다(賤). 옛날(古)의(之) 사람(人)은 일찍이(嘗) 벼슬하고(仕) 싶지(欲) 않은(不) 적이 없(未)었지만(也), 또한(又) 그(其) 도(道)를 따르지(由) 않는(不) 것을 싫어했다(惡). 그(其) 도(道)를 따르지(由) 않(不)고(而) 가는(往) 것(者)은 구멍(穴)이나 틈(隙)을 뚫(鑽)는(之) 부류(類)와 같다(與)고 한 것이다(也).

※ 爲之有室, 爲之有家의 '爲': '위해'로 번역하는 예가 있다.
※ '室'이나 '家'는 '배우자'를 의미한다.

*周霄(주소): 위(魏)나라 사람 ‖ *皇皇如(황황여): 조급해 안절부절못하는 모양, 허둥지둥하는 모양 ‖ *疆(강): 지경 ‖ *質(지): 폐백 ‖ *公明儀(공명의): 노(魯)나라 거문고 명수 ‖ *粢盛(자성): 나라의 큰 제사에 쓰는 기장과 피 / 粢(자): 기장 ‖ *蠶繅(잠소): 누에 치고 고치실을 뽑음 / 蠶(잠): 누에 / 繅(소): 고치를 켜다 ‖ *牲殺(생살): 제물로 쓰는 동물 ‖ *器皿(기명): 그릇붙이 ‖ *耒耜(뢰사): 쟁기, 쟁기와 보습 ‖ *有+명사: ①~이(가) 있다(술어+보어), ②~을(를) 가지고 있다(술어+목적어) ‖ *家(가): 남편 ‖ *媒妁(매작): 혼인을 중간에서 소개하는 일이나 그런 사람 / 妁(작): 중매 ‖ *鑽(찬): 뚫다 ‖ *隙(극): 틈.

부록 최소한 문법: 之, 必, 以, 不, 足, 未, 而, 欲, 者.

4장

彭更問曰(팽경문왈). 後車數十乘(후거수십승), 從者數百人(종자수백인), 以傳食於諸侯(이전식어제후), 不以泰乎(불이태호)? 孟子曰(맹자왈). 非其道(비기도), 則一簞食(즉일단사), 不可受於人(불가수어인), 如其道則舜(여기도즉순), 受堯之天下(수요지천하), 不以爲泰(불이위태). 子以爲泰乎(자이위태호)?

팽경(彭更)이 물어(問) 말했다(曰). 뒤따르는(後) 수레(車) 수십(數十) 승(乘)과 따르는(從) 사람(者) 수백(數百) 명(人), 그것으로(以) 제후(諸侯)에게(於) 먹을 것(食)을 전달받는(傳) 것은 너무(以) 지나친(泰) 것 아닙(不)니까(乎)? 맹자(孟子)께서 말씀하셨다(曰). 그(其) 도(道)가 아니(非)면(則), 한 그릇(一簞)의 밥(食)이라도 남(人)에게(於) 받을(受) 수(可) 없지만(不), 만약(如) 그(其) 도(道)라면(則), 순임금(舜)께서 요임금(堯)의(之) 천하(天下)를 받으면서도(受) 그것을(以) 지나치다(泰)고 여기지(爲) 않으셨는데(不), 자네(子)는 그것을(以) 지나치다(泰)고 여기(爲)는가(乎)?

曰(왈). 否(부). 士無事而食不可也(사무사이식불가야).

말했다(曰). 아닙니다(否). 사(士)가 일(事) 없(無)이도(而), 먹는 것(食)이 불가하다(不可)는 것입니다(也).

曰(왈). 子不通功易事(자불통공역사), 以羨補不足(이선보부족), 則農有餘粟(즉농유여속), 女有餘布(여유여포). 子如通之(자여통지), 則梓匠輪輿(즉재장윤여), 皆得食於子(개득식어자). 於此有人焉(어차유인언), 入則孝(입즉효), 出則悌(출즉제), 守先王之道(수선왕지도), 以待後之學者(이대후지학자), 而不得食於子(이부득식어자),

子何尊梓匠輪輿而輕爲仁義者哉(자하존재장윤여이경위인의자재)?

말씀하셨다(曰). 자네(子)가 공인의 물건(功)을 소통시켜서(通) 일의 결과(事)와 바꾸어(易), 남은 것(羨)으로(以) 부족한 것(不足)을 보충하지(補) 않는다(不)면(則), 농부(農)에게는 남은(餘) 곡식(粟)이 있고(有), 여자(女)에게는 남은(餘) 베(布)가 있을 것이다(有). 자네(子)가 만약(如) 그것(之)을 소통시키(通)면(則), 목수(梓匠)와 수레 만드는 사람(輪輿) 모두(皆) 자네(子)에게(於) 먹을 것(食)을 얻게 된다(得). 여기(此)에(於) 어떤 이(人)가 거기에(焉) 있는데(有), 들어오(入)면(則) 효도하고(孝), 나가(出)면(則) 공경하며(悌), 선왕(先王)의(之) 도(道)를 지키면서(守), 그것으로(以) 후세(後)의(之) 학자(學者)를 기다린다(待)면(而), 자네(子)에게(於) 먹을 것(食)을 얻지(得) 못하니(不), 자네(子)는 어찌하여(何) 목수(梓匠)와 수레 만드는 사람(輪輿)을 높이(尊)면서도(而), 인의(仁義)를 하는(爲) 사람(者)을 경시하(輕)는가(哉)?

※ 羨: 부러워하다는 의미로 주로 쓰이나 나머지나 잉여의 뜻으로도 쓰인다. 그리고 무덤길 혹은 묘도의 의미로도 쓰이는데, 이 때 독음은 '선'이 아니라 '연'이다.

曰(왈). 梓匠輪輿(재장윤여), 其志將以求食也(기지장이구식야), 君子之爲道也(군자지위도야), 其志亦將以求食與(기지역장이구식여)? 曰(왈). 子何以其志爲哉(자하이기지위재)? 其有功於子(기유공어자), 可食而食之矣(가사이사지의). 且子(차자), 食志乎(사지호)? 食功乎(사공호)? 曰(왈). 食志(사지).

말했다(曰). 목수(梓匠)와 수레 만드는 사람(輪輿)은 그(其) 뜻(志)이 장차(將) 그것으로(以) 먹을 것(食)을 구하려는(求) 것이지만(也), 군자(君子)가(之) 도(道)를 하는(爲) 것도(也) 그(其) 뜻(志)이 또한(亦) 장차(將) 그것으로(以) 먹을 것(食)을 구하려는(求) 것입니까(與)? 말씀하셨다(曰). 자네(子)는 어찌하여(何) 그런(其) 뜻(志)으로(以) 말하(爲)는가(哉)? 그(其)가 자네(子)에게(於) 공(功)이 있어(有) 먹일(食) 만하(可)면(而), 그(之)를 먹이는(食) 것이다(矣). 또(且) 자네(子)는 뜻(志)을 (보고) 먹이(食)는가(乎)? 공(功)을 (보고) 먹이(食)는가(乎)? 말했다(曰). 뜻(志)을 (보고) 먹입니다(食).

曰(왈). 有人於此(유인어차), 毁瓦畵墁(훼와획만), 其志將以求食也(기지장이구식야), 則子食之乎(즉자사지호)? 曰(왈). 否(부). 曰(왈). 然則子非食志也(연즉자비사지야), 食功也(사공야).

말씀하셨다(曰). 여기(此)에(於) 어떤 이(人)가 있는데(有), 기왓장(瓦)을 훼손하고(毁) 벽(墁)에 그리고서도(畵, 낙서하다) 그(其) 뜻(志)이 장차(將) 그것으로(以) 먹을 것(食)을 구한(求)다고(也) 한다면(則), 자네(子)는 그(之)를 먹이(食)겠는가(乎)? 말했다(曰). 아닙니다(否). 말씀하셨다(曰). 그렇다(然)면(則) 자네(子)는 뜻(志)을 (보고) 먹이는(食) 것이 아니(非)라(也), 공(功)을 (보고) 먹이는(食) 것이다(也).

*彭更(팽경): 맹자의 제자 ‖ *羨(선): 나머지, 잉여 ‖ *有+명사: ①~이(가) 있다(술어+보어), ②~을(를) 가지고 있다(술어+목적어) ‖ *梓匠(재장): 목공, 목수 ‖ *輪輿(윤여): 수레 만드는 사람 ‖ *墁(만): 흙손, 벽의 장식.

부록 최소한 문법: 者, 以, 於, 不, 非, 可, 之, 以爲, 而, 焉.

5장

萬章問曰(만장문왈). 宋小國也(송소국야). 今將行王政(금장행왕정), 齊·楚惡而伐之(제초오이벌지), 則如之何(즉여지하)?

만장(萬章)이 물어(問) 말했다(曰). 송나라(宋)는 소국(小國)입니다(也). 지금(今) 장차(將) 왕도정치(王政)를 행하려는데(行), 제나라(齊)와 초나라(楚)가 미워해(惡)서(而), 그것(之)을 정벌한다(伐)면(則), 그것(之)을 어찌해야 합니까(如-何)?

孟子曰(맹자왈). 湯居亳(탕거박), 與葛爲隣(여갈위린), 葛伯放而不祀(갈백방이불사). 湯使人問之曰(탕사인문지왈), 何爲不祀(하위불사)? 曰(왈), 無以供犧牲也(무이공희생야). 湯使遺之牛羊(탕사유지우양), 葛伯食之(갈백식지), 又不以祀(우불이사). 湯又使人問之曰(탕우사인문지왈), 何爲不祀(하위불사)? 曰(왈), 無以供粢盛也(무이공자성야). 湯使亳衆(탕사박중), 往爲之耕(왕위지경), 老弱饋食(노약궤사). 葛伯帥其民(갈백솔기민), 要其有酒食黍稻者(요기유주사서도자), 奪之(탈지), 不授者殺之(불수자살지). 有童子以黍肉餉(유동자이서육향), 殺而奪之(살이탈지). 書曰(서왈), 葛伯(갈백), 仇餉(구향), 此之謂也(차지위야).

맹자(孟子)께서 말씀하셨다(曰). 탕왕(湯)이 박 땅(亳)에 계실 때(居) 갈나라(葛)와(與) 이웃(隣)이 되었는데(爲), 갈나라(葛) 백(伯)이 방종하(放)여(而) 제사 지내지(祀) 않았다(不). 탕왕(湯)이 사람(人)을 시켜(使) 그것(之)을 물으며(問) 말하길(曰), '무엇(何) 때문에(爲) 제사 지내지(祀) 않는가(不)?'라 하니, 말하길(曰), '희생(犧牲)을 제공할(供) 것이(以) 없습니(無)다(也).'라고 했다. 탕왕(湯)이 시켜(使) 그(之)에게 소(牛)와 양(羊)을 보내주었는데(遺), 갈나라(葛) 백(伯)이 그것(之)을 먹고(食) 또(又) 그것으로(以) 제사 지내지(祀) 않았다(不). 탕왕(湯)이 또(又) 사람(人)을 시켜(使) 그것(之)을 물어(問) 말하길(曰), '무엇(何) 때문에(爲) 제사 지내지(祀) 않는가(不)?'라 하니, 말하길(曰), '자성(粢盛)을 제공할(供) 것이(以) 없습니(無)다(也).'라고 했다. 탕왕(湯)이 박 땅(亳)의 백성(衆)을 시켜(使) (그들이) 가서(往) 그것(之)을 갈아주게(耕) 하니(爲), 노약자(老弱)들이 밥(食)을 보내주었다(饋). 갈나라(葛) 백(伯)이 그(其) 백성(民)을 거느리고(帥), 그(其) 술(酒)과 밥(食)과 기장밥(黍)과 쌀밥(稻)을 가지고 있는(有) 자(者)를 협박하여(要) 그것(之)을 빼앗으면서(奪), 주지(授) 않는(不) 자(者)는 거기(之)에서 죽였다(殺). 동자(童子)가 기장밥(黍)과 고기(肉)를(以) 보낸(餉) 것이 있었는데(有), 죽이(殺)고(而) 그것(之)을 빼앗았다(奪). 『서경(書)』에 이르길(曰), '갈나라(葛) 백(伯)이 음식을 보낸 사람(餉)을 원수로 여겼다(仇).'고 했는데, 이것(此)을(之) 말하는(謂) 것이다(也).

※ 使: 시킨다는 의미가 아니라 보낸다는 뜻으로 번역할 수 있는데, 이때 독음은 '시'이다.

爲其殺是童子而征之(위기살시동자이정지), 四海之內(사해지내), 皆曰(개왈), 非富天下也(비부천하야), 爲匹夫匹婦(위필부필부), 復讐也(복수야).

그(其, 갈백)가 이(是) 어린아이(童子)를 죽인(殺) 것 때문(爲)에(而) 그(之)를 정벌했는데(征), 사해(四海)의(之) 안(內)에서 모두(皆) 말하길(曰), '천하(天下)를 탐낸(富) 것이 아니(非)라(也), 필부(匹夫)필부(匹婦)를 위하여(爲) 원수(讐)를 갚은(復) 것이다(也).'라고 했다.

湯始征自葛載(탕시정자갈재), 十一征而無敵於天下(십일정이무적어천하). 東面而征(동면이정), 西夷怨(서이원), 南面而征(남면이정), 北狄怨(북적원), 曰(왈), 奚爲後我(해위후아). 民之望之(민지망지), 若大旱之望雨也(약대한지망우야), 歸市者弗止(귀시자불지), 芸者不變(운자불변). 誅其君(주기군), 弔其民(조기민), 如時雨降(여시우강), 民大悅(민대열). 書曰(서왈), 徯我后(혜아후), 后來(후래), 其無罰(기무벌).

탕왕(湯)이 처음(始) 정벌(征)을 갈나라(葛)부터(自) 시작하여(載), 열하나(十一) 정벌하(征)니(而), 천하(天下)에서(於) 적(敵)이 없었다(無). 동쪽(東)으로 향하(面)여(而) 정벌하면(征) 서이(西夷)가 원망하고(怨), 남쪽(南)으로 향하(面)여(而) 정벌하면(征) 북적(北狄)이 원망하며(怨) 말하길(曰), '어찌하여(奚) 우리(我)를 뒤(後)에 하는가(爲)?'라 했다. 백성(民)이(之) 그(之)를 바라보기(望)를 큰(大) 가뭄(旱)에(之) 비(雨)를 바라보는(望) 것과 같아(若)서(也), 시장(市)에 돌아오는(歸) 자(者)가 그치지(止) 않고(弗), 김매던(芸) 자(者)도 변하지(變) 않았다(不). 그(其) 임금(君)을 죽이고(誅) 그(其) 백성(民)을 위로하면(弔), 마치 때에 맞게(時) 비(雨)가 내린(降) 것 같아(如), 백성(民)이 크게(大) 기뻐했다(悅). 『서경(書)』에 이르길(曰), '우리(我) 임금(后)을 기다려(徯) 임금(后)께서 오셨으니(來), 아마도(其) 벌(罰)이 없을 것이다(無).'라고 했다.

有攸不爲臣(유유불위신), 東征(동정), 綏厥士女(수궐사녀), 匪厥玄黃(비궐현황), 紹我周王見休(소아주왕견휴), 惟臣附于大邑周(유신부우대읍주). 其君子(기군자), 實玄黃于匪(실현황우비), 以迎其君子(이영기군자), 其小人(기소인), 簞食壺漿(단사호장), 以迎其小人(이영기소인), 救民於水火之中(구민어수화지중), 取其殘而已矣(취기잔이이의).

(무성편) '(주나라의) 신하(臣)가 되지(爲) 않은(不) 자(攸)가 있자(有), 동쪽(東)으로 정벌하여(征) 그(厥) 남자(士)와 여자(女)를 편안하게 하였는데(綏), 그(厥) 검은색(玄)과 황색(黃) (비단)을 상자에 담아서(匪), 우리(我) 주왕(周王)을 받들어(紹) 아름다움(休)을 보고(見), 오직(惟) 신하(臣)로 대읍(大邑)인 주나라(周)에(于) 부속되었다(附).'고 했다. 그곳(其)의 군자(君子)는 검은색(玄)과 황색(黃) (비단을) 상자(匪)에(于) 넣어서(實) 그것으로(以) 그(其) 군자(君子)를 맞이하고(迎), 그곳(其)의 소인(小人)은 소쿠리(簞)에 밥(食)을 병(壺)에 마실 것(漿)을 (담아) 그것으로(以) 그(其) 소인(小人)을 맞이했으니(迎), 물(水)과 불(火)의(之) 속(中)에서(於) 백성(民)을 구해주고(救), 그(其) 잔학한 자(殘)를 취했을(取) 뿐이다(而已矣).

太誓曰(태서), 我武惟揚(아무유양), 侵于之疆(침우지강), 則取于殘(즉취우잔), 殺伐用張(살벌용장), 于湯(우탕), 有光(유광).

(서경) 「태서(太誓)」편에 이르길(曰), '내(我) 무력(武)으로 오직(惟) 드날려서(揚), 그(之) 국경(疆)에(于) 침략하여(侵), 곧(則) 잔학한 자(殘)를(于) 취하여(取), 죽이고(殺) 정벌하여(伐) 그것으로(用=以) 떨쳤으니(張), 탕왕(湯)보다(于) 빛남(光)이 있다(有).'고 했다.

不行王政云爾(불행왕정운), 苟行王政(구행왕정), 四海之內(사해지내), 皆擧首而望之(개거수이망지), 欲以爲君(욕이위군), 齊·楚雖大(제초수대), 何畏焉(하외언)?

왕도정치(王政)를 행하지(行) 않는다(不)고 이를 뿐이지(云爾), 진실로(苟) 왕도정치(王政)를 행한다면(行), 사해(四海)의(之) 안(內)에서 모두(皆) 머리(首)를 들(擧)어(而) 그(之)를 바라보면서(望), 그를(以) 임금(君)으로 삼(爲)으려 하니(欲), 제나라(齊)와 초나라(楚)가 비록(雖) 크지만(大), 어찌(何) 그것을(焉) 두려워하겠는가(畏)?

*萬章(만장): 맹자의 제자 ‖ *如之何(여지하): 그것이 무엇과 같은가? 어떻게 하는가? 어찌할까? 어떻게 하여, 어떠한가? ‖ *湯(탕): 상(商)나라 초대 왕 ‖ *無以(무이): ①~할 방법이 없다, ②~할 수가 없다, ③~한 것이 없다 ‖ *粢盛(자성): 큰 제사에 쓰는 기장과 피 / 粢(자): 기장 ‖ *要(요): 으르다, 협박하다 ‖ *有~者: ①~한 사람(경우)이 있다, ②~이 있는 사람(경우) ‖ *有+명사: ①~이(가) 있다(술어+보어), ②~을(를) 가지고 있다(술어+목적어) ‖ *餉(향): (음식을) 보내다 ‖ *仇(구): 원수 ‖ *復讐(복수): 원수를 갚다 / 復(복): 갚다 ‖ *載(재): 시행하다, 시작하다 ‖ *徯(혜): 기다리다 ‖ *攸(유): =所 ‖ *綏(수): 편안하다 ‖ *士女(사녀): 남자와 여자 ‖ *匪(비): 대상자, 담다 ‖ *實(실): 그릇에 넣다 ‖ *紹(소): 돕다, 보좌하다 ‖ *漿(장): 마실 것, 음료 ‖ *而已矣(이이의): ~일 뿐이다 ‖ *云爾(운이): 이와 같이, ~라고 한다, 이와 같을 뿐이다.

부록 최소한 문법: 而, 之, 與, 不, 使, 以, 者, 非, 於, 于, 欲, 以爲, 焉.

6장

孟子謂戴不勝曰(맹자위대불승왈). 子欲子之王之善與(자욕자지왕지선여)? 我明告子(아명고자). 有楚大夫於此(유초대부어차), 欲其子之齊語也(욕기자지제어야), 則使齊人傅諸(즉사제인부저)? 使楚人傅諸(사초인부저)? 曰(왈). 使齊人傅之(사제인부지). 曰(왈). 一齊人傅之(일제인부지), 衆楚人咻之(중초인휴지), 雖日撻而求其齊也(수일달이구기제야), 不可得矣(불가득의). 引而置之莊嶽之間數

年(인이치지장악지간수년), 雖日撻而求其楚(수일달이구기초), 亦不可得矣(역불가득의).

맹자(孟子)께서 대불승(戴不勝)에게 일러(謂) 말씀하셨다(曰). 그대(子)는 그대(子)의(之) 왕(王)이(之) 선해지기(善)를 바라(欲)십니까(與)? 제(我)가 분명히(明) 그대(子)에게 알려주겠습니다(告). 여기(此)에(於) 초나라(楚) 대부(大夫)가 있는데(有), 그(其) 자식(子)이(之) 제나라(齊) 말하기(語)를 원한(欲)다(也)면(則), 제나라(齊) 사람(人)으로 하여금(使) 그를(諸) 가르치겠습니까(傅)? 초나라(楚) 사람(人)으로 하여금(使) 그를(諸) 가르치겠습니까(傅)? 말했다(曰). 제나라(齊) 사람(人)으로 하여금(使) 그(之)를 가르치겠습니다(傅). 말씀하셨다(曰). 한 명(一)의 제나라(齊) 사람(人)이 그(之)를 가르치는데(傅), 여러(衆) 초나라(楚) 사람(人)이 거기(之)에서 지껄인다면(咻), 비록(雖) 날마다(日) 종아리 쳐(撻)서(而) 그(其)가 제나라(齊) (말하기)를 요구하(求)더라도(也), 얻을(得) 수(可) 없을(不) 것입니다(矣). 끌어다(引)가(而) 그(之)를 장악(莊嶽)의(之) 사이(間)에 수년(數年)을 두면(置), 비록(雖) 날마다(日) 종아리 쳐(撻)서(而) 그(其)가 초나라(楚) (말하기)를 요구하더라도(求), 또한(亦) 얻을(得) 수(可) 없을(不) 것입니다(矣).

※ 莊嶽: 제나라의 번화한 거리.

子謂薛居州善士也(자위설거주선사야), 使之居於王所(사지거어왕소). 在於王所者(재어왕소자), 長幼卑尊(장유비존), 皆薛居州也(개설거주야), 王誰與爲不善(왕수여위불선)? 在王所者(재왕소자), 長幼卑尊(장유비존), 皆非薛居州也(개비설거주야), 王誰與爲善(왕수여위선)? 一薛居州(일설거주), 獨如宋王何(독여송왕하)?

그대(子)는 설거주(薛居州, 현자)를 훌륭한(善) 사(士)라(也) 평하여(謂), 그(之)로 하여금(使) 왕(王)의 처소(所)에(於) 거하게 했습니다(居). 왕(所)의 처소(所)에(於) 있는(在) 자(者)가 나이가 많거나(長) 어리거나(幼) 비천하거나(卑) 높거나(尊) 모두(皆) 설거주(薛居州)라면(也), 왕(王)이 누구(誰)와(與) 불선(不善)을 하겠습니까(爲)? 왕(所)의 처소(所)에(於) 있는(在) 자(者)가 나이가 많거나(長) 어리거나(幼) 비천하거나(卑) 높거나

(尊) 모두(皆) 설거주(薛居州)가 아니(非)라면(也), 왕(王)이 누구(誰)와(與) 선(善)을 하겠습니까(爲)? 한 명(一)의 설거주(薛居州)가 홀로(獨) 송나라(宋) 왕(王)을 어찌하겠습니까(如-何)?

*戴不勝(대불승): 송(宋)나라 신하 ‖ *有+명사: ①~이(가) 있다(술어+보어), ②~을(를) 가지고 있다(술어+목적어) ‖ *咻(휴): 지껄이다 ‖ *撻(달): 종아리 치다, 때리다 ‖ *如之何(여지하): 그것이 무엇과 같은가? 어떻게 하는가? 어찌할까? 어떻게 하여, 어떠한가?

부록 최소한 문법: 之, 於, 使, 諸, 而, 可, 不, 者, 與, 非.

7장

<u>公孫丑</u>問曰(공손추문왈). 不見諸侯何義(불견제후하의)? <u>孟子</u>曰(맹자왈). 古者(고자), 不爲臣不見(불위신불견).

공손추(公孫丑)가 물어(問) 말했다(曰). 제후(諸侯)를 만나지(見) 않으시는(不) 것은 무슨(何) 뜻(義)입니까? 맹자(孟子)께서 말씀하셨다(曰). 옛날(古)에(者) 신하(臣)가 되지(爲) 않으면(不), 만나지(見) 않았다(不).

<u>段干木</u>(단간목), 踰垣而辟之(유원이피지), <u>泄柳</u>閉門而不內(설류폐문이불납), 是皆已甚(시개이심). 迫(박), 斯可以見矣(사가이견의).

단간목(段干木)은 담(垣)을 넘(踰)어서(而) 그(之)를 <u>피했고(辟)</u>, 설류(泄柳)는 문(門)을 닫(閉)고(而) <u>들이지(內)</u> 않았는데(不), 이(是)는 모두(皆) <u>너무(已)</u> 심한 것이다(甚). <u>다급하(迫)</u>면(斯) 만나볼(見) 수(可以) 있는 것이다(矣).

陽貨欲見孔子而惡無禮(양화욕현공자이오무례). 大夫有賜於士(대부유사어사), 不得受於其家(부득수어기가), 則往拜其門(즉왕배기문). 陽貨瞰孔子之亡也而饋孔子蒸豚(양화감공자지무야이궤공자증돈), 孔子亦瞰其亡也(공자역감기무야), 而往拜之(이왕배지). 當是時(당시시), 陽貨先(양화선), 豈得不見(기득불견)?

양화(陽貨)는 공자(孔子)를 만나보고(見) 싶었으(欲)나(而), 예(禮)가 없었다(無)는 것을 싫어했다(惡). 대부(大夫)가 사(士)에게(於) 하사한 것(賜)이 있는데(有), (사가) 그(其) 집(家)에서(於) 받을(受) 수(得) 없다(不)면(則), 그(其, 대부) 문(門)에 가서(往) 절한다(拜). 양화(陽貨)가 공자(孔子)께서(之) 없을(亡) 때를 엿보(瞰)고(也)서(而), 공자(孔子)께 삶은(蒸) 돼지고기(豚)를 보냈는데(饋), 공자(孔子)께서도 또한(亦) 그(其)가 없을(亡) 때를 엿보(瞰)고(也)서(而), 거기(之)에 찾아가(往) 절했다(拜). 이(是)때(時)를 만나(當) 양화(陽貨)가 먼저 했는데(先), 어찌(豈) 만나지(見) 않을(不) 수 있겠는가(得)?

曾子曰(증자왈), 脅肩諂笑(흡견첨소), 病于夏畦(병우하휴). 子路曰(자로왈), 未同而言(미동이언), 觀其色(관기색), 赧赧然(난난연), 非由之所知也(비유지소지야). 由是觀之(유시관지), 則君子之所養(즉군자지소양), 可知已矣(가지이의).

증자(曾子)께서 말씀하시길(曰), '어깨(肩)를 움츠리며(脅) 아첨하여(諂) 웃는(笑) 것은 여름(夏)에 밭(畦)에서보다(于) 괴롭다(病).'고 했다. 자로(子路)는 말하길(曰), '(뜻이) 같지(同) 않(未)은데(而) 말할 때(言) 그(其) 낯빛(色)을 보면(觀), 낯을 붉히는(赧赧) 듯했으니(然), 유(由, 자로)가(之) 알고 지낼(知) 자(所)가 아니(非)다(也).'라 했다. 이(是)를 말미암아(由) 그것(之)을 살펴보(觀)면(則), 군자(君子)가(之) 기른(養) 것(所)을 알(知) 수(可) 있을 뿐이다(已矣).

※ 脅: (협) 겨드랑이, / (흡) 움츠린다.

*公孫丑(공손추): 만장(萬章)과 더불어 맹자의 뛰어난 제자로 제(齊)나라 사람 ‖ *內(납): 들이다 ‖ *迫(박): 다급하다 ‖ *有+명사: ①~이(가) 있다(술어+보어), ②~을(를) 가지고 있다(술어+목적어) ‖ *瞯(감): 엿보다 ‖ *饋(궤): 보내다 ‖ *曾子(증자): 공자의 제자 증삼(曾參)으로, 공자 사상을 계승하는 데 역할을 한 인물 ‖ *脅(흡): 움츠리다 ‖ *諂(첨): 아첨하다 ‖ *畦(휴): 밭두둑 ‖ *子路(자로): 공자의 제자로 노(魯)나라 유학자 ‖ *赧赧然(난난연): 부끄러워 낯을 붉히는 모양 / 赧(난): 얼굴 붉힌다 ‖ *已矣(이의): ~일 뿐이다.

부록 최소한 문법: 不, 而, 可以, 欲, 於, 得, 之, 于, 未, 所, 非, 可.

8장

戴盈之曰(대영지왈). 什一(십일), 去關市之征(거관시지정), 今玆未能(금자미능). 請輕之(청경지), 以待來年然後已(이대내년연후이), 何如(하여)?

대영지(戴盈之)가 말했다(曰). 십(什)의 일(一) (세금을 시행만) 하고, 관문(關)이나 시장(市)의(之) 세금(征)을 없애는(去) 것, 올해(今玆) 할 수(能) 없습니다(未). 청컨대(請) 그것(之)을 가볍게 해서(輕), 그것으로(以) 내년(來年)을 기다린(待) 연후에(然後) 그만두는(已) 것이 어떻습니까(何如)?

孟子曰(맹자왈). 今有人(금유인), 日攘其隣之鷄者(일양기린지계자). 或告之曰(혹고지왈), 是非君子之道(시비군자지도), 曰(왈), 請損之(청손지), 月攘一鷄(월양일계), 以待來年然後已(이대내년연후이).

맹자(孟子)께서 말씀하셨다(曰). 지금(今) 어떤(有) 이(人)가 날마다(日) 그(其) 이웃(隣)의(之) 닭(鷄)을 훔치는(攘) 자(者)가 있었습니다. 어떤 이(或)가 그(之)에게 고하여(告)

말하길(曰), '이(是)는 군자(君子)의(之) 도(道)가 아니다(非).'라 하자, 말하길(曰), '청컨대(請) 그것(之)을 줄여(損), 한 달(月)에 한 마리(一)의 닭(鷄)을 훔치다가(攘), 그것으로(以) 내년(來年)을 기다린(待) 연후에(然後) 그만두겠다(已).'고 합니다.

如知其非義(여지기비의), **斯速已矣**(사속이의), **何待來年**(하대내년)?

만약(如) 그것(其)이 의(義)가 아니라는(非) 것을 알았다(知)면(斯), 속히(速) 그만둘(已) 것이지(矣), 어찌(何) 내년(來年)을 기다리겠습니까(待)?

※ 已矣: 종결사로 주로 쓰이나, 已가 실사로 사용될 때가 있다.

*戴盈之(대영지): 송(宋)나라 대부 ‖ *征(정): 구실, 세금 ‖ *今玆(금자): 올해 ‖ *何如(하여): 무엇과 같은가? 어찌하여, 어떠한가? ‖ *有(유): 어떤 ‖ *攘(양): 훔치다.

부록 최소한 문법: 之, 未, 以, 者, 非.

9장

公都子曰(공도자왈). **外人**(외인), **皆稱夫子好辯**(개칭부자호변), **敢問何也**(감문하야)? **孟子曰**(맹자왈). **予豈好辯哉**(여기호변재)? **予不得已也**(여부득이야). **天下之生**(천하지생), **久矣**(구의), **一治一亂**(일치일란).

공도자(公都子)가 말했다(曰). 외부(外) 사람(人)이 모두(皆) 선생님(夫子)께서 변론(辯)을 좋아한다(好)고 칭하는데(稱), 감히(敢) 묻습니다(問), 어째서(何)입니까(也)? 맹자(孟子)께서 말씀하셨다(曰). 내(予)가 어찌(豈) 변론(辯)을 좋아하(好)겠는가(哉)? 나(予)

는 부득이해서(不得已)이다(也). 천하(天下)가(之) 생겨난 지(生) 오래되었(久)는데(矣), 한 번(一) 다스려지면(治) 한 번(一) 어지러워진다(亂).

當堯之時(당요지시), 水逆行(수역행), 氾濫於中國(범람어중국), 蛇龍居之(사룡거지). 民無所定(민무소정), 下者爲巢(하자위소), 上者爲營窟(상자위영굴). 書曰(서왈), 洚水警余(강수경여), 洚水者(강수자), 洪水也(홍수야).

요임금(堯)의(之) 시대(時)를 만나(當) 물(水)이 역행하여(逆行) 나라 안(中國)에(於) 범람하여(氾濫) 뱀(蛇)과 용(龍)이 거기(之)에 살았다(居). 백성(民)이 정착할(定) 곳(所)이 없어서(無) 낮은 곳(下)의 사람(者)은 새집(巢)처럼 만들고(爲), 높은 곳(上)의 사람(者)은 굴(窟)을 만들어(爲) 살았다(營). 『서경(書)』에 이르길(曰), '강수(洚水)가 나(余)를 경계시켰다(警).'고 했는데, 강수(洚水)란(者) 홍수(洪水)이다(也).

使禹治之(사우치지), 禹掘地而注之海(우굴지이주지해), 驅蛇龍而放之菹(구사룡이방지저). 水由地中行(수유지중행), 江·淮·河·漢(강회하한), 是也(시야). 險阻旣遠(험조기원), 鳥獸之害人者(조수지해인자), 消然後人得平土而居之(소연후인득평토이거지).

우(禹)로 하여금(使) 그것(之)을 다스리게 했는데(治), 우(禹)는 땅(地)을 파(掘)서(而) 그것(之)을 바다(海)로 흘러들게 하고(注), 뱀(蛇)과 용(龍)을 몰아(驅)서(而) 그것들(之)을 늪(菹)으로 추방했다(放). 물(水)이 땅(地) 사이(中)를 따라(由) 흘렀으니(行), 장강(江), 회수(淮), 황하(河), 한수(漢)가 이것(是)이다(也). 험조(險阻)가 이미(旣) 멀어지고(遠), 새(鳥)나 짐승(獸)이(之) 사람(人)을 해치는(害) 것(者)이 사라진(消) 연후에야(然後) 사람(人)이 평지(平土)를 얻(得)어서(而) 거기(之)에 살았다(居).

堯·舜既沒(요순기몰), 聖人之道衰(성인지도쇠), 暴君代作(포군대작). 壞宮室以爲汙池(괴궁실이위오지), 民無所安息(민무소안식), 棄田以爲園囿(기전이위원유), 使民不得衣食(사민부득의식). 邪說暴行(사설포행), 又作(우작), 園囿汚池沛澤多而禽獸至(원유오지패택다이금수지). 及紂之身(급주지신), 天下又大亂(천하우대란).

요순(堯舜)께서 이미(旣) 돌아가시고(沒), 성인(聖人)의(之) 도(道)가 쇠해지면서(衰) 폭군(暴君)이 대대로(代) 나왔다(作). 궁실(宮室)을 무너뜨려(壞) 그것으로(以) 웅덩이(汙)와 못(池)으로 만들어(爲) 백성(民)이 편안히(安) 쉴(息) 곳(所)이 없어졌고(無), 농지(田)를 폐하여(棄) 그것으로(以) 나랏동산(園囿)을 만들어(爲) 백성(民)으로 하여금(使) 입고(衣) 먹을(食) 수(得) 없었다(不). 사악한(邪) 설(說)과 포악한(暴) 행동(行)이 또(又) 일어나고(作), 나랏동산(園囿), 웅덩이(汚), 못(池), 늪지대(沛澤)가 많아(多)져서(而) 금수(禽獸)가 이르렀다(至). 주왕(紂)의(之) 몸(身)에 이르러(及) 천하(天下)가 또(又) 크게(大) 어지러워졌다(亂).

周公相武王誅紂(주공상무왕주주), 伐奄三年(벌엄삼년), 討其君(토기군), 驅飛廉於海隅而戮之(구비렴어해우이육지), 滅國者五十(멸국자오십). 驅虎豹犀象而遠之(구호표서상이원지), 天下大悅(천하대열). 書曰(서왈), 丕顯哉(비현재), 文王謨(문왕모). 丕承哉(비승재), 武王烈(무왕렬). 佑啓我後人(우계아후인), 咸以正無缺(함이정무결).

주공(周公)이 무왕(武王)을 도와(相) 주왕(紂)을 죽이고(誅), 엄나라(奄)를 정벌하고(伐) 삼 년(三年) 만에 그(其) 임금(君)을 토벌하고(討), 비렴(飛廉)을 바닷가(海隅)에(於) 몰(驅)아서(而) 그(之)를 죽이니(戮), 나라(國)를 멸망시킨(滅) 것(者)이 50(五十)이었다. 범(虎)과 표범(豹)과 무소(犀)와 코끼리(象)를 몰(驅)아서(而) 그것들(之)을 멀리하시니(遠), 천하(天下)가 크게(大) 기뻐했다(悅). 『서경(書)』에 이르길(曰), '크게(丕) 드러(顯)나셨다(哉), 문왕(文王)의 계책(謨)이여. 크게(丕) 계승하(承)셨다(哉), 무왕(武王)의 공적(烈)이여. 우리(我) 후인(後人)을 도와(佑) 열어주시되(啓), 모두(咸) 바름(正)으로(以) 결함(缺)이 없었다(無).'고 했다.

世衰道微(세쇠도미), 邪說暴行(사설포행), 有作(유작), 臣弑其君者有之(신시기군자유지), 子弑其父者有之(자시기부자유지).

세상(世)이 쇠퇴하고(衰) 도(道)가 미약해지면서(微), 사악한(邪) 설(說)과 포악한(暴) 행동(行)이 또(有) 일어나(作), 신하(臣)로 그(其) 임금(君)을 시해하는(弑) 자(者), 그런 자(之)도 있었고(有), 자식(子)으로 그(其) 아비(父)를 시해하는(弑) 자(者), 그런 자(之)도 있었다(有).

孔子懼(공자구), 作春秋(작춘추), 春秋(춘추), 天子之事也(천자지사야). 是故孔子曰(시고공자왈), 知我者(지아자), 其惟春秋乎(기유춘추호), 罪我者(죄아자), 其惟春秋乎(기유춘추호).

공자(孔子)께서 두려워하시어(懼) 『춘추(春秋)』를 지으셨지만(作), 『춘추(春秋)』는 천자(天子)의(之) 일(事)인 것이다(也). 이(是) 때문에(故) 공자(孔子)께서 말씀하시길(曰), '나(我)를 알아주는(知) 것(者)은 아마도(其) 오직(惟) 『춘추(春秋)』이고(乎), 나(我)를 비난하는(罪) 것(者)도 아마도(其) 오직(惟) 『춘추(春秋)』인 것이다(乎).'라 했다.

聖王不作(성왕부작), 諸侯放恣(제후방자), 處士橫議(처사횡의), 楊朱·墨翟之言(양주묵적지언), 盈天下(영천하), 天下之言(천하지언), 不歸楊(불귀양), 則歸墨(즉귀묵). 楊氏爲我(양씨위아), 是無君也(시무군야), 墨氏兼愛(묵씨겸애), 是無父也(시무부야). 無父無君(무부무군), 是禽獸也(시금수야). 公明儀曰(공명의왈), 庖有肥肉(포유비육), 廐有肥馬(구유비마), 民有飢色(민유기색), 野有餓莩(야유아표), 此率獸而食人也(차솔수이식인야). 楊·墨之道不息(양묵지도불식), 孔子之道不著(공자지도부저), 是邪說誣民(시사설무민), 充塞仁義也(충색인의야). 仁義充塞(인의충색), 則率

獸食人(즉솔수식인), 人將相食(인장상식).

성왕(聖王)이 나오지(作) 않아(不) 제후(諸侯)가 방자해지고(放恣), 처사(處士)가 제멋대로(橫) 의논하여(議) 양주(楊朱)와 묵적(墨翟)의(之) 말(言)이 천하(天下)에 가득했으니(盈), 천하(天下)의(之) 말(言)이 양주(楊)에게 돌아가지(歸) 않(不)으면(則) 묵적(墨)에게 돌아갔다(歸). 양씨(楊氏)는 위아설(爲我)인데, 이(是)는 임금(君)이 없는(無) 것이며(也), 묵씨(墨氏)는 겸애설(兼愛)인데, 이(是)는 아비(父)가 없는(無) 것이다(也). 아비(父)가 없고(無) 임금(君)이 없으면(無), 이(是)는 금수(禽獸)인 것이다(也). 공명의(公明儀)가 말하길(曰), '부엌(庖)에 살찐(肥) 고기(肉)가 있고(有), 마구간(廐)에 살찐(肥) 말(馬)이 있는데(有), 백성(民)에게는 굶주린(飢) 기색(色)이 있고(有), 들(野)에는 굶어 죽은 시체(餓莩)가 있다면(有), 이것(此)은 짐승(獸)을 몰아(率)다가(而) 사람(人)을 먹는(食) 것이다(也).'라 했다. 양주(楊)와 묵적(墨)의(之) 도(道)가 사라지지(息) 않으면(不), 공자(孔子)의(之) 도(道)가 드러나지(著) 못하니(不), 이(是)는 사악한(邪) 설(說)이 백성(民)을 속여(誣) 인의(仁義)를 완전히(充) 막는(塞) 것이다(也). 인의(仁義)가 완전히(充) 막히(塞)면(則), 짐승(獸)을 몰아다(率) 사람(人)을 먹게 하니(食), 사람(人)도 장차(將) 서로(相) 먹을 것이다(食).

※ 爲我: 극단적인 개인주의 위아설(爲我說)로, 남을 위하거나 해침이 없이 오직 자기의 욕망을 만족시키는 것이 옳다는 주장이다.

吾爲此懼(오위차구), 閑先聖之道(한선성지도), 距楊·墨(거양묵), 放淫辭(방음사), 邪說者不得作(사설자부득작), 作於其心(작어기심), 害於其事(해어기사), 作於其事(작어기사), 害於其政(해어기정), 聖人復起(성인부기), 不易吾言矣(불역오언의).

나(吾)는 이렇게(此) 되는(爲) 것이 두려워(懼), 선성(先聖)의(之) 도(道)를 보위하여(閑) 양주(楊)와 묵적(墨)을 막고(距) 음란한(淫) 말(辭)을 추방해서(放), 사악한(邪) 설(說)이(者) 나올(作) 수(得) 없게 하니(不), 그(其) 마음(心)에서(於) 나와(作) 그(其) 일(事)에(於) 해가 되며(害), 그(其) 일(事)에(於) 나와(作) 그(其) 정사(政)에(於) 해가 되니(害), 성인(聖人)이 다시(復) 일어나더라도(起) 내(吾) 말(言)을 바꾸지(易) 않을(不) 것이다(矣).

昔者禹抑洪水而天下平(석자우억홍수이천하평), 周公兼夷狄驅猛獸而百姓寧(주공겸이적구맹수이백성영), 孔子成春秋而亂臣賊子懼(공자성춘추이난신적자구).

옛날(昔)에(者) 우왕(禹)께서 홍수(洪水)를 억제하(抑)자(而) 천하(天下)가 태평해졌으며(平), 주공(周公)께서 이적(夷狄)을 겸병하고(兼) 맹수(猛獸)를 몰아내(驅)자(而) 백성(百姓)이 편안해졌으며(寧), 공자(孔子)께서 『춘추(春秋)』를 완성하자(成) 난신(亂臣)과 적자(賊子)가 두려워했다(懼).

詩云(시운), 戎狄是膺(융적시응), 荊舒是懲(형서시징), 則莫我敢承(즉막아감승). 無父無君(무부무군), 是周公所膺也(시주공소응야).

『시경(詩)』에 이르길(云), '융(戎)과 적(狄)을(是) 응징하고(膺), 형(荊)과 서(舒)를(是) 징계하니(懲), 곧(則) 감히(敢) 나(我)를 감당할(承) 이가 없네(莫).'라 했는데, 아비(父)가 없고(無) 임금(君)이 없는(無) 것, 이(是)는 주공(周公)께서도 응징하신(膺) 것(所)이다(也).

*是膺와 是懲의 是: 도치의 之와 같으나 '이에'로 번역하는 예도 있다.

我亦欲正人心(아역욕정인심), 息邪說(식사설), 距詖行(거피행), 放淫辭(방음사), 以承三聖者(이승삼성자), 豈好辯哉(기호변재)? 予不得已也(여부득이야).

나(我) 또한(亦) 인심(人心)을 바로잡(正)고자(欲), 사악한(邪) 설(說)을 사라지게 하고(息), 편파적인(詖) 행실(行)을 막고(距), 음란한(淫) 말(辭)을 추방하여(放), 그것으로(以) 세(三) 성인(聖)을 계승하려는(承) 것(者)이니, 어찌(豈) 변론(辯)을 좋아하(好)겠는가(哉)? 나(予)는 부득이해서(不得已)이다(也).

能言距楊·墨者(능언거양묵자), 聖人之徒也(성인지도야).

양주(楊)와 묵적(墨)을 막자(距)고 말할(言) 수(能) 있는 자(者)는 성인(聖人)의(之) 무리(徒)인 것이다(也).

*公都子(공도자): 맹자의 제자 ‖ *巢(소): 새집, 집 ‖ *營(영): 둘러치고 살다 ‖ *洚(홍/강): 큰물 ‖ *菹(저): 늪 ‖ *險阻(험조): 어려운 일 ‖ *汙(오): 웅덩이 ‖ *園囿(원유): 식물원과 동물원, 나랏동산 ‖ *紂(주): 상(商)나라 마지막 왕 ‖ *戮(륙/육): 죽이다 ‖ *犀(서): 무소(코뿔소) ‖ *丕(비): 크다 ‖ *有+명사: ①~이(가) 있다(술어+보어), ②~을(를) 가지고 있다(술어+목적어) ‖ *橫議(횡의): 도리에 어긋난 의논 ‖ *公明儀(공명의): 노(魯)나라 거문고 명수 ‖ *庖(포): 부엌 ‖ *廐(구): 마구간 ‖ *餓莩(아표): 굶어 죽은 시체 / 莩(표): 굶어 죽다 ‖ *閑(한): 보위하다 ‖ *亂臣賊子(난신적자): 나라를 어지럽히는 신하와 어버이를 해치는 자식 ‖ *膺(응): 맡다, 담당하다→ 응징하다 ‖ *詖(피): 치우치다, 편파적이다.

부록 : 敢, 不, 得, 之, 於, 所, 者, 使, 而, 以, 欲, 能.

10장

匡章曰(광장왈). 陳仲子(진중자), 豈不誠廉士哉(기불성염사재)? 居於陵(거오릉), 三日不食(삼일불식), 耳無聞(이무문), 目無見也(목무견야). 井上有李螬食實者過半矣(정상유리조식실자과반의), 匍匐往將食之(포복왕장식지), 三咽然後耳有聞目有見(삼연연후이유문목유견).

광장(匡章)이 말했다(曰). 진중자(陳仲子)는 어찌(豈) 진실로(誠) 청렴한(廉) 선비라 이르지(士) 않(不)겠습니까(哉)? 오릉(於陵)에 살 때(居) 삼 일간(三日) 먹지(食) 못하여(不), 귀(耳)에 들리는 것(聞)이 없고(無), 눈(目)에 보이는 것(見)이 없(無)었습니다(也). 우물가(井上)에 굼벵이(螬)가 열매(實)를 먹은(食) 것(者)이 반(半)을 넘은(過) 자두(李)가 있었

(有)는데(矣), 기어(匍匐)가서(往) 장차(將) 그것(之)을 먹고(食) 세 번(三) 삼킨(咽) 연후에(然後) 귀(耳)에 들리는 것(聞)이 있고(有), 눈(目)에 보이는 것(見)이 있었습니다(有).

孟子曰(맹자왈). 於齊國之士(어제국지사), 吾必以仲子(오필이중자), 爲巨擘焉(위거벽언). 雖然(수연), 仲子(중자), 惡能廉(오능렴)? 充仲子之操(충중자지조), 則蚓而後可者也(즉인이후가자야). 夫蚓(부인), 上食槁壤(상식고양), 下飮黃泉(하음황천), 仲子所居之室(중자소거지실), 伯夷之所築與(백이지소축여), 抑亦盜跖之所築與(억역도척지소축여), 所食之粟(소식지속), 伯夷之所樹與(백이지소수여), 抑亦盜跖之所樹與(억역도척지소수여), 是未可知也(시미가지야).

맹자(孟子)께서 말씀하셨다(曰). 제(齊)나라(國)의(之) 선비(士)에서(於) 내(吾)가 반드시(必) 중자(仲子)를(以) 거기에서(焉) 거벽(巨擘)으로 여깁니다(爲). 비록(雖) 그러하나(然) 중자(仲子)가 어찌(惡) 청렴할(廉) 수 있겠습니까(能)? 중자(仲子)의(之) 지조(操)를 채우(充)려면(則), 지렁이가 된(蚓) 이후에나(而後) 가능할(可) 것(者)입니다(也). 무릇(夫) 지렁이(蚓)는 위(上)로 마른(槁) 흙(壤)을 먹고(食) 아래(下)로 누런(黃) 샘물(泉)을 마시는데(飮), 중자(仲子)가 거처하는(居) 곳(所)의(之) 집(室)은 백이(伯夷)가(之) 지은(築) 것(所)인가요(與)? 아니면(抑) 또한(亦) 도척(盜跖)이(之) 지은(築) 것(所)인가요(與)? 먹는(食) 것(所)의(之) 곡식(粟)은 백이(伯夷)가(之) 심은(樹) 것(所)인가요(與)? 아니면(抑) 또한(亦) 도척(盜跖)이(之) 심은(樹) 것(所)인가요(與)? 이(是)는 아직 알(知) 수(可) 없는(未) 것입니다(也).

曰(왈). 是何傷哉(시하상재)? 彼身織屨(피신직구), 妻辟纑(처벽로), 以易之也(이역지야).

말했다(曰). 이것(是)이 무슨(何) 해(傷)가 되겠습니까(哉)? 그(彼)는 몸소(身) 신(屨)을 짜고(織) 아내(妻)는 길쌈해서(辟纑) 그것으로(以) 그것들(之)과 바꾼(易) 것입니다(也).

曰(왈). 仲子(중자), 齊之世家也(제지세가야). 兄戴蓋祿(형대합록), 萬鍾(만종), 以兄之祿(이형지록), 爲不義之祿而不食也(위불의지록이불식야), 以兄之室(이형지실), 爲不義之室而不居也(위불의지실이불거야), 辟兄離母(피형이모), 處於於陵(처어오릉). 他日歸(타일귀), 則有饋其兄生鵝者(즉유궤기형생아자). 己頻顣曰(기빈축왈), 惡用是鶃鶃者爲哉(오용시예예자위재)? 他日(타일), 其母殺是鵝也(기모살시아야), 與之食之(여지식지), 其兄(기형), 自外至曰(자외지왈), 是鶃鶃之肉也(시얼얼지육야), 出而哇之(출이와지).

말씀하셨다(曰). 중자(仲子)는 제나라(齊)의(之) 세가(世家)입니다(也). 형(兄) 대(戴, 진대)는 합 땅(蓋) 녹(祿)이 만 종(萬鍾)인데, 형(兄)의(之) 녹(祿)을(以) 불의(不義)한(之) 녹(祿)으로 여겨(爲)서(而) 먹지(食) 않(不)고(也), 형(兄)의(之) 집(室)을(以) 불의(不義)한(之) 집(室)이라 여겨(爲)서(而) 거처하지(居) 않(不)고(也), 형(兄)을 피하고(辟) 어미(母)를 떠나(離) 오릉(於陵)에(於) 거처했습니다(處). 타일(他日)에 돌아온(歸) 즉(則) 그(其) 형(兄)에게 산(生) 거위(鵝)를 선물한(饋) 자(者)가 있었는데(有), 자기(己)가 찌푸리며(頻顣) 말하길(曰), '이(是) 꽥꽥거리는(鶃鶃) 것(者)을 어디(惡)에 쓰려고(用) 하(爲)는가(哉)?'라 했습니다. 타일(他日)에 그(其) 어미(母)가 이(是) 거위(鵝)를 죽여(殺)서(也), 그(之)에게 주어(與) 그것(之)을 먹었는데(食), 그(其) 형(兄)이 밖(外)으로부터(自) 이르러(至) 말하길(曰), '이것(是)이 꽥꽥거리(鶃鶃)던(之) 고기(肉)이다(也).'라 하자, 나가(出)서(而) 그것(之)을 토했습니다(哇).

以母則不食(이모즉불식), 以妻則食之(이처즉식지), 以兄之室則弗居(이형지실즉불거), 以於陵則居之(이오릉즉거지), 是尙爲能充其類也乎(시상위능충기류야호)? 若仲子者(약중자자), 蚓而後充其操者也(인이후충기조자야).

어머니(母)로(以) 하면(則) 먹지(食) 않고(不), 아내(妻)로(以) 하면(則) 그것(之)을 먹으며(食), 형(兄)의(之) 집(室)으로(以) 하면(則) 거처하지(居) 않고(弗), 오릉(於陵)으로(以)

하면(則) 거기(之)에 거처하니(居), 이러고도(是) 오히려(尙) 그(其) 종류(類)를 채울(充) 수(能) 있었다고 하(爲)겠습니까(也乎)? 중자(仲子)와 같은(若) 자(者)는 지렁이가 된(蚓) 이후에나(而後) 그(其) 지조(操)를 채울(充) 자(者)인 것입니다(也).

*匡章(광장): 전국시대 제(齊)나라 장군 ‖ *陳仲子(진중자): 제(齊)나라의 청렴한 처사 ‖ *螬(조): 굼벵이 ‖ *有+명사: ①~이(가) 있다(술어+보어), ②~을(를) 가지고 있다(술어+목적어) ‖ *匍匐(포복): 배를 땅에 대고 김 / 匍(포): 기다 / 匐(복) 기다 ‖ *咽(연): 삼키다 ‖ *巨擘(거벽): 학식이나 어떤 전문 부분에서 남달리 뛰어난 사람 / 擘(벽): 엄지손가락 ‖ *蚓(인): 지렁이 ‖ *槁(고): 마르다 ‖ *抑(억): ~이 아니면 ‖ *盜蹠(도척): 노(魯)나라 현인으로 알려진 유하혜의 동생으로 춘추시대 전설적인 도둑 ‖ *屨(구): 신 ‖ *辟(벽): 길쌈하다 ‖ *纑(로/노): 실 ‖ *饋(궤): 보내다 ‖ *鵝(아): 거위 ‖ *頻(빈): 찡그리다 ‖ *顣(축): 찡그리다 ‖ *鶃(예): 거위 소리 ‖ *哇(와): 토하다.

부록 최소한 문법: 不, 者, 之, 於, 必, 以爲, 焉, 能, 所, 可, 未, 以, 而.

이루상(離婁上)

1장

孟子曰(맹자왈). 離婁之明(이루지명), 公輸子之巧(공수자지교), 不以規矩(불이규구), 不能成方員(불능성방원), 師曠之聰(사광지총), 不以六律(불이육률), 不能正五音(불능정오음), 堯·舜之道(요순지도), 不以仁政(불이인정), 不能平治天下(불능평치천하).

맹자(孟子)께서 말씀하셨다(曰). 이루(離婁)의(之) 시력(明)과 공수자(公輸子)의(之) 솜씨(巧)로도 그림쇠(規)와 곱자(矩)를 쓰지(以) 않으면(不), 네모(方)와 원(員)을 이룰(成) 수(能) 없고(不), 사광(師曠)의(之) 밝은 귀(聽)로도 육율(六律)을 쓰지(以) 않으면(不), 오음(五音)을 바로잡을(正) 수(能) 없고(不), 요순(堯舜)의(之) 도(道)로도 인정(仁政)을 쓰지(以) 않으면(不), 천하(天下)를 균등하게(平) 다스릴(治) 수(能) 없다(不).

今有仁心仁聞而民不被其澤(금유인심인문이민불피기택), 不可法於後世者(불가법어후세자), 不行先王之道也(불행선왕지도야).

지금(今) 어진(仁) 마음(心)과 어진(仁) 소문(聞)이 있(有)는데도(而), 백성(民)이 그(其) 혜택(澤)을 입지(被) 못하여(不) 후세(後世)에(於) 본보기가 될(法) 수(可) 없는(不) 것(者)은, 선왕(先王)의(之) 도(道)를 행하지(行) 않기(不) 때문이다(也).

故曰(고왈), 徒善(도선), 不足以爲政(부족이위정), 徒法(도법), 不能以自行(불능이자행).

그러므로(故) 말하길(曰), '단지(徒) 선(善)만으로는 정사(政)를 행할(爲) 만하지(足以) 않고(不), 단지(徒) 법(法)만으로 저절로(自) 행해질(行) 수(能以) 없다(不).'고 한다.

詩云(시운), 不愆不忘(불건불망), 率由舊章(솔유구장), 遵先王之法而過者(준선왕지법이과자), 未之有也(미지유야).

『시경(詩)』에 이르길(云), '잘못되지(愆) 않고(不) 잊지도(忘) 않는(不) 것은 옛(舊) 법식(章)을 따라 행동했기 때문이다(率由).'라고 했는데, 선왕(先王)의(之) 법(法)을 따르(遵)고도(而) 잘못되었던(過) 것(者), 그런 것(之)은 아직 있지(有) 않(未)았다(也).

聖人(성인), 旣竭目力焉(기갈목력언), 繼之以規矩準繩(계지이규구준승), 以爲方員平直(이위방원평직), 不可勝用也(불가승용야), 旣竭耳力焉(기갈이력언), 繼之以六律(계지이육률), 正五音(정오음), 不可勝用也(불가승용야), 旣竭心思焉(기갈심사언), 繼之以不忍人之政(계지이불인인지정), 而仁覆天下矣(이인부천하의).

성인(聖人)이 이미(旣) 거기에(焉) 눈(目)의 힘(力)을 다하고(竭), 그것(之)을 이어지게 하되(繼) 그림쇠(規), 자(矩), 수준기(準), 먹줄(繩)로(以) 하고, 그것으로(以) 네모(方), 원(員), 수평(平), 직선(直)을 만들어서(爲) 모두(勝) 쓸(用) 수(可) 없(不)었으며(也), 이미(旣) 거기에(焉) 귀(耳)의 힘(力)을 다하고(竭), 그것(之)을 이어지게 하되(繼) 육율(六律)로(以) 하여 오음(五音)을 바로잡아(正) 모두(勝) 쓸(用) 수(可) 없(不)었으며(也), 이미(旣) 거기에(焉) 마음(心)과 생각(思)을 다하고(竭), 그것(之)을 이어지게 하되(繼) 남(人)에게 차마 하지(忍) 못하(不)는(之) 정사(政)로(以) 했으므로(而) 인(仁)이 천하(天下)를 덮게 된(覆) 것이다(矣).

※ 覆: (복) 다시, / (부) 덮다. 흔히 콘크리트 등으로 구조물을 덮어 씌워 겉으로 보이지 않게 만든 하천을 복개천(覆蓋川)이라 한다. 여기서 覆과 蓋는 모두 '덮다'는 의미이다. 그런데 覆은 '덮다'는 의미일 때, '복'이 아니라 '부'로 독음

하기 때문에, 覆蓋川을 '복개천'이 아니라 '부개천'이라는 주장이 있다. 이는 합리적인 주장이나, 한자 독음과 한국어 발음의 관습적 변화가 복합적으로 작용해 '복개천'으로 정착된 예이다.

故曰(고왈), **爲高**(위고), **必因丘陵**(필인구릉), **爲下**(위하), **必因川澤**(필인천택), **爲政**(위정), **不因先王之道**(불인선왕지도), **可謂智乎**(가위지호)?

그러므로(故) 이르길(曰), '높은 것(高)을 만들 때(爲) 반드시(必) 구릉(丘陵)을 인하고(因), 낮은 것(下)을 만들 때(爲) 반드시(必) 내(川)나 못(澤)을 인한다(因).'고 했으니, 정사(政)를 하면서(爲) 선왕(先王)의(之) 도(道)를 인하지(因) 않는다면(不), 지혜롭다(智)고 말할(謂) 수(可) 있겠는가(乎)?

是以惟仁者(시이유인자), **宜在高位**(의재고위), **不仁而在高位**(불인이재고위), **是播其惡於衆也**(시파기악어중야).

이(是) 때문에(以) 오직(惟) 인자(仁者)만이 마땅히(宜) 높은(高) 자리(位)에 있어야(在) 하니, 어질지(仁) 않으(不)면서(而) 높은(高) 자리(位)에 있게(在) 되면, 이(是)는 대중(衆)에게(於) 그(其) 악(惡)을 퍼뜨리는(播) 것이다(也).

上無道揆也(상무도규야), **下無法守也**(하무법수야), **朝不信道**(조불신도), **工不信度**(공불신도), **君子犯義**(군자범의), **小人犯刑**(소인범형), **國之所存者幸也**(국지소존자행야).

위(上)에서 도(道)가 헤아려지지(揆) 않(無)고(也), 아래(下)에서 법도(法)가 지켜지지(守) 않아(無)서(也), 조정(朝)에서 도(道)를 믿지(信) 않고(不), 관리(工)가 법도(度)를 믿지(信) 않아서(不), 군자(君子)가 의(義)를 범하고(犯), 소인(小人)이 형벌(刑)을 범한다면(犯), 나라(國)가(之) 보존되는(存) 것(所)은(者) 요행(幸)인 것이다(也).

故曰(고왈), 城郭不完(성곽불완), 兵甲不多(병갑부다), 非國之災也(비국지재야), 田野不辟(전야불벽), 貨財不聚(화재불취), 非國之害也(비국지해야). 上無禮(상무례), 下無學(하무학), 賊民興(적민흥), 喪無日矣(상무일의).

그러므로(故) 말하길(曰), '성곽(城郭)이 완전하지(完) 않고(不), 병갑(兵甲)이 많지(多) 않은(不) 것이 나라(國)의(之) 재앙(災)이 아니(非)며(也), 밭(田)과 들(野)이 개간되지(辟) 않고(不), 재화(貨財)가 모이지(聚) 않는(不) 것이 나라(國)의(之) 해(害)가 아니(非)다(也). 윗사람(上)이 예(禮)가 없고(無) 아랫사람(下)이 배움(學)이 없으면(無), 해치는(賊) 백성(民)이 일어나(興) (나라를) 잃는 것(喪)은 하루도 되지(日) 않을(無) 것이다(矣).'라고 했다.

詩曰(시왈), 天之方蹶(천지방궤). 無然泄泄(무연예예), 泄泄(예예), 猶沓沓也(유답답야).

『시경(詩)』에 이르길(曰), '하늘(天)이(之) 장차(方) (주나라를) 거꾸러뜨리려 한다(蹶). (신하들은) 그렇게(然) 느긋해 하지(泄泄) 말라(無).'고 했으니, 느긋하다는(泄泄) 것은 답답하다는(沓沓) 것과 같은(猶) 것이다(也).

事君無義(사군무의), 進退無禮(진퇴무례), 言則非先王之道者(언즉비선왕지도자), 猶沓沓也(유답답야).

임금(君)을 섬기는(事) 데 의(義)가 없고(無), 나아가고(進) 물러가는(退) 데 예(禮)가 없으며(無), 말만 하(言)면(則) 선왕(先王)의(之) 도(道)를 비방하는(非) 자(者)가 답답하다(沓沓)는 것과 같(猶)다(也).

故曰(고왈), 責難於君(책난어군), 謂之恭(위지공), 陳善閉邪(진선폐사), 謂之敬(위지경), 吾君不能(오군불능), 謂之賊(위지적).

그러므로(故) 말하길(曰), '임금(君)에게(於) 어려운 것(難)을 요구하는(責) 것, 그것(之)을 공(恭)이라 말하고(謂), 선(善)을 베풀어서(陳) 사심(邪)을 막는(閉) 것, 그것(之)을 경(敬)이라 말하며(謂), 우리(吾) 임금(君)은 할 수(能) 없다(不)고 하는 것, 그것(之)을 적(賊)이라 말한다(謂).'고 했다.

*離婁(이루): 눈이 밝았던 전설적인 인물 ‖ *明(명): 시력 ‖ *公輸子(공수자): 나무를 잘 다루던 노(魯)나라 목수 ‖ *規矩(규구): 그림쇠(規, 원형을 그리는 제구)와 곱자(矩, ㄱ자 모양의 자) / 規矩準繩(규구준승): 목수(木手)가 쓰는 그림쇠, 자, 수준기, 먹줄 ‖ *師曠(사광): 춘추시대 진(晉)나라 음률(音律)을 잘 판별한 맹인 ‖ *以: =用 ‖ *有+명사: ①~이(가) 있다(술어+보어), ②~을(를) 가지고 있다(술어+목적어) ‖ *徒(도): 다만, 단지 ‖ *愆(건): 허물, 잘못하다 ‖ *章(장): 법, 법식 ‖ *率由(솔유): 의거하다, 따라 행동하다 ‖ *勝(승): 모두, 온통, 죄다 ‖ *工(공): 벼슬아치, 관리 ‖ *兵甲(병갑): 병기와 갑주 ‖ *辟(벽): 개간하다, 일구다 ‖ *蹶(궐): 넘어지다, 거꾸러뜨리다 ‖ *泄泄(예예/설설): 마음이 느긋한 모양, 말이 많은 모양 ‖ *沓沓(답답): 게으른 모양 ‖ *責(책): 요구하다.

부록 최소한 문법: 之, 不, 能, 於, 可, 者, 足以, 能以, 而, 未, 도치, 焉, 以, 必, 非.

2장

孟子曰(맹자왈). 規矩(규구), 方員之至也(방원지지야), 聖人(성인), 人倫之至也(인륜지지야).

맹자(孟子)께서 말씀하셨다(曰). 그림쇠(規)와 곱자(矩)는 네모(方)와 원(員)의(之) 본체(至, 표준)이고(也), 성인(聖人)은 인륜(人倫)의(之) 본체(至)이다(也).

欲爲君(욕위군), 盡君道(진군도), 欲爲臣(욕위신), 盡臣道(진신도), 二者(이자), 皆法堯·舜而已矣(개법요순이이의). 不以舜之所以事堯(불이순지소이사요), 事君(사군), 不敬其君者也(불경기군자야), 不以堯之所以治民(불이요지소이치민), 治民(치민), 賊其民者也(적기민자야).

임금(君)이 되고(爲)자 하면(欲) 임금(君)의 도(道)를 다하고(盡), 신하(臣)가 되고(爲)자 하면(欲) 신하(臣)의 도(道)를 다하는데(盡), 두(二) 가지(者)는 모두(皆) 요순(堯舜)을 본받을(法) 뿐이다(而已矣). 순임금(舜)께서(之) 요임금(堯)을 섬기던(事) 방법(所以)으로(以) 임금(君)을 섬기지(事) 않는다면(不), 그(其) 임금(君)을 공경하지(敬) 않는(不) 것(者)이며(也), 요임금(堯)께서(之) 백성(民)을 다스리던(治) 방법(所以)으로(以) 백성(民)을 다스리지(治) 않는다면(不), 그(其) 백성(民)을 해치는(賊) 것(者)이다(也).

孔子曰(공자왈), 道二(도이), 仁與不仁而已矣(인여불인이이의).

공자(孔子)께서 말씀하시길(曰), '도(道)는 둘(二)이니, 인(仁)과(與) 불인(不仁)일 뿐이다(而已矣).'라고 했다.

暴其民甚(포기민심), 則身弑國亡(즉신시국망), 不甚(불심), 則身危國削(즉신위국삭). 名之曰幽·厲(명지왈유려), 雖孝子慈孫(수효자자손), 百世(백세), 不能改也(불능개야).

그(其) 백성(民)에게 포악한(暴) 것이 심하(甚)면(則), 자신(身)은 시해되고(弑) 나라(國)는 망하며(亡), 심하지(甚) 않으(不)면(則), 자신(身)은 위태롭고(危) 나라(國)는 줄어든다(削). 그것(之)을 이름하여(名) 유(幽)나 려(厲)라 말하니(曰), 비록(雖) 효자(孝子)와 자애로운(慈) 자손(孫)이라도, 백세토록(百世) 고칠(改) 수(能) 없을(不) 것이다(也).

※ 幽厲: 무식하고 포악한 군주에게 붙이는 시호이다. 유(幽)는 주(周)나라 마지막 임금인 유왕(幽王), 여(厲)는 주나라 10대 왕이자 유왕의 할아버지인 여왕(厲王)이다.

詩云(시운), 殷鑑不遠(은감불원), 在夏后之世(재하후지세), 此之謂也(차지위야).

『시경(詩)』에 이르길(云), '은나라(殷)의 거울(鑑)이 멀지(遠) 않네(不), 하나라(夏) 왕조(后)의(之) 시대(世)에 있다(在).'고 했으니, 이것(此)을(之) 말한(謂) 것이다(也).

*規矩(규구): 그림쇠(規, 원형을 그리는 제구)와 곱자(矩, ㄱ자 모양의 자) ‖ *而已矣(이이의): ~일 뿐이다 ‖ *至(지): 본체.

부록 최소한 문법: 之, 欲, 者, 不, 所, 以, 與, 能.

3장

孟子曰(맹자왈). 三代之得天下也(삼대지득천하야), 以仁(이인), 其失天下也(기실천하야), 以不仁(이불인).

맹자(孟子)께서 말씀하셨다(曰). 삼대(三代)가(之) 천하(天下)를 얻은(得) 것은(也) 인(仁) 때문이고(以), 그(其)가 천하(天下)를 잃은(失) 것은(也) 불인(不仁) 때문이었다(以).

國之所以廢興存亡者(국지소이폐흥존망자), 亦然(역연).

나라(國)가(之) 폐하고(廢) 흥하고(興) 보존되고(存) 망하는(亡) 것(所以)도(者) 또한(亦) 그러하다(然).

天子不仁(천자불인), 不保四海(불보사해), 諸侯不仁(제후불인), 不保社稷(불보사직), 卿大夫不仁(경대부불인), 不保宗廟(불보종묘), 士庶人(사서인), 不仁(불인), 不保四體(불보사체).

천자(天子)가 어질지(仁) 못하면(不) 사해(四海)를 보전하지(保) 못하고(不), 제후(諸侯)가 어질지(仁) 못하면(不) 사직(社稷)을 보전하지(保) 못하고(不), 경대부(卿大夫)가 어질지(仁) 못하면(不) 종묘(宗廟)를 보전하지(保) 못하고(不), 사(士)와 백성(庶人)이 어질지(仁) 못하면(不) 사체(四體)를 보전하지(保) 못한다(不).

今惡死亡而樂不仁(금오사망이낙불인), 是猶惡醉而强酒(시유오취이강주).

지금(今) 사망(死亡)을 싫어하(惡)면서도(而) 불인(不仁)을 즐기니(樂), 이(是)는 취하기

(醉)를 싫어하(惡)면서도(而) 억지로(强) 술 마시는(酒) 것과 같다(猶).

부록 최소한 문법: 之, 所, 者, 不, 而.

4장

孟子曰(맹자왈). **愛人不親**(애인불친), **反其仁**(반기인), **治人不治**(치인불치), **反其智**(반기지), **禮人不答**(예인부답), **反其敬**(반기경).

맹자(孟子)께서 말씀하셨다(曰). 남(人)을 사랑하는데(愛) 친해지지(親) 않거든(不) 그(其) 인(仁)을 돌아보고(反), 남(人)을 다스리는데(治) 다스려지지(治) 않거든(不) 그(其) 지혜(智)를 돌아보고(反), 남(人)에게 예우했는데(禮) 답하지(答) 않거든(不) 그(其) 공경(敬)을 돌아본다(反).

行有不得者(행유부득자), **皆反求諸己**(개반구저기), **其身正而天下歸之**(기신정이천하귀지).

행하고서(行) 얻지(得) 못하는(不) 것(者)이 있다면(有), 모두(皆) 그것을(諸) 자기(己)에게 돌이켜(反) 구하니(求), 그(其) 자신(身)이 바르(正)면(而) 천하(天下)가 그(之)에게 돌아온다(歸).

詩云(시운), **永言配命**(영언배명), **自求多福**(자구다복).

『시경(詩)』에 이르길(云), '길이(永) 헤아려(言, 생각해서) 천명(命)과 짝하면(配), 스스로(自) 많은(多) 복(福)을 구한다(求).'라고 했다.

※ 言: 발어사로 번역하지 않을 수도 있다.

*有+명사: ①~이(가) 있다(술어+보어), ②~을(를) 가지고 있다(술어+목적어).

부록 최소한 문법: 不, 者, 諸, 而, 之.

5장

孟子曰(맹자왈). 人有恒言(인유항언), 皆曰天下國家(개왈천하국가), 天下之本(천하지본), 在國(재국), 國之本(국지본), 在家(재가), 家之本(가지본), 在身(재신).

맹자(孟子)께서 말씀하셨다(曰). 사람(人)이 항상(恒) 말하는(言) 것이 있는데(有), 모두(皆) 천하(天下), 나라(國), 집(家)을 말하길(曰), 천하(天下)의(之) 본(本)은 나라(國)에 있고(在), 나라(國)의(之) 본(本)은 집(家)에 있고(在), 집(家)의(之) 본(本)은 자신(身)에게 있다(在).

*有+명사: ①~이(가) 있다(술어+보어), ②~을(를) 가지고 있다(술어+목적어).

부록 최소한 문법: 之.

6장

孟子曰(맹자왈). 爲政不難(위정불난), 不得罪於巨室(부득죄어거실). 巨室之所慕(거실지소모), 一國慕之(일국모지), 一國之所慕(일국지소모), 天下慕之(천하모지). 故沛然德教(고패연덕교), 溢乎四海(일호사해).

맹자(孟子)께서 말씀하셨다(曰). 정사(政)를 하는(爲) 것은 어렵지(難) 않으니(不), 큰(巨) 집안(室)에(於) 죄(罪)를 얻지(得) 않는다(不). 큰(巨) 집안(室)이(之) 사모하는(慕) 것(所)은 일국(一國)이 그것(之)을 사모하고(慕), 일국(一國)이(之) 사모하는(慕) 것(所)은 천하(天下)가 그것(之)을 사모한다(慕). 그러므로(故) 패연한(沛然) 덕(德)의 교화(化)가 사해(四海)에(乎) 넘친다(溢).

*沛然(패연): 쏟아지는 모양이 매우 세참.

부록 최소한 문법: 不, 於, 之, 所, 乎.

7장

孟子曰(맹자왈). 天下有道(천하유도), 小德役大德(소덕역대덕), 小賢役大賢(소현역대현). 天下無道(천하무도), 小役大(소역대), 弱役强(약역강). 斯二者(사이자), 天也(천야), 順天者存(순천자존), 逆天者亡(역천자망).

맹자(孟子)께서 말씀하셨다(曰). 천하(天下)에 도(道)가 있으면(有) 작은(小) 덕(德)이 큰(大) 덕(德)에 부림을 당하고(役), 작은(小) 현명함(賢)이 큰(大) 현명함(賢)에 부림을 당한다(役). 천하(天下)에 도(道)가 없으면(無) 작은 것(小)이 큰 것(大)에 부림을 당하고(役), 약한 것(弱)이 강한 것(强)에 부림을 당한다(役). 이(斯) 두(二) 가지(者)는 하늘(天)이니(也), 하늘(天)을 따르는(順) 자(者)는 보존되고(存), 하늘(天)을 거스르는(逆) 자(者)는 망한다(亡).

※ 役: 문맥상 피동으로 번역했다.

齊景公曰(제경공왈), 旣不能令(기불능령), 又不受命(우불수명), 是絶物也(시절물야). 涕出而女於吳(체출이여어오).

제나라(齊) 경공(景公)이 말하길(曰), '이미(旣) 명령할(令) 수(能)도 없으면서(不), 또(又) 명령(命)을 받지도(受) 않는다면(不), 이(是)는 사람(物, 외물)을 끊는(絶) 것이다(也).'라 하고, 눈물(涕) 흘리(出)며(而) 오나라(吳)에(於) 시집보냈다(女).

今也小國師大國而恥受命焉(금야소국사대국이치수명언), 是猶弟子而恥受命於先師也(시유제자이치수명어선사야).

지금(今)에(也) 소국(小國)은 대국(大國)을 스승으로 삼으(師)면서(而), 그들에게(焉) 명령(命)을 받는(受) 것을 부끄럽게 여기니(恥), 이(是)는 제자가 되어(弟子)서(而), 스승(先師)에게(於) 명(命)을 받는(受) 것을 부끄러워하는(恥) 것과 같(猶)다(也).

如恥之(여치지), 莫若師文王(막약사문왕). 師文王(사문왕), 大國五年(대국오년), 小國七年(소국칠년), 必爲政於天下矣(필위정어천하의).

만일(如) 그것(之)을 부끄러워한다면(恥), 문왕(文王)을 스승으로 삼는(師) 것과 같은(若) 것이 없다(莫). 문왕(文王)을 스승으로 삼으면(師) 대국(大國)은 5년(五年), 소국(小國)은 7년(七年)이면 반드시(必) 천하(天下)에서(於) 정사(政)를 할(爲) 것이다(矣).

詩云(시운), 商之孫子(상지손자), 其麗不億(기려불억), 上帝旣命(상제기명), 侯于周服(후우주복). 侯服于周(후복우주), 天命靡常(천명미상). 殷士膚敏(은사부민), 祼將于京(관장우경). 孔子曰(공자왈), 仁不可爲衆也(인불가위중야), 夫國君(부국군), 好仁(호인), 天下無敵(천하무적).

『시경(詩)』에 이르길(云), '상나라(商)의(之) 후손(孫子)이 그(其) 수(麗)가 많은 수가 되지(億) 않았지만(不), 상제(上帝)께서 이미(旣) 명하여(命) 오직(侯) 주나라(周)에(于) 복종한다(服). 오직(侯) 주나라(周)에(于) 복종하니(服), 천명(天命)이 한결같지(常) 않다(靡). 은나라(殷)의 선비(士)로 훌륭하고(膚) 민첩한(敏) 이가 서울(京)에서(于) 강신제(祼)로 받드네(將).'라 했다. 공자(孔子)께서 말씀하시길(曰), '인(仁)은 대중(衆)으로 (대적)할(爲) 수(可) 없(不)으니(也), 무릇(夫) 나라(國)의 임금(君)이 인(仁)을 좋아하면(好), 천하(天下)에 적(敵)이 없다(無).'고 했다.

今也欲無敵於天下而不以仁(금야욕무적어천하이불이인), **是猶執熱而不以濯也**(시유집열이불이탁야). **詩云**(시운), **誰能執熱**(수능집열), **逝不以濯**(서불이탁).

지금(今)에(也) 천하(天下)에서(於) 적(敵)이 없기(無)를 바라(欲)면서도(而) 인(仁)을 쓰지(以) 않으니(不), 이(是)는 뜨거운 것(熱)을 잡(執)고도(而), 그것을(以) 씻지(濯) 않는(不) 것과 같(猶)다(也). 『시경(詩)』에 이르길(云), '누(誰)가 뜨거운 것(熱)을 잡고도(執), 이에(逝) 그것을(以) 씻지(濯) 않을(不) 수 있겠는가(能)?'라 했다.

※ 以: 用으로 번역할 수도 있고, 以 뒤에 之를 넣어서 번역할 수도 있다.

*有+명사: ①~이(가) 있다(술어+보어), ②~을(를) 가지고 있다(술어+목적어) ‖ *物(물): 사람, 무리 ‖ *女(여): 시집보내다 ‖ *麗(려): 수, 수효(數爻) ‖ *億(억): 많은 수 ‖ *侯(후): 오직 ‖ *靡常(미상): 변함없이 늘 한결같지 않음 / 靡(미): 없다, 아니다 ‖ *膚(부): 살갗, 훌륭하다 ‖ *祼(관): 강신제 ‖ *逝(서): 이에.

부록 최소한 문법: 者, 不, 能, 而, 於, 焉, 之, 莫, 必, 于, 可, 欲, 以.

8장

孟子曰(맹자왈). 不仁者(불인자), 可與言哉(가여언재)? 安其危而利其菑(안기위이이기재), 樂其所以亡者(낙기소이망자), 不仁而可與言(불인이가여언), 則何亡國敗家之有(즉하망국패가지유)?

맹자(孟子)께서 말씀하셨다(曰). 어질지(仁) 못한(不) 자(者), 더불어(與) 말할(言) 수(可) 있겠는가(哉)? 그(其) 위험(危)을 편안하게 여기(安)고(而) 그(其) 재앙(菑)을 이롭게 여겨(利), 그(其) 망하는(亡) 것(所以)을 즐기는(樂) 것(者)이니, 어질지(仁) 못(不)한데도(而) 더불어(與) 말할(言) 수(可) 있다면(則), 어디(何)에 나라(國)를 잃고(亡) 집안(家)을 무너지게 하는(敗) 일이(之) 있겠는가(有)?

有孺子歌曰(유유자가왈), 滄浪之水淸兮(창랑지수청혜), 可以濯我纓(가이탁아영), 滄浪之水濁兮(창랑지수탁혜), 可以濯我足(가이탁아족). 孔子曰(공자왈), 小子(소자), 聽之(청지). 淸斯濯纓(청사탁영), 濁斯濯足矣(탁사탁족의), 自取之也(자취지야).

어떤(有) 어린아이(孺子)가 노래하며(歌) 말하길(曰), '창랑(滄浪)의(之) 물(水)이 맑으(淸)면(兮), 내(我) 갓끈(纓)을 씻을(濯) 수 있고(可以), 창랑(滄浪)의(之) 물(水)이 탁하(濁)면(兮), 내(我) 발(足)을 씻을(濯) 수 있다(可以).'고 했다. 공자(孔子)께서 말씀하시길(曰), '소자들아(小子), 그것(之)을 들어봐라(聽). 맑(淸)으면(斯) 갓끈(纓)을 씻고(濯), 흐리(濁)면(斯) 발(足)을 씻는(濯) 것이다(矣).'고 하니, (물이) 스스로(自) 그것(之)을 취한(取) 것이다(也).

※ 兮: 문장에서 감탄이나 정서적인 강조를 더하는 어조사이다. 주로 시경이나 초사(楚辭) 등 고대 문학에서 자주 볼 수 있다.

夫人必自侮然後人侮之(부인필자모연후인모지), 家必自毁而後人毁之(가필자훼이후인훼지), 國必自伐而後人伐之(국필자벌이후인벌지).

무릇(夫) 사람(人)은 반드시(必) 스스로(自) 업신여긴(侮) 연후에야(然後) 남(人)이 그(之)를 업신여기고(侮), 집안(家)은 반드시(必) 스스로(自) 훼손한(毁) 이후에야(而後) 남(人)이 그것(之)을 훼손하고(毁), 나라(國)는 반드시(必) 스스로(自) 정벌한(伐) 이후에야(而後) 남(人)이 그것(之)을 정벌한다(伐).

太甲曰(태갑왈), 天作孼(천작얼), 猶可違(유가위), 自作孼(자작얼), 不可活(불가활), 此之謂也(차지위야).

(서경) 「태갑(太甲)」편에 이르길(曰), '하늘(天)이 지은(作) 재앙(孼)은 오히려(猶) 피할(違) 수 있지만(可), 스스로(自) 지은(作) 재앙(孼)은 살아날(活) 수(可) 없다(不).'고 하니, 이것(此)을(之) 말하는(謂) 것이다(也).

*有+명사: ①~이(가) 있다(술어+보어), ②~을(를) 가지고 있다(술어+목적어) ‖ *孼(얼): 서자(庶子), 재앙, 근심 ‖ *違(위): 피하다 ‖ *有(유): 어떤 ‖ *孺子(유자): 나이 어린 남자 / 孺(유): 젖먹이 ‖ *滄浪(창랑): 넓고 푸른 물결 ‖ *纓(영): 갓끈.

부록 최소한 문법: 不, 者, 可, 而, 所, 之, 可以.

9장

孟子曰(맹자왈). 桀·紂之失天下也(걸주지실천하야), 失其民也(실기민야). 失其民者(실기민자), 失其心也(실기심야). 得天下有道(득

천하유도), 得其民(득기민), 斯得天下矣(사득천하의). 得其民(득기민), 有道(유도), 得其心(득기심), 斯得民矣(사득민의). 得其心(득기심), 有道(유도), 所欲(소욕), 與之聚之(여지취지), 所惡(소오), 勿施爾也(물시이야).

맹자(孟子)께서 말씀하셨다(曰). 걸왕(桀)과 주왕(紂)이(之) 천하(天下)를 잃은(失) 것은(也) 그(其) 백성(民)을 잃었기(失) 때문이다(也). 그(其) 백성(民)을 잃었다(失)는 것(者)은 그(其) 마음(心)을 잃은(失) 것이다(也). 천하(天下)를 얻는(得) 데 도(道)가 있으니(有), 그(其) 백성(民)을 얻(得)으면(斯) 천하(天下)를 얻을(得) 것이다(矣). 그(其) 백성(民)을 얻는(得) 데 도(道)가 있으니(有), 그(其) 마음(心)을 얻(得)으면(斯) 백성(民)을 얻을(得) 것이다(矣). 그(其) 마음(心)을 얻는(得) 데 도(道)가 있으니(有), 원하는(欲) 것(所), 그것(之)을 주어(與) 그들(之)을 모으고(聚), 싫어하는(惡) 것(所), (그것을) 베풀지(施) 않을(勿) 뿐이다(爾也).

民之歸仁也(민지귀인야), 猶水之就下(유수지취하), 獸之走壙也(수지주광야).

백성(民)이(之) 인(仁)에 돌아가는(歸) 것은(也) 물(水)이(之) 아래(下)로 내려가고(就), 짐승(獸)이(之) 들판(壙)으로 달려가는(走) 것과 같(猶)다(也).

故爲淵毆魚者(고위연구어자), 獺也(달야), 爲叢毆爵者(위총구작자), 鸇也(전야), 爲湯·武毆民者(위탕무구민자), 桀與紂也(걸여주야).

그러므로(故) 연못(淵)을 위하여(爲) 물고기(魚)를 몰아주는(毆) 것(者)은 수달(獺)이고(也), 숲(叢)을 위하여(爲) 참새(爵)를 몰아주는(毆) 것(者)은 매(鸇)이고(也), 탕왕(湯)과 무왕(武)을 위하여(爲) 백성(民)을 몰아준(毆) 자(者)는 걸왕(桀)과(與) 주왕(紂)이다(也).

今天下之君(금천하지군), 有好仁者(유호인자), 則諸侯皆爲之敺矣(즉제후개위지구의), 雖欲無王(수욕무왕), 不可得已(불가득).

지금(今) 천하(天下)의(之) 임금(君)에 인(仁)을 좋아하는(好) 자(者)가 있다(有)면(則), 제후(諸侯)가 모두(皆) 그(之)를 위하여(爲) 몰아줄(敺) 것이니(矣), 비록(雖) 왕이 되지(王) 않(無)으려 해도(欲) 얻을(得) 수(可) 없을(不) 뿐이다(已).

今之欲王者(금지욕왕자), 猶七年之病(유칠년지병), 求三年之艾也(구삼년지애야). 苟爲不畜(구위불축), 終身不得(종신부득). 苟不志於仁(구부지어인), 終身憂辱(종신우욕), 以陷於死亡(이함어사망).

지금(今)에(之) 왕이 되(王)고자 하는(欲) 자(者)는 7년(七年)의(之) 병(病)에 3년(三年)의(之) 쑥(艾)을 구하는(求) 것과 같은(猶) 것이다(也). 만약(苟) (쑥을) 쌓아두지(畜) 않게(不) 된다면(爲), 종신토록(終身) 얻지(得) 못한다(不). 만약(苟) 인(仁)에(於) 뜻을 두지(志) 않으면(不), 종신토록(終身) 근심하고(憂) 치욕을 당하여(辱) 그것으로(以) 사망(死亡)에(於) 빠질 것이다(陷).

詩云(시운), 其何能淑(기하능숙)? 載胥及溺(재서급닉), 此之謂也(차지위야).

『시경(詩)』에 이르길(云), '그것(其)이 어찌(何) 길하다고 할(淑) 수 있겠는가(能)? 비로소(載) 서로(胥) 빠지는 데(溺) 이른다(及).'고 했는데, 이것(此)을(之) 말하는(謂) 것이다(也).

*有+명사: ①~이(가) 있다(술어+보어), ②~을(를) 가지고 있다(술어+목적어) ‖ *壙(광): 들, 들판 ‖ *敺(구): 몰다 ‖ *獺(달): 수달 ‖ *叢(총): 숲 ‖ *爵(작): 참새 ‖ *鸇(전): 매 ‖ *有~者: ①~한 사람(경우)이 있다, ②~이 있는 사람(경우) ‖ *已(이): ~일 뿐이다 ‖ *艾(애): 쑥 ‖ *畜(축): 쌓다, 모으다 ‖ *淑(숙): 길하다, 상서롭다 ‖ *載(재): 비로소 ‖ *胥(서): 서로.

부록 최소한 문법: 之, 所, 者, 與, 欲, 可, 不, 於, 以, 能.

10장

孟子曰(맹자왈). 自暴者(자포자), 不可與有言也(불가여유언야), 自棄者(자기자), 不可與有爲也(불가여유위야). 言非禮義(언비예의), 謂之自暴也(위지자포야), 吾身不能居仁由義(오신불능거인유의), 謂之自棄也(위지자기야).

맹자(孟子)께서 말씀하셨다(曰). 스스로(自) 해치는(暴) 자(者)는 더불어(與) 말하는 것(言)이 있을(有) 수(可) 없(不)고(也), 스스로(自) 버리는(棄) 자(者)는 더불어(與) 할 것(爲)이 있을(有) 수(可) 없(不)다(也). 말 함(言)에 예의(禮義)를 비난하는(非) 것, 그것(之)을 스스로(自) 해친다(暴)고 말하(謂)고(也), 나(吾)의 몸(身)은 인(仁)에 머물거나(居) 의(義)를 따를(由) 수(能) 없다는(不) 것, 그것(之)을 스스로(自) 버린다(棄)고 말하는(謂) 것이다(也).

仁(인), 人之安宅也(인지안택야), 義(의), 人之正路也(인지정로야).

인(仁)은 사람(人)의(之) 편안한(安) 집(宅)이고(也), 의(義)는 사람(人)의(之) 바른(正) 길(路)이다(也).

曠安宅而弗居(광안택이불거), 舍正路而不由(사정로이불유), 哀哉(애재)!

편안한(安) 집(宅)을 비워두(曠)고(而) 거처하지(居) 않으며(弗), 바른(正) 길(路)을 버리(舍)고서(而) 따르지(由) 않으니(不), 슬프(哀)도다(哉).

*暴(포/폭): 해치다 ‖ *有+명사: ①~이(가) 있다(술어+보어), ②~을(를) 가지고 있다(술어+목적어) ‖ *曠(광): 비다, 비우다.

부록 최소한 문법: 者, 不, 可, 非, 之, 能, 而.

11장

孟子曰(맹자왈). 道在爾而求諸遠(도재이이구저원), 事在易而求諸難(사재이이구저난), 人人親其親(인인친기친), 長其長(장기장), 而天下平(이천하평).

맹자(孟子)께서 말씀하셨다(曰). 도(道)는 가까운 곳(爾)에 있(在)는데(而) 그것을(諸) 먼 곳(遠)에서 구하고(求), 일(事)은 쉬운 곳(易)에 있(在)는데(而) 그것을(諸) 어려운 곳(難)에서 구하니(求), 사람(人) 사람마다(人) 그(其) 어버이(親)를 어버이로 섬기고(親), 그(其) 어른(長)을 어른으로 섬기(長)면(而), 천하(天下)가 평안해질 것이다(平).

*爾(이): 가깝다.

부록 최소한 문법: 而, 諸.

12장

孟子曰(맹자왈). 居下位而不獲於上(거하위이불획어상), 民不可得而治也(민불가득이치야). 獲於上(획어상), 有道(유도), 不信於友(불신어우), 弗獲於上矣(불획어상의). 信於友有道(신어우유도), 事親弗悅(사친불열), 弗信於友矣(불신어우의). 悅親有道(열친유도), 反身不誠(반신불성), 不悅於親矣(불열어친의). 誠身有道(성신유도), 不明乎善(불명호선), 不誠其身矣(불성기신의).

맹자(孟子)께서 말씀하셨다(曰). 아랫자리(下位)에 거하(居)면서(而) 윗사람(上)에게(於)

(신임을) 얻지(獲) 못하면(不), 백성(民)을 얻(得)어서(而) 다스릴(治) 수(可) 없을(不) 것이다(也). 윗사람(上)에게(於) 얻는(獲) 데 도(道)가 있으니(有), 벗(友)에게(於) 믿음을 받지(信) 못하면(不), 윗사람(上)에게(於) 얻지(獲) 못할(弗) 것이다(矣). 벗(友)에게(於) 믿음을 받는(信) 데 도(道)가 있으니(有), 어버이(親)를 섬기되(事) 기뻐하지(悅) 않으면(弗), 벗(友)에게(於) 믿음을 받지(信) 못할(弗) 것이다(矣). 어버이(親)를 기쁘게 하는(悅) 데 도(道)가 있으니(有), 자신(身)을 돌이켜서(反) 진실하지(誠) 않으면(不), 어버이(親)를(於) 기쁘게 하지(悅) 못할(不) 것이다(矣). 자신(身)을 진실되게 하는(誠) 데 도(道)가 있으니(有), 선(善)에(乎) 밝지(明) 않으면(不), 그(其) 자신(身)을 진실되게 하지(誠) 못할(不) 것이다(矣).

是故誠者(시고성자), 天之道也(천지도야), 思誠者(사성자), 人之道也(인지도야).

이(是) 때문에(故) 진실한(誠) 것(者)은 하늘(天)의(之) 도(道)이고(也), 진실(誠)을 생각하는(思) 것(者)은 사람(人)의(之) 도(道)이다(也).

至誠而不動者(지성이부동자), 未之有也(미지유야), 不誠(불성), 未有能動者也(미유능동자야).

지극히(至) 진실되(誠)고도(而) 감동하게 하지(動) 못하는(不) 경우(者), 그런 경우(之)는 아직 있지(有) 않(未)았고(也), 진실되지(誠) 않으면서(不) 감동하게 할(動) 수(能) 있는(有) 경우(者)는 아직 없(未)었다(也).

*有+명사: ①~이(가) 있다(술어+보어), ②~을(를) 가지고 있다(술어+목적어).

부록 최소한 문법: 而, 不, 於, 可, 乎, 者, 之, 未, 도치, 能.

13장

孟子曰(맹자왈). 伯夷辟紂(백이피주), 居北海之濱(거북해지빈), 聞文王作興(문문왕작흥), 曰盍歸乎來(왈합귀호래)? 吾聞西伯(오문서백), 善養老者(선양로자). 太公辟紂(태공피주), 居東海之濱(거동해지빈), 聞文王作興(문문왕작흥), 曰盍歸乎來(왈합귀호래)? 吾聞西伯善養老者(오문서백선양로자).

맹자(孟子)께서 말씀하셨다(曰). 백이(伯夷)는 주왕(紂)을 피하여(辟) 북해(北海)의(之) 가(濱)에 살았는데(居), 문왕(文王)이 일어났다(作興)는 것을 듣고(聞) 말하길(曰), '어찌(盍1) 돌아가지(歸) 않(盍2)겠는가(乎來)? 나(吾)는 서백(西伯, 문왕)이 노인(老者)을 잘(善) 봉양한다(養)고 들었다(聞).'고 했다. 태공(太公)이 주왕(紂)을 피하여(辟) 동해(東海)의(之) 가(濱)에 살았는데(居), 문왕(文王)이 일어났다(作興)는 것을 듣고(聞) 말하길(曰), '어찌(盍1) 돌아가지(歸) 않(盍2)겠는가(乎來)? 나(吾)는 서백(西伯)이 노인(老者)을 잘(善) 봉양한다(養)고 들었다(聞).'고 했다.

※ 聞文王作興, 曰盍歸乎來?: 興과 曰을 연결해서, '聞文王作, 興曰, 盍歸乎來?'로 번역하는 예도 있다.

二老者(이로자), 天下之大老也而歸之(천하지대로야이귀지), 是天下之父歸之也(시천하지부귀지야). 天下之父歸之(천하지부귀지), 其子焉往(기자언왕)?

두(二) 노인(老者)은 천하(天下)의(之) 큰(大) 노인(老)인(也)데(而) 그(之)에게 귀의했으니(歸), 이(是)는 천하(天下)의(之) 아비(父)가 그(之)에게 귀의한(歸) 것이다(也). 천하(天下)의(之) 아비(父)가 그(之)에게 귀의했는데(歸), 그(其) 자식(子)이 어디(焉)로 가겠는가(往)?

諸侯有行文王之政者(제후유행문왕지정자), 七年之內(칠년지내), 必爲政於天下矣(필위정어천하의).

제후(諸侯)에서 문왕(文王)의(之) 정사(政)를 행하는(行) 자(者)가 있다면(有), 7년(七年)의(之) 안(內)에 반드시(必) 천하(天下)에서(於) 정사(政)를 할(爲) 것이다(矣).

*紂(주): 상(商)나라 마지막 왕 ‖ *盍(합): 어찌 아니한가? ‖ *乎來(호래): 문미의 어기조사 / 來(래): 강조(문법) / 歸乎來: 돌아가리라 ‖ *濱(빈): 물가 ‖ *有~者: ①~한 사람(경우)이 있다, ②~이 있는 사람(경우).

부록 최소한 문법: 之, 者, 而, 必, 於.

14장

孟子曰(맹자왈). 求也爲季氏宰(구야위계씨재), 無能改於其德(무능개어기덕), 而賦粟(이부속), 倍他日(배타일), 孔子曰(공자왈), 求(구), 非我徒也(비아도야), 小子(소자), 鳴鼓而攻之可也(명고이공지가야).

맹자(孟子)께서 말씀하셨다(曰). 구(求, 염구)가(也) 계씨(季氏)의 가신(宰)이 되어(爲) 그(其) 덕(德)을(於) 고칠(改) 수(能) 없었(無)고(而), 세금(賦)의 곡식(粟)이 다른(他) 날(日)보다 배가 되자(倍), 공자(孔子)께서 말씀하시길(曰), '우리(吾) 무리(徒)가 아니(非)니(也), 너희들(小子)은 북(鼓)을 울(鳴)려서(而) 그(之)를 공격해도(攻) 괜찮(可)다(也).'고 하셨다.

由此觀之(유차관지), 君不行仁政而富之(군불행인정이부지), 皆棄於孔子者也(개기어공자자야). 況於爲之强戰(황어위지강전)? 爭地

以戰(쟁지이전), 殺人盈野(살인영야), 爭城以戰(쟁성이전), 殺人盈城(살인영성), 此所謂率土地而食人肉(차소위솔토지이식인육), 罪不容於死(죄불용어사).

이것(此)으로 말미암아(由) 그것(之)을 살펴보면(觀), 임금(君)이 인정(仁政)을 행하지(行) 않(不)는데도(而) 그(之)를 부유하게 하면(富), 모두(皆) 공자(孔子)에게(於) 버려진(棄) 자(者)이다(也). 하물며(況) 그(之)를 위하여(爲) 억지로(強) 전쟁하는(戰) 것이라면(於) (어떻겠는가)? 땅(地) 다투기(爭)를 전쟁(戰)으로(以) 하여 사람(人)을 죽인(殺) 것이 들(野)에 가득하고(盈), 성(城) 다투기(爭)를 전쟁(戰)으로(以) 하여 사람(人)을 죽인(殺) 것이 성(城)에 가득하다면(盈), 이(此)는 이른바(所謂) 토지(土地)를 거느(率)려서(而) 사람(人) 고기(肉)를 먹는 것이니(食), 죄(罪)는 죽음(死)에도(於) 용서받지(容) 못할 것이다(不).

故善戰者服上刑(고선전자복상형), 連諸侯者次之(연제후자차지), 辟草萊任土地者次之(벽초래임토지자차지).

그러므로(故) 싸움(戰)을 잘하는(善) 자(者)는 상형(上刑)을 받고(服), 제후(諸侯)를 연합하는(連) 자(者)는 그것(之)에 다음이고(次), 황폐한 땅(草萊)을 개간하여(辟) 토지(土地)를 맡기고(任) (세금을 거두는) 자(者)는 그것(之)의 다음이다(次).

*上刑(상형): 가장 무거운 형벌 ‖ *辟(벽): 개간하다 ‖ *草萊(초래): 황폐한 땅.

부록 최소한 문법: 於, 能, 而, 非, 之, 不, 者, 以.

15장

孟子曰(맹자왈). 存乎人者(존호인자), 莫良於眸子(막양어모자), 眸子不能掩其惡(모자불능엄기악). 胸中正(흉중정), 則眸子瞭焉(즉모자요언), 胸中不正(흉중부정), 則眸子眊焉(즉모자모언).

맹자(孟子)께서 말씀하셨다(曰). 사람(人)에게(乎) 있는(存) 것(者)에 눈동자(眸子)보다(於) 좋은(良) 것이 없으니(莫), 눈동자(眸子)는 그(其) 악(惡)을 가릴(掩) 수(能) 없다(不). 마음(胸)속(中)이 바르(正)면(則) 거기에(焉) 눈동자(眸子)가 밝고(瞭), 마음(胸)속(中)이 바르지(正) 않으(不)면(則) 거기에(焉) 눈동자(眸子)도 흐리다(眊).

聽其言也(청기언야), 觀其眸子(관기모자), 人焉廋哉(인언수재)?

그(其) 말(言)을 듣(聽)고(也) 그(其) 눈동자(眸子)를 살피면(觀), 사람(人)이 어찌(焉) 숨기(廋)겠는가(哉)?

*眸子(모자): 눈동자 / 眸(모): 눈동자 ‖ *掩(엄): 가리다 ‖ *瞭(료/요): 밝다 ‖ *眊(모): 흐리다 ‖ *廋(수): 숨기다.

부록 최소한 문법: 乎, 者, 莫, 於, 不, 能, 焉.

16장

孟子曰(맹자왈). 恭者(공자), 不侮人(불모인), 儉者(검자), 不奪人(불탈인). 侮奪人之君(모탈인지군), 惟恐不順焉(유공불순언), 惡得

爲恭儉(오득위공검)? 恭儉(공검), 豈可以聲音笑貌爲哉(기가이성음소모위재)?

맹자(孟子)께서 말씀하셨다(曰). 공손한(恭) 자(者)는 남(人)을 업신여기지(侮) 않고(不), 검소한(儉) 자(者)는 남(人)에게 빼앗지(奪) 않는다(不). 남(人)을 업신여기고(侮) 빼앗(奪)는(之) 임금(君)은 오직(惟) 그에게(焉) 순종하지(順) 않는(不) 것을 두려워하니(恐), 어찌(惡) 공손하고(恭) 검소(儉)할(爲) 수 있겠는가(得)? 공손(恭)과 검소(儉)를 어찌(豈) 목소리(聲音)나 웃는(笑) 모습(貌)으로(以) 할(爲) 수(可) 있겠는가(哉)?

부록 최소한 문법: 者, 不, 之, 焉, 得, 可以.

17장

淳于髡曰(순우곤왈). 男女授受不親(남녀수수불친), 禮與(예여)? 孟子曰(맹자왈). 禮也(예야). 曰(왈). 嫂溺(수닉), 則援之以手乎(즉원지이수호)? 曰(왈). 嫂溺不援(수닉불원), 是豺狼也(시시랑야). 男女授受不親(남녀수수불친), 禮也(예야), 嫂溺援之以手者(수닉원지이수자), 權也(권야).

순우곤(淳于髡)이 말했다(曰). 남녀간(男女)에 주고(授)받는(受) 데 직접하지(親) 않는(不) 것이 예(禮)입니까(與)? 맹자(孟子)께서 말씀하셨다(曰). 예(禮)입니다(也). 말했다(曰). 형수(嫂)가 물에 빠졌(溺)으면(則), 그녀(之)를 구해주되(援) 손(手)으로(以) 합니까(乎)? 말씀하셨다(曰). 형수(嫂)가 물에 빠졌는데(溺) 구해주지(援) 않는다면(不), 이(是)는 승냥이(豺)나 이리(狼)입니다(也). 남녀간(男女)에 주고(授)받는(受) 데 직접하지(親) 않는(不) 것은 예(禮)이고(也), 형수(嫂)가 물에 빠졌을 때(溺) 그녀(之)를 구해주되(援) 손(手)으로(以) 하는 것(者)은 권도(權)입니다(也).

曰(왈). 今天下溺矣(금천하익의), 夫子之不援(부자지불원), 何也(하야)?

말했다(曰). 지금(今) 천하(天下)가 빠져있(溺)는데(矣), 선생님(夫子)께서(之) 구하지(援) 않는(不) 것은 어째서(何)입니까(也)?

曰(왈). 天下溺援之以道(천하익원지이도), 嫂溺援之以手(수익원지이수), 子欲手援天下乎(자욕수원천하호)?

말씀하셨다(曰). 천하(天下)가 빠지면(溺) 그것(之)을 구하되(援) 도(道)로(以) 하고, 형수(嫂)가 물에 빠지면(溺) 그녀(之)를 구하되(援) 손(手)으로(以) 하니, 선생(子)께서는 손(手)으로 천하(天下)를 구하(援)고자(欲) 합니까(乎)?

*淳于髡(순우곤): 제(齊)나라 관료이자 학자 ‖ *豺狼(시랑): 승량이와 이리 ‖ *嫂(수): 형수.

부록 최소한 문법: 不, 之, 以, 者, 欲.

18장

公孫丑曰(공손추왈). 君子之不教子(군자지불교자), 何也(하야)?

공손추(公孫丑)가 말했다(曰). 군자(君子)가(之) 자식(子)을 가르치지(教) 않는(不) 것은 어째서(何)입니까(也)?

孟子曰(맹자왈). 勢不行也(세불행야). 教者必以正(교자필이정), 以正不行(이정불행), 繼之以怒(계지이노). 繼之以怒(계지이노), 則反

夷矣(즉반이의), 夫子教我以正(부자교아이정), 夫子未出於正也(부자미출어정야), 則是父子相夷也(즉시부자상이야), 父子相夷(부자상이), 則惡矣(즉악의).

맹자(孟子)께서 말씀하셨다(曰). 형세(勢)가 행해지지(行) 않기(不) 때문이다(也). 가르치는(教) 자(者)는 반드시(必) 바름(正)으로(以) 하는데, 바름(正)으로(以) 했는데 행해지지(行) 않으면(不), 그것(之)에 이어지는(繼) 것이 노여움(怒)으로(以) 된다. 그것(之)에 이어지는(繼) 것이 노여움(怒)으로(以) 되면(則), 도리어(反) 상하게 되(夷)고(矣), (자식은) 아버지(夫子)께서 나(我)를 가르치면서(教) 바름(正)으로(以) 하면서, 아버지(夫子)께서는 바름(正)에서(於) 나오지(出) 않는(未)다(也)고 하면(則), 이(是)는 부자(父子)가 서로(相) 상하는(夷) 것이니(也), 부자(父子)가 서로(相) 상하(夷)면(則) 나쁜(惡) 것이다(矣).

※ 夫子: 아버지 혹은 아버지와 아들.

古者(고자), 易子而教之(역자이교지).

옛날(古)에(者) 자식(子)을 바꾸(易)어(而) 그것(之)을 가르쳤다(教).

父子之間不責善(부자지간불책선). 責善(책선), 則離(즉이), 離(이), 則不祥(즉불상), 莫大焉(막대언).

아비(父)와 자식(子)의(之) 사이(間)에서는 책선하지(責善) 않는다(不). 책선하(責善)면(則) 떨어지게 되니(離), 떨어지게 되(離)면(則) 상서롭지(祥) 못한(不) 것이 이보다(焉) 큰(大) 것이 없다(莫).

*公孫丑(공손추): 만장(萬章)과 더불어 맹자의 뛰어난 제자로 제(齊)나라 사람 ‖ *夷(이): 상하다, 다치다 ‖ *責善(책선): 선을 하라고 권하는 것.

부록 최소한 문법: 之, 不, 者, 以, 未, 於, 莫, 焉.

19장

孟子曰(맹자왈). 事孰爲大(사숙위대)? 事親爲大(사친위대). 守孰爲大(수숙위대)? 守身爲大(수신위대). 不失其身而能事其親者(불실기신이능사기친자), 吾聞之矣(오문지의), 失其身而能事其親者(실기신이능사기친자), 吾未之聞也(오미지문야).

맹자(孟子)께서 말씀하셨다(曰). 누구(孰)를 섬기는(事) 것이 큰 것(大)이 되는가(爲)? 어버이(親)를 섬기는(事) 것이 큰 것(大)이 된다(爲). 무엇(孰)을 지키는(守) 것이 큰 것(大)이 되는가(爲)? 자신(身)을 지키는(守) 것이 큰 것(大)이 된다(爲). 그(其) 자신(身)을 잃지(失) 않(不)고(而), 그(其) 어버이(親)를 섬길(事) 수(能) 있는 자(者), 내(吾)가 그것(之)을 들었(聞)지만(矣), 그(其) 자신(身)을 잃(失)고(而), 그(其) 어버이(親)를 섬길(事) 수(能) 있는 자(者), 내(吾)가 그것(之)을 아직 듣지(聞) 못했(未)다(也).

孰不爲事(숙불위사), 事親(사친), 事之本也(사지본야), 孰不爲守(숙불위수), 守身(수신), 守之本也(수지본야).

누군들(孰) 섬겨야(事) 하지(爲) 않으랴만(不), 어버이(親)를 섬기는(事) 것이 섬김(事)의(之) 근본(本)이고(也), 무엇인들(孰) 지켜야(守) 하지(爲) 않으랴만(不), 자신(身)을 지키는(守) 것이 지킴(守)의(之) 근본(本)이다(也).

曾子養曾晳(증자양증석), 必有酒肉(필유주육), 將徹(장철), 必請所與(필청소여). 問有餘(문유여), 必曰有(필왈유). 曾晳死(증석사), 曾元養曾子(증원양증자), 必有酒肉(필유주육). 將徹(장철), 不請所與(불청소여), 問有餘(문유여), 曰亡矣(왈무의). 將以復進也(장이부진야). 此所謂養口體者也(차소위양구체자야), 若曾子(약증자), 則

可謂養志也(즉가위양지야).

증자(曾子)께서 증석(曾皙)을 봉양할 때(養) 반드시(必) 술(酒)과 고기(肉)가 있었는데(有), 장차(將) 상을 물릴 때(徹) 반드시(必) 주고 싶은(與) 곳(所)을 청했다(請). (증석이) 남은 것(餘)이 있냐(有)고 물으면(問), 반드시(必) 있다(有)고 말했다(曰). 증석(曾皙)이 죽고(死), 증원(曾元)이 증자(曾子)를 봉양할 때(養) 반드시(必) 술(酒)과 고기(肉)가 있었다(有). 장차(將) 상을 물릴 때(徹) 주고 싶은(與) 곳(所)을 청하지(請) 않았고(不), 남은 것(餘)이 있냐(有)고 물으면(問), 없다(亡)고 말했(曰)다(矣). 장차(將) 그것을(以) 다시(復) 올리려는(進) 것이었다(也). 이(此)는, 이른바(所謂) 입(口)과 몸(體)을 봉양한(養) 것(者)이니(也), 증자(曾子)와 같다(若)면(則), 뜻(志)을 봉양했다(養)고 말할(謂) 수(可) 있다(也).

事親(사친), 若曾子者可也(약증자자가야).

어버이(親)를 섬기는(事) 데 증자(曾子)와 같은(若) 것(者)이라면 괜찮(可)다(也).

*曾子(증자): 공자의 제자 증삼(曾參)으로, 공자 사상을 계승하는 데 역할을 한 인물 ‖ *有+명사: ①~이(가) 있다(술어+보어), ②~을(를) 가지고 있다(술어+목적어) ‖ *徹(철): 치우다, 거두다.

부록 최소한 문법: 不, 而, 能, 者, 之, 未, 所, 必, 以, 可, 도치.

20장

孟子曰(맹자왈). 人不足與適也(인부족여적야), 政不足間也(정부족간야). 惟大人(유대인), 爲能格君心之非(위능격군심지비), 君仁莫不仁(군인막불인), 君義莫不義(군의막불의), 君正莫不正(군정막부정). 一正君而國正矣(일정군이국정의).

맹자(孟子)께서 말씀하셨다(曰). 사람(人)을 (군주와) 더불어(與) 책망할(適) 수(足) 없(不)고(也), 정사(政)를 비방할(間) 수(足)도 없는(不) 것이다(也). 오직(惟) 대인(大人)만이 임금(君) 마음(心)의(之) 그릇됨(非)을 바로잡을(格) 수(能) 있다고 하니(爲), 임금(君)이 어질면(仁) 어질지(仁) 않은(不) 이가 없고(莫), 임금(君)이 의로우면(義) 의롭지(義) 않은(不) 이가 없고(莫), 임금(君)이 바르면(正) 바르지(正) 않은(不) 이가 없다(莫). 한 번(一) 임금(君)을 바르게 하(正)면(而), 나라(國)가 바르게 되는(正) 것이다(矣).

*適(적): 책망하다, 허물 ‖ *間(간): 헐뜯다, 비방하다 ‖ *格(격): 바로잡는다.

부록 최소한 문법: 不, 足, 之, 能, 莫, 而.

21장

孟子曰(맹자왈). 有不虞之譽(유불우지예), 有求全之毁(유구전지훼).

맹자(孟子)께서 말씀하셨다(曰). 생각하지(虞) 않(不)은(之) 명예(譽)도 있고(有), 완전(全)을 구하다가(求) (받)는(之) 비방(毁)도 있다(有).

*有+명사: ①~이(가) 있다(술어+보어), ②~을(를) 가지고 있다(술어+목적어) ‖ *虞(우): 생각하다, 헤아리다 ‖ *毁(훼): 비방하다.

부록 최소한 문법: 不, 之.

22장

孟子曰(맹자왈). 人之易其言也(인지이기언야), 無責耳矣(무책이의).

맹자(孟子)께서 말씀하셨다(曰). 사람(人)이(之) 그(其) 말(言)을 쉽게 하는(易) 것은(也) 책임(責)이 없기(無) 때문일 뿐이다(耳矣).

*耳矣(이이): ~일 뿐이다.

부록 최소한 문법: 之.

23장

孟子曰(맹자왈). 人之患(인지환), 在好爲人師(재호위인사).

맹자(孟子)께서 말씀하셨다(曰). 사람(人)의(之) 근심(患)은 남(人)의 스승(師)이 되기(爲)를 좋아하는(好) 데 있다(在).

부록 최소한 문법: 之.

24장

樂正子從於子敖(악정자종어자오), 之齊(지제).

악정자(樂正子)가 자오(子敖, 왕환)를(於) 따라(從) 제나라(齊)에 갔다(之).

樂正子見孟子(악정자현맹자), 孟子曰(맹자왈). 子亦來見我乎(자역내견아호)? 曰(왈). 先生(선생), 何爲出此言也(하위출차언야)? 曰(왈). 子來幾日矣(자래기일의)? 曰(왈). 昔者(석자). 曰(왈). 昔者(석자), 則我出此言也(즉아출차언야), 不亦宜乎(불역의호)? 曰(왈). 舍館未定(사관미정). 曰(왈). 子聞之也(자문지야)? 舍館定然後求見長者乎(사관정연후구견장자호)? 曰(왈). 克有罪(극유죄).

악정자(樂正子)가 맹자(孟子)를 뵙자(見), 맹자(孟子)께서 말씀하셨다(曰). 자네(子)도 또한(亦) 나(我)를 보러(見) 왔(來)는가(乎)? 말했다(曰). 선생님(先生)께서는 무엇(何) 때문에(爲) 이런(此) 말씀(言)을 하십니(出)까(也)? 말씀하셨다(曰). 자네(子)는 온지(來) 며칠(幾日)이 되었는가(矣)? 말했다(曰). 어제(昔者)입니다. 말씀하셨다(曰). 어제(昔者)라면(則) 내(我)가 이(此) 말(言)을 하는(出) 것이(也) 또한(亦) 마땅하지(宜) 않(不)은가(乎)? 말했다(曰). 사관(舍館)이 아직 정해지지(定) 않아서입니다(未). 말씀하셨다(曰). 자네(子)는 그것(之)을 들었(聞)는가(也)? 사관(舍館)이 정해진(定) 연후에야(然後) 어른(長者)을 뵙기(見)를 구한(求)다고(乎). 말했다(曰). 극(克, 악정자)에게 죄(罪)가 있습니다(有).

*樂正子(악정자): 노(魯)나라에서 벼슬한 맹자의 제자 ‖ *有+명사: ①~이(가) 있다(술어+보어), ②~을(를) 가지고 있다(술어+목적어).

부록 최소한 문법: 於, 不, 未, 之, 者.

25장

孟子謂樂正子曰(맹자위악정자왈). 子之從於子敖來(자지종어자오래), 徒餔啜也(도포철야). 我不意子學古之道而以餔啜也(아불

의자학고지도이이포철야).

맹자(孟子)께서 악정자(樂正子)에게 일러(謂) 말씀하셨다(曰). 자네(子)가(之) 자오(子敖, 왕환)를(於) 따라(從) 온(來) 것은 단지(徒) 먹고 마시려는(餔啜) 것이다(也). 나(我)는 자네(子)가 옛날(古)의(之) 도(道)를 배워(學)서(而) 그것으로(以) 먹고 마실(餔啜) 것을 생각하지(意) 못했(不)다(也).

*樂正子(악정자): 노(魯)나라에서 벼슬한 맹자의 제자 ∥ *餔啜(포철): 먹고 마시기만 함 / 餔(포): 저녁밥 / 啜(철): 먹다.

부록 최소한 문법: 於, 之, 不, 而, 以.

26장

孟子曰(맹자왈). 不孝有三(불효유삼), 無後爲大(무후위대).

맹자(孟子)께서 말씀하셨다(曰). 불효(不孝)에 세 가지(三)가 있는데(有), 후손(後)이 없는(無) 것이 큰 것(大)이 된다(爲).

舜(순), 不告而娶(불고이취), 爲無後也(위무후야), 君子以爲猶告也(군자이위유고야).

순임금(舜)께서 아뢰지(告) 않(不)고(而) 장가간(娶) 것은 후손(後)이 없기(無) 때문(爲)이니(也), 군자(君子)는 그것을(以) 아뢴 것(告)과 같다(猶)고 여겼(爲)다(也).

*有+명사: ①~이(가) 있다(술어+보어), ②~을(를) 가지고 있다(술어+목적어).

부록 최소한 문법: 不, 而, 以爲.

27장

孟子曰(맹자왈). 仁之實(인지실), 事親是也(사친시야). 義之實(의지실), 從兄是也(종형시야).

맹자(孟子)께서 말씀하셨다(曰). 인(仁)의(之) 실제(實)는 어버이(親)를 섬기는(事) 것이 그것(是)이다(也). 의(義)의(之) 실제(實)는 형(兄)을 따르는(從) 것이 그것(是)이다(也).

智之實(지지실), 知斯二者(지사이자), 弗去是也(불거시야), 禮之實(예지실), 節文斯二者是也(절문사이자시야), 樂之實(악지실), 樂斯二者(낙사이자). 樂則生矣(낙즉생의), 生則惡可已也(생즉오가이야)? 惡可已(오가이), 則不知(즉부지), 足之蹈之(족지도지), 手之舞之(수지무지).

지(智)의(之) 실제(實)는 이(斯) 두(二) 가지(者)를 알아서(知) 버리지(去) 않는(弗) 것이 그것(是)이요(也), 예(禮)의(之) 실제(實)는 이(斯) 두(二) 가지(者)를 적절히 꾸며 만든(節文) 것이 그것(是)이요(也), 음악(樂)의(之) 실제(實)는 이(斯) 두(二) 가지(者)를 즐기는 것이다(樂). 즐기(樂)면(則) 생길(生) 것이니(矣), 생기(生)면(則) 어찌(惡) 그만둘(已) 수(可) 있겠는가(也)? '어찌(惡) 그만둘(已) 수(可) 있겠는가?'라 하면(則) 알지(知) 못하는(不) 사이에 발(足)이(之) 그것(之)을 밟고(蹈), 손(手)이(之) 그것(之)을 춤추게 한다(舞).

*節文(절문): 적절히 꾸며 훌륭하게 만듦.

부록 최소한 문법: 之, 者, 可.

28장

孟子曰(맹자왈). 天下大悅而將歸己(천하대열이장귀기), 視天下悅而歸己(시천하열이귀기), 猶草芥也(유초개야), 惟舜(유순), 爲然(위연). 不得乎親(부득호친), 不可以爲人(불가이위인), 不順乎親(불순호친), 不可以爲子(불가이위자).

맹자(孟子)께서 말씀하셨다(曰). 천하(天下)가 크게(大) 기뻐하(悅)며(而) 장차(將) 자기(己)에게 귀의하려는데(歸), 천하(天下)가 기뻐하(悅)며(而) 자기(己)에게 귀의하는(歸) 것을 보고도(視), 초개(草芥)와 같(猶)다(也)고 한 것은 오직(惟) 순임금(舜)께서 그렇게(然) 했다(爲). 어버이(親)에게(乎) 얻지(得) 못하면(不) 사람(人)이 될(爲) 수(可以) 없고(不), 어버이(親)에(乎) 순응하지(順) 못하면(不) 자식(子)이 될(爲) 수(可以) 없다(不).

舜(순), 盡事親之道而瞽瞍底豫(진사친지도이고수지예). 瞽瞍底豫而天下化(고수지예이천하화), 瞽瞍底豫而天下之爲父子者定(고수지예이천하지위부자자정), 此之謂大孝(차지위대효).

순임금(舜)께서 어버이(親) 섬기(事)는(之) 도(道)를 다하(盡)자(而), 고수(瞽瞍)도 기뻐함(豫)에 이르렀다(底). 고수(瞽瞍)가 기뻐함(豫)에 이르(底)자(而), 천하(天下)가 교화되었고(化), 고수(瞽瞍)가 기뻐함(豫)에 이르(底)자(而), 천하(天下)에서(之) 부자간(父子)이 된(爲) 자(者)가 안정되었으니(定), 이것(此)을(之) 큰(大) 효(孝)라고 말한다(謂).

*瞽瞍(고수): 순(舜)임금의 아버지 ‖ *底(지): 이르다 ‖ *豫(상): 기뻐하다.

부록 최소한 문법: 而, 不, 乎, 可以, 之, 者.

이루하(離婁下)

1장

孟子曰(맹자왈). 舜(순), 生於諸馮(생어저풍), 遷於負夏(천어부하), 卒於鳴條(졸어명조), 東夷之人也(동이지인야).

맹자(孟子)께서 말씀하셨다(曰). 순임금(舜)께서는 저풍(諸馮)에서(於) 나시어(生), 부하(負夏)로(於) 옮겼다가(遷), 명조(鳴條)에서(於) 돌아가셨으니(卒), 동이(東夷)의(之) 사람(人)이시다(也).

※ 諸馮: '제풍'으로 독음하는 예가 있으나, 諸가 지명으로 쓰일 때 '저'로 독음하는 예가 일반적이다.

文王(문왕), 生於岐周(생어기주), 卒於畢郢(졸어필영), 西夷之人也(서이지인야).

문왕(文王)께서는 기주(岐周)에서(於) 나시어(生), 필영(畢郢)에서(於) 돌아가셨으니(卒), 서이(西夷)의(之) 사람(人)이시다(也).

地之相去也(지지상거야), 千有餘里(천유여리), 世之相後也(세지상후야), 千有餘歲(천유여세), 得志行乎中國(득지행호중국), 若合符節(약합부절), 先聖後聖(선성후성), 其揆一也(기규일야).

땅(地)이(之) 서로(相) 떨어진(去) 것이(也) 천(千)하고도 남은(餘) 리(里)가 있으며(有), 세대(世)가(之) 서로(相) (앞)뒤(後)인 것이(也) 천(千)하고도 남은(餘) 해(歲)가 있으나(有), 뜻(志)을 얻어(得) 중국(中國)에서(乎) 행한(行) 것은 부절(符節)을 합한(合) 것과 같았으니(若), 선대(先)의 성인(聖)이나 후대(後)의 성인(聖)이나 그(其) 법도(揆)는 하나(一)이다(也).

※ 之: 相去를 명사로 보면 之를 관형격으로 번역할 수 있다.

※ 有: '그리고'로 번역할 수 있다.

*相去(상거): 거리, 차이 ‖ *有+명사: ①~이(가) 있다(술어+보어), ②~을(를) 가지고 있다(술어+목적어) ‖ *符節(부절): 부신, 사신이 지닌 물건으로, 둘로 갈라 하나는 조정에 두고 하나는 가지고 신표로 쓰다가 후일 서로 맞추어 증거로 삼던 것 ‖ *揆(규): 법도.

부록 최소한 문법: 於, 之, 乎.

2장

子産(자산), 聽鄭國之政(청정국지정), 以其乘輿(이기승여), 濟人於溱·洧(제인어진유).

자산(子産)이 정(鄭)나라(國)의(之) 정사(政)를 다스릴 때(聽), 그(其) 수레(乘輿)로(以) 진수(溱水)와 유수(洧水)에서(於) 사람들(人)을 건네주었다(濟).

孟子曰(맹자왈). 惠而不知爲政(혜이부지위정).

맹자(孟子)께서 말씀하셨다(曰). 은혜로(惠)우나(而) 정사(政)를 하는(爲) 것을 알지는(知) 못했다(不).

歲十一月(세십일월), **徒杠成**(도강성), **十二月**(십이월), **輿梁成**(여량성), **民未病涉也**(민미병섭야).

한 해(歲)의 십일(十一) 월(月)에 걸어 다니는(徒) 다리(杠)가 만들어지고(成), 십이(十二) 월(月)에 수레가 다니는(輿) 다리(梁)가 만들어지면(成), 백성(民)은 건너는 것(涉)을 근심하지(病) 않을(未) 것이다(也).

君子平其政(군자평기정), **行辟人**(행벽인), **可也**(가야), **焉得人人而濟之**(언득인인이제지)?

군자(君子)가 그(其) 정치(政)를 공평하게 하면(平), 행차할 때(行) 사람(人)을 벽제해도(辟) 괜찮은(可)데(也), 어찌(焉) 사람(人) 사람(人)마다(而) 그들(之)을 건네줄(濟) 수 있겠는가(得)?

※ 辟: =辟除(벽제), 지위가 높은 사람이 행차할 때, 잡인의 통행을 금하던 일이다.

故爲政者(고위정자), **每人而悅之**(매인이열지), **日亦不足矣**(일역부족의).

그러므로(故) 정사(政)를 하는(爲) 자(者)가 매(每) 사람(人)마다(而) 그들(之)을 기쁘게 하면(悅), 하루(日)가 또한(亦) 충분하지(足) 못할(不) 것이다(矣).

*子産(자산): 춘추시대 정(鄭)나라 정치가 ‖ *聽(청): 다스리다 ‖ *乘輿(승여): 임금이 타는 수레 ‖ *杠(강): 외나무다리.

부록 최소한 문법: 之, 以, 於, 而, 不, 未, 得, 者.

3장

孟子告齊宣王曰(맹자고제선왕왈). 君之視臣如手足(군지시신여수족), 則臣視君如腹心(즉신시군여복심), 君之視臣如犬馬(군지시신여견마), 則臣視君如國人(즉신시군여국인), 君之視臣如土芥(군지시신여토개), 則臣視君如寇讐(즉신시군여구수).

맹자(孟子)께서 제나라(齊) 선왕(宣王)에게 아뢰어(告) 말씀하셨다(曰). 임금(君)께서(之) 신하(臣) 보기(視)를 수족(手足)과 같이하(如)면(則), 신하(臣)는 임금(君) 보기(視)를 배(腹)나 심장(心)과 같이하며(如), 임금(君)께서(之) 신하(臣)를 보기(視)를 개(犬)나 말(馬)과 같이하(如)면(則), 신하(臣)는 임금(君) 보기(視)를 나라(國) 사람(人)과 같이하며(如), 임금(君)께서(之) 신하(臣) 보기(視)를 흙(土)이나 티끌(芥)과 같이하(如)면(則), 신하(臣)는 임금(君) 보기(視)를 도적(寇)과 원수(讐)와 같이합니다(如).

王曰(왕왈). 禮(예), 爲舊君有服(위구군유복), 何如(하여), 斯可爲服矣(사가위복의)?

왕(王)이 말했다(曰). 예(禮)에, 옛(舊) 임금(君)을 위하여(爲) 상복(服)을 가진다(有, 입는다)고 했는데, 어찌하(何如)면(斯) 상복(服)을 입게 할(爲) 수(可) 있습니까(矣)?

曰(왈). 諫行言聽(간행언청), 膏澤下於民(고택하어민), 有故而去(유고이거), 則君使人導之出疆(즉군사인도지출강), 又先於其所往(우선어기소왕), 去三年不反然後收其田里(거삼년불반연후수기전리). 此之謂三有禮焉(차지위삼유례언), 如此(여차), 則爲之服矣(즉위지복의).

말씀하셨다(曰). 간언(諫)이 행해지고(行) 말(言)이 들어져서(聽), 은혜(膏澤)가 백성(民)

에게(於) 내려지고(下), 까닭(故)이 있어(有)서(而) 떠나(去)면(則), 임금(君)께서 사람(人)으로 하여금(使) 그(之)를 인도하여(導) 국경(疆)을 나가게 하고(出), 또(又) 그(其)가 가는(往) 곳(所)에(於) 먼저 (기별) 하며(先), 떠난 지(去) 삼 년(三年)이 되어 돌아오지(反) 않은(不) 연후에야(然後) 그(其)의 전리(田里)를 거둬들입니다(收). 이것(此)을(之) 그에게(焉) 세 번(三) 예(禮)가 있었다(有)고 말하는데(謂), 이(此)와 같다(如)면(則) 그(之)를 위하여(爲) 상복을 입을(服) 것입니다(矣).

今也爲臣諫(금야위신간), 則不行(즉불행), 言(언), 則不聽(즉불청), 膏澤不下於民(고택불하어민), 有故而去(유고이거), 則君搏執之(즉군박집지), 又極之於其所往(우극지어기소왕), 去之日(거지일), 遂收其田里(수수기전리). 此之謂寇讎(차지위구수), 寇讎(구수), 何服之有(하복지유)?

지금(今)은(也) 신하(臣)가 되어(爲) 간언하(諫)면(則) 행해지지(行) 않고(不), 말하(言)면(則) 들어주지(聽) 않으니(不), 혜택(膏澤)이 백성(民)에게(於) 내려가지(下) 못하고(不), 까닭(故)이 있어(有)서(而) 떠나(去)면(則), 임금(君)께서 그(之)를 두들겨(搏) 잡으며(執), 또(又) 그(其)가 가는(往) 곳(所)에서(於) 그(之)를 괴롭게 하며(極), 떠나(去)는(之) 날(日)에 마침내(遂) 그(其) 전리(田里)를 거둬들입니다(收). 이것(此)을(之) 도적(寇)이나 원수(讎)라 말하니(謂), 도적(寇)이나 원수(讎)에게 무슨(何) 상복(服)이(之) 있겠습니까(有)?

*芥(개): 티끌, 작은 풀 ‖ *寇(구): 도적 ‖ *讎(수): 원수 ‖ *有+명사: ①~이(가) 있다(술어+보어), ②~을(를) 가지고 있다(술어+목적어) ‖ *何如(하여): 무엇과 같은가? 어찌하여, 어떠한가? ‖ *膏澤(고택): 은혜나 덕택 / 膏(고): 기름, 은혜 ‖ *田里(전리): 토지와 주택 ‖ *搏執(박지): 두들겨 잡다.

부록 최소한 문법: 之, 可, 於, 而, 使, 所, 不, 焉.

4장

孟子曰(맹자왈). 無罪而殺士(무죄이살사), 則大夫可以去(즉대부가이거), 無罪而戮民(무죄이육민), 則士可以徙(즉사가이사).

맹자(孟子)께서 말씀하셨다(曰). 죄(罪)가 없(無)는데(而) 사(士)를 죽이(殺)면(則), 대부(大夫)가 떠날(去) 수 있고(可以), 죄(罪)가 없(無)는데(而) 백성(民)을 죽이(戮)면(則), 사(士)가 옮길(徙) 수 있다(可以).

*戮(육/륙): 죽이다.

부록 최소한 문법: 而, 可以.

5장

孟子曰(맹자왈). 君仁(군인), 莫不仁(막불인), 君義(군의), 莫不義(막불의).

맹자(孟子)께서 말씀하셨다(曰). 임금(君)이 어질면(仁) 어질지(仁) 않은(不) 이가 없고(莫), 임금(君)이 의로우면(義) 의롭지(義) 않은(不) 이가 없다(莫).

부록 최소한 문법: 莫, 不.

6장

<u>孟子</u>曰(맹자왈). 非禮之禮(비례지례), 非義之義(비의지의), 大人弗爲(대인불위).

맹자(孟子)께서 말씀하셨다(曰). 예(禮)가 아(非)닌(之) 예(禮)와 의(義)가 아(非)닌(之) 의(義), (그것을) 대인(大人)은 행하지(爲) 않는다(弗).

부록 최소한 문법: 非, 之.

7장

<u>孟子</u>曰(맹자왈). 中也養不中(중야양부중), 才也養不才(재야양부재). 故人樂有賢父兄也(고인락유현부형야). 如中也棄不中(여중야기부중), 才也棄不才(재야기부재), 則賢不肖之相去(즉현불초지상거), 其間不能以寸(기간불능이촌).

맹자(孟子)께서 말씀하셨다(曰). 중도가 있는(中) 자가(也) 중도가 있지(中) 않는(不) 자를 기르고(養), 재주가 있는(才) 자가(也) 재주가 있지(才) 않은(不) 자를 기른다(養). 그러므로(故) 사람(人)은 현명한(賢) 부형(父兄)을 가지고 있는(有) 것을 즐거워하는(樂) 것이다(也). <u>만일(如)</u> 중도가 있는(中) 자가(也) 중도가 있지(中) 않는(不) 자를 버리고(棄), 재주가 있는(才) 자가(也) 재주가 있지(才) 않은(不) 자를 버린다(棄)면(則), 현명한 자(賢)와 불초한 자(不肖)가(之) 서로(相) <u>떨어진 것(去)</u>, 그(其) 간격(間)이 한 치(寸)도(以) 되지(能) 않는다(不).

*有+명사: ①~이(가) 있다(술어+보어), ②~을(를) 가지고 있다(술어+목적어).

부록 최소한 문법: 不, 之.

8장

孟子曰(맹자왈). 人有不爲也而後可以有爲(인유불위야이후가이유위).

맹자(孟子)께서 말씀하셨다(曰). 사람(人)은 하지(爲) 않는(不) 것이 있(有)은(也) 이후에야(而後) 하는(爲) 것이 있을(有) 수 있다(可以).

*有+명사: ①~이(가) 있다(술어+보어), ②~을(를) 가지고 있다(술어+목적어).

부록 최소한 문법: 不, 可以.

9장

孟子曰(맹자왈). 言人之不善(언인지불선), 當如後患何(당여후환하)?

맹자(孟子)께서 말씀하셨다(曰). 남(人)이(之) 선하지(善) 않다(不)는 것을 말하다가(言) 후환(後患)을 만나면(當) 어찌하려는가(如-何)?

※ 之: 不善을 명사로 보면, 之를 관형격으로 번역할 수도 있다.

※ 如後患何: 如之何를 적용해서 번역할 수도 있다.

*如何(여하): 무엇과 같은가? 어떻게 하는가? 어찌할까? 어떻게 하여, 어떠한가?

부록 최소한 문법: 之, 不.

10장

孟子曰(맹자왈). 仲尼(중니), 不爲已甚者(불위이심자).

맹자(孟子)께서 말씀하셨다(曰). 중니(仲尼, 공자)께서는 너무(已) 심한(甚) 것(者)은 하지(爲) 않으셨다(不).

부록 최소한 문법: 不, 者.

11장

孟子曰(맹자왈). 大人者(대인자), 言不必信(언불필신), 行不必果(행불필과), 惟義所在(유의소재).

맹자(孟子)께서 말씀하셨다(曰). 대인(大人)이란(者) 말(言)이 반드시(必) 미덥지는(信) 않으며(不), 행동(行)이 반드시(必) 결과가 있지는(果) 않으나(不), 오직(惟) 의(義)가 있는(在) 곳(所)을 따른다.

※ 신의를 기약하지 않고, 결과를 기약하지 않는다는 의미로 해석된다.

부록 최소한 문법: 者, 不, 必, 所.

12장

孟子曰(맹자왈). 大人者(대인자), 不失其赤子之心者也(불실기적자지심자야).

맹자(孟子)께서 말씀하셨다(曰). 대인(大人)이란(者) 그(其) 갓난아이(赤子)의(之) 마음(心)을 잃지(失) 않는(不) 사람(者)이다(也).

*赤子(적자): 갓난아기.

부록 최소한 문법: 者, 不, 之.

13장

孟子曰(맹자왈). 養生者不足以當大事(양생자부족이당대사), 惟送死可以當大事(유송사가이당대사).

맹자(孟子)께서 말씀하셨다(曰). 살아 있는 자(生)를 봉양하는(養) 것(者)은 큰(大) 일(事)에 해당할(當) 수(足以) 없고(不), 오직(惟) 죽은 자(死)를 보내는(送) 것이 큰(大) 일(事)에 해당할(當) 수 있다(可以).

부록 최소한 문법: 者, 不, 足以, 可以.

14장

孟子曰(맹자왈). 君子深造之以道(군자심조지이도), 欲其自得之也(욕기자득지야). 自得之(자득지), 則居之安(즉거지안), 居之安(거지안), 則資之深(즉자지심), 資之深(자지심), 則取之左右(즉취지좌우), 逢其原(봉기원). 故君子(고군자), 欲其自得之也(욕기자득지야).

맹자(孟子)께서 말씀하셨다(曰). 군자(君子)가 그것(之)에 깊게(深) 나아가는(造) 데 도(道)로써(以) 하는 것은 그(其) 스스로(自) 그것(之)을 터득하(得)고자 하는(欲) 것이다(也). 스스로(自) 그것(之)을 터득하(得)면(則) 거하는 것(居)이(之) 편안하고(安), 거하는 것(居)이(之) 편안하(安)면(則) 이용하는 것(資)이(之) 깊어지고(深), 이용하는 것(資)이(之) 깊어지(深)면(則) 취하는 것(取)의(之) 좌우(左右)에서 그(其) 근원(原)을 만나게 된다(逢). 그러므로(故) 군자(君子)는 그(其) 스스로(自) 그것(之)을 터득하(得)고자 하는(欲) 것이다(也).

※ 君子深造之以道의 之: 일반적으로 '학문'으로 해석한다.

*造(조): (학업이) 나아가다 ‖ *資(자): 취하다, 이용하다.

부록 최소한 문법: 之, 以, 欲.

15장

孟子曰(맹자왈). 博學而詳說之(박학이상설지), 將以反說約也(장이반설약야).

맹자(孟子)께서 말씀하셨다(曰). 널리(博) 배우(學)고서(而) 그것(之)을 상세히(詳) 설명하는(說) 것은 장차(將) 그것으로(以) 돌이켜(反) 요점(約)을 설명하려는(說) 것이다(也).

부록 최소한 문법: 而, 之, 以.

16장

孟子曰(맹자왈). 以善服人者(이선복인자), 未有能服人者也(미유능복인자야). 以善養人然後能服天下(이선양인연후능복천하), 天下不心服而王者(천하불심복이왕자), 未之有也(미지유야).

맹자(孟子)께서 말씀하셨다(曰). 선(善)으로(以) 남(人)을 복종시키려는(服) 자(者)가 남(人)을 복종시킬(服) 수(能) 있던(有) 경우(者)는 아직 없(未)었다(也). 선(善)으로(以) 남(人)을 기른(養) 연후에야(然後) 천하(天下)를 복종시킬(服) 수 있으니(能), 천하(天下)가 마음(心)으로 복종하지(服) 않(不)았는데(而) 왕노릇한(王) 자(者), 그런 경우(之)는 아직 있지(有) 않(未)았다(也).

*有~者: ①~한 사람(경우)이 있다, ②~이 있는 사람(경우) ‖ *有+명사: ①~이(가) 있다(술어+보어), ②~을(를) 가지고 있다(술어+목적어).

부록 최소한 문법: 以, 者, 能, 未, 不, 而, 之, 도치.

17장

孟子曰(맹자왈). 言無實不祥(언무실불상), 不祥之實(불상지실), 蔽賢者當之(폐현자당지).

맹자(孟子)께서 말씀하셨다(曰). 말(言)에 실질(實)이 없으면(無) 상서롭지(祥) 못한데(不), 상서롭지(祥) 못(不)한(之) 실질(實)이 현자(賢者)를 가리는(蔽) 것이 거기(之)에 해당한다(當).

부록 최소한 문법: 不, 者, 之.

18장

徐子曰(서자왈). 仲尼亟稱於水曰(중니기칭어수왈), 水哉水哉(수재수재), 何取於水也(하취어수야)?

서자(徐子)가 물었다(曰). 중니(仲尼, 공자)께서는 자주(亟) 물(水)을(於) 칭하며(稱) 말씀하시길(曰), '물(水)이여(哉), 물(水)이여(哉).'라 했는데, 물(水)에서(於) 무엇(何)을 취한(取) 것입니까(也)?

孟子曰(맹자왈). 原泉混混(원천혼혼), 不舍晝夜(불사주야), 盈科而後進(영과이후진), 放乎四海(방호사해). 有本者如是(유본자여시), 是之取爾(시지취이).

맹자(孟子)께서 말씀하셨다(曰). 근원이 있는(原) 샘(泉)은 계속 흘러서(混混) 밤낮(晝

夜)을 쉬지(舍) 않고(不), 웅덩이(科)를 채우고(盈) 이후에야(而後) 나아가(進) 사해(四海)에(乎) 내놓게 된다(放). 근본(本)이 있는(有) 것(者)은 이(是)와 같으니(如), 이것(是)을(之) 취했을(取) 뿐이다(爾).

苟爲無本(구위무본), **七八月之間**(칠팔월지간), **雨集溝澮皆盈**(우집구회개영), **其涸也**(기학야), **可立而待也**(가립이대야). **故聲聞過情**(고성문과정), **君子恥之**(군자치지).

만약(苟) 근본(本)이 없게(無) 되면(爲), 7, 8월(七八月)의(之) 사이(間)에 비(雨)가 도랑(溝澮)에 모여(集) 모두(皆) 가득 차지만(盈), 그것(其)이 마르는(涸) 것은(也) 서서(立)도(而) 기다릴(待) 수(可) 있다(也). 그러므로(故) 평판(聲聞)이 실정(情)을 넘는(過) 것, 군자(君子)는 그것(之)을 부끄러워한다(恥).

*徐子(서자): 맹자의 제자 ‖ *有~者: ①~한 사람(경우)이 있다, ②~이 있는 사람(경우) ‖ *耳(이): ~일 뿐이다 ‖ *混混(혼혼): 물결소리 / 混(혼): 세차게 흐르다 ‖ *舍(사): 쉬다 ‖ *科(과): 구멍, 웅덩이 ‖ *溝澮(구회): =溝洫(구혁), 도랑 ‖ *涸(학/후): 마르다 ‖ *聲聞(성문): 평판.

부록 최소한 문법: 於, 不, 乎, 者, 之, 而, 可.

19장

孟子曰(맹자왈). **人之所以異於禽獸者幾希**(인지소이이어금수자기희), **庶民去之**(서민거지), **君子存之**(군자존지).

맹자(孟子)께서 말씀하셨다(曰). 사람(人)이(之) 금수(禽獸)와(於) 다른(異) 것(所以)은

(者) 거의(幾) 드문데(希), 서민(庶民)은 그것(之)을 버리고(去) 군자(君子)는 그것(之)을 보존한다(存).

舜(순), 明於庶物(명어서물), 察於人倫(찰어인륜), 由仁義行(유인의행), 非行仁義也(비행인의야).

순임금(舜)께서는 온갖(庶) 사물(物)에(於) 밝으셨고(明), 인륜(人倫)을(於) 아셨으니(察), 인의(仁義)로 말미암아(由) 행했지(行), 인의(仁義)를 (일부러) 행하신(行) 것은 아니(非)다(也).

*察(찰): 살펴서 알다.

부록 최소한 문법: 之, 於, 所, 者, 非.

20장

孟子曰(맹자왈). 禹(우), 惡旨酒而好善言(오지주이호선언).

맹자(孟子)께서 말씀하셨다(曰). 우왕(禹)께서는 맛있는(旨) 술(酒)을 싫어하(惡)고(而), 좋은(善) 말(言)을 좋아했다(好).

湯(탕), 執中(집중), 立賢無方(입현무방).

탕왕(湯)께서는 중도(中)를 잡으시어(執), 현자(賢)를 세우는(立) 데 일정한 방향(方)이 없으셨다(無).

※ 현자를 등용하는 데 문벌, 학벌, 신분 등을 따지지 않았다는 의미로 해석된다.

文王(문왕), 視民如傷(시민여상), 望道而未之見(망도이미지견).

문왕(文王)께서는 백성(民)을 보기(視)를 다친 사람(傷)과 같게 했으며(如), 도(道)를 바라보(望)면서도(而) 그것(之)을 보지(見) 못하는 듯했다(未).

武王(무왕), 不泄邇(불설이), 不忘遠(불망원).

무왕(武王)께서는 가까운 사람(邇)을 업신여기지(泄) 않으셨으며(不), 멀리 있는 사람(遠)을 잊지(忘) 않으셨다(不).

周公(주공), 思兼三王(사겸삼왕), 以施四事(이시사사), 其有不合者(기유불합자), 仰而思之(앙이사지), 夜以繼日(야이계일), 幸而得之(행이득지), 坐以待旦(좌이대단).

주공(周公)께서는 삼왕(三王, 우왕·탕왕·문무왕)을 겸비하여(兼), 그것으로(以) 네 가지(四) 일(事)을 시행하는(施) 것을 생각했는데(思), 혹(其) 부합하지(合) 않는(不) 것(者)이 있으면(有), 우러러보(仰)며(而) 그것(之)을 생각하는(思) 것이 밤(夜), 그것으로(以) 낮(日)을 이었는데(繼), 다행히(幸)도(而) 그것(之)을 얻게되면(得) 앉아서(坐) 그것으로(以) 아침(旦)을 기다리셨다(待).

*湯(탕): 상(商)나라 초대 왕 ‖ *泄(설): 업신여기다, 깔보다 ‖ *邇(이): 가깝다 ‖ *有~者: ①~한 사람(경우)이 있다, ②~이 있는 사람(경우).

부록 최소한 문법: 而, 未, 之, 도치, 不, 以, 者.

21장

孟子曰(맹자왈). **王者之迹**(왕자지적), **熄而詩亡**(식이시망), **詩亡然後春秋作**(시망연후춘추작).

맹자(孟子)께서 말씀하셨다(曰). 왕자(王者, 왕도정치)의(之) 자취(迹)가 사라지(熄)면서(而), 시(詩)가 없어졌고(亡), 시(詩)가 없어진(亡) 연후에(然後) 『춘추(春秋)』가 지어졌다(作).

晉之乘(진지승), **楚之檮杌**(초지도올), **魯之春秋**(노지춘추), **一也**(일야).

진나라(晉)의(之) 『승(乘)』과 초나라(楚)의(之) 『도올(檮杌)』과 노나라(魯)의(之) 『춘추(春秋)』가 하나(一)이다(也).

其事則齊桓·晉文(기사즉제환진문), **其文則史**(기문즉사), **孔子曰**(공자왈), **其義則丘竊取之矣**(기의즉구절취지의).

그(其) 일(事)은(則) 제나라(齊) 환공(桓)과 진나라(晉) 문공(文)이고, 그(其) 문장(文)은(則) 사관 문체인데(史), 공자(孔子)께서 말씀하시길(曰), '그(其) 의(義)는(則) 구(丘, 공자)가 마음속으로(竊) 그것(之)을 취한(取) 것이다(矣).'라고 했다.

*迹(적): 자취 ‖ *熄(식): 불 꺼지다, 소멸하다 ‖ *竊(절): 남몰래, 마음속으로.

부록 최소한 문법: 之, 而.

22장

孟子曰(맹자왈). 君子之澤(군자지택), 五世而斬(오세이참), 小人之澤(소인지택), 五世而斬(오세이참).

맹자(孟子)께서 말씀하셨다(曰). 군자(君子)의(之) 은택(澤)도 다섯(五) 세대가 되(世)면(而) 끊어지고(斬), 소인(小人)의(之) 은택(澤)도 다섯(五) 세대가 되(世)면(而) 끊어진다(斬).

予未得爲孔子徒也(여미득위공자도야), 予(여), 私淑諸人也(사숙저인야).

나(予)는 공자(孔子)의 문도(徒)가 될(爲) 수(得) 없(未)었지만(也), 나(予)는 그것을(諸) 다른 사람(人)에게 사숙했(私淑)다(也).

*斬(참): 끊어지다, 단절되다 ‖ *私淑(사숙): 가르침을 받지 않았으나 마음속으로 그 사람을 본받아서 도나 학문을 닦음.

부록 최소한 문법: 之, 而, 未, 得, 諸.

23장

孟子曰(맹자왈). 可以取(가이취), 可以無取(가이무취), 取(취), 傷廉(상렴), 可以與(가이여), 可以無與(가이무여), 與(여), 傷惠(상혜), 可以死(가이사), 可以無死(가이무사), 死(사), 傷勇(상용).

맹자(孟子)께서 말씀하셨다(曰). 취할(取) 수도 있고(可以) 취하지(取) 않을(無) 수도 있는데(可以), 취한다면(取) 청렴(廉)을 해치고(傷), 줄(與) 수도 있고(可以) 주지(與) 않을

(無) 수도 있는데(可以), 준다면(與) 은혜(惠)를 해치며(傷), 죽을(死) 수도 있고(可以) 죽지(死) 않을(無) 수도 있는데(可以), 죽는다면(死) 용기(勇)를 해친다(傷).

※ 可以取, 可以無取: '취할 수 있지만 (실제) 취하지 않는 것이 옳다.'로 번역하는 예가 있다.

부록 최소한 문법: 可以.

24장

逢蒙(방몽), 學射於羿(학사어예), 盡羿之道(진예지도), 思天下惟羿爲愈己(사천하유예위유기), 於是(어시), 殺羿(살예). 孟子曰(맹자왈). 是亦羿有罪焉(시역예유죄언). 公明儀曰(공명의왈), 宜若無罪焉(의약무죄언), 曰(왈). 薄乎云爾(박호운이), 惡得無罪(오득무죄).

방몽(逢蒙)이 예(羿)에게(於) 활쏘기(射)를 배웠는데(學), 예(羿)의(之) 도(道)를 다하고(盡) 생각하길(思), 천하(天下)에 오직(惟) 예(羿)만이 자기(己)보다 낫다(愈)고 여기고서(爲), 이(是)에(於) 예(羿)를 죽였다(殺). 맹자(孟子)께서 말씀하셨다(曰). 이것(是)은 또한(亦) 예(羿), 그에게도(焉) 죄(罪)가 있다(有). 공명의(公明儀)가 말하길(曰), '마땅히(宜) 그에겐(焉) 죄(罪)가 없는(無) 것 같다(若).'고 했으나, 말씀하셨다(曰). 적(薄)다(乎)고 이를 뿐(云爾), 어찌(惡) 죄(罪)가 없을(無) 수 있겠는가(得)?

鄭人(정인), 使子濯孺子(사자탁유자), 侵衛(침위), 衛使庾公之斯(위사유공지사), 追之(추지). 子濯孺子曰(자탁유자왈), 今日(금일), 我疾作(아질작), 不可以執弓(불가이집궁), 吾死矣夫(오사의부), 問

其僕曰(문기복왈), 追我者(추아자), 誰也(수야)? 其僕曰(기복왈), 庾公之斯也(유공지사야). 曰(왈), 吾生矣(오생의), 其僕曰(기복왈), 庾公之斯(유공지사), 衛之善射者也(위지선사자야), 夫子曰吾生(부자왈오생), 何謂也(하위야)? 曰庾公之斯(왈유공지사), 學射於尹公之他(학사어윤공지타), 尹公之他(윤공지타), 學射於我(학사어아). 夫尹公之他(부윤공지타), 端人也(단인야), 其取友必端矣(기취우필단의). 庾公之斯至曰(유공지사지왈), 夫子(부자), 何爲不執弓(하위부집궁)? 曰(왈), 今日(금일), 我疾作(아질작), 不可以執弓(불가이집궁). 曰(왈), 小人(소인), 學射於尹公之他(학사어윤공지타), 尹公之他(윤공지타), 學射於夫子(학사어부자), 我不忍以夫子之道(아불인이부자지도), 反害夫子(반해부자). 雖然(수연), 今日之事(금일지사), 君事也(군사야), 我不敢廢(아불감폐). 抽矢扣輪(추시고륜), 去其金(거기금), 發乘矢而後反(발승시이후반).

정나라(鄭) 사람(人)이 자탁유자(子濯孺子)로 하여금(使) 위나라(衛)를 침략했는데(侵), 위나라(衛)에서는 유공지사(庾公之斯)로 하여금(使) 그(之)를 추격하게 했다(追). (어느 날) 자탁유자(子濯孺子)가 말하길(曰), '금일(今日) 내(我) 병(疾)이 나서(作) 활(弓)을 잡을(執) 수(可以) 없으니(不), 나(吾)는 죽겠(死)구나(矣夫).'라 하고, 그(其) 마부(僕)에게 물어(問) 말하길(曰), '나(我)를 추격하는(追) 자(者)는 누구(誰)인가(也)?'라 하니, 그(其) 마부(僕)가 말하길(曰), '유공지사(庾公之斯)입니다(也).'라 했다. (자탁유자가) 말하길(曰), '나(吾)는 살았(生)구나(矣).'라 하니, 그(其) 마부(僕)가 말하길(曰), '유공지사(庾公之斯)는 위나라(衛)에서(之) 활(射)을 잘 쏘는(善) 사람(者)인데(也), 선생님(夫子)께서는 나(吾)는 살았다(生)고 말씀하시니(曰), 무엇(何)을 말하는(謂) 것입니까(也)?'라 하자, 말하길(曰), '유공지사(庾公之斯)는 윤공지타(尹公之他)에게(於) 활쏘기(射)를 배웠고(學), 윤공지타(尹公之他)는 나(我)에게(於) 활쏘기(射)를 배웠다(學). 무릇(夫) 윤공지타(尹公之他)는 단정한(端) 사람(人)이니(也), 그(其)가 취한(取) 벗(友)도 반드시(必) 단정할(端) 것이다(矣).'라고 했다. 유공지사(庾公之斯)가 이르러(至) 말하길(曰), '선생님(夫子)께서는 무엇(何) 때문에(爲) 활(弓)을 잡지(執) 않으십니까(不)?'라 하자,

말하길(曰), '금일(今日) 내(我) 병(疾)이 나서(作) 활(弓)을 잡을(執) 수(可以) 없네(不).' 라고 했다. (유공지사가) 말하길(曰), '소인(小人)은 윤공지타(尹公之他)에게(於) 활쏘기(射)를 배웠고(學), 윤공지타(尹公之他)는 선생님(夫子)께(於) 활쏘기(射)를 배웠으니(學), 저(我)는 차마(忍) 선생님(夫子)의(之) 도(道)로(以) 도리어(反) 선생님(夫子)을 해칠(害) 수 없습니다(不). 비록(雖) 그러하나(然) 금일(今日)의(之) 일(事)은 임금(君)의 일(事)이니(也), 제(我)가 감히(敢) 그만두지(廢) 못합니다(不).'하고 화살(矢)을 뽑아서(抽) 수레바퀴(輪)에 두들겨(扣) 그(其) 쇠(金, 화살촉)를 제거하고(去), 네 발(乘)의 화살(矢)을 쏜(發) 이후에(而後) 돌아갔다(反).

*公明儀(공명의): 노(魯)나라 거문고 명수 ‖ *有+명사: ①~이(가) 있다(술어+보어), ②~을(를) 가지고 있다(술어+목적어) ‖ *云爾(운이): 이와 같이, ~라고 한다, 이와 같을 뿐이다 ‖ *僕(복): 종, 마부 ‖ *善射(선사): 활을 잘 쏨 ‖ *扣(고/구): 두드리다 ‖ *乘(승): 넷.

부록 최소한 문법: 於, 之, 焉, 使, 不, 可以, 者, 必, 以, 敢.

25장

孟子曰(맹자왈). **西子蒙不潔**(서자몽불결), **則人皆掩鼻而過之**(즉인개엄비이과지), **雖有惡人**(수유악인), **齊戒沐浴**(재계목욕), **則可以祀上帝**(즉가이사상제).

맹자(孟子)께서 말씀하셨다(曰). 서자(西子, 서시(西施))도 깨끗하지(潔) 못한(不) 것을 덮어쓰(蒙)면(則), 사람들(人) 모두(皆) 코(鼻)를 가리(掩)고(而) 그녀(之)를 지나지만(過), 비록(雖) 추한(惡) 사람(人)이 있더라도(有) 재계하고(齊戒) 목욕하(沐浴)면(則), 상제(上帝)께 제사 지낼(祀) 수 있다(可以).

*西子(서자): 춘추시대 월(越)나라 미인 서시(西施) ‖ *掩(엄): 가리다 ‖ *有+명사: ①~이(가) 있다(술어+보어), ②~을(를) 가지고 있다(술어+목적어) ‖ *惡(악): 추하다.

부록 최소한 문법: 不, 而, 之, 可以.

26장

孟子曰(맹자왈). 天下之言性也(천하지언성야), 則故而已矣(즉고이이의), 故者(고자), 以利爲本(이리위본).

맹자(孟子)께서 말씀하셨다(曰). 천하(天下)에서(之) 본성(性)을 말하는(言) 것은(也) 곧(則) 옛 자취(故)일 뿐이니(而已矣), 옛 자취(故)란(者) 순조로움(利)을(以) 근본(本)으로 삼는다(爲).

※ 則故: '자취를 본받는다.'로 번역하는 예가 있다.

所惡於智者(소오어지자), 爲其鑿也(위기착야). 如智者若禹之行水也(여지자약우지행수야), 則無惡於智矣(즉무오어지의). 禹之行水也(우지행수야), 行其所無事也(행기소무사야), 如智者亦行其所無事(여지자역행기소무사), 則智亦大矣(즉지역대의).

지자(智者)를(於) 미워하는(惡) 것(所)은 그들(其)이 천착하기(鑿) 때문(爲)이다(也). 만약(如) 지자(智者)가 우왕(禹)께서(之) 물(水)을 흐르게 한(行) 것과 같이(若) 한다(也)면(則), 지혜(智)를(於) 싫어할(惡) 것이 없을(無) 것이다(矣). 우왕(禹)께서(之) 물(水)을 흐르게 한(行) 것은(也), 그것(其)이 아무 일(事)이 없는(無) 곳(所)으로 흐르게 한(行) 것이니(也), 만약(如) 자자(智者)도 또한(亦) 그것(其)이 아무 일(事)이 없는(無) 곳(所)으로 흐르게 한다(行)면(則), 지혜(智) 역시(亦) 클(大) 것이다(矣).

天之高也(천지고야), 星辰之遠也(성신지원야), 苟求其故(구구기고), 千歲之日至(천세지일지), 可坐而致也(가좌이치야).

하늘(天)은(之) 높(高)고(也) 별들(星辰)은(之) 멀지(遠)만(也), 진실로(苟) 그(其) 옛 자취(故)를 구한다면(求), 천 년(千歲)의(之) 하지나 동지(日至)도 앉아(坐)서(而) 이를(致, 헤아릴) 수(可) 있다(也).

*而已矣(이이의): ~일 뿐이다 ‖ *利(이/리): 순조롭다, 조화를 이루다 ‖ *鑿(착): 뚫다, 집요하게 파헤치다 ‖ *無事(무사): 장애가 없다, 아무 일이 없다 ‖ *日至(일지): 동지 또는 하지.

부록 최소한 문법: 之, 者, 以爲, 於, 所, 而, 可.

27장

公行子有子之喪(공항자유자지상), 右師往弔(우사왕조), 入門(입문), 有進而與右師言者(유진이여우사언자), 有就右師之位而與右師言者(유취우사지위이여우사언자), 孟子不與右師言(맹자불여우사언). 右師不悅曰(우사불열왈). 諸君子皆與驩言(제군자개여환언), 孟子獨不與驩言(맹자독불여환언), 是簡驩也(시간환야).

공항자(公行子)에게 아들(子)의(之) 상(喪)이 있어(有), 우사(右師, 왕환)가 조문하러(弔) 갔는데(往) 문(門)에 들어서자(入) 나와(進)서(而) 우사(右師)와(與) 말하는(言) 자(者)도 있었고(有), 우사(右師)의(之) 자리(位)에 나와(就)서(而) 우사(右師)와(與) 말하는(言) 자(者)도 있었는데(有), 맹자(孟子)께서는 우사(右師)와(與) 말하지(言) 않았다(不). 우사(右師)가 기뻐하지(悅) 않으며(不) 말했다(曰). 여러(諸) 군자(君子) 모두(皆) 환(驩, 우사)과(與) 말하는데(言), 맹자(孟子)만 홀로(獨) 환(驩)과(與) 말하지(言) 않으니(不), 이(是)는 환(驩)을 깔보는(簡) 것이다(也).

※ 行: '행'과 '항'으로 독음하는데, 이름에서는 대체로 '항'으로 읽는다. 다만, 이름에서도 정확한 독음은 개인의 선택이나 전통에 따라 달라질 수 있다.

孟子聞之曰(맹자문지왈). 禮(예), 朝廷(조정), 不歷位而相與言(불역위이상여언), 不踰階而相揖也(불유계이상읍야). 我欲行禮(아욕행례), 子敖以我爲簡(자오이아위간), 不亦異乎(불역이호)?

맹자(孟子)께서 그것(之)을 듣고(聞) 말씀하셨다(曰). 예(禮)에, 조정(朝廷)에서는 자리(位)를 넘어(歷)서(而) 서로(相) 함께(與) 말하지(言) 않으며(不), 품계(階)를 넘어(踰)서(而) 서로(相) 읍하지(揖)하지 않는(不)다(也). 나(我)는 예(禮)를 행하(行)고자 했는데(欲), 자오(子敖, 왕환의 자(字))는 나(我)를(以) 깔본다(簡)고 여기니(爲) 또한(亦) 이상하지(異) 아니한(不)가(乎)?

*有+명사: ①~이(가) 있다(술어+보어), ②~을(를) 가지고 있다(술어+목적어) ‖ *有~者: ①~한 사람(경우)이 있다, ②~이 있는 사람(경우) ‖ *簡(간): 깔보다 ‖ *踰(유): 넘다.

부록 최소한 문법: 之, 而, 與, 者, 不, 欲, 以爲.

28장

孟子曰(맹자왈). 君子所以異於人者(군자소이이어인자), 以其存心也(이기존심야). 君子(군자), 以仁存心(이인존심), 以禮存心(이례존심).

맹자(孟子)께서 말씀하셨다(曰). 군자(君子)가 남(人)과(於) 다른(異) 것(所以)은(者) 그(其)가 마음(心)을 보존하기(存) 때문(以)이다(也). 군자(君子)는 인(仁)을(以) 마음(心)에 보존하고(存) 예(禮)를(以) 마음(心)에 보존한다(存).

仁者愛人(인자애인), 有禮者敬人(유례자경인), 愛人者人恒愛之(애인자인항애지), 敬人者人恒敬之(경인자인항경지).

인자(仁者)는 남(人)을 사랑하고(愛), 예(禮)가 있는(有) 자(者)는 남(人)을 공경하니(敬), 남(人)을 사랑하는(愛) 자(者)는 남(人)도 항상(恒) 그(之)를 사랑하고(愛), 남(人)을 공경하는(敬) 자(者)는 남(人)도 항상(恒) 그(之)를 공경한다(敬).

有人於此(유인어차), 其待我以橫逆(기대아이횡역), 則君子必自反也(즉군자필자반야), 我必不仁也(아필불인야), 必無禮也(필무례야). 此物(차물), 奚宜至哉(해의지재)?

여기(此)에(於) 어떤 사람(人)이 있는데(有), 그(其)가 나(我)를 횡역(橫逆)으로(以) 대한다(待)면(則), 군자(君子)는 반드시(必) 스스로(自) 돌이켜(反)서(也), '(그에게) 내(我)가 반드시(必) 어질지(仁) 못했을(不) 것이며(也), 반드시(必) 예(禮)가 없었을(無) 것이다(也). 이러한(此) 일(物)이 어찌(奚) 마땅히(宜) 이르겠는(至)가(哉)?'라 한다.

其自反而仁矣(기자반이인의), 自反而有禮矣(자반이유례의), 其橫逆(기횡역), 由是也(유시야), 君子必自反也(군자필자반야), 我必不忠(아필불충).

그(其) 스스로(自) 돌이켜(反)도(而) 어질었(仁)고(矣), 스스로(自) 돌이켜(反)도(而) 예(禮)가 있었는(有)데(矣), 그(其) 횡역(橫逆)함이 이(是)와 같다(由)면(也), 군자(君子)는 반드시(必) 스스로(自) 돌이켜(反)서(也), '내(我)가 반드시(必) 진실하지(忠) 못했구나(不).'라 한다.

自反而忠矣(자반이충의), 其橫逆(기횡역), 由是也(유시야), 君子曰

(군자왈), 此亦妄人也已矣(차역망인야이의), 如此(여차), 則與禽獸奚擇哉(즉여금수해택재)? 於禽獸(어금수), 又何難焉(우하난언)?

스스로(自) 돌이켜(反)도(而) 진실했는(忠)데(矣), 그(其) 횡역(橫逆)함이 이(是)와 같다(由)면(也), 군자(君子)는 말하길(曰), '이(此) 또한(亦) 망령된(妄) 사람(人)일 뿐이다(也已矣).'라 하니, 이(此)와 같다(如)면(則) 금수(禽獸)와(與) 무엇(奚)으로 가리겠는(擇)가(哉)? 금수(禽獸)에게(於), 또(又) 거기에서(焉) 무엇(何)을 꾸짖겠는가(難)?

是故君子有終身之憂(시고군자유종신지우), 無一朝之患也(무일조지환야), 乃若所憂(내약소우), 則有之(즉유지). 舜人也(순인야), 我亦人也(아역인야), 舜(순), 爲法於天下(위법어천하), 可傳於後世(가전어후세), 我(아), 由未免爲鄕人也(유미면위향인야), 是則可憂也(시즉가우야). 憂之如何(우지여하)? 如舜而已矣(여순이이의).

이(是) 때문에(故) 군자(君子)는 종신(終身)의(之) 근심(憂)은 있어도(有), 하루아침(一朝)의(之) 근심(患)은 없는(無) 것이니(也), 근심해야 하는(憂) 바(所)와 같은(乃若) 것은 곧(則) 이런 것(之)이 있다(有). '순임금(舜)도 사람(人)이고(也), 나(我)도 또한(亦) 사람(人)인데(也), 순임금(舜)께서는 천하(天下)에(於) 법(法)이 되어(爲) 후세(後世)에(於) 전할(傳) 만한데(可), 나(我)는 오히려(由) 시골 사람(鄕人)이 되는(爲) 것을 면하지(免) 못하는(未)구나(也).'라고 하니, 이것(是)은 곧(則) 근심할(憂) 만한(可) 것이다(也). 그것(之)을 근심하는데(憂) 어찌해야 하는가(如何)? 순임금(舜)과 같이(如) 할 뿐이다(而已矣).

若夫君子所患(약부군자소환), 則亡矣(즉무의), 非仁無爲也(비인무위야), 非禮無行也(비례무행야). 如有一朝之患(여유일조지환), 則君子不患矣(즉군자불환의).

군자(君子)가 (일시적으로) 근심하는(患) 것(所)과 같은(若夫) 것은 곧(則) 없(亡)으니

(矣), 인(仁)이 아니면(非) 하지(爲) 않(無)고(也), 예(禮)가 아니면(非) 하지(行) 않는(無)다(也). 만약(如) 하루아침(一朝)의(之) 근심(患)이 있더(有)라도(則), 군자(君子)는 근심하지(患) 않는(不)다(矣).

*有~者: ①~한 사람(경우)이 있다, ②~이 있는 사람(경우) ‖ *有+명사: ①~이(가) 있다(술어+보어), ②~을(를) 가지고 있다(술어+목적어) ‖ *橫逆(횡역): 떳떳한 이치에 어그러짐 ‖ *物(물): 일 ‖ *由(유): 같다, 오히려 ‖ *也已矣(야이의): ~이구나 ‖ *乃若: ~과 같다 / 乃: = 若 ‖ *如何(여하): 무엇과 같은가? 어떻게 하는가? 어찌할까? 어떻게 하여, 어떠한가? ‖ *若夫: ~과 같은 것은 ‖ *而已矣(이이의): ~일 뿐이다.

부록 최소한 문법: 所, 於, 者, 以, 之, 必, 不, 而, 與, 焉, 可, 未.

29장

禹·稷(우직), 當平世(당평세), 三過其門而不入(삼과기문이불입), 孔子賢之(공자현지).

우왕(禹)과 후직(稷)은 태평한(平) 세상(世)을 만나(當) 세 번(三)이나 자기(其) 문(門)을 지나(過)면서도(而) 들어가지(入) 않았는데(不), 공자(孔子)께서는 그분들(之)을 어질게 여기셨다(賢).

顔子當亂世(안자당난세), 居於陋巷(거어누항), 一簞食(일단사), 一瓢飮(일표음), 人不堪其憂(인불감기우), 顔子不改其樂(안자불개기락), 孔子賢之(공자현지).

안자(顏子)는 어지러운(亂) 세상(世)을 만나(當) 누항(陋巷)에(於) 살면서(居) 한 그릇(一簞)의 밥(食)과 한 바가지(一瓢)의 물(飮)이었으니, 사람(人)은 그(其) 근심(憂)을 견디지(堪) 못하지만(不), 안자(顏子)는 그(其) 즐거움(樂)을 바꾸지(改) 않았으니(不), 공자(孔子)께서 그(之)를 어질게 여기셨다(賢).

孟子曰(맹자왈). 禹·稷·顏回同道(우직안회동도).

맹자(孟子)께서 말씀하셨다(曰). 우왕(禹)과 직(稷)과 안회(顏回)는 도(道)가 같았다(同).

禹(우), 思天下有溺者(사천하유익자), 由己溺之也(유기익지야), 稷(직), 思天下有飢者(사천하유기자), 由己飢之也(유기기지야). 是以如是其急也(시이여시기급야).

우왕(禹)은 천하(天下)에 물에 빠진(溺) 자(者)가 있으면(有), 자기(己)가 그(之)를 빠뜨린(溺) 것과 같이(由) 생각했(思)고(也), 직(稷)은 천하(天下)에서 굶주리는(飢) 자(者)가 있으면(有), 자기(己)가 그(之)를 굶주리게 한(飢) 것과 같이(由) 생각했(思)다(也). 이(是) 때문에(以) 이(是)와 같이(如) 그렇게(其) 급했던(急) 것이다(也).

禹·稷·顏子易地(우직안자역지), 則皆然(즉개연).

우왕(禹)과 직(稷)과 안자(顏子)가 처지(地)를 바뀌었다(易)면(則), 모두(皆) 그렇게 했을 것이다(然).

今有同室之人(금유동실지인), 鬪者(투자), 救之(구지), 雖被髮纓冠而救之(수피발영관이구지), 可也(가야).

지금(今) 같은(同) 집(室)의(之) 사람(人)에서 싸우는(鬭) 자(者)가 있다면(有) 그(之)를 구하되(救), 비록(雖) 머리(髮)를 풀어 헤치고(被) 갓(冠)에 끈만 매(纓)고서(而), 그(之)를 구해도(救) 괜찮을(可) 것이다(也).

鄕隣(향린), 有鬭者(유투자), 被髮纓冠而往救之(피발영관이왕구지), 則惑也(즉혹야), 雖閉戶(수폐호), 可也(가야).

마을(鄕) 이웃(隣)에 싸우는(鬭) 자(者)가 있다면(有), 머리(髮)를 풀어 헤치고(被) 갓(冠)에 끈만 매(纓)고서(而) 가서(往) 그(之)를 구한다(救)면(則), 미혹된(惑) 것이니(也), 비록(雖) 문(戶)을 닫더라도(閉) 괜찮은(可) 것이다(也).

*陋巷(누항): 누추하고 좁은 마을 / 陋(누): 더럽다 ‖ *瓢(표): 바가지 ‖ *有~者: ①~한 사람(경우)이 있다, ②~이 있는 사람(경우) ‖ *纓(영): 갓끈, 매다.

부록 최소한 문법: 而, 不, 之, 於, 者.

30장

公都子曰(공도자왈). 匡章(광장), 通國(통국), 皆稱不孝焉(개칭불효언), 夫子與之遊(부자여지유), 又從而禮貌之(우종이예모지), 敢問何也(감문하야)?

공도자(公都子)가 말했다(曰). 광장(匡章)은 온(通) 나라(國)에서 모두(皆) 그를(焉) 효성스럽지(孝) 않다(不)고 칭하는데(稱), 선생님(夫子)께서는 그(之)와(與) 사귀시고(遊) 또(又) 나아가(從)서(而) 그(之)를 예우하시니(禮貌), 감히(敢) 묻습니다(問), 어째서(何)입니까(也)?

孟子曰(맹자왈). 世俗所謂不孝者五(세속소위불효자오). 惰其四肢(타기사지), 不顧父母之養(불고부모지양), 一不孝也(일불효야), 博奕好飮酒(박혁호음주), 不顧父母之養(불고부모지양), 二不孝也(이불효야), 好貨財(호화재), 私妻子(사처자), 不顧父母之養(불고부모지양), 三不孝也(삼불효야), 從耳目之欲(종이목지욕), 以爲父母戮(이위부모륙), 四不孝也(사불효야), 好勇鬪狠(호용투한), 以危父母(이위부모), 五不孝也(오불효야), 章子有一於是乎(장자유일어시호)?

맹자(孟子)께서 말씀하셨다(曰). 세속(世俗)에서 이른바(所謂) 불효(不孝)라는 것(者)이 다섯이다(五). 그(其) 사지(四肢)를 게을리하여(惰) 부모(父母)의(之) 봉양(養)을 돌보지(顧) 않는(不) 것이 첫 번째(一) 불효(不孝)이고(也), 장기나 바둑을 두고(博奕) 술(酒)을 마시는(飮) 것을 좋아하여(好) 부모(父母)의(之) 봉양(養)을 돌보지(顧) 않는(不) 것이 두 번째(二) 불효(不孝)이고(也), 재물(貨財)을 좋아하여(好) 처자식(妻子)을 편애하여(私) 부모(父母)의(之) 봉양(養)을 돌보지(顧) 않는(不) 것이 세 번째(三) 불효(不孝)이고(也), 귀(耳)와 눈(目)의(之) 욕망(欲)만을 좇다가(從) 그것으로(以) 부모(父母)를 욕되게(戮) 하는(爲) 것이 네 번째(四) 불효(不孝)이고(也), 용맹(勇)을 좋아하여(好) 싸우며(鬪) 사나워서(狠) 그것으로(以) 부모(父母)를 위태롭게 하는(危) 것이 다섯 번째(五) 불효(不孝)인데(也), 장자(章子, 광장)는 이것(是)에서(於) 하나라도(一) 있는(有)가(乎)?

夫章子(부장자), 子父責善而不相遇也(자부책선이불상우야).

저(夫) 장자(章子)는 부자간(子父)에 책선을 하다(責善)가(而), 서로(相) 맞지(遇) 않은(不) 것이다(也).

責善(책선), 朋友之道也(붕우지도야), 父子責善(부자책선), 賊恩之大者(적은지대자).

책선(責善)은 붕우(朋友)의(之) 도(道)이니(也), 부자간(父子)에 책선을 하면(責善), 은혜(恩)를 해치(賊)는(之) 큰(大) 것(者)이다.

夫章子(부장자), 豈不欲有夫妻子母之屬哉(기불욕유부처자모지속재)? 爲得罪於父(위득죄어부), 不得近(부득근), 出妻屛子(출처병자), 終身不養焉(종신불양언). 其設心(기설심), 以爲不若是(이위불약시), 是則罪之大者(시즉죄지대자), 是則章子已矣(시즉장자이의).

저(夫) 장자(章子)가 어찌(豈) 남편(夫), 아내(妻), 자식(子), 어미(母)의(之) 혈족(屬)을 가지고(有) 싶지(欲) 않겠는(不)가(哉)? 아비(父)에게(於) 죄(罪)를 얻었기(得) 때문에(爲) 가까할(近) 수(得) 없어서(不), 아내(妻)를 내보내고(出) 자식(子)을 물리쳐(屛), 종신토록(終身) 그들에게(焉) 봉양을 받지(養) 않은 것이다(不). 그(其)가 마음(心)에 세우길(設), '이(是)와 같지(若) 않으면(不), 이(是)는 곧(則) 죄(罪)의(之) 큰(大) 것(者)이다.' 고 여겼으니(以爲), 이런 이(是)가 곧(則) 장자(章子)였을 뿐이다(已矣).

*公都子(공도자): 맹자의 제자 ‖ *匡章(광장): 전국시대 제(齊)나라 장군 ‖ *通國(통국): = 全國 ‖ *禮貌(예모): 예절을 지키는 것 ‖ *惰(타): 게으르다 ‖ *博奕(박혁): 장기와 바둑 ‖ *私(사): 사랑하다, 편애하다 ‖ *戮(륙/육): 욕되다, 욕보이다 ‖ *鬪狠(투한): 다투어 싸움 / 狠(한): 사납다 ‖ *有+명사: ①~이(가) 있다(술어+보어), ②~을(를) 가지고 있다(술어+목적어) ‖ *責善(책선): 선을 하라고 권하는 것 ‖ *屛(병): 물리치다 ‖ *已矣(이의): ~일 뿐이다.

부록 최소한 문법: 不, 焉, 與, 之, 而, 敢, 所, 者, 以, 於, 欲, 得, 以爲.

31장

曾子居武城(증자거무성), 有越寇(유월구). 或曰寇至(혹왈구지), 盍去諸(합거저)? 曰(왈), 無寓人於我室(무우인어아실), 毁傷其薪木(훼상기신목). 寇退則曰(구퇴즉왈), 修我墻屋(수아장옥). 我將反(아장반). 寇退(구퇴), 曾子反(증자반), 左右曰(좌우왈), 待先生(대선생), 如此其忠且敬也(여차기충차경야), 寇至則先去(구지즉선거), 以爲民望(이위민망), 寇退則反(구퇴즉반), 殆於不可(태어불가). 沈猶行曰(심유행왈). 是非汝所知也(시비여소지야). 昔(석), 沈猶有負芻之禍(심유유부추지화), 從先生者七十人(종선생자칠십인), 未有與焉(미유여언).

증자(曾子)께서 무성(武城)에 살 때(居) 월나라(越)의 도적(寇)이 있었다(有). 어떤 이(或)가 말하길(曰), '도적(寇)이 이르렀는데(至) 어찌(盍1) 거기에서(諸) 떠나지(去) 않습니까(盍2)?'고 하니, 말씀하시길(曰), '내(我) 집(室)에(於) 사람(人)을 붙여두어(寓) 그(其) 땔나무(薪木)를 훼손하고(毁) 상하게 하지(傷) 못하게 하라(無).'고 했다. 도적(寇)이 물러가자(退) 곧(則) 말씀하시길(曰), '내(我) 담장(墻)과 지붕(屋)을 수리하라(修). 내(我) 장차(將) 돌아가겠다(反).'고 했다. 도적(寇)이 물러가자(退) 증자(曾子)께서 돌아오셨는데(反), 좌우(左右)에서 말하길(曰), '(무성의 성주가) 선생님(先生)을 대하길(待), 이(此)와 같이(如) 그렇게(其) 충성스럽고(忠) 또(且) 공경했는(敬)데(也), 도적(寇)이 이르자(至) 곧(則) 먼저(先) 떠나시어(去), 그것을(以) 백성들(民)이 바라보게(望) 하시고(爲), 도적(寇)이 물러가자(退) 곧(則) 돌아오셨으니(反), 옳지(可) 않은(不) 것에(於) 가깝습니다(殆).'고 하자, 심유행(沈猶行, 증자의 제자)이 말했다(曰). 이(是)는 너희(汝)가 아는(知) 바(所)가 아니(非)다(也). 옛날에(昔) 심유씨(沈猶)에 부추(負芻)의(之) 화(禍)가 있었는데(有), 선생님(先生)을 따르던(從) 자(者) 일흔 명(七十人) 중 거기에(焉) 참여한 자(與)가 있지(有) 않았다(未).

※ 如此其忠且敬也의 其: 무성의 성주로 번역할 수도 있다.

※ 집을 의미하는 한자로 屋(옥)과 室(실)이 있다. 그런데 일반적으로 屋은 건물

외형, 지붕 또는 전체적인 구조나 '지붕'을 의미하고, 室은 건물 내부 공간인 '방'을 의미한다.

子思居於衛(자사거어위), **有齊寇**(유제구). **或曰寇至**(혹왈구지), **盍去諸**(합거저)? **子思曰**(자사왈). **如伋**(여급), **去**(거), **君誰與守**(군수여수)?

자사(子思)께서 위나라(衛)에(於) 살 때(居) 제나라(齊)의 도적(寇)이 있었다(有). 어떤 이(或)가 말하길(曰), '도적(寇)이 이르렀는데(至) 어찌(盍1) 거기에서(諸) 떠나지(去) 않습니까(盍2)?'라 하니, 자사(子思)께서 말씀하시길(曰), '만일(如) 급(伋, 자사)이 떠나면(去) 임금(君)께서는 누구(誰)와(與) 지키시겠는가(守)?'라 했다.

孟子曰(맹자왈). **曾子·子思同道**(증자자사동도), **曾子**(증자), **師也**(사야), **父兄也**(부형야), **子思**(자사), **臣也**(신야), **微也**(미야). **曾子·子思易地**(증자자사역지), **則皆然**(즉개연).

맹자(孟子)께서 말씀하셨다(曰). 증자(曾子)와 자사(子思)께서는 도(道)가 같았으니(同), 증자(曾子)께서는 스승(師)이고(也) 부형(父兄)이었고(也), 자사(子思)께서는 신하(臣)이고(也) 미천했(微)다(也). 증자(曾子)와 자사(子思)께서는 처지(地)를 바뀌었다(易)면(則), 모두(皆) 그렇게 했을 것이다(然).

*曾子(증자): 공자의 제자 증삼(曾參)으로, 공자 사상을 계승하는 데 역할을 한 인물 ‖ *有+명사: ①~이(가) 있다(술어+보어), ②~을(를) 가지고 있다(술어+목적어) ‖ *盍(합): 어찌 아니한가? ‖ *薪木(신목): 땔감이 되는 나무 / 薪(신): 섶 ‖ *屋(옥): 덮개 ‖ *殆(태): 가깝다, 비슷하다.

부록 최소한 문법: 諸, 於, 以, 不, 非, 所, 之, 者, 焉, 未, 與, 도치.

32장

儲子曰(저자왈). 王(왕), 使人瞯夫子(사인간부자), 果有以異於人乎(과유이이어인호)? 孟子曰(맹자왈). 何以異於人哉(하이이어인재)? 堯·舜(요순), 與人同耳(여인동이).

저자(儲子)가 말했다(曰). 왕(王)께서 사람(人)으로 하여금(使) 선생님(夫子)을 엿보게 했는데(瞯), 과연(果) 남(人)과(於) 다른(異) 점을(以) 가지고(有) 있습니까(乎)? 맹자(孟子)께서 말씀하셨다(曰). 어찌(何) 남(人)과(於) 다른(異) 것이(以) 있겠습니까(哉)? 요순(堯舜)께서도 남(人)과(與) 같았을(同) 뿐입니다(耳).

*儲子(저자): 제(齊)나라 신하 ‖ *瞯(간): 엿보다 ‖ *有+명사: ①~이(가) 있다(술어+보어), ②~을(를) 가지고 있다(술어+목적어).

부록 최소한 문법: 使, 於, 以, 與.

33장

齊人(제인), 有一妻一妾而處室者(유일처일첩이처실자). 其良人出(기양인출), 則必饜酒肉而後反(즉필염주육이후반). 其妻問所與飮食者(기처문소여음식자), 則盡富貴也(즉진부귀야). 其妻告其妾曰(기처고기첩왈), 良人出(양인), 則必饜酒肉而後反(즉필염주육이후반), 問其與飮食者(문기여음식자), 盡富貴也(진부귀야), 而未嘗有顯者來(이미상유현자), 吾將瞯良人之所之也(오장간양인지소지야).

蚤起(조기), 施從良人之所之(이종양인지소지), 徧國中(변국중), 無與立談者(무여입담자). 卒之東郭墦間之祭者(졸지동곽번간지제자), 乞其餘(걸기여), 不足(부족), 又顧而之他(우고이지타). 此其爲饜足之道也(차기위염족지도야). 其妻歸告其妾曰(기처귀고기첩왈), 良人者(양인자), 所仰望而終身也(소앙망이종신야), 今若此(금약차), 與其妾(여기첩), 訕其良人而相泣於中庭(산기양인이상읍어중정), 而良人(이양인), 未之知也(미지지야), 施施從外來(이이종외래), 驕其妻妾(교기처첩).

제나라(齊) 사람(人)에 한 아내(一妻)와 한 첩(一妾)을 두고서(而) 집(室)에 사는(處) 자(者)가 있었다(有). 그(其) 남편(良人)이 나가(出)면(則), 반드시(必) 술(酒)과 고기(肉)를 포식하고(饜) 이후에야(而後) 돌아왔다(反). 그(其) 아내(妻)가 함께(與) 마시고(飮) 먹은(食) 사람(所)을(者) 물어보(問)면(則), 다(盡) 부귀한 사람(富貴)이었다(也). 그(其) 아내(妻)가 그(其) 첩(妾)에게 알려(告) 말하길(曰), '남편(良人)께서 나가시(出)면(則), 반드시(必) 술(酒)과 고기(肉)를 포식하고(饜) 이후에야(而後) 돌아와서(反), 그(其) 함께(與) 마시고(飮) 먹은(食) 사람(者)을 물어보면(問), 다(盡) 부귀한 사람(富貴)이라(也)는데(而), 일찍이(嘗) 현달한(顯) 자(者)가 찾아온(來) 적이 있지(有) 않으니(未), 내(吾)가 장차(將) 남편(良人)께서(之) 가는(之) 곳(所)을 엿보겠(瞷)다(也).'고 했다. 일찍(蚤) 일어나(起) 남편(良人)이(之) 가는(之) 곳(所)을 뒤따라가니(施從), 도성(國) 안(中)을 두루 다녔으나(徧) 함께(與) 서서(立) 이야기하는(談) 자(者)가 없었다(無). 마침내(卒) 동쪽(東) 성곽(郭)의 무덤(墦) 사이(間)에서(之) 제사하는(祭) 자(者)에게 가서(之), 그(其) 남은 것(餘)을 구걸하고(乞), 충분하지(足) 않으면(不) 또(又) 돌아보(顧)고(而) 다른 곳(他)에 갔다(之). 이것(此)이 그(其)가 포식(饜)을 하고(爲) 만족(足)하는(之) 방법(道)이었다(也). 그(其) 아내(妻)가 돌아와(歸) 그(其) 첩(妾)에게 알려(告) 말하길(曰), '남편(良人)이라는 자(者)는 우러러(仰)서(而) 종신토록(終身) 바라봐야 할(望) 바(所)인데(也), 지금(今) 이(此)와 같다(若).'고 하며, 그(其) 첩(妾)과(與) 그(其) 남편(良人)을 헐뜯(訕)으면서(而), 서로(相) 가운데(中) 뜰(庭)에서(於) 울었(泣)는데(而), 남편(良人)이 그것(之)을 아직 알지(知) 못하(未)고(也), 신이 난 모양으로(施施) 나갔다가(從) 밖(外)에서 돌아와(來), 그(其) 아내(妻)와 첩(妾)에게 교만했다(驕).

由君子觀之(유군자관지), 則人之所以求富貴利達者(즉인지소이구부귀이달자), 其妻妾(기처첩), 不羞也而不相泣者幾希矣(불수야이불상읍자기희의).

군자(君子)로 말미암아(由) 그것(之)을 본다(觀)면(則), 사람(人)이(之) 부귀(富貴)와 이익(利)과 영달(達)을 구하는(求) 것(所以)은(者) 그(其) 아내(妻)와 첩(妾)이 부끄러워하지(羞) 않는(不)다(也)거나(而), 서로(相) 울지(泣) 않(不)는 것(者)이 거의(幾) 드물(希) 것이다(矣).

*有~者: ①~한 사람(경우)이 있다, ②~이 있는 사람(경우) ‖ *良人(양인): 부부가 상대를 이르는 말 ‖ *饜(염): 포식하다 ‖ *有+명사: ①~이(가) 있다(술어+보어), ②~을(를) 가지고 있다(술어+목적어) ‖ *瞷(간): 엿보다 ‖ *蚤(조): 일찍(=早) ‖ *施從(시종): 뒤따라가다 ‖ *墦(번): 무덤 ‖ *訕(산): 헐뜯다 ‖ *施施(시시/이이): 좋아하는 모양, 신이 난 모양.

부록 최소한 문법: 而, 必, 者, 所, 未, 之, 不, 與, 於.

만장상(萬章上)

1장

萬章問曰(만장문왈). 舜往于田(순왕우전), 號泣于旻天(호읍우민천), 何爲其號泣也(하위기호읍야)? 孟子曰(맹자왈). 怨慕也(원모야).

만장(萬章)이 물어(問) 말했다(曰). 순(舜)이 밭(田)에(于) 가서(往) 하늘(旻天)에(于) 부르짖으며(號) 우셨다는데(泣), 무엇(何) 때문에(爲) 그렇게(其) 부르짖으며(號) 우셨습니(泣)까(也)? 맹자(孟子)께서 말씀하셨다(曰). (자기를) 원망하고(怨), (어버이를) 사모한(慕) 것이다(也).

※ 何爲其號泣也의 其: 순(舜)으로 번역할 수도 있다.

※ 舜: '순임금'으로 번역하지 않은 이유는 그가 천자가 되기 이전의 상황이기 때문이다.

萬章曰(만장왈). 父母愛之(부모애지), 喜而不忘(희이불망), 父母惡之(부모오지), 勞而不怨(노이불원), 然則舜怨乎(연즉순원호)? 曰(왈). 長息問於公明高曰(장식문어공명고왈), 舜往于田(순왕우전), 則吾旣得聞命矣(즉오기득문명의), 號泣于旻天·于父母(호읍우민천우부모), 則吾不知也(즉오부지야). 公明高曰(공명고왈), 是非爾所知也(시비이소지야). 夫公明高以孝子之心爲不若是恝(부공명고이효자지심위불약시괄). 我竭力耕田(아갈력경전), 共爲子職而已矣(공위자직이이의), 父母之不我愛(부모지불아애), 於我何哉(어아하재)?

만장(萬章)이 말했다(曰). 부모(父母)가 그(之)를 사랑하면(愛) 기뻐하(喜)며(而) 잊지

(忘) 말고(不), 부모(父母)가 그(之)를 미워하면(惡) 괴롭(勞)더라도(而) 원망하지(怨) 않는데(不), 그렇다(然)면(則) 순(舜)은 원망했습니(怨)까(乎)? 말씀하셨다(曰). 장식(長息)이 공명고(公明高, 증자의 제자)에게(於) 물어(問) 말하길(曰), '순(舜)이 밭(田)에(于) 간(往) 것은 곧(則) 제(吾)가 이미(旣) 가르침(命)을 들을(聞) 수(得) 있었지만(矣), 하늘(旻天)에(于) 부모(父母)에(于) 부르짖으며(號) 운(泣) 것은 곧(則) 제(吾)가 알지(知) 못 하겠습니(不)다(也).'고 하자, 공명고(公明高)가 말하길(曰), '이것(是)은 네(爾)가 아는(知) 바(所)가 아니(非)다(也).'고 했다. 저(夫) 공명고(公明高)는 효자(孝子)의(之) 마음(心)을(以) 이(是)와 같이(若) 근심이 없지(恝) 않다(不)고 여긴 것이다(爲). '나(我)는 힘(力)을 다하여(竭) 밭(田)을 갈아(耕) 공손하게(共) 자식(子)의 직분(職)을 할(爲) 뿐이니(而已矣), 부모(父母)가(之) 나(我)를 사랑하지(愛) 않는(不) 것은 나(我)에게(於) 어떠(何)하겠는가(哉)?'라고.

帝使其子九男二女(제사기자구남이녀), 百官牛羊倉廩備(백관우양창름비), 以事舜於畎畝之中(이사순어견묘지중). 天下之士多就之者(천하지사다취지자), 帝將胥天下而遷之焉(제장서천하이천지언). 爲不順於父母(위불순어부모), 如窮人無所歸(여궁인무소귀).

천자(帝, 요임금)께서 그(其) 자식(子) 아홉 아들(九男)과 두 딸(二女)로 하여금(使) 백관(百官), 소(牛), 양(羊), 곡식창고(倉廩)로 갖추어서(備) 그것으로(以) 시골(畎畝)의(之) 가운데(中)에서(於) 순(舜)을 섬기게 했다(事). 천하(天下)의(之) 선비(士)가 그(之)에게 나아가는(就) 자(者)가 많아지자(多), 천자(帝)께서 장차(將) 천하(天下)를 살펴(胥)서(而) 그에게(焉) 그것(之)을 옮기려(물려주려) 했다(遷). (그런데 순은) 부모(父母)에게(於) 순하지(順) 못했기(不) 때문에(爲), 곤궁한(窮) 사람(人)이 돌아갈(歸) 곳(所)이 없는(無) 것과 같았다(如).

天下之士悅之(천하지사열지), 人之所欲也(인지소욕야), 而不足以解憂(이부족이해우), 好色(호색), 人之所欲(인지소욕), 妻帝之二

女(처제지이녀), 而不足以解憂(이부족이해우), 富(부), 人之所欲(인지소욕), 富有天下(부유천하), 而不足以解憂(이부족이해우), 貴(귀), 人之所欲(인지소욕), 貴爲天子(귀위천자), 而不足以解憂(이부족이해우). 人悅之·好色·富·貴(인열지호색부귀), 無足以解憂者(무족이해우자), 惟順於父母可以解憂(유순어부모가이해우).

천하(天下)의(之) 선비(士)가 그(之)를 좋아하는(悅) 것은 사람(人)이(之) 바라는(欲) 것(所)이(也)나(而), 그것으로(以) 근심(憂)을 풀(解) 수(足) 없었고(不), 색(色)을 좋아하는(好) 것은 사람(人)이(之) 바라는(欲) 것(所)인데, 천자(帝)의(之) 두 딸(二女)을 아내로 삼(妻)고도(而), 그것으로(以) 근심(憂)을 풀(解) 수(足) 없었으며(不), 부(富)는 사람(人)이(之) 바라는(欲) 것(所)인데, 부(富)로 천하(天下)를 가지(有)고도(而), 그것으로(以) 근심(憂)을 풀(解) 수(足) 없었고(不), 귀함(貴)은 사람(人)이(之) 바라는(欲) 것(所)인데, 귀함(貴)으로 천자(天子)가 되(爲)어도(而), 그것으로(以) 근심(憂)을 풀(解) 수(足) 없었다(不). 사람들(人)이 그(之)를 좋아하는 것(悅), 호색(好色), 부(富), 귀(貴), 그런 것으로도(以) 근심(憂)을 풀(解) 수 있는(足) 것(者)이 없었으니(無), 오직(惟) 부모(父母)에(於) 순하여야만(順), 그것으로(以) 근심(憂)을 풀(解) 수 있었다(可).

※ 不足以解憂의 足以: '~할 수 있다'로 보면, '근심을 풀 수 없다'로 번역할 수 있다.

※ 人悅之好色富貴의 之: 관형격으로 보면, '사람이 좋아하는 호색과 부귀'라 번역할 수도 있다. 그러나 앞 문장에서 사람이 바라는 것이 '천하의 선비가 그를 좋아하는 것', '호색', '부', '귀'이므로 각각 번역해야 한다. 따라서 之는 대명사로 목적어 역할을 한다.

人少(인소), 則慕父母(즉모부모), 知好色(지호색), 則慕少艾(즉모소애), 有妻子(유처자), 則慕妻子(즉모처자), 仕則慕君(사즉모군), 不得於君則熱中(부득어군즉열중). 大孝(대효), 終身慕父母(종신모부모), 五十而慕者(오십이모자), 予於大舜見之矣(여어대순견지의).

사람(人)이 어리(少)면(則) 부모(父母)를 사모하다가(慕), 호색(好色)을 알(知)면(則) 젊고(少) 예쁜 여자(艾)를 사모하고(慕), 처자식(妻子)을 가지게 되(有)면(則) 처자식(妻子)을 사모하고(慕), 벼슬하(仕)면(則) 임금(君)을 사모하고(慕), 임금(君)에게(於) (신임을) 얻지(得) 못하(不)면(則) 속(中)을 태운다(熱). 큰(大) 효자(孝)는 종신토록(終身) 부모(父母)를 사모하니(慕), 쉰이 되(五十)어서도(而) 사모하는(慕) 경우(者), 나(予)는 위대한(大) 순(舜)에게(於) 그것(之)을 보았(見)다(矣).

*萬章(만장): 맹자의 제자 ‖ *而已矣(이이의): ~일 뿐이다 ‖ *號泣(호읍): 소리 내 부르짖으며 욺 ‖ *旻天(민천): 가을 하늘 / 蒼天(창천): 봄의 하늘 / 昊天(호천): 여름의 하늘 / 旻天(민천): 가을의 하늘 / 上天(상천): 겨울의 하늘 ‖ *長息(장식): 공명고(公明高)의 제자 ‖ *命(명): 가르침 ‖ *恝(괄): 근심 없다 ‖ *倉廩(창름): 곡식창고 ‖ *畎畝(견무/견묘): 논, 밭, 시골 ‖ *胥(서): 보다, 살피다 ‖ *有+명사: ①~이(가) 있다(술어+보어), ②~을(를) 가지고 있다(술어+목적어) ‖ *少艾(소애): 젊고 예쁜 여자 / 艾(애): 쑥, 미모 ‖ *熱中(열중): 속을 태우다.

부록 최소한 문법: 于, 之, 而, 不, 於, 得, 非, 知, 以爲, 使, 以, 者, 焉, 所, 足, 可.

2장

萬章問曰(만장문왈). 詩云(시운), 娶妻如之何(취처여지하)? 必告父母(필고부모). 信斯言也(신사언야), 宜莫如舜(의막여순). 舜之不告而娶(순지불고이취), 何也(하야)? 孟子曰(맹자왈). 告則不得娶(고즉부득취). 男女居室(남녀거실), 人之大倫也(인지대륜야). 如告(여고), 則廢人之大倫以懟父母(즉폐인지대륜이대부모). 是以不告也(시이불고야).

만장(萬章)이 물어(問) 말했다(曰). 『시경(詩)』에 이르길(云), '아내(妻)를 맞이하는 데(娶) 그것(之)을 어찌해야 하는가(如-何)? 반드시(必) 부모(父母)에게 고해야 한다(告).' 고 했다. 진실로(信) 이(斯) 말(言)이라면(也) 마땅히(宜) 순(舜)과 같은(如) 이는 없어야 합니다(莫). 순(舜)이(之) 고하지(告) 않(不)고서(而) 장가든(娶) 것은 어째서(何)입니까(也)? 맹자(孟子)께서 말씀하셨다(曰). 고했다(告)면(則) 장가들(娶) 수(得) 없었다(不). 남녀(男女)가 한집(室)에 사는(居) 것은 사람(人)의(之) 큰(大) 윤리(倫)이다(也). 만일(如) 고했다(告)면(則) 사람(人)의(之) 큰(大) 윤리(倫)를 폐하여서(廢), 그것으로(以) 부모(父母)를 원망했을 것이다(懟). 이(是) 때문에(以) 고하지(告) 않으신(不) 것이다(也).

萬章曰(만장왈). 舜之不告而娶(순지불고이취), 則吾既得聞命矣(즉오기득문명의). 帝之妻舜而不告(제지처순이불고), 何也(하야)? 曰(왈). 帝亦知告焉則不得妻也(제역지고언즉부득처야).

만장(萬章)이 말했다(曰). 순(舜)이(之) 고하지(告) 않(不)고(而) 장가든(娶) 것은(則) 제(吾)가 이미(既) 가르침(命)을 들을(聞) 수(得) 있었습니다(矣). 천자(帝)께서(之) 순(舜)에게 시집보내(妻)면서(而) (그 부모께) 고하지(告) 않은(不) 것은 어째서(何)입니까(也)? 말씀하셨다(曰). 천자(帝)도 역시(亦) 그에게(焉) 알리(告)면(則), 시집보낼(妻) 수(得) 없다(不)는 것을 아셨던(知) 것이다(也).

萬章曰(만장왈). 父母使舜完廩(부모사순완름), 捐階(연계), 瞽瞍焚廩(고수분름). 使浚井(사준정), 出(출), 從而揜之(종이엄지). 象曰(상왈), 謨蓋都君咸我績(모개도군함아적). 牛羊(우양), 父母(부모), 倉廩(창름), 父母(부모), 干戈(간과), 朕(짐), 琴(금), 朕(짐), 弤(저), 朕(짐), 二嫂(이수), 使治朕棲(사치짐서). 象往入舜宮(상왕입순궁), 舜在牀琴(순재상금). 象曰(상왈), 鬱陶思君爾(울도사군이), 忸怩(육니). 舜曰(순왈), 惟兹臣庶(유자신서), 汝其于予治(여기우여치).

不識舜不知象之將殺己與(불식순부지상지장살기여)? 曰(왈). 奚而不知也(해이부지야)? 象憂亦憂(상우역우), 象喜亦喜(상희역희).

만장(萬章)이 말했다(曰). 부모(父母)가 순(舜)으로 하여금(使) 곳간(廩)을 수선하게 하고서(完) (올라가자) 사다리(階)를 버리고(捐) 고수(瞽瞍)가 곳간(廩)에 불을 질렀습니다(焚). 그로 하여금(使) 우물(井)을 준설하게 하고(浚) 나오려 하자(出) 나아가(從)서(而) 그것(之)을 가렸습니다(揜). 상(象, 순의 이복동생)이 말하길(曰), '꾀(謨)로 도군(都君, 순의 별칭)을 덮은(蓋) 것은 모두(咸) 내(我) 공적(績)이다. 소(牛)와 양(羊)은 부모(父母)께서 하고, 곳간(倉廩)도 부모(父母)께서 하고, 방패(干)와 창(戈)은 내(朕)가 하고, 금(琴)도 내(朕)가 하고, 활(弤)도 내(朕)가 하고, 두(二) 형수(嫂)는 그녀들로 하여금(使) 나(朕)의 침상(棲)을 정리하게 하겠다(治).'라 했다. 상(象)이 순(舜)의 집(宮)에 가서(往) 들어서자(入), 순(舜)이 평상(牀)에서 계시면서(在) 금을 탔다(琴). 상(象)이 말하길(曰), '답답하고(鬱) 울적하여(陶) 도군(君)을 생각했을(思) 뿐입니다(爾).'고 하면서 부끄러워했습니다(忸怩). 순(舜)이 말하길(曰), '오직(惟) 이(茲) 신하(臣)와 백성(庶), 너(汝)는 그들(其)을 나(予)에게(于) 다스려라(治).'고 했다고 합니다. 알지(識) 못 하겠습니다만(不), 순(舜)은 상(象)이(之) 장차(將) 자신(己)을 죽이려는(殺) 것을 알지(知) 못했습니(不)까(與)? 말씀하셨다(曰). 어찌하여(奚而) 알지(知) 못했겠는(不)가(也)? 상(象)이 근심하면(憂) (자기) 또한(亦) 근심하고(憂), 상(象)이 기뻐하면(喜) (자기) 또한(亦) 기뻐했다(喜).

※ 鬱陶思君爾의 君: 옛 주석서와 성리학적 해석에서는 君을 순임금의 별칭인 도군으로 보는 경우가 많다. 다만, 문법적으로 君을 2인칭 대명사로 해석하는 것도 가능하며, 문맥으로도 자연스럽다.

※ 汝其于予治의 其: 목적어로 술어인 治 앞에 위치하여 강조되었다.

曰(왈). 然則舜僞喜者與(연즉순위희자여)? 曰(왈). 否(부). 昔者有饋生魚於鄭子産(석자유궤생어어정자산), 子産使校人畜之池(자산사교인휵지지). 校人烹之(교인팽지), 反命曰(반명왈), 始舍之(시사지), 圉圉焉(어어언), 少則洋洋焉(소즉양양언), 攸然而逝(유연이서). 子産曰(자산왈), 得其所哉(득기소재)! 得其所哉(득기소재)! 校人

出(교인출), 曰(왈), 孰謂子產智(숙위자산지)? 予旣烹而食之(여기팽이식지), 曰(왈), 得其所哉(득기소재)! 得其所哉(득기소재)! 故君子可欺以其方(고군자가기이기방), 難罔以非其道(난망이비기도). 彼以愛兄之道來(피이애형지도래), 故誠信而喜之(고성신이희지), 奚僞焉(해위언)?

말했다(曰). 그렇다(然)면(則) 순(舜)이 거짓(僞)으로 기뻐하신(喜) 것(者)입니까(與)? 말씀하셨다(曰). 아니다(否). 옛날(昔)에(者) 정나라(鄭) 자산(子產)에게(於) 살아있는(生) 물고기(魚)를 보낸(饋) 것이 있었는데(有), 자산(子產)이 교인(校人)으로 하여금(使) 그것(之)을 못(池)에서 기르게 했다(畜). (그런데) 교인(校人)이 그것(之)을 삶아 먹고(烹) 명(命)에 대해 보고하며(反) 말하길(曰), '처음에(始) 그것(之)을 놓아주자(舍) 거기에서(焉) 지쳐서 어릿하더니(圉圉), 조금(少) 있다가(則) 거기에서(焉) 양양해져서(洋洋) 유유한 듯(攸然)하다가(而) 가버렸습니다(逝).'고 했다. 자산(子產)이 말하길(曰), '그것(其)이 자리(所)를 얻었(得)구나(哉), 그것(其)이 자리(所)를 얻었(得)구나(哉).'고 했다. 교인(校人)이 나와서(出) 말하길(曰), '누(孰)가 자산(子產)을 지혜롭다(智)고 말했던가(謂)? 내(予)가 이미(旣) 삶아(烹)서(而) 그것(之)을 먹었는데(食), 그것(其)이 자리(所)를 얻었(得)구나(哉), 그것(其)이 자리(所)를 얻었(得)구나(哉)라고 말하는구나(曰).'라 했다. 그러므로(故) 군자(君子)는 그(其) 방편(方)으로(以) 속일(欺) 수(可)는 있어도, 그(其) 도(道)가 아닌(非) 것으로(以) 기망하기는(罔) 어렵다(難). 그(彼)가 형(兄)을 사랑하(愛)는(之) 도(道)로(以) 왔(來)으므로(故) 진실로(誠) 그(之)를 믿(信)고(而) 기뻐했으니(喜), 어찌(奚) 그것에(焉) 거짓이 있었겠는가(僞)?

※ 校人: 일반적으로 연못 관리인으로 해석하는데 이는 뒤에 이어지는 못(池)에서 유추한 것이다.

*萬章(만장): 맹자의 제자 ∥ *如之何(여지하): 그것이 무엇과 같은가? 어떻게 하는가? 어찌할까? 어떻게 하여, 어떠한가? ∥ *懟(대): 원망하다 ∥ *命(명): 가르침 ∥ *完(완): 수선하다 ∥ *廩(늠/름): 곳집 ∥ *捐(연): 버리다 ∥ *階(계): 사다리 ∥ *瞽瞍(고수): 순(舜)임금의 아버지 ∥ *焚(분): 불사르다 ∥ *浚(준): 준설하다 ∥ *揜(엄): 가리다 ∥ *象(상): 순(舜)임금의

이복동생 ‖ *績(적): 공적 ‖ *倉廩(창름): 곳집 ‖ *朕(짐): 나 ‖ *弤(저): 활 ‖ *嫂(수): 형수 ‖ *棲(서): 침상 ‖ *牀(상): 평상 ‖ *鬱陶(울도): 매우 답답하고 근심스러워 즐겁지 않음 / 陶(도): 울적하다 ‖ *耳(이): ~일 뿐이다 ‖ *忸怩(육니/축니): 부끄러워하는 낯빛 / 忸(육/뉵): 부끄러워하다 / 怩(니/이): 부끄러워하다 ‖ *奚而(해이): 어찌하여, 무엇 때문에 ‖ *有+명사: ①~이(가) 있다(술어+보어), ②~을(를) 가지고 있다(술어+목적어) ‖ *反命(반명): 명을 받고 일을 처리한 사람이 그 결과를 보고함 ‖ *圉圉(어어): 지쳐서 맘껏 펴지 못하는 모습 / 圉(어): 마부, 마구간, 감옥 ‖ *洋洋(양양): 매우 많고 큼 ‖ *攸(유): 물이 흐르는 모양.

부록 최소한 문법: 之, 必, 莫, 不, 而, 得, 以, 焉, 使, 于, 者, 於, 可, 非.

3장

萬章問曰(만장문왈). 象日以殺舜爲事(상일이살순위사), 立爲天子(입위천자), 則放之(즉방지), 何也(하야)? 孟子曰(맹자왈). 封之也(봉지야), 或曰放焉(혹왈방언).

만장(萬章)이 물어(問) 말했다(曰). 상(象)이 날마다(日) 순(舜)을 죽이는(殺) 것을(以) 일(事)로 삼았는데(爲), 즉위하여(立) 천자(天子)가 되어서(爲) 곧(則) 그(之)를 (죽이지 않고) 추방한(放) 것은 어째서(何)입니까(也)? 맹자(孟子)께서 말씀하셨다(曰). 그(之)를 봉해준(封) 것인데(也), 어떤 이(或)가 거기(焉)에 추방했다(放)고 말한 것이다(曰).

※ 封之의 之: 땅의 의미로 '거기에'라고 번역할 수도 있다.

萬章曰(만장왈). 舜流共工于幽州(순유공공우유주), 放驩兜于崇山(방환두우숭산), 殺三苗于三危(살삼묘우삼위), 殛鯀于羽山(극곤우우산), 四罪而天下咸服(사죄이천하함복), 誅不仁也(주불인야). 象

至不仁(상지불인), 封之有庳(봉지유비), 有庳之人奚罪焉(유비지인해죄언)? 仁人固如是乎(인인고여시호)? 在他人則誅之(재타인즉주지), 在弟則封之(재제즉봉지). 曰(왈). 仁人之於弟也(인인지어제야), 不藏怒焉(부장노언), 不宿怨焉(불숙원언), 親愛之而已矣(친애지이이의). 親之欲其貴也(친지욕기귀야), 愛之欲其富也(애지욕기부야), 封之有庳(봉지유비), 富貴之也(부귀지야). 身爲天子(신위천자), 弟爲匹夫(제위필부), 可謂親愛之乎(가위친애지호)?

만장(萬章)이 말했다(曰). 순임금(舜)께서 공공(共工)을 유주(幽州)에(于) 유배 보내고(流), 환두(驩兜)를 숭산(崇山)으로(于) 추방하고(放), 삼묘(三苗)를 삼위(三危)에서(于) 죽이고(殺), 곤(鯀)을 우산(羽山)에서(于) 죽여(殛), 넷(四)에게 죄를 주(罪)자(而) 천하(天下)가 모두(咸) 복종한(服) 것은 어질지(仁) 못한(不) 자를 죽여서입(誅)니다(也). 상(象)은 어질지(仁) 못한(不) 것이 지극한데도(至) 그(之)를 유비(有庳)에 봉했으니(封), 유비(有庳)의(之) 사람(人)에겐 거기에서(焉) 무슨(奚) 죄(罪)가 있겠습니까? 인자(仁人)도 진실로(固) 이(是)와 같습니(如)까(乎)? 타인(他人)에 있어서는(在) 곧(則) 그(之)를 죽이고(誅), 동생(弟)에 있어서는(在) 곧(則) 그(之)를 봉했습니다(封). 말씀하셨다(曰). 인자(仁人)는(之) 아우(弟)에(於) 대해서(也) 그에게(焉) 노여움(怒)을 감추지(藏) 않고(不), 그에게(焉) 원망(怨)을 묵혀 두지(宿) 않으며(不), 그(之)를 친애했을(親愛) 뿐이다(而已矣). 그(之)를 친애하면(親) 그(其)가 귀하기(貴)를 바라(欲)고(也), 그(之)를 사랑하면(愛) 그(其)가 부유하기(富)를 바라는(欲) 것이니(也), 그(之)를 유비(有庳)에 봉한(封) 것은 그(之)를 부귀하게 한(富貴) 것이다(也). 자신(身)이 천자(天子)가 되어서(爲) 동생(弟)이 필부(匹夫)가 된다면(爲), 그(之)를 친애한다(親愛)고 말할(謂) 수(可) 있겠는가(乎)?

敢問(감문). 或曰放者(혹왈방자), 何謂也(하위야)? 曰(왈), 象不得有爲於其國(상부득유위어기국), 天子使吏治其國而納其貢稅焉(천자사리치기국이납기공세언). 故謂之放(고위지방), 豈得暴彼民哉(기득포피민재)? 雖然(수연), 欲常常而見之(욕상상이견지), 故源源

而來(고원원이래), 不及貢(불급공), 以政接于有庳(이정접우유비), 此之謂也(차지위야).

감히(敢) 묻습니다(問). 어떤 이(或)가 추방했다(放)고 말한(曰) 것(者)은 무엇(何)을 말하는(謂) 것입니까(也)? 말씀하셨다(曰). 상(象)은 그(其) 나라(國)에서(於) 행하는(爲) 것이 있을(有) 수(得) 없었고(不), 천자(天子)가 관리(吏)로 하여금(使) 그(其) 나라(國)를 다스리게 하(治)고(而), 그에게는(焉) 그(其) 공물(貢稅)만 바치게 했다(納). 그러므로(故) 그것(之)을 추방했다(放)고 말하는(謂) 것인데, 어찌(豈) 저(彼) 백성(民)에게 포악할(暴) 수(得) 있었겠는가(哉)? 비록(雖) 그렇지만(然) 늘(常常)(而) 그(之)를 만나보(見)고자(欲) 했으므로(故) 연이어(源源)서(而) 오게 했으니(來), '조공할 때(貢)가 이르지(及) 않았는데(不) 정사(政)로(以) 유비(有庳) (의 군주)를(于) 접견했다(接).'고 했는데, 이것(此)을(之) 말하는(謂) 것이다(也).

*萬章(만장): 맹자의 제자 ‖ *立(립): 즉위하다 ‖ *流(류): 내치다, 유배 보내다 ‖ *殛(극): 죽이다 ‖ *而已矣(이이의): ~일 뿐이다 ‖ *有+명사: ①~이(가) 있다(술어+보어), ②~을(를) 가지고 있다(술어+목적어) ‖ *貢稅(공세): 해마다 나라에 바치는 공물 ‖ *常常(상상): 늘, 언제나 ‖ *源源(원원): 연이어 끊이지 않는 모양.

부록 최소한 문법: 以爲, 之, 焉, 于, 而, 不, 於, 可, 者, 得, 使, 欲, 以.

4장

咸丘蒙問曰(함구몽문왈). 語云(어운), 盛德之士(성덕지사), 君不得而臣(군부득이신), 父不得而子(부부득이자). 舜南面而立(순남면이립), 堯帥諸侯北面而朝之(요솔제후북면이조지), 瞽瞍亦北面而朝之(고수역북면이조지), 舜見瞽瞍(순견고수), 其容有蹙(기용유

축), 孔子曰(공자왈), 於斯時也(어사시야), 天下殆哉岌岌乎(천하태재급급호). 不識此語誠然乎哉(불식차어성연호재)? 孟子曰(맹자왈). 否(부). 此非君子之言(차비군자지언). 齊東野人之語也(제동야인지어야). 堯老而舜攝也(요로이순섭야), 堯典曰(요전왈), 二十有八載(이십유팔재), 放勳乃徂落(방훈내조락), 百姓如喪考妣(백성여상고비), 三年(삼년), 四海遏密八音(사해알밀팔음). 孔子曰(공자왈), 天無二日(천무이일), 民無二王(민무이왕). 舜(순), 旣爲天子矣(기위천자의), 又帥天下諸侯以爲堯三年喪(우솔천하제후이위요삼년상), 是二天子矣(시이천자의).

함구몽(咸丘蒙)이 물어(問) 말했다(曰). 속담(語)에 이르길(云), '성한(盛) 덕(德)의(之) 선비(士)는 임금(君)이 신하로 삼을(臣) 수(得而) 없고(不), 아비(父)는 자식으로 삼을(子) 수(得而) 없다(不). 순임금(舜)께서 남면하(南面)고(而) 서자(立), 요임금(堯)께서 제후(諸侯)를 거느리고(帥) 북면하(北面)여(而) 그(之)를 조회했고(朝), 고수(瞽瞍) 또한(亦) 북면하(北面)여(而) 그(之)를 조회했는데(朝), 순임금(舜)께서 고수(瞽瞍)를 보고(見), 그(其) 얼굴(容)에 찡그림(蹙)이 있었다(有).'고 하니, 공자(孔子)께서 말씀하시길(曰), '이(斯)때(時)에(於)는(也) 천하(天下)가 위태롭(殆)고도(哉) 급급했(岌岌)다(乎).'고 했습니다. 알지(識) 못 하겠습니다만(不), 이(此) 말(語)이 진실로(誠) 그러합니(然)까(乎哉)? 맹자(孟子)께서 말씀하셨다(曰). 아니다(否). 이것(此)은 군자(君子)의(之) 말(言)이 아니고(非), 제나라(齊) 동쪽(東) 야인(野人)의(之) 말(語)이다(也). 요임금(堯)께서 늙(老)어서(而) 순임금(舜)께서 다스린(攝) 것이니(也), 「요전(堯典)」에 이르길(曰), '이십하고(二十) 또(有) 팔 년(八載) 만에 방훈(放勳, 요임금)께서 비로소(乃) 돌아가시자(徂落), 백성(百姓)은 어버이(考妣)를 잃은(喪) 것과 같이(如) 삼 년을 치르고(三年), 사해(四海)에서는 팔음(八音, 음악)이 끊어져(遏) 조용해졌다(密).'고 했다. 공자(孔子)께서도 말씀하시길(曰), '하늘(天)에는 두(二) 해(日)가 없고(無), 백성(民)에게는 두(二) 왕(王)이 없다(無).'고 했다. 순임금(舜)께서 이미(旣) 천자(天子)가 되시(爲)고(矣), 또(又) 천하(天下)의 제후(諸侯)를 거느리고(帥), 그것으로(以) 요임금(堯)의 삼년(三年)상(喪)을 치렀다면(爲), 이것(是)은 두 명(二)의 천자(天子)인 것이다(矣).

咸丘蒙曰(함구몽왈). 舜之不臣堯(순지불신요), 則吾旣得聞命矣(즉오기득문명의). 詩云(시운), 普天之下(보천지하), 莫非王土(막비왕토), 率土之濱(솔토지빈), 莫非王臣(막비왕신). 而舜旣爲天子矣(이순기위천자의), 敢問瞽瞍之非臣如何(감문고수지비신여하)? 曰(왈). 是詩也(시시야), 非是之謂也(비시지위야). 勞於王事(노어왕사), 而不得養父母也(이부득양부모야), 曰(왈), 此莫非王事(차막비왕사), 我獨賢勞也(아독현로야). 故說詩者不以文害辭(고설시자불이문해사), 不以辭害志(불이사해지), 以意逆志(이의역지), 是爲得之(시위득지). 如以辭而已矣(여이사이이의), 雲漢之詩曰(운한지시왈), 周餘黎民(주여여민), 靡有孑遺(미유혈유). 信斯言也(신사언야), 是周無遺民也(시주무유민야).

함구몽(咸丘蒙)이 말했다(曰). 순임금(舜)께서(之) 요임금(堯)을 신하로 삼지(臣) 않았다(不)는 것은(則) 제(吾)가 이미(旣) 가르침(命)을 들을(聞) 수(得) 있었습니다만(矣), 『시경(詩)』에 이르길(云), '온(普) 하늘(天)의(之) 아래(下)가 왕(王)의 땅(土)이 아닌(非) 곳이 없고(莫), 온(率) 땅(土)의(之) 변경(濱)이 왕(王)의 신하(臣)가 아닌(非) 자가 없네(莫).'라 했습니다. 그런데(而) 순임금(舜)께서 이미(旣) 천자(天子)가 되었는(爲)데(矣) 감히(敢) 묻습니다만(問), 고수(瞽瞍)가(之) 신하(臣)가 아닌(非) 것은 어째서입니까(如何)? 말씀하셨다(曰). 이(是) 시(詩)는(也) 이것(是)을(之) 말하는(謂) 것이 아니(非)다(也). 왕(王)의 일(事)에(於) 수고스러워(勞)서(而) 부모(父母)를 봉양할(養) 수(得) 없어(不)서(也) 말하길(曰), '이것(此)은 왕(王)의 일(事)이 아닌(非) 것이 없는데(莫), 나(我)만 유독(獨) 어질다고 해서(賢) 수고롭(勞)구나(也).'라는 것이다. 그러므로(故) 시(詩)를 설명하는(說) 자(者)는 글(文)로(以) 말(辭)을 해쳐서는(害) 안되며(不), 말(辭)로(以) 뜻(志)을 해쳐서는(害) 안되며(不), (나의) 마음(意)으로(以) (시인의) 뜻(志)을 헤아리는(逆) 것이 바로(是) 그것(之, 시)을 얻게(得, 알게) 되는 것이다(爲). 만약(如) 말(辭)만(以) 할 뿐이라면(而已矣), (시경) 운한(雲漢)의(之) 시(詩)에 말하길(曰), '주나라(周)에 남은(餘) 백성(黎民)이 단 하나(孑遺)도 있지(有) 않다(靡).'고 했다. 진실로(信) 이(斯) 말(言)대로라면(也) 이(是)는 주나라(周)에 남은(遺) 백성(民)이 없다는(無) 것이다(也).

※ 不以文害辭: 文을 한 글자, 辭를 한 구절로 번역하는 예도 있다. 그러나 문맥에서 文은 글의 형식적 표현, 辭는 구절의 의미, 그리고 이어지는 志는 저자의 의도를 가리킨다. 즉, 이러한 요소의 관계를 통해 시를 해석하는 태도를 설명하는 부분이다. 따라서 형식(文)과 내용(辭)을 조화롭게 이해하는 것이 맹자의 의도로 짐작된다.

※ 雲漢之詩: 가뭄을 걱정한 시이다.

孝子之至(효자지지), 莫大乎尊親(막대호존친), 尊親之至(존친지지), 莫大乎以天下養(막대호이천하양). 爲天子父(위천자부), 尊之至也(존지지야), 以天下養(이천하양), 養之至也(양지지야). 詩曰(시왈), 永言孝思(영언효사), 孝思維則(효사유칙), 此之謂也(차지위야).

효자(孝子)의(之) 지극함(至)은 어버이(親)를 높이는(尊) 것보다(乎) 큰(大) 것이 없고(莫), 어버이(親)를 높이(尊)는(之) 지극함(至)은 천하(天下)로(以) 봉양하는(養) 것보다(乎) 큰(大) 것이 없다(莫). (고수는) 천자(天子)의 아비(父)가 되었으니(爲) 높임(尊)이(之) 지극한(至) 것이며(也), (순임금께서) 천하(天下)로(以) 봉양했으니(養) 봉양(養)이(之) 지극한(至) 것이다(也). 『시경(詩)』에 이르길(曰), '길이(永)(言) 효도하라(孝)(思), 효도(孝)가(思) 오직(維) 법칙이다(則).'라 했는데, 이것(此)을(之) 말한(謂) 것이다(也).

※ 永言孝思: 言과 思는 실사로 번역할 수 있으나 어조사로 번역하는 것이 자연스럽다.

書曰(서왈), 祇載見瞽瞍(지대현고수), 夔夔齊栗(기기재률), 瞽瞍亦允若(고수역윤약), 是爲父不得而子也(시위부부득이자야).

『서경(書)』에 이르길(曰), '공경히(祇) 떠받들어(載) 고수(瞽瞍)를 뵈었는데(見), 삼가고(夔夔) 두려워하자(齊栗) 고수(瞽瞍) 역시(亦) 믿고(允) 따랐다(若).'고 했으니, 이것(是)이 아비(父)가 자식으로 삼을(子) 수(得而) 없다(不)고 하는(爲) 것이다(也).

*咸丘蒙(함구몽): 맹자의 제자 ‖ *得而(득이): =得以 ‖ *瞽瞍(고수): 순(舜)임금의 아버지 ‖ *有+명사: ①~이(가) 있다(술어+보어), ②~을(를) 가지고 있다(술어+목적어) ‖ *蹙(축): 찡그리다 ‖ *岌岌(급급): 아슬아슬하게 위급함 ‖ *載(재): 해, 년 ‖ *徂落(조락): 사람이 죽어 혼은 올라가고 백은 내려오므로 죽는 것을 말함 ‖ *考妣(고비): 돌아가신 아버지와 어머니 ‖ *如何(여하): 무엇과 같은가? 어떻게 하는가? 어찌할까? 어떻게 하여, 어떠한가? ‖ *遏(알): 끊어지다 ‖ *密(밀): 조용하다, 삼가다 ‖ *命(명): 가르침 ‖ *率土(솔토): 온 나라의 영토 안 / 率(솔): 모두 ‖ *濱(빈): 물가, 변방 ‖ *辭(사): 구절, 명제 ‖ *逆(역): 생각하다, 헤아리다 ‖ *而已矣(이이의): ~일 뿐이다 ‖ *黎民(여민): 백성 / 黎(여): 검다 ‖ *孑遺(혈유): 남은 것, 단 하나 / 孑(혈): 외롭다 ‖ *祗(지): 공경하다 ‖ *夔夔(기기): 삼가고 두려운 모양 / 夔(기): 조심하다 ‖ *齊栗(제율): 가지런히 하고 떨다 ‖ *允(윤): 믿다 ‖ *若(약): 따르다.

부록 최소한 문법: 之, 不, 得以, 而, 非, 以, 得, 莫, 敢, 於, 者, 乎.

5장

萬章曰(만장왈). 堯以天下與舜(요이천하여순), 有諸(유저)? 孟子曰(맹자왈). 否(부). 天子不能以天下與人(천자불능이천하여인).

만장(萬章)이 말했다(曰). 요임금(堯)께서 천하(天下)를(以) 순임금(舜)께 주었다(與)고 하는데, 그런 일(諸)이 있었습니까(有)? 맹자(孟子)께서 말씀하셨다(曰). 아니다(否). 천자(天子)는 천하(天下)를(以) 남(人)에게 줄(與) 수(能) 없다(不).

然則舜有天下也(연즉순유천하야), 孰與之(숙여지)? 曰(왈). 天與之(천여지).

그렇다(然)면(則) 순임금(舜)께서 천하(天下)를 가진(有) 것은(也) 누(孰)가 그것(之)을 준 것입니까(與)? 말씀하셨다(曰). 하늘(天)이 그것(之)을 주신 것이다(與).

天與之者(천여지자), 諄諄然命之乎(순순연명지호)?

하늘(天)이 그것(之)을 주셨다(與)는 것(者)은 간곡하게(諄諄然) 그(之)에게 명(命)했다는 것입니까(乎)?

曰(왈). 否(부). 天不言(천불언). 以行與事示之而已矣(이행여사시지이이의).

말씀하셨다(曰). 아니다(否). 하늘(天)은 말하지(言) 않는다(不). 행동(行)과(與) 일(事)로(以) 그것(之)을 보여줄(示) 뿐이다(而已矣).

曰(왈). 以行與事示之者如之何(이행여사시지자여지하)? 曰(왈). 天子能薦人於天(천자능천인어천), 不能使天與之天下(불능사천여지천), 諸侯能薦人於天子(제후능천인어천자), 不能使天子與之諸侯(불능사천자여지제후), 大夫能薦人於諸侯(대부능천인어제후), 不能使諸侯與之大夫(불능사제후여지대부). 昔者堯薦舜於天而天受之(석자요천순어천이천수지), 暴之於民而民受之(폭지어민이민수지). 故曰(고왈), 天不言(천불언). 以行與事示之而已矣(이행여사시지이이의).

말했다(曰). 행동(行)과(與) 일(事)로(以) 그것(之)을 보인다(示)는 것(者)은 그것(之)이 어떠한 것입니까(如-何)? 말씀하셨다(曰). 천자(天子)는 하늘(天)에(於) 사람(人)을 천거할(薦) 수(能) 있어도, 하늘(天)로 하여금(使) 그(之)에게 천하(天下)를 주게 할(與) 수(能) 없으며(不), 제후(諸侯)는 천자(天子)에게(於) 사람(人)을 천거할(薦) 수(能) 있어도, 천자(天子)로 하여금(使) 그(之)에게 제후(諸侯)를 주게 할(與) 수(能) 없으며(不), 대부(大夫)는 제후(諸侯)에게(於) 사람(人)을 천거할(薦) 수(能) 있어도, 제후(諸侯)로 하여금(使) 그(之)에게 대부(大夫)를 주게 할(與) 수(能) 없다(不). 옛날(昔)에(者) 요임금(堯)께서 하늘(天)에(於) 순(舜)을 천거하(薦)자(而), 하늘(天)이 그(之)를 받아들이셨고(受), 그(之)를 백성(民)에게(於) 드러내(暴)자(而), 백성(民)이 그(之)를 받아들였다(受). 그러므로(故) 말하길(曰), '하늘(天)은 말하지(言) 않는다(不). 행동(行)과(與) 일(事)로(以) 그것(之)을 보여줄(示) 뿐이다(而已矣).'라 했다.

曰(왈). 敢問(감문). 薦之於天而天受之(천지어천이천수지), 暴之於民而民受之(폭지어민이민수지), 如何(여하)? 曰(왈). 使之主祭而百神享之(사지주제이백신향지), 是天受之(시천수지), 使之主事而事治(사지주사이사치), 百姓安之(백성안지), 是民受之也(시민수지야). 天與之(천여지), 人與之(인여지), 故曰(고왈), 天子不能以天下與人(천자불능이천하여인). 舜相堯(순상요), 二十有八載(이십유팔재), 非人之所能爲也(비인지소능위야), 天也(천야). 堯崩(요붕), 三年之喪畢(삼년지상필), 舜避堯之子於南河之南(순피요지자어남하지남), 天下諸侯朝覲者(천하제후조근자), 不之堯之子而之舜(부지요지자이지순), 訟獄者(송옥자), 不之堯之子而之舜(부지요지자이지순), 謳歌者(구가자), 不謳歌堯之子而謳歌舜(불구가요지자이구가순), 故曰(고왈), 天也(천야). 夫然後之中國(부연후지중국), 踐天子位焉(천천자위언). 而居堯之宮(이거요지궁), 逼堯之子(핍요지자), 是簒也(시찬야), 非天與也(비천여야).

말했다(曰). 감히(敢) 묻습니다(問). 그(之)를 하늘(天)에(於) 천거하(薦)자(而) 하늘(天)이 그(之)를 받아들였고(受), 그(之)를 백성(民)에(於) 드러내(暴)자(而) 백성(民)이 그(之)를 받아들였다(受)는 것은 어떤 것입니까(如何)? 말씀하셨다(曰). 그(之)로 하여금(使) 제사(祭)를 주관하게 하(主)자(而), 모든(百) 귀신(神)이 그것(之)을 흠향했으니(享), 이(是)는 하늘(天)이 그(之)를 받아들인 것이며(受), 그(之)로 하여금(使) 일(事)을 주관하게 하(主)자(而), 일(事)이 다스려져(治) 백성(百姓)이 그것(之)을 편안하게 여겼으니(安), 이(是)는 백성(民)이 그(之)를 받아들인(受) 것이다(也). 하늘(天)이 그것(之)을 주고(與), 백성(人)이 그것(之)을 주었으니(與), 그러므로(故) 천자(天子)는 천하(天下)를(以) 남(人)에게 줄(與) 수(能) 없다(不)고 말한 것이다(曰). 순임금(舜)께서 요임금(堯)을 도와(相) 이십(二十)에 또(有) 팔 년(八載)이었으니, 사람(人)이(之) 할(爲) 수(能) 있는 바(所)가 아니(非)라(也) 하늘(天)인 것이다(也). 요임금(堯)께서 돌아가시고(崩) 삼년(三年)의(之) 상(喪)이 끝나자(畢), 순임금(舜)께서는 요임금(堯)의(之) 아들(子)을 피하여(避) 남하(南河)의(之) 남쪽(南)에 계셨는데, 천하(天下)의 제후(諸侯)로서 조회하러(朝) 오는(覲) 자(者)가 요임금(堯)의(之) 아들(子)에게 가지(之) 않(不)고(而) 순임금(舜)께 갔으며(之), 송사하는(訟獄) 자(者)가 요임금(堯)의(之) 아들(子)에게 가지(之) 않(不)고(而) 순임금(舜)께 갔으며(之), 칭송하는(謳歌) 자(者)가 요임금(堯)의(之) 아들(子)을 칭송하지(謳歌) 않(不)고(而) 순임금(舜)을 칭송했으니(謳歌), 그러므로(故) 하늘(天)이라 말한(曰) 것이다(也). 무릇(夫) 그러한(然) 뒤에야(後) 중국(中國, 서울)에 가서(之), 거기에서(焉) 천자(天子)의 자리(位)를 밟은 것이다(踐). 그런데(而) 요임금(堯)의(之) 궁궐(宮)에 살면서(居) 요임금(堯)의(之) 아들(子)을 핍박했다면(逼), 이(是)는 찬탈한(簒) 것이지(也), 하늘(天)이 준(與) 것이 아니(非)다(也).

太誓曰(태서왈), **天視自我民視**(천시자아민시), **天聽自我民聽**(천청자아민청). **此之謂也**(차지위야).

(서경) 「태서(太誓)」편에 말하길(曰), '하늘(天)이 보는(視) 것은 우리(我) 백성(民)이 보는(視) 것부터(自)이며, 하늘(天)이 듣는(聽) 것은 우리(我) 백성(民)이 듣는(聽) 것부터(自)이다'라 하니, 이것(此)을(之) 말한(謂) 것이다(也).

*萬章(만장): 맹자의 제자 ‖ *有諸(유저): =有之乎. 그러한 일(것)이 있는가? ‖ *有+명사: ①~이(가) 있다(술어+보어), ②~을(를) 가지고 있다(술어+목적어) ‖ *諄諄(순순): 간곡하게 말하는 모양 / 諄(순): 타이르다 ‖ *而已矣(이이의): ~일 뿐이다 ‖ *如之何(여지하): 그것이 무엇과 같은가? 어떻게 하는가? 어찌할까? 어떻게 하여, 어떠한가? ‖ *暴(폭): 드러내다 ‖ *覲(근): 뵈다 ‖ *訟獄(송옥): 송사 ‖ *謳歌(구가): 칭송하다 ‖ *逼(핍): 핍박하다 ‖ *簒(찬): 빼앗다.

부록 최소한 문법: 以, 諸, 不, 之, 者, 與, 於, 能, 使, 敢, 而, 非, 所.

6장

萬章問曰(만장문왈). 人有言(인유언), 至於禹而德衰(지어우이덕쇠), 不傳於賢而傳於子(부전어현이전어자), 有諸(유저)? 孟子曰(맹자왈). 否(부). 不然也(불연야). 天與賢(천여현), 則與賢(즉여현), 天與子(천여자), 則與子(즉여자). 昔者舜薦禹於天(석자순천우어천), 十有七年(십유칠년), 舜崩(순붕). 三年之喪畢(삼년지상필), 禹避舜之子於陽城(우피순지자어양성), 天下之民從之(천하지민종지), 若堯崩之後不從堯之子而從舜也(약요붕지후부종요지자이종순야). 禹薦益於天(우천익어천), 七年(칠년), 禹崩(우붕). 三年之喪畢(삼년지상필), 益避禹之子於箕山之陰(익피우지자어기산지음), 朝覲訟獄者不之益而之啓(조근송옥자부지익이지계), 曰(왈), 吾君之子也(오군지자야), 謳歌者不謳歌益而謳歌啓(구가자불구가익이구가계), 曰(왈), 吾君之子也(오군지자야).

만장(萬章)이 물어(問) 말했다(曰). 사람들(人)에게 '우왕(禹)에(於) 이르(至)러서(而) 덕(德)이 쇠하여(衰) 현자(賢)에게(於) 전해지지(傳) 않(不)고(而) 자식(子)에게 전해졌다(傳).'고 하는 말(言)이 있던데(有), 그런 일(諸)이 있었습니까(有)? 맹자(孟子)께서 말씀하셨다(曰). 아니다(否). 그렇지(然) 않(不)다(也). 하늘(天)이 현자(賢)에게 주려하(與)면(則) 현자(賢)에게 주고(與), 하늘(天)이 자식(子)에게 주려고 하(與)면(則) 자식(子)에게 준다(與). 옛날(昔)에(者) 순임금(舜)께서 우왕(禹)을 하늘(天)에(於) 천거한 지(薦) 십(十)에 또(有) 칠 년(七年) 만에 순임금(舜)께서 돌아가셨다(崩). 삼년(三年)의(之) 상(喪)이 끝나자(畢) 우왕(禹)께서는 순임금(舜)의(之) 아들(子)을 피하여(避) 양성(陽城)에(於) (계셨는데) 천하(天下)의(之) 백성(民)이 그분(之)을 따랐으니(從), 요임금(堯)께서 돌아가(崩)신(之) 뒤에(後) 요임금(堯)의(之) 아들(子)을 따르지(從) 않(不)고(而) 순임금(舜)을 따랐던(從) 것과 같았(若)다(也). 우왕(禹)께서 익(益)을 하늘(天)에(於) 천거한 지(薦) 칠 년(七年) 만에 우왕(禹)께서 돌아가셨다(崩). 삼년(三年)의(之) 상(喪)이 끝나자(畢) 익(益)이 우왕(禹)의(之) 아들(子)을 피하여(避) 기산(箕山)의(之) 뒤쪽(陰)에(於)

(계셨는데) 조회하러(朝) 만나려는(覲) (자), 송사하는(訟獄) 자들(者)이 익(益)에게 가지(之) 않(不)고(而) 계(啓, 우왕의 아들)에게 가서(之) 말하길(曰), '우리(吾) 임금님(君)의(之) 아드님(子)이시다(也).'라고 했으며, 칭송하는(謳歌) 자들(者)도 익(益)을 칭송하지(謳歌) 않(不)고(而) 계(啓)를 칭송하면서(謳歌) 말하길(曰), '우리(吾) 임금님(君)의(之) 아드님(子)이시다(也).'라고 했다.

丹朱之不肖(단주지불초), 舜之子亦不肖(순지자역불초), 舜之相堯(순지상요), 禹之相舜也(우지상순야), 歷年多(역년다), 施澤於民久(시택어민구). 啓賢(계현), 能敬承繼禹之道(능경승계우지도), 益之相禹也(익지상우야), 歷年少(역년소), 施澤於民未久(시택어민미구). 舜·禹·益相去久遠(순우익상거구원), 其子之賢不肖(기자지현불초), 皆天也(개천야), 非人之所能爲也(비인지소능위야). 莫之爲而爲者(막지위이위자), 天也(천야), 莫之致而至者(막지치이지자), 命也(명야).

단주(丹朱, 요임금의 아들)도(之) 본받지(肖) 못했는데(不), 순임금(舜)의(之) 아들(子) 역시(亦) 본받지(肖) 못했으며(不), 순임금(舜)께서(之) 요임금(堯)을 돕고(相) 우왕(禹)께서(之) 순임금(舜)을 도운(相) 것은(也) 햇수(歷年)가 많아서(多) 백성(民)에게(於) 은택(澤)을 베푼(施) 것이 오래되었다(久). 계(啓)는 현명하여(賢) 우왕(禹)의(之) 도(道)를 공경히(敬) 계승할(承繼) 수(能) 있었고, 익(益)이(之) 우왕(禹)을 도운(相) 것은(也) 햇수(歷年)가 적어서(少) 백성(民)에게(於) 은택(澤)을 베푼(施) 것이 아직 오래되지(久) 못했다(未). 순임금(舜)과 우왕(禹)과 익(益)의 거리(相去)가 오래되고(久) 먼(遠) 것과 그(其) 아들(子)이(之) 현명하거나(賢) 본받지(肖) 못한(不) 것은 모두(皆) 하늘(天)이었으니(也), 사람(人)이(之) 할(爲) 수(能) 있는 것(所)이 아니었(非)다(也). 그것(之)을 한(爲) 것이 없(莫)는데(而), 되는(爲) 것(者)은 하늘(天)이고(也), 그것(之)을 이르게(致) 한 것이 없(莫)는데(而), 이르는(至) 것(者)은 명(命)이다(也).

匹夫而有天下者(필부이유천하자), 德必若舜·禹而又有天子薦之者(덕필약순우이우유천자천지자). 故仲尼不有天下(고중니불유천하).

필부가 되(匹夫)어서(而) 천하(天下)를 소유하는(有) 자(者)는 덕(德)이 반드시(必) 순임금(舜)이나 우왕(禹)과 같아야 하(若)고(而), 또(又) 천자(天子)로서 그(之)를 천거해 주는(薦) 것(者)도 있어야 한다(有). 그러므로(故) 중니(仲尼, 공자)께서는 천하(天下)를 소유하지(有) 못했다(不).

繼世以有天下(계세이유천하), 天之所廢(천지소폐), 必若桀·紂者也(필약걸주자야). 故益·伊尹·周公不有天下(고익이윤주공불유천하).

대(世)를 이어(繼) 그것으로(以) 천하(天下)를 소유했는데(有), 하늘(天)이(之) 폐하는(廢) 것(所)은 반드시(必) 걸왕(桀)이나 주왕(紂)과 같은(若) 자(者)이다(也). 그러므로(故) 익(益)과 이윤(伊尹)과 주공(周公)은 천하(天下)를 소유하지(有) 못했다(不).

伊尹相湯以王於天下(이윤상탕이왕어천하). 湯崩(탕붕), 太丁未立(태정미립), 外丙二年(외병이년), 仲壬四年(중임사년). 太甲顚覆湯之典刑(태갑전복탕지전형), 伊尹放之於桐三年(이윤방지어동삼년). 太甲悔過(태갑회과), 自怨自艾(자원자애), 於桐處仁遷義三年(어동처인천의삼년), 以聽伊尹之訓己也(이청이윤지훈기야). 復歸于亳(부귀우박).

이윤(伊尹)은 탕왕(湯)을 도와(相), 그것으로(以) 천하(天下)에(於) 왕이 되게 했다(王). 탕왕(湯)이 돌아가시고(崩) 태정(太丁, 탕의 태자)은 즉위하지(立) 못했고(未), 외병(外丙, 태정의 아우)은 2년(二年), 중임(仲壬)은 4년(四年) 뿐이었다. 태갑(太甲, 태정의 아들)이 탕왕(湯)의(之) 법(典刑)을 전복시키자(顚覆), 이윤(伊尹)이 그(之)를 동 땅(桐)에(於) 삼 년(三年) 추방했다(放). 태갑(太甲)은 잘못(過)을 뉘우치면서(悔) 스스로(自) 책망하며(怨) 스스로(自) 다스려(艾), 동 땅(桐)에서(於) 삼 년(三年) 인(仁)에 근거하고(處) 의(義)에 옮겨갔으며(遷), 그것으로(以) 이윤(伊尹)이(之) 자신(己)을 가르쳐 준(訓) 것을 들었(聽)다(也). (이에) 다시(復) 박읍(亳)으로(于) 돌아왔다(歸).

周公之不有天下(주공지불유천하), 猶益之於夏(유익지어하), 伊尹之於殷也(이윤지어은야).

주공(周公)이(之) 천하(天下)를 소유하지(有) 못했던(不) 것도 익(益)이(之) 하나라(夏)에서나(於) 이윤(伊尹)이(之) 은나라(殷)에서(於)와 같은(猶) 것이다(也).

孔子曰(공자왈), 唐·虞禪(당우선), 夏后·殷·周繼(하후은주계), 其義一也(기의일야).

공자(孔子)께서 말씀하시길(曰), '요임금(唐)과 순임금(虞)께서는 물려주셨고(禪), 하후(夏后), 은나라(殷), 주나라(周)는 계승했는데(繼), 그(其) 의(義)는 하나(一)이다(也).'라 했다.

*萬章(만장): 맹자의 제자 ‖ *有+명사: ①~이(가) 있다(술어+보어), ②~을(를) 가지고 있다(술어+목적어) ‖ *有諸(유저): =有之乎. 그러한 일(것)이 있는가? ‖ *不肖(불초): 못나고 어리석은 자식 ‖ *歷年(역년): 여러 해를 지냄, 그 햇수 ‖ *相去(상거): 거리, 차이 ‖ *有~者: ①~한 사람(경우)이 있다, ②~이 있는 사람(경우) ‖ *桀(걸): 하(夏)나라 마지막 왕 ‖ *紂(주): 상(商)나라 마지막 왕 ‖ *立(립): 즉위하다 ‖ *艾(예): 다스리다 ‖ *唐虞(당우): 요(堯, 도당씨(陶唐氏)와 순(舜, 유우씨(有虞氏) ‖ *禪(선): 물려주다.

부록 최소한 문법: 於, 而, 不, 諸, 之, 者, 能, 未, 所, 非, 莫, 以, 于.

7장

萬章問曰(만장문왈). 人有言(인유언), 伊尹以割烹要湯(이윤이할팽요탕), 有諸(유저)?

만장(萬章)이 물어(問) 말했다(曰). 사람들(人)에게 '이윤(伊尹)이 음식솜씨(割烹)로(以) 탕왕(湯)에게 요구했다(要).'고 하는 말(言)이 있는데(有), 그런 일(諸)이 있었습니까(有)?

孟子曰(맹자왈). 否(부). 不然(불연). 伊尹耕於有莘之野(이윤경어유신지야), 而樂堯·舜之道焉(이낙요순지도언). 非其義也(비기의야), 非其道也(비기도야), 祿之以天下弗顧也(녹지이천하불고야), 繫馬千駟弗視也(계마천사불시야). 非其義也(비기의야), 非其道也(비기도야), 一介不以與人(일개불이여인), 一介不以取諸人(일개불이취저인).

맹자(孟子)께서 말씀하셨다(曰). 아니다(否). 그러하지(然) 않다(不). 이윤(伊尹)은 유신(有莘)의(之) 들(野)에서(於) 농사지(耕)으면서(而), 거기에서(焉) 요순(堯舜)의(之) 도(道)를 즐겼다(樂). 그(其) 의(義)가 아니거(非)나(也) 그(其) 도(道)가 아니(非)면(也), 그(之)에게 천하(天下)를(以) 녹으로 주더라도(祿) 돌아보지(顧) 않았(弗)고(也), 말(馬) 4,000필(千駟)을 매어놓아도(繫), 쳐다보지(視) 않았(弗)다(也). 그(其) 의(義)가 아니거(非)나(也) 그(其) 도(道)가 아니(非)면(也), 하나(一)의 지푸라기(介), 그것도(以) 남에게(人) 주지(與) 않았고(不), 하나(一)의 지푸라기(介), 그것도(以) 그것을(諸) 남에게(人) 취하지(取) 않았다(不).

湯(탕), 使人以幣聘之(사인이폐빙지), 囂囂然曰(효효연왈), 我何以湯之聘幣爲哉(아하이탕지빙폐위재)? 我豈若處畎畝之中(아기약처견묘지중), 由是以樂堯·舜之道哉(유시이낙요순지도재)?

탕왕(湯)이 사람(人)으로 하여금(使) 폐백(幣)으로(以) 그(之)를 초빙하자(聘), 초연한(囂囂) 듯(然) 말하길(曰), '내(我)가 탕왕(湯)의(之) 초빙하는(聘) 폐백(幣)으로(以) 무엇(何)을 하겠는(爲)가(哉)? 내(我)가 어찌(豈) 시골(畎畝)의(之) 가운데(中)에 거처하면서(處) 이것(是)에 연유하여(由), 그것으로(以) 요순(堯舜)의(之) 도(道)를 즐기는(樂) 것과 같겠는(若)가(哉)?'라고 했다.

湯(탕), 三使往聘之(삼사왕빙지), 旣而(기이), 幡然改曰(번연개왈), 與我處畎畝之中(여아처견묘지중), 由是以樂堯·舜之道(유시이낙요순지도), 吾豈若使是君爲堯·舜之君哉(오기약사시군위요순지군재)? 吾豈若使是民爲堯·舜之民哉(오기약사시민위요순지민재)? 吾豈若於吾身親見之哉(오기약어오신친견지재)?

탕왕(湯)이 세 번(三) 시켜서(使) 가서(往) 그(之)를 초빙하자(聘), 이윽고(旣而) 깨달은(幡) 듯(然) 고쳐(改) 말하길(曰), '내(我)가 시골(畎畝)의(之) 가운데(中)에 거처하면서(處) 이것(是)에 연유하여(由), 그것으로(以) 요순(堯舜)의(之) 도(道)를 즐기는(樂) 것과(與, 보다는) 내(吾)가 어찌(豈) 이(是) 임금(君)으로 하여금(使) 요순(堯舜)의(之) 임금(君)이 되도록 하는(爲) 것과 같겠는(若)가(哉)? 내(吾)가 어찌(豈) 이(是) 백성(民)으로 하여금(使) 요순(堯舜)의(之) 백성(民)이 되게 하는(爲) 것과 같겠는(若)가(哉)? 내가(吾) 어찌(豈) 나(吾)의 몸(身)에서(於) 친히(親) 그것(之)을 보는(見) 것과 같겠는(若)가(哉)?

天之生此民也(천지생차민야), 使先知覺後知(사선지각후지), 使先覺覺後覺也(사선각각후각야). 予(여), 天民之先覺者也(천민지선각자야), 予將以斯道(여장이사도), 覺斯民也(각사민야). 非予覺之而誰也(비여각지이수야)?

하늘(天)이(之) 이(此) 백성(民)을 낸(生) 것은(也) 먼저(先) 안 자(知)로 하여금(使) 뒤에(後) 알 자(知)를 깨우치게 하고(覺), 먼저(先) 깨달은 자(覺)로 하여금(使) 뒤에(後) 깨달을 자(覺)를 깨우치도록 했(覺)다(也). 나(予)는 하늘이 낸(天) 백성(民)에(之) 먼저(先) 깨달은(覺) 자(者)이니(也), 내(予)가 장차(將) 이(斯) 도(道)로(以) 이(斯) 백성(民)을 깨우쳐 줄(覺) 것이다(也). 내(予)가 아니라면(非), 그들(之)을 깨우치는(覺)는데(而), 누(誰)가 있겠는가(也)?

思天下之民(사천하지민), **匹夫匹婦有不被堯·舜之澤者**(필부필부유불피요순지택자), **若己推而內之溝中**(약기추이납지구중). **其自任以天下之重如此**(기자임이천하지중여차). **故就湯而說之以伐夏救民**(고취탕이세지이벌하구민).

(이윤은) 천하(天下)의(之) 백성(民)에 필부(匹夫)필부(匹婦)라도 요순(堯舜)의(之) 혜택(澤)을 입지(被) 않은(不) 자(者)가 있으면(有), 마치 자기(己)가 밀(推)어서(而) 그들(之)을 도랑(溝) 가운데(中)에 들이는(內) 것과 같다(若)고 생각했다(思). 그(其)가 천하(天下)의(之) 중책(重)을(以) 자임한(自任) 것이 이(此)와 같았다(如). 그러므로(故) 탕왕(湯)에게 나아가(就)서(而) 그(之)를 설득하여(說), 그것으로(以) 하나라(夏)를 정벌하여(伐) 백성(民)을 구제했다(救).

吾未聞枉己而正人者也(오미문왕기이정인자야), **況辱己以正天下者乎**(황욕기이정천하자호)? **聖人之行**(성인지행), **不同也**(부동야), **或遠或近**(혹원혹근), **或去或不去**(혹거혹불거), **歸潔其身而已矣**(귀결기신이이의).

나(吾)는 자기(己)를 굽혀(枉)서(而) 남(人)을 바로잡은(正) 자(者)를 아직 듣지(聞) 못했는(未)데(也), 하물며(況) 자기(己)를 욕되게 하여(辱) 그것으로(以) 천하(天下)를 바로잡은(正) 자(者)는 (어떠하겠는)가(乎)? 성인(聖人)의(之) 행실(行)이 같지(同) 않아(不)서(也) 혹은(或) 멀기도 하고(遠) 혹은(或) 가깝기도 하고(近), 혹은(或) 떠나기도 하고(去) 혹은(或) 떠나지(去) 않기도 하나(不), 귀결되는 것(歸)은 그(其) 자신(身)을 깨끗이 하는(潔) 것일 뿐이다(而已矣).

吾聞其以堯·舜之道要湯(오문기이요순지도요탕), 未聞以割烹也(미문이할팽야).

나(吾)는 그(其)가 요순(堯舜)의(之) 도(道)로(以) 탕왕(湯)에게 요구했다(要)는 것을 들었지만(聞), 요리솜씨(割烹)로(以) (그렇게 했다는) 것을 아직 듣지(聞) 못했(未)다(也).

伊訓曰(이훈왈), 天誅(천주), 造攻自牧宮(조공자목궁), 朕載自亳(짐재자박).

(서경) 「이훈(伊訓)」편에 이르길(曰), '하늘(天)이 토벌하는 데(誅), (걸왕의) 목궁(牧宮)으로부터(自) 공격(攻)을 시작한(造) 것은 짐(朕)이 박읍(亳)에서부터(自) 시작했었다(載).' 고 했다.

*萬章(만장): 맹자의 제자 ‖ *有+명사: ①~이(가) 있다(술어+보어), ②~을(를) 가지고 있다(술어+목적어) ‖ *割烹(할팽): 베고 삶는다→ 음식을 조리함 ‖ *有諸(유저): =有之乎. 그러한 일(것)이 있는가? ‖ *幣(폐): 폐백 ‖ *囂囂然(효효연): 거리낌 없는 모양 / 囂囂(효효): 초연함 ‖ *畎畝(견묘/견무): 논과 밭, 시골 ‖ *旣而(기이): 이윽고, 잠시 뒤에 ‖ *幡然(번연): 갑자기 변하여 깨달음 ‖ *與(여): ~보다는 ‖ *有~者: ①~한 사람(경우)이 있다, ②~이 있는 사람(경우) ‖ *枉(왕): 굽다 ‖ *而已矣(이이의): ~일 뿐이다 ‖ *載(재): 비롯하다, 시행하다 ‖ *內(내): 들이다.

부록 최소한 문법: 以, 諸, 不, 於, 之, 而, 焉, 非, 使, 與, 者, 未.

8장

萬章問曰(만장문왈). 或謂(혹왈), 孔子於衛主癰疽(공자어위주옹저), 於齊主侍人瘠環(어제주시인척환), 有諸乎(유저호)? 孟子曰(맹자왈). 否(부). 不然也(불연야). 好事者爲之也(호사자위지야).

만장(萬章)이 물어(問) 말했다(曰). 어떤 이(或)가 말하길(謂), '공자(孔子)께서 위나라(衛)에서(於) 옹저(癰疽)를 주인으로 삼고(主), 제나라(齊)에서는(於) 환관(侍人)인 척환(瘠環)을 주인으로 삼았다(主).'고 하는데, 그런 일(諸)이 있었습니(有)까(乎)? 맹자(孟子)께서 말씀하셨다(曰). 아니다(否). 그렇지(然) 않(不)다(也). 일 벌이기(事)를 좋아하는(好) 자(者)가 그것(之)을 만든(爲) 것이다(也).

※ 主: '머문다'로 번역하는 예도 있다.

於衛主顔讐由(어위주안수유), 彌子之妻與子路之妻(미자지처여자로지처), 兄弟也(형제야). 彌子謂子路曰(미자위자로왈), 孔子主我(공자주아), 衛卿可得也(위경가득야). 子路以告(자로이고), 孔子曰(공자왈), 有命(유명). 孔子進以禮(공자진이례), 退以義得之不得曰(퇴이의득지부득왈), 有命(유명). 而主癰疽與侍人瘠環(이주옹저여시인척환), 是無義無命也(시무의무명야).

위나라(衛)에서는(於) 안수유(顔讐由)를 주인으로 삼았는데(主), 미자(彌子)의(之) 아내(妻)는 자로(子路)의(之) 아내(妻)와(與) 형제(兄弟)였다(也). 미자(彌子)가 자로(子路)에게 일러(謂) 말하길(曰), '공자(孔子)께서 나(我)를 주인으로 삼는다면(主), 위나라(衛)의 경(卿)도 얻을(得) 수(可) 있다(也).'고 했다. 자로(子路)가 그것을(以) 고하니(告), 공자(孔子)께서 말씀하시길(曰), '명(命)에 있다(有).'고 했다. 공자(孔子)께서는 예(禮)로(以) 나아가고(進) 의(義)로(以) 물러나면서(退), 그것(之)을 얻거나(得) 얻지(得) 못하는(不) 것에 말씀하시길(曰), '명(命)에 있다(有).'고 했다. 그런데(而) 옹저(癰疽)와(與) 환관(侍人)인 척환(瘠環)을 주인으로 삼았다면(主), 이(是)는 의(義)도 없고(無), 명(命)도 없는(無) 것이다(也).

孔子不悅於魯·衛(공자불열어노위), 遭宋桓司馬(조송환사마), 將要而殺之(장요이살지), 微服而過宋(미복이과송). 是時孔子當阨(시시공자당액), 主司城貞子(주사성정자), 爲陳侯周臣(위진후주신).

공자(孔子)께서는 노나라(魯)와 위나라(衛)에서(於) 기뻐하지(悅) 않으시어(不), (떠났다가) 송나라(宋)에서 사마(司馬) 환퇴(桓)가 장차(將) 잠복하여 노리(要)면서(而) 그분(之)을 죽이려 하는(殺) 일을 만나시어(遭), 미복을 하시(微服)고(而) 송나라(宋)를 지나가셨다(過). 이(是)때(時) 공자(孔子)께서 곤란(阨)을 만나(當) 사성정자(司城貞子)를 주인으로 삼았는데(主), (그는) 진나라(陳) 제후(侯)인 주(周)의 신하(臣)가 된 자이다(爲).

※ 陳侯周臣: '진나라 제후를 섬기는 신하'로 번역하는 예가 있다. 이는 周를 제후의 이름이 아니라 신하의 신분이나 지위를 나타내는 수식어 역할로 본 예이다.

吾聞觀近臣(오문관근신), 以其所爲主(이기소위주), 觀遠臣(관원신), 以其所主(이기소주). 若孔子主癰疽與侍人瘠環(약공자주옹저여시인척환), 何以爲孔子(하이위공자)?

내(吾)가 들으니(聞), '가까운(近) 신하(臣)를 관찰할 때(觀), 그(其)가 주인(主) 된(爲) 바(所)를(以) 보고, 먼(遠) 신하(臣)를 관찰할 때(觀), 그(其)가 주인으로 삼은(主) 바(所)를(以) 보라.'고 했다. 만약(若) 공자(孔子)께서 옹저(癰疽)와(與) 환관(侍人)인 척환(瘠環)을 주인으로 삼았다면(主), 무엇(何)으로(以) 공자(孔子)라 하겠는가(爲)?

*萬章(만장): 맹자의 제자 ‖ *侍人(시인): 환관, 내시 ‖ *有諸(유저): =有之乎. 그러한 일(것)이 있는가? ‖ *有+명사: ①~이(가) 있다(술어+보어), ②~을(를) 가지고 있다(술어+목적어) ‖ *遭(조): 만나다 ‖ *要(요): 기다리다, 잠복하여 노리다, 으르다 ‖ *微服(미복): 지위가 높은 사람이 무엇을 살피러 다닐 적에 남의 눈을 피하려고 입는 수수한 차림 ‖ *阨(액): 곤란, 곤궁.

부록 최소한 문법: 於, 諸, 不, 者, 之, 與, 可, 以, 與, 而, 所.

9장

萬章問曰(만장문왈). 或曰(혹왈), 百里奚自鬻於秦養牲者(백리해자육어진양생자), 五羊之皮(오양지피), 食牛(사우), 以要秦穆公(이요진목공), 信乎(신호)? 孟子曰(맹자왈). 否(부). 不然(불연). 好事者爲之也(호사자위지야).

만장(萬章)이 물어(問) 말했다(曰). 어떤 이(或)가 말하길(曰), '백리해(百里奚)가 진나라(秦)에서 희생물(牲)을 기르는(養) 자(者)에게(於) 스스로(自) 팔아서(鬻), 다섯 마리(五) 양(羊)의(之) 가죽(皮)을 받고, 소(牛)를 먹이면서(食) 그것으로(以) 진나라(秦) 목공(穆公)에게 (등용을) 요구했다(要).'고 하는데, 정말(信)입니까(乎)? 맹자(孟子)께서 말씀하셨다(曰). 아니다(否). 그렇지(然) 않다(不). 일 벌이기(事)를 좋아하는(好) 자(者)가 그것(之)을 만든(爲) 것이다(也).

百里奚(백리해), 虞人也(우인야). 晉人以垂棘之璧與屈産之乘(진인이수극지벽여굴산지승), 假道於虞以伐虢(가도어우이벌괵), 宮之奇諫(궁지기간), 百里奚不諫(백리해불간).

백리해(百里奚)는 우나라(虞) 사람(人)이다(也). 진나라(晉) 사람(人)이 수극(垂棘)의(之) 구슬(璧)과(與) 굴 땅(屈)에서 생산되(産)는(之) 네 마리 말(乘)로(以), 우나라(虞)에(於) 길(道)을 빌려서(假), 그것으로(以) 괵나라(虢)를 정벌하려 하자(伐), 궁지기(宮之奇)는 (불가하다고) 간언했는데(諫), 백리해(百里奚)는 간언하지(諫) 않았다(不).

知虞公之不可諫而去之秦(지우공지불가간이거지진), 年已七十矣(연이칠십의). 曾不知以食牛干秦穆公之爲汚也(증부지이사우간진목공지위오야), 可謂智乎(가위지호)? 不可諫而不諫(불가간이불간),

可謂不智乎(가위부지호)? 知虞公之將亡而先去之(지우공지장망이선거지), 不可謂不智也(불가위부지야). 時擧於秦(시거어진), 知穆公之可與有行也而相之(지목공지가여유행야이상지), 可謂不智乎(가위부지호)? 相秦而顯其君於天下(상진이현기군어천하), 可傳於後世(가전어후세), 不賢而能之乎(불현이능지호)? 自鬻以成其君(자육이성기군), 鄕黨自好者不爲(향당자호자불위), 而謂賢者爲之乎(이위현자위지호)?

우공(虞公)은(之) 간언할(諫) 수(可) 없다(不)는 것을 알(知)고서(而) 떠나(去) 진나라(秦)에 갔으니(之), 나이(年) 이미(已) 일흔(七十)이었다(矣). 일찍이(曾) 소(牛)를 먹이는(食) 것으로(以) 진나라(秦) 목공(穆公)에게 요구한(干) 것이(之) 오욕(汚)이 된(爲)다(也)는 것을 알지(知) 못했다면(不), 지혜롭다(智)고 말할(謂) 수(可) 있겠는가(乎)? 간언할(諫) 수(可) 없(不)어서(而) 간언하지(諫) 않았으니(不), 지혜롭지(智) 않다(不)고 말할(謂) 수(可) 있겠는가(乎)? 우공(虞公)이(之) 장차(將) 망할(亡) 것을 알(知)고서(而) 먼저(先) 거기(之)에서 떠났으니(去), 지혜롭지(智) 않다(不)고 말할(謂) 수(可) 없을(不) 것이다(也). 당시(時) 진나라(秦)에(於) 등용되어서(擧), 목공(穆公)이(之) 함께 할(與) 수 있는(可) 행함(行)에 있다(有)는 것을 알(知)아(也)서(而), 그(之)를 도왔으니(相), 지혜롭지(智) 않다(不)고 말할(謂) 수(可) 있겠는가(乎)? 진나라(秦)를 도와(相)서(而), 그(其) 임금(君)을 천하(天下)에(於) 드러내어(顯) 후세(後世)에(於) 전할(傳) 수 있었으니(可), 현명하지(賢) 않(不)고서(而) 그것(之)을 할 수(能) 있겠는가(乎)? 스스로(自) 팔아서(鬻), 그것으로(以) 그(其) 임금(君)을 성공시킨(成) 것은 향당(鄕黨)에서 스스로(自) 가상히 여기는(好) 자(者)도 하지(爲) 않(不)는데(而), 현자(賢者)가 그것(之)을 했다(爲)고 말하는(謂) 것인가(乎)?

*萬章(만장): 맹자의 제자 ‖ *鬻(육): 값을 받고 물건을 주다 ‖ *璧(벽): 구슬 ‖ *乘(승): 네 마리의 말 ‖ *有+명사: ①~이(가) 있다(술어+보어), ②~을(를) 가지고 있다(술어+목적어).

부록 최소한 문법: 於, 者, 之, 以, 不, 可, 而.

만장하(萬章下)

1장

孟子曰(맹자왈). 伯夷目不視惡色(백이목불시악색), 耳不聽惡聲(이불청악성), 非其君不事(비기군불사), 非其民不使(비기민불사). 治則進(치즉진), 亂則退(난즉퇴), 橫政之所出(횡정지소출), 橫民之所止(횡민지소지), 不忍居也(불인거야), 思與鄕人處(사여향인처), 如以朝衣朝冠坐於塗炭也(여이조의조관좌어도탄야). 當紂之時(당주지시), 居北海之濱(거북해지빈), 以待天下之淸也(이대천하지청야), 故聞伯夷之風者(고문백이지풍자), 頑夫廉(완부렴), 懦夫有立志(나부유입지).

맹자(孟子)께서 말씀하셨다(曰). 백이(伯夷)는 눈(目)으로는 나쁜(惡) 색(色)을 보지(視) 않고(不), 귀(耳)로는 나쁜(惡) 소리(聲)를 듣지(聽) 않았으며(不), 그(其) 임금(君)이 아니면(非) 섬기지(事) 않고(不), 그(其) 백성(民)이 아니면(非) 부리지(使) 않았다(不). 다스려지(治)면(則) 나아가고(進), 어지러우(亂)면(則) 물러나서(退), 비정상적인(橫) 정사(政)가(之) 나오는(出) 곳(所)과 비정상적인(橫) 백성(民)이(之) 머무는(止) 곳(所)에서는 차마(忍) 살지(居) 않(不)았으며(也), 향인(鄕人)과(與) 거처함(處)에 마치 관복(朝衣)과 관모(朝冠)를 쓰고(以) 도탄(塗炭)에(於) 앉은(坐) 것 같(如)다(也)고 생각했다(思). 주왕(紂)의(之) 때(時)를 만나(當) 북해(北海)의(之) 바닷가(濱)에 살면서(居), 그것으로(以) 천하(天下)의(之) 맑음(淸)을 기다렸으(待)니(也), 그러므로(故) 백이(伯夷)의(之) 풍도(風)를 들은(聞) 자(者)는 완고한(頑) 자(夫)는 청렴해지고(廉), 나약한(懦) 자(夫)는 뜻(志)을 세운(立) 것이 있었다(有).

伊尹曰(이윤왈), 何事非君(하사비군)? 何使非民(하사비민)? 治亦進(치역진), 亂亦進(난역진). 曰(왈), 天之生斯民也(천지생사민야),

使先知覺後知(사선지각후지), 使先覺覺後覺(사선각각후각). 予(여), 天民之先覺者也(천민지선각자야). 予將以此道(여장이차도), 覺此民也(각차민야). 思天下之民(사천하지민), 匹夫匹婦有不與被堯·舜之澤者(필부필부유불여피요순지택자), 若己推而內之溝中(약기퇴이납지구중), 其自任以天下之重也(기자임이천하지중야).

이윤(伊尹)이 말하길(曰), '누구(何)를 섬기든(事) 임금(君)이 아니겠는가(非)? 누구(何)를 부리든(使) 백성(民)이 아니겠는가(非)?'고 하면서, 다스려져도(治) 또한(亦) 나아가고(進), 어지러워도(亂) 또한(亦) 나아갔다(進). (그는) 말하길(曰), '하늘(天)이(之) 이(斯) 백성(民)을 낸(生) 것은(也) 먼저(先) 안 자(知)로 하여금(使) 뒤에(後) 알 자(知)를 깨우치고(覺), 먼저(先) 깨달은 자(覺)로 하여금(使) 뒤에(後) 깨달을 자(覺)를 깨우친 것이다(覺). 나(予)는 하늘(天)이 (낸) 백성(民) 중에(之) 먼저(先) 깨달은(覺) 자(者)이다(也). 내(予)가 장차(將) 이(此) 도(道)로(以) 이(此) 백성(民)을 깨우칠(覺) 것이다(也).'고 했다. 천하(天下)의(之) 백성(民)에서 필부(匹夫)와 필부(匹婦)라도 요순(堯舜)의(之) 혜택(澤)을 참여하여(與) 입지(被) 못한(不) 자(者)가 있으면(有), 마치 자기(己)가 그(之)를 도랑(溝) 가운데로(中) 밀(推)어서(而) 넣은(內) 것과 같다(若)고 생각해서(思), 그(其)는 천하(天下)의(之) 중책(重)으로(以) 자임한(自任) 것이다(也).

※ 與: '예'로 독음하는 예가 있다.

柳下惠不羞汚君(유하혜불수오군), 不辭小官(불사소관). 進不隱賢(진불은현), 必以其道(필이기도), 遺佚而不怨(유일이불원), 阨窮而不憫(액궁이불민). 與鄕人處(여향인처), 由由然不忍去也(유유연불인거야), 爾爲爾(이위이), 我爲我(아위아). 雖袒裼裸裎於我側(수단석나정어아측), 爾焉能浼我哉(이언능매아재)? 故聞柳下惠之風者(고문류하혜지풍자), 鄙夫寬(비부관), 薄夫敦(박부돈).

유하혜(柳下惠)는 더러운(汚) 임금(君)을 부끄러워하지(羞) 않았고(不), 작은(小) 벼슬

(官)도 사양하지(辭) 않았다(不). 나아가서는(進) 현명함(賢)을 숨기지(隱) 않아(不) 반드시(必) 그(其) 도(道)로(以) 하고, 남겨져(遺) 잃(佚)더라도(而) 원망하지(怨) 않았고(不), 곤궁(窮)에 막혀(阨)도(而) 걱정하지(憫) 않았다(不). 향인과(與) 거처해도(處) 여유로운(由由) 듯(然) 차마(忍) 떠나지(去) 않으(不)며(也), '너(爾)는 너(爾)고(爲), 나(我)는 나(我)다(爲). 비록(雖) 내(我) 곁(側)에서(於) 웃통을 벗거나(袒裼) 벗어서(裸) 벌거숭이가 되도(裎), 네(爾)가 어찌(焉) 나(我)를 더럽힐(浼) 수(能) 있겠느냐(哉)?'고 했다. 그러므로(故) 유하혜(柳下惠)의(之) 풍도(風)를 들은(聞) 자(者)는 비루한(鄙) 자(夫)는 관대해지고(寬), 경박한(薄) 자(夫)는 후덕해진다(敦).

孔子之去齊(공자지거제), 接淅而行(삽석이행). 去魯(거로), 曰(왈), 遲遲吾行也(지지오행야), 去父母國之道也(거부모국지도야). 可以速而速(가이속이속), 可以久而久(가이구이구), 可以處而處(가이처이처), 可以仕而仕(가이사이사), 孔子也(공자야).

공자(孔子)께서(之) 제나라(齊)를 떠나면서(去) 씻던 쌀(淅)을 거두어(接)서(而) 가셨다(行). 노나라(魯)를 떠나면서(去) '더디고(遲) 더디다(遲), 내(吾) 행차(行)여(也)!'라 말씀했는데(曰), (이는) 부모(父母)의 나라(國)를 떠나(去)는(之) 도(道)인 것이다(也). 속히 떠날(速) 만하(可以)면(而) 속히 떠나고(速), 오래 머물(久) 만하(可以)면(而) 오래 머물고(久), 거처할(處, 은둔할) 만하(可以)면(而) 거처하고(處), 벼슬할(仕) 만하(可以)면(而) 벼슬하는(仕) 것이 공자(孔子)이시다(也).

※ 接: (접) 잇다, 대접하다, / (삽) 거두다, / (첩) 빠르다.

孟子曰(맹자왈). 伯夷(백이), 聖之清者也(성지청자야). 伊尹(이윤), 聖之任者也(성지임자야). 柳下惠(유하혜), 聖之和者也(성지화자야). 孔子(공자), 聖之時者也(성지시자야).

맹자(孟子)께서 말씀하셨다(曰). 백이(伯夷)는 성인(聖人) 중에(之) 맑은(清) 분(者)이다

(也). 이윤(伊尹)은 성인(聖) 중에(之) 맡은(任) 분(者)이다(也). 유하혜(柳下惠)는 성인(聖) 중에(之) 조화로운(和) 분(者)이다(也). 공자(孔子)께서는 성인(聖) 중에(之) 때에 맞게 하신(時) 분(者)이시다(也).

孔子之謂集大成(공자지위집대성). 集大成也者(집대성야자), 金聲而玉振之也(금성이옥진지야). 金聲也者(금성야자), 始條理也(시조리야). 玉振之也者(옥진지야자), 終條理也(종조리야). 始條理者(시조리자), 智之事也(지지사야), 終條理者(종조리자), 聖之事也(성지사야).

공자(孔子)를(之) 집대성(集大成)이라 말한다(謂). 집대성(集大成)이란(也者) (곡을 연주할 때) 금(金)으로 소리를 퍼지게 하(聲)고(而), (곡조를 마무리할 때) 옥(玉)으로 그것(之)을 거두는(振) 것이다(也). 금(金)으로 소리를 퍼지게 하는(聲) 것은(也者) 조리(條理, 연주)를 시작하는(始) 것이다(也). 옥(玉)으로 그것(之)을 거두는(振) 것은(也者) 조리(條理)를 끝내는(終) 것이다(也). 조리(條理)를 시작한다는(始) 것(者)은 지혜(智)의(之) 일(事)이고(也), 조리(條理)를 끝내는(終) 것(者)은 성(聖)의(之) 일(事)이다(也).

智(지), 譬則巧也(비즉교야). 聖(성), 譬則力也(비즉역야). 由射於百步之外也(유사어백보지외야), 其至(기지), 爾力也(이력야), 其中(기중), 非爾力也(비이력야).

지혜(智)는 비유하자(譬)면(則) 기교(巧)이다(也). 성(聖)은 비유하자(譬)면(則) 힘(力)이다(也). (이는) 백 보(百步)의(之) 밖(外)에서(於) 활을 쏘는(射) 것과 같은(由) 것이니(也), 그것(其)이 이르는(至) 것은 너(爾)의 힘(力)이지만(也), 그것(其)이 맞는(中) 것은 너(爾)의 힘(力)이 아니(非)다(也).

*橫(횡): 비정상적이다 ‖ *塗炭(도탄): 진구렁에 빠지고 숯불에 탄다는 의미로, 몹시 곤궁하여 고통스러운 지경 ‖ *紂(주): 상(商)나라 마지막 왕 ‖ *頑夫(완부): 완고한 사내 / 頑(완): 완고하다 ‖ *懦夫(나부): 겁이 많은 사내 / 懦(나): 나약하다 ‖ *有+명사: ①~이(가) 있다(술어+보어), ②~을(를) 가지고 있다(술어+목적어) ‖ *有~者: ①~한 사람(경우)이 있다, ②~이 있는 사람(경우) ‖ *溝(구): 도랑 ‖ *遺佚(유일): 등용되지 않음 / 佚(일): 편안하다, 없어지다 ‖ *阨窮(액궁): 번뇌하여 괴로워함 ‖ *由由然(유유연): 여유로운 모양 ‖ *袒(단): 웃통을 벗다 ‖ *裼(석): 웃통을 벗다 ‖ *裸(나): 벗다 ‖ *裎(정): 벌거숭이 ‖ *浼(매)ㅣ 더럽히다 ‖ *薄夫(박부): 경박한 사내 ‖ *接淅(삽석): 물에 담그어 놓은 쌀로 밥을 지어 먹을 여가도 없이, 잠시도 지체하지 않고 속히 떠나는 것 / 接(삽) 거두어들인다 / 淅(석): (쌀을) 일다(흔들어서 쓸 것과 못 쓸 것을 가려내다) ‖ *也者(야자): ~라고 하는 것, ~이란 ‖ *振(진): 그만두다, 끝내다 ‖ *譬(비): 비유하다 ‖ *由(유): 같다.

부록 최소한 문법: 不, 非, 之, 所, 與, 以, 於, 者, 使, 能, 而, 可以.

2장

北宮錡問曰(북궁의문왈). 周室班爵祿也(주실반작록야), 如之何(여지하)?

북궁의(北宮錡)가 물어(問) 말했다(曰). 주나라(周) 왕실(室)이 작록(爵祿)을 나눈(班) 것은(也), 그것(之)이 어떠했습니까(如-何)?

※ 北宮錡: '북궁기'로 독음하는 예도 있으나 '북궁의'로 읽는다.

孟子曰(맹자왈). 其詳不可得而聞也(기상불가득이문야). 諸侯惡其害己也(제후오기해기야), 而皆去其籍(이개거기적). 然而軻也(연이가야), 嘗聞其略也(상문기략야).

맹자(孟子)께서 말씀하셨다(曰). 그(其) 상세한 것(詳)은 얻어(得)서(而) 들을(聞) 수(可) 없(不)었습니다(也). 제후들(諸侯)이 그것(其)이 자신(己)에게 해가 되는(害) 것을 싫어했으(惡)니(也), 그래서(而) 모두(皆) 그(其) 문서(籍)를 없애버렸습니다(去). 그러하(然)나(而) 가(軻, 맹자)는(也) 일찍이(嘗) 그(其) 대략(略)을 들었습니(聞)다(也).

天子一位(천자일위), **公一位**(공일위), **侯一位**(후일위), **伯一位**(백일위), **子·男同一位**(자남동일위), **凡五等也**(범오등야). **君一位**(군일위), **卿一位**(경일위), **大夫一位**(대부일위), **上士一位**(상사일위), **中士一位**(중사일위), **下士一位**(하사일위), **凡六等**(범육등).

(천하에서는) 천자(天子)가 하나(一)의 자리이고(位), 공(公)이 하나(一)의 자리이고(位), 후(侯)가 하나(一)의 자리이고(位), 백(伯)이 하나(一)의 자리이고(位), 자(子)와 남(男)이 똑같이(同) 하나(一)의 자리이니(位), 모두(凡) 다섯(五) 등급(等)입니다(也). (나라에서는) 임금(君)이 하나(一)의 자리이고(位), 경(卿)이 하나(一)의 자리이고(位), 대부(大夫)가 하나(一)의 자리이고(位), 상사(上士)가 하나(一)의 자리이고(位), 중사(中士)가 하나(一)의 자리이고(位), 하사(下士)가 하나(一)의 자리이니(位), 모두(凡) 여섯(六) 등급입니다(等).

天子之制(천자지제), **地方千里**(지방천리), **公·侯皆方百里**(공후개방백리), **伯七十里**(백칠십리), **子·男五十里**(자남오십리), **凡四等**(범사등). **不能五十里**(불능오십리), **不達於天子**(부달어천자), **附於諸侯**(부어제후), **曰附庸**(왈부용).

천자(天子)의(之) 제도(制)는 땅(地)이 사방(方) 천 리이고(千里), 공(公)과 후(侯)는 모두(皆) 사방(方) 백 리이고(百里), 백(伯)은 칠십 리이고(七十里), 자(子)와 남(男)은 오십 리이니(五十里), 모두(凡) 네(四) 등급입니다(等). 오십 리가 될(五十里) 수(能) 없는(不) (나라는) 천자(天子)와(於) 통하지(達) 못해서(不) 제후(諸侯)에게(於) 부속되니(附), (이를) 부용국(附庸)이라 말합니다(曰).

天子之卿受地視侯(천자지경수지시후), 大夫受地視伯(대부수지시백), 元士受地視子·男(원사수지시자남).

천자(天子)의(之) 경(卿)은 땅(地)을 받는(受) 것이 후(侯)에 견주되고(視), 대부(大夫)는 땅(地)을 받는(受) 것이 백(伯)에 견주되고(視), 원사(元士)는 땅(地)을 받는(受) 것이 자(子)와 남(男)에 견주됩니다(視).

大國地方百里(대국지방백리), 君十卿祿(군십경록), 卿祿四大夫(경록사대부), 大夫倍上士(대부배상사), 上士倍中士(상사배중사), 中士倍下士(중사배하사), 下士與庶人在官者同祿(하사여서인재관자동록), 祿足以代其耕也(녹족이대기경야).

대국(大國)은 땅(地)이 사방(方) 백 리이니(百里), 임금(君)은 경(卿)의 녹(祿)에 열 배이고(十), 경(卿)의 녹(祿)은 대부(大夫)에 네 배이고(四), 대부(大夫)는 상사(上士)에 배이고(倍), 상사(上士)는 중사(中士)에 배이고(倍), 중사(中士)는 하사(下士)에 배이고(倍), 하사(下士)와(與) 서인(庶人)으로 관직(官)에 있는(在) 자(者)는 녹(祿)이 같은데(同), 녹(祿)이 그(其)가 경작하는(耕) 것을 대신할(代) 만합니(足以)다(也).

次國地方七十里(차국지방칠십리), 君十卿祿(군십경록), 卿祿三大夫(경록삼대부), 大夫倍上士(대부배상사), 上士倍中士(상사배중사), 中士倍下士(중사배하사), 下士與庶人在官者同祿(하사여서인재관자동록), 祿足以代其耕也(녹족이대기경야).

다음(次) 나라(國)는 땅(地)이 사방(方) 칠십 리이니(七十里), 임금(君)은 경(卿)의 녹(祿)에 열 배이고(十), 경(卿)의 녹(祿)은 대부(大夫)에 세 배이고(三), 대부(大夫)는 상사(上士)에 배이고(倍), 상사(上士)는 중사(中士)에 배이고(倍), 중사(中士)는 하사(下士)에 배이고(倍), 하사(下士)와(與) 서인(庶人)으로 관직(官)에 있는(在) 자(者)는 녹(祿)이 같은데(同), 녹(祿)이 그(其)가 경작하는(耕) 것을 대신할(代) 만합니(足以)다(也).

小國地方五十里(소국지방오십리), 君十卿祿(군십경록), 卿祿二大夫(경록이대부), 大夫倍上士(대부배상사), 上士倍中士(상사배중사), 中士倍下士(중사배하사), 下士與庶人在官者同祿(하사여서인재관자동록), 祿足以代其耕也(녹족이대기경야).

소국(小國)은 땅(地)이 사방(方) 오십 리이니(五十里), 임금(君)은 경(卿)의 녹(祿)에 열 배이고(十), 경(卿)의 녹(祿)은 대부(大夫)에 두 배이고(二), 대부(大夫)는 상사(上士)에 배이고(倍), 상사(上士)는 중사(中士)에 배이고(倍), 중사(中士)는 하사(下士)에 배이고(倍), 하사(下士)와(與) 서인(庶人)으로 관직(官)에 있는(在) 자(者)는 녹(祿)이 같은데(同), 녹(祿)이 그(其)가 경작하는(耕) 것을 대신할(代) 만합니(足以)다(也).

耕者之所獲(경자지소획), 一夫百畝(일부백묘), 百畝之糞(백묘지분), 上農夫食九人(상농부사구인), 上次食八人(상차사팔인), 中食七人(중사칠인), 中次食六人(중차사육인), 下食五人(하사오인). 庶人在官者(서인재관자), 其祿以是爲差(기록이시위차).

경작하는(耕) 자(者)가(之) 얻는(獲) 것(所)으로, 한(一) 사내(夫)가 백묘이니(百畝), 백묘(百畝)의(之) 거름(糞)으로 상농부(上農夫)는 아홉 명(九人)을 먹이고(食), 상농부(上) 다음(次)은 여덟 명(八人)을 먹이고(食), 중농부(中)는 일곱 명(七人)을 먹이고(食), 중농부(中) 다음(次)은 여섯 명(六人)을 먹이고(食), 하농부(下)는 다섯 명(五人)을 먹입니다(食). 서인(庶人)으로 관직(官)에 있는(在) 자(者)는 그(其) 녹(祿)이 이것(是)으로(以) 차이(差)를 삼았습니다(爲).

*北宮錡(북궁의): 위(衛)나라 사람 ‖ *爵祿(작록): 작위와 봉록 ‖ *如之何(여지하): 그것이 무엇과 같은가? 어떻게 하는가? 어찌할까? 어떻게 하여, 어떠한가? ‖ *附庸: =부용국, 큰 나라에 부속된 나라 ‖ *視(시): 견주다, 비교되다 ‖ *畝(묘): 이랑.

부록 최소한 문법: 不, 可, 而, 之, 能, 於, 與, 者, 足以, 所, 以.

3장

萬章問曰(만장문왈). 敢問友(감문우). 孟子曰(맹자왈). 不挾長(불협장), 不挾貴(불협귀), 不挾兄弟而友(불협형제이우). 友也者(우야자), 友其德也(우기덕야), 不可以有挾也(불가이유협야).

만장(萬章)이 물어(問) 말했다(曰). 감히(敢) 벗(友)을 묻습니다(問). 맹자(孟子)께서 말씀하셨다(曰). 나이 먹은 것(長)에 기대지(挾) 않고(不), 귀한 것(貴)에 기대지(挾) 않고(不), 형제(兄弟)에게 기대지(挾) 않(不)고(而) 벗한다(友). 벗(友)이란(也者) 그(其) 덕(德)을 벗하는(友) 것이니(也), 기대는 것(挾)이 있을(有) 수(可以) 없는(不) 것이다(也).

孟獻子(맹헌자), 百乘之家也(백승지가야), 有友五人焉(유우오인언). 樂正裘(악정구)·牧仲(목중), 其三人則予忘之矣(기삼인즉여망지의). 獻子之與此五人者友也(헌자지여차오인자우야), 無獻子之家者也(무헌자지가자야). 此五人者亦有獻子之家(차오인자역유헌자지가), 則不與之友矣(즉불여지우의).

맹헌자(孟獻子)는 백승(百乘)의(之) 집안(家)인데(也), 벗(友)이 그에게(焉) 다섯 명(五人)이 있었다(有). 악정구(樂正裘)와 목중(牧仲)이고, 그(其) 세 명(三人)은(則) 내(予)가 그것(之)을 잊어버렸(忘)다(矣). 헌자(獻子)가(之) 이(此) 다섯 명(五人)의 사람(者)과(與) 벗하면(友)서(也), 헌자(獻子)의(之) 집안(家)이라는 것(者)이 없(無)었다(也). 이(此) 다섯 명(五人)의 사람(者) 또한(亦) 헌자(獻子)의(之) 집안(家)이 있었다(有)면(則), 그(之)와(與) 벗하지(友) 않았을(不) 것이다(矣).

非惟百乘之家爲然也(비유백승지가위연야), 雖小國之君亦有之(수소국지군역유지). 費惠公曰(비혜공), 吾於子思(오어자사), 則師之

矣(즉사지의). 吾於顔般(오어안반), 則友之矣(즉우지의). 王順·長息(왕순장식), 則事我者也(즉사아자야).

오직(惟) 백승(百乘)의(之) 집안(家)만 그렇게(然) 한(爲) 것은 아니(非)니(也), 비록(雖) 소국(小國)의(之) 임금(君)도 또한(亦) 그런 경우(之)가 있었다(有). 비읍(費)의 혜공(惠公)이 말하길(曰), '내(吾)가 자사(子思)에 대해서(於)는(則) 그(之)를 스승으로 섬겼(師)다(矣). 내(吾)가 안반(顔般)에 대해서(於)는(則) 그(之)를 벗으로 대했(友)다(矣). 왕순(王順)과 장식(長息)은(則) 나(我)를 섬기는(事) 자(者)이다(也).'라고 했다.

非惟小國之君爲然也(비유소국지군위연야), 雖大國之君亦有之(수대국지군역유지). 晉平公之於亥唐也(진평공지어해당야), 入云則入(입운즉입), 坐云則坐(좌운즉좌), 食云則食(식운즉식). 雖疏食菜羹(수소사채갱), 未嘗不飽(미상불포), 蓋不敢不飽也(개불감불포야). 然終於此而已矣(연종어차이이의), 弗與共天位也(불여공천위야), 弗與治天職也(불여치천직야), 弗與食天祿也(불여식천록야). 士之尊賢者也(사지존현자야), 非王公之尊賢也(비왕공지존현야).

오직(惟) 소국(小國)의(之) 임금(君)만 그렇게(然) 한(爲) 것이 아니(非)니(也), 비록(雖) 대국(大國)의(之) 임금(君)도 또한(亦) 그런 경우(之)가 있었다(有). 진나라(晉) 평공(平公)이(之) 해당(亥唐)에(於) 대해서(也) 들어오라(入)고 이르(云)면(則) 들어가고(入), 앉으라(坐)고 이르(云)면(則) 앉고(坐), 먹으라(食)고 이르(云)면(則) 먹었다(食). 비록(雖) 거친(疏) 밥(食)과 나물국(菜羹)이라도 일찍이(嘗) 배불리 먹지(飽) 않은(不) 적이 없었으니(未), 대개(蓋) 감히(敢) 배불리 먹지(飽) 않을(不) 수가 없었기(不) 때문이다(也). 그러나(然) 이것(此)에서(於) 끝났을(終) 뿐이었으니(而已矣), 더불어(與) 하늘이 준(天) 자리(位)를 공유하지(共) 않(弗)았고(也), 더불어(與) 하늘이 준(天) 직(職)을 다스리지도(治) 않(弗)았으며(也), 더불어(與) 하늘이 준(天) 녹(祿)을 먹지도(食) 않(弗)았다(也). (이는) 선비(士)가(之) 현자(賢者)를 높인(尊) 것이지(也), 왕공(王公)이(之) 현자(賢)를 높인(尊) 것은 아니었(非)다(也).

舜尙見帝(순상현제). 帝館甥于貳室(제관생우이실), 亦饗舜(역향순), 迭爲賓主(질위빈주), 是天子而友匹夫也(시천자이우필부야).

순(舜)께서 올라가(尙) (요)임금(帝)을 뵈었다(見). (요)임금(帝)께서는 사위(甥)를 이실(貳室, 별궁)에(于) 묵게 했고(館), 또한(亦) 순(舜)께 대접받기도 해서(饗), 번갈아(迭) 손님(賓)과 주인(主)이 되었으니(爲), 이(是)는 천자가 되어(天子)서(而) 필부(匹夫)와 벗한(友) 것이다(也).

用下敬上(용하경상), 謂之貴貴(위지귀귀). 用上敬下(용상경하), 謂之尊賢(위지존현). 貴貴·尊賢(귀귀존현), 其義一也(기의일야).

아랫사람(下)으로(用) 윗사람(上)을 공경하는데(敬), 그것(之)을 '귀한 이(貴)를 귀하게 여긴다(貴).'고 말한다(謂). 윗사람(上)으로(用) 아랫사람(下)을 공경하는데(敬), 그것(之)을 '현자(賢)를 높인다(尊).'고 말한다(謂). 귀한 이(貴)를 귀하게 여기고(貴), 현자(賢)를 높이는(尊) 것에 그(其) 의(義)는 하나(一)이다(也).

*萬章(만장): 맹자의 제자 ‖ *長(장): 나이를 먹다 ‖ *挾(협): 기대다, 믿고 의지하다 ‖ *也者(야자): ~라고 하는 것, ~이란 ‖ *有+명사: ①~이(가) 있다(술어+보어), ②~을(를) 가지고 있다(술어+목적어) ‖ *菜羹(채갱): 나물국 / 羹(갱): 국 ‖ *而已矣(이이의): ~일 뿐이다 ‖ *甥(질): 사위 ‖ *貳室(이실): 별궁→ 임금의 부마 ‖ *饗(향): 대접하다 ‖ *迭(질): 번갈아들다 ‖ *用(용): =以.

부록 최소한 문법: 不, 而, 可以, 之, 焉, 者, 與, 非, 於, 未, 敢, 于.

4장

萬章問曰(만장문왈). 敢問(감문), 交際何心也(교제하심야)? 孟子曰(맹자왈). 恭也(공야).

만장(萬章)이 물어(問) 말했다(曰). 감히(敢) 묻습니다만(問), 교제(交際)는 어떤(何) 마음(心)으로 합니까(也)? 맹자(孟子)께서 말씀하셨다(曰). 공손함(恭)으로 한다(也).

曰(왈). 卻之卻之爲不恭(각지각지위불공), 何哉(하재)? 曰(왈). 尊者賜之(존자사지), 曰(왈), 其所取之者(기소취지자), 義乎(의호)? 不義乎(불의호)? 而後受之(이후수지), 以是爲不恭(이시위불공), 故弗卻也(고불각야).

물었다(曰). 그것(之, 예물)을 물리치면(卻), 그것(之)을 물리치는(卻) 것이 공손치(恭) 못하다(不)고 하는데(爲), 어째서(何)입니까(哉)? 말씀하셨다(曰). 존귀한(尊) 자(者)가 그것(之)을 주면(賜), (받는 자가) 말하길(曰), '그(其)가 그것(之)을 취한(取) 바(所)가(者) 의로웠을(義)까(乎)? 의롭지(義) 않(不)았을까(乎)?'라고 한 이후에(而後) 그것(之)을 받는다면(受), 이것(是)을(以) 공손치(恭) 못하다(不)고 하니(爲), 그러므로(故) 물리치지(卻) 않는(弗) 것이다(也).

※ 卻之: 그것을 물리친다는 것은 예물을 돌려준다는 의미이다.

曰(왈). 請無以辭卻之(청무이사각지), 以心卻之曰(이심각지왈), 其取諸民之不義也(기취저민지불의야), 而以他辭無受(이이타사무수), 不可乎(불가호)? 曰(왈). 其交也以道(기교야이도), 其接也以禮(기접야이례), 斯孔子受之矣(사공자수지의).

말했다(曰). 여쭙습니다(請), 말(辭)로(以) 그것(之)을 물리치지(卻) 않고(無), 마음(心)으로(以) 그것(之)을 물리치며(卻) 말하길(曰), '그(其)가 그것을(諸) 백성(民)에게 취한(取) 것이(之) 의롭지(義) 못하(不)다(也).'고 하고(而), 다른(他) 말(辭)로(以) 받지(受) 않는(無) 것이 좋지(可) 않(不)겠습니까(乎)? 말씀하셨다(曰). 그(其) 사귐(交)에(也) 도(道)로(以) 하고, 그(其) 대접함(接)에(也) 예(禮)로(以) 하면(斯), 공자(孔子)께서도 그것(之)을 받으셨을(受) 것이다(矣).

萬章曰(만장왈). 今有禦人於國門之外者(금유어인어국문지외자), 其交也以道(기교야이도), 其餽也以禮(기궤야이례), 斯可受禦與(사가수어여)? 曰(왈). 不可(불가). 康誥曰(강고왈), 殺越人于貨(살월인우화), 閔不畏死(민불외사), 凡民罔不譈(범민망부대). 是不待教而誅者也(시부대교이주자야). 如之何其受之(여지하기수지)?

만장(萬章)이 말했다(曰). 지금(今) 국문(國門)의(之) 밖(外)에서(於) 사람(人)에게 강도질하는(禦) 자(者)가 있는데(有), 그(其) 사귐(交)에(也) 도(道)로(以) 하고, 그(其) 보내는 것(餽)에(也) 예(禮)로(以) 한다면(斯), 강도질한 것(禦)을 받을(受) 수(可) 있습니까(與)? 말씀하셨다(曰). 옳지(可) 않다(不). (서경) 「강고(康誥)」편에 이르길(曰), '재물(貨)에(于) 사람(人)을 죽여(殺) 빼앗고(越), 힘써(閔) 죽음(死)을 두려워하지(畏) 않는(不) 자는 모든(凡) 백성(民)이 원망하지(譈) 않는(不) 이가 없다(罔).'고 했다. 이(是)는 가르칠 것(敎)을 기다리지(待) 않(不)고(而), 죽일(誅) 자(者)이다(也). 어찌하여(如之何) 장차(其) 그것(之)을 받겠는가(受)?

※ 如之何其受之의 원문 앞에 '殷受夏, 周受殷, 所不辭也, 於今爲烈.'이 있는데, 일반적으로 착간으로 보아 번역하지 않는다. 다만, 실제 번역하는 예도 있는데, 직역으로 그 의미를 살펴보면, 다음과 같다. '殷受夏, 周受殷'은 '은나라는 하나라에서 받고, 주나라는 은나라에서 받았다.'는 의미이고, '所不辭也, 於今爲烈.'은 '말하지 않을 바이지만, 지금에 더욱 심하다.'는 의미와 '사양하지 않는 바이지만, 지금에 더욱 세차다.'는 의미이다.

曰(왈). 今之諸侯取之於民也(금지제후취지어민야), 猶禦也(유어야). 苟善其禮際矣(구선기예제의), 斯君子受之(사군자수지). 敢問何說也(감문하설야)? 曰(왈). 子以爲有王者作(자이위유왕자작), 將比今之諸侯而誅之乎(장비금지제후이주지호)? 其敎之不改而後誅之乎(기교지불개이후주지호)? 夫謂非其有而取之者盜也(부위비기유이취지자도야), 充類至義之盡也(충류지의지진야). 孔子之仕於魯也(공자지사어로야), 魯人獵較(노인엽각), 孔子亦獵較(공자역엽각). 獵較猶可(엽각유가), 而況受其賜乎(이황수기사호)?

말했다(曰). 지금(今)의(之) 제후(諸侯)는 그것(之)을 백성(民)에게(於) 취하는(取) 것에(也) 강도질한 것(禦)과 같(猶)다(也). 만일(苟) 그(其) 예를 갖추어(禮) 교제(際)를 잘한(善)다(矣)면(斯), 군자(君子)도 그것(之)을 받으셨다(受). 감히(敢) 묻습니다(問), 무슨(何) 말씀입니(說)까(也)? 말씀하셨다(曰). 그대(子)가 생각하길(以爲), 왕자(王者)가 나오는(作) 것이 있다면(有), 장차(將) 지금(今)의(之) 제후(諸侯)를 엮어(比)서(而), 그들(之)을 죽이겠는(誅)가(乎)? (아니면) 그(其) 가르침(敎)이(之) 고쳐지지(改) 않은(不) 이후에야(而後) 그들(之)을 죽이겠는(誅)가(乎)? 무릇(夫) 자기(其) 소유(有)가 아닌(非)데(而), 그것(之)을 취하는(取) 자(者)를 도둑(盜)이라 말하는(謂) 것은(也) (여러) 종류(類)를 채워서(充) 의(義)에 이르기(至)를(之) 다한(盡) 것이다(也). 공자(孔子)께서(之) 노나라(魯)에서(於) 벼슬하실 때(仕), 노나라(魯) 사람(人)이 엽각을 하자(獵較), 공자(孔子)께서도 또한(亦) 엽각을 했다(獵較). 엽각(獵較)을 하는 것도 오히려(猶) 가능한(可)데(而), 하물며(況) 그(其) 준 것(賜)을 받는(受) 것에서 (무엇하겠는)가(乎)?

※ 其敎之不改: '그가 그들을 가르치고 고쳐지지 않다.'로 번역하는 예가 있다.

※ 獵較: 엽교로 독음하나 일반적으로 엽각으로 독음한다.

曰(왈). 然則孔子之仕也(연즉공자지사야), 非事道與(비사도여)? 曰(왈). 事道也(사도야). 事道(사도), 奚獵較也(해엽각야)? 曰(왈). 孔子先簿正祭器(공자선부정제기), 不以四方之食供簿正(불이사방지

식공부정). 曰(왈). 奚不去也(해불거야)? 曰(왈). 爲之兆也(위지조야). 兆足以行矣(조족이행의), 而不行而後去(이불행이후거). 是以未嘗有所終三年淹也(시이미상유소종삼년엄야).

말했다(曰). 그렇다(然)면(則) 공자(孔子)께서(之) 벼슬하신(仕) 것은(也) 도(道)를 일삼은(事) 것이 아닙니(非)까(與)? 말씀하셨다(曰). 도(道)를 일삼은(事) 것이다(也). (말했다.) 도(道)를 일삼으면서(事) 어찌(奚) 엽각을 했습니(獵較)까(也)? 말씀하셨다(曰). 공자(孔子)께서는 먼저(先) 문서(簿)로 제사(祭)의 기물(器)을 정해놓고(正), (공급하기 어려운) 사방(四方)의(之) 음식(食)을(以), 문서(簿)에 정해서(正) 올리지(供) 못하게 한 것이다(不). 말했다(曰). 어째서(奚) 떠나지(去) 않으셨습니(不)까(也)? 말씀하셨다(曰). 그것(之)이 행해질(爲) 조짐(兆) 때문이다(也). 조짐(兆)이 행해질(行) 만한(足以)데(矣)도(而), 행해지지(行) 않은(不) 이후에야(而後) 떠나셨다(去). 이(是) 때문에(以) 일찍이(嘗) 삼 년(三年)이 다 하도록(終) 머무른(淹) 곳(所)이 있지(有) 않으셨던(未) 것이다(也).

孔子有見行可之仕(공자유견행가지사), 有際可之仕(유제가지사), 有公養之仕(유공양지사). 於季桓子(어계환자), 見行可之仕也(견행가지사야), 於衛靈公(어위령공), 際可之仕也(제가지사야), 於衛孝公(어위효공), 公養之仕也(공양지사야).

공자(孔子)께서는 (도의) 행함(行)이 가능함(可)을 보시고(見) 하신(之) 벼슬(仕)이 있고(有), 교제(際)가 가능해서(可) 하신(之) 벼슬(仕)도 있으며(有), 공적인(公) 봉양(養)으로 하신(之) 벼슬(仕)도 있다(有). 계환자(季桓子)에 있어서(於) 행함(行)이 가능함(可)을 보시고(見) 하신(之) 벼슬(仕)이었고(也), 위영공(衛靈公)에 있어서(於) 교제(際)가 가능해서(可) 하신(之) 벼슬(仕)이었으며(也), 위효공(衛孝公)에 있어서(於) 공적(公)인 봉양(養)으로 하신(之) 벼슬(仕)이었다(也).

*萬章(만장): 맹자의 제자 ‖ *卻(각): 물리치다 ‖ *有~者: ①~한 사람(경우)이 있다, ②~이 있는 사람(경우) ‖ *禦(어): 막다 ‖ *餽(궤): 보내다 ‖ *殺越(살월): 사람을 죽여 넘어뜨림 ‖ *如之何(여지하): 그것이 무엇과 같은가? 어떻게 하는가? 어찌할까? 어떻게 하여, 어떠한가? ‖ *閔(민): 힘쓰다, 완강하다 ‖ *譈(대): 원망하다 ‖ *禮際(예제): 예를 갖추어 교제하다 / 際(제): 교제하다, 사귀다 ‖ *有+명사: ①~이(가) 있다(술어+보어), ②~을(를) 가지고 있다(술어+목적어) ‖ *獵較(엽각): 사냥하여 그 노획물이 많고 적은지를 비교하는 것 ‖ *淹(엄): 머무르다.

부록 최소한 문법: 敢, 之, 不, 者, 所, 以, 諸, 於, 可, 于, 以爲, 而, 非, 足以, 未.

5장

孟子曰(맹자왈). 仕非爲貧也(사비위빈야), 而有時乎爲貧(이유시호위빈). 娶妻非爲養也(취처비위양야), 而有時乎爲養(이유시호위양).

맹자(孟子)께서 말씀하셨다(曰). 벼슬(仕)이란 가난(貧) 때문(爲)은 아니(非)지(也)만(而), 때(時)로는 있(有)도다(乎), 가난(貧) 때문(爲)인 경우가. 아내(妻)를 맞이하는(娶) 데 봉양(養) 때문(爲)은 아니(非)지(也)만(而), 때(時)로는 있(有)도다(乎), 봉양(養) 때문(爲)인 경우가.

爲貧者(위빈자), 辭尊居卑(사존거비), 辭富居貧(사부거빈).

가난(貧) 때문(爲)인 경우(者)는 높은 자리(尊)를 사양하고(辭), 낮은 자리(卑)에 거하며(居), 많은 녹봉(富)을 사양하고(辭), 적은 녹봉(貧)에 거해야 한다(居).

辭尊居卑(사존거비), 辭富居貧(사부거빈), 惡乎宜乎(오호의호)? 抱關擊柝(포관격탁).

높은 자리(尊)를 사양하고(辭), 낮은 자리(卑)에 거하며(居), 많은 녹봉(富)을 사양하고(辭), 적은 녹봉(貧)에 거하는(居) 것은 어떤(惡) (자리)인가(乎), 마땅한(宜) 것이(乎)? 문지기(抱關)나 순라꾼(擊柝)이다.

孔子嘗爲委吏矣(공자상위위리의), 曰(왈), 會計當而已矣(회계당이이의), 嘗爲乘田矣(상위승전의), 曰(왈), 牛羊茁壯長而已矣(우양촬장장이이의).

공자(孔子)께서 일찍이(嘗) 위리(委吏)가 되셔(爲)서(矣), '회계(會計)에 마땅히 할(當) 뿐이다(而已矣).'고 말씀했고(曰), 일찍이(嘗) 승전(乘田)이 되셔(爲)서(矣), '소(牛)와 양(羊)에 자라게 하여(茁) 성장시킬(壯長) 뿐이다(而已矣).'고 말씀하셨다(曰).

位卑而言高(위비이언고), 罪也(죄야), 立乎人之本朝而道不行(입호인지본조이도불행), 恥也(치야).

자리(位)가 낮으(卑)면서(而) 높은 것(高)을 말하는(言) 것은 죄(罪)이고(也), 남(人)의(之) 조정(本朝)에(乎) 서서(立)도(而) 도(道)가 행해지지(行) 않는(不) 것은 부끄러움(恥)이다(也).

*有+명사: ①~이(가) 있다(술어+보어), ②~을(를) 가지고 있다(술어+목적어) ‖ *抱關擊柝(포관격탁): 문지기와 야경(夜警)으로 신분이 낮은 관리 / 擊柝(격탁): 딱따기를 침 ‖ *委吏(위리): 곡식의 출납을 맡아보는 관리 ‖ *而已矣(이이의): ~일 뿐이다 ‖ *乘田(승전): 목축을 맡은 관리 ‖ *茁(촬): (동물이)자라다, 성장하는 모양.

부록 최소한 문법: 非, 而, 者, 乎.

6장

萬章曰(만장왈). 士之不託諸侯(사지불탁제후), 何也(하야)? 孟子曰(맹자왈). 不敢也(불감야). 諸侯失國而後託於諸侯(제후실국이후탁어제후), 禮也(예야), 士之託於諸侯(사지탁어제후), 非禮也(비례야).

만장(萬章)이 말했다(曰). 선비(士)가(之) 제후(諸侯)에게 의탁하지(託) 않는(不) 것은 어째서(何)입니까(也)? 맹자(孟子)께서 말씀하셨다(曰). 감히 하지(敢) 못해서(不)이다(也). 제후(諸侯)가 나라(國)를 잃은(失) 이후에야(而後) (다른) 제후(諸侯)에게(於) 의탁하는(託) 것은 예(禮)이나(也), 선비(士)가(之) 제후(諸侯)에게(於) 의탁하는(託) 것은 예(禮)가 아니(非)다(也).

萬章曰(만장왈). 君餽之粟(군궤지속), 則受之乎(즉수지호)? 曰(왈). 受之(수지). 受之何義也(수지하의야)? 曰(왈). 君之於氓也(군지어맹야), 固周之(고주지).

만장(萬章)이 말했다(曰). 임금(君)이 그(之)에게 곡식(粟)을 보내(餽)면(則), 그것(之)을 받습니(受)까(乎)? 말씀하셨다(曰). 그것(之)을 받는다(受). (말했다) 그것(之)을 받는(受) 것은 무슨(何) 의리(義)입니까(也)? 말씀하셨다(曰). 임금(君)은(之) 백성(氓)에(於) 대해서(也) 진실로(固) 그들(之)을 구휼한다(周).

曰(왈). 周之則受(주지즉수), 賜之則不受(사지즉불수), 何也(하야)? 曰(왈). 不敢也(불감야). 曰(왈). 敢問其不敢何也(감문기불감하야)? 曰(왈). 抱關擊柝者(포관격탁자), 皆有常職以食於上(개유상직이식어상), 無常職而賜於上者(무상직이사어상자), 以爲不恭也(이위불공야).

말했다(曰). 그들(之)을 구휼해 주(周)면(則) 받고(受), 그것(之)을 하사하(賜)면(則) 받지(受) 않는(不) 것은 어째서(何)입니까(也)? 말씀하셨다(曰). 감히 하지(敢) 못해서(不)이다(也). 말했다(曰). 감히(敢) 묻습니다(問), 그(其) 감히 하지(敢) 못해서(不)라는 것은 어째서(何)입니까(也)? 말씀하셨다(曰). 문지기(抱關)나 순라꾼(擊柝)도(者) 모두(皆) 일정한(常) 직(職)이 있어서(有), 그것으로(以) 윗사람(上)에게(於) 먹는(食) 것인데, 일정한(常) 직(職)이 없(無)으면서(而) 윗사람(上)에게(於) 하사받는(賜) 것(者), 그것을(以) 공손치(恭) 못하다(不)고 여기는(爲) 것이다(也).

曰(왈). 君餽之(군궤지), 則受之(즉수지), 不識可常繼乎(불식가상계호)? 曰(왈). 繆公之於子思也(목공지어자사야), 亟問(기문), 亟餽鼎肉(기궤정육). 子思不悅(자사불열), 於卒也摽使者出諸大門之外(어졸야표사자출저대문지외), 北面稽首再拜而不受(북면계수재배이불수), 曰(왈), 今而後知君之犬馬畜伋(금이후지군지견마휵급), 蓋自是臺無餽也(개자시대무궤야). 悅賢不能擧(열현불능거), 又不能養也(우불능양야), 可謂悅賢乎(가위열현호)?

말했다(曰). 임금(君)이 그것(之)을 보내주(餽)면(則) 그것(之)을 받는다(受)고 했는데, 알지(識) 모르겠습니다만(不), 항상(常) 계속해서(繼) (받을) 수(可) 있습니까(乎)? 말씀하셨다(曰). 목공(繆公)이(之) 자사(子思)에게(於) 대해서(也) 자주(亟) 문안하시고(問), 자주(亟) 삶은(鼎) 고기(肉)를 보냈다(餽). 자사(子思)께서는 기뻐하지(悅) 않다가(不), 마침내(卒)에(於)는(也) 사자(使者)를 손짓하여(摽), 그를(諸) 대문(大門)의(之) 밖(外)으로 내보내시고(出), 북쪽(北)을 향하여(面) 머리(首)를 조아리며(稽) 지배하(再拜)고서(而), 받지(受) 않으시며(不) 말씀하기를(曰), '지금(今) 이후에야(而後) 임금(君)이(之) 급(伋, 자사)을 개(犬)나 말(馬)로 길렀다(畜)는 것을 알겠다(知).'고 했는데, 대개(蓋) 이(是)로부터(自) 벼슬아치(臺)로 보내주는 일(餽)이 없(無)어졌다(也). 현자(賢)를 좋아하면서도(悅), 등용할(擧) 수(能) 없고(不), 또(又) 봉양할(養) 수(能)도 없(不)다면(也), 현자(賢)를 좋아한다(悅)고 말할(謂) 수(可) 있겠는가(乎)?

曰(왈). 敢問國君欲養君子(감문국군욕양군자), 如何斯可謂養矣(여하사가위양의)? 曰(왈). 以君命將之(이군명장지), 再拜稽首而受(재배계수이수). 其後廩人繼粟(기후늠인계속), 庖人繼肉(포인계육), 不以君命將之(불이군명장지). 子思以爲鼎肉使己僕僕爾亟拜也(자사이위정육사기복복이기배야), 非養君子之道也(비양군자지도야).

말했다(曰). 감히(敢) 묻습니다(問), 나라(國)의 임금(君)이 군자(君子)를 봉양하(養)고자(欲) 할 때, 어찌하(如何)면(斯) 봉양한다(養)고 말할(謂) 수(可) 있습니까(矣)? 말씀하셨다(曰). 임금(君)의 명(命)으로(以) 그것(之)을 받들어 오면(將), 재배하고(再拜) 머리(首)를 조아리(稽)며(而) 받는다(受). 그런(其) 뒤에(後), 창고(廩) 관리(人)는 곡식(粟)을 이어주고(繼) 푸줏간(庖) 관리(人)는 고기(肉)를 이어주지만(繼), (매번) 임금(君)의 명(命)으로(以) 그것(之)을 받들어 오지(將) 않는다(不). 자사(子思)께서 생각하시길(以爲), '삶은 고기(鼎肉)가 나(己)로 하여금(使) 번거로롭게(僕僕爾) 자주(亟) 절하게 하(拜)니(也), 군자(君子)를 봉양하(養)는(之) 도(道)가 아니(非)다(也).'고 했다.

堯之於舜也(요지어순야), 使其子九男事之(사기자구남사지), 二女女焉(이녀여언), 百官牛羊倉廩備(백관우양창름비), 以養舜於畎畝之中(이양순어견묘지중). 後擧而加諸上位(후거이가저상위). 故曰王公之尊賢者也(고왈왕공지존현자야).

요임금(堯)께서(之) 순(舜)에(於) 대해서(也) 그(其) 자식(子) 아홉 아들(九男)로 하여금(使) 그(之)를 섬기게 하고(事), 두 딸(二女)을 그에게(焉) 시집 보내고(女), 백관(百官), 소(牛), 양(羊), 곡식창고(倉廩)로 갖추어(備) 그것으로(以) 시골(畎畝)의(之) 가운데(中)에서(於) 순(舜)을 봉양하게 했다(養). 뒤에는(後) 등용하(擧)여(而) 그를(諸) 윗자리(上位)에 올리셨다(加). 그러므로(故) (이것을) 왕공(王公)께서(之) 현자(賢者)를 높이는(尊) 것이라 말하는(曰) 것이다(也).

*萬章(만장): 맹자의 제자 ‖ *餽(궤): 제사 지내다, 보내다 ‖ *氓(맹): 백성 ‖ *周(주): 구하다 ‖ *抱關擊柝(포관격탁): 문지기와 야경(夜警)으로 신분이 낮은 관리 / 擊柝(격탁): 딱따기를 침 ‖ *有+명사: ①~이(가) 있다(술어+보어), ②~을(를) 가지고 있다(술어+목적어) ‖ *鼎肉(정육): 삶은 고기 ‖ *摽(표): 부르다, 손짓하다 ‖ *如何(여하): 무엇과 같은가? 어떻게 하는가? 어찌할까? 어떻게 하여, 어떠한가? ‖ *稽(계): 조아리다 ‖ *臺(대): 낮은 벼슬아치 ‖ *將(장): 가지다, 취하다, 받들다 ‖ *廩人(늠인): 곡식 창고의 관리 / 廩(늠/름): 곳집 ‖ *庖人(포인): 음식을 관리하는 관리 / 庖(포): 부엌 ‖ *僕僕爾(복복이): 번거롭게 ‖ *倉廩(창름): 곡식창고 ‖ *畎畝(견무/견묘): 논, 밭, 시골.

부록 최소한 문법: 之, 不, 於, 非, 敢, 以, 而, 者, 可, 諸, 能, 欲, 以爲, 使, 焉.

7장

萬章曰(만장왈). 敢問不見諸侯(감문불견제후), 何義也(하의야)? 孟子曰(맹자왈). 在國曰市井之臣(재국왈시정지신), 在野曰草莽之臣(재야왈초망지신), 皆謂庶人(개위서인). 庶人不傳質爲臣(서인부전지위신), 不敢見於諸侯(불감견어제후), 禮也(예야).

만장(萬章)이 말했다(曰). 감히(敢) 묻습니다(問), 제후(諸侯)를 만나지(見) 않는(不) 것은 무슨(何) 의(義)입니까(也)? 맹자(孟子)께서 말씀하셨다(曰). 나라(國, 도성)에 있는(在) 자는 '시정지신(市井之臣)'이라 말하고(曰), 초야(野)에 있는(在) 자는 '초망지신(草莽之臣)'이라 말하는데(曰), 모두(皆) 서인(庶人, 평민)을 말한다(謂). 서인(庶人)은 폐백(質)을 올려(傳) 신하(臣)가 되지(爲) 않으면(不), 감히(敢) 제후(諸侯)를(於) 만나지(見) 않는(不) 것이 예(禮)이다(也).

萬章曰(만장왈). 庶人(서인), 召之役(소지역), 則往役(즉왕역), 君欲見之(군욕견지), 召之(소지), 則不往見之(즉불왕견지), 何也(하

야)? 曰(왈). 往役(왕역), 義也(의야), 往見(왕견), 不義也(불의야).

만장(萬章)이 말했다(曰). 서인(庶人)은 그(之)를 불러(召) 부역시키(役)면(則), 가서(往) 부역하면서(役), 임금(君)이 그(之)를 만나보(見)고자(欲) 그(之)를 부르(召)면(則), 그(之)를 만나러(見) 가지(往) 않는(不) 것은 어째서(何)입니까(也)? 말씀하셨다(曰). 가서(往) 부역하는(役) 것은 의(義)이지만(也), 가서(往) 만나는(見) 것은 의가 되지(義) 않는(不)다(也).

且君之欲見之也(차군지욕견지야), 何爲也哉(하위야재)? 曰(왈). 爲其多聞也(위기다문야), 爲其賢也(위기현야). 曰(왈). 爲其多聞也(위기다문야), 則天子不召師(즉천자불소사). 而況諸侯乎(이황제후호)? 爲其賢也(위기현야), 則吾未聞欲見賢而召之也(즉오미문욕견현이소지야). 繆公亟見於子思曰(목공기견어자사왈), 古千乘之國以友士(고천승지국이우사), 何如(하여)? 子思不悅(자사불열), 曰(왈), 古之人有言曰(고지인유언왈), 事之云乎(사지운호), 豈曰友之云乎(기왈우지운호)? 子思之不悅也(자사지불열야), 豈不曰(기불왈)? 以位(이위), 則子君也(즉자군야), 我臣也(아신야), 何敢與君友也(하감여군우야)? 以德(이덕), 則子事我者也(즉자사아자야), 奚可以與我友(해가이여아우)? 千乘之君(천승지군), 求與之友而不可得也(구여지우이불가득야), 而況可召與(이황가소여)?

또(且) 임금(君)이(之) 그(之)를 만나보(見)고자(欲) 하는 것은(也) 무엇(何) 때문(爲)이겠는가(也哉)? (만장이) 말했다(曰). 그(其)가 견문(聞)이 많기(多) 때문이(爲)고(也), 그(其)가 현자(賢)이기 때문입니(爲)다(也). 말씀하셨다(曰). 그(其)가 견문(聞)이 많기(多) 때문이(爲)라(也)면(則), 천자(天子)도 스승(師)을 부르지(召) 않(不)는데(而), 하물며(況) 제후(諸侯)가 (그러하겠는)가(乎)? 그(其)가 현자(賢)이기 때문이(爲)라(也)면(則), 나(吾)는 현자(賢)를 만나보(見)고자 하(欲)면서(而), 그(之)를 부른다(召)는 것을 아직 들어

보지(聞) 못했(未)다(也). 목공(繆公)이 자주(亟) 자사(子思)를(於) 뵙고(見) 말하길(曰), '옛날에(古) 천승(千乘)의(之) 나라(國)에서 그것으로(以) 선비(士)와 벗했다(友)고 하는데, 어떻습니까(何如)?'라고 하자, 자사(子思)께서 기뻐하지(悅) 않으시고(不) 말씀하시길(曰), '옛날(古)의(之) 사람(人)에 말(言)이 있어(有) 말해보면(曰), 그(之)를 섬겼다(事)고 이를지언정(云乎), 어찌(豈) 그(之)와 벗했다(友)고 이른(云) 말이겠습니(曰)까(乎)?'라 했다. 자사(子思)께서(之) 기뻐하지(悅) 않은(不) 것은(也) 어찌(豈) 말하지(曰) 않은(不) 것이겠는가? '지위(位)로(以) 하면(則) 그대(子)는 임금(君)이고(也), 나(我)는 신하(臣)이니(也), 어찌(何) 감히(敢) 임금(君)과(與) 벗하겠(友)는가(也)? 덕(德)으로(以) 하면(則) 그대(子)는 나(我)를 섬기는(事) 사람(者)인데(也), 어찌(奚) 나(我)와(與) 벗할(友) 수 있겠습니까(可以)?'라고. 천승(千乘)의(之) 임금(君)도 그(之)와(與) 벗하기(友)를 구해(求)도(而), 얻을(得) 수(可) 없(不)었는(也)데(而), 하물며(況) 부를(召) 수(可) 있겠는가(與)?

齊景公田(제경공전), 招虞人以旌(초우인이정), 不至(부지), 將殺之(장살지). 志士不忘在溝壑(지사불망재구학), 勇士不忘喪其元(용사불망상기원). 孔子奚取焉(공자해취언)? 取非其招不往也(취비기초불왕야).

제나라(齊) 경공(景公)이 사냥할 때(田) 우인(虞人)을 부르는(招) 데 정(旌)으로(以) 했는데, 오지(至) 않자(不) 장차(將) 그(之)를 죽이려 했다(殺). (공자께서 말씀하시길) '지사(志士)는 구렁(溝壑)에 있다(在)는 것을 잊지(忘) 않고(不), 용사(勇士)는 그(其) 목(元)을 잃는(喪) 것을 잊지(忘) 않는다(不).'고 했다. 공자(孔子)께서는 거기에서(焉) 무엇(奚)을 취했겠는가(取)? 그(其) 부름(招)이 아니라면(非), 가지(往) 않는(不) 것을 취한(取) 것이다(也).

曰(왈). 敢問招虞人何以(감문초우인하이)? 曰(왈). 以皮冠(이피관). 庶人以旃(서인이전), 士以旂(사이기), 大夫以旌(대부이정).

말했다(曰). 감히(敢) 묻습니다(問), 우인(虞人)을 부르는(招) 데 무엇(何)을 사용합니까

(以)? 말씀하셨다(曰). 가죽으로 만든(皮) 관(冠)을 사용한다(以). 서인(庶人)은 전(旃)을 사용하고(以), 사(士)는 기(旂)를 사용하고(以), 대부(大夫)는 정(旌)을 사용한다(以).

以大夫之招招虞人(이대부지초초우인), 虞人死不敢往(우인사불감왕), 以士之招招庶人(이사지초초서인), 庶人豈敢往哉(서인기감왕재)? 況乎以不賢人之招招賢人乎(황호이불현인지초초현인호)?

대부(大夫)를(之) 부르는(招) 것으로(以) 우인(虞人)을 부르자(招), 우인(虞人)이 죽더라도(死) 감히(不) 가지(往) 않았는데(不), 사(士)를(之) 부르는(招) 것으로(以) 서인(庶人)을 부른다면(招), 서인(庶人)이 어찌(豈) 감히(敢) 가겠는(往)가(哉)? 하물며(況乎), 현명하지(賢) 못한(不) 사람(人)을(之) 부르는(招) 것으로(以), 현자(賢人)를 부르면(招) (어떠하겠는)가(乎)?

欲見賢人而不以其道(욕견현인이불이기도), 猶欲其入而閉之門也(유욕기입이폐지문야). 夫義(부의), 路也(노야), 禮(예), 門也(문야). 惟君子能由是路(유군자능유시로), 出入是門也(출입시문야). 詩云(시운), 周道如底(주도여지), 其直如矢(지직여시). 君子所履(군자소리), 小人所視(소인소시).

현자(賢人)를 만나보(見)고자 해(欲)도(而) 그(其) 도(道)를 쓰지(以) 않는다면(不), 그(其)가 들어오기(入)를 바라(欲)면서(而) 그(之) 문(門)을 닫는(閉) 것과 같(猶)다(也). 무릇(夫) 의(義)는 길(路)이고(也), 예(禮)는 문(門)이다(也). 오직(惟) 군자(君子)만이 이(是) 길(路)을 경유하고(由), 이(是) 문(門)을 드나들(出入) 수(能) 있다(也). 『시경(詩)』 이르길(云), '주나라(周)의 길(道)은 숫돌(底)과 같으니(如), 그(其) 곧음(直)이 화살(矢)과 같구나(如). 군자(君子)가 밟는(履) 것(所)이고, 소인(小人)이 바라보는(視) 것(所)이다.'라고 했다.

※ 周道: 큰길로 번역하는 예도 있다.

萬章曰(만장왈). 孔子(공자), 君命召不俟駕而行(군명소불사가이행). 然則孔子非與(연즉공자비여)? 曰(왈). 孔子當仕有官職(공자당사유관직), 而以其官召之也(이이기관소지야).

만장(萬章)이 말했다(曰). 공자(孔子)께서는, 임금(君)이 명(命)으로 부르면(召) 멍에 매기(駕)를 기다리지(俟) 않(不)고(而) 가셨습니다(行). 그렇다(然)면(則) 공자(孔子)의 잘못(非)인가요(與)? 말씀하셨다(曰). 공자(孔子)께서는 벼슬(仕)을 맡아(當) 관직(官職)이 있었는(有)데(而), (임금께서) 그(其) 관직(官)으로(以) 그분(之)을 부른(召) 것이다(也).

*萬章(만장): 맹자의 제자 ‖ *莽(망): 풀 ‖ *質(지): 폐백 ‖ *何如(하여): 무엇과 같은가? 어찌하여, 어떠한가? ‖ *有+명사: ①~이(가) 있다(술어+보어), ②~을(를) 가지고 있다(술어+목적어) ‖ *田(전): 사냥 ‖ *虞人(우인): 산림이나 사냥을 맡아 관리하는 관리 ‖ *溝壑(구학): 도랑과 골짜기 ‖ *元(원): 목, 머리 ‖ *旃(전): 기 ‖ *旂(기): 기 ‖ *底(지): 숫돌.

부록 최소한 문법: 敢, 不, 於, 之, 欲, 而, 未, 以, 與, 可以, 可, 焉, 非, 能, 所.

8장

孟子謂萬章曰(맹자위만장왈). 一鄉之善士(일향지선사), 斯友一鄉之善士(사우일향지선사), 一國之善士(일국지선사), 斯友一國之善士(사우일국지선사), 天下之善士(천하지선사), 斯友天下之善士(사우천하지선사).

맹자(孟子)께서 만장(萬章)에게 일러(謂) 말씀하셨다(曰). 한(一) 고을(鄉)의(之) 훌륭한(善) 선비(士)라면(斯) 한(一) 고을(鄉)의(之) 훌륭한(善) 선비(士)를 벗하고(友), 한(一) 나라(國)의(之) 훌륭한(善) 선비(士)라면(斯) 한(一) 나라(國)의(之) 훌륭한(善) 선비(士)

를 벗하며(友), 천하(天下)의(之) 훌륭한(善) 선비(士)라면(斯) 천하(天下)의(之) 훌륭한(善) 선비(士)를 벗한다(友).

以友天下之善士爲未足(이우천하지선사위미족), 又尙論古之人(우상론고지인), 頌其詩(송기시), 讀其書(독기서), 不知其人可乎(부지기인가호)? 是以論其世也(시이논기세야), 是尙友也(시상우야).

천하(天下)의(之) 훌륭한(善) 선비(士)와 벗하는(友) 것을(以) 아직 충분하지(足) 않다(未)고 여겨(爲), 또(又) 올라가(尙) 옛날(古)의(之) 사람(人)과 논하는데(論), 그(其) 시詩)를 외우고(頌) 그(其) 글(書)을 읽으면서도(讀), 그(其) 사람(人)을 알지(知) 못한다면(不) 괜찮겠는(可)가(乎)? 이(是) 때문에(以) 그(其) 시대(世)를 논하는(論) 것이니(也), 이것(是)이 올라가(尙) 벗하는(友) 것이다(也).

*萬章(만장): 맹자의 제자.

부록 최소한 문법: 之, 以爲, 未, 不.

9장

齊宣王問卿(제선왕문경), 孟子曰(맹자왈). 王何卿之問也(왕하경지문야)? 王曰(왕왈). 卿不同乎(경부동호)? 曰(왈). 不同(부동). 有貴戚之卿(유귀척지경), 有異姓之卿(유이성지경). 王曰(왕왈). 請問貴戚之卿(청문귀척지경). 曰(왈). 君有大過(군유대과), 則諫(즉간), 反覆之而不聽(반복지이불청), 則易位(즉역위).

제나라(齊) 선왕(宣王)이 경(卿)을 물으니(問), 맹자(孟子)께서 말씀하셨다(曰). 왕(王)께서는 어떤(何) 경(卿)을(之) 물으시는(問) 것입니까(也)? 왕(王)이 말했다(曰). 경(卿)이 같지(同) 않습니(不)까(乎)? 말씀하셨다(曰). 같지(同) 않습니다(不). 귀척(貴戚)의(之) 경(卿)이 있고(有), 이성(異姓)의(之) 경(卿)이 있습니다(有). 왕(王)이 말했다(曰). 귀척(貴戚)의(之) 경(卿)을 청하여(請) 묻습니다(問). 말씀하셨다(曰). 임금(君)이 큰(大) 잘못(過)이 있다(有)면(則) 간언하고(諫), 그것(之, 간언)을 반복해(反覆)도(而) 듣지(聽) 않으(不)면(則), (임금의) 자리(位)를 바꿉니다(易).

王勃然變乎色(왕발연변호색), 曰(왈). 王勿異也(왕물이야). 王問臣(왕문신), 臣不敢不以正對(신불감불이정대).

왕(王)이 성을 내면서(勃然) 안색(色)을(乎) 바꾸자(變), 말씀하셨다(曰). 왕(王)께서는 이상하게 여기지(異) 마십시(勿)오(也). 왕(王)께서 신(臣)에게 물으시기에(問), 신(臣)이 감히(敢) 바름(正)으로(以) 대답하지(對) 않을(不) 수 없었습니다(不).

王色定(왕색정), 然後請問異姓之卿(연후청문이성지경), 曰(왈). 君有過(군유과), 則諫(즉간), 反覆之而不聽(반복지이불청), 則去(즉거).

왕(王)이 안색(色)이 안정된(定) 연후에야(然後) 이성(異姓)의(之) 경(卿)을 청하여(請) 물으니(問), 말씀하셨다(曰). 임금(君)에게 잘못(過)이 있으(有)면(則) 간언하고(諫), 그것(之)을 반복했는(反覆)데도(而) 듣지(聽) 않으(不)면(則) 떠납니다(去).

*有+명사: ①~이(가) 있다(술어+보어), ②~을(를) 가지고 있다(술어+목적어) ‖ *貴戚(귀척): 임금의 인척 ‖ *勃然(발연): 왈칵 성을 내는 태도.

부록 최소한 문법: 之, 不, 而, 乎, 以.

고자상(告子上)

1장

告子曰(고자왈). 性(성), 猶杞柳也(유기류야), 義(의), 猶桮棬也(유배권야). 以人性爲仁義(이인성위인의), 猶以杞柳爲桮棬(유이기류위배권).

고자(告子)가 말했다(曰). (사람의) 본성(性)은 버드나무(杞柳)와 같(猶)고(也), 의(義)는 버드나무 술잔(桮棬)과 같(猶)습니다(也). 사람(人)의 본성(性)으로(以) 인의(仁義)를 행하는(爲) 것은 버드나무(杞柳)로 버드나무 술잔(桮棬)을 만드는(爲) 것과 같습니다(猶).

孟子曰(맹자왈). 子能順杞柳之性而以爲桮棬乎(자능순기류지성이이위배권호)? 將戕賊杞柳(장장적기류), 而後以爲桮棬也(이후이위배권야), 如將戕賊杞柳而以爲桮棬(여장장적기류이이위배권), 則亦將戕賊人以爲仁義與(즉역장장적인이위인의여)? 率天下之人而禍仁義者(솔천하지인이화인의자), 必子之言夫(필자지언부)!

맹자(孟子)께서 말씀하셨다(曰). 그대(子)는 버드나무(杞柳)의(之) 본성(性)을 잘(能) 따라(順)서(而) 그것으로(以) 버드나무 술잔(桮棬)을 만든다는(爲) 것입니까(乎)? 장차(將) 버드나무(杞柳)를 잔인하게 상하게 한(戕賊) 이후에야(而後) 그것으로(以) 버드나무 술잔(桮棬)을 만들(爲) 것이니(也), 만약(如) 장차(將) 버드나무(杞柳)를 잔인하게 상하게 하(戕賊)고(而) 그것으로(以) 버드나무 술잔(桮棬)을 만든다(爲)면(則), 또한(亦) 장차(將) 사람(人)을 잔인하게 상하게 하여(戕賊) 그것으로(以) 인의(仁義)를 하겠다는(爲) 것입니까(與)? 천하(天下)의(之) 사람(人)을 거느려(率)서(而) 인의(仁義)를 해치는(禍) 것(者), (그것이) 반드시(必) 그대(子)의(之) 말(言)로다(夫)!

※ 能順: ①따를 수 있다, ②잘 따르다.

*告子(고자): 제(齊)나라 고불해(告不害)로 맹자와 인간 본성을 논한 사상가 ‖ *杞柳(기류): 고리버들 ‖ *桮棬(배권): 고리나무로 만든 술잔 / 桮(배): 잔 / 棬(권): 나무 그릇 ‖ *戕賊(장적): 잔인하게 해치거나 무자비하게 쳐 죽임 / 戕(장): 죽이다, 상하게 하다.

부록 최소한 문법: 以, 之, 而, 者.

2장

告子曰(고자왈). 性猶湍水也(성유단수야), 決諸東方則東流(결저동방즉동류), 決諸西方則西流(결저서방즉서류). 人性之無分於善不善也(인성지무분어선불선야), 猶水之無分於東西也(유수지무분어동서야).

고자(告子)가 말했다(曰). (사람의) 본성(性)은 여울물(湍水)과 같은(猶) 것이니(也), 그것을(諸) 동쪽(東方)으로 터주(決)면(則) 동(東)으로 흐르고(流), 그것을(諸) 서쪽(西方)으로 터주(決)면(則) 서(西)로 흐릅니다(流). 사람(人)의 본성(性)이(之) 선(善)과 불선(不善)에(於) 구분(分)이 없다는(無) 것은(也) 물(水)이(之) 동서(東西)에(於) 구분(分)이 없다는(無) 것과 같은(猶) 것입니다(也).

孟子曰(맹자왈). 水信無分於東西(수신무분어동서), 無分於上下乎(무분어상하호)? 人性之善也(인성지선야), 猶水之就下也(유수지취하야), 人無有不善(인무유불선), 水無有不下(수무유불하).

맹자(孟子)께서 말씀하셨다(曰). 물(水)은 진실로(信) 동서(東西)에(於) 구분(分)이 없으나(無), 상하(上下)에(於) 구분(分)도 없는(無) 것입니까(乎)? 사람(人)의 본성(性)이(之) 선한(善) 것은(也) 물(水)이(之) 아래로(下) 나아가는(就) 것과 같은(猶) 것이니(也),

사람(人)은 선하지(善) 않은(不) 이가 있지(有) 않으며(無), 물(水)은 내려가지(下) 않는(不) 것이 있지(有) 않습니다(無).

今夫水(금부수), 搏而躍之(박이약지), 可使過顙(가사과상), 激而行之(격이행지), 可使在山(가사재산). 是豈水之性哉(시기수지성재)? 其勢則然也(기세즉연야). 人之可使爲不善(인지가사위불선), 其性亦猶是也(기성역유시야).

지금(今) 저(夫) 물(水)은 두드려(搏)서(而) 그것(之)을 튀긴다면(躍), 이마(顙)를 지나게(過) 할(使) 수도 있고(可), 부딪혀(激)서(而) 그것(之)을 가게 하면(行), 산(山)에도 있게(在) 할(使) 수 있습니다(可). 이것(是)이 어찌(豈) 물(水)의(之) 본성(性)이겠습니까(哉)? 그(其) 형세(勢)가 곧(則) 그러한(然) 것입니다(也). 사람(人)이(之) 불선(不善)을 하게(爲) 할(使) 수 있는(可) 것은 그(其) 본성(性)이 또한(亦) 이(是, 물)와 같아서(猶) 입니다(也).

*告子(고자): 제(齊)나라 고불해(告不害)로 맹자와 인간 본성을 논한 사상가 ‖ *湍水(단수): 급류수, 여울물 ‖ *有+명사: ①~이(가) 있다(술어+보어), ②~을(를) 가지고 있다(술어+목적어) ‖ *搏(박): 두드리다 ‖ *顙(상): 이마.

부록 최소한 문법: 諸, 於, 不, 而, 之, 使, 可.

3장

告子曰(고자왈). 生之謂性(생지위성).

고자(告子)가 말했다(曰). 생(生, 타고난 것)을(之) 본성(性)이라 말합니다(謂).

孟子曰(맹자왈). 生之謂性也(생지위성야), 猶白之謂白與(유백지위백여)? 曰(왈). 然(연). 白羽之白也(백우지백야), 猶白雪之白(유백설지백), 白雪之白(백설지백), 猶白玉之白與(유백옥지백여)? 曰(왈). 然(연).

맹자(孟子)께서 말씀하셨다(曰). 생(生)을(之) 본성(性)이라 말하는(謂) 것은(也) 흰 것(白)을(之) 희다(白)고 말하는(謂) 것과 같은(猶) 것입니까(與)? 말했다(曰). 그렇습니다(然). (말씀하셨다.) 흰(白) 깃털(羽)의(之) 흰 것(白)은(也) 흰(白) 눈(雪)의(之) 흰 것(白)과 같으며(猶), 흰(白) 눈(雪)의(之) 흰 것(白)은 백옥(白玉)의(之) 흰 것(白)과 같은(猶) 것입니까(與)? 말했다(曰). 그렇습니다(然).

然則犬之性猶牛之性(연즉견지성유우지성), 牛之性猶人之性與(우지성유인지성여)?

그렇다(然)면(則) 개(犬)의(之) 본성(性)이 소(牛)의(之) 본성(性)과 같으며(猶), 소(牛)의(之) 본성(性)이 사람(人)의(之) 본성(性)과 같다는(猶) 것입니까(與)?

*告子(고자): 제(齊)나라 고불해(告不害)로 맹자와 인간 본성을 논한 사상가.

부록 최소한 문법: 之.

4장

告子曰(고자왈). 食·色(식색), 性也(성야), 仁(인), 內也(내야), 非外也(비외야), 義(의), 外也(외야), 非內也(비내야).

고자(告子)가 말했다(曰). 식(食)과 색(色)은 본성(性)이니(也), 인(仁)은 안에 있는 것

(內)이지(也), 밖에 있는 것(外)이 아니(非)며(也), 의(義)는 밖에 있는 것(外)이지(也), 안에 있는 것(內)이 아닙니(非)다(也).

孟子曰(맹자왈). 何以謂仁內義外也(하이위인내의외야)? 曰(왈). 彼長而我長之(피장이아장지), 非有長於我也(비유장어아야). 猶彼白而我白之(유피백이아백지). 從其白於外也(종기백어외야), 故謂之外也(고위지외야).

맹자(孟子)께서 말씀하셨다(曰). 무엇(何)으로(以) 인(仁)은 안에 있고(內), 의(義)는 밖에 있다(外)고 말한(謂) 것입니까(也)? 말했다(曰). 저 사람(彼)이 어른이어(長)서(而) 내(我)가 그(之)를 어른으로 여기는(長) 것이지, 나(我)에게(於) 어른(長)이라는 (공경이) 있는(有) 것은 아닙니(非)다(也). 저것(彼)이 희어(白)서(而) 내(我)가 그것(之)을 희다고 여기는(白) 것과 같습니다(猶). 그(其) 흰 것(白)을 밖(外)에서(於) 따른(從) 것이니(也), 그러므로(故) 그것(之)을 밖에 있는 것(外)이라 말한(謂) 것입니다(也).

曰(왈). 異於白馬之白也(이어백마지백야), 無以異於白人之白也(무이이어백인지백야), 不識長馬之長也(불식장마지장야), 無以異於長人之長與(무이이어장인지장여)? 且謂長者義乎(차위장자의호)? 長之者義乎(장지자의호)?

말씀하셨다(曰). 흰(白) 말(馬)을(之) 희다(白)고 하는 것과(於) 다를(異) (것이 없을) 것이고(也), 흰(白) 사람(人)을(之) 희다(白)고 하는 것과(於) 다를(異) 것이 없는(無以) 것이나(也), 알지(識) 못 하겠습니다(不), 늙은(長) 말(馬)을(之) 늙었다(長)고 하는 것이(也) 어른(長人)을(之) 어른(長)이라고 하는 것과(於) 다를(異) 것이 없습니(無以)까(與)? 또(且) 어른(長者)을 의(義)라고 말하는(謂) 것입니까(乎)? 그(之)를 어른으로 여기는(長) 것(者)을 의(義)라고 (말하는) 것입니까(乎)?

※ 異於白馬之白也: 논란이 있는 구이다. '異'를 누락하는 예가 있고, 누락하지

않더라도 번역하지 않는 예가 있다. 필자는 異 앞에 '無以'가 생략된 것으로 보았다. 또 '之'를 주격 혹은 관형격으로 번역하는 예도 있다. 이어지는 문장과 비교할 때 관형격으로 번역하는 것도 적절하다.

曰(왈). 吾弟則愛之(오제즉애지), 秦人之弟則不愛也(진인지제즉불애야), 是以我爲悅者也(시이아위열자야). 故謂之內(고위지내). 長楚人之長(장초인지장), 亦長吾之長(역장오지장), 是以長爲悅者也(시이장위열자야). 故謂之外也(고위지외야).

말했다(曰). 자기(吾) 아우(弟)이면(則) 그(之)를 사랑하고(愛), 진나라(秦) 사람(人)의(之) 아우(弟)이면(則) 사랑하지(愛) 않는(不)데(也), 이(是)는 나(我)를(以) 기뻐하는(悅) 것(者)으로 여기는(爲) 것입니다(也). 그러므로(故) 그것(之)을 안에 있다(內)고 말한 것입니다(謂). 초나라(楚) 사람(人)의(之) 어른(長)을 어른으로 여기고(長), 또(亦) 나(吾)의(之) 어른(長)을 어른으로 여기는데(長), 이(是)는 어른(長)을(以) 기뻐하는(悅) 것(者)으로 여기는(爲) 것입니다(也). 그러므로(故) 그것(之)을 밖에 있는 것(外)이라 말한(謂) 것입니다(也).

曰(왈). 耆秦人之炙(기진인지자), 無以異於耆吾炙(무이이어기오자). 夫物則亦有然者也(부물즉역유연자야), 然則耆炙亦有外與(연즉기자역유외여)?

말씀하셨다(曰). 진나라(秦) 사람(人)이(之) 구운고기(炙)를 좋아하는(耆) 것과 제(吾)가 구운고기(炙)를 좋아하는(耆) 것과(於) 다를(異) 것이 없습니다(無以). 무릇(夫) 사물(物)도(則) 또한(亦) 그러한(然) 것(者)이 있는(有) 것이니(也), 그렇다(然)면(則) 불고기(炙)를 좋아하는(耆) 것도 또한(亦) 밖(外)에 있다(有)는 것인가요(與)?

※ 구운고기를 좋아하는 마음이나 어른을 섬기는 마음이 모두 인간의 내부에 있다는 것을 의미한다.

*告子(고자): 제(齊)나라 고불해(告不害)로 맹자와 인간 본성을 논한 사상가 ‖ *有+명사: ①~이(가) 있다(술어+보어), ②~을(를) 가지고 있다(술어+목적어) ‖ *無以(무이): ①~할 방법이 없다, ②~할 수가 없다, ③~한 것이 없다 ‖ *耆(기): 좋아하다 ‖ *炙(자/적): 고기구이, 굽다.

부록 최소한 문법: 非, 而, 之, 於, 不, 者, 以爲.

5장

孟季子問公都子曰(맹계자문공도자왈). 何以謂義內也(하이위의내야)?

맹계자(孟季子)가 공도자(公都子)에게 물어(問) 말했다(曰). 무엇(何)으로(以) 의(義)를 안에 있는 것(內)이라 말하는(謂) 것인가요(也)?

曰(왈). 行吾敬(행오경), 故謂之內也(고위지내야).

말했다(曰). 내(吾)가 공경하는(敬) 것을 행하기(行) 때문에(故) 그것(之)을 안에 있는 것(內)이라 말하는(謂) 것입니다(也).

鄕人長於伯兄一歲(향인장어백형일세), 則誰敬(즉수경)? 曰(왈). 敬兄(경형). 酌則誰先(작즉수선)? 曰(왈). 先酌鄕人(선작향인). 所敬在此(소경재차), 所長在彼(소장재피), 果在外(과재외), 非由內也(비유내야).

(말했다) 향인(鄕人)이 맏형(伯兄)보다(於) 한 살(一歲) 많다(長)면(則), 누구(誰)를 공경합니까(敬)? 말했다(曰). 형(兄)을 공경합니다(敬). (말했다) 술을 따른다(酌)면(則), 누구(誰)를 먼저 합니까(先)? 말했다(曰). 향인(鄕人)에게 먼저(先) 술을 따릅니다(酌). 공경

하는(敬) 바(所)는 여기(此, 맏형)에 있고(在), 어른으로 여기는(長) 바(所)는 저기(彼, 향인)에 있으니(在), 과연(果) (의는) 밖(外)에 있는(在) 것이지, 안(內)에서 연유하는(由) 것이 아닙니(非)다(也).

公都子不能答(공도자불능답), 以告孟子(이고맹자), 孟子曰(맹자왈). 敬叔父乎(경숙부호)? 敬弟乎(경제호)? 彼將曰(피장왈), 敬叔父(경숙부). 曰(왈), 弟爲尸(제위시), 則誰敬(즉수경)? 彼將曰(피장왈), 敬弟(경제). 子曰(자왈), 惡在其敬叔父也(오재기경숙부야)? 彼將曰(피장왈), 在位故也(재위고야). 子亦曰(자역왈), 在位故也(재위고야). 庸敬在兄(용경재형). 斯須之敬在鄉人(사수지경재향인).

공도자(公都子)가 답할(答) 수(能) 없어서(不) 그것을(以) 맹자(孟子)께 아뢰자(告), 맹자(孟子)께서 말씀하셨다(曰). (맹계자에게) '숙부(叔父)를 공경하나(敬)요(乎)? 아우(弟)를 공경하나(敬)요(乎)?'라 해라. 그(彼, 맹계자)가 장차(將) '숙부(叔父)를 공경합니다(敬).'라고 말할 것이다(曰). '아우(弟)가 시동(尸童)이 되(爲)면(則), 누구(誰)를 공경하나요(敬)?'라 말해라(曰). 그(彼)가 장차(將) '아우(弟)를 공경합니다(敬).'라고 말할 것이다(曰). (그때) 그대(子)가 '그(其)가 숙부(叔父)를 공경한다(敬)던 것은 어디(惡)에 있나(在)요(也)?'라고 말하면(曰), 그(彼)가 장차(將) '(시동의) 자리(位)에 있기(在) 때문(故)입니다(也).'라 말할 것이다(曰). 자네(子)도 또한(亦) '(손님의) 자리(位)에 있기(在) 때문(故)입니다(也).'라고 말해라(曰). 평소(庸) 공경(敬)은 형(兄)에게 있지만(在), 잠깐(斯須)의(之) 공경(敬)은 향인(鄉人)에게 있다(在).

季子聞之(계자문지), 曰(왈). 敬叔父則敬(경숙부즉경), 敬弟則敬(경제즉경), 果在外(과재외), 非由內也(비유내야). 公都子曰(공도자왈). 冬日則飮湯(동일즉음탕), 夏日則飮水(하일즉음수), 然則飮食亦在外也(연즉음식역재외야)?

계자(季子, 맹계자)가 그것(之)을 듣고(聞), 말했다(曰). 숙부(叔父)를 공경할 때(敬)면(則) (숙부를) 공경하고(敬), 아우(弟)를 공경할 때(敬)면(則) (아우를) 공경하니(敬), 과연(果) (의는) 밖(外)에 있는 것이지(在) 안(內)에서 연유하는(由) 것이 아닙니(非)다(也).
공도자(公都子)가 말했다(曰). 겨울날(冬日)에는(則) 끓는 물(湯)을 마시고(飮) 여름날(夏日)에는(則) 물(水)을 마시니(飮), 그렇다(然)면(則) 마시고(飮) 먹는(食) 것도 또한(亦) 밖(外)에 있다(在)는 것인가요(也)?

*公都子(공도자): 맹자의 제자 ‖ *尸童(시동): 제사 지낼 때 신위(神位) 대신으로 교의(交椅)에 앉히던 어린아이 ‖ *庸(용): 늘, 평소 ‖ *斯須(사수): 잠깐, 매우 짧은 동안.

부록 최소한 문법: 之, 於, 도치, 所, 非, 不, 能, 以.

6장

公都子曰(공도자왈). 告子曰(고자왈), 性無善無不善也(성무선무불선야), 或曰(혹왈), 性可以爲善(성가이위선), 可以爲不善(가이위불선). 是故文·武興則民好善(시고문무흥즉민호선), 幽·厲興則民好暴(유려흥즉민호포), 或曰(혹왈), 有性善(유성선), 有性不善(유성불선). 是故以堯爲君而有象(시고이요위군이유상), 以瞽瞍爲父而有舜(이고수위부이유순), 以紂爲兄之子且以爲君(이주위형지자차이위군), 而有微子啓·王子比干(이유미자계왕자비간).

공도자(公都子)가 말했다(曰). 고자(告子)는 말하길(曰), ‘본성(性)은 선(善)도 없고(無), 불선(不善)도 없(無)다(也).’고 하고, 어떤 사람(或)은 말하길(曰), ‘본성(性)은 선(善)이 될(爲) 수도 있고(可以), 불선(不善)도 될(爲) 수 있다(可以). 이(是) 때문에(故) 문왕(文)과 무왕(武)이 일어나(興)면(則), 백성(民)이 선(善)을 좋아하고(好), 유왕(幽)과 여왕(厲)

이 일어나(興)면(則), 백성(民)이 포악(暴)을 좋아한다(好).'고 하며, 어떤 사람(或)은 말하길(曰), '본성(性)이 선한 사람(善)도 있고(有), 본성(性)이 불선한 사람(不善)도 있다(有). 이(是) 때문에(故) 요(堯)를(以) 군주(君)로 삼아(爲)도(而) 상(象)이 있었고(有), 고수(瞽瞍)를(以) 아비(父)로 삼아(爲)도(而) 순(舜)이 있었으며(有), 주(紂)를(以) 형(兄)의(之) 아들(子)로 삼고(爲), 또(且) 그를(以) 군주(君)로 삼았는(爲)데도(而), 미자(微子) 계(啓)와 왕자(王子) 비간(比干)이 있었다(有).'고 했습니다.

今曰(금왈), 性善(성선), 然則彼皆非與(연즉피개비여)? 孟子曰(맹자왈). 乃若其情(내약기정), 則可以爲善矣(즉가이위선의), 乃所謂善也(내소위선야).

지금(今) 말씀하시길(曰), 본성(性)이 선하다(善)고 하시니, 그렇다(然)면(則) 저들(彼)이 모두(皆) 틀린(非) 것입니까(與)? 맹자(孟子)께서 말씀하셨다(曰). 그(其) 정(情)이(則) 선하다(善)고 할(爲) 수(可以) 있는 것과 같으(乃若)니(矣), (이것이) 바로(乃) 이른바(所謂) 선하다는 것(善)이다(也).

若夫爲不善(약부위불선), 非才之罪也(비재지죄야).

불선(不善)을 하는(爲) 것과 같은 것(若夫)은 (타고난) 재질(才)의(之) 죄(罪)가 아니(非)다(也).

惻隱之心(측은지심), 人皆有之(인개유지), 羞惡之心(수호지심), 人皆有之(인개유지), 恭敬之心(공경지심), 人皆有之(인개유지), 是非之心(시비지심), 人皆有之(인개유지), 惻隱之心(측은지심), 仁也(인야), 羞惡之心(수오지심), 義也(의야), 恭敬之心(공경지심), 禮也(예야), 是非之心(시비지심), 智也(지야). 仁·義·禮·智(인의예지), 非由外鑠我也(비유외삭아야), 我固有之也(아고유지야), 弗思耳矣(불사이

의). 故曰(고왈), 求則得之(구즉득지), 舍則失之(사즉실지), 或相倍蓰而無算者(혹상배사이무산자), 不能盡其才者也(불능진기재자야).

측은해하(惻隱)는(之) 마음(心), 사람(人)이 모두(皆) 그것(之)을 가지고 있고(有), 부끄럽고(羞) 미워하(惡)는(之) 마음(心), 사람(人)이 모두(皆) 그것(之)을 가지고 있으며(有), 공경하(恭敬)는(之) 마음(心), 사람(人)이 모두(皆) 그것(之)을 가지고 있고(有), 시비를 가리(是非)는(之) 마음(心), 사람(人)이 모두(皆) 그것(之)을 가지고 있으니(有), 측은지심(惻隱之心)은 인(仁)이고(也), 수오지심(羞惡之心)은 의(義)이고(也), 공경지심(恭敬之心)은 예(禮)이고(也), 시비지심(是非之心)은 지(智)이다(也). 인의예지(仁義禮智)는 밖(外)으로부터(由) 나(我)에게 스며든(鑠) 것이 아니(非)라(也), 내(我)가 본래(固) 그것(之)을 가지고 있던(有) 것인데(也), 생각하지(思) 않았을(弗) 뿐이었다(耳矣). 그러므로(故) 말하길(曰), '구하(求)면(則) 그것(之)을 얻을 것이요(得), 버리(舍)면(則) 그것(之)을 잃을 것이다(失).'고 하는 것이니, 혹(或) 서로(相) 두 배(倍), 다섯 배(蓰)가 되어서(而) 헤아릴(算) 수 없는(無) 것(者)은 그(其) 재질(才)을 다 할(盡) 수(能) 없기(不) 때문인 것(者)이다(也).

※ 羞惡之心: 자기의 옳지 못함을 부끄러워하고(羞), 남의 옳지 못함을 미워하는(惡) 마음이다.

詩曰(시왈), 天生蒸民(천생증민), 有物有則(유물유칙). 民之秉夷(민지병이), 好是懿德(호시의덕). 孔子曰(공자왈), 爲此詩者(위차시자), 其知道乎(기지도호). 故有物必有則(고유물필유칙), 民之秉夷也(민지병이야). 故好是懿德(고호시의덕).

『시경(詩)』에 이르길(曰), '하늘(天)이 모든 백성(蒸民)을 내셨으니(生), 사물(物)이 있으면(有) 법칙(則)이 있다(有). 사람(民)의(之) 타고난 본성(秉夷)은 이(是) 아름다운(懿) 덕(德)을 좋아한다(好).'고 했다. 공자(孔子)께서 말씀하시길(曰), '이(此) 시(詩)를 지은(爲) 이(者)는 아마도(其) 도(道)를 알았을(知) 것이다(乎). 그러므로(故) 사물(物)이 있으면(有) 반드시(必) 법칙(則)이 있으니(有), 사람(民)은(之) 타고난 본성(秉夷)이 있다(也). 그러므로(故) 이(是) 아름다운(懿) 덕(德)을 좋아한다(好).'고 했다.

※ 民之秉夷: 일반적으로 사람이 떳떳한 본성을 지니고 있다고 풀이한다.

*公都子(공도자): 맹자의 제자 ‖ *告子(고자): 제(齊)나라 고불해(告不害)로 맹자와 인간 본성을 논한 사상가 ‖ *有+명사: ①~이(가) 있다(술어+보어), ②~을(를) 가지고 있다(술어+목적어) ‖ *乃若: ~과 같다 / 乃: =若 ‖ *若夫: ~과 같은 것은 ‖ *耳矣(이의): ~일 뿐이다 ‖ *鑠(삭): 녹이다, 스며들다 ‖ *蓰(사): 다섯 곱절 ‖ *蒸民(증민): 모든 백성 ‖ *秉夷(병이): =秉彝, 타고난 성품을 지킴 ‖ *懿(의): 아름답다.

부록 최소한 문법: 可以, 以爲, 而, 之, 所, 非, 者, 能, 必.

7장

孟子曰(맹자왈). 富歲子弟多賴(부세자제다뢰), 凶歲子弟多暴(흉세자제다포), 非天之降才爾殊也(비천지강재이수야), 其所以陷溺其心者然也(기소이함닉기심자연야).

맹자(孟子)께서 말씀하셨다(曰). 풍년(富歲)에는 자제들(子弟)이 의지할 것(賴)이 많고(多), 흉년(凶歲)에는 자제들(子弟)이 포악해지는 것(暴)이 많으니(多), 하늘(天)이(之) 내려준(降) 재질(才)이 이처럼(爾) 다른 것(殊)이 아니(非)라(也), 그것(其)은 그(其) 마음(心)을 빠트린(陷溺) 것(所以)이(者) 그렇게 한(然) 것(者)이다.

※ 子弟多賴: '賴'를 '게으르다'로 풀이하는 예도 있다.

今夫麰麥(금부모맥), 播種而耰之(파종이우지), 其地同(기지동), 樹之時又同(수지시우동), 浡然而生(발연이생), 至於日至之時(지어일지지시), 皆熟矣(개숙의). 雖有不同(수유부동), 則地有肥磽(즉지유비요), 雨露之養(우로지양), 人事之不齊也(인사지부제야).

지금(今) 저(夫) 보리(麰麥)는 씨앗(種)을 뿌리(播)고(而) 그것(之)을 덮었을(耰) 때, 그(其) 땅(地)이 같고(同) 그것(之)을 심는(樹) 때(時)가 또(又) 같다면(同), 왕성하(浡然)게(而) 자라서(生) 하지(日至)의(之) 때(時)에 이르러(至), 모두(皆) 익을(熟) 것이다(矣). 비록(雖) 같지(同) 않은(不) 것이 있지만(有), (이는) 곧(則) 땅(地)이 비옥함(肥)과 메마름(磽)에 있고(有), 비(雨)와 이슬(露)의(之) 길러줌(養)과 사람(人)의 일(事)이(之) 일정하지(齊) 않았기(不) 때문이다(也).

故凡同類者(고범동류자), 擧相似也(거상사야). 何獨至於人而疑之(하독지어인이의지)? 聖人與我同類者(성인여아동류자).

그러므로(故) 모든(凡) 종류(類)가 같은(同) 것(者)은 모두(擧) 서로(相) 비슷한(似) 것이다(也). 어찌(何) 유독(獨) 사람(人)에(於) 이르러(至)서만(而), 그것(之)을 의심하는가(疑)? 성인(聖人)도 우리(我)와(與) 종류(類)가 같은(同) 것이다(者).

故龍子曰(고용자왈), 不知足而爲屨(부지족이위구), 我知其不爲蕢也(아지기불위궤야), 屨之相似(구지상사), 天下之足同也(천하지족동야).

그러므로(故) 용자(龍子)가 말하길(曰), '발(足)을 알지(知) 못하(不)고서(而) 신(屨)을 만들더라도(爲), 나(我)는 그것(其)이 삼태기(蕢)가 되지(爲) 않는다(不)는 것을 아는(知) 것이다(也).'라고 했으니, 신(屨)이(之) 서로(相) 비슷한(似) 것은 천하 사람(天下)의(之) 발(足)이 같기(同) 때문이다(也).

口之於味(구지어미), 有同耆也(유동기야), 易牙(역아), 先得我口之所耆者也(선득아구지소기자야). 如使口之於味也(여사구지어미야),

其性與人殊(기성여인수), 若犬·馬之與我不同類也(약견마지여아부동류야), 則天下何耆皆從易牙之於味也(즉천하하기개종역아지어미야)? 至於味(지어미), 天下期於易牙(천하기어역아), 是天下之口相似也(시천하지구상사야).

입(口)이(之) 맛(味)에서(於) 똑같이(同) 좋아하는(耆) 것이 있는(有) 것이니(也), 역아(易牙)는 우리(我) 입(口)이(之) 좋아하는(耆) 바(所)를 먼저(先) 얻은(得) 사람(者)이다(也). 가령(如使) 입(口)이(之) 맛(味)에(於)서(也) 그(其) 본성(性)이 남(人)과(與) 다른(殊) 것이, 개(犬)나 말(馬)이(之) 우리(我)와(與) 종류(類)가 같지(同) 않은(不) 것과 같은(若) 것이라(也)면(則), 천하 사람(天下)이 어찌(何) 즐기는(耆) 것이 모두(皆) 역아(易牙)가(之) 맛(味)에(於) 대한 것을 따르(從)겠는가(也)? 맛(味)에(於) 이르러(至) 천하 사람(天下)이 역아(易牙)와(於) (같기를) 기대하니(期), 이(是)는 천하 사람(天下)의(之) 입(口)이 서로(相) 비슷하기(似) 때문이다(也).

惟耳亦然(유이역연). 至於聲(지어성), 天下期於師曠(천하기어사광), 是天下之耳相似也(시천하지이상사야).

오직(惟) 귀(耳)도 또한(亦) 그러하다(然). 소리(聲)에(於) 이르러(至) 천하 사람(天下)이 사광(師曠)과(於) (같기를) 기대하니(期), 이(是)는 천하 사람(天下)의(之) 귀(耳)가 서로(相) 비슷하기(似) 때문이다(也).

惟目亦然(유목역연). 至於子都(지어자도), 天下莫不知其姣也(천하막부지기교야), 不知子都之姣者(부지자도지교자), 無目者也(무목자야).

오직(惟) 눈(目)도 또한(亦) 그러하다(然). 자도(子都)에(於) 이르러(至) 천하 사람(天下)이 그(其) 아름다움(姣)을 알지(知) 못하는(不) 이가 없는(莫) 것이니(也), 자도(子都)의(之) 아름다움(姣)을 알지(知) 못하는(不) 사람(者)은 눈(目)이 없는(無) 사람(者)이다(也).

故曰(고왈), 口之於味也(구지어미야), 有同耆焉(유동기언), 耳之於聲也(이지어성야), 有同聽焉(유동청언), 目之於色也(목지어색야), 有同美焉(유동미언). 至於心(지어심), 獨無所同然乎(독무소동연호)? 心之所同然者何也(심지소동연자하야)? 謂理也(위리야), 義也(의야), 聖人先得我心之所同然耳(성인선득아심지소동연이). 故理·義之悅我心(고이의지열아심), 猶芻豢之悅我口(유추환지열아구).

그러므로(故) 말하길(曰), '입(口)이(之) 맛(味)에(於)서(也) 그것에(焉) 똑같이(同) 좋아하는(耆) 것이 있고(有), 귀(耳)가(之) 소리(聲)에(於)서(也) 그것에(焉) 똑같이(同) 듣는(聽) 것이 있으며(有), 눈(目)이(之) 색(色)에(於)서(也) 그것에(焉) 똑같이(同) 아름답다고 여기는(美) 것이 있다(有).'고 하니, 마음(心)에(於) 이르러(至) 유독(獨) 똑같이(同) 그러하다(然)는 것(所)이 없겠는(無)가(乎)? 마음(心)이(之) 똑같이(同) 그러하다(然)는 것(所)은(者) 무엇(何)인가(也)? 이(理)라(也), 의(義)라(也) 말하니(謂), 성인(聖人)은 우리(我) 마음(心)이(之) 똑같이(同) 그러하다는(然) 바(所)를 먼저(先) 얻은(得) 것일 뿐이다(耳). 그러므로(故) 이(理)와 의(義)가(之) 우리(我) 마음(心)을 즐겁게 하는(悅) 것은 가축의 고기(芻豢)가(之) 우리(我) 입(口)을 즐겁게 하는(悅) 것과 같다(猶).

*爾(이): 이처럼 ‖ *麰麥(모맥): 보리 ‖ *耰(우): 씨를 덮다 ‖ *浡然(발연): 성하게 자라는 모양 / 浡(발): 일어나다, 성하다 ‖ *有+명사: ①~이(가) 있다(술어+보어), ②~을(를) 가지고 있다(술어+목적어) ‖ *磽(교): 메마르다 ‖ *屨(구): 신발 ‖ *蕢(궤): 삼태기 ‖ *耆(기): 좋아하다 ‖ *如使(여사): 가령, 만약 ‖ *姣(교): 아리땁다 ‖ *有~者: ①~한 사람(경우)이 있다, ②~이 있는 사람(경우) ‖ *芻豢(추환): 가축(풀을 먹는 가축과 곡식을 먹는 가축을 모두 이르는 말) / 芻(추): 꼴 / 豢(환): 기르다.

부록 최소한 문법: 之, 非, 者, 所, 而, 不, 於, 與, 莫, 焉.

8장

孟子曰(맹자왈). 牛山之木嘗美矣(우산지목상미의), 以其郊於大國也(이기교어대국야), 斧斤伐之(부근벌지), 可以爲美乎(가이위미호)? 是其日夜之所息(시기일야지소식), 雨露之所潤(우로지소윤), 非無萌蘖之生焉(비무맹얼지생언), 牛羊又從而牧之(우양우종이목지), 是以若彼濯濯也(시이약피탁탁야). 人見其濯濯也(인견기탁탁야), 以爲未嘗有材焉(이위미상유재언), 此豈山之性也哉(차기산지성야재)?

맹자(孟子)께서 말씀하셨다(曰). 우산(牛山)의(之) 나무(木)가 일찍이(嘗) 아름다웠는(美)데(矣), 그것(其)이 큰(大) 나라(國)에(於) 교외였기(郊) 때문(以)에(也) 도끼(斧斤)로 그것(之)을 베었으니(伐), 아름답게(美) 될(爲) 수(可以) 있겠는가(乎)? 이(是)는 그곳(其)에 밤낮(日夜)이(之) 자라게 하는(息) 바(所)와 비(雨)와 이슬(露)이(之) 적셔주는(潤) 바(所), 새싹(萌蘖)이(之) 거기에서(焉) 생겨나는(生) 것이 없었던(無) 것은 아니지만(非), 소(牛)와 양(羊)이 또한(又) 계속해서(從而) 거기에서(之) 길러졌으니(牧), 이(是) 때문에(以) 저(彼)와 같이 (若) 벌거벗은(濯濯) 것이었다(也). 사람(人)은 그것(其)이 벌거벗은 것(濯濯)만 보고(見)서(也), 일찍이(嘗) 거기에(焉) 재목(材)이 있었던(有) 적이 없다(未)고 여겼으니(以爲). 이것(此)이 어찌(豈) 산(山)의(之) 본성(性)이겠는가(也哉)?

雖存乎人者(수존호인자), 豈無仁義之心哉(기무인의지심재)? 其所以放其良心者(기소이방기양심자), 亦猶斧斤之於木也(역유부근지어목야), 旦旦而伐之(단단이벌지), 可以爲美乎(가이위미호)? 其日夜之所息(기일야지소식), 平旦之氣(평조지기), 其好惡與人相近也者幾希(기호오여인상근야자기희), 則其旦晝之所爲(즉기조주지소위), 有梏亡之矣(유곡망지의). 梏之反覆(곡지반복), 則其夜氣不足以存(즉기야기부족이존), 夜氣不足以存(야기부족이존), 則其違禽獸不遠

矣(즉기위금수불원의). 人見其禽獸也(인견기금수야), 而以爲未嘗有才焉者(이이위미상유재언자), 是豈人之情也哉(시기인지정야재)?

비록(雖) 사람(人)에게(乎) 있는(存) 것(者)에 어찌(豈) 인의(仁義)의(之) 마음(心)이 없겠는(無)가(哉)? (그런데도) 그(其)가 그(其) 양심(良心)을 잃어버리는(放) 까닭(所以)은(者) 또한(亦) 도끼(斧斤)가(之) 나무(木)에(於)서(也) 날마다(旦旦)로(而) 그것(之)을 베는(伐) 것과 같으니(猶), 아름답다(美)고 할(爲) 수(可以) 있겠는가(乎)? 그(其) 밤낮(日夜)이(之) 자라게 하는(息) 바(所)와 새벽(平旦)의(之) 기운(氣)에, 그(其)가 좋아하거나(好) 미워하는(惡) 것에, 남(人)과(與) 서로(相) 가까운(近) 것이(也者) 거의(幾) 없는데(希), 곧(則) 그(其) 아침(旦)부터 낮까지(晝)에(之) 행하는(爲) 바(所)가 그것(之, 본성)을 구속해서(梏) 없애는(亡) 것이 있기(有) 때문이다(矣). 그것(之)을 구속하는(梏) 것이 반복되(反覆)면(則), 그(其) 밤(夜) 기운(氣)으로 보존할(存) 수(足以) 없으며(不), 밤(夜) 기운(氣)으로 보존할(存) 수(足以) 없으(不)면(則), 그(其) 금수(禽獸)와의 거리(違)가 멀지(遠) 않은(不) 것이다(矣). 사람(人)이 그(其) 금수(禽獸)를 보고(見)서(也)(而) 일찍이(嘗) 그에게(焉) 재질(才)이 있었던(有) 적이 없다(未)고 여기는(以爲) 것(者)이니, 이것(是)이 어찌(豈) 사람(人)의(之) 실정(情)이겠는가(也哉)?

故苟得其養(고구득기양), 無物不長(무물부장), 苟失其養(구실기양), 無物不消(무물불소).

그러므로(故) 만약(苟) 그(其) 길러줌(養)을 얻는다면(得), 사물(物)마다 자라지(長) 않는(不) 것이 없고(無), 만약(苟) 그(其) 길러줌(養)을 잃는다면(失), 사물(物)마다 사라지지(消) 않는(不) 것이 없다(無).

孔子曰(공자왈), 操則存(조즉존), 舍則亡(사즉망), 出入無時(출입무시), 莫知其鄕(막지기향), 惟心之謂與(유심지위여).

공자(孔子)께서 말씀하시길(曰), '잡으(操)면(則) 보존되고(存), 놓으(舍)면(則) 없어져서

(亡), 나고(出) 드는(入) 데 (일정한) 때(時)가 없고(無), 그(其) 방향(鄕)을 아는(知) 것이 없는(莫) 것, 오직(惟) 마음(心)을(之) 말하는(謂) 것이다(與).'라고 했다.

*息(식): 자라다 ‖ *有+명사: ①~이(가) 있다(술어+보어), ②~을(를) 가지고 있다(술어+목적어) ‖ *萌(맹): 움 ‖ *蘖(얼): 움 ‖ *濯濯(탁탁): 산이 벌거벗은 모양 ‖ *旦旦(단단): 날마다 / 旦(단): 아침 ‖ *平旦(평단): 새벽 ‖ *也者(야자): ~라고 하는 것, ~이란 ‖ *旦晝(단주): 아침부터 낮까지 ‖ *梏亡(곡망): 욕심 때문에 본래의 선한 마음을 잃음 / 梏(곡): 수갑, 쇠고랑 ‖ *鄕(향): 장소→ 향하다.

부록 최소한 문법: 之, 於, 可以, 所, 焉, 非, 未, 以爲, 乎, 者, 與, 足以, 不, 而, 莫.

9장

孟子曰(맹자왈). 無或乎王之不智也(무혹호왕지부지야).

맹자(孟子)께서 말씀하셨다(曰). 미혹할 것(或)이 없(無)도다(乎), 왕(王)이(之) 지혜롭지(智) 못한(不) 것(也)은.

雖有天下易生之物也(수유천하이생지물야), 一日暴之(일일폭지), 十日寒之(십일한지), 未有能生者也(미유능생자야). 吾見亦罕矣(오현역한의), 吾退而寒之者至矣(오퇴이한지자지의), 吾如有萌焉何哉(오여유맹언하재)?

비록(雖) 천하(天下)에 쉽게(易) 자라(生)는(之) 사물(物)이 있더라(有)도(也), 하루(一日) 그것(之)에 햇볕을 쬐 주고(暴) 열흘(十日) 그것(之)을 춥게 한다면(寒), 자랄(生) 수(能) 있는(有) 것이 없을(未) 것(者)이다(也). 내(吾)가 (임금을) 뵙는(見) 일 또한(亦) 드문(罕)

데(矣), 내(吾)가 물러나(退)고(而) 그것(之)을 춥게 하는(寒) 자(者)가 이르(至)니(矣), 내(吾)가 거기에(焉) 싹(萌)이 있게 하더라도(有) 어찌하겠는(如-何)가(哉)?

今夫奕之爲數(금부혁지위수), 小數也(소수야), 不專心致志(부전심치지), 則不得也(즉부득야). 奕秋(혁추), 通國之善奕者也(통국지선혁자야), 使奕秋誨二人奕(사혁추회이인혁). 其一人專心致志(기일인전심치지), 惟奕秋之爲聽(유혁추지위청), 一人雖聽之(일인수청지), 一心以爲有鴻鵠將至(일심이위유홍곡장지), 思援弓繳而射之(사원궁작이석지), 雖與之俱學(수여지구학), 弗若之矣(불약지의). 爲是其智弗若與(위시기지불약여)? 曰(왈), 非然也(비연야).

지금(今) 저(夫) 바둑(奕)에서(之) 수(數)를 두는(爲) 것은 작은(小) 수(數)이지만(也), 전심(專心)으로 뜻(志)을 다하지(致) 않으(不)면(則), 얻지(得) 못한(不)다(也). 혁추(奕秋)는 전국(通國)에서(之) 바둑(奕)을 잘하는(善) 사람(者)인데(也), 혁추(奕秋)로 하여금(使) 두 사람(二人)에게 바둑(奕)을 가르치게 했다(誨). 그(其) 한 사람(一人)은 전심(專心)으로 뜻(志)을 다하여(致) 오직(惟) 혁추(奕秋)가(之) 한(爲) 것만 듣고(聽), 한 사람(一人)은 비록(雖) 그것(之)을 듣더라도(聽) 한(一) 마음(心)에서 기러기(鴻)와 고니(鵠)가 있다(有)고 여기어(以爲), 장차(將) 이르면(至), 활(弓)과 주살(繳)을 당겨(援)서(而), 그것(之)을 쏠(射) 것을 생각하면(思), 비록(雖) 그(之)와(與) 함께(俱) 배우더라도(學), 그(之)와 같지(若) 못할(弗) 것이다(矣). 이것(是)은 그(其)의 지혜(智)가 같지(若) 않기(弗) 때문이겠(爲)는가(與)? 말하자면(曰), 그러한 것(然)은 아니(非)다(也).

※ '奕之爲數'와 '通國之善奕者'의 之: 도치로 쓰였다.

*或(혹): 의심하다, 미혹하다 ‖ *有+명사: ①~이(가) 있다(술어+보어), ②~을(를) 가지고 있다(술어+목적어) ‖ *有~者: ①~한 사람(경우)이 있다, ②~이 있는 사람(경우) ‖ *罕(한): 드물다 ‖ *萌(맹): 움, 싹 ‖ *如之何(여지하): 그것이 무엇과 같은가? 어떻게 하는가? 어찌할까?

어떻게 하여, 어떠한가? ‖ *奕(혁): 바둑 ‖ *數(수): 수, 기예, 기술 ‖ *專心(전심): 마음을 오로지 한곳에만 기울임 ‖ *奕秋(혁추): 당대 바둑의 고수 ‖ *通國(통국): =全國 ‖ *鴻鵠(홍곡): 기러기와 고니 ‖ *繳(작): 주살 끈.

부록 최소한 문법: 之, 不, 未, 能, 者, 而, 焉, 使, 以爲, 與, 非.

10장

孟子曰(맹자왈). 魚(어), 我所欲也(아소욕야), 熊掌(웅장), 亦我所欲也(역아소욕야), 二者不可得兼(이자불가득겸), 舍魚而取熊掌者也(사어이취웅장자야). 生(생), 亦我所欲也(역아소욕야), 義(의), 亦我所欲也(역아소욕야), 二者不可得兼(이자불가득겸), 舍生而取義者也(사생이취의자야).

맹자(孟子)께서 말씀하셨다(曰). 물고기(魚)도 내(我)가 원하는(欲) 것(所)이고(也), 곰(熊) 발바닥(掌)도 또한(亦) 내(我)가 원하는(欲) 것(所)이지만(也), 두(二) 가지(者)를 겸하여(兼) 얻을(得) 수(可) 없다면(不), 물고기(魚)를 버리(舍)고(而) 곰(熊) 발바닥(掌)을 취할(取) 것(者)이다(也). 삶(生)도 또한(亦) 내(我)가 원하는(欲) 것(所)이고(也), 의(義)도 또한(亦) 내(我)가 원하는(欲) 것(所)이지만(也), 두(二) 가지(者)를 겸하여(兼) 얻을(得) 수(可) 없다면(不), 삶(生)을 버리(舍)고(而) 의(義)를 취할(取) 것(者)이다(也).

生亦我所欲(생역아소욕), 所欲有甚於生者(소욕유심어생자). 故不爲苟得也(고불위구득야). 死亦我所惡(사역아소오), 所惡有甚於死者(소오유심어사자). 故患有所不辟也(고환유소불피야).

삶(生)도 또한(亦) 내(我)가 원하는(欲) 것(所)이지만, 원하는(欲) 것(所)에 삶(生)보다

(於) 심한(甚) 것(者)이 있다(有). 그러므로(故) 구차하게(苟) 얻는 것(得)을 하지(爲) 않는(不) 것이다(也). 죽음(死)도 또한(亦) 내(我)가 싫어하는(惡) 것(所)이지만, 싫어하는(惡) 것(所)에 죽음(死)보다(於) 심한(甚) 것(者)이 있다(有). 그러므로(故) 환난(患)도 피하지(辟) 않는(不) 것(所)이 있(有)다(也).

如使人之所欲莫甚於生(여사인지소욕막심어생), 則凡可以得生者(즉범가이득생자), 何不用也(하불용야)? 使人之所惡莫甚於死者(사인지소오막심어사자), 則凡可以辟患者(즉범가이피환자), 何不爲也(하불위야)?

만약(如使) 사람(人)이(之) 원하는(欲) 것(所)에 삶(生)보다(於) 심한(甚) 것이 없다(莫)면(則), 무릇(凡) 삶(生)을 얻을(得) 수(可以) 있는 것(者), (그것을) 어찌(何) 쓰지(用) 않겠는(不)가(也)? 만약(使) 사람(人)이(之) 싫어하는(惡) 것(所)에 죽음(死)이라는 것(者)보다(於) 심한(甚) 것이 없다(莫)면(則), 무릇(凡) 환란(患)을 피할(辟) 수(可以) 있는 것(者), (그것을) 어찌(何) 하지(爲) 않겠는(不)가(也)?

由是則生而有不用也(유시즉생이유불용야), 由是則可以辟患而有不爲也(유시즉가이피환이유불위야).

이(是)로 말미암으(由)면(則), 사는(生)데도(而), (살 방법을) 쓰지(用) 않는(不) 것이 있(有)으며(也), 이(是)로 말미암으(由)면(則), 환란(患)을 피할(辟) 수(可以) 있는데도(而), (피할 방법을) 하지(爲) 않는(不) 것이 있(有)다(也).

是故所欲有甚於生者(시고소욕유심어생자), 所惡有甚於死者(소오유심어사자), 非獨賢者有是心也(비독현자유시심야). 人皆有之(인개유지), 賢者能勿喪耳(현자능물상이).

이(是) 때문에(故) 원하는(欲) 것(所)에 삶(生)보다(於) 심한(甚) 것(者)이 있으며(有), 싫어하는(惡) 것(所)에 죽음(死)보다(於) 심한(甚) 것(者)이 있으니(有), 오직(獨) 현자(賢者)만이 이(是) 마음(心)을 가지고 있는(有) 것은 아니(非)다(也). 사람(人)은 모두(皆) 그것(之)을 가지고 있는데(有), 현자(賢者)는 잃지(喪) 않을(勿) 수(能) 있을 뿐이다(耳).

一簞食(일단사), 一豆羹(일두갱), 得之則生(득지즉생), 弗得則死(불득즉사), 嘑爾而與之(호이이여지), 行道之人弗受(행도지인불수), 蹴爾而與之(축이이여지), 乞人不屑也(걸인불설야).

한 그릇(一簞)의 밥(食)과 한 그릇(一豆)의 국(羹), 그것(之)을 얻으(得)면(則) 살고(生), 얻지(得) 못하(弗)면(則) 죽더라도(死), 화를 내(嘑爾)면서(而) 그것(之)을 주면(與), 길(道)을 가(行)는(之) 사람(人)도 받지(受) 않으며(弗), 발로 차(蹴爾)면서(而) 그것(之)을 주면(與), 구걸하는(乞) 사람(人)도 달갑게 여기지(屑) 않는(不) 것이다(也).

萬鍾則不辨禮義而受之(만종즉불변예의이수지), 萬鍾於我何加焉(만종어아하가언)? 爲宮室之美(위궁실지미), 妻妾之奉(처첩지봉), 所識窮乏者得我與(소식궁핍자득아여).

만종(萬鍾)이라면(則) 예의(禮義)를 구분하지(辨) 않(不)고(而), 그것(之)을 받으니(受), 만종(萬鍾)이 나(我)에게(於) 무엇(何)을 거기에(焉) 더하겠는가(加)? 궁실(宮室)의(之) 아름다움(美), 처첩(妻妾)의(之) 봉양(奉), 알던(識) 바(所) 궁핍하고 곤궁한(窮乏) 자(者)가 나(我)에게 얻어(得) (고마워하기) 때문일(爲) 것이다(與).

鄕爲身死而不受(향위신사이불수), 今爲宮室之美爲之(금위궁실지미위지), 鄕爲身死而不受(향위신사이불수), 今爲妻妾之奉爲之(금위처첩지봉위지), 鄕爲身死而不受(향위신사이불수), 今爲所識窮

乏者得我而爲之(금위소식궁핍자득아이위지), 是亦不可以已乎(시역불가이이호)? 此之謂失其本心(차지위실기본심).

지난번(鄕) 자신(身)을 위해서는(爲) 죽어(死)도(而) 받지(受) 않다가(不), 지금은(今) 궁실(宮室)의(之) 아름다움(美) 때문에(爲) 그것(之)을 하며(爲), 지난번(鄕) 자신(身)을 위해서는(爲) 죽어(死)도(而) 받지(受) 않다가(不), 지금은(今) 처첩(妻妾)의(之) 봉양(奉) 때문에(爲) 그것(之)을 하며(爲), 지난번(鄕) 자신(身)을 위해서는(爲) 죽어(死)도(而) 받지(受) 않다가(不), 지금은(今) 알던(識) 바(所) 궁핍하고 곤궁한(窮乏) 자(者)가 나(我)에게 얻게(得) 하려(爲)고(而) 그것(之)을 하니(爲), 이(是) 또한(亦) 그만둘(已) 수(可以) 없는(不) 것인가(乎)? 이것(此)을(之) '그(其) 본심(本心)을 잃었다(失).'고 말한다(謂).

*熊掌(웅장): 곰의 발바닥 / 掌(장): (동물의) 발바닥 ‖ *有~者: ①~한 사람(경우)이 있다, ②~이 있는 사람(경우) ‖ *有+명사: ①~이(가) 있다(술어+보어), ②~을(를) 가지고 있다(술어+목적어) ‖ *如使(여사): 만약, 가령 ‖ *耳(이): ~일 뿐이다 ‖ *簞(단): 밥그릇 ‖ *羹(갱): 국 ‖ *嘑爾(호이): 화를 내다 / 嘑(호): 성을 내어 말하는 소리 ‖ *蹴爾(축이): 발로 차다 / 蹴(축): 차다 ‖ *屑(설): 달갑게 여기다 ‖ *萬鍾(만종): 후한 봉록 ‖ *窮乏(궁핍): 가난하고 곤궁하다 ‖ *鄕(향): 지난번.

부록 최소한 문법: 所, 者, 不, 可, 而, 於, 莫, 可以, 之, 非, 能, 焉.

11장

孟子曰(맹자왈). 仁(인), 人心也(인심야), 義(의), 人路也(인로야).

맹자(孟子)께서 말씀하셨다(曰). 인(仁)은 사람(人)의 마음(心)이요(也), 의(義)는 사람(人)의 길(路)이다(也).

舍其路而不由(사기로이불유), 放其心而不知求(방기심이부지구), 哀哉(애재)!

그(其) 길(路)을 버려두(舍)고(而) 따르지(由) 않으며(不), 그(其) 마음(心)을 잃(放)고도(而) 찾는 것(求)을 알지(知) 못하니(不), 애처롭(哀)도다(哉)!

人有鷄犬放(인유계견방), 則知求之(즉지구지), 有放心而不知求(유방심이부지구).

사람(人)은 닭(鷄)이나 개(犬)도 잃어버린 것(放)이 있다(有)면(則), 그것(之)을 찾는(求) 것을 알면서(知), 마음(心)을 잃은(放) 것이 있어(有)도(而) 찾는 것(求)을 알지(知) 못한다(不).

學問之道無他(학문지도무타), 求其放心而已矣(구기방심이이의).

학문(學問)의(之) 도(道)는 다른 것(他)이 없으니(無), 그(其) 잃어버린(放) 마음(心)을 찾는(求) 것일 뿐이다(而已矣).

*有+명사: ①~이(가) 있다(술어+보어), ②~을(를) 가지고 있다(술어+목적어) ‖ *而已矣(이이의): ~일 뿐이다.

부록 최소한 문법: 不, 而, 之.

12장

孟子曰(맹자왈). 今有無名之指(금유무명지지), 屈而不信(굴이불신). 非疾痛害事也(비질통해사야), 如有能信之者(여유능신지자), 則不遠秦·楚之路(즉불원진초지로), 爲指之不若人也(위지지불약인야). 指不若人(지불약), 則知惡之(즉지오지), 心不若人(심불약인), 則不知惡(즉부지오), 此之謂不知類也(차지위부지유야).

맹자(孟子)께서 말씀하셨다(曰). 지금(今) 무명지(無名之指)가 굽어(屈)서(而), 펴지지(信) 않는(不) 것이 있다(有). 병으로 인한 통증(疾痛)이나 일(事)에 해로운(害) 것은 아니지(非)만(也), 만약(如) 그것(之)을 펼(信) 수(能) 있는(之) 사람(者)이 있다(有)면(則), 진나라(秦)나 초나라(楚)의(之) 길(路)도 멀다고 여기지(遠) 않으니(不), (이는) 손가락(指)이(之) 남(人)과 같지(若) 않기(不) 때문이(爲)다(也). 손가락(指)이 남(人)과 같지(若) 않(不)으면(則), 그것(之)을 싫어할(惡) 줄 알면서도(知), 마음(心)이 남(人)과 같지(若) 않으(不)면(則), 싫어하는 것(惡)을 알지(知) 못하니(不), 이것(此)을(之) (경중의) 분류(類)를 알지(知) 못한다(不)고 말하는(謂) 것이다(也).

*有+명사: ①~이(가) 있다(술어+보어), ②~을(를) 가지고 있다(술어+목적어) ∥ *無名之指(무명지지): =無名指, 넷째 손가락 ∥ *信(신): 펴다 ∥ *疾痛(질통): 병으로 인한 통증 ∥ *有~者: ①~한 사람(경우)이 있다, ②~이 있는 사람(경우).

부록 최소한 문법: 之, 而, 不, 非, 者.

13장

孟子曰(맹자왈). 拱把之桐·梓(공파지동재), 人苟欲生之(인구욕생지), 皆知所以養之者(개지소이양지자), 至於身(지어신), 而不知所以養之者(이부지소이양지자), 豈愛身不若桐·梓哉(기애신불약동재재)? 不思甚也(불사심야).

맹자(孟子)께서 말씀하셨다(曰). 한 줌(拱把)의(之) 오동나무(桐)나 가래나무(梓), 사람(人)이 만일(苟) 그것(之)을 기르고(生)자 하면(欲), 모두(皆) 그것(之)을 기르는(養) 방법(所以)을(者) 알지만(知), 자신(身)에게(於) 이르러(至)서(而) 그것(之)을 기르는(養) 방법(所以)을(者) 알지(知) 못하니(不), 어찌(豈) 자신(身)을 사랑하는(愛) 것이 오동나무(桐)나 가래나무(梓)와 같지(若) 못 하겠는(不)가(哉)? 생각하지(思) 않은(不) 것이 심한(甚) 것이다(也).

*拱把(공파): 한 줌 / 拱(공): 팔짱 끼다 ‖ *桐(동): 오동나무 ‖ *梓(재/자): 가래나무.

부록 최소한 문법: 之, 欲, 所, 者, 於, 而, 不.

14장

孟子曰(맹자왈). 人之於身也(인지어신야), 兼所愛(겸소애), 兼所愛(겸소애), 則兼所養也(즉겸소양야). 無尺寸之膚不愛焉(무척촌지부불애언), 則無尺寸之膚不養也(즉무척촌지부불양야). 所以考其善不善者(소이고기선불선자), 豈有他哉(기유타재)? 於己取之而已矣(어기취지이이의).

맹자(孟子)께서 말씀하셨다(曰). 사람(人)은(之) 자기(身)에(於)서(也) 사랑하는(愛) 것(所)이 같으니(兼), 사랑하는(愛) 것(所)이 같으(兼)면(則) 기르는(養) 것(所)이 같은(兼) 것이다(也). 한 자(尺)나 한 치(寸)의(之) 피부(膚)도 거기에(焉) 사랑하지(愛) 않는(不) 것이 없으(無)면(則), 한 자(尺)나 한 치(寸)의(之) 피부(膚)에도 기르지(養) 않는(不) 것이 없(無)다(也). 그(其) 잘하는 것(善)과 잘하지(善) 못하는(不) 것(者)을 살피는(考) 방법(所以)에 어찌(豈) 다른 것(他)이 있겠는(有)가(哉)? 자신(己)에게(於) 그것(之)을 취할(取) 뿐이다(而已矣).

體有貴賤(체유귀천), **有小大**(유소대), **無以小害大**(무이소해대), **無以賤害貴**(무이천해귀). **養其小者爲小人**(양기소자위소인), **養其大者爲大人**(양기대자위대인).

몸(體)에는 귀한 것(貴)과 천한 것(賤)이 있고(有), 작은 것(小)과 큰 것(大)이 있으니(有), 작은 것(小)으로(以) 큰 것(大)을 해쳐서는(害) 안 되고(無), 천한 것(賤)으로(以) 귀한 것(貴)을 해쳐서는(害) 안 된다(無). 그(其) 작은 것(小)을 기르는(養) 자(者)는 소인(小人)이 되고(爲), 그(其) 큰 것(大)을 기르는(養) 자(者)는 대인(大人)이 된다(爲).

今有場師(금유장사), **舍其梧檟**(사기오가), **養其樲棘**(양기이극), **則爲賤場師焉**(즉위천장사언).

지금(今) 어떤(有) 정원사(場師)가 그(其) 오동나무(梧檟)를 버리고(舍), 그(其) 멧대추나무(樲)나 가시나무(棘)를 기른다(養)면(則) 거기에서(焉) 천한(賤) 정원사(場師)가 된다(爲).

養其一指(양기일지), **而失其肩背而不知也**(이실기견배이부지야), **則爲狼疾人也**(즉위낭질인야).

그(其) 한(一) 손가락(指)만을 기르(養)고(而), 그(其) 어깨(肩)와 등(背)을 잃(失)고서도

(而), 알지(知) 못하는(不) 것이라(也)면(則), 이리(狼)처럼 서두르는(疾) 사람(人)이 된(爲)다(也).

飮食之人(음식지인), 則人賤之矣(즉인천지의), 爲其養小以失大也(위기양소이실대야).

마시고(飮) 먹(食)는(之) 사람(人)은(則) 사람들(人)이 그(之)를 천하게 여기는(賤)데(矣), 그(其)가 작은 것(小)을 길러서(養), 그것으로(以) 큰 것(大)을 잃기(失) 때문이(爲)다(也).

飮食之人無有失也(음식지인무유실야), 則口腹豈適爲尺寸之膚哉(즉구복기적위척촌지부재)?

마시고(飮) 먹(食)는(之) 사람(人)이 잃는 것(失)이 있지(有) 않(無)다(也)면(則), 입(口)과 배(腹)가 어찌(豈) 다만(適) 한 자(尺)나 한 치(寸)의(之) 피부(膚)가 되는(爲) 것이겠는가(哉)?

*兼(겸): 같다 ‖ *膚(부): 살갗 ‖ *有+명사: ①~이(가) 있다(술어+보어), ②~을(를) 가지고 있다(술어+목적어) ‖ *而已矣(이이의): ~일 뿐이다 ‖ *場師(장사): 정원사 ‖ *梧檟(오가): 오동나무 / 檟(가): 개오동나무 ‖ *樲(이): 멧대추나무 ‖ *棘(극): 가시나무 ‖ *狼疾(낭질): 흐리멍덩함, 성미가 고약하여 쉽게 뉘우칠 수 없음 / 狼(랑/낭): 이리 ‖ *適(적): 다만.

부록 최소한 문법: 之, 於, 所, 不, 焉, 者, 以, 而.

15장

公都子問曰(공도자문왈). 鈞是人也(균시인야), 或爲大人(혹위대인), 或爲小人(혹위소인), 何也(하야)? 孟子曰(맹자왈). 從其大體爲大人(종기대체위대인), 從其小體爲小人(종기소체위소인).

공도자(公都子)가 물어(問) 말했다(曰). 같은(鈞) 이러한(是) 사람(人)인데(也), 어떤 이(或)는 대인(大人)이 되고(爲), 어떤 이(或)는 소인(小人)이 되는(爲) 데, 어째서(何)입니까(也)? 맹자(孟子)께서 말씀하셨다(曰). 그(其) 대체(大體, 마음)를 따르면(從) 대인(大人)이 되고(爲), 그(其) 소체(小體, 귀와 눈)를 따르면(從) 소인(小人)이 된다(爲).

曰(왈). 鈞是人也(균시인야), 或從其大體(혹종기대체), 或從其小體(혹종기소체), 何也(하야)? 曰(왈). 耳目之官(이목지관), 不思而蔽於物(불사이폐어물), 物交物(물교물), 則引之而已矣(즉인지이이의). 心之官則思(심지관즉사), 思則得之(사즉득지), 不思則不得也(불사즉부득야). 此天之所與我者(차천지소여아자), 先立乎其大者(선립호기대자), 則其小者不能奪也(즉기소자불능탈야), 此爲大人而已矣(차위대인이이의).

말했다(曰). 같은(鈞) 이러한(是) 사람(人)인데(也), 어떤 이(或)는 그(其) 대체(大體)를 따르고(從), 어떤 이(或)는 그(其) 소체(小體)를 따르는(從) 데 어째서(何)입니까(也)? 말씀하셨다(曰). 귀(耳)와 눈(目)의(之) 기관(官)은 생각하지(思) 못해(不)서(而) 사물(物)에(於) 가려지니(蔽), 사물(物)이 (이목의) 물(物)에 접하(交)면(則) 그것(之)에 끌릴(引) 뿐이다(而已矣). 마음(心)의(之) 기관(官)은(則) 생각하는(思) 것이니, 생각하(思)면(則) 그것(之)을 얻고(得), 생각하지(思) 않으(不)면(則) 얻지(得) 못하는(不) 것이다(也). 이(此, 귀·눈·마음)는 하늘(天)이(之) 우리(我)라는 자(者)에게 준(與) 것(所)이니, 먼저(先) 그(其) 큰 것(大者, 마음)을(乎) 세운다(立)면(則), 그(其) 작은 것(小者, 귀와 눈)이 빼앗을(奪) 수(能) 없(不)으니(也), 이것(此)이 대인(大人)이 되는(爲) 것일 뿐이다(而已矣).

*公都子(공도자): 맹자의 제자 ‖ *鈞(균): 모두, 고루, 같이 ‖ *官(관): 기관, 관능→ 이목구비의 기관 ‖ *而已矣(이이의): ~일 뿐이다.

부록 최소한 문법: 之, 不, 而, 於, 者, 所, 乎, 能.

16장

孟子曰(맹자왈). 有天爵者(유천작자), 有人爵者(유인작자). 仁義忠信(인의충신), 樂善不倦(낙선불권), 此天爵也(차천작야), 公卿大夫(공경대부), 此人爵也(차인작야).

맹자(孟子)께서 말씀하셨다(曰). 천작(天爵)이라는 것(者)이 있고(有), 인작(人爵)이라는 것(者)이 있다(有). 인의충신(仁義忠信)과 선(善)을 즐거워하여(樂) 게으르지(倦) 않는(不) 것, 이것(此)은 천작(天爵)이고(也), 공경(公卿)과 대부(大夫), 이것(此)은 인작(人爵)이다(也).

古之人修其天爵(고지인수기천작), 而人爵從之(이인작종지).

옛날(古)의(之) 사람(人)은 그(其) 천작(天爵)을 닦았(修)고(而), 인작(人爵)은 그것(之)에 따라왔다(從).

今之人修其天爵(금지인수기천작), 以要人爵(이요인작), 既得人爵而棄其天爵(기득인작이기기천작), 則惑之甚者也(즉혹지심자야). 終亦必亡而已矣(종역필망이이의).

지금(今)의(之) 사람(人)은 그(其) 천작(天爵)을 닦아서(修), 그것으로(以) 인작(人爵)을 구하는데(要), 이미(旣) 인작(人爵)을 얻(得)고서(而), 그(其) 천작(天爵)을 버린(棄) 즉(則) 미혹하는 것(惑)이(之) 심한(甚) 것(者)이다(也). 결국(終) 또한(亦) 반드시(必) (인작도) 잃을(亡) 뿐이다(而已矣).

*有~者: ①~한 사람(경우)이 있다, ②~이 있는 사람(경우) ‖ *天爵(천작): 하늘이 내려주는 벼슬 ‖ *人爵(인작): 사람이 주는 벼슬 ‖ *而已矣(이이의): ~일 뿐이다.

부록 최소한 문법: 者, 不, 而, 之, 以, 必.

17장

孟子曰(맹자왈). 欲貴者(욕귀자), 人之同心也(인지동심야), 人人有貴於己者(인인유귀어기자), 弗思耳(불사이).

맹자(孟子)께서 말씀하셨다(曰). 귀하고(貴)자 하는(欲) 것(者)은 사람(人)의(之) 똑같은(同) 마음(心)인데(也), 사람(人) 사람마다(人) 자기(己)에게(於) 귀한(貴) 것(者)을 지니고 있지만(有), 생각하지(思) 않았을(弗) 뿐이다(耳).

人之所貴者(인지소귀자), 非良貴也(비양귀야). 趙孟之所貴(조맹지소귀), 趙孟能賤之(조맹능천지).

남(人)이(之) 귀하게 해준(貴) 것(所)은(者) 진실로(良) 귀한 것(貴)이 아니(非)다(也). 조맹(趙孟)이(之) 귀하게 해준(貴) 것(所)은 조맹(趙孟)이 그것(之)을 천하게 할(賤) 수 있다(能).

詩云(시운), 旣醉以酒(기취이주), 旣飽以德(기포이덕). 言飽乎仁

義也(언포호인의야), 所以不願人之膏粱之味也(소이불원인지고량지미야), 令聞廣譽施於身(영문광예시어신), 所以不願人之文繡也(소이불원인지문수야).

『시경(詩)』에 이르길(云), '술(酒)로(以) 이미(旣) 취했고(醉), 덕(德)으로(以) 이미(旣) 배부르네(飽).'라 했다. 인의(仁義)에(乎) 배불러(飽)서(也), 남(人)의(之) 기름진 음식(膏粱)의(之) 맛(味)을 원하지(願) 않는(不) 것(所以)이며(也), 아름다운(令) 평판(聞)과 널리(廣) (알려진) 명예(譽)가 자신(身)에게(於) 미쳐서(施), 남(人)의(之) 아름다운 무늬(文繡)를 원하지(願) 않는(不) 것(所以)을(也) 말한다(言).

*有~者: ①~한 사람(경우)이 있다, ②~이 있는 사람(경우) ‖ *耳(이): ~일 뿐이다 ‖ *趙孟(조맹): 진(晉)나라의 실권자 ‖ *膏粱(고량): =膏粱珍味. 맛있는 음식 ‖ *文繡(문수): 아름다운 무늬.

부록 최소한 문법: 者, 之, 於, 所, 非, 能, 以, 乎, 不.

18장

孟子曰(맹자왈). 仁之勝不仁也(인지승불인야), 猶水勝火(유수승화). 今之爲仁者(금지위인자), 猶以一杯水救一車薪之火也(유이일배수구일거신지화야). 不熄(불식), 則謂之水不勝火(즉위지수불승화), 此又與於不仁之甚者也(차우여어불인지심자야).

맹자(孟子)께서 말씀하셨다(曰). 인(仁)이(之) 불인(不仁)을 이기는(勝) 것은(也) 물(水)이 불(火)을 이기는(勝) 것과 같다(猶). 지금(今)의(之) 인(仁)을 행하는(爲) 자(者)는 한 잔(一杯)의 물(水)로(以) 한 수레(一車) 섶(薪)의(之) 불(火)을 막는(救) 것과 같(猶)다(也).

꺼지지(熄) 않으(不)면(則), 그것(之)을 물(水)이 불(火)을 이기지(勝) 못한다(不)고 말하니(謂), 이(此)는 또한(又) 불인(不仁)을(於) 돕는(與) 것이(之) 심한(甚) 것(者)이다(也).

亦終必亡而已矣(역종필망이이의).

또한(亦) 결국(終) 반드시(必) 잃을(亡) 뿐이다(而已矣).

*熄(식): 불 꺼지다 ‖ *與(여): 돕다 ‖ *而已矣(이이의): ~일 뿐이다.

부록 최소한 문법: 之, 者, 以, 不, 於, 必.

19장

孟子曰(맹자왈). 五穀者(오곡자), 種之美者也(종지미자야). 苟爲不熟(구위불숙), 不如荑稗(불여제패). 夫仁(부인), 亦在乎熟之而已矣(역재호숙지이이의).

맹자(孟子)께서 말씀하셨다(曰). 오곡(五穀)이란 것(者)은 종자(種)의(之) 아름다운(美) 것(者)이다(也). 만약(苟) 익지(熟) 않게(不) 된다면(爲), 피(荑稗)와도 같지(如) 못하다(不). 무릇(夫) 인(仁) 또한(亦) 그것(之)을 익히는(熟) 데에(乎) 달려 있을(在) 뿐이다(而已矣).

*荑稗(제패): 개피와 피 ‖ *而已矣(이이의): ~일 뿐이다.

부록 최소한 문법: 者, 之, 不, 乎.

20장

孟子曰(맹자왈). 羿之教人射(예지교인사), 必志於彀(필지어구), 學者亦必志於彀(학자역필지어구).

맹자(孟子)께서 말씀하셨다(曰). 예(羿)가(之) 사람(人)에게 활쏘기(射)를 가르칠(教) 때, 반드시(必) (시위를) 당기는 데(彀)에(於) 뜻을 두게 했고(志), 배우는(學) 자(者) 또한(亦) 반드시(必) 당기는 데(彀)에(於) 뜻을 두어야 한다(志).

大匠誨人(대장회인), 必以規矩(필이규구), 學者亦必以規矩(학자역필이규구).

도목수(大匠)가 사람(人)을 가르칠(誨) 때, 반드시(必) 그림쇠(規)와 곱자(矩)를 썼으니(以), 배우는(學) 자(者) 또한(亦) 반드시(必) 그림쇠(規)와 곱자(矩)를 써야 한다(以).

*彀(구): 당기다 ‖ *規矩(규구): 그림쇠와 곱자.

부록 최소한 문법: 之, 必, 於, 者.

고자하(告子下)

1장

任人有問屋廬子曰(임인유문옥려자왈). **禮與食孰重**(예여식숙중)? **曰**(왈). **禮重**(예중).

임나라(任) 사람(人)이 옥려자(屋廬子)에게 물음(問)이 있어(有) 말했다(曰). 예(禮)와(與) 식(食), 어느 것(孰)이 중요합니까(重)? 대답했다(曰). 예(禮)가 중요합니다(重).

色與禮孰重(색여례숙중)? **曰**(왈). **禮重**(예중).

색(色)과(與) 예(禮), 어느 것(孰)이 중요합니까(重)? 말했다(曰). 예(禮)가 중요합니다(重).

曰(왈). **以禮食**(이례식), **則飢而死**(즉기이사), **不以禮食**(불이례식), **則得食**(즉득식), **必以禮乎**(필이례호)? **親迎則不得妻**(친영즉부득처), **不親迎則得妻**(불친영즉득처), **必親迎乎**(필친영호)? **屋廬子不能對**(옥려자불능대). **明日**(명일), **之鄒**(지추), **以告孟子**(이고맹자), **孟子曰**(맹자왈). **於答是也**(어답시야), **何有**(하유)?

말했다(曰). 예(禮)로(以) 먹으(食)면(則) 굶어(飢)서(而) 죽고(死), 예(禮)로(以) 먹지(食) 않으(不)면(則) 먹을(食) 수 있더라도(得), 반드시(必) 예(禮)로(以) 합니까(乎)? 친영하(親迎)면(則) 아내(妻)를 얻지(得) 못하고(不), 친영하지(親迎) 않으(不)면(則) 아내(妻)를 얻더라도(得), 반드시(必) 친영해야(親迎) 합니까(乎)? 옥려자(屋廬子)가 대답할(對) 수(能) 없었다(不). 다음날(明日) 추나라(鄒)에 가서(之) 그것을(以) 맹자(孟子)께 고하자

(告), 맹자(孟子)께서 말씀하셨다(曰). 이것(是)을 답하는(答) 데에(於) 무슨(何) 어려움이 있느냐(有)?

※ 親迎: 육례(六禮, 인륜의 여섯 예법)의 하나로 문맥상 예를 갖춘다는 의미이다.

不揣其本而齊其末(불췌기본이제기말), 方寸之木(방촌지목), 可使高於岑樓(가사고어잠루).

그(其) 근본(本)을 헤아리지(揣) 않(不)고(而) 그(其) 말단(末)만 가지런히 한다면(齊), 사방(方) 한 치(寸)의(之) 나무(木)로 높은(岑) 누대(樓)보다도(於) 높게(高) 할(使) 수 있다(可).

金重於羽者(금중어우자), 豈謂一鉤金與一輿羽之謂哉(기위일구금여일여우지위재)?

쇠(金)가 깃털(羽)보다(於) 무겁다(重)는 것(者)이 어찌(豈) 하나(一)의 혁대 고리(鉤金)와(與) 한(一) 수레(輿)의 깃털(羽)을(之) 가리키는(謂) 것을 말하(謂)겠는가(哉)?

取食之重者(취식지중자), 與禮之輕者而比之(여예지경자이비지), 奚翅食重(해시식중), 取色之重者(취색지중자), 與禮之輕者而比之(여예지경자이비지), 奚翅色重(해시색중)?

음식(食)의(之) 중요한(重) 것(者)과(與) 예(禮)의(之) 가벼운(輕) 것(者)을 취하여(取)서(而), 그것(之)을 비교한다면(比), 어찌(奚) 음식(食)이 중요하기만 할(重) 뿐이며(翅), 색(色)의(之) 중요한(重) 것(者)과(與) 예(禮)의(之) 가벼운(輕) 것(者)을 취하여(取)서(而), 그것(之)을 비교한다면(比), 어찌(奚) 색(色)이 중요하기만 할(重) 뿐이겠느냐(翅)?

往應之曰(왕응지왈). 紾兄之臂而奪之食(진형지비이탈지식), 則得食(즉득식), 不紾則不得食(부진즉부득식), 則將紾之乎(즉장진지호)? 踰東家墻而摟其處子(유동가장이루기처자), 則得妻(즉득처), 不摟則不得妻(불루즉부득처), 則將摟之乎(즉장루지호)?

가서(往) 그것(之)에 응하여(應) 말해라(曰). '형(兄)의(之) 팔뚝(臂)을 비틀어(紾)서(而) 그(之)에게 음식(食)을 빼앗으(奪)면(則) 음식(食)을 얻고(得), 비틀지(紾) 않으(不)면(則) 음식(食)을 얻지(得) 못한다(不)면(則) 장차(將) 그것(之)을 비틀겠는(紾)가(乎)? 동쪽(東) 집(家)의 담장(墻)을 넘어(踰)서(而) 그(其) 처녀(處子)를 끌고 오(摟)면(則) 아내(妻)를 얻고(得), 끌고 오지(摟) 않으(不)면(則) 아내(妻)를 얻지(得) 못한다(不)면(則) 장차(將) 그것(之)을 끌고 오겠는(摟)가(乎)?'라고.

*屋廬子(옥려자): 맹자의 제자 ‖ *有+명사: ①~이(가) 있다(술어+보어), ②~을(를) 가지고 있다(술어+목적어) ‖ *親迎(친영): 신랑이 신부를 맞는 일 ‖ *何有(하유): 무엇이 있는가? 무슨 어려움이 있는가? 어렵지 않다 ‖ *揣(췌): 헤아리다 ‖ *方寸(방촌): 사방 한 치의 넓이, 사람의 마음을 말할 때 사용, 매우 작은 면적 ‖ *岑樓(잠루): 높고도 뾰족한 누각 / 岑(잠): 봉우리 ‖ *鉤金(구금): 혁대 끝의 갈고리 ‖ *翅(시): 다만 ~뿐이다 ‖ *紾(진): 비틀다 ‖ *臂(비): 팔, 팔뚝 ‖ *踰(유): 넘다 ‖ *摟(루): 끌어모으다, 유인하다 ‖ *處子(처자): 처녀.

부록 최소한 문법: 與, 以, 而, 不, 得, 能, 於, 之, 可, 者.

2장

曹交問曰(조교문왈). 人皆可以爲堯·舜(인개가이위요순), 有諸(유저)? 孟子曰(맹자왈). 然(연).

조교(曹交)가 물어(問) 말했다(曰). 사람(人)은 모두(皆) 요임금(堯)과 순임금(舜)이 될(爲) 수 있다(可以)고 하는데, 그런 말(諸)이 있었습니까(有)? 맹자(孟子)께서 말씀하셨다(曰). 그렇습니다(然).

交聞文王十尺(교문문왕십척), 湯九尺(탕구척), 今交九尺四寸以長(금교구척사촌이장), 食粟而已(식속이이), 如何則可(여하즉가)?

교(交, 조교)가 들으니(聞), 문왕(文王)께서는 십 척(十尺)이고 탕왕(湯)께서는 구 척(九尺)이라 하는데, 지금(今) 교(交)는 구 척(九尺) 사 촌(四寸), 그것으로(以) 큰 데도(長), 곡식(粟)만 먹을(食) 뿐이니(而已), 어찌하(如何)면(則) 좋겠습니까(可)?

曰(왈). 奚有於是(해유어시)? 亦爲之而已矣(역위지이이의). 有人於此(유인어차), 力不能勝一匹雛(역불능승일목추), 則爲無力人矣(즉위무력인의), 今曰擧百鈞(금왈거백균), 則爲有力人矣(즉위유력인의). 然則擧烏獲之任(연즉거오확지임), 是亦爲烏獲而已矣(시역위오확이이의). 夫人豈以不勝爲患哉(부인기이불승위환재)? 弗爲耳(불위이).

말씀하셨다(曰). 어찌(奚) 여기(是, 신장)에(於) 있겠습니까(有)? 또한(亦) 그것(之, 노력)을 할(爲) 뿐입니다(而已矣). 여기(此)에(於) 사람(人)이 있는데(有), 힘(力)이 한 마리(一)의 오리(匹) 새끼(雛)를 이길(勝) 수(能) 없다(不)고 한다면(則), 힘(力)이 없는(無) 사람(人)이 될(爲) 것이고(矣), 이제(今) 백 균(百鈞, 3,000근)을 든다(擧)고 말한다(曰)면(則), 힘(力)이 있는(有) 사람(人)이 될(爲) 것입니다(矣). 그렇다(然)면(則) 오확(烏獲)의(之) 짐(任)을 든다면(擧), 이 사람(是) 역시(亦) 오확(烏獲)이 될(爲) 뿐입니다(而已矣). 무릇(夫) 사람(人)이 어찌(豈) 감당하지(勝) 못할(不) 것을(以) 근심(患)으로 삼을까(爲)요(哉)? (하면 되는데) 하지(爲) 않을(弗) 뿐입니다(耳).

※ 匹雛: 독음은 '목추'이다. 匹은 '짝'을 의미일 때 '필'로, '집오리'를 의미할 때 '목'으로 독음한다. 다만, 대부분의 번역서에서 匹雛을 '오래 새끼'로 번역하면서, 독음은 '목추'가 아니라 '필추'로 독음한다.

徐行後長者謂之弟(서행후장자위지제), 疾行先長者謂之不弟(질행선장자위지부제), 夫徐行者(부서행자), 豈人所不能哉(기인소불능재)? 所不爲也(소불위야), 堯·舜之道(요순지도), 孝弟而已矣(효제이이의).

천천히(徐) 걸어서(行) 어른(長) 뒤에 있는(後) 것(者), 그것(之)을 '공손하다(弟).'고 말하고(謂), 빨리(疾) 걸어서(行) 어른(長)을 앞서는(先) 것(者), 그것(之)을 '공손치(弟) 못하다(不).'고 말하는데(謂), 무릇(夫) 천천히(徐) 걸어가는(行) 것(者)이 어찌(豈) 사람(人)이 할 수(能) 없는(不) 것(所)이겠습니까(哉)? 하지(爲) 않는(不) 것(所)이니(也), 요순(堯舜)의(之) 도(道)는 효도(孝)와 공손(弟)일 뿐입니다(而已矣).

子服堯之服(자복요지복), 誦堯之言(송요지언), 行堯之行(행요지행), 是堯而已矣(시요이이의), 子服桀之服(자복걸지복), 誦桀之言(송걸지언), 行桀之行(행걸지행), 是桀而已矣(시걸이이의).

그대(子)가 요임금(堯)의(之) 옷(服)을 입고(服), 요임금(堯)의(之) 말씀(言)을 외우고(誦), 요임금(堯)의(之) 행동(行)을 행하면(行), 이(是)는 요임금(堯)일 뿐이며(而已矣), 그대(子)가 걸왕(桀)의(之) 옷(服)을 입고(服), 걸왕(桀)의(之) 말(言)을 외우고(誦), 걸왕(桀)의(之) 행동(行)을 행하면(行), 이(是)는 걸왕(桀)일 뿐입니다(而已矣).

曰(왈). 交得見於鄒君(교득현어추군), 可以假館(가이가관), 願留而受業於門(원류이수업어문).

말했다(曰). 교(交)가 추나라(鄒) 임금(君)을(於) 뵐(見) 수 있으면(得), 관사(館)를 빌릴

(假) 수 있으니(可以), 머물(留)면서(而) 문하(門)에서(於) 학업(業)을 받는(受) 것을 원합니다(願).

曰(왈). 夫道(부도), 若大路然(약대로연), 豈難知哉(기난지재)? 人病不求耳(인병불구이). 子歸而求之(자귀이구지), 有餘師(유여사).

말씀하셨다(曰). 무릇(夫) 도(道)는 대로(大路)인 것과 같은(若) 듯한데(然), 어찌(豈) 아는 것(知)이 어렵겠습니(難)까(哉)? 사람(人)의 병(病)은 구하지(求) 않을(不) 뿐입니다(耳). 그대(子)가 돌아가(歸)서(而) 그것(之)을 구한다면(求), 남아있는(餘) 스승(師)이 있을 것입니다(有).

*曹交(조교): 조(曹)나라 군주의 아우 ‖ *有諸(유저): =有之乎. 그러한 일(것)이 있는가? ‖ *湯(탕): 상(商)나라 초대 왕 ‖ *而已(이이): ~일 뿐이다 ‖ *如何(여하): 무엇과 같은가? 어떻게 하는가? 어찌할까? 어떻게 하여, 어떠한가? ‖ *而已矣(이이의): ~일 뿐이다 ‖ *有+명사: ①~이(가) 있다(술어+보어), ②~을(를) 가지고 있다(술어+목적어) ‖ *匹雛(목추): 오리 새끼 ‖ *烏獲(오확): 힘이 세기로 이름난 진(秦)나라 사람 ‖ *桀(걸): 하(夏)나라 마지막 왕 ‖ *耳(이): ~일 뿐이다.

부록 최소한 문법: 可以, 諸, 以, 於, 不, 能, 以爲, 者, 之, 所, 得, 而.

3장

公孫丑問曰(공손추문왈). 高子曰(고자왈), 小弁(소반), 小人之詩也(소인지시야). 孟子曰(맹자왈). 何以言之(하이언지)? 曰(왈). 怨(원).

공손추(公孫丑)가 물어(問) 말했다(曰). 고자(高子)가 말하길(曰), '(시경) 「소반(小弁)」장은 소인(小人)의(之) 시(詩)이다(也).'라 했습니다. 맹자(孟子)께서 말씀하셨다(曰). 무엇(何)으로(以) 그러하다(之)고 말하는가(言)? 말했다(曰). 원망해서입니다(怨).

曰(왈). 固哉(고재), 高叟之爲詩也(고수지위시야). 有人於此(유인어차), 越人關弓而射之(월인완궁이석지), 則己談笑而道之(즉기담소이도지), 無他(무타), 疏之也(소지야). 其兄關弓而射之(기형만궁이석지), 則己垂涕泣而道之(즉기수체읍이도지), 無他(무타), 戚之也(척지야). 小弁之怨(소반지원), 親親也(친친야), 親親(친친), 仁也(인야), 固矣夫(고의부), 高叟之爲詩也(고수지위시야).

말씀하셨다(曰). 고루하(固)구나(哉), 고수(高叟, 고자)가(之) 시(詩)를 풀이한(爲) 것이(也). 여기(此)에(於) 사람(人)이 있는데(有), 월나라(越) 사람(人)이 활(弓)을 당겨(關)서(而) 그(之)를 맞히려 한다(射)면(則), 자신(己)이 담소하(談笑)면서(而) 그것(之)을 말하는(道) 것은, 다른 것(他)이 아니라(無) 그(之)를 소원하게 여긴(疏) 것이다(也). 그(其) 형(兄)이 활(弓)을 당겨(關)서(而) 그(之)를 맞히려 한다(射)면(則), 자신(己)이 눈물(涕)을 흘리며(垂) 울(泣)면서(而) 그것(之)을 말하는(道) 것은, 다른 것(他)이 아니라(無) 그(之)를 친하게 여긴(戚) 것이다(也). 소반장(小弁)의(之) 원망(怨)은 어버이(親)를 친하게 여긴(親) 것으로(也), 어버이(親)를 친하게 여기는(親) 것은 인(仁)이니(也), 고루하(固)도다(矣夫), 고수(高叟)가(之) 시(詩)를 풀이한(爲) 것이(也).

曰(왈). 凱風(개풍), 何以不怨(하이불원)?

말했다(曰). (시경) 「개풍(凱風)」장에서는 무엇(何) 때문에(以) 원망하지(怨) 않았습니까(不)?

曰(왈). 凱風(개풍), 親之過小者也(친지과소자야), 小弁(소반), 親之過大者也(친지과대자야). 親之過大而不怨(친지과대이불원), 是愈疏

也(시유소야), 親之過小而怨(친지과소이원), 是不可磯也(시불가기야). 愈疏(유소), 不孝也(불효야), 不可磯(불가기), 亦不孝也(역불효야).

말씀하셨다(曰). 개풍장(凱風)에서 어버이(親)의(之) 과실(過)이 작은(小) 것(者)이고(也), 소반장(小弁)에서 어버이(親)의(之) 과실(過)이 큰(大) 것(者)이다(也). 어버이(親)의(之) 과실(過)이 큰 데(大)도(而) 원망하지(怨) 않는다면(不), 이(是)는 더욱(愈) 소원한(疏) 것이고(也), 어버이(親)의(之) 과실(過)이 작은 데(小)도(而) 원망한다면(怨) 이(是)는 거스를(磯) 수(可) 없는(不) 것이다(也). 더욱(愈) 소원해지는(疏) 것도 불효(不孝)이고(也), 거스를(磯) 수(可) 없는(不) 것도 또한(亦) 불효(不孝)이다(也).

孔子曰(공자왈), 舜其至孝矣(순기지효의). 五十而慕(오십이모).

공자(孔子)께서 말씀하시길(曰), '순임금(舜)께서는 아마도(其) 지극한(至) 효(孝)일 것이다(矣). 쉰이 되어(五十)서도(而) 사모했다(慕).'라고 했다.

*公孫丑(공손추): 만장(萬章)과 더불어 맹자의 뛰어난 제자로 제(齊)나라 사람 ‖ *高子(고자): 맹자와 인간의 본성을 논한 고자(告子)가 아니라 맹자의 제자였던 제(齊)나라 사람 ‖ *有+명사: ①~이(가) 있다(술어+보어), ②~을(를) 가지고 있다(술어+목적어) ‖ *關(완/만): 당기다 ‖ *射(석): 맞히다, 쏘아 잡다 ‖ *談笑(담소): 웃으면서 이야기하다 ‖ *垂涕(수체): 눈물을 흘리다 / 涕(체): 눈물 ‖ *泣(읍): 울다 ‖ *矣夫(의부): 감탄 종결사 ‖ *愈(유): 더욱 ‖ *磯(기): 거스르다.

부록 최소한 문법: 之, 於, 而, 者, 可.

4장

宋牼將之楚(송경장지초), 孟子遇於石丘(맹자우어석구).

송경(宋牼)이 장차(將) 초나라(楚)에 가려 했는데(之), 맹자(孟子)께서 석구(石丘)에서(於) (그를) 만나셨다(遇).

曰(왈). 先生將何之(선생장하지)?

말씀하셨다(曰). 선생(先生)께서는 장차(將) 어디로(何) 가려 하십니까(之)?

曰(왈). 吾聞秦·楚構兵(오문진초구병). 我將見楚王說而罷之(아장견초왕세이파지). 楚王不悅(초왕불열), 我將見秦王說而罷之(아장견진왕세이파지), 二王我將有所遇焉(이왕아장유소우언).

말했다(曰). 제(吾)가 진나라(秦)와 초나라(楚)가 전쟁한다는 것(構兵)을 들었습니다(聞). 제(我)가 장차(將) 초나라(楚) 왕(王)을 만나(見) 설득하(說)여(而), 그것(之)을 그만두게 하려고 합니다(罷). 초나라(楚) 왕(王)이 좋아하지(悅) 않으면(不), 제(我)가 장차(將) 진나라(秦) 왕(王)을 만나(見) 설득하(說)여(而), 그것(之)을 그만두게 할 것이니(罷), 두 왕(二王)에서 제(我)가 장차(將) 그것과(焉) 맞는(遇) 바(所)가 있을 것입니다(有).

曰(왈). 軻也請無問其詳(가야청무문기상), 願聞其指(원문기지). 說之將如何(세지장여하)? 曰(왈). 我將言其不利也(아장언기불리야). 曰(왈). 先生之志則大矣(선생지지즉대의), 先生之號則不可(선생지호즉불가).

말씀하셨다(曰). 가(軻, 맹자)는(也) 청컨대(請) 그(其) 상세한 것(詳)을 묻지는(問) 않고(無), 그(其) 취지(指)를 듣는(聞) 것을 원합니다(願). 그들(之)을 설득하는(說) 데 장차(將) 어떻게 하려 하십니까(如何)? 말했다(曰). 저(我)는 장차(將) 그것(其)이 이롭지(利) 못하다는(不) 것을 말할(言) 것입니다(也). 말씀하셨다(曰). 선생(先生)의(之) 뜻(志)은(則) 크지(大)만(矣), 선생(先生)의(之) 구호(號)는(則) 옳지(可) 않습니다(不).

先生以利說秦·楚之王(선생이리세진초지왕), 秦·楚之王悅於利(진초지왕열어리), 以罷三軍之師(이파삼군지사), 是三軍之士樂罷而悅於利也(시삼군지사낙파이열어리야). 爲人臣者(위인신자), 懷利以事其君(회리이사기군), 爲人子者(위인자자), 懷利以事其父(회리이사기부), 爲人弟者(위인제자), 懷利以事其兄(회리이사기형), 是君臣·父子·兄弟(시군신부자형제), 終去仁義(종거인의), 懷利以相接(회리이상접), 然而不亡者(연이불망자), 未之有也(미지유야).

선생(先生)께서 이익(利)으로(以) 진나라(秦)와 초나라(楚)의(之) 왕(王)을 설득한다면(說), 진나라(秦)와 초나라(楚)의(之) 왕(王)은 이익(利)을(於) 좋아하여(悅), 그것으로(以) 삼군(三軍)의(之) 군대(師)를 그만두게 한 것이니(罷), 이(是)는 삼군(三軍)의(之) 군사들(士)이 그만두는 것(罷)을 즐거워하(樂)되(而), 이익(利)을(於) 좋아하는(悅) 것입니다(也). 신하(人臣) 된(爲) 자(者)가 이익(利)을 품고(懷), 그것으로(以) 그(其) 임금(君)을 섬기고(事), 자식(人子) 된(爲) 자(者)가 이익(利)을 품고(懷), 그것으로(以) 그(其) 부모(父)를 섬기고(事), 아우(人弟) 된(爲) 자(者)가 이익(利)을 품고(懷), 그것으로(以) 그(其) 형(兄)을 섬긴다면(事), 이(是)는 군신(君臣), 부자(父子), 형제(兄弟)가 결국(終) 인의(仁義)를 버리고(去) 이익(利)을 품으면서(懷), 그것으로(以) 서로(相) 대하니(接), 그렇게 하(然)고도(而) 망하지(亡) 않은(不) 경우(者), 그러한 경우(之)는 아직 있지(有) 않(未)았습니다(也).

先生以仁義說秦·楚之王(선생이인의세진초지왕), 秦·楚之王悅於仁義(진초지왕열어인의), 而罷三軍之師(이파삼군지사), 是三軍之士樂罷而悅於仁義也(시삼군지사낙파이열어인의야). 爲人臣者(위인신자), 懷仁義以事其君(회인의이사기군), 爲人子者(위인자자), 懷仁義以事其父(회인의이사기부), 爲人弟者(위인제자), 懷仁義以事其兄(회인의이사기형), 是君臣·父子·兄弟去利(시군신부자형제거리), 懷仁義以相接也(회인의이상접야), 然而不王者(연이불왕자), 未之有也(미지유야). 何必曰利(하필왈리)?

선생(先生)께서 인의(仁義)로(以) 진나라(秦)와 초나라(楚)의(之) 왕(王)을 설득하면(說), 진나라(秦)와 초나라(楚)의(之) 왕(王)은 인의(仁義)를(於) 좋아해(悅)서(而), 삼군(三軍)의(之) 군대(師)를 그만두게 하는 것이니(罷), 이(是)는 삼군(三軍)의(之) 군사들(士)이 그만두게 한 것(罷)을 즐기(樂)면서도(而), 인의(仁義)를(於) 좋아하는(悅) 것입니다(也). 신하(人臣) 된(爲) 자(者)가 인의(仁義)를 품고(懷), 그것으로(以) 그(其) 임금(君)을 섬기고(事), 자식(人子) 된(爲) 자(者)가 인의(仁義)를 품고(懷), 그것으로(以) 그(其) 부모(父)를 섬기고(事), 아우(人弟) 된(爲) 자(者)가 인의(仁義)를 품고(懷), 그것으로(以) 그(其) 형(兄)을 섬긴다면(事), 이(是)는 군신(君臣), 부자(父子), 형제(兄弟)가 이익(利)을 버리고(去) 인의(仁義)를 품으면서(懷), 그것으로(以) 서로(相) 대하는(接) 것이니(也), 그렇게 하(然)고도(而) 왕 노릇하지(王) 못하는(不) 경우(者), 그러한 경우(之)는 아직 있지(有) 않(未)았습니다(也). 하필(何必) 이익(利)을 말씀하십니까(曰)?

*宋牼(송경): 평화주의자로 알려진 송(宋)나라 사람 ‖ *構兵(구병): 교접하다, 전쟁하다 ‖ *有+명사: ①~이(가) 있다(술어+보어), ②~을(를) 가지고 있다(술어+목적어) ‖ *如何(여하): 무엇과 같은가? 어떻게 하는가? 어찌할까? 어떻게 하여, 어떠한가? ‖ *士(사): 군사, 병사 ‖ *何必(하필): 어찌하여 꼭(반드시).

부록 최소한 문법: 於, 而, 之, 不, 所, 焉, 以, 者, 未, 도치.

5장

孟子居鄒(맹자거추), 季任爲任處守(계임위임처수), 以幣交(이폐교), 受之而不報(수지이불보). 處於平陸(처어평륙), 儲子爲相(저자위상), 以幣交(이폐교), 受之而不報(수지이불보).

맹자(孟子)께서 추나라(鄒)에 거할(居) 때 계임(季任)이 임나라(任) 처수(處守)가 되어(爲), 폐백(幣)으로(以) 교제하기(交)를 (청하자), 그것(之)을 받(受)고서(而) 답례하지(報) 않으셨다(不). 평륙(平陸)에(於) 거할(處) 때 저자(儲子)가 (제나라) 재상(相)이 되어(爲), 폐백(幣)으로(以) 교제하기(交)를 (청하자), 그것(之)을 받(受)고서(而) 답례하지(報) 않으셨다(不).

他日由鄒之任(타일유추지임), 見季子(견계자), 由平陸之齊(유평륙지제), 不見儲子(불견저자), 屋廬子喜曰(옥려자희왈). 連得間矣(연득간의).

다른(他) 날(日) 추나라(鄒)로부터(由) 임나라(任)에 가셔서(之) 계자(季子, 계임)를 만나 보시고(見), 평륙(平陸)으로부터(由) 제나라(齊)에 가셔서(之) 저자(儲子)를 만나지(見) 않으시자(不), 옥려자(屋廬子)가 기뻐하며(喜) 말했다(曰). 연(連, 옥려자)이 틈(間)을 얻었(得)다(矣).

問曰(문왈). 夫子之任見季子(부자지임견계자), 之齊不見儲子(지제불견저자), 爲其爲相與(위기위상여)?

물어(問) 말했다(曰). 선생님(夫子)께서 임나라(任)에 가서는(之) 계자(季子)를 만나시고(見), 제나라(齊)에 가서는(之) 저자(儲子)를 만나지(見) 않으셨는데(不), 그(其)가 (제나라) 재상(相)이 되었기(爲) 때문입니(爲)까(與)?

曰(왈). 非也(비야). 書曰(서왈), 享多儀(향다의). 儀不及物(의불급물), 曰不享(왈불향), 惟不役志于享(유불역지우향), 爲其不成享也(위기불성향야).

말씀하셨다(曰). 아니(非)다(也). 『서경(書)』에 이르길(曰), '(폐백을) 드리는 데(享)에는 예절(儀)을 중히 여긴다(多). 예절(儀)이 예물(物)에 이르지(及) 않으면(不), 드리지(享) 않는다(不)고 말하는데(曰), 오직(惟) 드리는 데(享)에(于) 마음(志)을 쓰지(役) 않아서이다(不).'라 했으니, 그(其)가 드리는 데(享)에 갖추지(成) 않았기(不) 때문인(爲) 것이다(也).

屋廬子悅(옥려자열), 或問之(혹문지). 屋廬子曰(옥려자왈). 季子不得之鄒(계자부득지추), 儲子得之平陸(저자득지평륙).

옥려자(屋廬子)가 기뻐하자(悅), 어떤 사람(或)이 그것(之)을 물었다(問). 옥려자(屋廬子)가 말했다(曰). 계자(季子)는 추나라(鄒)에 갈(之) 수(得) 없었지만(不), 저자(儲子)는 평륙(平陸)에 갈(之) 수 있었다(得).

*季任(계임): 임(任)나라 군주의 아우 ‖ *處守(처수): 임금을 대신하여 나라를 지키는 지위 ‖ *儲子(저자): 제(齊)나라 신하 ‖ *屋廬子(옥려자): 맹자의 제자.

부록 최소한 문법: 以, 之, 而, 不, 於, 于, 得.

6장

淳于髡曰(순우곤왈), 先名實者(선명실자), 爲人也(위인야), 後名實者(후명실자), 自爲也(자위야). 夫子在三卿之中(부자재삼경지중),

名實未加於上下而去之(명실미가어상하이거지), 仁者固如此乎(인자고여차호)?

순우곤(淳于髡)이 말했다(曰). 명성(名)과 실적(實)을 우선하는(先) 자(者)는 백성(人)을 위하는(爲) 것이고(也), 명성(名)과 실적(實)을 뒤로하는(後) 자(者)는 스스로(自) 위하는(爲) 것입니다(也). 선생님(夫子)께서는 삼경(三卿)의(之) 가운데(中)에 계시면서(在), 명성(名)과 실적(實)이 위아래(上下)에(於) 더해지지(加) 않으(未)면(而), 거기(之)에서 떠나셨으니(去), 인자(仁者)도 진실로(固) 이(此)와 같습니(如)까(乎)?

孟子曰(맹자왈). 居下位(거하위), 不以賢事不肖者(불이현사불초자), 伯夷也(백이야), 五就湯(오취탕), 五就桀者(오취걸자), 伊尹也(이윤야), 不惡汚君(불오오군), 不辭小官者(불사소관자), 柳下惠也(유하혜야). 三子者不同道(삼자자부동도), 其趨一也(기추일야). 一者何也(일자하야)? 曰(왈), 仁也(인야). 君子亦仁而已矣(군자역인이이의), 何必同(하필동)?

맹자(孟子)께서 말씀하셨다(曰). 아랫(下)자리(位)에 거하면서(居), 어짊(賢)으로(以) 불초자(不肖)를 섬기지(事) 않은(不) 사람(者)이 백이(伯夷)인 것이고(也), 다섯 번(五) 탕왕(湯)에게 나아가고(就) 다섯 번(五) 걸왕(桀)에게 나아간(就) 사람(者)이 이윤(伊尹)인 것이고(也), 더러운(汚) 임금(君)을 싫어하지(惡) 않고(不), 작은(小) 관직(官)도 사양하지(辭) 않은(不) 사람(者)이 유하혜(柳下惠)인 것입니다(也). 세(三) 분(子)은(者) 방법(道)이 같지(同) 않았으나(不), 그(其) 취지(趨)는 하나인(一) 것입니다(也). 하나(一)는(者) 무엇(何)이겠습니까(也)? 말하면(曰), 인(仁)인 것입니다(也). 군자(君子)는 또한(亦) 인할(仁) 뿐이니(而已矣), 하필(何必) 같아야 하겠습니까(同)?

曰(왈). 魯繆公之時(노목공지시), 公儀子爲政(공의자위정), 子柳·子思爲臣(자류자사위신), 魯之削也滋甚(노지삭야자심). 若是乎賢

者之無益於國也(약시호현자지무익어국야)?

말했다(曰). 노나라(魯) 목공(繆公)의(之) 때(時), 공의자(公儀子)가 정사(政)를 했고(爲), 자류(子柳)와 자사(子思)가 신하(臣)가 되었는데(爲), 노나라(魯)가(之) 줄어드는(削) 것이(也) 더욱 더(滋) 심했습니다(甚). 이(是)와 같습니(若)까(乎)? 현자(賢者)가(之) 나라(國)에(於) 무익함(無益)이(也).

曰(왈). 虞不用百里奚而亡(우불용백리해이망), 秦穆公用之而霸(진목공용지이패). 不用賢則亡(불용현즉망), 削何可得與(삭하가득여)?

말씀하셨다(曰). 우나라(虞)는 백리해(百里奚)를 쓰지(用) 않아(不)서(而) 망했고(亡), 진나라(秦) 목공(穆公)은 그(之)를 등용해(用)서(而) 패업을 이루었습니다(霸). 현자(賢)를 쓰지(用) 않으(不)면(則) 망하는 것이니(亡), 줄어드는 것(削), (그것을) 어찌(何) 얻을(得) 수(可) 있겠습니까(與)?

曰(왈). 昔者王豹處於淇(석자왕표처어기), 而河西善謳(이하서선구), 綿駒處於高唐(면구처어고당), 而齊右善歌(이제우선가), 華周·杞梁之妻善哭其夫(화주기량지처선곡기부), 而變國俗(이변국속). 有諸內(유저내), 必形諸外(필형저외), 爲其事而無其功者(위기사이무기공자), 髡未嘗睹之也(곤미상도지야). 是故無賢者也(시고무현자야). 有則髡必識之(유즉곤필식지).

말했다(曰). 옛날(昔)에(者) 왕표(王豹)가 기수(淇)에(於) 거처하(處)자(而), 하서 사람(河西)이 노래(謳)를 잘했고(善), 면구(綿駒)가 고당(高唐)에(於) 거처하(處)자(而), 제나라(齊) 오른쪽 사람(右)이 노래(歌)를 잘했고(善), 화주(華周)와 기량(杞梁)의(之) 아내(妻)가 그(其) 지아비(夫)에 곡(哭)을 잘하(善)자(而), 나라(國)의 풍속(俗)이 바뀌었습니다(變). 그것을(諸) 안(內)에 가지고 있으면(有), 반드시(必) 그것이(諸) 밖으로(外) 드러나니(形), 그(其) 일(事)을 하(爲)고도(而), 그(其) 공(功)이 없는(無) 경우(者)는 곤(髡, 순우곤)이 일찍이(嘗) 그것(之)을 본 적(睹)이 아직 없습니(未)다(也). 이(是) 때문에(故) 현자(賢者)가 없는(無) 것입니다(也). 있었다(有)면(則), 곤(髡)이 반드시(必) 그것(之)을 알았을 것입니다(識).

曰(왈). 孔子爲魯司寇(공자위노사구), 不用(불용), 從而祭(종이제), 燔肉不至(번육부지), 不稅冕而行(불탈면이행). 不知者以爲爲肉也(부지자이위위육야), 其知者以爲爲無禮也(기지자이위위무례야). 乃孔子則欲以微罪行(내공자즉욕이미죄행), 不欲爲苟去(불욕위구거), 君子之所爲(군자지소위), 衆人固不識也(중인고불식야).

말씀하셨다(曰). 공자(孔子)께서 노나라(魯)의 사구(司寇)가 되었는데(爲), 쓰이지(用) 않으셨고(不) 계속해서(從而) 제사 지냈는데도(祭) 제사(燔) 고기(肉)가 이르지(至) 않자(不), 면류관(冕)을 벗지도(稅) 않으시(不)고(而) 떠나셨습니다(行). 알지(知) 못하는(不) 자(者)는 그것을(以) 고기(肉) 때문(爲)이라 여겼을(爲) 것이고(也), 그(其) 아는(知) 자(者)는 그것을(以) 예(禮)가 없었기(無) 때문(爲)이라 여겼을(爲) 것입니다(也). 이에(乃) 공자(孔子)께서는(則) 하찮은(微) 죄(罪)로는(以) 떠나려(行) 했지만(欲), 구차하게(苟) 떠나려(去) 하(爲)지(欲) 않으셨으니(不), 군자(君子)가(之) 하는(爲) 바(所)는 보통 사람(衆人)이 진실로(固) 알지(識) 못하는(不) 것입니다(也).

*淳于髡(순우곤): 제(齊)나라 관료이자 학자 ‖ *湯(탕): 상(商)나라 초대 왕 ‖ *桀(걸): 하(夏)나라 마지막 왕 ‖ *何必(하필): 어찌하여 꼭(반드시) ‖ *趨(추): 취지 ‖ *而已矣(이이의): : ~일 뿐이다 ‖ *滋(자): 더욱더 ‖ *謳(구): 노래 ‖ *有+명사: ①~이(가) 있다(술어+보어), ②~을(를) 가지고 있다(술어+목적어) ‖ *睹(도): 보다 ‖ *司寇(사구): 형벌을 맡아보는 관직 ‖ *從而(종이): 계속해서, 따라서 ‖ *燔(번): 제사 고기 / 燔肉(번육): 제사 고기 ‖ *稅(탈): 벗다.

부록 최소한 문법: 者, 之, 未, 於, 而, 不, 以, 可, 諸, 以爲, 欲, 所.

7장

孟子曰(맹자왈). 五霸者(오패자), 三王之罪人也(삼왕지죄인야), 今之諸侯(금지제후), 五霸之罪人也(오패지죄인야), 今之大夫(금지대부), 今之諸侯之罪人也(금지제후지죄인야).

맹자(孟子)께서 말씀하셨다(曰). 오패(五霸)는(者) 삼왕(三王, 우왕, 탕왕, 문·무왕)의(之) 죄인(罪人)인 것이고(也), 오늘날(今)의(之) 제후(諸侯)는 오패(五霸)의(之) 죄인(罪人)인 것이며(也), 오늘날(今)의(之) 대부(大夫)는 오늘날(今)의(之) 제후(諸侯)의(之) 죄인(罪人)인 것이다(也).

天子適諸侯曰巡狩(천자적제후왈순수), 諸侯朝於天子曰述職(제후조어천자왈술직). 春省耕而補不足(춘성경이보부족), 秋省斂而助不給(추성렴이조불급). 入其疆(입기강), 土地辟(토지벽), 田野治(전야치), 養老尊賢(양로존현), 俊傑在位(준걸재위), 則有慶(즉유경), 慶以地(경이지), 入其疆(입기강), 土地荒蕪(토지황무), 遺老失賢(유로실현), 掊克在位(부극재위), 則有讓(즉유양). 一不朝則貶其爵(일부조즉폄기작), 再不朝則削其地(재부조즉삭기지), 三不朝則六師移之(삼부조즉육사이지). 是故天子討而不伐(시고천자토이불벌), 諸侯伐而不討(제후벌이불토). 五霸者(오패자), 摟諸侯以伐諸侯者也(누제후이벌제후자야). 故曰(고왈), 五霸者(오패자), 三王之罪人也(삼왕지죄인야).

천자(天子)가 제후(諸侯)에 가는(適) 것, 순수(巡狩)라 말하고(曰), 제후(諸侯)가 천자(天子)에게(於) 조회하는(朝) 것, 술직(述職)이라 말한다(曰). 봄(春)에 경작하는 것(耕)을 살펴(省)서(而), 충분하지(足) 않은(不) 것을 보충해 주고(補), 가을(秋)에 거둬들이는 것(斂)을 살펴(省)서(而), 넉넉하지(給) 않은(不) 것을 도와준다(助). 그(其) 경내(疆)

에 들어갔을 때(入), 토지(土地)가 개간되고(辟), 밭(田)과 들(野)이 다스려지고(治), 노인(老)을 봉양하고(養), 현자(賢)를 존중하며(尊), 훌륭한 인재(俊傑)가 지위(位)에 있으(在)면(則), 상(慶)이 있는데(有) 토지(地)로(以) 상을 내려주고(慶), 그(其) 경내(疆)에 들어갔을 때(入), 토지(土地)가 황폐하며(荒蕪), 노인(老)을 버리고(遺), 현자(賢)를 잃어버리며(失), 수탈하는 자(掊克)가 자리(位)에 있으(在)면(則), 꾸짖는 것(讓)이 있다(有). 한 번(一) 조회하지(朝) 않으(不)면(則), 그(其) 관작(爵)을 낮추고(貶), 두 번(再) 조회하지(朝) 않으(不)면(則), 그(其) 땅(地)을 줄이고(削), 세 번(三) 조회하지(朝) 않으(不)면(則), 육군(六師)으로 그(之)를 바꾼다(移). 이(是) 때문에(故) 천자(天子)는 치죄만 하(討)고(而) 정벌하지(伐) 않으며(不), 제후(諸侯)는 정벌만 하(伐)고(而), 치죄하지 않는다(討). 오패(五霸)는(者) 제후(諸侯)를 이끌어(摟), 그것으로(以) 제후(諸侯)를 정벌하는(伐) 것(者)이다(也). 그러므로(故) 오패(五霸)는(者) 삼왕(三王)의(之) 죄인(罪人)이라고 말한(曰) 것이다(也).

五霸(오패), 桓公爲盛(환공위성), 葵丘之會諸侯(규구지회제후), 束牲載書而不歃血(속생재서이불삽혈), 初命曰(초명왈), 誅不孝(주불효), 無易樹子(무역수자), 無以妾爲妻(무이첩위처). 再命曰(재명왈), 尊賢育才(존현육재), 以彰有德(이창유덕). 三命曰(삼명왈), 敬老慈幼(경노자유), 無忘賓旅(무망빈려). 四命曰(사명왈), 士無世官(사무세관), 官事無攝(관사무섭), 取士必得(취사필득), 無專殺大夫(무전살대부). 五命曰(오명왈), 無曲防(무곡방), 無遏糴(무알적), 無有封而不告(무유봉이불고). 曰凡我同盟之人(왈범아동맹지인), 旣盟之後(기맹지후), 言歸于好(언귀우호), 今之諸侯皆犯此五禁(금지제후개범차오금). 故曰(고왈), 今之諸侯(금지제후), 五霸之罪人也(오패지죄인야).

오패(五霸)에서 (제나라) 환공(桓公)이 성함(盛)이 되었는데(爲), 규구(葵丘)의(之) 회맹(會)에서 제후(諸侯)와 희생(牲)을 묶어 놓고(束) 문서(書)를 올려놓(載)고서(而), 피(血)

를 마시지(歃) 않고(不) (말했다). 첫 번째(初) 명(命)에 말하길(曰), 불효자(不孝)를 처벌하고(誅), 적자(樹子)를 바꾸지(易) 말며(無), 첩(妾)을(以) 아내(妻)로 삼지(爲) 말라(無). 두 번째(再) 명(命)에 말하길(曰), 현자(賢)를 존중하고(尊), 인재(才)를 육성하여(育), 그것으로(以) 덕(德)이 있는(有) 자를 드러내라(彰). 세 번째(三) 명(命)에 말하길(曰), 노인(老)을 공경하고(敬), 어린이(幼)를 사랑하며(慈), 손님(賓)과 나그네(旅)를 잊지(忘) 말라(無). 네 번째(四) 명(命)에 말하길(曰), 선비(士)는 관직(官)을 세습하지(世) 말고(無), 관청(官)의 일(事)은 겸하지(攝) 말며(無), 선비(士)를 취할 때(取) 반드시(必) (적임자를) 얻도록 하며(得), 마음대로(專) 대부(大夫)를 죽이지(殺) 말라(無). 다섯 번째(五) 명(命)에 말하길(曰), 제방(防)을 굽게 하지(曲) 말고(無), 쌀을 사들이는 것(糴)을 막지(遏) 말며(無), 봉해준 것(封)이 있(有)는데(而), 고하지(告) 않는(不) 일이 없도록 하라(無). 말하길(曰), 무릇(凡) 우리(我) 동맹(同盟)한(之) 사람(人)은 이미(旣) 그것(之)을 맹약한(盟) 뒤에(後) 좋은 곳(好)으로(于) 돌아가자(歸) 말했는데(言), 오늘날(今)의(之) 제후(諸侯)는 모두(皆) 이(此) 다섯 가지(五) 금령(禁)을 범하고 있다(犯). 그러므로(故) 오늘날(今)의(之) 제후(諸侯)는 오패(五霸)의(之) 죄인(罪人)이라 말한(曰) 것이다(也).

※ 일반적으로 '言歸于好'에서 '言'은 어조사로 번역하지 않는다.

長君之惡(장군지악), **其罪小**(기죄소), **逢君之惡**(봉군지악), **其罪大**(기죄대), **今之大夫**(금지대부), **皆逢君之惡**(개봉군지악). **故曰**(고왈), **今之大夫**(금지대부), **今之諸侯之罪人也**(금지제후지죄인야).

임금(君)의(之) 악(惡)을 조장하는(長) 것은 그(其) 죄(罪)가 작지만(小), 임금(君)의(之) 악(惡)과 영합하는(逢) 것은 그(其) 죄(罪)가 큰데(大), 오늘날(今)의(之) 대부(大夫)는 모두(皆) 임금(君)의(之) 악(惡)과 영합하고 있다(逢). 그러므로(故) 오늘날(今)의(之) 대부(大夫)는 오늘날(今)의(之) 제후(諸侯)의(之) 죄인(罪人)이라고 말한(曰) 것이다(也).

*疆(강): 지경, 경계 ‖ *辟(벽): 개척하다, 개간하다 ‖ *有+명사: ①~이(가) 있다(술어+보어), ②~을(를) 가지고 있다(술어+목적어) ‖ *慶(경): 상으로 내리는 것 ‖ *掊克(부극): 함부로

돈이나 물건을 거두어들임 ‖ *讓(양): 꾸짖다 ‖ *師(사): 군대, 군사 ‖ *貶(폄): 낮추다 ‖ *摟(루/누): 끌어모으다 ‖ *歃(삽): 마시다 ‖ *樹子(수자): =嫡子 ‖ *攝(섭): 겸하다 ‖ *遏糴(알적): 사들이는 것을 막다 / 遏(알): 막다 / 糴(적): 쌀을 사다 ‖ *防(방): 둑.

부록 최소한 문법: 之, 而, 以, 不, 者, 必, 于.

8장

魯欲使愼子爲將軍(노욕사신자위장군), 孟子曰(맹자왈). 不教民而用之(불교민이용지), 謂之殃民(위지앙민), 殃民者(앙민자), 不容於堯·舜之世(불용어요순지세). 一戰勝齊(일전승제), 遂有南陽(수유남양), 然且不可(연차불가).

노나라(魯)가 신자(愼子)로 하여금(使) 장군(將軍)으로 삼으려(爲) 하자(欲), 맹자(孟子)께서 말씀하셨다(曰). 백성(民)을 가르치지(教) 않(不)고(而) 그들(之)을 쓰는 것(用), 그것(之)을 백성(民)을 해친다(殃)고 말하는데(謂), 백성(民)을 해치는(殃) 자(者)는 요순(堯舜)의(之) 세상(世)에서도(於) 용납되지(容) 않았다(不). 한 번(一)의 전쟁(戰)으로 제나라(齊)를 이겨(勝) 마침내(遂) 남양(南陽)을 가진다고(有) 하더라도(然), 또한(且) 옳지(可) 않다(不).

愼子勃然不悅曰(신자발연불열왈). 此則滑釐所不識也(차즉골리소불식야).

신자(愼子)가 발끈하여(勃然) 기뻐하지(悅) 않으며(不) 말했다(曰). 이(此)는(則) 골리(滑釐, 신자)가 알지(識, 이해하지) 못하는(不) 바(所)입니다(也).

曰(왈). 吾明告子(오명고자). 天子之地方千里(천자지지방천리), 不千里(불천리), 不足以待諸侯(부족이대제후), 諸侯之地方百里(제후지지방백리), 不百里(불백리), 不足以守宗廟之典籍(부족이수종묘지전적).

말씀하셨다(曰). 내(吾)가 분명히(明) 그대(子)에게 말하겠습니다(告). 천자(天子)의(之) 땅(地)은 사방(方) 천 리인데(千里), 천 리가 되지(千里) 않으면(不) 제후(諸侯)를 대접할(待) 수(足以) 없고(不), 제후(諸侯)의(之) 땅(地)은 사방(方) 백 리인데(百里), 백 리가 되지(百里) 않으면(不) 종묘(宗廟)의(之) 전적(典籍)을 지킬(守) 수(足以) 없습니다(不).

周公之封於魯(주공지봉어노), 爲方百里也(위방백리야), 地非不足(지비부족), 而儉於百里(이검어백리). 太公之封於齊也(태공지봉어제야), 亦爲方百里也(역위방백리야), 地非不足也(지비부족야), 而儉於百里(이검어백리).

주공(周公)이(之) 노나라(魯)에(於) 봉해질 때(封) 사방(方) 백 리(百里)가 되었는(爲)데(也), 땅(地)이 부족한 것(不足)은 아니(非)지만(而), 백 리(百里)로(於) 넉넉하지 못했습니다(儉). 강태공(太公)이(之) 제나라(齊)에(於) 봉해질 때(封)도(也) 또한(亦) 사방(方) 백 리(百里)가 되었으(爲)니(也), 땅(地)이 부족한 것(不足)은 아니(非)지(也)만(而) 백 리(百里)로(於) 넉넉하지 못했습니다(儉).

今魯方百里者五(금노방백리자오). 子以爲有王者作(자이위유왕자작), 則魯在所損乎(즉노재소손호)? 在所益乎(재소익호)?

지금(今) 노나라(魯)는 사방(方) 백 리(百里)인 것(者)이 다섯입니다(五). 그대(子)가 여기길(以爲), 왕업(王)이 있는(有) 자(者)가 나온다(作)면(則), 노나라(魯)는 줄여야 할(損) 바(所)가 있겠(在)습니까(乎)? 더할(益) 바(所)가 있겠(在)습니까(乎)?

徒取諸彼以與此(도취저피이여차), 然且仁者不爲(연차인자불위), 況於殺人以求之乎(황어살인이구지호)?

단지(徒) 그것을(諸) 저기(彼)에서 취하여(取), 그것으로(以) 여기(此)에 주더(與)라도(然), 또한(且) 인자(仁者)는 하지(爲) 않는데(不), 하물며(況) 사람(人)을 죽이면서(殺) 그것으로(以) 그것(之)을 구하는(求) 것에 대해(於) (무엇)하겠습니까(乎)?

君子之事君也(군자지사군야), 務引其君以當道(무인기군이당도), 志於仁而已(지어인이이).

군자(君子)가(之) 임금(君)을 섬기는(事) 것은(也), 그(其) 임금(君)을 힘써(務) 인도하여(引), 그것으로(以) 도(道)에 합당하게 하고(當), 인(仁)에(於) 뜻을 둘(志) 뿐입니다(而已).

*愼子(신자): 노(魯)나라 신하 ‖ *有+명사: ①~이(가) 있다(술어+보어), ②~을(를) 가지고 있다(술어+목적어) ‖ *勃然(발연): 왈칵 성을 내는 태도나 일어나는 모양이 세차고 갑작스러움 ‖ *儉(검): 넉넉하지 못하다 ‖ *有~者: ①~한 사람(경우)이 있다, ②~이 있는 사람(경우) ‖ *而已(이이): ~일 뿐이다.

부록 최소한 문법: 欲, 使, 不, 而, 之, 者, 於, 所, 足以, 非, 諸, 以.

9장

孟子曰(맹자왈). 今之事君者曰(금지사군자왈), 我能爲君辟土地(아능위군벽토지), 充府庫(충부고). 今之所謂良臣(금지소위양신), 古之所謂民賊也(고지소위민적야). 君不鄕道(군불향도), 不志於

仁(부지어인), 而求富之(이구부지), 是富桀也(시부걸야).

맹자(孟子)께서 말씀하셨다(曰). 오늘날(今)에(之) 임금(君)을 섬기는(事) 자(者)들이 말하길(曰), '나(我)는 임금(君)을 위해(爲) 토지(土地)를 개간하고(辟), 창고(府庫)를 채울(充) 수 있다(能).'고 한다. (이런 자는) 오늘날(今)에(之) 이른바(所謂) 훌륭한(良) 신하지만(臣), 옛날(古)에는(之) 이른바(所謂) 백성(民)의 적(賊)이다(也). 임금(君)이 도(道)를 향하지도(鄕) 않고(不), 인(仁)에(於) 뜻을 두지도(志) 않(不)는데(而), 그(之)를 부유하게 하는(富) 것을 구하니(求), 이(是)는 걸왕(桀)을 부유하게 하는(富) 것이다(也).

我能爲君約與國(아능위군약여국), 戰必克(전필극). 今之所謂良臣(금지소위양신), 古之所謂民賊也(고지소위민적야). 君不鄕道(군불향도), 不志於仁(부지어인), 而求爲之强戰(이구위지강전), 是輔桀也(시보걸야).

'나(我)는 임금(君)을 위해(爲) 동맹국(國)과(與) 맹약하여(約) 전쟁하면(戰), 반드시(必) 승리할(克) 수 있다(能).'고 한다. 오늘날(今)에(之) 이른바(所謂) 훌륭한(良) 신하지만(臣), 옛날(古)에는(之) 이른바(所謂) 백성(民)의 적(賊)인 것이다(也). 임금(君)이 도(道)를 향하지도(鄕) 않고(不), 인(仁)에(於) 뜻을 두지도(志) 않(不)는데(而), 그(之)를 위하여(爲) 억지로(强) 전쟁하는 것(戰)을 구하니(求), 이(是)는 걸왕(桀)을 도와주는(輔) 것이다(也).

由今之道(유금지도), 無變今之俗(무변금지속), 雖與之天下(수여지천하), 不能一朝居也(불능일조거야).

오늘날(今)의(之) 도(道)를 따르기만 하고(由), 오늘날(今)의(之) 풍속(俗)을 바꾸지(變) 않으면(無), 비록(雖) 그(之)에게 천하(天下)를 주더라도(與), 하루(一)아침(朝)도 차지할(居) 수(能) 없을(不) 것이다(也).

*辟(벽): 개척하다, 개간하다 ‖ *府庫(부고): 곳간, 창고 ‖ *鄉(향): 향하다 ‖ *桀(걸): 하(夏)나라 마지막 왕 ‖ *居(거): 차지하다.

부록 최소한 문법: 之, 者, 能, 所, 不, 於, 而, 與, 必.

10장

白圭曰(백규왈). 吾欲二十而取一(오욕이십이취일), 何如(하여)?

백규(白圭)가 말했다(曰). 나(吾)는 스물(二十)에서(而) 하나(一)를 취하려(取) 하는데(欲), 어떻습니까(何如)?

孟子曰(맹자왈). 子之道(자지도), 貉道也(맥도야).

맹자(孟子)께서 말씀하셨다(曰). 그대(子)의(之) 방법(道)은 오랑캐(貉)의 방법(道)입니다(也).

萬室之國(만실지국), 一人陶(일인도), 則可乎(즉가호)? 曰(왈). 不可(불가). 器不足用也(기부족용야).

만실(萬室)의(之) 나라(國)에서 한(一) 사람(人)이 질그릇을 굽는다(陶)면(則), 괜찮(可)겠습니까(乎)? 말했다(曰). 불가합니다(不可). 그릇(器)이 쓰기(用)에 충분하지(足) 않을(不) 것입니다(也).

曰(왈). 夫貉(부맥), 五穀不生(오곡불생), 惟黍生之(유서생지), 無城郭·宮室·宗廟·祭祀之禮(무성곽궁실종묘제사지례), 無諸侯幣

帛饔飧(무제후폐백옹손), 無百官有司(무백관유사). 故二十取一而足也(고이십취일이족야).

말씀하셨다(曰). 저(夫) 오랑캐(貉)에는 오곡(五穀)이 자라지(生) 않고(不), 오직(惟) 기장(黍)만 거기(之)에서 자라니(生), 성곽(城郭)과 궁실(宮室), 종묘(宗廟)와 제사(祭祀)의(之) 예(禮)가 없고(無), 제후(諸侯)와 폐백(幣帛), 음식(饔飧)을 (접대하는 예가) 없으며(無), 백관(百官)과 유사(有司)가 없습니다(無). 그러므로(故) 스물(二十)에서 하나(一)만을 취하(取)더라도(而) 충분한(足) 것입니다(也).

今居中國(금거중국), 去人倫(거인륜), 無君子(무군자), 如之何其可也(여지하기가야)?

지금(今) 중국(中國)에 거하면서(居), 인륜(人倫)을 버리거나(去) 군자(君子)가 없으면(無), 어찌(如之何) 그것(其)이 괜찮은(可) 것이겠습니까(也)?

※ 君子: 일반적으로 관료나 관리로 번역한다.

陶以寡(도이과), 且不可以爲國(차불가이위국), 況無君子乎(황무군자호)?

질그릇(陶)이 너무(以) 적어도(寡) 또한(且) 나라(國)를 다스릴(爲) 수(可以) 없는데(不), 하물며(況) 군자(君子)가 없어서(無) (어떠하겠습니)까(乎)?

欲輕之於堯·舜之道者(욕경지어요순지도자), 大貉小貉也(대맥소맥야), 欲重之於堯·舜之道者(욕중지어요순지도자), 大桀(대걸), 小桀也(소걸야).

그것(之)을 요순(堯舜)의(之) 도(道)보다(於) 가볍게 하(輕)려는(欲) 자(者)는 큰(大) 오랑캐(貉)나 작은(小) 오랑캐(貉)인 것이고(也), 그것(之)을 요순(堯舜)의(之) 도(道)보다(於) 무겁게 하(重)려는(欲) 자(者)는 큰(大) 걸왕(桀)이나 작은(小) 걸왕(桀)인 것입니다(也).

*白圭(백규): 주(周)나라 거상으로 알려진 인물 ‖ *何如(하여): 무엇과 같은가? 어찌하여, 어떠한가? ‖ *貉(맥): 오랑캐 ‖ *黍(서): 기장 ‖ *如之何(여지하): 그것이 무엇과 같은가? 어떻게 하는가? 어찌할까? 어떻게 하여, 어떠한가? ‖ *饔飧(옹손): 아침밥과 저녁밥→ 음식 / 饔(옹): 아침밥 / 飧(손): 저녁밥 ‖ *以(이): 너무 ‖ *桀(걸): 하(夏)나라 마지막 왕.

부록 최소한 문법: 而, 欲, 之, 不, 可以, 於, 者.

11장

白圭曰(백규왈). 丹之治水也(단지치수야), 愈於禹(유어우).

백규(白圭)가 말했다(曰). 단(丹, 백규)이(之) 물(水)을 다스리는(治) 것은(也) 우왕(禹)보다(於) 낫습니다(愈).

孟子曰(맹자왈). 子過矣(자과의). 禹之治水(우지치수), 水之道也(수지도야).

맹자(孟子)께서 말씀하셨다(曰). 그대(子)가 잘못한(過) 것입니다(矣). 우왕(禹)께서(之) 물(水)을 다스린(治) 것은 물(水)의(之) 도(道)인 것입니다(也).

是故禹以四海爲壑(시고우이사해위학), 今吾子以隣國爲壑(금오자이인국위학).

이(是) 때문에(故) 우왕(禹)께서는 사해(四海)를(以) 골짜기(壑)로 삼으셨는데(爲), 지금(今) 그대(吾子)는 이웃(隣) 나라(國)를(以) 골짜기(壑)로 삼았습니다(爲).

水逆行(수역행), 謂之洚水(위지강수), 洚水者(강수자), 洪水也(홍수야). 仁人之所惡也(인인지소오야), 吾子過矣(오자과의).

물(水)이 거꾸로(逆) 흐르는 것(行), 그것(之)을 강수(洚水)라 말하는데(謂), 강수(洚水)라는 것(者)은 홍수(洪水)입니다(也). (이것은) 인자(仁人)가(之) 미워하는(惡) 바(所)이니(也), 그대(吾子)가 잘못한(過) 것입니다(矣).

*白圭(백규): 주(周)나라 거상으로 알려진 인물 ‖ *壑(학): 골, 골짜기 ‖ *吾子(오자): 친구(아주 친한 사이에서 부르는 호칭) ‖ *洚(강): 내리다.

부록 최소한 문법: 之, 於, 以爲, 者, 所.

12장

孟子曰(맹자왈). 君子不亮(군자불량), 惡乎執(오호집)?

맹자(孟子)께서 말씀하셨다(曰). 군자(君子)가 신실하지(亮) 않으면(不), 무엇(惡)이겠는가(乎)? 잡을 것(執)이.

*亮(량/양): 밝다, 믿음성이 있다(미쁘다).

부록 최소한 문법: 不.

13장

魯欲使樂正子爲政(노욕사악정자위정), 孟子曰(맹자왈). 吾聞之(오문지), 喜而不寐(희이불매).

노나라(魯)에서 악정자(樂正子)로 하여금(使) 정사(政)를 하게(爲) 하고자 하니(欲), 맹자(孟子)께서 말씀하셨다(曰). 내(吾)가 그것(之)을 듣고(聞) 기뻐(喜)서(而) 잠을 이루지(寐) 못했다(不).

公孫丑曰(공손추왈). 樂正子强乎(악정자강호)? 曰(왈). 否(부). 有知慮乎(유지려호)? 曰(왈). 否(부). 多聞識乎(다문식호)? 曰(왈). 否(부).

공손추(公孫丑)가 말했다(曰). 악정자(樂正子)는 강합니(强)까(乎)? 말씀하셨다(曰). 아니다(否). 지혜(知)와 사려(慮)가 있습니(有)까(乎)? 말씀하셨다(曰). 아니다(否). 견문(聞)과 식견(識)이 많습니(多)까(乎)? 말씀하셨다(曰). 아니다(否).

然則奚爲喜而不寐(연즉해위희이불매)?

그렇다(然)면(則) 무엇(奚) 때문에(爲) 기뻐(喜)서(而) 잠을 이루지(寐) 못했습니까(不)?

曰(왈). 其爲人也好善(기위인야호선). 好善足乎(호선족호)?

말씀하셨다(曰). 그(其) 사람(人)됨(爲)이(也) 선(善)을 좋아한다(好). (말했다.) 선(善)을 좋아하면(好) 충분합(足)니까(乎)?

曰(왈). 好善優於天下(호선우어천하), 而況魯國乎(이황노국호)?

말씀하셨다(曰). 선(善)을 좋아하면(好) 천하(天下)를(於) (다스리는 데도) 넉넉한(優)데(而), 하물며(況) 노(魯)나라(國)는 (어떻겠느)냐(乎)?

夫苟好善(부구호선), 則四海之內(즉사해지내), 皆將輕千里而來告之以善(개장경천리이래고지이선).

무릇(夫) 진실로(苟) 선(善)을 좋아하(好)면(則), 사해(四海)의(之) 안(內)이 모두(皆) 장차(將) 천리(千里)를 가볍다고 여기(輕)고(而) 와서(來) 그(之)에게 고하기(告)를 선(善)으로(以) 한다.

夫苟不好善(부구불호선), 則人將曰(즉인장왈), 訑訑(이이), 予既已知之矣(여기이지지의), 訑訑之聲音顏色(이이지성음안색), 距人於千里之外(거인어천리지외). 士止於千里之外(사지어천리지외), 則讒諂面諛之人至矣(즉참첨면유지인지의), 與讒諂面諛之人居(여참첨면유지인거), 國欲治(국욕치), 可得乎(가득호)?

무릇(夫) 진실로(苟) 선(善)을 좋아하지(好) 않으(不)면(則), 사람들(人)이 장차(將) 말하길(曰), '잘난 체할 것(訑訑), 내(予)가 이미(既已) 그것(之)을 알고(知) 있다(矣).'고 하리니, 잘난 체(訑訑)하는(之) 음성(聲音)과 얼굴빛(顏色)이 사람(人)을 천 리(千里)의(之) 밖(外)에서(於) 막는다(距). 선비(士)가 천 리(千里)의(之) 밖(外)에서(於) 멈추(止)면(則), 참소하고(讒) 아첨하고(諂) 면전(面)에서 아부(諛)하는(之) 사람(人)이 이를(至) 것이니(矣), 참소하고(讒) 아첨하고(諂) 면전(面)에서 아부(諛)하는(之) 사람(人)과(與) 거하면서(居) 나라(國)가 다스려(治)지고자(欲) 하면, 얻을(得) 수(可) 있겠는가(乎)?

*樂正子(악정자): 노(魯)나라에서 벼슬한 맹자의 제자 ‖ *公孫丑(공손추): 만장(萬章)과 더불어 맹자의 뛰어난 제자로 제(齊)나라 사람 ‖ *有+명사: ①~이(가) 있다(술어+보어), ②~을(를) 가지고 있다(술어+목적어) ‖ *訑訑(이이): 으쓱거리며 잘난 체하는 모양 / 訑(이): 으쓱거리다 ‖ *旣已(기이): 이미 ‖ *讒(참): 참소하다 ‖ *諂(첨): 아첨하다 ‖ *諛(유): 아첨하다.

부록 최소한 문법: 使, 欲, 之, 而, 不, 於, 以, 與, 可.

14장

陳子曰(진자왈). 古之君子何如則仕(고지군자하여즉사)? 孟子曰(맹자왈). 所就三(소취삼), 所去三(소거삼).

진자(陳子, 陳臻)가 말했다(曰). 옛날(古)의(之) 군자(君子)는 어떠하(何如)면(則) 벼슬했습니까(仕)? 맹자(孟子)께서 말씀하셨다(曰). (벼슬하러) 나아간(就) 경우(所)가 세 가지이고(三), 떠나는(去) 경우(所)가 세 가지이다(三).

迎之致敬以有禮(영지치경이유례), 言將行其言也(언장행기언야), 則就之(즉취지), 禮貌未衰(예모미쇠), 言弗行也(언불행야), 則去之(즉거지).

그(之)를 맞이할 때(迎) 공경(敬)을 다하고(致), 그것으로(以) 예(禮)가 있으며(有), 말하면(言) 장차(將) 그(其) 말(言)을 행하려 한(行)다(也)면(則), 그(之)에게 나아가고(就), 예(禮)나 태도(貌)가 줄어들지는(衰) 않았으나(未), 말(言)이 행해지지(行) 않는(弗)다(也)면(則), 그(之)를 떠났다(去).

其次(기차), 雖未行其言也(수미행기언야), 迎之致敬以有禮(영지치경이유례), 則就之(즉취지), 禮貌衰(예모쇠), 則去之(즉거지).

그(其)다음(次)은 비록(雖) 그(其) 말(言)을 행하지는(行) 않(未)았으나(也), 그(之)를 맞이할 때(迎) 공경(敬)을 다하고(致), 그것으로(以) 예(禮)가 있다(有)면(則), 그(之)에게 나아가고(就), 예(禮)와 태도(貌)가 줄어들(衰)면(則) 그(之)를 떠났다(去).

其下(기하), 朝不食(조불식), 夕不食(석불식), 饑餓不能出門戶(기아불능출문호), 君聞之曰(군문지왈), 吾大者不能行其道(오대자불능행기도), 又不能從其言也(우불능종기언야), 使飢餓於我土地(사기아어아토지), 吾恥之(오치지), 周之(주지), 亦可受也(역가수야), 免死而已矣(면사이이의).

그(其) 아래(下)는 아침(朝)도 먹지(食) 못하고(不) 저녁(夕)도 먹지(食) 못하여(不), 굶주려서(饑餓) 문(門戶)을 나갈(出) 수(能) 없는데(不), 임금(君)이 그것(之)을 듣고(聞) 말하길(曰), '내(吾)가 크게(大)는(者) 그(其) 도(道)를 행할(行) 수(能) 없고(不), 또(又) 그(其) 말(言)을 따르(從) 수(能) 없어(不)서(也), 그로 하여금(使) 내(我) 토지(土地)에서(於) 굶주리게 하는(飢餓) 것, 내(吾)가 그것(之)을 부끄러워한다(恥).'하고, 그(之)를 구제한다면(周) 또한(亦) 받을(受) 수(可) 있지만(也), 죽음(死)을 면할(免) 뿐이다(而已矣).

*陳子(진자): 맹자의 제자 진진(陳臻) ‖ *何如(하여): 무엇과 같은가? 어찌하여, 어떠한가? ‖ *有+명사: ①~이(가) 있다(술어+보어), ②~을(를) 가지고 있다(술어+목적어) ‖ *饑餓(기아): 먹을 것이 없어 배를 곯는 것 / 饑(기): 주리다 / 餓(아): 주리다 ‖ *門戶(문호): 문 ‖ *周(주): 구제하다 ‖ *而已矣(이이의): ~일 뿐이다.

부록 최소한 문법: 所, 之, 以, 未, 不, 能, 者, 使, 於, 可.

15장

孟子曰(맹자왈). **舜發於畎畝之中**(순발어견묘지중), **傳說擧於版築之間**(부열거어판축지간), **膠鬲擧於魚鹽之中**(교격거어어염지중), **管夷吾擧於士**(관이오거어사), **孫叔敖擧於海**(손숙오거어해), **百里奚擧於市**(백리해거어시).

맹자(孟子)께서 말씀하셨다(曰). 순임금(舜)께서는 논밭(畎畝)의(之) 가운데(中)에서(於) 드러났고(發), 부열(傳說)은 토목공사(版築)의(之) 사이(間)에서(於) 등용되었고(擧), 교격(膠鬲)은 어물(魚)과 소금(鹽)의(之) 가운데(中)에서(於) 등용되었고(擧), 관이오(管夷吾, 管仲)는 하급 관리(士)에서(於) 등용되었고(擧), 손숙오(孫叔敖)는 바닷가(海)에서(於) 등용되었고(擧), 백리해(百里奚)는 시장(市)에서(於) 등용되었다(擧).

※ 擧於魚鹽之中: 물고기와 소금을 팔다가 등용되었다는 의미이다.

※ 管夷吾擧於士: 관이오는 옥중에서 등용되었다고 번역하는 예가 있다.

故天將降大任於是人也(고천장강대임어시인야), **必先苦其心志**(필선고기심지), **勞其筋骨**(노기근골), **餓其體膚**(아기체부), **空乏其身**(공핍기신), **行拂亂其所爲**(행불란기소위), **所以動心忍性**(소이동심인성), **曾益其所不能**(증익기소불능).

그러므로(故) 하늘(天)이 장차(將) 그(是) 사람(人)에게(於) 큰(大) 일(任)을 내려 할(降) 때에(也), 반드시(必) 먼저(先) 그(其) 심지(心志)를 괴롭게 하고(苦), 그(其) 살(筋)과 뼈(骨)를 수고롭게 하며(勞), 그(其) 신체(體)와 피부(膚)를 주리게 하고(餓), 그(其) 몸(身)을 궁핍하게 하며(空乏), 행함(行)에 그(其)가 하는(爲) 바(所)를 거스르고(拂) 어지럽히니(亂), (이는) 마음(心)을 움직이고(動) 성질(性)을 참게 해서(忍), 그(其)가 할 수(能) 없는(不) 바(所)에 거듭(曾) 더하려는(益) 까닭이다(所以).

人恒過(인항과), 然後能改(연후능개). 困於心(곤어심), 衡於慮(횡어려), 而後作(이후작), 徵於色(징어색), 發於聲(발어성), 而後喩(이후유).

사람(人)은 항상(恒) 잘못한(過) 이후에야(然後) 고칠(改) 수 있다(能). 마음(心)에(於) 괴롭고(困) 생각(慮)에(於) 가로막힌(衡) 이후에야(而後) 분발하며(作), 안색(色)에(於) 나타나고(徵) 음성(聲)에(於) 드러난(發) 이후에야(而後) 깨닫는다(喩).

入則無法家拂士(입즉무법가필사), 出則無敵國外患者(출즉무적국외환자), 國恒亡(국항망).

들어가(入)면(則) 법도 있는(法) 집안(家)과 보필하는(拂) 선비(士)가 없고(無), 나오(出)면(則) 적국(敵國)과 외환(外患)이 없는(無) 것(者), (이러한) 나라(國)는 항상(恒) 망한다(亡).

然後知生於憂患(연후지생어우환), 而死於安樂也(이사어안락야).

그러한(然) 뒤에(後) 근심(憂)과 걱정(患)에서(於) 살(生)고(而), 안락(安樂)에서(於) 죽는다(死)는 것을 아는(知) 것이다(也).

*畎畝(견무): 논밭, 시골 ‖ *版築(판축): 판자를 양쪽에 대고 그사이에 흙을 넣어서 단단하게 다져 담이나 성벽 등을 쌓는 일→ 토목공사 ‖ *空乏(공핍): 곤궁하다, 궁핍하다 ‖ *筋(근): 힘줄, 살 ‖ *拂: (불) 떨치다, 거스르다 / (필) 보필하다.

부록 ☞ 최소한 문법: 之, 於, 必, 所, 能, 者, 而.

16장

孟子曰(맹자왈). 教亦多術矣(교역다술의). 予不屑之教誨也者(여불설지교회야자), 是亦教誨之而已矣(시역교회지이이의).

맹자(孟子)께서 말씀하셨다(曰). 가르침(教)에 또한(亦) 방법(術)이 많(多)다(矣). 내(予)가 그(之)를 달갑게 여기지(屑) 않고서(不), 가르쳐(教) 뉘우치게 하는(誨) 것(也者)은 이(是) 또한(亦) 그(之)를 가르쳐(教) 뉘우치게 하는(誨) 것일 뿐이다(而已矣).

※ 教誨也者: '가르침을 거절한다는 것은'으로 번역하는 예가 있다.

*教誨(교회): 잘못을 가르쳐 뉘우치게 하다 ‖ *屑(설): 달갑게 여기다 ‖ *也者(야자): ~라고 하는 것, ~이란 ‖ *而已矣(이이의): ~일 뿐이다.

부록 최소한 문법: 不, 之, 者.

진심상(盡心上)

1장

孟子曰(맹자왈). 盡其心者(진기심자), 知其性也(지기성야), 知其性(지기성), 則知天矣(즉지천의).

맹자(孟子)께서 말씀하셨다(曰). 그(其) 마음(心)을 다하는(盡) 자(者)는 그(其) 본성(性)을 알게 되는(知) 것이니(也), 그(其) 본성(性)을 알게 되(知)면(則), 하늘(天)을 알게 되는(知) 것이다(矣).

存其心(존기심), 養其性(양기성), 所以事天也(소이사천야),

그(其) 마음(心)을 보존하고(存) 그(其) 본성(性)을 기르는(養) 것이 하늘(天)을 섬기는(事) 방법(所以)이다(也).

殀壽不貳(요수불이), 修身以俟之(수신이사지), 所以立命也(소이입명야).

요절하고(殀) 장수하는(壽) 것에 의심하지(貳) 않고(不), 자신(身)을 닦아(修) 그렇게 함으로(以) 그것(之, 죽음)을 기다리는(俟) 것이 명(命)을 세우는(立) 방법(所以)이다(也).

*殀(요): 일찍 죽다, 요절하다 ‖ *貳(이): 의심하다.

부록 최소한 문법: 者, 所, 不, 以.

2장

孟子曰(맹자왈). 莫非命也(막비명야), 順受其正(순수기정).

맹자(孟子)께서 말씀하셨다(曰). (모든 것이) 명(命)이 아닌(非) 것이 없(莫)으나(也), 순리대로(順) 그(其) 정명(正)을 받아들여야 한다(受).

是故知命者(시고지명자), 不立乎巖墻之下(불립호암장지하).

이(是) 때문에(故) 명(命)을 아는(知) 자(者)는 돌로 쌓은(巖) 담장(墻)의(之) 아래(下)에(乎) 서지(立) 않는다(不).

※ 巖墻之下(암장지하): 위험한 상황을 의미한다.

盡其道而死者(진기도이사자), 正命也(정명야), 桎梏死者(질곡사자), 非正命也(비정명야).

그(其) 도(道)를 다하(盡)고(而) 죽는(死) 것(者)은 정명(正命)이고(也), 질곡을 받고(桎梏) 죽는(死) 것(者)은 정명(正命)이 아(非)니다(也).

*巖墻(암장): 돌로 쌓은 담장 ‖ *桎梏(질곡): 옛 형구인 차꼬와 수갑이란 뜻으로 속박.

부록 최소한 문법: 非, 莫, 者, 之, 不, 乎, 而.

3장

孟子曰(맹자왈). 求則得之(구즉득지), 舍則失之(사즉실지). 是求有益於得也(시구유익어득야), 求在我者也(구재아자야).

맹자(孟子)께서 말씀하셨다(曰). 구하(求)면(則) 그것(之)을 얻게 되고(得), 버려두(舍)면(則) 그것(之)을 잃게 된다(失). 이렇게(是) 구하는 것(求)은 얻는 것(得)에(於) 유익한 것(益)이 있는(有) 것이니(也), 자신(我)에게 있는(在) 것(者)을 구하기(求) 때문이다(也).

求之有道(구지유도), 得之有命(득지유명). 是求無益於得也(시구무익어득야), 求在外者也(구재외자야).

그것(之)을 구하는(求) 데에도 도(道)가 있고(有), 그것(之)을 얻는(得) 데에도 명(命)이 있다(有). 이렇게(是) 구하는 것(求)은 얻는 것(得)에(於) 유익한 것(益)이 없(無)으니(也), 밖(外)에 있는(在) 것(者)을 구하기(求) 때문이다(也).

*有+명사: ①~이(가) 있다(술어+보어), ②~을(를) 가지고 있다(술어+목적어).

부록 최소한 문법: 之, 於, 者.

4장

孟子曰(맹자왈). 萬物皆備於我矣(만물개비어아의), 反身而誠(반신이성), 樂莫大焉(낙막대언), 强恕而行(강서이행), 求仁莫近焉(구인막근언).

맹자(孟子)께서 말씀하셨다(曰). 만물(萬物)이 모두(皆) 나(我)에게(於) 갖춰져 있는(備) 것이니(矣), 자신(身)을 돌이켜(反)서(而) 진실하면(誠), 즐거움(樂)이 이보다(焉) 큰(大) 것이 없고(莫), 남을 이해하는 마음(恕)을 힘써(强)서(而) 행하면(行), 인(仁)을 구하는(求) 것이 이보다(焉) 가까운(近) 것이 없다(莫).

부록 최소한 문법: 於, 而, 焉, 莫.

5장

孟子曰(맹자왈). 行之而不著焉(행지이부저언), 習矣而不察焉(습의이불찰언). 終身由之而不知其道者(종신유지이부지기도자), 衆也(중야).

맹자(孟子)께서 말씀하셨다(曰). 그것(之)을 행하(行)면서도(而) 그것에(焉) 분명하지(著) 못하고(不), 익숙하(習)면서(矣)도(而) 그것을(焉) 살피지(察) 못한다(不). (그러므로) 종신토록(終身) 그것(之)을 따르(由)면서도(而) 그(其) 도(道)를 알지(知) 못하는(不) 자(者)가 많은(衆) 것이다(也).

부록 최소한 문법: 之, 而, 不, 焉, 者.

6장

孟子曰(맹자왈). 人不可以無恥(인불가이무치). 無恥之恥(무치지치), 無恥矣(무치의).

맹자(孟子)께서 말씀하셨다(曰). 사람(人)이 부끄러운 것(恥)이 없을(無) 수(可以) 없다(不). 부끄러운 것(恥)이 없는(無) 것을(之) 부끄러워한다면(恥), 부끄러워할 것(恥)이 없을(無) 것이다(矣).

부록 최소한 문법: 不, 可以, 之.

7장

孟子曰(맹자왈). 恥之於人大矣(치지어인대의).

맹자(孟子)께서 말씀하셨다(曰). 부끄러운 것(恥)은(之) 사람(人)에(於) 있어 큰(大) 것이다(矣).

爲機變之巧者(위기변지교자), 無所用恥焉(무소용치언).

때에 따라 변하(機變)는(之) 교묘함(巧)을 쓰는(爲) 자(者)는 그에게(焉) 부끄러움(恥)을 쓸(用) 바(所)가 없다(無).

不恥不若人(불치불약인), 何若人有(하약인유)?

부끄러워하지(恥) 않는(不) 것이 남(人)과 같지(若) 못하면(不), 남(人)과 같은(若) 것이 무엇(何)이 있겠는가(有)?

*機變(기변): 때에 따라 변함 / 機變之巧(기변지교): 때에 따라 쓰는 교묘한 수단 ‖ *何有(하유): 무엇이 있는가? 무슨 어려움이 있는가? 어렵지 않다.

부록 최소한 문법: 之, 於, 者, 所, 焉, 不.

8장

孟子曰(맹자왈). 古之賢王好善而忘勢(고지현왕호선이망세), 古之賢士何獨不然(고지현사하독불연)? 樂其道而忘人之勢(낙기도이망인지세). 故王公不致敬盡禮(고왕공불치경진례), 則不得亟見之(즉부득기견지). 見且猶不得亟(견차유부득기), 而況得而臣之乎(이황득이신지호)?

맹자(孟子)께서 말씀하셨다(曰). 옛날(古)의(之) 현명한(賢) 왕(王)은 선(善)을 좋아하(好)고(而), (자신의) 세력(勢)을 잊었는데(忘), 옛날(古)의(之) 현명한(賢) 선비(士)가 어찌(何) 홀로(獨) 그렇게 하지(然) 않았겠는가(不)? 자신(其)의 도(道)를 즐기(樂)고(而) 남(人)의(之) 세력(勢)을 잊었다(忘). 그러므로(故) 왕(王)이나 공(公)이라도 공경(敬)을 다하고(致), 예(禮)를 다하지(盡) 않으(不)면(則), 자주(亟) 그(之)를 만나볼(見) 수(得) 없었다(不). 만나는 것(見) 또한(且) 오히려(猶) 자주 할(亟) 수(得) 없(不)었는데(而), 하물며(況) 그(之)를 신하로 삼을(臣) 수(得而) 있었겠는가(乎)?

*得而(득이): =得以.

부록 최소한 문법: 之, 而, 不, 得, 得以.

9장

孟子謂宋句踐曰(맹자위송구천왈). 子好遊乎(자호유호)? 吾語子遊(오어자유).

맹자(孟子)께서 송구천(宋句踐)에게 일러(謂) 말씀하셨다(曰). 그대(子)는 유세하는 것(遊)을 좋아하는(好)가(乎)? 내(吾)가 그대(子)에게 유세하는 것(遊)을 말하겠네(語).

人知之(인지지), 亦囂囂(역효효), 人不知(인부지), 亦囂囂(역효효).

남(人)이 그것(之, 자기)을 알아주어도(知) 또한(亦) 자족하고(囂囂), 남(人)이 알아주지(知) 않아도(不) 또한(亦) 자족해야 한다(囂囂).

曰(왈). 何如斯可以囂囂矣(하여사가이효효의)? 曰(왈). 尊德樂義(존덕낙의), 則可以囂囂矣(즉가이효효의).

말했다(曰). 어찌하(何如)면(斯) 자족할(囂囂) 수(可以) 있습니까(矣)? 말씀하셨다(曰). 덕(德)을 존중하고(尊) 의(義)를 즐거워하(樂)면(則), 자족할(囂囂) 수(可以) 있다(矣).

故士窮不失義(고사궁불실의), 達不離道(달불리도).

그러므로(故) 선비(士)는 곤궁해도(窮) 의(義)를 잃지(失) 않고(不), 영달해도(達) 도(道)를 떠나지(離) 않는다(不).

窮不失義(궁불실의), 故士得己焉(고사득기언), 達不離道(달불리도), 故民不失望焉(고민불실망언).

곤궁해도(窮) 의(義)를 잃지(失) 않기(不) 때문에(故) 선비(士)가 거기에서(焉) 자기(己)를 얻을 수 있고(得), 영달해도(達) 도(道)를 떠나지(離) 않기(不) 때문에(故) 백성(民)이 거기에서(焉) 실망하지(失望) 않는다(不).

古之人(고지인), 得志(득지), 澤加於民(택가어민), 不得志(부득지), 修身見於世(수신현어세). 窮則獨善其身(궁즉독선기신), 達則兼善天下(달즉겸선천하).

옛날(古)의(之) 사람(人)은 뜻(志)을 얻으면(得) 은택(澤)이 백성(民)에게(於) 더해지고(加), 뜻(志)을 얻지(得) 못하면(不) 자신(身)을 닦아(修) 세상(世)에(於) 드러내었다(見). 곤궁하(窮)면(則) 홀로(獨) 그(其) 자신(身)을 선하게 하고(善), 영달하(達)면(則) 천하(天下)를 감화시켜 선하게 했다(兼善).

*宋句踐(송구천): 당시 유세객(遊說客) ‖ *遊(유): 유세 ‖ *囂囂(효효): 무욕자득(無欲自得)의 모습, 초연함 / 囂(효): 자득하여 무욕한 모습 ‖ *兼善(겸선): 나뿐만이 아니라 다른 사람도 감화시켜서 착하게 함.

부록 최소한 문법: 之, 不, 可以, 焉, 於.

10장

孟子曰(맹자왈). 待文王而後興者(대문왕이후흥자), 凡民也(범민야), 若夫豪傑之士(약부호걸지사), 雖無文王猶興(수무문왕유흥).

맹자(孟子)께서 말씀하셨다(曰). 문왕(文王) (같은 성군을) 기다린(待) 이후에(而後) 떨치고 일어나는(興) 자(者)가 일반백성(凡民)이니(也), 호걸(豪傑)과 같(若夫)은(之) 선비(士)는 비록(雖) 문왕(文王)이 없더라도(無) 오히려(猶) 흥기한다(興).

*凡民(범민): 일반백성 ‖ *若夫(약부): ~과 같은, ~에 대해서는, 그런데 ‖ *豪傑(호걸): 지용(智勇)이 뛰어나고 도량이 넓은 사람.

부록 최소한 문법: 者, 之.

11장

孟子曰(맹자왈). 附之以韓·魏之家(부지이한위지가), 如其自視欿然(여기자시감연), 則過人遠矣(즉과인원의).

맹자(孟子)께서 말씀하셨다(曰). 그것(之)을 보태어 주기(附)를, 한 씨(韓)나 위 씨(魏)와 같은(之) 집안(家)으로(以) 하더라도, 만약(如) 그(其) 스스로(自) 보는 것(視)이 감연하다(欿然)면(則), 남(人)을 넘어서는(過, 뛰어난) 것이 원대하(遠)다(矣).

*欿然(감연): 감연하다, 마음에 차지 아니하여 서운하고 언짢다, 부족하다.

부록 최소한 문법: 之, 以.

12장

孟子曰(맹자왈). 以佚道使民(이일도사민), 雖勞不怨(수로불원), 以生道殺民(이생도살민), 雖死不怨殺者(수사불원살자).

맹자(孟子)께서 말씀하셨다(曰). 편안하게 할(佚) 방법(道)으로(以) 백성(民)을 부리면(使), 비록(雖) 수고스럽더라도(勞) 원망하지(怨) 않으며(不), 살리는(生) 방법(道)으로(以) 백성(民)을 죽이면(殺), 비록(雖) 죽더라도(死) 죽이는(殺) 자(者)를 원망하지(怨) 않는다(不).

*佚道(일도): 편안하게 할 방도 / 佚(일): 편안하다.

부록 최소한 문법: 以, 使, 不, 者.

13장

孟子曰(맹자왈). 霸者之民(패자지민), 驩虞如也(환우여야), 王者之民(왕자지민), 皥皥如也(호호여야).

맹자(孟子)께서 말씀하셨다(曰). 패자(霸者)의(之) 백성(民)은 기뻐하고 즐거워하는(驩虞如) 것이고(也), 왕자(王者)의(之) 백성(民)은 만족해하는(皥皥如) 것이다(也).

殺之而不怨(살지이불원), 利之而不庸(이지이불용). 民日遷善而不知爲之者(민일천선이부지위지자).

그들(之)을 죽여(殺)도(而) 원망하지(怨) 않고(不), 그들(之)을 이롭게 해(利)도(而) 공으로 여기지(庸) 않는다(不). 백성(民)은 날마다(日) 선(善)으로 옮겨가(遷)면서도(而) 그것(之)을 만든(爲) 자(者)를 알지(知) 못한다(不).

夫君子所過者化(부군자소과자화), 所存者神(소존자신), 上下與天地同流(상하여천지동류), 豈曰小補之哉(기왈소보지재)?

무릇(夫) 군자(君子)가 지나간(過) 것(所)은(者) 교화되고(化), (마음에) 보존한(存) 것(所)은(者) 신묘해지므로(神), 위아래(上下)가 천지(天地)와(與) 함께(同) 흐르니(流), 어찌(豈) 그것(之)을 적게(小) 보탠다(補)고 말하겠는(曰)가(哉)?

*霸者(패자): 제후의 우두머리 ‖ *驩虞如: 기뻐하고 즐거워하는 모양 / 驩(환): 기뻐하다 / 虞(우): 즐기다 ‖ *皥皥如(호호여): 담담한 혹은 만족한 모양 ‖ *庸(용): 쓰다, 공적.

부록 최소한 문법: 之, 而, 不, 者, 所, 與.

14장

孟子曰(맹자왈). 仁言不如仁聲之入人深也(인언불여인성지입인심야).

맹자(孟子)께서 말씀하셨다(曰). 어진(仁) 말(言)은 어질다(仁)는 명성(聲)이(之) 사람(人)에게 들어가(入) 깊어지는(深) 것과 같지(如) 못하(不)다(也).

善政不如善教之得民也(선정불여선교지득민야).

선정(善政)은 선한(善) 가르침(教)이(之) 백성(民)을 얻는(得) 것과 같지(如) 못하(不)다(也).

善政民畏之(선정민외지), 善教民愛之(선교민애지), 善政得民財(선정득민재), 善教得民心(선교득민심).

선정(善政)은 백성(民)이 그것(之)을 두려워하고(畏), 선교(善教)는 백성(民)이 그것(之)을 사랑하니(愛), 선정(善政)은 백성(民)의 재물(財)을 얻고(得), 선교(善教)는 백성(民)의 마음(心)을 얻는다(得).

부록 최소한 문법: 不, 之.

15장

孟子曰(맹자왈). 人之所不學而能者(인지소불학이능자), 其良能也(기양능야), 所不慮而知者(소불려이지자), 其良知也(기양지야).

맹자(孟子)께서 말씀하셨다(曰). 사람(人)이(之) 배우지(學) 않(不)고도(而), 잘하는(能)

것(所)은(者) 그(其)의 양능(良能)이고(也), 생각하지(慮) 않(不)고도(而), 아는(知) 것(所)은(者) 그(其)의 양지(良知)이다(也).

孩提之童(해제지동), 無不知愛其親也(무부지애기친야), 及其長也(급기장야), 無不知敬其兄也(무부지경기형야).

걸음마(孩提)를 할(之) 아이(童)도 그(其) 어버이(親)를 사랑하는(愛) 것을 알지(知) 못하는(不) 이가 없(無)으며(也), 그(其)가 장성함(長)에 이르러서(及)는(也) 그(其) 형(兄)을 공경하는(敬) 것을 알지(知) 못하는(不) 이가 없(無)다(也).

親親(친친), 仁也(인야), 敬長(경장), 義也(의야), 無他(무타), 達之天下也(달지천하야).

어버이(親)를 친애하는(親) 것이 인(仁)이고(也), 어른(長)을 공경하는(敬) 것이 의(義)인데(也), (이는) 다른 것(他)이 없으니(無), 그것(之)이 천하(天下)에 통용되어서(達)이다(也).

*良能(양능): 타고난 재능 ‖ *良知(양지): 타고난 지능 혹은 지혜 ‖ *孩提(해제): 걸음마를 배울 무렵의 아이를 가리키는 말 / 孩(해): 어린아이 / 提(제): 끌다, 걷다.

부록 최소한 문법: 之, 不, 而, 者.

16장

孟子曰(맹자왈). 舜之居深山之中(순지거심산지중), 與木石居(여목석거), 與鹿豕遊(여녹시유), 其所以異於深山之野人者幾希(기

소이이어심산지야인자기희). 及其聞一善言(급기문일선언), 見一善行(견일선행), 若決江河(약결강하), 沛然莫之能禦也(패연막지능어야).

맹자(孟子)께서 말씀하셨다(曰). 순임금(舜)께서(之) 깊은(深) 산(山)의(之) 안(中)에 거할(居) 때, 나무(木)나 돌(石)과(與) 거처하고(居), 사슴(鹿)이나 멧돼지(豕)와(與) 노닐었으니(遊), 그것(其)은 깊은(深) 산(山)의(之) 야인(野人)과(於) 다르다(異)고 할 바(所以)가(者) 거의(幾) 드물었다(希). (그러나) 그(其)가 한 마디(一) 선한(善) 말(言)을 듣거나(聞) 한 가지(一) 선한(善) 행동(行)을 보게 되는(見) 것에 이르러서(及), 마치 강하(江河)를 <u>터놓는(決)</u> 것과 같이(若) 패연한(沛然) 것이 그것(之)을 막을(禦) 수(能) 있는 것이 없었던(莫) 것이다(也).

※ 江河: 양자강과 황하강으로 번역하는 예도 있다.

*豕(시): 돼지 ‖ *幾希(기희): 거의 없다, 대단히 드물다 ‖ *決(결): 틔우다, 흐르게 하다 ‖ *江河(강하): 양자강과 황하강 ‖ *沛然(패연): 세차게 쏟아지는 모양 ‖ *禦(어): 막다.

부록 최소한 문법: 之, 與, 於, 所, 者, 莫, 能, 도치.

17장

<u>孟子</u>曰(맹자왈). 無爲其所不爲(무위기소불위), 無欲其所不欲(무욕기소불욕), 如此而已矣(여차이이의).

맹자(孟子)께서 말씀하셨다(曰). 그(其) 하지(爲) 않아야(不) 할 것(所)을 하지(爲) 않고(無), 그(其) 바라지(欲) 말아야(不) 할 것(所)을 바라지(欲) 않아야(無) 하니, 이와(此) 같이(如) 할 뿐이다(而已矣).

*而已矣(이이의): ~일 뿐이다.

부록 최소한 문법: 不, 所.

18장

孟子曰(맹자왈). **人之有德慧術知者**(인지유덕혜술지자), **恒存乎疢疾**(항존호진질).

맹자(孟子)께서 말씀하셨다(曰). 사람(人)이(之) 덕(德), 지혜(慧), 기술(術), 지식(知)을 가지고 있는(有) 자(者)는 항상(恒) 존재한(存)다(乎), 근심과 걱정(疢疾)이.

※ 사람 중에 높은 덕과 뛰어난 기술을 가진 자는 항상 근심이 존재한다로 번역하는 예가 있다.

獨孤臣孽子(독고신얼자), **其操心也危**(기조심야위), **其慮患也深**(기려환야심), **故達**(고달).

오직(獨) 고신(孤臣)과 얼자(孽子)는 그(其)가 마음(心)을 부리는(操) 것이(也) 위태롭고(危), 그(其)가 근심(患)을 생각하는(慮) 것이(也) 깊은데(深), 그러므로(故) 통달한다(達).

*有~者: ①~한 사람(경우)이 있다, ②~이 있는 사람(경우) ‖ *疢疾(진질): 근심과 걱정 / 疢(진): 열병, 재앙 ‖ *孽子(얼자): ≒서자 ‖ *操心(조심): 잘못이나 실수가 없도록 말이나 행동에 마음을 씀 / 操(조): 부리다, 다루다.

부록 최소한 문법: 之, 者.

19장

孟子曰(맹자왈). **有事君人者**(유사군인자), **事是君則爲容悅者也**(사시군즉위용열자야).

맹자(孟子)께서 말씀하셨다(曰). 임금(君)을 섬기는(事) 사람(人)이(者) 있으니(有), 그(是) 임금(君)을 섬기(事)면(則), (임금에게) 용납되고(容) (임금을) 기쁘게(悅) 하는(爲) 자(者)이다(也).

※ 有事君人者: 有~者로 번역할 수 있고, 者를 조사로 번역할 수도 있다.

有安社稷臣者(유안사직신자), 以安社稷爲悅者也(이안사직위열자야).

사직(社稷)을 편안하게 하는(安) 신하(臣)가(者) 있으니(有), 사직(社稷)을 편안하게 하는(安) 것을(以) 기쁨(悅)으로 삼는(爲) 자(者)이다(也).

有天民者(유천민자), 達可行於天下而後行之者也(달가행어천하이후행지자야).

하늘(天)의 백성(民)이(者) 있으니(有), 영달하여(達) 천하(天下)에(於) (도를) 행할(行) 수 있은(可) 이후에야(而後) 그것(之)을 행하는(行) 자(者)이다(也).

有大人者(유대인자), 正己而物正者也(정기이물정자야).

대인(大人)이(者) 있으니(有), 자기(己)를 바르게 해(正)서(而) 남(物)도 바르게 되도록 하는(正) 자(者)이다(也).

*有~者: ①~한 사람(경우)이 있다, ②~이 있는 사람(경우) ‖ *天民(천민): 도(道)를 체득한 사람 ‖ *物(물): 사람→ 남(나 이외의 모든 것).

부록 최소한 문법: 者, 以爲, 可, 於, 而.

20장

孟子曰(맹자왈). 君子有三樂(군자유삼락), 而王天下不與存焉(이왕천하불여존언).

맹자(孟子)께서 말씀하셨다(曰). 군자(君子)에게는 세 가지(三) 즐거움(樂)이 있(有)는데(而), 천하(天下)에서 왕 노릇한(王) 것은 거기에(焉) 함께(與) 존재하지(存) 않는다(不).

父母俱存(부모구존), 兄弟無故(형제무고), 一樂也(일락야), 仰不愧於天(앙불괴어천), 俯不怍於人(부부작어인), 二樂也(이락야), 得天下英才而教育之(득천하영재이교육지), 三樂也(삼락야).

부모(父母)가 모두(俱) 생존해 계시고(存), 형제(兄弟)가 아무 탈(故)이 없는(無) 것이 첫 번째(一) 즐거움(樂)이고(也), 우러러(仰) 하늘(天)에(於) 부끄럽지(愧) 않으며(不), 구부려(俯) 사람(人)에게(於) 부끄럽지(怍) 않은(不) 것이 두 번째(二) 즐거움(樂)이며(也), 천하(天下)의 영재(英才)를 얻어(得)서(而), 그(之)를 가르치고(敎) 기르는(育) 것이 세 번째(三) 즐거움(樂)이다(也).

君子有三樂(군자유삼락), 而王天下不與存焉(이왕천하불여존언).

군자(君子)에게는 세 가지(三) 즐거움(樂)이 있(有)는데(而), 천하(天下)에서 왕 노릇한(王) 것은 거기에(焉) 함께(與) 존재하지(存) 않는다(不).

*有+명사: ①~이(가) 있다(술어+보어), ②~을(를) 가지고 있다(술어+목적어) ‖ *無故(무고): 탈이 없이 잘 있음 또는 아무런 까닭이 없음 ‖ *俯(부): 구부리다 ‖ *怍(작): 부끄러워하다.

부록 최소한 문법: 而, 不, 焉, 於, 之.

21장

孟子曰(맹자왈). 廣土衆民(광토중민), 君子欲之(군자욕지), 所樂不存焉(소락부존언).

맹자(孟子)께서 말씀하셨다(曰). 토지(土)를 넓히고(廣) 백성(民)을 많게 하는(衆) 것, (이것은) 군자(君子)가 그것(之)을 바라지만(欲), 즐거워하는(樂) 것(所), 거기에는(焉) 존재하지(存) 않는다(不).

中天下而立(중천하이립), 定四海之民(정사해지민), 君子樂之(군자낙지), 所性不存焉(소성부존언).

천하(天下)에 가운데(中)에(而) 서서(立) 사해(四海)의(之) 백성(民)을 안정시키는(定) 것, (이것은) 군자(君子)가 그것(之)을 즐거워하지만(樂), 본성으로 여기는(性) 것(所), 거기에는(焉) 존재하지(存) 않는다(不).

君子所性(군자소성), 雖大行不加焉(수대행불가언), 雖窮居不損焉(수궁거불손언), 分定故也(분정고야).

군자(君子)가 본성으로 삼는(性) 것(所)은 비록(雖) 크게(大) 행해지더라도(行), 거기에(焉) 더해지지(加) 않고(不), 비록(雖) 곤궁하게(窮) 살더라도(居), 거기에(焉) 줄어들지(損) 않으니(不), 분량(分, 분수)이 정해져 있기(定) 때문(故)이다(也).

君子所性(군자소성), 仁·義·禮·智根於心(인의예지근어심), 其生色也(기생색야), 睟然見於面(수연현어면), 盎於背(앙어배), 施於四體(시어사체), 四體不言而喩(사체불언이유).

군자(君子)가 본성으로 삼는(性) 것(所)은 인(仁), 의(義), 예(禮), 지(智)가 마음(心)에(於) 뿌리박혀 있어(根), 그것(其)이 겉으로(色) 드러나는(生) 것이(也) 맑게(睟然) 얼굴(面)에(於) 드러나고(見), 등(背)에(於) 넘쳐흐르며(盎), 사지(四體)에(於) 퍼져서(施), 사지(四體)가 말하지(言) 않아(不)도(而) 깨닫는다(喩).

*睟然(수연): 꾸밈없고 맑은 모양 / 睟(수): 바로 보다, 맑다 ‖ *盎(앙): 동이, 넘쳐흐르다 ‖ *喩(유): 깨우치다.

부록 최소한 문법: 之, 所, 不, 焉, 而, 於.

22장

孟子曰(맹자왈). 伯夷辟紂(백이피주), 居北海之濱(거북해지빈), 聞文王作興(문문왕작흥), 曰盍歸乎來(왈합귀호래)? 吾聞西伯(오문서백), 善養老者(선양로자). 太公辟紂(태공피주), 居東海之濱(거동해지빈), 聞文王作興(문문왕작흥), 曰盍歸乎來(왈합귀호래)? 吾聞西伯善養老者(오문서백선양로자), 天下有善養老(천하유선양로), 則仁人以爲己歸矣(즉인인이위기귀의).

맹자(孟子)께서 말씀하셨다(曰). 백이(伯夷)는 주왕(紂)을 피하여(辟) 북해(北海)의(之) 가(濱)에 살았는데(居), 문왕(文王)이 일어났다(作興)는 것을 듣고(聞) 말하길(曰), '어찌(盍1) 돌아가지(歸) 않(盍2)겠는가(乎來)? 나(吾)는 서백(西伯, 문왕)이 노인(老者)을 잘(善) 봉양한다(養)고 들었다(聞).'고 했다. 태공(太公)이 주왕(紂)을 피하여(辟) 동해(東海)의(之) 가(濱)에 살았는데(居), 문왕(文王)이 일어났다(作興)는 것을 듣고(聞) 말하길(曰), '어찌(盍1) 돌아가지(歸) 않(盍2)겠는가(乎來)? 나(吾)는 서백(西伯)이 노인(老者)을 잘(善) 봉양한다(養)고 들었다(聞).'고 했다. 천하(天下)에 노인(老)을 잘(善) 봉양하는(養) 자가 있다(有)면(則), 어진(仁) 사람(人)은 그것을(以) 자기(己)가 돌아갈(歸) 곳으로 삼을(爲) 것이다(矣).

※ 聞文王作興, 曰盍歸乎來?: 興과 曰을 연결해서, '聞文王作, 興曰, 盍歸乎來?'로 번역하는 예도 있다.

五畝之宅(오묘지택), 樹墻下以桑(수장하이상), 匹婦蠶之(필부잠지), 則老者足以衣帛矣(즉노자족이의백의). 五母鷄(오모계), 二母彘(이모체), 無失其時(무실기시), 老者足以無失肉矣(노자족이무실육의). 百畝之田(백묘지전), 匹夫耕之(필부경지), 八口之家可以無饑矣(팔구지가가이무기의).

오묘(五畝)의(之) 집(宅)에서 담장(墻) 아래(下)에 뽕나무(桑)를(以) 심어서(樹), 한 여자(匹婦)가 거기(之)에 누에를 치(蠶)면(則), 노인(老者)이 비단옷(帛)을 입을(衣) 수(足以) 있다(矣). 다섯 마리(五)의 어미닭(母鷄)과 두 마리(二)의 어미돼지(母彘)가 그(其) (새끼 칠) 때(時)를 잃는(失) 것이 없다면(無), 노인(老者)이 고기(肉)를 잃는(失) 것이 없을(無) 수(足以) 있다(矣). 백묘(百畝)의(之) 밭(田)에서 한 남자(匹夫)가 그것(之)을 경작하면(耕), 여덟(八) 식구(口)의(之) 집(家)에서 굶주리는(饑) 일이 없을(無) 수(可以) 있다(矣).

所謂西伯善養老者(소위서백선양로자), 制其田里(제기전리), 敎之樹畜(교지수휵), 導其妻子(도기처자), 使養其老(사양기로). 五十非帛不煖(오십비백불난), 七十非肉不飽(칠십비육불포). 不煖不飽(불난불포), 謂之凍餒(위지동뇌), 文王之民(문왕지민), 無凍餒之老者(무동뇌지노자), 此之謂也(차지위야).

이른바(所謂) '서백(西伯)이 노인(老者)을 잘(善) 봉양했다(養).'는 것은 그(其) 농지(田)와 농가(里)를 제정해서(制), 그들(之)에게 심는 것(樹)과 기르는 것(畜)을 가르쳤으며

(敎), 그(其) 처자식(妻子)을 인도하여(導), 그것으로 하여금(使) 그(其) 노인(老)을 봉양하게 한 것이다(養). 쉰(五十)이 되어 비단옷(帛)이 아니면(非), 따뜻하지(煖) 않고(不), 일흔(七十)이 되어 고기(肉)가 아니면(非), 배부르지(飽) 않는다(不). 따뜻하지(煖) 않고(不) 배부르지(飽) 않는(不) 것, 그것(之)을 추위에 떨고(凍) 굶주린다(餒)고 말하는데(謂), 문왕(文王)의(之) 백성(民)에서 추위에 떨거나(凍) 굶주리(餒)는(之) 노인(老者)이 없었다(無)는 것은 이것(此)을(之) 말하는(謂) 것이다(也).

*紂(주): 상(商)나라 마지막 왕 ‖ *盍(합): 어찌 아니한가? ‖ *乎來(호래): 문미의 어기조사 / 來(래): 강조(문법) / 歸乎來: 돌아가리라 ‖ *濱(빈): 물가 ‖ *有+명사: ①~이(가) 있다(술어+보어), ②~을(를) 가지고 있다(술어+목적어) ‖ *五畝之宅(오묘지택): 다섯 이랑인 집이라는 뜻으로 보통의 한 가족이 사는 규모의 집, 서민의 집 ‖ *匹婦(필부): 한 사람의 여자 ‖ *蠶(잠): 누에 ‖ *彘(체): 돼지 ‖ *饑(기): 주리다 ‖ *田里(전리): 토지와 주택 ‖ *畜(휵): 기르다 ‖ *煖(난): 따뜻하다 ‖ *凍餒(동뇌): 몸이 얼고 굶주리다.

부록 최소한 문법: 之, 者, 以爲, 以, 足以, 可以, 所, 使, 非, 不.

23장

孟子曰(맹자왈). 易其田疇(이기전주), 薄其稅斂(박기세렴), 民可使富也(민가사부야).

맹자(孟子)께서 말씀하셨다(曰). 그(其) 전답(田疇)을 다스리고(易), 그(其) 세금(稅)으로 거두는 것(斂)을 박하게 하면(薄), 백성(民)을 부유하게(富) 할(使) 수(可) 있다(也).

食之以時(식지이시), 用之以禮(용지이례), 財不可勝用也(재불가승용야).

그것(之)을 먹되(食) 때(時)로써(以) 하고, 그것(之)을 쓰되(用) 예(禮)로써(以) 하면, 재물(財)을 모두(勝) 쓸(用) 수(可) 없을(不) 것이다(也).

※ 以時(이시): 때로써→ 때에 맞게.

民非水火不生活(민비수화불생활), **昏暮叩人之門戶**(혼모고인지문호), **求水火**(구수화), **無弗與者**(무불여자), **至足矣**(지족의). **聖人治天下**(성인치천하), **使有菽粟如水火**(사유숙속여수화), **菽粟如水火**(숙속여수화), **而民焉有不仁者乎**(이민언유불인자호)?

백성(民)은 물(水)과 불(火)이 아니면(非), 생활하지(生活) 못하는데(不), 해가 질 때(昏暮) 남(人)의(之) 집 문(門戶)을 두드려(叩) 물(水)과 불(火)을 구하면(求), 주지(與) 않는(弗) 이(者)가 없는데(無), (이는) 지극히(至) 풍족하기(足) 때문이다(矣). 성인(聖人)이 천하(天下)를 다스림에(治) (백성이) 콩(菽)과 조(粟)를 물(水)과 불(火)과 같이(如) 가지고 있게(有) 했으니(使), 콩(菽)과 조(粟)가 물(水)과 불(火)과 같다(如)면(而), 백성(民)에서 어찌(焉) 어질지(仁) 못한(不) 자(者)가 있겠는(有)가(乎)?

*易(이): 다스리다 ‖ *田疇(전주): 밭둑, 전답 ‖ *稅斂(세렴): 세금을 거두는 일 / 斂(렴/염): 거두다 ‖ *勝(승): 모두, 온통 ‖ *昏暮(혼모): 해가 지고 어스름해질 때 ‖ *叩(고): 두드리다 ‖ *門戶(문호): 집으로 드나드는 문 ‖ *有+명사: ①~이(가) 있다(술어+보어), ②~을(를) 가지고 있다(술어+목적어) ‖ *菽粟(숙속): 콩과 조→ 곡류 / 菽(숙): 콩 / 粟(속): 조 → 菽粟之文(숙속지문): 평범한 글, 일반사람이 두루 알 수 있는 쉬운 글 ‖ *有~者: ①~한 사람(경우)이 있다, ②~이 있는 사람(경우).

부록 최소한 문법: 可, 使, 之, 以, 不, 非, 者.

24장

孟子曰(맹자왈). 孔子登東山而小魯(공자등동산이소로), 登太山而小天下(등태산이소천하). 故觀於海者難爲水(고관어해자난위수), 遊於聖人之門者難爲言(유어성인지문자난위언).

맹자(孟子)께서 말씀하셨다(曰). 공자(孔子)께서는 동산(東山)에 오르시(登)고서(而), 노나라(魯)를 작다고 여기셨고(小), 태산(太山)에 오르시(登)고서(而), 천하(天下)를 작다고 여기셨다(小). 그러므로(故) 바다(海)를(於) 본(觀) 자(者)에게는 (물이 큰) 물(水)이 되기(爲) 어렵고(難), 성인(聖人)의(之) 문하(門)에서(於) 배운(遊) 자(者)에게는 (말이 훌륭한) 말(言)이 되기(爲) 어렵다(難).

觀水有術(관수유술), 必觀其瀾(필관기란). 日月有明(일월유명), 容光必照焉(용광필조언).

물(水)을 보는(觀) 데에 방법(術)이 있으니(有), 반드시(必) 그(其) 여울(瀾)을 보아야 한다(觀). 해(日)와 달(月)은 밝음(明)이 있으니(有), 빛(光)을 허용하는(容) 곳이라면, 반드시(必) 거기를(焉) 비추게 된다(照).

流水之爲物也(유수지위물야), 不盈科不行(불영과불행). 君子之志於道也(군자지지어도야), 不成章不達(불성장부달).

흐르는(流) 물(水)이(之) 물건(物)이 되는(爲) 것에(也) 웅덩이(科)를 채우지(盈) 않으면(不), 흘러가지(行) 않는다(不). 군자(君子)가(之) 도(道)에(於) 뜻을 두는(志) 것에도(也) 성취(章)를 이루지(成) 못하면(不), 통달하지(達) 못한다(不).

※ 별해. 流水之爲物也: ①흐르는 물의 성질은, ②흐르는 물이라는 것은.

*遊(유): 배우다 ‖ *有+명사: ①~이(가) 있다(술어+보어), ②~을(를) 가지고 있다(술어+목적어) ‖ *瀾(란): 물결, 여울 ‖ *科(과): 구멍, 웅덩이.

부록 최소한 문법: 而, 於, 者, 之, 必, 焉, 不.

25장

孟子曰(맹자왈). 鷄鳴而起(계명이기), 孳孳爲善者(자자위선자), 舜之徒也(순지도야), 鷄鳴而起(계명이기), 孳孳爲利者(자자위리자), 蹠之徒也(척지도야), 欲知舜與蹠之分(욕지순여척지분), 無他(무타). 利與善之間也(이여선지간야).

맹자(孟子)께서 말씀하셨다(曰). 닭(鷄)이 울(鳴)면(而) 일어나서(起) 부지런히(孳孳) 선(善)을 하는(爲) 자(者)는 순임금(舜)의(之) 무리(徒)인 것이고(也), 닭(鷄)이 울(鳴)면(而) 일어나서(起) 부지런히(孳孳) 이익(利)을 하는(爲) 자(者)는 도척(蹠)의(之) 무리(徒)인 것이니(也), 순임금(舜)과(與) 도척(蹠)의(之) 구분(分)을 알고(知)자 한다면(欲), 다른 것(他)이 없다(無). 이(利)와(與) 선(善)의(之) 차이(間)이다(也).

*孳孳(자자): 부지런히 힘쓰는 모양 / 孳(자): 부지런하다 ‖ *盜蹠(도척): 노(魯)나라 현인으로 알려진 유하혜의 동생으로 춘추시대 전설적인 도둑.

부록 최소한 문법: 而, 者, 之, 與, 欲.

26장

孟子曰(맹자왈). 楊子取爲我(양자취위아), 拔一毛而利天下(발일모이리천하), 不爲也(불위야).

맹자(孟子)께서 말씀하셨다(曰). 양자(楊子)는 위아(爲我)를 취하여(取), 하나(一)의 털(毛)을 뽑아(拔)서(而) 천하(天下)에 이롭더라도(利), 하지(爲) 않(不)았다(也).

墨子兼愛(묵자겸애), 摩頂放踵利天下(마정방종이천하), 爲之(위지).

묵자(墨子)는 겸애(兼愛)를 (취하여), 정수리(頂)를 갈아서(摩) 발꿈치(踵)에 놓아도(放) 천하(天下)에 이롭다면(利), 그것(之)을 했다(爲).

子莫執中(자막집중), 執中爲近之(집중위근지), 執中無權(집중무권), 猶執一也(유집일야).

자막(子莫)은 (두 사람의) 중간(中)을 잡았으니(執), 중간(中)을 잡은(執) 것이 그것(之, 도)에 가깝다(近)고 하겠으나(爲), 중간(中)을 잡고(執) 권도(權)가 없는(無) 것은 하나(一)를 잡은(執) 것과 같(猶)다(也).

所惡執一者(소오집일자), 爲其賊道也(위기적도야), 擧一而廢百也(거일이폐백야).

하나(一)를 잡은(執) 것을 미워하는(惡) 바(所)는(者) 그것(其)이 도(道)를 해치기(賊) 때문인(爲) 것인데(也), 하나(一)만을 들(擧, 취하)고서(而) 백(百)을 폐하는(廢) 것이다(也).

*摩(마): 문지르다 ‖ *踵(종): 발꿈치.

부록 최소한 문법: 而, 不, 之, 所, 者.

27장

孟子曰(맹자왈). 饑者甘食(기자감식), 渴者甘飮(갈자감음). 是未得飮食之正也(시미득음식지정야), 饑渴害之也(기갈해지야). 豈惟口腹有饑渴之害(기유구복유기갈지해)? 人心亦皆有害(인심역개유해).

맹자(孟子)께서 말씀하셨다(曰). 굶주린(饑) 자(者)는 달게(甘) 먹고(食), 목마른(渴) 자(者)는 달게(甘) 마신다(飮). 이(是)는 음식(飮食)의(之) 바름(正)을 얻지(得) 못한(未) 것이니(也), 굶주림(饑)과 목마름(渴)이 그것(之)을 해쳤기(害) 때문이다(也). 어찌(豈) 오직(惟) 입(口)과 배(腹)에만 굶주림(饑)과 목마름(渴)의(之) 해(害)가 있겠는가(有)? 사람(人)의 마음(心)도 또한(亦) 모두(皆) 해(害)가 되는 것이 있다(有).

人能無以饑渴之害爲心害(인능무이기갈지해위심해), 則不及人不爲憂矣(즉불급인불위우의).

사람(人)이 굶주림(饑)과 목마름(渴)의(之) 해(害)로(以), 마음(心)에 해(害)가 되지(爲) 않게(無) 할 수(能) 있다면(則), 남(人)에게 미치지(及) 못한(不) 것이 근심(憂)되지(爲) 않을(不) 것이다(矣).

*饑(기): 주리다 ‖ *有+명사: ①~이(가) 있다(술어+보어), ②~을(를) 가지고 있다(술어+목적어).

부록 최소한 문법: 者, 之, 未, 以, 能, 不.

28장

孟子曰(맹자왈). 柳下惠不以三公易其介(유하혜불이삼공역기개).

맹자(孟子)께서 말씀하셨다(曰). 유하혜(柳下惠)는 삼공(三公)으로도(以) 그(其) 절개(介)를 바꾸지(易) 않았다(不).

*介(개): 절의, 정조.

부록 최소한 문법: 不, 以.

29장

孟子曰(맹자왈). 有爲者辟若掘井(유위자비약굴정), 掘井九軔而不及泉(굴정구인이불급천), 猶爲棄井也(유위기정야).

맹자(孟子)께서 말씀하셨다(曰). 어떤 일(有) 한다는(爲) 것(者)은 비유하면(辟) 우물(井)을 파는(掘) 것과 같으니(若), 우물(井) 아홉(九) 길(軔)을 파더(掘)라도(而), 샘(泉)에 이르지(及) 못하면(不) 오히려(猶) 우물(井)을 버린다(棄)고 하는(爲) 것이다(也).

*有(유): 어떤 ‖ *辟(비): 비유하다 ‖ *掘(굴): 파다 ‖ *軔(인): 길(8척).

부록 최소한 문법: 者, 而, 不.

30장

孟子曰(맹자왈). **堯·舜**(요순), **性之也**(성지야), **湯·武**(탕무), **身之也**(신지야), **五霸**(오패), **假之也**(가지야).

맹자(孟子)께서 말씀하셨다(曰). 요임금(堯)과 순임금(舜)께서는 그것(之)을 본성대로 하신(性) 것이고(也), 탕왕(湯)과 무왕(武)께서는 그것(之)을 몸소하신(身) 것이고(也), 오패(五覇)는 그것(之)을 빌린(假) 것이다(也).

久假而不歸(구가이불귀), **惡知其非有也**(오지기비유야)?

(다섯 패자는) 오래도록(久) 빌리(假)고도(而) 돌려주지(歸) 않았으니(不), 어찌(惡) 그것(其)이 (자신들의) 소유(有)가 아닌(非) 것을 알았겠는(知)가(也)?

부록 최소한 문법: 之, 而, 不, 非.

31장

公孫丑曰(공손추왈). **伊尹曰**(이윤왈), **予不狎于不順**(여불압우불순), **放太甲于桐**(방태갑우동), **民大悅**(민대열), **太甲賢**(태갑현), **又反之**(우반지), **民大悅**(민대열).

공손추(公孫丑)가 말했다(曰). 이윤(伊尹)이 말하길(曰), '나(予)는 (도리를) 따르지(順) 않는(不) 것에(于) 익숙하지(狎) 않다(不).'고 하고, 태갑(太甲)을 동 땅(桐)에(于) 추방하자(放) 백성(民)이 크게(大) 기뻐했고(悅), 태갑(太甲)이 어질게 되어(賢) 또(又) 그(之)를 돌아오게 하니(反), 백성(民)이 크게(大) 기뻐했습니다(悅).

賢者之爲人臣也(현자지위인신야), 其君不賢(기군불현), 則固可放與(즉고가방여)? 孟子曰(맹자왈). 有伊尹之志(유이윤지지), 則可(즉가), 無伊尹之志(무이윤지지), 則簒也(즉찬야).

현자(賢者)가(之) 남(人)의 신하(臣)가 되었는(爲)데(也), 그(其) 임금(君)이 어질지(賢) 못하(不)면(則) 진실로(固) 추방할(放) 수(可) 있습니까(與)? 맹자(孟子)께서 말씀하셨다(曰). 이윤(伊尹)의(之) 뜻(志)이 있다(有)면(則) 괜찮지만(可), 이윤(伊尹)의(之) 뜻(志)이 없다(無)면(則) 찬탈인(簒) 것이다(也).

*公孫丑(공손추): 만장(萬章)과 더불어 맹자의 뛰어난 제자로 제(齊)나라 사람 ‖ *狎(압): 익숙하다, 편안하다 ‖ *有+명사: ①~이(가) 있다(술어+보어), ②~을(를) 가지고 있다(술어+목적어) ‖ *簒(찬): 빼앗다.

부록 최소한 문법: 不, 于, 之, 者, 可.

32장

公孫丑曰(공손추왈). 詩曰不素餐兮(시왈불소찬혜), 君子之不耕而食(군자지불경이식), 何也(하야)? 孟子曰(맹자왈). 君子居是國也(군자거시국야), 其君用之(기군용지), 則安富尊榮(즉안부존영). 其子弟從之(기자제종지), 則孝弟忠信(즉효제충신), 不素餐兮(불소찬혜), 孰大於是(숙대어시)?

공손추(公孫丑)가 말했다(曰). 『시경(詩)』에 이르길(曰), '놀면서 녹을 먹지(素餐) 않는(不)다(兮).'고 했는데, 군자(君子)는(之) 밭을 갈지도(耕) 않(不)으면서(而) 먹는데(食), 어째서(何)입니까(也)? 맹자(孟子)께서 말씀하셨다(曰). 군자(君子)가 이(是) 나라(國)에 거할 때(居)에(也), 그(其) 임금(君)이 그(之)를 등용하(用)면(則) (나라는) 편안하게 되고(安) 부유해지며(富), (임금은) 존귀해지고(尊) 영화롭게 된다(榮). 그(其) 자제들(子弟)이 그(之)를 따르(從)면(則), 효도하고(孝) 공손하며(弟) 충성스럽고(忠) 미덥게 되니(信), 놀면서 녹을 먹지(素餐) 않는(不)다는데(兮), 무엇(孰)이 이(是)보다(於) 크겠는가(大)?

*公孫丑(공손추): 만장(萬章)과 더불어 맹자의 뛰어난 제자로 제(齊)나라 사람 ‖ *素餐(소찬): 하는 일이 없이 녹을 먹음 / 餐(찬): 밥 ‖ *兮(혜): 어조사.

부록 최소한 문법: 不, 之, 而, 於.

33장

王子墊問曰(왕자점문왈). 士何事(사하사)?

왕자(王子) 점(墊)이 물어(問) 말했다(曰). 선비(士)는 무엇(何)을 일삼습니까(事)?

孟子曰(맹자왈). 尚志(상지).

맹자(孟子)께서 말씀하셨다(曰). 뜻(志)을 고상하게 합니다(尙).

曰(왈). 何謂尚志(하위상지)? 曰(왈). 仁義而已矣(인의이이의). 殺一無罪(살일무죄), 非仁也(비인야), 非其有而取之(비기유이취지), 非義也(비의야). 居惡在(거오재)? 仁是也(인시야). 路惡在(노오재)? 義是也(의시야). 居仁由義(거인유의), 大人之事備矣(대인지사비의).

말했다(曰). 무엇(何)을 뜻(志)을 고상히 한다(尙)고 말합니까(謂)? 말씀하셨다(曰). 인(仁)과 의(義)일 뿐입니다(而已矣). 죄(罪)가 없는(無) 한 사람(一)을 죽이면(殺) 인(仁)이 아니(非)고(也), 그(其) 소유(有)가 아닌(非)데도(而) 그것(之)을 취하면(取) 의(義)가 아닙니(非)다(也). 거처(居)는 어디(惡)에 있어야(在) 하겠습니까? 인(仁)이 이것(是)인 것입니다(也). 길(路)은 어디(惡)에 있어야(在) 하겠습니까? 의(義)가 이것(是)인 것입니다(也). 인(仁)에 머물고(居) 의(義)를 따른다면(由) 대인(大人)의(之) 일(事)이 갖춰진(備) 것입니다(矣).

*墊(점): 제(齊)나라 군주의 아들 ‖ *而已矣(이이의): ~일 뿐이다.

부록 최소한 문법: 非, 而, 之.

34장

孟子曰(맹자왈). 仲子(중자), 不義與之齊國而弗受(불의여지제국이불수), 人皆信之(인개신지), 是舍簞食豆羹之義也(시사단사두갱지의야). 人莫大焉亡親戚君臣上下(인막대언무친척군신상하), 以其小者信其大者(이기소자신기대자), 奚可哉(해가재)?

맹자(孟子)께서 말씀하셨다(曰). 중자(仲子, 진중자)는 의롭지(義) 않은(不) 것이라면, 그(之)에게 제(齊)나라(國)를 주(與)더라도(而) 받지(受) 않는데(弗), (이것은) 사람(人) 모두(皆) 그것(之)을 믿지만(信), 이것(是)은 한 그릇(簞)의 밥(食)과 한 그릇(豆)의 국(羹)을 버리(舍)는(之) 의(義)인 것이다(也). 사람(人)에게 그것(焉, 인륜)보다 큰(大) 것이 없는데(莫), (그에게는) 친척(親戚)과 군신(君臣)과 상하(上下)의 (도리가) 없으니(亡), 그(其) 작은(小) 것(者)으로(以) 그(其) 큰(大) 것(者)을 믿는(信) 것이 어찌(奚) 옳다(可)고 하겠는가(哉)?

*仲子(중자): 제(齊)나라의 청렴한 처사 진중자(陳仲子) ‖ *簞食豆羹(단사두갱): 한 그릇 밥과 한 그릇 국.

부록 최소한 문법: 不, 之, 而, 莫, 焉, 以, 者.

35장

桃應問曰(도응문왈). 舜爲天子(순위천자), 皐陶爲士(고요위사), 瞽瞍殺人(고수살인), 則如之何(즉여지하)?

도응(桃應)이 물어(問) 말했다(曰). 순임금(舜)은 천자(天子)가 되고(爲) 고요(皐陶)는 사(士, 옥관)가 되었는데(爲), 고수(瞽瞍)가 사람(人)을 죽이(殺)면(則) 그것(之)을 어떻게 해야 합니까(如-何)?

孟子曰(맹자왈). 執之而已矣(집지이이의).

맹자(孟子)께서 말씀하셨다(曰). 그것(之)을 집행할(執) 뿐이다(而已矣).

然則舜不禁與(연즉순불금여)?

그렇다(然)면(則) 순임금(舜)께서 금하지(禁) 않(不)았을까요(與)?

曰(왈). 夫舜惡得而禁之(부순오득이금지)? 夫有所受之也(부유소수지야).

말씀하셨다(曰). 대저(夫) 순임금(舜)께서 어찌(惡) 그것(之)을 금할(禁) 수(得而) 있겠는가? 무릇(夫) 그것(之)을 받은(受) 바(所)가 있었던(有) 것이다(也).

然則舜如之何(연즉순여지하)?

그렇다(然)면(則) 순임금(舜)께서는 그것(之)을 어떻게 할까요(如-何)?

曰(왈). 舜視棄天下(순시기천하), 猶棄敝蹝也(유기폐사야), 竊負而逃(절부이도), 遵海濱而處(준해빈이처), 終身訢然(종신흔연), 樂而忘天下(낙이망천하).

말씀하셨다(曰). 순임금(舜)께서는 천하(天下)를 버리는(棄) 것을 보시길(視), 해진(敝) 신(蹝)을 버리는(棄) 것과 같이(猶) 했으니(也), 몰래(竊) 업(負)고서(而) 도망쳐(逃) 바닷가(海濱)를 따라(遵)서(而) 살면서(處), 종신토록(終身) 흔쾌하게(訢然) 즐거워하(樂)며(而) 천하(天下)를 잊었을 것이다(忘).

*桃應(도응): 맹자의 제자로 추(鄒)나라 사람 ‖ *瞽瞍(고수): 순(舜)임금의 아버지 ‖ *如之何(여지하): 그것이 무엇과 같은가? 어떻게 하는가? 어찌할까? 어떻게 하여, 어떠한가? ‖ *而已矣(이이의): ~일 뿐이다 ‖ *有+명사: ①~이(가) 있다(술어+보어), ②~을(를) 가지고 있다(술어+목적어) ‖ *敝(폐): 해지다 ‖ *蹝(사): 짚신 ‖ *濱(빈): 물가 ‖ *訢然(흔연): 흔연히, 흔쾌하게 / 訢(흔): 기뻐하다.

부록 최소한 문법: 之, 不, 得而, 所, 而.

36장

孟子自范之齊(맹자자범지제), 望見齊王之子(망견제왕지자), 喟然嘆曰(위연탄왈). 居移氣(거이기), 養移體(양이체), 大哉居乎(대재거호). 夫非盡人之子與(부비진인지자여)?

맹자(孟子)께서 범 땅(范)으로부터(自) 제나라(齊)로 가시어(之) 제왕(齊王)의(之) 아들(子)을 멀리서 바라보고(望見) 위연하게(喟然) 탄식하며(嘆) 말씀하셨다(曰). 거처하는 곳(居, 자리, 지위)이 기질(氣)을 바꾸고(移) 봉양(養)이 체질(體)을 바꾸었으니(移), 크(大)도다(哉)! 거처하는 곳(居)이란(乎). 무릇(夫) 모두(盡) 사람(人)의(之) 자식(子)이 아니(非)던가(與)?

孟子曰(맹자왈). 王子宮室·車馬·衣服(왕자궁실거마의복), 多與人同(다여인동), 而王子若彼者(이왕자약피자), 其居使之然也(기거사지연야), 況居天下之廣居者乎(황거천하지광거자호)?

맹자(孟子)께서 말씀하셨다(曰). 왕자(王子)의 궁실(宮室)과 거마(車馬)와 의복(衣服)은 많은 것(多)이 남(人)과(與) 같(同)지만(而), 왕자(王子)가 저(彼)와 같은(若) 것(者)은 그(其)가 거처하는 곳(居)이 그(之)로 하여금(使) 그렇게(然) 한 것이니(也), 하물며(況) 천하(天下)의(之) 넓은(廣) 집(居)에 거처하는(居) 자(者)에 있어서 (어떠하겠는)가(乎)?

※ 廣居(광거): 주자의 견해에 따라 일반적으로 인(仁)으로 본다.

魯君之宋(노군지송), 呼於垤澤之門(호어질택지문), 守者曰(수자왈), 此非吾君也(차비오군야), 何其聲之似我君也(하기성지사아군야)? 此無他(차무타), 居相似也(거상사야).

노나라(魯) 임금(君)이 송나라(宋)에 가서(之) 질택(垤澤)의(之) 문(門)에서(於) 소리쳤는데(呼), 지키는(守) 자(者)가 말하길(曰), '이분(此)은 우리(吾) 임금(君)이 아닌(非)데(也), 어찌하여(何) 그(其) 소리(聲)가(之) 우리(我) 임금(君)과 비슷할(似)까(也)?'라 했으니, 이(此)는 다른 것(他)이 아니라(無), 거처하는 곳(居)이 서로(相) 비슷하기(似) 때문이다(也).

*望見(망견): 멀리서 바라보다 ‖ *喟然(위연): 한숨을 쉬며 서글프게 탄식하는 모양 / 喟(위): 한숨 쉬다 ‖ *嘆(탄): 탄식하다 ‖ *垤澤(질택): 성문의 이름.

부록 최소한 문법: 之, 非, 與, 而, 者, 使, 於.

37장

孟子曰(맹자왈). 食而弗愛(사이불애), 豕交之也(시교지야), 愛而不敬(애이불경), 獸畜之也(수휵지야).

맹자(孟子)께서 말씀하셨다(曰). 먹이기만 하(食)고(而) 사랑하지(愛) 않으면(弗), 돼지(豕)처럼 그(之)와 사귀는(交) 것이고(也), 사랑하기만 하(愛)고(而) 공경하지(敬) 않으면(不), 짐승(獸)처럼 그(之)를 기르는(畜) 것이다(也).

恭敬者(공경자), 幣之未將者也(폐지미장자야).

공경(恭敬)이라는 것(者)은 폐백(幣)을(之) 아직 받들지(將) 않아도(未) (있는) 것(者)이다(也).

恭敬而無實(공경이무실), 君子不可虛拘(군자불가허구).

공경하(恭敬)되(而) 실체(實)가 없으면(無), 군자(君子)는 헛되이(虛) 얽매일(拘) 수(可) 없다(不).

*食(사): 먹이다 ‖ *豕(시): 돼지 ‖ *畜(휵): 기르다 ‖ *幣(폐): 폐백 ‖ *將(장): 받들다 ‖ *拘(구): 잡다.

부록 최소한 문법: 而, 之, 不, 者, 未, 可.

38장

孟子曰(맹자왈). 形色(형색), 天性也(천성야), 惟聖人然後可以踐形(유성인연후가이천형).

맹자(孟子)께서 말씀하셨다(曰). 형상(形)과 색(色, 용모)은 천성(天性)인 것이니(也), 오직(惟) 성인(聖人)인 연후에야(然後) 형체(形)를 실행할(踐) 수 있다(可以).

*踐(천): 실천하다, 실행하다.

부록 최소한 문법: 可以.

39장

齊宣王欲短喪(제선왕욕단상), 公孫丑曰(공손추왈). 爲朞之喪(위기지상), 猶愈於已乎(유유어이호).

제나라(齊) 선왕(宣王)이 상(喪)을 줄이고(短)자 하자(欲), 공손추(公孫丑)가 말했다(曰). 일 년(朞)의(之) 상(喪)을 하는(爲) 것이 오히려(猶) 그만두는 것(已)보다는(於) 나을(愈) 것입니다(乎).

孟子曰(맹자왈). 是猶或紾其兄之臂(시유혹진기형지비), 子謂之姑徐徐云爾(자위지고서서운이). 亦敎之孝弟而已矣(역교지효제이이의).

맹자(孟子)께서 말씀하셨다(曰). 이것(是)은 어떤 이(或)가 그(其) 형(兄)의(之) 팔뚝(臂)을 비트는데(紾), 그대(子)가 그(之)에게 이르길(謂), '우선(姑) 천천히 하라(徐徐).'고 이르는(云爾) 것과 같다(猶). (이러한 상황에서는) 또한(亦) 그(之)에게 효도(孝)와 공경(弟)을 가르칠(孝) 뿐이라네(而已矣).

王子有其母死者(왕자유기모사자), 其傅爲之請數月之喪(기부위지청수월지상). 公孫丑曰(공손추왈). 若此者(약차자), 何如也(하여야)?

왕자(王子) 중에 그(其) 어미(母)가 죽은(死) 자(者)가 있었는데(有), 그(其) 스승(傅)이 그(之)를 위하여(爲) 수개월(數月)의(之) 상(喪)을 청했다(請). (이에) 공손추(公孫丑)가 말했다(曰). 이(此)와 같은(若) 경우(者)는 어떻습니(何如)까(也)?

曰(왈). 是欲終之而不可得也(시욕종지이불가득야), 雖加一日愈於已(수가일일유어이). 謂夫莫之禁而弗爲者也(위부막지금이불위자야).

말씀하셨다(曰). 이(是)는 그것(之)을 마치고(終) 싶(欲)어도(而) 얻을(得) 수(可) 없는(不) 것이니(也), 비록(雖) 하루(一日)를 더하더라도(加) 그만두는 것(已)보다(於) 낫다(愈). 무릇(夫) 그것(之)을 금하는(禁) 이가 없(莫)는데도(而), 하지(爲) 않는(弗) 경우(者)를 말한(謂) 것이다(也).

※ 압존(壓尊)이 적용된 사례이다.

*公孫丑(공손추): 만장(萬章)과 더불어 맹자의 뛰어난 제자로 제(齊)나라 사람 ‖ *朞(기): 돌, 1주년 ‖ *紾(진): 비틀다 ‖ *臂(비): 팔, 팔뚝 ‖ *姑(고): 잠시, 우선 ‖ *徐徐(서서):

천천히 ‖ *云爾(운이): 이와 같이, ~라고 한다, 이와 같을 뿐이다 ‖ *而已矣(이이의): ~일 뿐이다 ‖ *有~者: ①~한 사람(경우)이 있다, ②~이 있는 사람(경우) ‖ *何如(하여): 무엇과 같은가? 어찌하여, 어떠한가?

부록 최소한 문법: 欲, 之, 於, 者, 而, 不, 可, 莫, 도치.

40장

孟子曰(맹자왈). 君子之所以教者五(군자지소이교자오), 有如時雨化之者(유여시우화지자), 有成德者(유성덕자), 有達財者(유달재자), 有答問者(유답문자), 有私淑艾者(유사숙예자), 此五者(차오자), 君子之所以教也(군자지소이교야).

맹자(孟子)께서 말씀하셨다(曰). 군자(君子)가(之) 가르치는(教) 방법(所以)은(者) 다섯 가지인데(五), 때에 맞는(時) 비(雨)가 그것(之)을 변화시키는 것(化)과 같은(如) 경우(者)가 있고(有), 덕(德)을 이루게 하는(成) 경우(者)가 있고(有), 재주(財)를 통달하게 하는(達) 경우(者)가 있으며(有), 물음(問)에 답하는(答) 경우(者)가 있고(有), 사숙하여(私淑) 다스리는(艾) 경우(者)가 있으니(有), 이(此) 다섯(五) 경우(者)가 군자(君子)가(之) 가르치는(教) 방법(所以)인 것이다(也).

*有~者: ①~한 사람(경우)이 있다, ②~이 있는 사람(경우) ‖ *財(재): 재능, 재주 ‖ *私淑(사숙): 존경하는 사람에게 직접 가르침을 받을 수는 없으나 사람의 도나 학문을 본으로 삼고 배우는 것 ‖ *艾(예): 다스리다, 다스려지다.

부록 최소한 문법: 之, 所, 者.

41장

公孫丑曰(공손추왈). 道則高矣(도즉고의), 美矣(미의), 宜若登天然(의약등천연), 似不可及也(사불가급야). 何不使彼爲可幾及而日孳孳也(하불사피위가기급이일자자야)? 孟子曰(맹자왈). 大匠不爲拙工改廢繩墨(대장불위졸공개폐승묵), 羿不爲拙射變其彀率(예불위졸사변기구률).

공손추(公孫丑)가 말했다(曰). 도(道)는(則) 높고(高)도(矣) 아름답기(美)도(矣) 합니다만, 거의(宜) 하늘(天)에 오르는(登) 듯하는(然) 것과 같아서(若), 이를(及) 수(可) 없는(不) 것과 비슷한(似) 것입니다(也). 어찌(何) 저들(彼)로 하여금(使) 거의(幾) 이를(及) 수 있다(可)고 여기게 해(爲)서(而) 날마다(日) 부지런히(孳孳) 하도록 하지 않(不)으십니까(也)? 맹자(孟子)께서 말씀하셨다(曰). 도목수(大匠)는 옹졸한(拙) 목수(工)를 위해(爲) 먹줄(繩墨)을 고치거나(改) 없애지(廢) 않으며(不), 예(羿)는 옹졸한(拙) 사수(射)를 위해(爲) 그(其) 활시위를 당기는 정도(彀率)를 바꾸지(變) 않는다(不).

君子引而不發(군자인이불발), 躍如也(약여야). 中道而立(중도이립), 能者從之(능자종지).

군자(君子)는 (시위만) 당기기만 하(引)고(而) 쏘지(發) 않아도(不), (화살이) 나갈(躍) 듯하는(如) 것이다(也). 중도를 잡(中道)고(而) 서면(立) 능한(能) 자(者)는 그것(之)을 따른다(從).

*公孫丑(공손추): 만장(萬章)과 더불어 맹자의 뛰어난 제자로 제(齊)나라 사람 ‖ *孳孳(자자): 부지런히 힘쓰는 모양 / 孳(자): 부지런하다 ‖ *大匠(대장): 목수의 우두머리 ‖ *繩墨(승묵): 먹줄 ‖ *羿(예): 활쏘기의 명인 ‖ *彀率(구율): 활의 시위를 잡아당기는 정도, 화살의 과녁 ‖ *躍如(약여): 생기있게 뛰는 모양.

부록 최소한 문법: 不, 可, 使, 而, 者, 之.

42장

孟子曰(맹자왈). 天下有道(천하유도), 以道殉身(이도순신), 天下無道(천하무도), 以身殉道(이신순도), 未聞以道殉乎人者也(미문이도순호인자야).

맹자(孟子)께서 말씀하셨다(曰). 천하(天下)에 도(道)가 있으면(有), 도(道)로(以) 몸(身)을 따르게 하고(殉), 천하(天下)에 도(道)가 없으면(無), 몸(身)으로(以) 도(道)를 따르게 하니(殉), 도(道)로(以) 남(人)을(乎) 따르는(殉) 것(者)을 아직 들어보지(聞) 못했(未)다(也).

*有+명사: ①~이(가) 있다(술어+보어), ②~을(를) 가지고 있다(술어+목적어).

부록 최소한 문법: 以, 乎, 未, 者.

43장

公都子曰(공도자왈). 滕更之在門也(등경지재문야), 若在所禮(약재소례), 而不答(이부답). 何也(하야)?

공도자(公都子)가 말했다(曰). 등경(滕更)이(之) 문하(門)에 있을(在) 때에(也), 예우할(禮) 바(所)가 있는(在) 것 같은(若)데(而), 대답도 하지(答) 않으셨습니다(不). 어째서(何)였습니까(也)?

孟子曰(맹자왈). 挾貴而問(협귀이문), 挾賢而問(협현이문), 挾長而問(협장이문), 挾有勳勞而問(협유훈로이문), 挾故而問(협고이문), 皆

所不答也(개소부답야), 滕更有二焉(등경유이언).

맹자(孟子)께서 말씀하셨다(曰). 귀함(貴)을 가지(挾)고서(而) 묻거나(問), 현명함(賢)을 가지(挾)고서(而) 묻거나(問), 나이 많음(長)을 가지(挾)고서(而) 묻거나(問), 공로(勳勞)가 있음(有)을 가지(挾)고서(而) 묻거나(問), 친분(故)을 가지(挾)고서(而) 묻는(問) 것에는 모두(皆) 대답하지(答) 않는(不) 것(所)이니(也), 등경(滕更)에게는 그것에(焉) 두 가지(二)가 있었다(有).

*公都子(공도자): 맹자의 제자 ‖ *滕更(등경): 등(滕)나라 임금의 동생 ‖ *挾(협): 가지다 ‖ *有+명사: ①~이(가) 있다(술어+보어), ②~을(를) 가지고 있다(술어+목적어) ‖ *故(고): 친구, 친분.

부록 최소한 문법: 之, 所, 而, 不, 焉.

44장

孟子曰(맹자왈). 於不可已而已者(어불가이이이자), 無所不已(무소불이), 於所厚者薄(어소후자박), 無所不薄也(무소불박야).

맹자(孟子)께서 말씀하셨다(曰). 그만둘(已) 수(可) 없는(不) 것에(於)도(而) 그만두는(已) 자(者)는 그만두지(已) 못할(不) 것(所)이 없고(無), 후하게 할(厚) 바(所)인 것(者)에도(於) 박하게 하면(薄), 박하게 하지(薄) 않은(不) 것(所)이 없을(無) 것이다(也).

其進銳者(기진예자), 其退速(기퇴속).

그(其) 나아가는 것(進)이 빠른(銳) 자(者)는 그(其) 물러서는 것(退)에도 빠르다(速).

*銳(예): 빠르다, 민첩하다.

부록 최소한 문법: 不, 可, 於, 而, 者, 所.

45장

孟子曰(맹자왈). 君子之於物也(군자지어물야), 愛之而弗仁(애지이불인), 於民也(어민야), 仁之而弗親(인지이불친). 親親而仁民(친친이인민), 仁民而愛物(인민이애물).

맹자(孟子)께서 말씀하셨다(曰). 군자(君子)가(之) 사물(物)에(於) 대하여는(也) 그것(之)을 아껴주(愛)지만(而) 인으로 대하지는(仁) 않으며(弗), 사람(民)에(於) 대해서는(也) 그들(之)을 인으로 대하(仁)지만(而) 친애하지는(親) 않는다(弗). 어버이(親)를 친애하(親)고서(而) 백성(民)에게 인으로 대하며(仁), 백성(民)에게 인으로 대하(仁)고서(而) 사물(物)을 아껴주는 것이다(愛).

부록 최소한 문법: 之, 於, 而.

46장

孟子曰(맹자왈). 知者無不知也(지자무부지야), 當務之爲急(당무지위급), 仁者無不愛也(인자무불애야), 急親賢之爲務(급친현지위무). 堯·舜之知而不徧物(요순지지이불변물), 急先務也(급선무야), 堯·

舜之仁不偏愛人(요순지인불변애인), 急親賢也(급친현야).

맹자(孟子)께서 말씀하셨다(曰). 지자(智者)는 알지(知) 못하는(不) 것이 없(無)으나(也), 마땅히(當) 힘써야 할 것(務)이(之) 급한 것(急)이 되고(爲), 인자(仁者)는 사랑하지(愛) 않는(不) 것이 없(無)으나(也), 급히(急) 어진 이(賢)를 친애하는 것(親)이(之) 힘써야 할 일(務)이 된다(爲). 요순(堯舜)의(之) 지혜(知)를 가지고도(而), 만물(物)을 두루 알지(徧) 못한(不) 것은 먼저(先) 힘써야 할 일(務)을 서둘렀기(急) 때문이고(也), 요순(堯舜)의(之) 인(仁)으로도 사람(人)을 두루(徧) 사랑하지(愛) 못한(不) 것은 어진 이(賢)를 친애하는(親) 것을 서둘렀기(急) 때문이다(也).

不能三年之喪(불능삼년지상), 而緦·小功之察(이시소공지찰), 放飯流歠(방반유철), 而問無齒決(이문무치결), 是之謂不知務(시지위부지무).

삼년(三年)의(之) 상(喪)을 해내지도(能) 못하(不)면서(而), (남의) 시마(緦)나 소공(小功)을(之) 살피며(察), 밥을 크게 뜨고(放飯) 국물을 흘리(流歠)면서도(而), (남에게) 이빨(齒)로 끊는(決) 것을 못하도록(無) 명령하는(問) 것, 이것(是)을(之) 힘써야 할 일(務)을 알지(知) 못한다(不)고 말한다(謂).

*緦(시): 시마(緦麻: 가는 베로 만들어 상사에 입는 옷) ‖ *小功(소공): 상사에 다섯 달 동안 입는 상복 ‖ *放飯(방반): 밥을 크게 뜨다, 밥이 튀어 나가다 ‖ *流歠(유철): 국을 흘리다, 국을 들이키다 / 歠(철): 마시다 ‖ *問(문): 명령하다.

부록 최소한 문법: 者, 不, 之, 而.

진심하(盡心下)

1장

孟子曰(맹자왈). 不仁哉(불인재), 梁惠王也(양혜왕야). 仁者以其所愛(인자이기소애), 及其所不愛(급기소불애), 不仁者以其所不愛(불인자이기소불애), 及其所愛(급기소애).

맹자(孟子)께서 말씀하셨다(曰). 어질지(仁) 못하(不)구나(哉), 양혜왕(梁惠王)은(也). 인자(仁者)는 그(其)가 사랑하는(愛) 것(所)으로(以) 그(其)가 사랑하지(愛) 않는(不) 것(所)에 이르게 하고(及), 불인자(不仁者)는 그(其)가 사랑하지(愛) 않는(不) 것(所)으로(以) 그(其)가 사랑하는(愛) 것(所)에 이르게 한다(及).

公孫丑曰(공손추왈). 何謂也(하위야)? 梁惠王以土地之故(양혜왕이토지지고), 糜爛其民而戰之(미란기민이전지), 大敗(대패). 將復之(장부지), 恐不能勝(공불능승). 故驅其所愛子弟以殉之(고구기소애자제이순지). 是之謂以其所不愛及其所愛也(시지위이기소불애급기소애야).

공손추(公孫丑)가 말했다(曰). 무엇(何)을 말씀하는(謂) 것인지요(也)? (말씀하셨다.) 양혜왕(梁惠王)은 토지(土地)라는(之) 이유(故)로(以) 그(其) 백성(民)을 문드러지게 해(糜爛)서(而), 그들(之)을 싸우게 했다가(戰) 크게(大) 패했다(敗). 그것(之, 전쟁)을 장차(將) 다시 하려는데(復) 이길(勝) 수(能) 없는(不) 것을 두려워했다(恐). 그러므로(故) 그(其)가 사랑하는(愛) 사람(所)인 자제(子弟)를 내몰아서(驅), 그렇게 함으로(以) 그들(之)을 따라 죽게 했다(殉). 이것(是)을(之) 그(其)가 사랑하지(愛) 않는(不) 것(所)으로(以), 그(其)가 사랑하는(愛) 것(所)에 이르게 한(及) 것이라(也) 말한다(謂).

*梁惠王(양혜왕): 위(魏)나라 혜왕(惠王)으로 수도를 대량(大梁)에 천도했기 때문에 양혜왕이라 함 ‖ *公孫丑(공손추): 만장(萬章)과 더불어 맹자의 뛰어난 제자로 제(齊)나라 사람 ‖ *糜爛(미란): 문드러지게 하다 ‖ *復: (복) 회복하다, 이행하다 / (부): 다시, 거듭하다.

부록 최소한 문법: 不, 者, 以, 所, 之, 而, 能.

2장

孟子曰(맹자왈). **春秋**(춘추), **無義戰**(무의전), **彼善於此**(피선어차), **則有之矣**(즉유지의).

맹자(孟子)께서 말씀하셨다(曰). 『춘추(春秋)』에 의로운(義) 전쟁(戰)은 없으나(無), 저것(彼)이 이것(此)보다(於) 나은(善) 것이(則), 거기(之)에 있(有)다(矣).

征者(정자), **上**(상), **伐下也**(벌하야), **敵國**(적국), **不相征也**(불상정야).

정벌(征)이란(者) 윗사람(上, 천자)이 아랫사람(下, 제후)을 치는(伐) 것이니(也), 대등한(敵) 나라(國)는 서로(相) 정벌하지(征) 않(不)는다(也).

*有+명사: ①~이(가) 있다(술어+보어), ②~을(를) 가지고 있다(술어+목적어) ‖ *敵(적): 대적하다, 대등하다.

부록 최소한 문법: 於, 之, 者, 不.

3장

孟子曰(맹자왈). 盡信書(진신서), 則不如無書(즉불여무서).

맹자(孟子)께서 말씀하셨다(曰). 『서경(書)』을 모두(盡) 믿는다(信)면(則), 『서경(書)』이 없는(無) 것과 같지(如) 못하다(不).

※ 서경에 기록된 내용을 모두 믿는다면 차라리 책이 없는 것이 낫다는 의미이다.

吾於武成(오어무성), 取二三策而已矣(취이삼책이이의).

나(吾)는 (서경) 「무성(武成)」편에서(於) 두세 쪽(二三)의 책략(策)을 취할(取, 믿을) 뿐이다(而已矣).

仁人無敵於天下(인인무적어천하). 以至仁伐至不仁(이지인벌지불인), 而何其血之流杵也(이하기혈지유저야)?

인자(仁人)는 천하(天下)에(於) 적수(敵)가 없다(無). 지극한(至) 인(仁)으로(以) 지극한(至) 불인(不仁)을 정벌했(伐)는데(而), 어떻게(何) 그렇게(其) 피(血)가(之) 절굿공이(杵)를 흐르게 하(流)였겠는가(也)?

※ 무왕이 주(紂)왕을 정벌한 것을 의미한다.

*而已矣(이이의): ~일 뿐이다 ‖ *杵(저): 공이.

부록 최소한 문법: 不, 於, 以, 而, 之.

4장

孟子曰(맹자왈). 有人曰(유인왈), 我善爲陳(아선위진), 我善爲戰(아선위전), 大罪也(대죄야).

맹자(孟子)께서 말씀하셨다(曰). 어떤(有) 사람(人)이 나(我)는 진(陳)을 만드는(爲) 것을 잘하고(善), 나(我)는 전쟁(戰)을 하는(爲) 것을 잘한다(善)고 말한다면(曰), (그는) 큰(大) 죄인(罪)인 것이다(也).

國君好仁(국군호인), 天下無敵焉(천하무적언). 南面而征(남면이정), 北狄怨(북적원), 東面而征(동면이정), 西夷怨(서이원), 曰(왈), 奚爲後我(해위후아)?

나라(國) 임금(君)이 인(仁)을 좋아하면(好), 천하(天下)에서 그에게(焉) 적수(敵)가 없다(無). (탕왕이) 남으로(南) 향하여(面)서(而) 정벌하면(征), 북적(北狄)이 원망하고(怨), 동으로(東) 향하여(面)서(而) 정벌하면(征), 서이(西夷)가 원망하면서(怨), '어찌하여(奚) 우리(我)를 뒤에(後) (정벌) 하는가(爲)?'라 말했다(曰).

武王之伐殷也(무왕지벌은야), 革車三百兩(혁거삼백냥), 虎賁三千人(호분삼천인).

무왕(武王)께서(之) 은나라(殷)를 정벌하는(伐)데(也), 혁거(革車) 삼백(三百) 량(兩)과 호분(虎賁) 삼천(三千) 인(人)이었다.

王曰(왕왈). 無畏(무외). 寧爾也(영이야), 非敵百姓也(비적백성야), 若崩厥角稽首(약붕궐각계수).

왕(王, 무왕)께서 말씀하시길(曰), '두려워하지(畏) 말라(無). 너희(爾)를 편안하게 하려는(寧) 것이지(也), 백성(百姓)을 대적하려는(敵) 것이 아니(非)다(也).'라고 하니, 그(厥) 뿔(角)을 떨구는(崩) 것과 같이(若) 머리(首)를 조아렸다(稽).

征之爲言正也(정지위언정야). **各欲正己也**(각욕정기야), **焉用戰**(언용전)?

그것(之)을 정벌한다(征)고 하는(爲) 말(言)은 바로잡는(正) 것이다(也). 각자(各) 자기(나라, 己)를 바로잡아 주기(正)를 바라는(欲)데(也), 어찌(焉) 전쟁(戰)을 쓰겠는가(用)?

*狄(적): 오랑캐 ‖ *革車(혁거): 가죽으로 만든 병거, 전차 ‖ *兩(양/냥): 수레를 세는 단위, 50승(乘) ‖ *虎賁(호분): 용맹한 군대 ‖ *稽(계): 조아리다.

부록 최소한 문법: 焉, 而, 之, 非, 欲.

5장

孟子曰(맹자왈). **梓匠輪輿**(재장윤여), **能與人規矩**(능여인규구), **不能使人巧**(불능사인교).

맹자(孟子)께서 말씀하셨다(曰). 목수(梓匠)나 수레를 만드는 사람(輪輿)은 남(人)에게 그림쇠(規)와 곱자(矩)를 줄(與) 수 있어도(能), 남(人)으로 하여금(使) 솜씨가 있게(巧) 할 수(能)는 없다(不).

*梓匠(재장): 목공, 목수 / 梓(재): 가래나무, 목수 ‖ *輪輿(윤여): 수레를 만드는 사람 ‖ *規矩(규구): 그림쇠(원형을 그리는 제구)와 곱자(ㄱ모양의 자).

부록 최소한 문법: 能, 不.

6장

孟子曰(맹자왈). 舜之飯糗茹草也(순지반후여초야), 若將終身焉(약장종신언), 及其爲天子也(급기위천자야), 被袗衣(피진의), 鼓琴(고금), 二女果(이녀과), 若固有之(약고유지).

맹자(孟子)께서 말씀하셨다(曰). 순임금(舜)께서(之) 마른 밥(糗)을 먹고(飯) 채소(草)를 먹을(茹) 때에(也), 마치 장차(將) 거기에서(焉) 몸(身)을 마칠(終) 것 같더니(若), 그(其)가 천자(天子)가 되기(爲)에 이르러서(及)는(也), 수놓은(袗) 옷(衣)을 입고(被) 거문고(琴)를 연주하며(鼓), 두(二) 여인(女)이 시중드는(果) 것이, 본래부터(固) 그것(之)을 가지고 있는 것(有)과 같았다(若).

부록 최소한 문법: 之, 焉.

7장

孟子曰(맹자왈). 吾今而後知殺人親之重也(오금이후지살인친지중야). 殺人之父(살인지부), 人亦殺其父(인역살기부), 殺人之兄(살인지형), 人亦殺其兄(인역살기형), 然則非自殺之也(연즉비자살지야), 一間耳(일간이).

맹자(孟子)께서 말씀하셨다(曰). 나(吾)는 지금(今) 이후에야(而後) 남(人)의 어버이(親)를 죽이는(殺) 것이(之) 중하다는(重) 것을 알게 되었(知)다(也). 남(人)의(之) 아비(父)를 죽이면(殺), 남(人) 또한(亦) 내(其) 아비(父)를 죽일 것이고(殺), 남(人)의(之) 형(兄)을 죽이면(殺), 남(人) 또한(亦) 내(其) 형(兄)을 죽일 것이니(殺), 그렇다(然)면(則) 스스로(自) 그(之)를 죽인(殺) 것은 아니(非)지만(也), 한(一) 칸(間) (차이일) 뿐이다(耳).

부록 최소한 문법: 之, 非.

8장

孟子曰(맹자왈). 古之爲關也(고지위관야), 將以禦暴(장이어포).

맹자(孟子)께서 말씀하셨다(曰). 옛날(古)에(之) (국경에) 관문(關)을 만든(爲) 것은(也) 장차(將) 그것으로(以) 포악한 자(暴)를 막으려는 것이었다(禦).

今之爲關也(금지위관야), 將以爲暴(장이위포).

지금(今)에(之) 관문(關)을 만드는(爲) 것은(也) 장차(將) 그것으로(以) 포악한 짓(暴)을 하려는 것이다(爲).

※ 포악한 짓은 세금을 거두는 일을 의미한다.

부록 최소한 문법: 之, 以.

9장

孟子曰(맹자왈). 身不行道(신불행도), 不行於妻子(불행어처자), 使人不以道(사인불이도), 不能行於妻子(불능행어처자).

맹자(孟子)께서 말씀하셨다(曰). 자신(身)이 도(道)를 행하지(行) 않으면(不), (그 도가) 처자식(妻子)에게도(於) 행해지지(行) 않고(不), 사람(人)을 부리되(使) 도(道)를 쓰지(以) 않으면(不), (명령이) 처자식(妻子)에게도(於) 행해질(行) 수(能) 없다(不).

부록 최소한 문법: 不, 於, 使, 以, 能.

10장

孟子曰(맹자왈). 周于利者(주우리자), 凶年不能殺(흉년불능살), 周于德者(주우덕자), 邪世不能亂(사세불능란).

맹자(孟子)께서 말씀하셨다(曰). 이(利)에(于) 치밀한(周) 자(者)는 흉년(凶年)도 (그를) 죽일(殺) 수(能) 없고(不), 덕(德)에(于) 치밀한(周) 자(者)는 사악한(邪) 세상(世)에도 (그를) 어지럽게 할(亂) 수(能) 없다(不).

*周(주): 치밀하다, 지극하다.

부록 최소한 문법: 于, 者, 不, 能.

11장

孟子曰(맹자왈). 好名之人能讓千乘之國(호명지인능양천승지국). 苟非其人(구비기인), 簞食豆羹見於色(단사두갱현어색).

맹자(孟子)께서 말씀하셨다(曰). 명예(名)를 좋아하(好)는(之) 사람(人)은 천승(千乘)의(之) 나라(國)를 양보할(讓) 수 있다(能). (그러나) 진실로(苟) 그러한(其) 사람(人)이 아니라면(非), 한 그릇의 밥(簞食)과 적은 국(豆羹)에도 얼굴(色)에(於) 드러난다(見).

*簞食(단사): 대소쿠리에 담은 밥 / 簞(단): 소쿠리 ‖ *豆羹(두갱): 제기에 담은 국→ 적은 양의 국.

부록 최소한 문법: 之, 能, 非, 於.

12장

孟子曰(맹자왈). 不信仁賢(불신인현), 則國空虛(즉국공허).

맹자(孟子)께서 말씀하셨다(曰). 인자(仁)와 현자(賢)를 믿지(信) 않으(不)면(則), 나라(國)가 텅 비게 된다(空虛).

無禮義(무예의), 則上下亂(즉상하란), 無政事(무정사), 則財用不足(즉재용부족).

예(禮)와 의(義)가 없으(無)면(則) 위아래(上下)가 어지러워지고(亂), 정사(政事)가 없으(無)면(則) 재물(財)의 씀씀이(用)가 부족해진다(不足).

*空虛(공허): 속이 텅 비다.

부록 최소한 문법: 不.

13장

孟子曰(맹자왈). 不仁而得國者有之矣(불인이득국자유지의), 不仁而得天下(불인이득천하), 未之有也(미지유야).

맹자(孟子)께서 말씀하셨다(曰). 어질지(仁) 못하(不)면서(而) 나라(國)를 얻는(得) 경우(者), 그런 것(之)은 있었지(有)만(矣), 어질지(仁) 못하(不)면서(而) 천하(天下)를 얻은(得) 것, 그런 것(之)은 아직 있지(有) 않(未)았다(也).

*有+명사: ①~이(가) 있다(술어+보어), ②~을(를) 가지고 있다(술어+목적어).

부록 최소한 문법: 不, 而, 者, 之, 未, 도치.

14장

孟子曰(맹자왈). 民爲貴(민위귀), 社稷次之(사직차지), 君爲輕(군위경).

맹자(孟子)께서 말씀하셨다(曰). 백성(民)이 귀중한 것(貴)이 되고(爲), 사직(社稷)이 그것(之)에 다음이고(次), 임금(君)은 가벼운 것(輕)이 된다(爲).

是故得乎丘民而爲天子(시고득호구민이위천자), 得乎天子爲諸侯(득호천자위제후), 得乎諸侯爲大夫(득호제후위대부).

이(是) 때문에(故) 백성(丘民)에게(乎) (마음을) 얻으(得)면(而) 천자(天子)가 되고(爲), 천자(天子)에게(乎) 얻으면(得) 제후(諸侯)가 되고(爲), 제후(諸侯)에게(乎) 얻으면(得) 대부(大夫)가 된다(爲).

諸侯危社稷(제후위사직), 則變置(즉변치).

제후(諸侯)가 사직(社稷)을 위태롭게 하(危)면(則), (제후를) 바꾸어(變) 놓는다(置).

犧牲旣成(희생기성), 粢盛旣潔(자성기결), 祭祀以時(제사이시), 然而旱乾水溢(연이한간수일), 則變置社稷(즉변치사직).

희생(犧牲)이 이미(旣) 갖춰지고(成), 제사에 쓰는 곡식(粢盛)도 이미(旣) 정결하게 하고(潔), 때(時)에 맞게(以) 제사 지냈는데(祭祀), 그런데도(然而) 가뭄 들고(旱乾) 물(水)이 넘쳐나(溢)면(則), 사직(社稷)을 바꾸어(變) 놓는다(置).

※ 乾: 마른다는 의미일 때 '간' 혹은 '건'으로 독음할 수 있다.

*丘民(구민): 시골 백성 / 丘(구): 마을, 촌락 ‖ *粢盛(자성): 나라의 큰 제사에 쓰는 기장과 피, 제사에 올리는 정결한 곡식.

부록 최소한 문법: 之, 乎, 而, 以.

15장

孟子曰(맹자왈). 聖人(성인), 百世之師也(백세지사야), 伯夷·柳下惠是也(백이유하혜시야). 故聞伯夷之風者(고문백이지풍자), 頑夫廉(완부렴), 懦夫有立志(나부유입지), 聞柳下惠之風者(문유하혜지풍자), 薄夫敦(박부돈), 鄙夫寬(비부관). 奮乎百世之上(분호백세지상), 百世之下(백세지하), 聞者莫不興起也(문자막불흥기야), 非聖人而能若是乎(비성인이능약시호)? 而況於親炙之者乎(이황어친자지자호)?

맹자(孟子)께서 말씀하셨다(曰). 성인(聖人)은 백(百) 대(世)의(之) 스승(師)인 것이니(也), 백이(伯夷)와 유하혜(柳下惠)가 이런 분(是)이다(也). 그러므로(故) 백이(伯夷)의(之) 풍도(風)를 들은(聞) 자(者)는 완고한(頑) 자(夫)가 청렴해지고(廉), 나약한(懦) 자(夫)가 뜻(志)을 세우고(立), 유하혜(柳下惠)의(之) 풍도(風)를 들은(聞) 자(者)는 경박한(薄) 자(夫)가 후덕해지고(敦), 비루한(鄙) 자(夫)가 관대해진다(寬). 백(百) 대(世)의(之) 앞(上)에서(乎) 떨치면(奮), 백(百) 대(世)의(之) 뒤(下)에서 (그 풍도를) 들은(聞) 자

(者) 중에 떨치고 일어나지(興起) 않는(不) 이가 없(莫)으니(也), 성인(聖人)이 아니(非)고(而), 이(是)와 같을(若) 수(能) 있겠는가(乎)? 그리고(而) 하물며(況) 직접(親) 배(炙)운(之) 자(者)에게(於)는 (어떻겠는)가(乎)?

*伯夷(백이): 은(殷)나라 말에서 주(周)나라 초기 현자 ‖ *柳下惠(유하혜): 춘추시대 노(魯)나라 현자 ‖ *頑夫(완부): 완고(頑固)한 사내 / 頑(완): 완고하다, 미련하다 ‖ *懦夫(나부): 나약한 사내 / 懦(나/유/연): 나약하다 ‖ *薄夫(박부): 경박한 사내 ‖ *鄙夫(비부): 비루한 사내 ‖ *親炙(친자): 스승에게 친히 배우는 것. 즉 스승 가까이서 친히 감화를 받음 / 炙(자): 가까이한다.

부록 최소한 문법: 之, 者, 乎, 莫, 不, 非, 能, 而, 於.

16장

孟子曰(맹자왈). 仁也者(인야자), 人也(인야), 合而言之(합이언지), 道也(도야).

맹자(孟子)께서 말씀하셨다(曰). 인(仁)이라는 것(也者)은 사람(人)이니(也), (인과 사람을) 합하여(合)서(而) 그것(之)을 말하면(言) 도(道)인 것이다(也).

*也者(야자): ~라고 하는 것, ~이란.

부록 최소한 문법: 而, 之.

17장

孟子曰(맹자왈). 孔子之去魯(공자지거로), 曰(왈), 遲遲吾行也(지지오행야), 去父母國之道也(거부모국지도야). 去齊(거제), 接淅而行(삽석이행), 去他國之道也(거타국지도야).

맹자(孟子)께서 말씀하셨다(曰). 공자(孔子)께서(之) 노나라(魯)를 떠나면서(去) '더디고(遲) 더디다(遲), 내(吾) 행차(行)여(也)!'라 말씀했는데(曰), (이는) 부모(父母)의 나라(國)를 떠나(去)는(之) 도(道)인 것이다(也). 제나라(齊)를 떠나면서(去) 씻던 쌀(淅)을 거두어(接)서(而) 가셨는데(行), (이는) 타국(他國)을 떠나(去)는(之) 도(道)인 것이다(也).

*遲遲(지지): 더디고 더딤 ‖ *接淅(삽석): 물에 담가 놓은 쌀로 밥을 지어 먹을 여가도 없이, 잠시도 지체하지 않고 속히 떠나는 것 / 接(삽) 거두어들인다 / 淅(석): (쌀을) 일다(흔들어서 쓸 것과 못 쓸 것을 가려내다).

부록 최소한 문법: 之, 而.

18장

孟子曰(맹자왈). 君子之戹於陳·蔡之間(군자지액어진채지간), 無上下之交也(무상하지교야).

맹자(孟子)께서 말씀하셨다(曰). 군자(君子, 공자)께서(之) 진나라(陳)와 채나라(蔡)의(之) 사이(間)에서(於) 고생했는데(戹), (두 나라에서는) 위아래(上下)와의(之) 교제(交)가 없었기(無) 때문이다(也).

*戹(액): 좁다, 고생하다, 재난.

부록 최소한 문법: 之, 於.

19장

貉稽曰(맥계왈). 稽大不理於口(계대불리어구).

맥계(貉稽)가 말했다(曰). 계(稽, 맥계)는 (남의) 입(口)에(於) 크게(大) 의뢰받지(理, 의지하지) 못합니다(不).

※ 자주 구설에 오른다는 의미이다.

孟子曰(맹자왈). 無傷也(무상야). 士憎玆多口(사증자다구).

맹자(孟子)께서 말씀하셨다(曰). 상심할 것(傷)이 없습니(無)다(也). 선비(士)는 더욱(憎) 이처럼(玆) 말(口)이 많습니다(多).

詩云(시운), 憂心悄悄(우심초초), 慍于群小(온우군소), 孔子也(공자야). 肆不殄厥慍(사부진궐온), 亦不隕厥問(역불운궐문), 文王也(문왕야).

『시경(詩)』에 이르길(云), '근심스러운(憂) 마음(心)에 근심스러운데(悄悄), 뭇(群) 소인(小)에게(于) 노여움을 받네(慍).'라 했으니, (이런 이가) 공자(孔子)이셨습니다(也). '끝내(肆) 그들(厥)의 노여움(慍)을 멸하지는(殄) 못했지만(不), 또한(亦) 그(厥) 명성(問)을 떨어뜨리지(隕) 않았네(不).'라 했으니, (이런 이가) 문왕(文王)이셨습니다(也).

*貉稽(맥계): 맹자에 훌륭한 관리였으나 자주 비난을 받은 인물로 묘사됨 ‖ *理(리): 의뢰하다, 좇다 ‖ *憎(증): =增 ‖ *玆(자): 무성하다 ‖ *悄悄(초초): 근심하는 모양. 외롭고 처량한 모양 ‖ *殄(진): 다하다, 멸하다 ‖ *隕(운): 떨어뜨리다, 추락하다. ‖ *問(문): 명성, 명망.

부록 최소한 문법: 不, 於, 于.

20장

孟子曰(맹자왈). 賢者以其昭昭(현자이기소소), 使人昭昭(사인소소), 今以其昏昏(금이기혼혼), 使人昭昭(사인소소).

맹자(孟子)께서 말씀하셨다(曰). 현자(賢者)는 자신(其)의 밝음(昭昭)으로(以), 남(人)으로 하여금(使) 밝게 하는데(昭昭), 지금은(今) 자신(其)의 어두움(昏昏)으로(以), 남(人)으로 하여금(使) 밝게 하려 한다(昭昭).

*昭昭(소소): 사리(事理)가 환하고 뚜렷함 ‖ *昏昏(혼혼): 어두운 모양. 어리석은 모양.

부록 최소한 문법: 者, 以, 使.

21장

孟子謂高子曰(맹자위고자왈). 山徑之蹊間(산경지혜간), 介然用之而成路(개연용지이성로), 爲間不用(위간불용), 則茅塞之矣(즉모색지의), 今茅塞子之心矣(금모색자지심의).

맹자(孟子)께서 고자(高子)에게 일러(謂) 말씀하셨다(曰). 산길(山徑)의(之) 좁은 길(蹊) 틈(間)이라도, 잠깐만(介然) 그것(之)을 사용하(用)면(而) 길(路)을 이루지만(成), 사이(間)를 두어(爲) 사용하지(用) 않으(不)면(則), 띠풀(茅)이 그것(之)을 막는(塞)데(矣), 지금(今) 띠풀(茅)이 그대(子)의(之) 마음(心)을 막았구(塞)나(矣).

*고자(高子): 맹자와 인간의 본성을 논한 고자(告子)가 아니라, 맹자의 제자였던 제(齊)나라 사람 ‖ *山徑(산경): 산길 ‖ *蹊(혜): 좁은 길 ‖ *介然(개연): 잠깐 ‖ *爲間(위간): 잠깐 사이를 두다.

부록 최소한 문법: 之, 而, 不.

22장

高子曰(고자왈). 禹之聲(우지성), 尚文王之聲(상문왕지성).

고자(高子)가 말했다(曰). 우왕(禹)의(之) 음악(聲)이 문왕(文王)의(之) 음악(聲)보다 격이 높습니다(尙).

孟子曰(맹자왈). 何以言之(하이언지)? 曰(왈). 以追蠡(이퇴려).

맹자(孟子)께서 말씀하셨다(曰). 무엇(何)으로(以) 그것(之)을 말하느냐(言)? 말했다(曰). 종을 거는 끈(追)이 좀먹었기(蠡) 때문입니다(以).

曰(왈). 是奚足哉(시해족재)? 城門之軌(성문지궤), 兩馬之力與(양마지력여)?

말씀하셨다(曰). 이것(是)이 어찌(奚) (그 근거로) 충분하겠는(足)가(哉)? 성문(城門)의(之) 수레바퀴 자국(軌)이 두 마리(兩) 말(馬)의(之) 힘(力)이겠는가(與)?

*고자(高子): 맹자와 인간의 본성을 논한 고자(告子)가 아니라 맹자의 제자였던 제(齊)나라 사람 ‖ *尙(상): 높이다, 격이 높다 ‖ *追(퇴): 종을 거는 끈 ‖ *蠡(여/려): 좀먹다.

부록 최소한 문법: 之.

23장

齊饑(제기), 陳臻曰(진진왈). 國人皆以夫子將復爲發棠(국인개이부자장부위발당), 殆不可復(태불가부).

제나라(齊)에 흉년들자(饑), 진진(陳臻)이 말했다(曰). 나라(國) 사람(人)이 모두(皆) 선생님(夫子)으로(以) 장차(將) 다시(復) 당읍(棠) (창고를) 열게 할(發) 것이라 하니(爲), (이 일은) 대개(殆) 다시(復) 할 수(可) 없을 것입니다(不).

孟子曰(맹자왈). 是爲馮婦也(시위풍부야). 晉人有馮婦者(진인유풍부자), 善搏虎(선박호), 卒爲善士(졸위선사). 則之野(즉지야), 有衆逐虎(유중축호). 虎負嵎(호부우), 莫之敢攖(막지감영). 望見馮婦(망견풍부), 趨而迎之(추이영지). 馮婦攘臂下車(풍부양비하거), 衆皆悅之(중개열지), 其爲士者笑之(기위사자소지).

맹자(孟子)께서 말씀하셨다(曰). (그렇게 하면) 이(是)는 풍부(馮婦)가 되는(爲) 것이다(也). 진나라(晉) 사람(人)에 풍부(馮婦)라는 자(者)가 있었는데(有), 호랑이(虎)를 잘(善) 때려잡았는데(搏), 마침내(卒) 선사(善士)가 되었다(爲). 곧(則) 들(野)에 갔는데(之), 무리(衆)가 호랑이(虎)를 쫓는 것(逐)이 있었다(有). 호랑이(虎)가 산모퉁이(嵎)를 등지자(負), 그것(之)에 감히(敢) 다가서는(攖) 이가 없었다(莫). 풍부(馮婦)를 멀리서 보고(望見) 달려가(趨)서(而) 그(之)를 맞이했다(迎). 풍부(馮婦)는 팔(臂)을 걷어 올리고(攘) 수레(車)에서 내려오니(下), 무리(衆)가 모두(皆) 그것(之)을 기뻐했으나(悅), 그(其) 선비(士)가 된(爲) 자(者)는 그(之)를 비웃었다(笑).

*饑(기): 주리다, 흉년이 들다 ‖ *陳臻(진진): 맹자의 제자 ‖ *馮婦(풍부): 진(晉)나라 때 사람으로 절제하지 못하는 사람으로 비유됨 ‖ *有~者: ①~한 사람(경우)이 있다, ②~이 있는 사람(경우) ‖ *搏(박): 두드리다, 때리다 ‖ *有+명사: ①~이(가) 있다(술어+보어), ②~을(를)

가지고 있다(술어+목적어) ‖ *嵎(우): 산굽이, 산모퉁이 ‖ *攖(영): 잡다, 다가서다 ‖ *望見(망견): 멀리 바라보다 ‖ *趨(추): 달려가다 ‖ *攘臂(양비): 소매를 걷어 올림 / 攘(양): 걷어 올리다 / 臂(비): 팔.

부록 최소한 문법: 以, 不, 可, 者, 之, 莫, 도치, 敢, 而.

24장

孟子曰(맹자왈). 口之於味也(구지어미야), 目之於色也(목지어색야), 耳之於聲也(이지어성야), 鼻之於臭也(비지어취야), 四肢之於安佚也(사지지어안일야), 性也(성야). 有命焉(유명언), 君子不謂性也(군자불위성야).

맹자(孟子)께서 말씀하셨다(曰). 입(口)은(之) 맛(味)에(於)서(也), 눈(目)은(之) 색(色)에(於)서(也), 귀(耳)는(之) 소리(聲)에(於)서(也), 코(鼻)는(之) 냄새(臭)에(於)서(也), 사지(四肢)는(之) 편안함(安佚)에(於)서(也) (좋아하는 것이) 본성(性)이다(也). (그러나) 거기에는(焉) 명(命)에 달려 있으므로(有), 군자(君子)는 본성(性)이라 말하지(謂) 않(不)는다(也).

仁之於父子也(인지어부자야), 義之於君臣也(의지어군신야), 禮之於賓主也(예지어빈주야), 智之於賢者也(지지어현자야), 聖人之於天道也(성인지어천도야), 命也(명야). 有性焉(유성언), 君子不謂命也(군자불위명야).

인(仁)이(之) 부자(父子)에게(於)서(也), 의(義)가(之) 군신(君臣)에게(於)서(也), 예(禮)가(之) 빈주(賓主, 손님과 주인)에게(於)서(也), 지혜(智)가(之) 현자(賢者)에게(於)서(也), 성인(聖人)이(之) 천도(天道)에(於)서(也)는 명(命)이다(也). (그러나) 거기에는(焉) 본성(性)

에 달려 있으므로(有), 군자(君子)는 명(命)이라 말하지(謂) 않(不)는다(也).

*有+명사: ①~이(가) 있다(술어+보어), ②~을(를) 가지고 있다(술어+목적어) ‖ *安佚(안일): 편안하고 한가롭다.

부록 최소한 문법: 之, 於, 焉, 不, 者.

25장

浩生不害問曰(호생불해문왈). 樂正子(악정자), 何人也(하인야)? 孟子曰(맹자왈). 善人也(선인야), 信人也(신인야).

호생불해(浩生不害)가 물어(問) 말했다(曰). 악정자(樂正子)는 어떤(何) 사람(人)입니까(也)? 맹자(孟子)께서 말씀하셨다(曰). 선한(善) 사람(人)이고(也), 신한(信) 사람(人)입니다(也).

何謂善(하위선)? 何謂信(하위신)?

무엇(何)을 선(善)이라 말하고(謂), 무엇(何)을 신(信)이라 말합니까(謂)?

曰(왈). 可欲之謂善(가욕지위선), 有諸己之謂信(유저기지위신), 充實之謂美(충실지위미), 充實而有光輝之謂大(충실이유광휘지위대), 大而化之之謂聖(대이화지지위성), 聖而不可知之之謂神(성이불가지지지위신).

말씀하셨다(曰). 하고자 할(欲) 만한(可) 것을(之) 선(善)이라 말하고(謂), 그것을(諸) 자기(己)에게 가지고 있는(有) 것을(之) 신(信)이라 말하고(謂), 꽉 차서 실속이 있는(充實) 것(之)을 미(美)라 말하고(謂), 꽉 차서 실속이 있어(充實)서(而) (밖으로) 환하게 빛나는(光輝) 것(之)을 대(大)라 말하고(謂), 대가 되어(大)서(而) 그것(之)을 화하는(化) 것을(之) 성(聖)이라 말하고(謂), 성스러워(聖)서(而) 그것(之)을 알(知) 수(可) 없는(不) 것을(之) 신(神)이라 말합니다(謂).

樂正子(악정자), 二之中(이지중), 四之下也(사지하야).

악정자(樂正子)는 둘(二, 선과 신)의(之) 중간(中)이고, 넷(四, 신, 성, 대, 미)의(之) 아래(下)입니다(也).

*浩生不害(호생불해): 제(齊)나라 사람으로 호생은 성이며, 불해는 이름임 ‖ *樂正子(악정자): 노(魯)나라에서 벼슬한 맹자의 제자 ‖ *有+명사: ①~이(가) 있다(술어+보어), ②~을(를) 가지고 있다(술어+목적어).

부록 최소한 문법: 可, 之, 諸, 而, 不.

26장

孟子曰(맹자왈). 逃墨必歸於楊(도묵필귀어양), 逃楊必歸於儒(도양필귀어유), 歸斯受之而已矣(귀사수지이이의).

맹자(孟子)께서 말씀하셨다(曰). 묵적(墨)에서 벗어나면(逃), 반드시(必) 양주(楊)에게(於) 귀의하고(歸), 양주(楊)에서 벗어나면(逃), 반드시(必) 유가(儒)에(於) 귀의하니(歸), 귀의한다(歸)면(斯) 그들(之)을 받아줄(受) 뿐이다(而已矣).

今之與楊·墨·辯者(금지여양묵변자), 如追放豚(여추방돈), 旣入其苙(기입기립), 又從而招之(우종이초지).

지금(今)의(之) 양주(楊)나 묵적(墨)과(與) 변론하는(辯) 자(者)는 마치 내놓은(放, 도망간) 돼지(豚)를 쫓는(追) 것과 같은데(如), 이미(旣) 그(其) 우리(苙)에 들어왔는데(入), 또(又) 따라가(從)서(而) 그들(之)을 묶으려 한다(招).

*而已矣(이이의): ~일 뿐이다 ‖ *苙(립/입): 짐승의 우리 ‖ *招(초): 부르다, 결박하다, 묶는다.

부록 최소한 문법: 必, 於, 之, 與, 者, 而.

27장

孟子曰(맹자왈). 有布縷之征(유포루지정), 粟米之征(속미지정), 力役之征(역역지정), 君子用其一(군자용기일), 緩其二(완기이). 用其二而民有殍(용기이이민유표), 用其三而父子離(용기삼이부자리).

맹자(孟子)께서 말씀하셨다(曰). 포루(布縷)의(之) 세금(征), 속미(粟米)의(之) 세금(征), 역역(力役)의(之) 세금(征)이 있는데(有), 군자(君子)는 그(其) 한 가지(一)만을 쓰고(用), 그(其) 두 가지(二)를 늦추어 준다(緩). 그(其) 두 가지(二)를 쓰(用)면(而), 백성(民) 중에는 굶어 죽는 이(殍)가 있고(有), 그(其) 세 가지(三)를 쓰(用)면(而), 아비(父)와 지식(子)이 흩어지게 된다(離).

*布縷(포루): 베의 올, 베나 명주, 직물 ‖ *征(정): 구실(전통 시대 온갖 세금을 이르던 말) ‖ *粟米(속미): 조와 쌀, 곡물 ‖ *有+명사: ①~이(가) 있다(술어+보어), ②~을(를) 가지고 있다(술어+목적어) ‖ *緩(완): 늦추다 ‖ *殍(표): 굶주려 죽다.

부록 최소한 문법: 之.

28장

孟子曰(맹자왈). 諸侯之寶三(제후지보삼), 土地(토지), 人民(인민), 政事(정사). 寶珠玉者(보주옥자), 殃必及身(앙필급신).

맹자(孟子)께서 말씀하셨다(曰). 제후(諸侯)의(之) 보배(寶)는 세 가지(三)이니, 토지(土地), 인민(人民), 정사(政事)이다. 주옥(珠玉)을 보배로 여기는(寶) 자(者)는 재앙(殃)이 반드시(必) 자신(身)에게 미친다(及).

부록 최소한 문법: 之, 者, 必.

29장

盆成括仕於齊(분성괄사어제), 孟子曰(맹자왈). 死矣盆成括(사의분성괄). 盆成括見殺(분성괄견살), 門人問曰(문인문왈). 夫子何以知其將見殺(부자하이지기장견살)? 曰(왈). 其爲人也小有才(기위인야소유재), 未聞君子之大道也(미문군자지대도야), 則足以殺其軀而已矣(즉족이살기구이이의).

분성괄(盆成括)이 제나라(齊)에서(於) 벼슬했는데(仕), 맹자(孟子)께서 말씀하셨다(曰). 죽겠(死)구나(矣), 분성괄(盆成括)은. (실제) 분성괄(盆成括)이 살해(殺)를 당하자(見), 문인(門人)이 물어(問) 말했다(曰). 선생님(夫子)께서는 무엇(何)으로(以) 그(其)가 장차(將) 살해(殺) 당할 것(見)을 아셨습니까(知)? 말씀하셨다(曰). 그(其)가 사람(人)됨(爲)이(也) 약간(小) 재주(才)를 가지고 있고(有), 군자(君子)의(之) 대도(大道)를 아직 듣지(聞) 못했으(未)니(也), 곧(則) 그(其) 몸(軀)을 죽일(殺) 만했을(足以) 뿐이었다(而已矣).

*盆成括(분성괄): 제(齊)나라에서 벼슬한 맹자의 제자 ‖ *有+명사: ①~이(가) 있다(술어+보어), ②~을(를) 가지고 있다(술어+목적어) ‖ *軀(구): 몸 ‖ *而已矣(이이의): ~일 뿐이다.

부록 최소한 문법: 於, 之, 未, 足以.

30장

孟子之滕(맹자지등), 館於上宮(관어상궁), 有業屨於牖上(유업구어유상), 館人求之弗得(관인구지불득).

맹자(孟子)께서 등나라(滕)에 가서(之) 상궁(上宮)에서(於) 묵었는데(館), (객사에서) 창(牖) 위(上)에 작업하던(業) 신(屨)을 둔 것이 있었는데(有), 객사(館) 사람(人)이 그것(之)을 찾아도(求) 얻지(得, 찾지) 못했다(弗).

或問之曰(혹문지왈). 若是乎從者之廋也(약시호종자지수야)? 曰(왈). 子以是爲竊屨來與(자이시위절구래여)? 曰(왈). 殆非也(태비야). 夫子之設科也(부자지설과야), 往者不追(왕자불추), 來者不拒(내자불거), 苟以是心至(구이시심지), 斯受之而已矣(사수지이이의).

어떤 이(或)가 그것(之)을 물으면서(問) 말했다(曰). 이(是)와 같을(若)까요(乎)? 종자(從者)가(之) 숨긴(廋) 것과(也). 말씀하셨다(曰). (말씀하셨다.) 그대(子)는 이들(是)을(以) 신(屨)을 훔치려(竊) 왔다(來)고 여기는(爲)가(與)? 말했다(曰). 마땅히(殆) 아닙니(非)다(也). 선생님(夫子)께서(之) 베푸시는(設) 과(科)는(也), 가는(往) 자(者)는 좇지(追) 않으시고(不), 오는(來) 자(者)는 막지(拒) 않으시니(不), 만일(苟) 이(是) 마음(心)으로(以) 이른다(至)면(斯), 그(之)를 받아주실(受) 뿐이기에 (드린 말)입니다(而已矣).

*有+명사: ①~이(가) 있다(술어+보어), ②~을(를) 가지고 있다(술어+목적어) ‖ *業屨(업구): 작업하던 신, 삼던 신. / 屨(구): 신, 짚신, 가죽신 ‖ *牖(유): 들창 ‖ *若是乎(약시호): 과연 그러할까? 그럴 수 있겠는가? ‖ *廋(수): 숨기다 ‖ *殆(태): 마땅히, 반드시 ‖ *而已矣(이이의): ~일 뿐이다.

부록 최소한 문법: 於, 之, 者, 以爲, 不, 以.

31장

孟子曰(맹자왈). 人皆有所不忍(인개유소불인), 達之於其所忍(달지어기소인), 仁也(인야). 人皆有所不爲(인개유소불위), 達之於其所爲(달지어기소위), 義也(의야).

맹자(孟子)께서 말씀하셨다(曰). 사람(人)은 모두(皆) 차마 하지(忍) 못하는(不) 것(所, 측은지심)을 가지고 있는데(有), 그것(之)을 그(其) 차마 하는(忍) 것(所)에까지(於) 통하게 하면(達), 인(仁)이다(也). 사람(人)은 모두(皆) 하지(爲) 않는(不) 것(所, 수오지심)을 가지고 있는데(有), 그것(之)을 그(其) 하는(爲) 것(所)에까지(於) 통하게 하면(達), 의(義)이다(也).

人能充無欲害人之心(인능충무욕해인지심), 而仁不可勝用也(이인불가승용야), 人能充無穿踰之心(인능충무천유지심), 而義不可勝用也(이의불가승용야).

사람(人)이 남(人)을 해치(害)고자 하지(欲) 않으려(無)는(之) 마음(心)을 확충할(充) 수(能) 있다면(而), 인(仁)은 모두(勝) 쓸(用) 수(可) 없을(不) 것이며(也), 사람(人)이 (남의 담을) 뚫거나(穿) 넘지(踰) 않으려(無)는(之) 마음(心)을 확충할(充) 수(能) 있다면(而), 의(義)는 모두(勝) 쓸(用) 수(可) 없을(不) 것이다(也).

人能充無受爾汝之實(인능충무수이여지실), 無所往而不爲義也(무소왕이불위의야).

사람(人)이 '너(爾), 너(汝)'라는 것을 받지(受) 않으려(無)는(之) 실제(實)를 확충할(充) 수(能) 있다면, 가는(往) 곳(所)마다(而) 의(義)를 하지(爲) 않는(不) 것이 없을(無) 것이다(也).

士未可以言而言(사미가이언이언), 是以言餂之也(시이언첨지야), 可以言而不言(가이언이불언), 是以不言餂之也(시이불언첨지야), 是皆穿踰之類也(시개천유지류야).

선비(士)가 아직 말할(言) 만하지(可以) 않(未)는데(而) 말하면(言), 이(是)는 말(言)로(以) 그것(之, 이익)을 낚으려는(餂) 것이고(也), 말할(言) 만한(可以)데(而) 말하지(言) 않으면(不), 이(是)는 말하지(言) 않음(不)으로(以) 그것(之)을 낚으려는(餂) 것이니(也), 이(是)는 모두(皆) (남의 담을) 뚫거나(穿) 넘으려(踰)는(之) 부류(類)이다(也).

*有+명사: ①~이(가) 있다(술어+보어), ②~을(를) 가지고 있다(술어+목적어) ‖ *勝(승): 모두, 온통, 죄다 ‖ *穿踰(천유): (남의 담을) 뚫거나 넘다→ 도둑질하다 ‖ *餂(첨): 낚다.

부록 최소한 문법: 不, 所, 之, 於, 欲, 能, 而, 可, 未, 可以, 以.

32장

孟子曰(맹자왈). 言近而指遠者(언근이지원자), 善言也(선언야), 守約而施博者(수약이시박자), 善道也(선도야), 君子之言也(군자지언야), 不下帶而道存焉(불하대이도존언), 君子之守(군자지수), 修其身而天下平(수기신이천하평).

맹자(孟子)께서 말씀하셨다(曰). 말(言)이 가까우(近)면서도(而) 뜻(指)이 원대한(遠) 것(者)이 좋은(善) 말(言)이고(也), 지킴(守)이 간략하(約)면서도(而) 베풂(施)이 넓은(博) 것(者)이 좋은(善) 도(道)이니(也), 군자(君子)의(之) 말(言)은(也) 띠(帶)를 내려가지(下) 않(不)아도(而), 도(道)가 거기에(焉) 있고(存), 군자(君子)의(之) 지킴(守)은 그(其) 자신(身)을 닦아(修)서(而), 천하(天下)가 태평해진다(平).

人病舍其田而芸人之田(인병사기전이운인지전). 所求於人者重(소구어인자중), 而所以自任者輕(이소이자임자경).

사람(人)의 병(病)은 자기(其) 밭(田)을 버리(舍)고(而) 남(人)의(之) 밭(田)을 김매는 것이다(芸). 남(人)에게(於) 구하는(求) 것(所)은(者) 무겁고 하(重)고(而), 스스로(自) 맡은(任) 것(所以)은(者) 가볍게 하는 것이다(輕).

부록 최소한 문법: 而, 者, 之, 不, 焉, 於, 所.

33장

孟子曰(맹자왈). 堯·舜性者也(요순성자야), 湯·武反之也(탕무반지야).

맹자(孟子)께서 말씀하셨다(曰). 요임금(堯)과 순임금(舜)께서는 본성대로 행하신(性) 것(者)이고(也), 탕왕(湯)과 무왕(武)께서는 그것(之)을 회복하신(反) 것이다(也).

動容周旋中禮者(동용주선중례자), 盛德之至也(성덕지지야), 哭死而哀(곡사이애), 非爲生者也(비위생자야), 經德不回(경덕불회), 非以干祿也(비이간록야), 言語必信(언어필신), 非以正行也(비이정행야).

거동(動)과 차림새(容), 행동거지(周旋)가 예(禮)에 맞는(中) 것(者)은 성대한(盛) 덕(德)의(之) 지극함(至)이니(也), 죽은 자(死)에게 곡하(哭)고(而) 슬퍼하는(哀) 것은 산(生) 사람(者)을 위한(爲) 것이 아니(非)며(也), 떳떳한(經) 덕(德), (그것을) 굽히지(回) 않는(不) 것은 녹(祿)을 구하려는(干) 까닭(以)이 아니(非)며(也), 언어(言語), (그것을) 반드시(必) 미덥게 하는(信) 것은 행실(行)을 바르게 하려는(正) 까닭(以)이 아니(非)다(也).

君子行法以俟命而已矣(군자행법이사명이이의).

군자(君子)는 법(法)을 행하고(行), 그렇게 함으로(以) 명(命)을 기다릴(俟) 뿐이다(而已矣).

*湯(탕): 상(商)나라 초대 왕 ‖ *動容周旋(동용주선): ①몸을 갖는 태도와 주선하는 솜씨, ②동작, 용의 및 진퇴→ 사람의 모든 행동 / 周旋(주선): 행동거지 ‖ *回(회): 굽히다 ‖ *而已矣(이이의): ~일 뿐이다.

부록 최소한 문법: 者, 之, 而, 非, 不, 以.

34장

孟子曰(맹자왈). **說大人則藐之**(세대인즉묘지), **勿視其巍巍然**(물시기외외연).

맹자(孟子)께서 말씀하셨다(曰). 대인(大人)을 설득하려(說)면(則) 그(之)를 가볍게 보고(藐), 그(其) 우뚝한 모양(巍巍然)을 보지(視) 말아야 한다(勿).

堂高數仞(당고수인), **榱題數尺**(최제수척), **我得志弗爲也**(아득지

불위야), 食前方丈(식전방장), 侍妾數百人(시첩수백인), 我得志弗爲也(아득지불위야), 般樂飮酒(반락음주), 驅騁田獵(구빙전렵), 後車千乘(후거천승), 我得志弗爲也(아득지불위야), 在彼者皆我所不爲也(재피자개아소불위야), 在我者皆古之制也(재아자개고지제야). 吾何畏彼哉(오하외피재)?

집(堂)의 높이(高)가 몇(數) 길(仞)이고, 서까래(榱)의 맨 앞머리(題)가 몇(數) 자(尺)인 것, 나(我)는 뜻(志)을 얻더라도(得) 하지(爲) 않을(弗) 것이며(也), 음식(食)이 앞(前)에 사방(方) 한 장(丈)이고, 시접(侍妾)이 수백(數百) 명(人)인 것, 나(我)는 뜻(志)을 얻더라도(得) 하지(爲) 않을(弗) 것이며(也), 마음껏 즐기며(般樂) 술(酒)을 마시고(飮), 말을 달리며(驅騁) 사냥하고(田獵), 수레(車) 천(千) 승(乘)이 뒤따르는(後) 것, 나(我)는 뜻(志)을 얻더라도(得) 하지(爲) 않을(弗) 것이니(也), 저들(彼)에게 있는(在) 것(者)은 모두(皆) 내(我)가 하지(爲) 않으려는(不) 것(所)이고(也), 나(我)에게 있는(在) 것(者)은 모두(皆) 옛날(古)의(之) 제도(制)인 것이다(也). 내(吾)가 어찌(何) 저들(彼)을 두려워하겠는(畏)가(哉)?

*藐(묘): 가벼이 보다, 업신여기다 ‖ *巍巍然(외외연): 우뚝한 모양 ‖ *仞(인): 길(8척) ‖ *榱題(최제): 서까래의 끝 / 榱(최): 서까래 / 題(제): 선단, 맨 앞머리 ‖ *侍妾(시접): 귀인(貴人)을 모시는 첩(妾) ‖ *般樂(반락): 놀면서 마음껏 즐김 ‖ *驅(구): 말을 타고 몰다 ‖ *騁(빙): 말을 달리다 ‖ *田獵(전렵): 총(銃)이나 활 또는 길들인 매나 올가미 따위로 산이나 들의 짐승을 잡는 일.

부록 최소한 문법: 之, 者, 不, 所.

35장

孟子曰(맹자왈). 養心莫善於寡欲(양심막선어과욕). 其爲人也寡欲(기위인야과욕), 雖有不存焉者(수유부존언자), 寡矣(과의), 其爲

人也多欲(기위인야다욕), 雖有存焉者(수유존언자), 寡矣(과의).

맹자(孟子)께서 말씀하셨다(曰). 마음(心)을 기르는(養) 데에 욕심(欲)을 적게 하는(寡) 것보다(於) 좋은(善) 것은 없다(莫). 그(其) 사람(人)됨(爲)이(也) 욕심(欲)을 적게 하면(寡), 비록(雖) 거기에(焉) 보존하지(存) 못하는(不) 것(者)이 있더라도(有), (보존하지 못한 것이) 적을(寡) 것이며(矣), 그(其) 사람(人)됨(爲)이(也) 욕심(欲)을 많게 하면(多), 비록(雖) 거기에(焉) 보존하는(存) 것(者)이 있더라도(有), (보존하는 것이) 적을(寡) 것이다(矣).

*有~者: ①~한 사람(경우)이 있다, ②~이 있는 사람(경우).

부록 최소한 문법: 莫, 於, 焉, 者.

36장

曾晳嗜羊棗(증석기양조), 而曾子不忍食羊棗(이증자불인식양조).

증석(曾晳)이 대추(羊棗)를 좋아했(嗜)는데(而), 증자(曾子)는 대추(羊棗)를 차마(忍) 먹지(食) 못했다(不).

公孫丑問曰(공손추문왈). 膾炙與羊棗孰美(회자여양조숙미)? 孟子曰(맹자왈). 膾炙哉(회자재). 公孫丑曰(공손추왈). 然則曾子何爲食膾炙而不食羊棗(연즉증자하위식회자이불식양조)? 曰(왈). 膾炙所同也(회자소동야), 羊棗所獨也(양조소독야). 諱名不諱姓(휘명불휘성), 姓所同也(성소동야), 名所獨也(명소독야).

공손추(公孫丑)가 물어(問) 말했다(曰). 회자(膾炙)와(與) 대추(羊棗), 무엇(孰)이 맛있습니까(美)? 맹자(孟子)께서 말씀하셨다(曰). 회자(膾炙)이다(哉). 공손추(公孫丑)가 말했다(曰). 그렇다(然)면(則) 증자(曾子)는 무엇(何) 때문에(爲) 회자(膾炙)를 드시(食)고(而), 대추(羊棗)를 드시지(食) 않으셨습니까(不)? 말씀하셨다(曰). 회자(膾炙)는 함께(同) (즐기는) 것(所)이지만(也), 대추(羊棗)는 (증석만) 홀로(獨) (즐기신) 것(所)이다(也). 이름(名)은 휘하고(諱), 성(姓)은 휘하지(諱) 않는데(不), 성(姓)은 함께(同) (쓰는) 것(所)이고(也), 이름(名)은 홀로(獨) (쓰는) 것(所)이기 때문이다(也).

*曾晳(증석): 증자(曾子, 증삼)의 부친 ‖ *嗜(기): 즐기다, 좋아하다 ‖ *羊棗(양조): 대추 / 棗(조): 대추 ‖ *曾子(증자): 공자의 제자 증삼(曾參)으로, 공자 사상을 계승하는 데 역할을 한 인물 ‖ *公孫丑(공손추): 만장(萬章)과 더불어 맹자의 뛰어난 제자로 제(齊)나라 사람 ‖ *膾炙(회자): 회와 구운 고기 ‖ *美(미): 맛이 좋다.

부록 최소한 문법: 而, 不, 與, 所.

37장

萬章問曰(만장문왈). **孔子在陳**(공자재진), **曰**(왈), **盍歸乎來**(합귀호래)? **吾黨之士狂簡**(오당지사광간), **進取**(진취), **不忘其初**(불망기초), **孔子在陳**(공자재진), **何思魯之狂士**(하사노지광사)?

만장(萬章)이 물어(問) 말했다(曰). 공자(孔子)께서 진나라(陳)에 계실 때(在) 말씀하시길(曰), '어찌(盍1) 돌아가지(歸) 않(盍2)겠는가(乎來)? 내(吾) 당(黨)의(之) 선비들(士)은 뜻은 높으나(狂) 서툴러서(簡), 진취적이면서도(進取) 그(其) 처음(初) (뜻을) 잊지(忘) 않는다(不).'고 했는데, 공자(孔子)께서 진나라(陳)에 계시면서(在) 어찌하여(何) 노나라(魯)의(之) 광사(狂士)를 생각하셨습니까(思)?

孟子曰(맹자왈). 孔子不得中道而與之(공자부득중도이여지), 必也狂獧乎(필야광견호). 狂者進取(광자진취), 獧者有所不爲也(견자유소불위야). 孔子豈不欲中道哉(공자기불욕중도재)? 不可必得(불가필득), 故思其次也(고사기차야).

맹자(孟子)께서 말씀하셨다(曰). 공자(孔子)께서는 중도(中道)를 (행하는 이를) 얻어(得)서(而) 그(之)와 함께하지(與) 못한다면(不), 반드시(必也) 광자(狂)나 견자(獧)와 (함께할) 것이다(乎). 광자(狂者)는 진취적이고(進取), 견자(獧者)는 하지(爲) 않는(不) 것(所)이 있(有)다(也)고 했다. 공자(孔子)께서 어찌(豈) 중도(中道)를 (행하는 이를) 원하지(欲) 않으셨겠는(不)가(哉)? (그러나) 반드시(必) 얻을(得) 수(可) 없었기(不) 때문에(故) 그(其)다음(次)을 생각하신(思) 것이다(也).

敢問(감문). 何如斯可謂狂矣(하여사가위광의)?

감히(敢) 묻습니다(問). 무엇(何)과 같다(如)면(斯) 광자(狂)라고 말할(謂) 수(可) 있습니까(矣)?

曰(왈). 如琴張·曾晳·牧皮者(여금장증석목피자), 孔子之所謂狂矣(공자지소위광의).

말씀하셨다(曰). 금장(琴張), 증석(曾晳), 목피(牧皮)와 같은(如) 자(者)가 공자(孔子)께서(之) 말씀하신(謂) 바(所), 광자(狂)인 것이다(矣).

何以謂之狂也(하이위지광야)?

무엇(何)으로(以) 그들(之)을 광자(狂)라 말하는(謂) 것입니까(也)?

曰(왈). 其志嘐嘐然(기지효효연), 曰(왈), 古之人(고지인), 古之人(고지인)! 夷考其行(이고기행), 而不掩焉者也(이불엄언자야).

말씀하셨다(曰). 그(其) 뜻(志)이 높고 커서(嘐嘐然) '옛날(古)의(之) 사람(人)이여, 옛날(古)의(之) 사람(人)이여!'라고 말하지만(曰), 평소(夷) 그(其) 행실(行)을 살펴보(考)면(而), 그것을(焉) 일치시키지(掩, 실천하지) 못하는(不) 자(者)이다(也).

狂者又不可得(광자우불가득), 欲得不屑不潔之士而與之(욕득불설불결지사이여지), 是獧也(시견야). 是又其次也(시우기차야).

광자(狂者), (그를) 또(又) 얻을(得) 수(可) 없다면(不), 깨끗하지(潔) 않은(不) 것을 달갑게 여기지(屑) 않(不)는(之) 선비(士)를 얻어(得)서(而), 그(之)와 함께하(與)고자 했으니(欲), 이것(是)이 견자(獧)인 것이다(也). 이(是)는 또(又) 그(其)다음(次)인 것이다(也).

孔子曰(공자왈), 過我門而不入我室(과아문이불입아실), 我不憾焉者(아불감언자), 其惟鄕原乎(기유향원호). 鄕原(향원), 德之賊也(덕지적야). 曰(왈). 何如斯可謂之鄕原矣(하여사가위지향원의)?

공자(孔子)께서 말씀하시기를(曰), '내(我) 문(門)을 지나(過)면서(而) 내(我) 집(室)에 들어오지(入) 않더라도(不), 내(我)가 그것을(焉) 서운하게 생각하지(憾) 않는(不) 자(者)는 아마도(其) 오직(惟) 향원(鄕原)일 것이다(乎). 향원(鄕原)은 덕(德)의(之) 적(賊)이다(也).'라고 했습니다. 말했다(曰). 무엇(何)과 같다(如)면(斯) 그(之)를 향원(鄕原)이라고 말할(謂) 수(可) 있습니까(矣)?

曰(왈). 何以是嘐嘐也(하이시효효야), 言不顧行(언불고행), 行不顧言(행불고언), 則曰(즉왈), 古之人(고지인), 古之人(고지인). 行何爲踽踽涼涼(행하위우우양양)? 生斯世也(생사세야), 爲斯世也(위

사세야), 善斯可矣(선사가의), 閹然媚於世也者(엄연미어세야자), 是鄕原也(시향원야).

말씀하셨다(曰). (광자는) 무엇(何) 때문에(以) 이렇게(是) 큰소리치(嘐嘐)면서(也), 말(言)은 행실(行)을 돌아보지(顧) 못하고(不), 행실(行)은 말(言)을 돌아보지(顧) 못하고서(不), 곧(則) 말하길(曰), '옛날(古)의(之) 사람(人)이여, 옛날(古)의(之) 사람(人)이여.'라 한다. (견자는) 행실(行)이 무엇(何) 때문에(爲) 외롭고(踽踽) 쓸쓸한가(涼涼)? 이(斯) 세상(世)에 태어나(生)서(也), 이(斯) 세상(世)에 (일) 하면(爲)서(也), 선하(善)면(斯) 괜찮(可)다(矣)고 여겨서, 몰래(閹然) 세상(世)에(於) 아첨하는(媚) 자(也者)가 바로(是) 향원(鄕原)이다(也).

萬章曰(만장왈). 一鄕皆稱原人焉(일향개칭원인언), 無所往而不爲原人(무소왕이불위원인), 孔子以爲德之賊(공자이위덕지적), 何哉(하재)?

만장(萬章)이 말했다(曰). 한(一) 고을(鄕)에서 모두(皆) 그를(焉) 삼가는(原) 사람(人)이라 칭하면(稱), 가는(往) 곳(所)마다(而) 삼가는(原) 사람(人)이라 하지(爲) 않을(不) 리가 없는데(無), 공자(孔子)께서는 그것을(以) 덕(德)의(之) 적(賊)이라 여기신(爲) 것은 무엇(何)입니까(哉)?

曰(왈). 非之無擧也(비지무거야), 刺之無刺也(자지무자야), 同乎流俗(동호유속), 合乎汚世(합호오세), 居之似忠信(거지사충신), 行之似廉潔(행지사염결). 衆皆悅之(중개열지), 自以爲是(자이위시), 而不可與入堯·舜之道(이불가여입요순지도), 故曰德之賊也(고왈덕지적야).

말씀하셨다(曰). 그것(之)을 비난하려해도(非) 거론할 것(擧)이 없(無)고(也), 그것(之)을 책망하려해도(刺) 책망할 것(刺)이 없(無)으며(也), 세속(流俗)에(乎) 동화하고(同), 더러운(汚) 세상(世)에(乎) 영합하여(合), 거기(之)에 머무르는데(居) 진실하고(忠) 미더운(信) 것 같으며(似), 그것(之)을 행하는데(行) 청렴하고(廉) 결백한(潔) 것과 같다(似).

무리(衆) 모두(皆) 그(之)를 좋아하면(悅), 그것을(以) 옳다(是)고 여기(爲)지만(而), 요순(堯舜)의(之) 도(道)에 함께(與) 들어갈(入) 수(可) 없으니(不), 그러므로(故) 덕(德)의(之) 적(賊)이라 말하신(曰) 것이다(也).

※ 刺: 풍자하다로 번역하는 예가 있다.

孔子曰(공자왈), 惡似而非者(오사이비자), 惡莠(오유), 恐其亂苗也(공기난묘야), 惡佞(오녕), 恐其亂義也(공기난의야), 惡利口(오이구), 恐其亂信也(공기난신야), 惡鄭聲(오정성), 恐其亂樂也(공기난악야), 惡紫(오자), 恐其亂朱也(공기난주야), 惡鄕原(오향원), 恐其亂德也(공기난덕야).

공자(孔子)께서 말씀하시길(曰), '비슷하(似)지만(而) 아닌(非) 것(者)을 미워하니(惡), 가라지(莠)를 미워하는(惡) 것은 그것(其)이 싹(苗)을 어지럽히는(亂) 것을 두려워해서인(恐) 것이고(也), 아첨(佞)을 미워하는(惡) 것은 그것(其)이 의(義)를 어지럽히는(亂) 것을 두려워해서인(恐) 것이고(也), 말 잘하는 것(利口)을 미워하는(惡) 것은 그것(其)이 신(信)을 어지럽히는(亂) 것을 두려워해서인(恐) 것이고(也), 정나라(鄭) 음악(聲)을 미워하는(惡) 것은 그것(其)이 음악(樂)을 어지럽히는(亂) 것을 두려워해서인(恐) 것이고(也), 자주색(紫)을 미워하는(惡) 것은 그것(其)이 붉은색(朱)을 어지럽히는(亂) 것을 두려워해서인(恐) 것이고(也), 향원(鄕原)을 미워하는(惡) 것은 그것(其)이 덕(德)을 어지럽히는(亂) 것을 두려워해서(恐)이다(也).'라고 하셨다.

君子反經而已矣(군자반경이이의), 經正(경정), 則庶民興(즉서민흥), 庶民興(서민흥), 斯無邪慝矣(사무사특의).

군자(君子)는 도리(經, 도)를 회복할(反) 뿐이니(而已矣), 도리(經)가 바르(正)면(則) 서민(庶民)이 일어나고(興), 서민(庶民)이 일어나(興)면(斯) 사특함(邪慝)이 없어질(無) 것이다(矣).

*萬章(만장): 맹자의 제자 ‖ *盍(합): 어찌 아니한가? ‖ *乎來(호래): 문미의 어기조사 / 來(래): 강조(문법) / 歸乎來: 돌아가리라 ‖ *狂簡(광간): 뜻하는 것이 크고 기상이 억세지만 치밀치 못하고 조잡하여 행함에 소루하며 거칠어서 부실함 ‖ *有+명사: ①~이(가) 있다(술어+보어), ②~을(를) 가지고 있다(술어+목적어) ‖ *何如(하여): 무엇과 같은가? 어찌하여, 어떠한가? ‖ *獧(견): 견개하다, 성급하다 ‖ *琴張(금장): 공자의 제자인 자장(子張) ‖ *牧皮(목피): 공자의 제자로 노(魯)나라 사람 ‖ *嘐嘐然(효효연): 높고 큰 모양 ‖ *夷(이): 보통 → 평소 ‖ *掩(엄): 가리다, 일치시키다 ‖ *屑(설): 달갑게 여기다 ‖ *踽踽(우우): 매우 외로움 / 踽踽涼涼(우우양양): 우우양양하다(매우 외롭고 쓸쓸하다) ‖ *閹然(엄연): 몰래 ‖ *媚(미): 아첨하다 ‖ *原(원): 삼가다, 정성스럽다 ‖ *刺(자): 책망하다 ‖ *莠(유): 가라지(볏과 풀) ‖ *佞(녕): 아첨하다 ‖ *利口(이구): 말을 재치(才致) 있고 그럴듯하게 잘함 ‖ *經(경): 법, 규범, 도리 ‖ *而已矣(이이의): ~일 뿐이다 ‖ *慝(특): 사특하다 / 邪慝(사특): 못되고 악함.

부록 최소한 문법: 之, 不, 而, 者, 所, 可, 敢, 焉, 欲, 以爲, 乎.

38장

孟子曰(맹자왈). 由堯·舜至於湯(유요순지어탕), 五百有餘歲(오백유여세), 若禹·皐陶(약우고요), 則見而知之(즉견이지지), 若湯(약탕), 則聞而知之(즉문이지지).

맹자(孟子)께서 말씀하셨다(曰). 요임금(堯)과 순임금(舜)으로부터(由) 탕왕(湯)에(於) 이르기까지(至) 오백(五百)에 또(有) 몇 년(餘歲)이니, 우왕(禹)과 고요(皐陶)와 같은(若) 이는(則) 그것(之)을 보(見)고서(而) 알았고(知), 탕왕(湯)과 같은(若) 이는(則) 그것(之)을 듣(聞)고서(而) 아셨다(知).

由湯至於文王(유탕지어문왕), 五百有餘歲(오백유여세), 若伊尹·

萊朱(약이윤내주), 則見而知之(즉견이지지), 若文王(약문왕), 則聞而知之(즉문이지지).

탕왕(湯)으로부터(由) 문왕(文王)에(於) 이르기까지(至) 오백(五百)에 또(有) 몇 년(餘歲)이니, 이윤(伊尹)과 내주(萊朱)와 같은(若) 이는(則) 그것(之)을 보(見)고서(而) 알았고(知), 문왕(文王)과 같은(若) 이는(則) 그것(之)을 듣(聞)고서(而) 아셨다(知).

由文王至於孔子(유문왕지어공자), 五百有餘歲(오백유여세), 若太公望·散宜生(약태공망산의생), 則見而知之(즉견이지지), 若孔子(약공자), 則聞而知之(즉문이지지).

문왕(文王)으로부터(由) 공자(孔子)에(於) 이르기까지(至) 오백(五百)에 또(有) 몇 년(餘歲)이니, 태공망(太公望)과 산의생(散宜生)과 같은(若) 이는(則) 그것(之)을 보(見)고서(而) 알았고(知), 공자(孔子)와 같은(若) 이는(則) 그것(之)을 듣(聞)고서(而) 아셨다(知).

由孔子而來(유공자이래), 至於今(지어금), 百有餘歲(백유여세), 去聖人之世(거성인지세), 若此其未遠也(약차기미원야), 近聖人之居(근성인지거), 若此其甚也(약차기심야), 然而無有乎爾(연이무유호이). 則亦無有乎爾(즉역무유호이)?

공자(孔子)로부터(由) 이래(而來)로 지금(今)에(於) 이르기까지(至) 백(百)에 또(有) 몇 년(餘歲)이니, 성인(聖人)의(之) 세대(世)와 거리(去)가 이(此)와 같이(若) 아직 그렇게(其) 멀지(遠) 않(未)으며(也), 성인(聖人)의(之) 거처(居)와 가까움(近)이 이(此)와 같이(若) 그렇게(其) 심하(甚)니(也), 그런데도(然而) 있는 것(有)이 없(無)구나(乎爾). 그렇다면(則) (앞으로도) 또한(亦) 있는 것(有)이 없(無)을 것인가(乎爾)?

*湯(탕): 상(商)나라 초대 왕 ‖ *有(유): 그리고, 또 ‖ *乎爾(호이): 인가? 이구나.

부록 최소한 문법: 於, 而, 之, 未.

부록 최소한 문법

1. 한문 번역과 술어

사서에서 가장 양이 많은 맹자(孟子)는 총 7편 260장으로, 번역서를 단권으로 구성하기 쉽지 않다. 특히, 본문에서 문장 구조를 하나하나 설명하게 되면, 맹자를 완독하는 데 큰 부담이다. 따라서 필자는 원문에 단서만 기술하고 세부적인 설명은 부록으로 제시했다. 그러나 이마저도 최소화 했다. 공감하지 않을 수도 있으나, 그간 필자가 한문을 번역하는 데 제시한 단서는 많지 않다. 한글과 한문의 문장 구조 차이와 문장 안에서 단어의 결합이다. 그럼에도 늘 강조한 점은 단서를 많이 암기하는 것보다, 알고 있는 내용을 실제 번역에서 적용할 수 있어야 한다는 점이다. 이 시리즈에서 처음 제시했던 예를 보자. 대부분 독자는 한글의 '목적어(보어)+술어' 구조와 달리, 한문에서는 '술어+목적어(보어)' 구조라는 것을 알고 있다. 그런데도 '산행(山行)'이라는 두 글자를 제시하면, '산을 가다' 즉, '목적어(보어)+술어'로 번역하는 오류를 범하곤 한다. 이것이 알고 있는 내용을 실제 번역에 적용하지 못하는 단적인 사례라고 할 수 있다.

필자가 그간 번역에서 강조한 것을 요약하면, 다음과 같다.

첫째, 문장 구조를 파악하는 데 중요한 것은 한자가 지닌 기본 의미와 품사이다. 한자는 의미와 품사가 하나로 정해지지 않으므로, 문장을 읽을 때 대표적인 의미를 바탕으로 품사를 정하고, 문장 내에서의 역할(성분)을 결정해야 한다.

둘째, 문장 구조의 핵심은 술어이다. 어형이 변하지 않는 한문에서는 술어를 중심으로, 각 단어의 위치에 따라 성분이 결정된다. 교착어인 한글과 달리 고립어인 한문에서 술어는 매우 중요한 역할을 한다. 그래서 문장 구조를 파악하기 위해서는 술어를 찾아야 한다. 만약, 스스로 문장에서 술어를 찾는다면, 그 이후의 번역은 큰 어려움이 없다. 즉, 술어를 중심으로 단어의 위치에 따라 주어, 목적어, 보어 등 그 성분을 결정할 수 있다. 그리고 각 성분은 몇몇 예외를 제외하면, 한글과 같이 '수식어+피수식어'로 단어가 결합된다.

셋째, 술어를 중심으로 그 앞에 오는 명사(구)에 주어 역할과 접사(은/는/이/가)를 붙여 번역한다. 그리고 술어 뒤에 오는 명사(구)에 목적어 역할과 접사(을/를)를 붙여 번역하거나, 보어의 역할과 접사(에/에게)를 붙여 번역한다. 문장이 길거나 짧은 것은 번역에 큰 문제가 되지 않는다. 술어를 중심으로 그 앞뒤의 단어에 맞는 역할을 부여하고, 그 역할에 맞는 접사를 붙여서 번역을 마무리할 수 있다.

한문 번역은, 결국 한자가 지닌 기본 의미와 품사(명사, 동사, 형용사 등)로 성분(주어, 술어, 목적어, 보어 등)을 결정해야 한다. 그리고 술어를 중심으로 각 단어가 놓인 위치에 따라 그 역할에 맞게 번역한다. 다만, 그간 필자가 제시한 술어를 파악하는 6가지 단서는, 문장 구조를 좀 더 효과적으로 파악하도록 도와준다. 그러나 단서는 그저 단서일 뿐이다. 단서보다 중요한 것은 한자가 지닌 기본 의미와 품사이다. 술어를 파악하는 데 유용한 6가지 단서는 다음과 같다.

단서 1. 대(對)를 맞추어 작문하는 특성에 따라, 앞뒤의 문장과 어구는 술어를 찾는 단서가 될 수 있다.

단서 2. '不/未+술어' 구조에 따라, '不/未'는 술어를 찾는 단서가 될 수 있다.

단서 3. '可(以)/能(以)/得(以)/足(以)+술어' 구조에 따라, '可/能/得/足'은 술어를 찾는 단서가 될 수 있다.

단서 4. '술어+(목적어)+於/于/乎+명사(구)' 구조에 따라, 중간에 있는 '於/于/乎'는 술어를 찾는 단서가 될 수 있다.

단서 5. '必/敢/欲+술어' 구조에 따라, '必/敢/欲'은 술어를 찾는 단서가 될 수 있다.

단서 6. '者'는 목적어 역할을 하기도 하지만, 술어 앞에서 술어를 찾는 단서가 될 수 있다.

2. 문장 구조를 파악하는 유용한 규칙

가. 之

한문에서 之는 다기능적인 한자 중 하나로, 문장에서의 위치와 앞뒤 단어의 품사에 따라 다양한 역할을 한다. 대표적으로 '之'는 대명사(목적어, 보어), 관형격(~의/~하는/~한/ㄴ), 주격(은/는/이/가), 목적격·보격(=도치, 을/를, 에/에서)으로 쓰인다. 그래서 之를 번역할 때 뒤에 오는 단어의 품사를 먼저 확인하고, 모호할 경우 앞 단어의 품사를 기준으로 판단한다.

① 之+명사: 之는 한글의 관형격 역할로, 문맥에 따라 '~의/~하는/~한/~ㄴ' 등으로 번역된다. 즉 뒤의 이어지는 명사를 적절하게 꾸며준다. 이색적인 예를 들어보면, 사대문의 하나이자 서울 종로구에 있는 '興仁之門(흥인지문)'은 한양도성의 동쪽 문이다. 여기서 之는 그 뒤에 門이라는 명사가 놓이므로, 門을 꾸며주는 역할을 한다. 고유

명사이나, 흥인지문의 뜻을 풀이하면 '인을 일으키는 문'이다. 흥인지문의 之는 '~는'으로 번역되었다.

② 之+동사(형용사): 之는 주격 역할로, '은/는, 이/가' 등으로 그 앞의 명사를 주어가 되도록 번역된다. 이 역할은 '之+所' 구조와도 연결되므로, 之 뒤에 所가 놓이는 경우도 之는 주격이다. 다만, 이 구조에서 주격으로 번역했을 때, 그 의미가 어색할 때가 있다. 이때 之는 목적격(~을/를) 혹은 보격(에/에서)으로 번역되기도 한다. 그러나 목적격이나 보격의 之는 술어 뒤에 놓이는 명사를 술어 앞으로 도치했다는 의미이다.

③ 동사(형용사)+之: 之는 대명사로 목적어 혹은 보어 역할로, 문맥에 따라 '그를/그것을' 혹은 '그에게/그것에' 등 대명사로 번역된다.

그밖에 之가 활용되는 몇 가지 예를 살펴보면 다음과 같다. 之 뒤에 이어지는 단어로도, 그 앞에 이어지는 단어로도 그 역할이 명확하지 않을 때가 있다. 이때 之는 동사로 '가다/떠나다/버리다' 등으로 쓰인다. 다만, 동사로 쓰인 예는 극히 드물다. 그리고 之는 때로 시간을 의미하는 명사 뒤에서 시간을 나타내는 부사로 쓰이기도 한다. 이를 관형격으로 보는 예도 있지만, 번역에 큰 차이는 없다. 한편, 부정문에서 之가 대명사로 쓰일 때 술어 앞으로 도치되는 예가 있다. 이는 도치에서 별도로 설명한다. 끝으로 '동사(형용사)+之+명사'의 구조로 之의 앞뒤에 단서가 함께 제공될 때가 있다. 이 경우 '동사(형용사)+之'의 구조로 번역되는 예가 일반적이다.

위치	역할	번역 예시	기능 설명
之 + 명사	관형격	~의, ~하는, ~한, ~ㄴ	뒤 명사를 꾸며줌
之 + 동사	주격	은/는, 이/가	앞 명사를 주어로 만듦

동사 + 之	목적어/보어	그를, 그것을, 그에게, 그것에	대명사 역할
독립 사용	동사 또는 부사	가다, 떠나다; 시간 부사	예외적 사용

나. 정확한 의미를 파악하기 위한 단서

① 不+동사(형용사) ↔ 非+명사(구)

'不+동사(형용사)'는 술어를 파악하는 단서이기도 하고, 한글과 다른 단어의 결합을 보여주는 예이다. 그러나 이는 문장의 정확한 의미를 파악하는 데도 유용한 단서이다. 특히, '不+동사(형용사)'는 '非+명사(구)'와 비교할 때, 더욱 유용하다. 예를 들어 '貳'는 '둘'이라는 명사로 '二'와 같은 단어이다. 그런데 '不貳(불이)'로 쓰이면 이는 '둘이 아니다'는 의미가 아니다. 즉, 不이 붙으면 그 뒤에 놓이는 '貳'은 명사가 아니라 '동사나 형용사'이다. 그래서 '不貳'는 문맥에 따라 차이는 있지만, '거듭하지 않는다', '다르지 않다', '의심하지 않는다', '변하지 않는다' 등으로 쓰일 수 있다. 貳가 이처럼 동사나 형용사로 번역되는 이유는 다름이 아니라, 바로 그 앞에 놓인 '不' 때문이다. 반대로 '非+명사(구)'도 정확한 의미를 파악하는 데 유용한 단서이다. 예를 들어 '非擇而取之(비택이취지)'를 '택하지 않고 그것을 취하다' 혹은 '그것을 택하여 취하지 않는다'는 의미로, 술어와 직접 연결해서 번역하면 안 된다. 非 뒤의 '擇而取之'는 명사구로 보고 '그것을 택하여 취한 것이 아니다'로 번역해야 한다.

구분	不	非
뒤 단어	동사 또는 형용사	명사 또는 명사구
번역 방식	~하지 않다, ~답지 않다	~이 아니다, ~가 아니다
기능	동작/상태의 부정	사물/개념의 부정
번역 단서	뒤 단어가 동사/형용사로 기능	뒤 단어가 명사/명사구로 기능

② 술어(부사어)+而+술어(부사어) ↔ 명사(구)+與/及+명사(구)

而는 때로는 대명사(너, 그대, 당신) 혹은 종결사(~일 뿐)의 하나로 쓰이지만, 기본적으로 술어와 술어를 연결하는 접속사이다. 따라서 而는 술어를 찾는 유용한 단서로 활용되기도 한다. 다만, 지나친 술어의 반복을 피하고자 부사어(~하고서/~서)처럼 번역되기도 한다. 중요한 것은 而가 명사와 명사를 연결하는 데 쓰이지 않는다는 점이다. 반대로 '명사(구)+與/及+명사(구)'에 따라 '與/及'은 접속사로 쓰일 때, 명사(구)와 명사(구)를 연결하기 때문에 而와 구분할 수 있다.

③ 以

ⓐ 以의 기본형: 以+명사(구)→ 명사로써, 명사로, 명사를 (가지고)
ⓑ 以의 확장형: 명사(구)+以+동사(형용사)= 명사(구)+以+(之)+동사(형용사)

확장형에서 명사(구)를 A, 동사(형용사)를 B로 하면, 'A, 그것(之)으로(以) B하다'로 번역한다. 일반적으로 'A로써(以) B하다.'로 번역하기도 한다. 그러나 이 표현은 기본형인 '以+명사(구)'에서 명사(구)를 강조한 형태이다. 따라서 글쓴이의 의도를 반영한다면, 以 뒤에 之(대명사)를 넣어서, 'A, 그것으로 B하다.'로 번역하는 것을 권한다. 삽입된 대명사(之)는 일반적으로 앞의 명사(구)를 받는다.

ⓒ 以의 목적격: 以爲 = A以爲B, 以A爲B, 以爲(A)B → A를(以) B로 삼다(爲, 여기다)

以는 목적격으로 쓰일 때가 있다. 대표적인 예가 以爲의 관용 표현이다. 다만, '以爲'는 '~삼다, ~여기다'로 번역했을 때, 어색할 경우가 있다. 이때는 以의 기본형으로 해석해야 한다.

④ '可以/能以/得以/足以+술어' ↔ '可/能/得/足+술어'

'可/能/得/足'은 술어의 앞에서 술어의 의미를 보조하는 단어로 각각 의미와 문법적 기능이 서로 통용된다. 이들은 술어를 찾는 유용한 단서로 활용되지만, 각 단어 뒤에 以가 붙는 경우와 그렇지 않은 경우가 있다. '可以', '能以', '得以', '足以'는 '주어+술어' 구조로만 쓰이나, '可', '能', '得', '足'은 '목적어+술어' 구조로도 쓰일 수 있다. 그리고 以는 而로 쓰이는 예가 있다.

⑤ '於是', '於此', '於之'의 축약형 종결사 焉

의문대명사(부사)로도 쓰이는 焉은 일반적으로 '也', '矣'와 같이 종결사로도 쓰인다. 다만, 종결사 焉은 '於是', '於此', '於之'의 축약형이다. 따라서 번역할 때 '거기에', '여기에서', '이것에', '그것을' 등의 의미를 넣어서 번역해야 정확한 의미를 드러낼 수 있다.

⑥ 之於 또는 之乎의 축약형 諸(저)

'諸(제)'의 기본 의미는 '모두'이다. 그러나 之於 혹은 之乎의 축약형인 '諸(저)'로 쓰이는 예가 많다. 문장에서 '諸'를 접하면 먼저 '모두' 혹은 '여럿'으로 번역하고, 어색할 때 '之於' 혹은 '之乎'로 번역한다. 단, 독음도 '제'가 아니라 '저'임을 유의해야 한다.

⑦ 대명사의 의미를 포함한 莫

'莫+동사'인 경우 莫은 부정의 의미로 쓰이고, '莫+형용사'인 경우 莫은 최상급의 의미를 포함한다. 그런데 莫은 일반 부정사와 달리 '대명사'를 포함해서 번역해야 한다. 그래서 莫을 단순히 '~이 없다'로 번역하면 정확하지 않다. 대명사를 포함하기 때문에 莫은 '~한 것(사람)이(은)'의 의미를 넣어서 번역해야 한다.

· 莫+동사: ~한 것(사람)이 없다. / ·莫+형용사: ~보다 ~한 것(사람)은 없다.

⑧ 使/令/敎/俾+명사+(동사): 명사로 하여금 동사하게 하다/ 명사로 하여금 / 명사를 하게 하다 / 명사를 시키다.

한문에서는 보조사가 없이 문맥에 따라 사동과 피동을 구분해야 할 때가 있다. 다만, 사동과 피동을 명확하게 하는 보조사가 있는데, 사동을 도와주는 보조사로 使, 敎, 令, 遣 등이 있고, 피동을 도와주는 보조사로 見, 爲, 被, 爲~所 등이 있다. 그 대표적인 예인 使의 기본형은 '使+명사+동사'이다. 확장형으로는 '使+동사'인데, 이 경우는 '使+(之)+동사'와 같은 형태로 대명사가 생략된 예이다.

⑨ 술어가 생략된 문장

한문의 문장구조는 '술어'의 위치에 따라 문장의 형태가 결정된다. 그러나 때로는 술어가 생략되기도 한다. 술어가 생략되는 경우는 '者'와 같이 주어부가 끝나는 부분에 단서를 주기도 하지만, 이마저도 없는 예가 있다. 이 경우 명사에 '~(이)다'를 붙이거나 명사 앞에 '爲'를 넣어 술어처럼 번역한다.

⑩ 도치

한문에서 도치가 사용되는 경우는 대부분 강조하는 예이다. 앞에서 살펴본 '之+동사(형용사)' 구조의 목적격(보격) 之는 실제 동사(형용사) 뒤에 있는 목적어나 보어를 술어 앞으로 도치했다는 의미이다. 그리고 부정문과 의문문에서 대명사 혹은 의문사가 도치되는 예가 있다.

ⓐ 부정문에서 대명사 도치: 不(未/莫)+술어+대명사→ 不(未/莫)+대명사+술어

ⓑ 의문문에서 의문대명사 도치:

1. 술어+의문대명사→ 의문(대명)사+술어,

2. 以+의문대명사→ 의문대명사+以

다. 한글과 다른 단어의 결합

① 개사(介辭): 於/于/乎+명사(구)

'於/于/乎+명사(구)'는 '술어+(목적어)+於/于/乎+명사(구)' 구조와 연결되어 술어를 찾는 단서로 활용된다. 다만, '於/于/乎+명사(구)'의 於/于/乎는 한글에서 목적격 혹은 보격 조사로 쓰이며, 한문에서는 개사로 호칭한다. 그런데 이를 분석해 보면, 한글에서는 '명사(구)+조사'로 작문되지만, 한문에서는 '개사+명사(구)'로 작문 되는 것을 알 수 있다. 즉, 여기서 於/于/乎는 단어의 결합 방식이 한글과 다르다. 예를 들어, 移其民於河東에서 한문에서는 '於(개사)+보어(河東)'로 작문했지만, 한글에서는 '하동(보어)+으로(보격조사)'라고 표기되므로 단어의 결합 방식이 다르다는 것을 알 수 있다.

② 보조사: 可,能,得,足(以)+술어

한글에서는 '동사+보조동사'로 결합하는데, 한문에서는 '보조동사+동사'로 단어가 결합한다. 예를 들어, 可以爲民父母에서 '可以爲'은 보조동사(可以)+동사(爲)로 작문했지만, 한글에서는 '될 수 있다'로 '동사(될)+보조동사(수 있다)'로 작문 되어 단어의 결합 방식이 다르다는 것을 알 수 있다.

③ 所+수식어(동사/형용사) ↔ 수식어+者

한문과 한글은 일반적으로 '수식어+피수식어' 형태로 단어가 결합한다. 그래서 '수식어+者'의 형태는 수식어와 피수식어(者)가 결합하여 한글과 같이 번역에 어려움은 없다. 그런데 '所'는 '所+수식어'로 단어가 결합하기 때문에 번역에서 주의해야 한다. 그리고 이때 수식어는 동사나 형용사로 번역된다는 점이 번역에서 중요하다. 예를 들어 한글로 '좋아하는 것'을 작문할 所와 者로 작문해 보자. '所'를 쓰면 '所好'로 작문하고, '者'를 쓰면 '好者'로 작문한다. 물론, 후대에 오면서 숙소(宿所), 해우소(解憂所)와 같이 단일 단어로 所가 연결된 예도 있다. 그러나 '所'는 기본적으로 '피수식어(所)+수식어'형태로 명사화해서 번역해야 한다.

④ 부정어+술어(동사/형용사)

부정어 不, 未, 無, 勿 등은 술어 앞에 연결되어 술어를 찾는 단서로 활용된다. 그런데, '부정어+술어' 결합은 '술어+부정어'로 결합하는 한글과 다르다. 예를 들어, 한글에서 '알지 못한다'로 작문하지만, 한문에서는 '不(못한다)+知(알지)'로 작문한다.

추천글

역사학을 전공해서 한문을 배워야 했다. 여러 가지 한문 입문서를 익히기는 했지만, 한문에 대해 자신이 없었다. 그런데 『맹자』를 몇 번 접하고 나서는 한문에 대한 이해와 자신감이 들었다. 저의 경험적 측면에서 보면, 초보 한문 입문자라면 반드시 이 책을 읽었으면 한다. 이 책은 직역으로 한문을 해석하는 원리를 제시하여 한문을 쉽게 익힐 뿐만 아니라, 유교 경전의 근간이 되는 맹자의 유학 사상을 이해하는 데 도움을 주기 때문이다.

최순권(국립민속박물관 민속연구과장)

고전을 새롭게 만났다. 한 글자, 한 문장도 허투루 넘기지 않은 필자의 번역을 통해 맹자의 깊이가 그대로 전달되는 감동을 준다. 단권화에 고민을 담으면서도, 맹자의 진정한 메시지를 고스란히 느끼게 한다. 의역으로 잃어버렸던 맹자의 본모습을 찾아가는 여정의 하나로 의미가 있다고 하겠다.

최병수(강원일보 편집인/Ph. D.)

이 책은 시대를 초월한 통찰로 독자의 마음을 깊이 울린다. 맹자의 언어는 과거를 넘어 현대에도 여전히 유효하며, 그의 사상을 생생히 되살려낸 역작이다. 번역 과정에서 문리의 정수를 기반으로 상식적인 기준을 새롭게 세워 원문의 의미를 충실히 구현했다. 사서(四書)에 담긴

진리의 깊이를 절감하게 하며, 맹자의 사상을 진정으로 이해하려는 독자라면 반드시 읽어야 할 책이다. 이 책은 마치 맹자와 직접 마주하는 듯 그의 사상 속으로 독자를 이끈다.

정래정(포은 정몽주 선생 25대 종손)

펼치는 순간 독자의 사고 경계를 놀랍도록 확장한다. 문장 구조를 기준으로 구두점과 밑줄 같은 세심한 배려가 돋보이며, 원문과 한글을 일대일로 직역하는 필자의 방식에 깊이를 더해준다. 특히, 정제된 추가 설명은 인문학적 통찰을 풍부하게 한다. 이 책을 통해 고전 속에서 삶의 본질을 발견하는 특별한 경험을 선사 받을 수 있을 것이다.

백민영(한국민속대백과사전 편찬팀장)

한자에 대한 지식과 한문 번역은 별개의 영역인데, 저자의 책은 그 경계를 새롭게 조명한다. 저자가 제시하는 번역 방식은 의역에 익숙해져, 문장 구조를 놓치기 쉬운 기존의 학습 방식에 일침을 가한다. 아무리 많은 문장을 연습한다고 해도 의역으로 문리가 나기는 쉽지 않다는 저자의 조언은 아무리 강조해도 지나치지 않을 것이다. 문맥마다 저자의 깊은 고민이 느껴지는,『맹자편』에 대한 기대가 더욱 커진다.

김광민(「고전의 문턱」 리더)